全两册

马伯庸 / 著

两京十五日

上册

湖南文艺出版社　博集天卷

© 中南博集天卷文化传媒有限公司。本书版权受法律保护。未经权利人许可，任何人不得以任何方式使用本书包括正文、插图、封面、版式等任何部分内容，违者将受到法律制裁。

图书在版编目（CIP）数据

两京十五日：全两册 / 马伯庸著. -- 长沙：湖南文艺出版社，2020.7（2025.3 重印）
ISBN 978-7-5404-9671-5

Ⅰ. ①两… Ⅱ. ①马… Ⅲ. ①长篇历史小说—中国—当代 Ⅳ. ①I247.5

中国版本图书馆 CIP 数据核字（2020）第 081029 号

上架建议：长篇小说

LIANG JING SHIWU RI：QUAN LIANG CE
两京十五日：全两册

作　　者：	马伯庸
出 版 人：	陈新文
责任编辑：	丁丽丹
监　　制：	邢越超
出 品 人：	周行文　陶　翠
特约策划：	李齐章　王　维
特约编辑：	李美怡　王　屿
营销支持：	杜　莎　霍　静　傅婷婷
版式设计：	李　洁
封面设计：	主语设计
插画绘制：	赵悦琪　季智清
内文排版：	百朗文化
出　　版：	湖南文艺出版社
	（长沙市雨花区东二环一段 508 号　邮编：410014）
网　　址：	www.hnwy.net
印　　刷：	三河市鑫金马印装有限公司
经　　销：	新华书店
开　　本：	700mm×980mm　1/16
字　　数：	691 千字
印　　张：	36.5
版　　次：	2020 年 7 月第 1 版
印　　次：	2025 年 3 月第 11 次印刷
书　　号：	ISBN 978-7-5404-9671-5
定　　价：	108.00 元（全两册）

若有质量问题，请致电质量监督电话：010-59096394
团购电话：010-59320018

序

今夜的金陵城，与往常不太一样。

起先是秦淮河畔的垂柳扑簌簌地抖动着细枝，随后雨花台上的五彩石子儿互相碰撞着，摩擦着，发出细碎的悲鸣声。与此同时，城北后湖黑乎乎的水面上，一圈圈涟漪无端浮现，轻轻冲撞起城墙与城墙另外一侧的钦天山；而在钦天山顶的北极阁中，那尊本该如北极星一样万世不移的铜铸浑天仪，四角的铁链子当啷当啷地战栗起来。

黯淡的月色之下，金陵内外的美景化成一座又一座烽火台，相继传递着令人不安的征兆。突然之间，鸡鸣寺、清凉陟寺、大报恩寺与朝天宫的大钟同时不敲自鸣，像被一只无形的巨手所摇撼。钟声惶急而杂乱，转瞬间响彻全城。

城中居民们还未睁开惺忪的睡眼，整个大地便陡然震动起来。

佛讲：地震有六相——动、起、涌、震、吼、击。此时，这六相竟同时爆发。霎时，钟山动摇，秦淮肆流，城市里仿佛冲入数千匹钉着铁蹄的疯马。无论是长安街两旁的官廨还是西水关的钞库民房，无论是皇城中的三大殿还是龙江提举司的船厂，无论是聚宝门的瓮城还是大报恩寺内那座还未完工的琉璃高塔，都在这沛然莫御的伟力下瑟瑟发抖。

大明最壮美华丽的巨城，此时像一个匍匐在地的囚徒，正俯首挨受着天威的杖刑。在震动声中，奉天殿内一座镏金漏壶轰然倒地。它的浮标，永远停在了大明洪熙元年五月十八日（丁亥），子时。

两京 十五日

第一章

曜曜……曜曜……

一只油亮的蟋蟀摆动触须，发出阵阵清脆的虫鸣。这是一只上好的寿星头，赤须墨牙，一望便知是一员骁将。它此时正顺着一段狭长的舷墙的上缘游走，得意扬扬地东张西望。

这段山形舷墙长约五丈，对蟋蟀来说是不折不扣的庞然大物，可它不过是一座巨型楼船的船尾右侧部分。整条楼船足足长三十丈，通体漆成黑红二色，底尖上阔，粗桅宽帆，浑似三保太监下西洋的宝船。

不过，真正的宝船，在双桅之间只安放一个平层，这条船在同样的位置却拔起一座四层雕栏彩楼。楼顶歇山，楼角飞檐，一层层的鱼鳞亮瓦在阳光下熠熠生辉。这种设计比宝船气派得多，只是一旦出海，不出半日便会被大浪晃翻。

好在这条船此时不在海上，而是正浮于长江水面，头西尾东。区区江波，撼不动这个庞然大物，所以那只小蟋蟀得以安稳地趴在舷墙上缘的突起处，对着浩渺的江面畅声鼓噪。

突然，一柄金丝小罩网从天而降，牢牢地把它扣在里面。随后，罩网被轻轻抬起一角，受到惊吓的蟋蟀奋力一蹿，跃入早已等候多时的紫砂鼓罐里。

"哈哈，成了！"

朱瞻基迅速地把盖子扣紧，用指头拂了拂上头的钱形气孔，笑嘻嘻地从地上爬起来。

这只蟋蟀名唤"赛子龙"，是他一路上悉心调教的爱将。谁知这"赛子龙"身在曹营心在汉，刚才居然从罐里逃走了。朱瞻基在大船上转悠了半天，这会儿才把它擒回营中。他左手托着鼓罐，右手骈指一点，嘴里念念有词："传令三军，我要活赵云，不要死子龙。"

戏词后头的拖腔还没哼完，一个身穿云肩贴里的老宦官跌跌撞撞地跑过来，颤声喊道："千岁爷……千岁爷，别靠在船边上。江面风大，要是一晃悠掉水里头，奴婢万死莫赎呀。"

朱瞻基哈哈大笑道："大伴，你真是没见识。这可是两千料的宝船，区区江水怎么晃得动。"说完他把罐子一举，"你瞧！赛子龙回营了。"

"好，好，抓回来就好。"老宦官趋步走到他身边，满脸堆笑，"咱们赶紧回彩楼吧。几位东宫师傅都问了几遍啦，催促千岁爷您去准备。"

朱瞻基一听便大皱眉头，道："他们急什么？"老宦官劝道："咱们马上就到南京啦，百官可都在码头候着呢，得早点准备。"他见太子面色渐渐沉下来，赶紧又安抚道："殿下权且忍忍，等到了南京城里头，想怎么玩都成。"

朱瞻基望着起伏的江波，脸上的笑意渐渐消失了，道："到了南京，只怕更没时间逍遥啦。眼下还有几个时辰，你就让我最后再快活一阵吧。"

他口气可怜，老宦官先是一阵心软，可转念一想，又"扑通"一声跪了下去，道："这次咱们来南京，关乎大明社稷，殿下您有皇命在身，可不能这么任性！"朱瞻基苦笑着摇摇头，没再吭声。他知道老宦官说得半点不错，可正因如此，才倍觉郁闷。

这桩皇命，还得从朱瞻基的爷爷永乐皇帝说起。

永乐十九年，永乐皇帝把大明京城从金陵迁至北平，从此大明有了两个国都——正都北京及留都南京。三年之后，永乐皇帝驾崩，庙号太宗。太子朱高炽即位，次年改元"洪熙"。

洪熙皇帝一直想把国都迁回南京，不过兹事体大，始终未有定论。洪熙元年四月十日，天子突然颁下一道诏书，让皇太子朱瞻基南下留都，监国居守，兼抚军民。是诏一出，朝野为之哗然。所有人都认为，这是一个极其明确的信号：皇帝陛下终于决心迁都了。

太子这次南下，应该就是为了迁都打前站，这可不是一件容易的差事。

当年永乐皇帝迁都北平，在南京留下了一套朝廷架子：六部、都察院、通政司、五军都督府等官署一应俱全，体制与京城无异。何况天下赋税，泰半出自江南，地方上有诸多士绅大族盘根错节，局面极其复杂，牵一发而动全身，乱起来天下都要震动。

这是二十七岁的太子第一次独立处理政事。往小了说，这是天子在考验储君的资质；往大了说，这是关乎大明百年兴衰的节点。天下人都在拭目以待，看他能不能把握住留都的局面，老宦官一念及此，只能硬起心肠，摆出一个死谏的姿态。

朱瞻基纵然心性贪玩，总算分得出轻重缓急。他拎起蟋蟀罐子，幽幽道："子龙啊子龙，你总嫌自己被圈在方寸之地，我又何尝不是？也罢，你我相熟一场，好歹有一个能逍遥的吧……"

　　太子顺手要打开盖子，可环顾大船四周，无不是烟波浩渺，这蟋蟀即便被放生，也无路可走。他无奈道："你瞧，你离了罐子又能如何？外头还是重重牢笼，又如何真正走得脱呢？"——话音刚落，忽然听到长江北岸传来三声清脆的炸响："啪！啪！啪！"

　　朱瞻基手中一颤，蟋蟀罐差点摔在甲板上。他有些恼怒地转头去看，见到半空三团黄褐色的烟花正次第绽放，烟形四散，转瞬便消逝于无形。烟花下头是一片白花花的摇曳的芦苇，看不见放炮之人。这大概是江边哪户人家在娶亲吧？

　　声响离大船尚有数里之远，并不值得多加留意。朱瞻基又纠结了一阵，到底没舍得放走蟋蟀，悻悻地捧着鼓罐，跟随老宦官返回彩楼。

　　两人并不知道，此时在他们头顶的桅杆之上，一个头缠罗巾、身披皂褂的船工也在凝望着那三团烟花。

　　这个人皮肤黝黑，面貌与寻常船工无异。此时他正一手攀住横杆，一手搭起凉棚，面无表情地观望着天空。待烟气彻底散尽之后，他挽起索具，灵巧地顺着桅杆滑下甲板。

　　像他这样的船工，在船上有百十号人，分散在各处甲板操船。除非太靠近彩楼，否则禁卫们根本不会特别留意这些人。这个船工混在忙碌的人群中，谨慎地避开彩楼的视野，径直来到船首靠近右舷的甲板。

　　甲板上有一个小小的铁把手，他俯身抓住轻轻一抬，地上露出一个方形的舱口，一截双排木梯延伸到下方。船工双手扶着梯子，缓缓爬下位于甲板下方的船腹。

　　这条船虽然形制上模仿宝船，可建造初衷是享乐，因此船腹颇为巨大。从甲板到船底一共分了四层。甲下一层是伙房与存放饮宴器皿的内库，甲下二层是水手歇息的号房及橹口；甲下三层是存放资材与粮食的大库，底层则堆放了几百块压舱用的石头。

　　每下一层船舱，空间便越逼仄，光线越弱。船工一路沿木梯降到底舱，周围已是一片晦暗，空气中弥漫着一股混杂了阴湿霉水、朽烂木料和呛鼻石灰的气味。附近一个人都没有。除非船舶大修，否则没人愿意待在这种鬼地方。

　　这一层分了十几个封闭隔间，如同一个个阴森的兽巢，隐约可以看到许多巨大的石躯趴伏其中。船工略微辨认一下方向，径直走进右侧第三个隔间。在黑暗中，不时有古怪的嚓嚓声传出来，还有低微而模糊的呢喃，似是某种祝祷。

　　过了约莫一炷香的时间，船工从隔间里走了出来，脚步轻快了不少。他重新爬回甲板上方，混入其他忙碌的船工之中，没有任何人注意到他的短暂离岗。

恰好在这时，望风手观测到一阵江风吹过，立刻发出信号。船工们迅速调动帆面，兜住迎面而来的江风。艄手们感受到船速又提升了几分，一起有节奏地发出"哟嗨——嘿""哟嗨——嘿"的号子声，加速划动。这条大船向着南京疾驰而去。

同样的号子声，此时在南京城中也响了起来。

"哟嗨——嘿！"

十几条胳膊同时绷紧，合力将一根粗大的木梁抬离地面。大梁的下方是遍地的瓦砾与家具碎片，中间躺着一具血肉模糊的成年男尸。他的头颅和半边身子都被压瘪了，血和脑浆在地上凝固成一摊触目惊心的污秽。

啧啧的惋惜声从周围响起。昨晚那场突如其来的地震摧垮了屋舍，脱了架的大梁斜倒下来，正正地砸中这个正在床榻上酣睡的倒霉鬼。

吴不平凝视着这一番惨状，紧皱眉头，一言不发。

这套宅子位于南京城太平门内的御赐廊，这一带的官舍是洪武年间为都察院修建的。眼前这死者穿着一身团领青袍，胸前补子依稀可见一只七品獬豸，显然是一位监察御史。

昨晚那场地震，震塌了城里许多房屋。工部的匠户忙不过来，应天府不得不紧急出动了三班差役，一起抢险救灾。吴不平身为总捕头，负责巡查各处，防止有人趁火打劫。一听说这里死了位御史，他立刻赶了过来。

吴不平今年六十二岁，永远是一袭皂色盘领公差服，头戴平顶巾，腰别铁尺、锡牌，走起路来透着一股敦实的气势。他独领应天府皂、壮、快三班总头役，屡破奇案，虽是北方人，可整个南京城地面无人不识。公门里都称其为"吴头儿"，江湖人唤他"铁狮子"，老百姓则大多爱叫他的本名——哪里有不平事，哪里就有吴不平。

他问过死者左右的邻居，原来这位御史叫郭芝冈，扬州府泰州人，是南京广东道监察御史，单身赴任，并无亲眷跟随。可怜郭御史刚搬来这里没多久，居然就这么死了。

这是一桩明明白白的意外，倒不必去花费心思破案。内院的尸身暂时不能动，吴不平便让衙役们退到外院，继续清理废墟。

五月天气，已有了些许闷闷的暑气。一个小衙役用白裉膊擦了擦汗，低声抱怨道："吴头儿，你说这老天爷还有完没完，咱们金陵都震了几回了？"

自从永乐迁都之后，南京人心里都有一股微妙的怨气，平时从来不称自己为"南京"，而以"金陵"呼之。吴不平听到这问题，没吭声，周围的同僚们却轰的一下议论开来。

昨晚的地震，可不是第一回了。今年一开年，南京城跟中了邪似的，隔三岔五就来一场地震，每震一次，城里屋舍就得倒上一大片，害得官府忙活好久，全城上下人心惶惶。

衙役们有的说十三四次，有的说是十七八回。最后一个老衙役晃着脑袋，炫耀似的说道："我有个兄弟在工部当书手，那边都有记录。上个月你们猜金陵周边震了几次？五次！三月你们猜震了几次？十九次！再上个月，二月，又是五次！算上昨晚那一场，开春以来金陵城足足震了三十次！"

三十次？

这个超乎常理的数字，把大家都吓到了，废墟上陷入一片沉默。不知是谁，嘀咕了一句："咱们金陵啥时候这么震过？会不会果然是真龙翻身哪？"

周围的人，一时都露出讳莫如深的表情。这是洪熙改元的第一年，正月刚过完，南京便地震频频，坊间传出一个大逆不道的说法：皇上本非真命天子，却窃居帝位，惹得真龙生气。真龙一生气就得翻身，一翻身可不就地震吗？

这谣言的始作俑者是谁？没人说得清楚。反正老百姓就爱怪力乱神，于是这说法不胫而走，连这班衙役，也公然议论起来。

"喀，我看这真龙也是脑壳不灵光，放着北平不去震，折腾咱们金陵干吗。"

"京城早留在这里，哪里会出这么多乱子！"

"话不能这么说，我看哪，不是地方不行，是……"

"兔崽子，一个个嫌脖子痒痒了？都快给我专心干活！"

吴不平一声厉声呵斥，生怕他们说出更离谱的话来。衙役们赶紧停止闲聊，继续埋头干活。

吴不平环顾四周，正要沉心琢磨，忽然闻到一股浓烈的酒味。他看向门口，只见从宅院外头晃晃悠悠进来一个人。这人瘦瘦高高，细眉挺鼻，白净得好似一个读书人，可脚步虚浮，双目看着特别迷糊，一脸的怠懒。

"爹，我来了。"

那人打了个长长的哈欠。那浓浓的酒臭味，来自他袍襟前洇的一大片酒渍，想来是喝多了宿醉未醒。吴不平眉头一挑，闷闷回了一个字："嗯。"

"妹妹说你早上没吃饭，让我带点新烙的炊饼来。"年轻人在怀里摸了摸，然后拍拍脑袋，"哦，好像忘带了。"

"不妨，我不饿。"吴不平道。周围的衙役们专心收拾着砖瓦，脸上却都露出不加掩饰的轻蔑。

说起来，这也算是金陵一大谈资。吴捕头是个凶人，无论城里的浮浪顽少还是南直隶的悍匪大盗，无不深畏其名。这位连知府老爹都要客气奉茶的奢遮人物，却家门不幸，养出一个废物儿子来。

吴捕头是个鳏夫，膝下有一儿一女，女儿吴玉露今年十五岁，儿子吴定缘今年二十七岁。这个吴定缘脾气乖僻，懒散成性，据说还患有羊角风，时不时就发病什么的，所以至今未曾婚配。这人整天从父亲手里讨钱钞去酗酒、逛窑子，大家私下里都叫他"篾篙子"——竹篾细软，拿去当撑船的长篙，自然是一无是处。虎父生出一个犬子，也是可怜。

应天府看在吴不平的面子上，让吴定缘在快班里做个挂名捕吏。不过这夯货平时从不出现，白吃钱粮。今天要不是知府严令全员出动，只怕还在家酣睡呢。

吴不平也知道自己儿子什么德行，做了个手势，让他去内院待命。那里除了一具没盛殓的尸体，再没别人。大概吴捕头觉得，宁可让儿子沾点死人晦气，也好过在活人面前丢人现眼。

吴定缘也不忌讳，晃晃悠悠地走去内院。过不多时，里面传来一声呕吐，随即空气里弥散出酸臭的气味。外头的衙役们面面相觑，心想那个混账东西要是吐到御史的尸身上，乱子可大了。

没过多久，一个皂隶匆匆从街上跑过来，道："吴头儿，吴头儿，府里来的消息，太子进外秦淮河了。"

吴不平"嗯"了一声，当即把所有人都召集起来，不忘冲内院高声喊了一声："定缘，出来点卯了！"过了一阵，吴定缘才磨磨蹭蹭地走出来，懒懒地斜靠在一处断柱旁，与大部分人保持着距离。

吴不平环视四周，沉声道："你们这群不省心的东西，一会儿上番，把招子放亮点。这次太子到南京，守备衙门的老爷们下了严令，名册上有役名的，只要没死都得去沿街站岗，从东水关到宫城这段路，一只蚊子都不许放进来。"

衙役们一听还要去上番，无不唉声叹气。吴不平冷笑道："想偷懒也成，日后流放三千里，路上可以慢慢走！"

看手下都不吭声了，吴不平展开麻纸，开始分派各人的执勤。他第一个点到的，便是自家儿子："吴定缘，你去守东水关外的扇骨台。"

听到这一声指示，衙役们齐齐吁了一声。

东水关位于南京城的东南方向，建有全城唯一一座船闸码头，乃是南北商贾聚集的繁盛之地。太子的船从长江拐入外秦淮河之后，将系泊于东水关，南京百官在码头迎候入城。

这个扇骨台，毗邻秦淮河东岸，与东水关隔河而对。名字听着风雅，其实只是一个光秃秃的高坡，只因为附近有几户做扇子的人家，才得此名。这里缺少草木遮阳，正午值守会湿热难忍。在所要分配的执勤任务中，实在是个下下签。

吴不平先把自己儿子派在最差的地方值岗，接下来再怎么安排，手下的其他人也不好说什么了。吴定缘在人群后头打了一个酒嗝，倒是一脸无所谓。

分派结束之后，衙役们纷纷赶去自己的执岗地段，霎时走得干干净净。吴不平看着自家儿子，眼神慈祥了不少，道："定缘，都是地震闹的，所以这趟差事谁也逃不过，权且忍上一忍吧。"

"怕地震就去祭城隍，光是人多有什么用？又不是给太子爷陪葬做阴兵。"吴定缘耸肩讥讽了一句，吴不平正要板起面孔训斥，吴定缘顺势把身子凑到父亲跟前，低声道："这位郭御史，可不是被砸死的。"

吴不平闻言一怔。吴定缘又道："昨夜地震是在子时，谁会穿着官服上榻？"

经他这么一提醒，吴不平立刻恍然。死者那一身带补子的团领青袍，是官员办公时的常服，按说回家就该脱下来，更不可能穿着它上床睡觉。吴定缘又道："我适才看过，倘若是活人被砸死，身上血气未停，伤口边缘必有充血痕迹。可是那裂开的头颅边缘并无血瘀，所以……"

吴不平接口道："……他是死后才被摆上床的？！"

"接下来随您处置，我上值去了。"吴定缘咧开嘴笑了笑，转身走开两步，忽然身子一旋："从这里到扇骨台要路过杏花楼，那儿最近运来几窖无锡的荡口烧酒。"

没等他说完，吴不平从腰间顺袋里摸出一沓宝钞，许有十贯，表情复杂地递给儿子。吴定缘没接，道："他们只收现银。"吴不平只好又摸出几钱散碎的银锞子，吴定缘毫不客气地揣到怀里，晃晃悠悠地迈步离开了。吴不平喊道："你少喝点，酒水伤气血。"

吴定缘头也没回，只是伸起右拳用力一握，意思是不必担心。铁狮子望着他的背影消失在街角，摇摇头，长长地叹了一口气，也不知在忧心什么。

"撤伞！"

东水关码头上一个浑厚的男声响起。一瞬间，几十顶绸边大罗伞被迅速翻转、撤开，让毒辣的日光抛洒在一片煊赫的朱紫之间。

站在码头最前列的只有两个人。一个是襄城伯李隆，身着青缘赤罗裳，头戴七梁冠，刚才那一声"撤伞"即出自他之口。站在他身边的则是大名鼎鼎的三保太监郑和，也是同样装束，只是多了一身猩红色大氅。两人皆是永乐朝的老臣，如今一位是南京守备，一位是南京守备太监，是留都的两尊山岳之镇。

在他们身后，则是十几排南京诸部衙署的大员。放眼望去，一片雉尾金蝉、云凤锦绶，视野里充塞着黄、绿、赤、紫等诸多贵色，令人眼花缭乱。在更外围，还是一圈大纛、旌旗、黄扇、金瓜构成的盛大的卤簿仪仗，以及护卫、乐班、舞班、车马脚夫等，密密匝匝围了里三层外三层。偌大的东水关码头，居然寻不出一处落脚的空隙。

整个南京官场的大半精英，如今都麇集于此。这些平日出行都要喝道净街的大员，此时肩并肩簇拥在一起，任凭身上的朝服如何厚热也不挪动分毫。在恢宏的雅乐声中，所有人都垂手肃立，屏息凝气，热切地望着远方那逐渐接近的帆影。

巨帆之下，宝船正在飞速地接近码头。

太子透过彩楼的大轩窗，可以看到河道两侧修有平整的围坡土堤，堤顶耸立着一排排的杨柳。这种野柳林没有行道柳那么整齐划一，可胜在浓密茂盛，几无间隙，沿着河岸两侧一直绵延到远处的城墙根，宛如两条绣在秦淮河边的绿绦。

这只是靠近江口的外秦淮河，无非是些不成章法的野趣。据说，城里的内秦淮河两岸更是风光秀丽，十里歌楼舞榭，一宵桨声灯影。跟苦寒单调的京城相比，这里简直就是仙境。

可惜此时的朱瞻基，已全无欣赏的心情。

他刚刚得知，昨晚南京又地震了。

留都向无地震，可自从父皇登基以来——尤其是有了迁都之议后——这里竟然一口气震了三十次。东宫师傅们在经筵上总说天人感应，祥瑞、灾异皆与人事相干。照此说来，这反常至极的连绵地震，简直是扇在父皇脸上的三十记耳光。

尤其是昨晚那一场震动，偏偏赶在太子抵达南京的前夜爆发，这算什么？难道老天爷认为我们父子德不配位？

本来朱瞻基已经说服了自己，这些只是巧合，不必细想。可随着大船越来越深入秦淮河，柳堤附近开始出现星星点点的民居，其中三分之一都倒塌委地，瓦砾满地，如同一幅上好丹青被泼洒上几滴墨点。这些墨点落在朱瞻基眼中，像一根根柴薪添入心火。

他生性跳脱，总被人明里暗里批评不似人君。这种无形的压力积蓄，令朱瞻基始终如鲠在喉，只好借玩斗虫排遣。没想到临到南京，又来了一场地震，仿佛连老天爷都在指责他，让太子的郁闷又浓重了几分。

"千岁爷，咱们快到啦，奴婢伺候您把曳撒脱了，换上袍冕吧。"老宦官满脸堆笑，身后两个婢女，一个手托蟠龙锦袍，一个端着翼善冠。朱瞻基没理他，依旧怀抱着蟋蟀罐，看着窗外出神。

老宦官小心翼翼地又催促一句。不料，朱瞻基邪火陡涨，把鼓罐往地上狠狠一掼，"啪"的一声摔了个粉碎，婢女们不由得尖叫一声，手里的衣冠差点摔落。

重获自由的蟋蟀在地板上摆动须子，似乎不太明白状况。老官宦赶紧跪在地上，想要用两只胖乎乎的手掌把它扣住。蟋蟀受到惊吓，猛然一跳，顺着窗棂跃出彩楼。

朱瞻基怔了怔，随即阴着脸往外走去，老宦官急忙拽住他的窄袖："您这是去哪儿？"

"去把赛子龙找回来！"

老宦官大惊道："可咱们马上就到东水关了。"

"所以得立刻找！等船一靠岸沾了土气，它就跑了！"

"那奴婢去唤几个伶俐小厮。"老宦官还想阻止。朱瞻基烦躁地跺了跺脚，道："那些扯屁股的狗彘，粗手笨脚，我信不过！"

"百官都已经在码头迎候，您，您不能为了个蟋蟀就……"

朱瞻基内心一股无名火起，眼神陡然凶戾起来，道："让他们等会儿怎么了？难道我的话，没到南京就不管用了？"老宦官吓得身子一颤，不敢再去阻拦，太子冷哼一声，甩袖走出房间。

此时东宫那几位师傅都忙着检查仪仗，不知道楼顶闹出的这档子事。太子气呼呼地沿侧梯下楼，穿过忙碌的船工，来到彩楼靠后船一侧的甲板上。

刚才赛子龙从窗口跃出，最有可能就是落在这附近。朱瞻基深吸一口气，勉强压下心火，耐心地弯腰搜索起来，仿佛只有找到赛子龙，才能找回内心的安定。他扫视片刻，忽然想到，蟋蟀性喜干燥。甲板上湿气重，它应该会往高翘的船尾方向跑，就像上一次出逃一样。

远处传来的钟磬雅乐越来越响亮，朱瞻基直起身子，已经可以隐约看到码头上空猎猎飘扬的五色旌旗与鳞片一般排列的伞盖。

宝船徐徐收起了帆索，只靠船身两侧的八十对艄桨划动，以可控的低速缓缓驶过最后一栋望水楼。楼顶望夫迅速挥动飞龙旗，向东水关码头宣告宝船即将抵达。

太子知道留给自己的时间不多了，一咬牙，义无反顾地朝着船尾跑去。

与此同时，一只挽起裤腿的光脚踏住宝船腹内的木梯，厚厚的茧子压在横档上，几乎一点声音也没有。另外一只光脚旋即向下再踏一阶，但只用脚尖踏住，空出大半个脚掌。这是水手们在紧急情况时用的爬梯之法，比寻常要快上许多。

两脚交替下降，悄无声息地沿着木梯下降。很快那位头缠罗巾的船工，再一次站在了位于宝船深腹的底舱前。

底舱仍是一片逼仄沉滞的漆黑，但外面的喧闹声能透过舱壁，隐隐传来，可见大船已接近东水关。船工半蹲在地上，从怀里取出一根火折子，拔掉顶盖短促一吹，立刻有小火苗悄然绽放。底舱潮湿的空气里洇开一圈昏黄的微光，船工的身影映在舱壁之上，飘忽不定，恍如狞厉的魂魄从坟隙里冒出来。

光亮所触之处，可以看到一堆堆码放整齐的压舱货，它们体形巨大，几乎填塞了整个分舱的空间，上面严严实实苫着沤黑了的稻草盖。

外面的喧闹声越发响亮，船工拿着火折子，缓步走了过去。他伸出胳膊，"唰"地把其中一片稻草掀开……

吴定缘拧开酒葫芦，用力往嘴里灌了一口。辛辣的液体直入胃袋，让他哆嗦了一下。

现在日头奇毒，丝丝缕缕的湿气从水面蒸腾而起，从河滩一直弥漫到扇骨台的坡顶。整个坡顶成了一个大蒸笼，人待在里面，感觉有无数灼热黏腻的牛毛细针刺破衣衫，渗入肌肤，简直无处躲藏。若没有新酿的烧酒，真不一定熬得住。

其实酒不能解决问题，但至少能让人对问题变得迟钝麻木一点，这是吴定缘的经验之谈。

钟磬交错的雅乐之声隐隐传过河面。吴定缘忽有所感，放下葫芦举目前观，只见眼前一条黑红色巨船正庄严地掠过扇骨台前的河道。

这是何等巨大的一条宝船啊。它庞大的身躯占据了小半片河面，舷身嵬嵬，桅樯耸峙，简直如同一座正被夸娥氏之子负走的巍巍太行。

吴定缘一瞬间产生错觉，以为这座大山会倾倒下来，把自己碾成齑粉。他下意识地后退了几步，仰起头来，看到船尾突然冒出一个人影，似乎趴在舷墙上在找什么东西。

两人短暂对视了一眼，不知为何，吴定缘的头皮微微一疼，像是被一枚细针刺入太阳穴一般。

他还没明白怎么回事，对方已转身跑去，好像在抓什么东西。大船逐渐远离扇骨台，朝着东水关码头开去。吴定缘挠了挠头皮，扭开葫芦口，又啜上一口酒。

烧酒的辛辣还没蔓延过喉咙，他突然看到一幅妖冶而壮丽的景象。

如果以佛家的"刹那"来分割这短暂的一刻，那么吴定缘看到的画面是这样的：

第一个刹那，位于宝船吃水线中段的船壳板条开始向外弯曲。整个船肋像是吹气似的鼓了起来，在咯吱咯吱的悲鸣声中向外弯折，如一把逐渐拉满的弓箭。

第二个刹那，板条弯折到了极限，上面浮现出无数细小的裂隙，迅速延伸至整面外壁，如瓷器开片的纹路。用于固定结构的锹钉、铲钉和蚂蟥钉无法承受这种压力，纷纷飞射而出。

第三个刹那，失去束缚的力量从船舱内急速涌出，一股深赤色的力量显现出了峥嵘。那是燧人氏的心血，是祝融的法宝，是阏伯最磅礴的怒意，那是一团无比炽热的火焰。这力量顺着橹口喷发而出。右舷的四十对船橹失去了整齐划一的节奏。一部分船橹猛然向前，一部分船橹高高跳起，还有一部分船橹还依照惯性向后划去。

第四个刹那，船肋彻底崩裂，但这仍不足以平息火焰的怒意。狂暴的焰团自底舱升腾而起，冲天而上，依次击碎龙骨中轴、翼梁、中舷，可谓樯倾楫摧。宝船的中部被拱起到极限，船首和船尾却同时向下一沉，那情景，就好似有一只朱色巨手攥住整条大船，硬生生要把它撅成两截。

第五个刹那，宝船的船中彻底崩裂开来，分为前后两截。那座华丽彩楼陡然失去基础，先被牵引着朝后方倾覆而去，却突然又被下沉的前半截船身拽了回来。摇摆之间，火焰攀升，把整座木楼变成一根耀眼夺目的火炬，无数燃烧的人影纷扬跌落。

一直到第五个刹那过后，站在岸边的吴定缘才感觉到有一缕劲风触及鼻尖。他的瞳孔陡然收缩，极度的危机感在一瞬间吹飞了颓丧的外表。

一瞬间，他整个人陷入一种空白的呆滞状态，仿佛整个世界都凝滞了，只有眼前妖娆残酷的火光还在舞动。那巨大的火光如同一根尖锐的长矛，贯穿了吴定缘的脑壳，令他的羊角风不合时宜地猛烈发作起来。

吴定缘抽搐着向后仰倒，无比强劲的冲击波旋踵而至，把他狠狠撞倒在地。腰间的酒葫芦砰然破裂，半壶烧酒洒在沙土表面，被迅速吸干。

这是一幅难以名状的诡谲画面：一个人瘫倒在黄褐色河滩上舞动四肢，双眼无助上翻，如被妖祟附身。在他身旁的大河之中，一座黑红巨船熊熊燃烧着，被深青色河水徐徐吞没。

抽搐持续了好一会儿，方才逐渐平息。吴定缘仰面躺在泥土上，有唾沫从嘴角斜斜流出，浑身都被汗水湿透。随着疯癫消退，刚才的可怖景象重新在脑海中浮现。

太子的宝船，爆炸了？

一念及此，吴定缘顾不上去擦拭嘴边的流涎，挣扎着爬起身来。他的视力和听力还没彻底恢复，但先闻到一股刺鼻的硝烟味道，刺鼻到可以直接跳到结论：

火药爆炸？

能够在五个刹那间摧毁一条宝船的手段，除了地震，只可能是在船舱内堆放了大量火药。南京设在柏川桥外的火药库曾发生过意外爆炸，当时炸倒了方圆几里之内的房屋，现场气味和现在完全一样。

可，那是太子乘坐的宝船啊，谁会囤积那么多火药？

此时视力也缓缓恢复正常，吴定缘眼前的景色重新清晰起来：秦淮河上，还残留着宝船的半截船首和船尾，两头均高高翘起，与水面的角度越来越大，近乎直立，很快就会彻底消失。船中部分与彩楼已先一步沉入水底。大量衣物、帆布、碎木条和断成几截的桅杆漂浮在水面，几乎覆满了整个河面。

一个人都没看到。

如此规模的爆炸，应该不可能会有人幸存。

随着耳鸣声也慢慢平复下来，吴定缘已能听见，远处码头的雅乐停止了，取而代之的是隐隐的哭喊声。看来爆炸也波及了东水关，那里距离宝船更近，人群密集，场面恐怕会比扇骨台凄惨十倍。

面对如此惨绝人寰的大变故，即使是一贯懒散漠然的吴定缘，也是心神震骇，茫然无措。他怔怔地扫视着河面，突然双眸一凝，发现远处水中有一个黑点，一上一下，似乎在挣扎。

吴定缘犹豫了一下，还是"扑通"一声跳入河中。他水性甚好，几下拨弄便游到了黑点旁边。溺水者不可正面相救，吴定缘随手拽来附近的半截板条，叫他双手攀牢，然后拽着另外一头朝岸边游去。

待两人都扑到河滩上，他才回过身去，仔细端详这个幸运的家伙。

这是一个年轻男子，脸面漆黑，头发被烧去了一多半，浑身衣物被燎得残缺不全，只勉强看得出是件曳撒短袍。他甫一上岸，便趴在地上拼命呕吐，吐出一大摊又酸又臭的糊糊。

待得喘息片刻，吴定缘开口询问他的身份。可年轻男子张开嘴，喉咙只能发出"呵呵"声，想来是在爆炸中把声带给震麻痹了。吴定缘只好先掏出腰巾，蘸着河水给他擦了擦脸。刚一擦干净，吴定缘猛然间太阳穴又是一阵刺痛，稍显即逝。

好险，差点又惹起了羊角风。

吴定缘眉头一皱，再度去端详那个年轻男子的面孔，方脸、直鼻，还有一双满是惊恐的圆眼，痛感又一次袭来——这是怎么回事？他可不记得曾经见过这张脸。

不对，见过！

离奇的疼痛提醒了吴定缘，刚才宝船开过扇骨台时，他向船上望去，这张脸恰好出现在船舷边缘，两人还对视了片刻，然后那人立刻跑去了船尾方向。宝船发生爆炸时,船尾是受波及最晚的区域,估计他是被震落水中,这才侥幸生还。

随着吴定缘的脑袋逐渐恢复清明,他注意到了更多细节。

这家伙的曳撒短袍是湖绫质地,绝非船工民夫之流,也不是护卫仆童,在船上的地位应该不低。眼看宝船要抵达码头,按道理每个人都在前船伺候太子下船,这个家伙为什么跑去最清闲的船尾?而且还是在爆炸几瞬之前?

难道是……要赶在爆炸前逃离?

他突然注意到,这人刚才攀住板条,用的是左手和右胳膊,右拳却始终紧紧攥着。一直到现在,那右拳也没舒展开。吴定缘一把扳过右手,年轻男子嗓子里嘶吼着什么,不肯让他看。吴定缘抽出铁尺,冲着他肘关节狠狠一敲。男子惨叫一声,右拳五指松开,一只蟋蟀从掌心跳了出来,落在沙地上。

吴定缘愣了愣,无意中向后一退,鞋底"啪叽"一声,把那蟋蟀踩得汁液四溅。男子"嗷"的一声,不知哪里来的力气,愤怒地扑过来。吴定缘恶狠狠地飞起一脚,踹中男子心窝,把他直接踢翻倒地,然后从腰间取下牛筋绳索,干净利落地将其双臂压后捆起来。

男子在地上拼命挣扎,表情恼怒至极。大概嫌他闹得实在太凶,吴定缘又随手掏出一个麻核塞进他嘴里,很快只能听见细微的呜呜声漏出来。他再一次端详这人的相貌,头皮不出意外地一阵刺痛。吴定缘从腰间解下盛酒葫芦的布袋,撕开两侧缝口,毫不客气地蒙在这家伙的脑袋上。

这下子什么都看不见,头自然不疼了。

解决完这个麻烦之后,吴定缘隔着秦淮河向对岸看去。码头上人影闪动,哭喊震天,旗纛东倒西歪,完全乱成了一锅粥。大半个南京城的官员刚才齐聚在码头,再加上仪仗、鼓吹、护卫及围观百姓,这么多人近距离地被宝船爆炸波及,伤亡必然惊人。

码头尚且如此,至于船上的太子和东宫班底,恐怕早已化为齑粉。

吴定缘的脸色变得严峻起来。有明以来,何曾出过如此惨烈之事。可以想象,接下来南京、南直隶乃至整个朝廷将会震动成什么样子。吴定缘又低头看了看那家伙。他估计是宝船上唯一的幸存者,要破这天字第一号大案,这可能是唯一的线索。

当务之急,是尽快把这犯人扭送到老爹吴不平那儿去。吴不平是应天府总捕头,这案子迟早会归他来查。越早把人犯送过去,便越早能破案;越早能破案,赏赐也便越多。

于是,他把这男子一把拽起来,推搡着往扇骨台下走。男子开始百般不情愿,可架不住吴定缘在胫骨上狠踢了几脚,只能踉跄着朝前走去。

两人下了扇骨台之后,推推搡搡地沿着河滩径直向北走去。可只走出约莫半里,吴定缘猛一拽绳子，停住了脚步。迎面走过来一高一矮两个军汉，外罩青边小袍，里衬软甲，腰间用白绦系着一柄雁翎刀，看装扮应该是留守左卫的旗兵。

这次太子入城，各个官署负责的值守区域犬牙交错，这里出现卫所旗兵，不足为怪。可吴定缘心中疑窦大起：刚才河上那么大的爆炸声，这两个人非但不惊慌，反而东张西望，像是在找什么东西似的。

那两个军汉也注意到了这边，厉声喝令停步。吴定缘一亮锡牌："应天府快班办事。"一个高个儿军汉先怔了怔，随后笑着拱手道："对面莫不是铁狮子的公子？"矮个儿一听，眼神里闪过一丝轻蔑，看来他也听说过"篾篙子"这个绰号。

吴定缘不动声色地回了一礼，道："在下还要押解犯人回衙，恕不奉陪了。"他不愿多说，两个军汉却缓缓靠拢过来。高个儿军汉道："刚才秦淮河上有爆炸声。吴公子既然从那边过来，这个犯人能不能给我们过一眼？"

他说着话，身子已朝吴定缘左边贴来，矮个儿同伴则粗鲁地伸手去扯犯人头上的布袋。吴定缘眼中闪过一道厉芒，身形一动，手里暗握的铁尺狠狠抽向矮个儿的手腕。

这既是警告，也是试探。

如果他们只是出于贪婪来抢功，那么见到铁尺便会知难而退，若是……吴定缘没有继续做假设，因为一把雪亮的雁翎刀已从左边刺向自己的肋部。

两京 十五日

第二章

这是明辨无误的杀心！

吴定缘眼神一闪，铁尺顺手往回一送，"铛"的一声，尺面正好挡住了刀尖的进击。他没任何迟疑，身子左旋，右拳直直砸向袭击者的面门。高个儿军汉完全没想到对方的反击如此迅猛，鼻子登时被砸得鲜血迸流，整个人朝后倒去。

吴定缘一击得手，右肩顺势朝前一撞，把犯人朝对面的矮个儿军汉推去。犯人双臂受缚，踉跄朝前，一下子扑到矮个儿军汉的怀里。

趁着两人纠缠的空当，吴定缘完成了转身，疾步向前，从矮个儿军汉腰间抽出佩刀，"扑哧"一声直接捅进他的胸膛侧面，随后立刻拔出。犯人和军汉同时软软倒地，那高个儿军汉才从眩晕中恢复过来。他大吼一声，挥刀砍过来。可吴定缘已完全拔出了刀，直接旋身格挡。

两刃相交，登时火花四溅。高个儿军汉本以为吴定缘是个被酒色掏空了身子的废物，现在才惊骇地发现，对方居然是一个深藏不露的技击老手。

这片刻的失神，对吴定缘来说已经足够。他用雁翎刀格挡本是幌子，左手铁尺已从下盘悄然递进，正戳在对方腰眼。高个儿军汉疼得"嗷"了一声，动作一霎变形，随即发出一声惨呼，因为雁翎刀的刀刃在他脖颈处抹开了一条深深的沟壑，鲜血喷出数尺之远。

从动手到结束，这一番攻防只持续了几个呼吸，可谓行云流水。吴定缘把雁翎刀插在河滩上，半跪在地，胸口喘息不定。他长期酗酒导致体力有限，只能趁对方心存轻蔑时放手抢攻。倘若陷入对峙，他以一敌二可没有胜算。

这两个军汉肯定是炸船者的同伙，他们沿河搜查，是要将可能存在的宝船幸存者灭口。如今敌人已然毙命，可吴定缘的脸上并没有任何欣喜，反而浮现出浓浓的悔意。

那个高个儿军汉认得吴不平，说明炸船者在南京城中买通了不少当地人。也就是说，从现在开始，沿途碰到的任何一个人，都有可能是炸船者的爪牙；任何一个熟人，都有可能拔刀相向。这样的人有多少？该怎么分辨？他一个也回答不出来。

那些连太子宝船都敢炸毁的狂徒，岂会容忍唯一的人证被带回官府，一定欲除之而后快。

吴定缘望着不远处的巍峨城墙，那连绵的墙垣背后仿佛涌现出了无穷恶意，像阴云一样迅速遮蔽了整个留都的天空。他意识到，一时心软救下的这个家伙，让自己陷入一片危险的泥沼。

可如今后悔也晚了，他已经动手格杀了两个人，就算现在扔下那人一走了之，也势必会引来更多杀手。吴定缘厌恶地低头扫视一眼，那个犯人依旧趴在矮个儿军汉的尸体上，虽然头被蒙住，刺鼻的血腥味却挡不住，身体不断地惊恐地挣扎着。

早知道就该让他淹死在秦淮河里，吴定缘不无遗憾地想。

可惜世上并无后悔药，吴定缘叹了口气，动手把高、矮两个军汉的尸体抛入水中，然后把犯人从地上拎起来。事已至此，赏钱什么的已经无所谓了，这家伙会惹来无数追杀，尽快把这烫手山芋送出去最好。

归根到底，还得先找到老爹。

吴不平身为应天府总捕头，此时应该是在长安街沿途巡查，那是进入皇城的必经之路。而从扇骨台到长安街，最短的路径是向北走到通济门进城。通济门就在东水关码头旁边，是十三座城门之一，进城后有一条宽阔的通济门大街，与秦淮内河相携北上，右转便是长安街。

不过现在东水关码头陷入瘫痪，通济门前一片混乱。吴定缘观望了一下形势，远远可以看到无数人要跑出来，无数人要冲进去，嘤嘤嗡嗡如炸窝的蜂巢。别说穿行，就连靠近都有危险——敌人能在宝船上放火药，说不定在码头上也有安排。

吴定缘想了想，决定带着钦犯朝东走去。东边三里开外，还有另外一道城门叫作正阳门，进门便是皇城南侧，离长安街不远，乃是御街正门。对方势力再大，总不至于能把每一座城门的门卫都收买了。

那个犯人许是被刚才的血腥搏杀骇破了胆，不再挣扎，老老实实被吴定缘押着走。两人一路沿着护城河向东，很快便来到正阳门前。

前一阵子总是地震，正阳门被震塌了一截门楼拱顶，城门关不牢，现在正在修葺中。灰黑色的城门前搭着密密麻麻的竹架子，门廊下堆满了泥浆盆子和青砖，两扇刚刚卸下门轴的大铁门斜倚在门洞旁边，露出一个大大的豁口。

一大群守军和工匠聚在城门前，惶恐地交头接耳。就连督工和城门将军都心神不宁，一直朝西边眺望。他们应该也听到那巨大的爆炸声了，只是还不知道事情有多严重。

吴定缘亮出锡牌，说要押解犯人进城，一个负责核验的老军提醒道："要不你换个城门走吧，这里今天可不太方便。"

"不行，这名犯人必须立刻送衙，不得阻滞！"吴定缘下意识地握住铁尺，生怕这也是敌人伏下的杀手。老军还要劝一句，吴定缘厉声道："此人案涉行刺太子，耽搁了送官，你来背这口锅？"老军一听居然涉及这么大的事，手一哆嗦，连忙把锡牌递回来，让开一条窄路："这可是你非要走不可，出了事，须怪不到我等。"

在守军和工匠们古怪的目光中，吴定缘押着犯人，迈进那条黑漆漆的城门洞子。

在迁都之前，正阳门是皇城外郭的正门，因此修建得格外宏阔，门洞宽可容两车并行，地覆石板，两侧青砖贴边，上顶用上好的青条石砌成。不过，此时正值修葺，门口堆放着各种营造杂物，遮去了大半边光线。

吴定缘往里走上七八步，周围便暗了下来，状如深隧一般。此时外头是五月天气，可城门洞里还一片凉沁沁，有丝丝缕缕的阴气从砖缝与地隙中钻出来，缠腿而上。

他们两人走到一半，吴定缘忽有所感，一抬头，才明白老军的反应为何如此古怪。

原来在他的头顶，正悬着一块长约三丈、宽一丈的大石条。石条还没被嵌入拱顶，只靠几根麻绳捆吊在半空，晃晃悠悠。在拱顶下方，是塌了一地的脚手架残骸。很明显，刚才的爆炸把支撑的脚手架给震塌了，抬吊到一半的石条一下子变成悬空。匠户们不知何时会再震一次，怕石头掉下来砸死人，先逃去了城楼外面。

这块青灰色的巨石采自幕府山中，边钝质厚。如此庞然的身躯，居然如吊钟一样在幽暗中缓慢摆动，那种随时可能泰山压顶的死亡威胁，着实令人不寒而栗。不知为何，吴定缘没有急忙躲开，反而露出一丝意味深长的苦笑。

在这个暗无天日的城门洞子里，无论来路还是去路都晦暗不清，偏偏在头顶，生死悬于一线。这带有某种讽刺意味的不祥谶兆，竟令吴定缘一时入了神。据说，人在面对注定的死亡威胁时，不会移开视线，反而会一直盯着。那种随时可能被砸成一摊肉泥的想象，居然让他皮肤浮起一层说不上是恐惧还是兴奋的鸡皮疙瘩。

身旁的囚犯一直蒙着头，浑然不知身处险境，老老实实站在原地。过了不知多久，他才不安地呜了一声，把吴定缘从死亡的遐想中拽回现实。吴定缘最后瞥了一眼头顶的巨石，摇摇头，这才带着囚犯继续前行。

两人很快穿过门洞，眼前忽现一片光亮，这便算是进到南京城内了。在正阳门北侧横亘着一条东西向的宽衢大街，叫作崇礼街，它的西侧尽头恰好与长安街相交。

崇礼街上如今也不太平，这里是许多官署的所在地。宝船爆炸的冲击，让这边乱了套。一拨拨的步兵、骑兵拥出诸卫屯地，朝东水关那边疯狂地开去，无数马蹄和革靴将街面上的黄土高高扬起。很多小吏书手从衙署门前探出头来，在扬尘中茫然无措地呆立着。

吴定缘看着那些救援队伍，突然意识到，自己犯了一个错误。

出了如此大的事，吴不平身为总捕头怎么可能还留在长安街，一定第一时间赶去东水关现场。

可东水关码头现在绝不能靠近，吴定缘思忖片刻，本想干脆把犯人先扭送应天府，可转念一想，也不现实。且不说府衙远在城西，沿途变数太多，就算送到了，现在也没人接收——应天府的高官们，都跑去了东水关等着巴结太子，如今生死未卜。

至于其他衙署，也是同样问题。

南京城内的治安力量颇为复杂。五城兵马司归南京兵部管，十八卫所亲兵由五军都督府统辖，应天府控制着三班，守备衙门掌握着诸城门锁钥，皇城里还趴着一支年初从京城调来的禁军。

这几套城防班底各有统属，平日互不买账。东水关码头这一炸，一干高层灰飞烟灭，诸多衙署群龙无首。整个南京城，已经完全瘫痪。

他现在手握着一名朝廷钦犯，居然无处可以解送。

吴定缘环顾四周，忽然看到在崇礼街北侧，钦天监与行人司之间有一座朱门白墙的衙署。衙署上无匾额，两侧门柱漆成墨色，显出与寻常衙署卓然不同的肃杀气势。他的心中，浮现出一个主意。

那里是南京锦衣卫的镇抚司，它不受南京任何一个衙门的节制，直接向京城的锦衣卫指挥使汇报，不挂匾额，不书牌面，在南京官场的地位超然。

吴定缘"啧"了一声，虽然不无遗憾，但他决定把这个烫手山芋送到锦衣卫算了。锦衣卫未必会给多少赏赐，但至少可以甩脱这个大麻烦。他最怕麻烦，只想赶快了结这桩意外差事，回家让妹妹烫上一壶酒，清净地待一会儿。

吴定缘拽着犯人走到镇抚司，敲了敲大门，发现居然是虚掩的，一推即开。他往里走了几步，突然听到内院传来一声怒吼：

"国家有难，尔等竟敢置若罔闻？"

这声音势若洪钟，连屋顶的瓦片都被震得嗡嗡作响。吴定缘带着犯人绕过照壁，看到里面是一个宽阔的四方正院，一个身穿浅绿官袍的年轻官员站在院门之前，伸直双臂，死死挡住了对面一排锦衣卫。

这年轻官员二十七八岁，身材不算高大，但鼻梁硬直，眉角飞扬，尤其下巴特别方正，一抿起嘴来，整个面相顽若坚石。

一个胡子花白的老千户拍拍绣春刀，呵斥道："我等正要去码头救援上官，怎么就置若罔闻了？"那年轻官员上前一步，目光灼灼，道："东水关出事，自有守备卫门应对。你们锦衣卫的职责不是救援，而是尽快去查找奸凶！"

旁边一个副千户不由得嗤笑道："你一个小小的行人，口气倒大得像个大学士！不好好在隔壁待着，反而跑来这里指手画脚！"上前作势要把他推开。

那小官见他们来推搡，涨红着脸，挺起胸膛大叫："你们一窝蜂跑去码头，贼人正好可以趁乱远遁潜离。若错过时机，只怕东宫危矣！留都危矣！你们……怎么都不明白！"副千户见他脾气犟起来，手里反倒犹豫了。行人虽是个正八品的芝麻小官，可非进士不能担任，他一个武官不敢对文官真的动粗，一时两边僵持在那里。

吴定缘大概听明白了。这官员应该是南京行人司的一个行人。宝船爆炸之后，他跑到隔壁锦衣卫这里，要求他们不要去码头救援，而是马上展开调查。

从锦衣卫的角度来看，这确实莫名其妙。行人司的日常工作是负责颁布诏谕、出使外藩，跑来这里指手画脚，算怎么回事？可锦衣卫的长官此时也陷在码头，剩下这几个千户和副千户群龙无首，愣是被这小小的行人堵住了门口。

说实话，吴定缘很赞同这个小行人的判断。锦衣卫与其赶去码头添乱，还不如抓紧时间去盘查线索。只不过……关你屁事啊。

南京的行人司只是一个闲置空署，在这里注定升迁无望，无非混吃等死而已。南京城里那么多高官，轮得着你一个冷衙门的小角色忧心国事？这小行人八成是吃陈年禄米吃得脑壳坏掉了。

吴定缘懒得听他们争吵，使劲咳嗽了一声。

那个小行人和锦衣卫们同时转头看来，目光都有些诧异。吴定缘把犯人向前推了一步："在下是守备扇骨台的应天捕吏。擒得太子宝船跳船疑犯一人，特来移交贵卫。"

听他这么一说，人群立刻骚动起来。吴定缘把犯人的头罩一摘，一踹腿窝，让他跪倒在地。那几个锦衣卫瞪大了眼睛，看到一张满面尘烟、神色委顿的狼狈脸孔，一头湿漉漉的乱发散披下来，头上缀满了碎屑残绳。

吴定缘把他在扇骨台的遭遇约略一说，但为了避免麻烦，没提那两个杀手的事。锦衣卫们惯于缉事，立刻明白此人的形迹确实可疑。老千户正要走近细问，那小行人却抢先凑到跟前，皱眉端详片刻，伸手把麻核从犯人嘴里抠出来。

蓄积已久的愤懑，猛然从犯人嘴里喷泻而出："你们这些老獾叨的杀才！没眼色的驴狗卵子！我是大明太子！大明太子！快放开我！不然诛尔等三族！不，九族！十族！"小行人双眸一闪，赶紧将他从地上搀起，解开束手的绳子，然后一撩袍边跪倒在地，口称"殿下"。

这一番变故，让周围的锦衣卫都有点发蒙。老千户狐疑道："你一个小行人，怎么知道太子长什么模样？"那年轻官员下巴一抬："我是永乐十九年的进士，曾在殿试时亲眼见过太宗皇帝，和眼前这位，当真是一模一样！"

周围的人还有些不信。朱瞻基从脖颈里摘下一枚青莲云形玉佩，怒气冲冲地举手一晃，喝道："你们来看！"

这枚玉佩是当年他跟随祖父出征时，永乐皇帝于营中所赐，上镌"惟精惟一"四字，他从不离身，天下都知道这是太子之物。锦衣卫们看到这件信物，登时再无疑问，哗啦啦跪倒了一大片。只剩吴定缘一个人愕然站在原地，全身僵直。

这个炸船的疑犯，居然会是大明皇太子？

这……这也太不合常理了，宝船明明已经接近东水关，太子应该在东宫幕僚的簇拥中准备下船才对，怎么会一个人跑到船尾去？

一直到他的双臂猛然被人钳住，吴定缘才从恍惚中惊醒过来。原来是几个小旗冲上去，恶狠狠地把这个挟持太子的反贼压在地上，让他动弹不得。吴定缘"嘿"了一声，似是自嘲般地笑了笑，也不挣扎，把头慢慢垂下去。

老千户知道把此人留在现场，只会让太子尴尬，喝令道："把此人先投进内狱，容后再审！"小旗们发一声喊，连拖带拽把吴定缘带到后院去了。看着那莽汉的身影消失，老千户这才亲自从院内掇出一张圈椅，讨好地请太子暂且歇息。

朱瞻基一屁股坐下去，双眼怔怔地盯着照壁，胸口起伏不定。他的脑子，一直到现在仍是懵懵懂懂，一切都来得太突然了——先是一场令人筋熔骨销的大爆炸，然后又几乎溺毙于冰凉的河水之中，接下来被人蒙住了脑袋，踢踢打打，还有刺鼻的血腥透鼻而入——如果是噩梦的话，现在也该清醒了。

小行人从地上把玉佩捡起来，检查了一下并无破损，毕恭毕敬地双手递还给朱瞻基。朱瞻基抬起眼，喃喃问道："到底……发生了什么？"

众人面面相觑，具体怎么回事，他们也说不清楚。最后还是那位小行人大声道："殿下座船被贼人所炸，波及东水关码头百官。"周围的千户、副千户们倒吸一口凉气，你小子好大胆，局势尚未明朗，就敢铁口直断，这个话要不要负责？

朱瞻基看了这小行人一眼，他刚才脑袋被罩着，听见有个声音嚷了句"东宫危矣"，心中颇有好感："你叫什么名字？"

小官连忙回道："微臣是南京行人司行人，于谦。"他说这话时声音洪亮，双眸熠闪。那老千户暗自不屑，你三十岁不到就混在一个养老的冷衙门，不知有什么可自豪的。

23

朱瞻基点点头，说了一句"你很好"，便不言语了。于谦趁机道："如今城内形势未靖，还请殿下暂且驻跸于此，待襄城伯、三保太监有回话过来，再动不迟。"

朱瞻基眉头轻皱，道："他们如今身在何处？"于谦回道："两位皆在东水关码头迎候殿下，目前情形……呃，尚不清楚。殿下万金之躯，得天独眷，宜遣人先行询问，待两位镇守前来接应为宜。"

于谦相貌端方，讲起话来又喜欢直视对方，颇有说服力。朱瞻基决定听他的，先留在锦衣卫这里观望形势。老千户不忿于谦抢了风头，也上前抢着给太子通报姓名。

朱瞻基对他可没什么好脸色，毕竟这小老儿刚才还试图阻挠于谦。老千户见状不妙，连忙自告奋勇，说要亲自前往码头打探消息，然后慌慌张张地跑开了。

老千户走了以后，院里的人给太子打来一盆井水，请他洗脸沐发。锦衣卫们平日里习惯收拾犯人，真伺候起贵人来实在粗手笨脚。朱瞻基勉强洗了几把脸，整个人随后蜷缩在圈椅里，双手无力地搭在两侧扶手上。

往常这些事，自有伴当代劳，可如今那一干人包括赛子龙都已粉身碎骨，只剩下他一个孤家寡人。一念及此，朱瞻基心中便有无穷的悲恸涌上来。随悲恸而至的还有一阵紧似一阵的惊悸，像皮鞭一样抽打着脑中的神经，让那恐怖的爆炸画面不断被唤醒。

于谦不敢打扰太子，一个人骤逢大变，需要一些时间来静待消化。他走到旁边一个副千户前，说给太子端杯热茶去，最好搁点压惊的酸枣或柏子仁。副千户眼睛一瞪，心想你算哪根葱在锦衣卫指手画脚，可又一想，太子刚夸过这家伙"你很好"，只得悻悻转身，喝令旁人去泡。

于谦又问内狱所在，说要去看看那个绑来了太子的人。副千户有心回绝，可架不住于谦目光凛冽如刀，忍着气也回答了。他叫来一个小旗带路，顺便监视，别让这个行人做什么多余之事。

于谦跟着小旗步入后院二堂。垂花门后是一条回字雕花走廊，一圈都是重檐配房，正北是寅宾厅，两侧依次是签押房、录事房、值吏廨、架阁库，而内狱恰好位于正南位置的甬道尽头。

这里只是作临时周转犯人之用，牢房大多空着，虽然脏了点，怨气倒不算浓郁。小旗见快走到了，好心提醒道："你问话时可离得远些，免得被这篾篙子沾上赖瘩气。"

"哦？你认得他？"

长舌碎嘴乃是人类天性，小旗对应天府情形还算熟悉，便把吴定缘这个绰号的来历约略一说。于谦听完，默不作声走到最后一间，隔着木栅看到了那个有名的败家子。

吴定缘此时被绑在了一个十字木架上，身子紧贴直杆竖立，双手分开与横木平行，丝毫动弹不得，这是对重要钦犯才会采取的措施。他身后的石墙特别厚实，上头只开了一扇巴掌大的小气窗，窗上两根铁柱，把照进来的阳光分割成三道，像三把金黄色的长刀顶在囚犯的后背。吴定缘低着头一动不动，一副引颈待戮的姿态。

不过事起仓促，锦衣卫也只是把他简单捆住，身上衣衫还未剥掉，麻核也没塞嘴——话说回来，在锦衣卫内狱里，又能喊给谁听呢？

于谦吩咐打开牢门，走到吴定缘跟前。他身材不算高，必须仰起头来，才能看到吴定缘的面孔。

"我知道你有救驾之功，只不过局势紧急，不得不从权处置。一俟大局落定，我会替你去向太子申明冤屈。"于谦轻轻道。

"我把他从河里捞出来平白受苦，实属罪有应得，哪里冤屈了？"

吴定缘依旧垂着头，嘶声回道。这个刻薄的反应让于谦皱了皱眉头。他走近一步，道："太子骤经大变，神志未复，又不是故意陷害你。你快把太子落水前后之事，给我详详细细地说一遍，不要有半点遗漏。"

吴定缘懒洋洋地抬起头："难道不是该锦衣卫来审吗？你一个小杏仁不管咸淡，倒管起闲事来了。"他故意把"小行人"说成"小杏仁"，于谦额头登时浮起一条青筋，不由得怒喝道：

"现在局势危殆、都城动摇，只要是食君禄者，人人皆有责任赴难济危，还分什么闲事不闲事？"

吴定缘笑道："好，好，皇上和太子最爱听的就是这话。你把握好了机会，一步登天，须不是小杏仁了。"于谦仿佛受到侮辱似的，揪住他衣襟大声道："别把每个人都想得像你那么龌龊！我于谦虽然官卑位贱，却不是幸进之徒！"

于谦出身钱塘于氏，最听不得被人说是钻营小人。他嗓门本来就洪亮，加上情绪激荡，竟震得天花板的灰尘都抖搂下来几缕。吴定缘嗤笑一声，斜眼乜着他，不再说什么。

于谦意识到自己有些失态，松开对方衣襟，冷笑道："你也莫装糊涂。一个应天府的捕吏拿住炸船疑犯，不交给本管府上邀功，却白白送到锦衣卫门口，分明是觉得有性命之忧，想要置身事外。你一定是发现了什么，刚才却没说，对也不对？"

吴定缘嘴角一抽，这"小杏仁"当真敏锐得紧，一句便戳到点上。

于谦气呼呼地瞪着他，道："我真没见过像你这样的蠢物。太子落水时不知身份，你千辛万苦把他救下来；如今知道了太子身份，你反倒推三阻四，简直是个副藤头丝！"

他情绪过于激动，前头还说着官话，末一句却蹦出一句钱塘土话来。吴定缘多少能听懂一点，知道这是形容不知好歹、顽固执拗之人。

这个骂法，让吴定缘不期然想起自己的父亲。每次他们父子联手破获大案之后，吴定缘坚决不肯露面领功，只讨了钱钞去喝酒、逛窑子。他老爹吴不平给钱时，都会狠狠骂上一句"死孙"——这是个北方的词，意思跟"个副藤头丝"差不多。

想到自己父亲，吴定缘突然意识到，如今东水关闹出这么大的乱子，吴不平身为应天府总捕头，肯定也会被牵连进去。万一这案子没破了，以官府的禀性，说不定会把他推出来顶缸，谁让你负责南京地面的平靖呢？

想到这里，吴定缘叹了口气，道："好吧，好吧，我说还不成吗？"

接下来，吴定缘把自己的遭遇原原本本讲给了于谦听，如何看守扇骨台，如何看到宝船上的人影，如何救下太子，如何碰到那两个怀有杀意的卫所旗兵，自己又是如何改变主意把人犯押来锦衣卫。

一番话听完，于谦对这个怠懒捕吏倒真是刮目相看。这家伙的谈吐虽然粗鄙，但分析起事端来，简洁精准，切中肯綮，就是积年老吏也未必有这种见识。那个小旗嘴里的"簸篙子"，居然是个深藏不露的精明人。

他极其鄙夷吴定缘一遇到危险便推卸责任的做法，但很认同其判断——这个幕后策划者显然是要把太子和南京官场一网打尽，其野心之大、规划之周密、手段之狠辣，实在令人叹为观止。

不幸中的万幸是，太子奇迹般地得以幸免，吴定缘又临时起意，将其扭送锦衣卫。这一连串意外，神仙也没法事先预料，更别说那些炸船的反贼了。

也就是说，太子至少现在很安全。

吴定缘见于谦眉角一下子松弛下来，便猜到了他的心思，不由得嘿嘿一笑，道："你说，他们花了这么多心思炸船，难道只是为了听个响动？"

"什么？"

"今天，可还没过完呢。"吴定缘抬起眼皮，漫不经心地补了一句。

于谦眼皮猛然一跳。

糟了，那个老千户跑去东水关码头打探消息，万一到处表功说收容了太子，难保不会被反贼的耳目侦知。一想到这个，于谦顾不上向吴定缘说明，转身迅速离开内狱，噔噔快步朝前院走去。不管这种可能有多少，必须让锦衣卫提前做好防范。

当于谦回到前院时，他发现圈椅上空无一人，太子不见了，附近那几位副千户也没了踪影。于谦大惊，抓着旁边一个留守的小旗问怎么回事。

小旗倒老实，直接全说了出来。原来在于谦离开不久，码头那边的老千户便传回消息，一好一坏：坏消息是，襄城伯受了重伤，他身在码头最前，受冲击最强烈，一时还未醒转过来；好消息是，三保太监侥幸无事。在爆炸前一瞬，他的大氅半边脱落，几个侍从正手忙脚乱地挡在身前摆弄卡扣，替他挡住了大半冲击。

三保太监见惯了大风浪，临危不惧，坐镇码头指挥。在他的调度下，东水关与南京诸衙署已逐渐恢复了秩序，救援工作有条不紊地展开着。恰好老千户跑过来禀明太子下落，郑和一听，亲自赶来迎候，刚刚把太子接走。

那个老千户耍了点手段，接走太子时，故意没通知在内狱的于谦。

于谦听说接走太子的是郑和，不由得长出一口气。郑和是永乐老臣，其人忠直耿介，兼有韬略，几次下西洋的壮举攒下巨大声望。只要有他这尊山岳镇着，南京城乱不起来。

不过，眼下尚不是松懈之时。于谦认为，吴定缘遭遇两名旗兵袭击这条线索很重要，必须尽快让高层知道才行，便讨来一副纸笔。

他笔法流畅，转瞬就写满了一页工整的台阁体。信中警告太子与三保太监，南京城里还有敌人未除，要尽快彻查，不可轻忽。信末还不忘提了一句吴定缘的冤枉之情，生怕贵人们事情一多给忘了。

写完以后，于谦吹一吹淋漓的墨汁，四方叠好揣在怀里，举步匆匆出门。

此时，外头崇礼大街上还是一片混乱景象，两侧街面的旗幌下、沟渠旁、树荫下都站满了人，个个面色惶恐。先前大家只是听到巨响，不明所以，现在宝船被炸的消息已从东水关码头扩散开来，这在南京居民心中掀起了惊涛骇浪。甚至已有零星百姓卷起包袱，扶老携幼，打算出城避难去了。

于谦不知道太子与三保太监如今身在何处，但以情势推断，他们一定会先行返回南京守备衙门，那里是整个留都最安全的地方。

南京守备衙门位于皇城西南角，无论队伍从哪条路线行进，皇城西侧的西华门都是必经之路。他只消从崇礼街转到通济门大街，一路向北穿过西皇城根南街，赶到西华门外的玄津桥，就一定能截住队伍。

于谦略扶一下幞头，把腰间的乌角带提了提，举步从惶恐不安的人群中快步穿过去，钻进一条小巷子里。他来南京已有数年，对城内地理轻车熟路，知道哪里有捷径可走。不消两炷香的工夫，于谦已经跑到了西皇城根南街的中段。

他一路上街面，伸着脖子朝北边看去，只见烟尘滚滚，前方一百多步开外，一支队伍正匆匆移动着。

这队伍的构成颇为驳杂，里面既有顶盔贯甲的守备衙门亲兵，也有一身短衫的勋贵府家丁，有人腰悬弓箭，还有人手擎金瓜，乱七八糟不成章法。不用问，这一定是护送太子的队伍。东水关爆炸波及人数太多，只能临时拼凑出这些乱七八糟的人手。

队伍之中，最醒目的是一匹枣红色的青海大马，上头的骑士头顶高丽冠、身披猩红大氅，无论马背如何起伏，双肩始终稳稳不动。在他身边，还有一抬黄绸阔轿，抬轿的却不是轿夫，而是几个身披彩肩的号手。

那个在马上的高大身影，想必就是三保太监郑和；而他旁边的阔轿之内，只可能是当今太子朱瞻基。

那支队伍移动速度很快，眼下队首已越过桥头的守桥石狮，即将踏上玄津桥面。于谦略喘了口气，加快速度追了上去。

玄津桥是一座三眼白石拱桥，两端斜坡，中间高拱如山。它横跨秦淮内河，对面即是西华门。当年南京还是京城时，百官每日出入皇城，都必须通过玄津桥从西华门入皇城，一度是南京最繁盛的路口。

这玄津桥最大的特点，就是桥两头各卡着两尊石狮，说是镇岁辟邪之用，其实是为了缓解交通压力。它们把石桥入口分成三条狭窄的通道，防止太多车马一次拥上桥面。

因此当这支队伍走到桥头，不得不让队形稍做变换。簇拥在前方的护卫让开路面，先让三保太监和那顶阔轿从两座石狮中间的狭窄通道走过，他们再从两侧过道跟上去。

可这支临时拼凑的队伍没有默契，分进合流之间发生了不小的混乱，互相碰撞拥挤，一度与前头的两位要员拉开了距离。于谦趁机追到队尾，他身材不高，只能看到那顶高丽冠与黄绸轿顶在视野里逐渐升高，徐徐走到玄津桥的最高处。

突然一种极度不祥的预感，像毒蛇的牙齿一样狠狠钉在他心脏上。于谦的耳边，蓦然响起吴定缘那淡淡的声音："今天，可还没过完呢。"

于谦一咬牙，把袍角一拎，骤然加速，瞬间超过了三四个押后的护卫，同时大喊："快退！快退！"距离最近的卫兵一见有人闯阵，第一时间拦腰合抱，几下扭打便把这个小小文官按在身下。

于谦动弹不得，那副大嗓门却堵不住，"快退"二字的声量从石狮子旁一直传到玄津桥顶。三保太监听到声音，只是微微回了一下头，继续向前。他旁边那顶黄绸阔轿的轿帘，却兀然被一只手掀开。

朱瞻基探出头来，惊疑地朝后头望去。这个声音他记得，是那个锦衣卫里的小行人，他怎么追到这里来了？

太子掀帘，轿夫们连忙停下脚步。这一停顿，让轿子与郑和之间拉出了半匹马的距离。郑和勒住马头，正要催促轿夫们快走，鼻子却突兀地捕捉到空气中一丝奇怪的味道。

这味道在他漫长的航海生涯中时时能够闻到，每一次都与战场密切相关，而刚才在东水关码头，也弥漫着同样的味道。

三保太监的反应极快,他一勒缰绳,坐骑扬起后蹄对轿子高高踢去。那匹青海大马生得极为剽悍,钉了铁掌的漆黑巨蹄像一具攻城槌,狠狠撞在轿子顶边的蝠形铜角之上。轿夫们四散摔开,巨大的冲击力推着轿厢,顺着倾斜的石面仓皇滚落下去。

与此同时,从桥下传来一声闷闷的爆破声。整座石桥震颤了一下,从最中间裂开一条大缝。裂缝迅速扩成沟隙,沟隙又变成深壑,很快整座桥面便分崩离析。散开的石块化为无数张裂开的大嘴,裹挟着三保太监连同那头坐骑落入秦淮河中,溅起巨大的水花。

两京 十五日

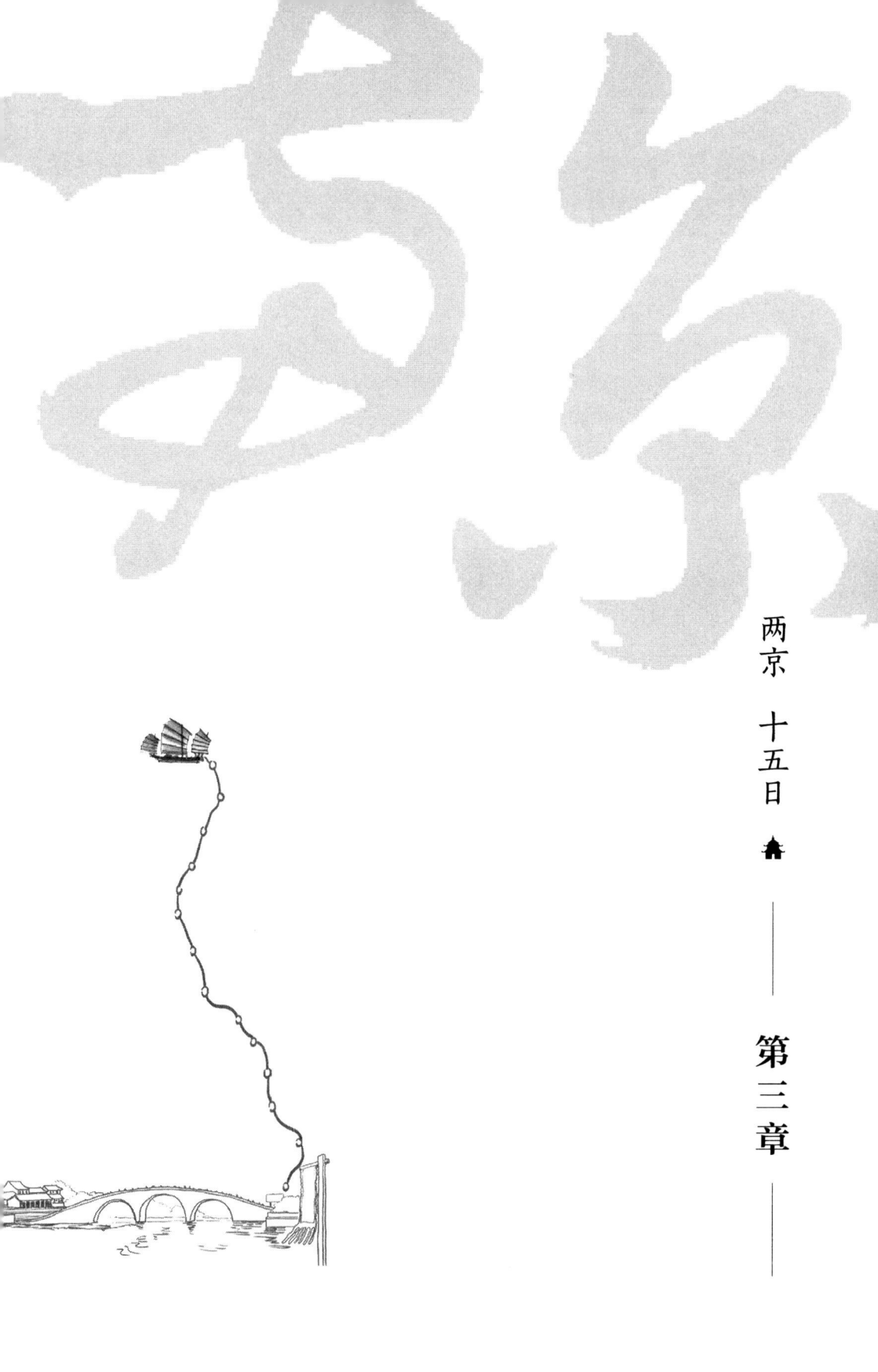

第三章

这一突然的变故，让玄津桥下的人全都呆住了。

这支队伍里只有三分之一是训练有素的守备衙门亲兵，他们第一反应是登桥去营救主官；而其他三分之二都是拼凑而来的吹鼓手、仪仗、门班、轿伞夫子与跑腿小厮。他们惊叫着四散奔逃，想要尽快远离。每个人的行进方向截然不同，两尊石狮子之间的三条通道登时陷入混乱。

于谦奋力一挣，甩开失神的士兵，直直冲到那顶摔倒在桥阶之下的轿厢前。没想到他还没出手拖拽，朱瞻基自己已经挣扎着爬了出来，攒眉凶目，眼神里涌现出腾腾杀气。

朱瞻基不是那种自幼长于深宫的纤弱皇子，他曾随祖父讨伐北元，骨子里深藏着悍勇之气。短短一个时辰不到，居然遭遇两次袭击，还是发生在大明腹心之地。这种突破极限的冒犯，反而把朱瞻基的脾气给逼出来了。

他先踹翻一个蹲在地上不停号叫的旗手，然后厉声喝道："先下水救人！"亲兵们如梦初醒，纷纷解下甲胄、抛下兵刃，扑通扑通跳下水去捞郑和。

旁边于谦也赶紧放开嗓门，以太子的名义喝令闲杂人等各安其位。他的音量可比朱瞻基高多了，如洪钟大吕，鼓荡耳膜，指挥着那团不安人群逐次后退，把空间让出来。桥头——如今得称为断桥了——的局面，总算慢慢恢复了秩序。

在秦淮水下的营救很快便有了成果，一袭猩红大氅从水中被凫水的亲兵们托起来。队伍里有个医官，过去迅速检查了一下，发现郑和的呼吸尚在，身躯也没有什么明显损伤。不过，他大概骤然受到冲击，双目紧闭，一时还不能回应呼唤。

于谦并未因郑和的得救而精神松懈，他紧张地护在朱瞻基身前，眼睛却盯着玄津断桥的残骸，似乎在寻找什么线索。

洪武爷入主金陵之时，元寇未靖，因此在各处城门、瓮城、内外高墙及要路津桥挖了不少藏兵洞。在这座玄津三拱石桥下，工匠们别出心裁，利用拱弓结构巧妙地做出一个极为隐蔽的桥洞。后来大明定鼎，藏兵洞用不着了，慢慢被封堵废弃。

很显然，炸桥的火药，肯定是被堆在这个桥下的藏兵洞里。也幸亏是埋藏此处，水汽浓郁，导致火药受潮，炸了个半哑，只是震塌了石桥结构。倘若完全爆发出来，只怕三保太监和周围所有人都尸骨无存。

可有一件事于谦想不通。

宝船行进的路线及时间都是规划好的，反贼可以提前做好安排。而太子何时经过玄津桥根本没法预测，那么多火药他们怎么提前准备？

除非……

除非这是一个早早算定的后手。只要南京有高官侥幸在宝船爆炸中幸存，他们一定会迅速进入皇城，而玄津桥是必经之路。在这里提前安排下一着补棋，可以确保打击到漏网之鱼。

这些袭击者的布局，竟然缜密到了这个地步，真是无比坚决的杀意啊！

于谦强抑心惊，很快意识到另外一个问题。这一着补棋固然精妙，可无法预测发动时间，因此必须有人猫在桥下藏兵洞，随时发现目标抵达，随时点火。也就是说，刚才那一场爆炸，肯定得有一个点火者看见队伍经过，这才匆忙点燃，他肯定还在左近！

于谦"唰"地抬起头，眼神一遍一遍地扫过河面。他很快发现，距离玄津桥右侧五六十步开外的秦淮河面，似乎有一个黑点一沉一浮。于谦眯眼再看仔细，那应该是一个人顺着水流，奋力朝远处游去。

"贼人在那边！快！"

于谦急切地唤来几个亲兵，让他们迅速沿着秦淮河岸去追赶。朱瞻基听到于谦的叫喊，也朝那边望了一眼。他绷着脸，先伸出拇指比了一下远近，俯身从地上捡起一把不知谁掉的开元弓，再从一个护卫的撒袋里抪出一支长箭，搭弓拉圆。

他的姿态，是标准的军中挽弓之法。弓弦一响，长箭刺破虚空，如流星般朝那黑点疾飞而去。可惜准头略差，与黑点的脑袋差了半分，没入前方的水中。朱瞻基眼中杀意更加盎然，再抪出一支箭来瞄准。

于谦忙提醒说殿下要留个活口。可惜他话刚出口，弓弦又响。这一箭带着满腔委屈与怒意，越过秦淮水面，正正钉在那黑点的后心。那人的前胸骤然朝前一顶，双手挣扎了两下，整个人朝河里缓缓沉去。早已冲去河岸的亲兵们迅速伸去长竿长耙，连拖带拽把他弄上岸来。

于谦三步并两步赶了过来，只见那支箭从后心贯穿了右侧胸膛，令他当场气绝身亡。这箭法着实了得，可也着实可惜。要知道，这可能是他们所能掌握的唯一一条线索。

死者是个约莫二十岁的男子，头梳小髻，用阔边深网罩着，一身青布衫裤，足蹬趿靴，与寻常南京百姓并不无同。于谦搜遍全身，除了一套火镰并无任何物品。他不甘心地撕开死者的衣襟，赫然发现在左臂腋窝处，居然文着一朵白莲花。莲花分作三瓣，形似焰团聚拢。

"白莲教?！"于谦双眼骇然睁大。

这三个字，是朝廷挥之不去的一个梦魇。它兴于宋代，教义宣称弥勒降世，将以白莲化为业火净世，动辄煽众闹事，绵延数百年。从宋至元再到大明，历朝都极力打压封杀，偏偏此教在民间香火极盛，屡禁不止。

最近的一次是在永乐十八年，白莲教众在山东搞了一次声势浩大的叛乱，太宗费了好大力气才镇压下去，可见其坚韧与难缠。

白莲教和朝廷之间，可以说是仇深似海。倘若是他们所为，倒能解释这种要置太子百官于死地的疯狂。

这时朱瞻基也来到尸身旁，沉声问道："这人是谁？可看出些端倪？"于谦一指那文身，压低了声音约略一说。朱瞻基倒吸一口凉气，他久闻这个邪教的大名，不由得头皮微微发麻："这些事……都是他们干的？"

"如今形势不明，一切皆有可能。"于谦看看左右，有些焦虑。眼下不知道哪个角落里还藏着白莲教的疯子，多在外头停留一刻，就多一分危险。他催促道："这伙贼人所图极大，必然还有后续手段。还请殿下迅速返回皇城，重聚人心。"

朱瞻基苦笑一声。重聚人心？他的东宫班底，已化为齑粉；他在留都可以信任的两大山岳之镇，一个李隆一个郑和，如今皆身负重伤不能视事。转瞬之间，偌大的一个南京城危机四伏，朱瞻基却孤立无援，再无一个相熟之人可用。站在潺潺流动的秦淮河边，堂堂大明皇太子一时间竟有些茫然无措。

这种事情，于谦是帮不上忙的。他只能吩咐几个亲兵收起那个教徒的尸身，送去最近的义舍备查，然后把朱瞻基拽回到玄津桥头。

如今这桥只剩下两岸的桥基断茬，微微上翘，像两节被折断的指骨，彻底无法通行。玄津桥是进皇城的必经之路，它一断，要么北上至竹桥，要么南返到大通桥，都得绕一个大圈子。

可这种局势之下，谁又能保证，那两处桥下没有埋伏着杀招呢？就算两桥无事，沿途呢？这一带商铺酒楼民居林立，想藏上十几个杀手太容易了。

于谦考量再三，认为最好的选择是留在原地，等候其他有力官员前来救援。只是现在整个南京级别稍微高一点的官员，都在东水关被炸得生死不知，找谁来需要费些思量。

这时一个郑和的亲兵提醒说，刚出事那会儿，三保太监便第一时间传信皇城，命令皇城守备朱卜花紧闭城门，防止贼人偷袭，他应该安然无恙。

朱瞻基闻言眼睛一亮，这个朱卜花他知道，是京城御马监的提督太监，年初刚从京城调来南京，还带来一支叫勇士营的禁军队伍，负责守备南京皇城。

这支队伍和别的禁军不太一样，它建于永乐年间，主要成员是从草原逃回的青壮汉民男子，所以个个骑术精湛。洪熙皇帝把这支队伍安排给太子做心腹，可见花了不少心思。

宝船爆炸时，朱卜花在皇城留守，未受波及。于是，朱瞻基当场手书一封，着人迅速送去皇城，让朱卜花带禁军前来接应。

亲兵领命而去。于谦仍不放心，指挥着其他人分散开来，以桥头为圆心，把守御区域扩散到百步开外的临街铺子。他还派了几个手脚矫健的，爬上附近的房顶高处，防备可能的弓弩袭击。

于谦虽然只是个小行人，可分派调度有条不紊，又借着太子这张虎皮，无论护卫、锦衣卫还是轿夫、号手皆凛然听命。一会儿工夫，桥头便建起一个密不透风的步障区域。现在除非白莲教调来铁骑冲阵，否则绝难威胁到太子。

喧嚣渐渐平息下来。附近店铺里的百姓纷纷冒出头，好奇地朝这边观望过来。朱瞻基不想让他们见到自己的狼狈样，跌跌撞撞走到两座石狮子之间的桥阶上坐下，眼神活像一只被遗弃的小狗。

于谦安排停当，走到太子面前，还未及禀告，朱瞻基忽地抬头问道："你是如何知道，白莲教会在玄津桥上设下埋伏？"他还记得这个小官临上桥的一声呐喊，让自己迟疑了半分，否则落水的可不只是三保太监了。

于谦从怀里摸出一张信纸，恭敬地递过去："殿下离开锦衣卫后，臣得到消息，得知城中可能藏有贼人暗桩，恐有碍于殿下，故而追上来提醒。又怕宫禁森严，故备了一封书信请人传递，只是没想到……"

朱瞻基展信扫了一眼，心头一热。虽然百官尽职乃是本分，可一个小小行人能做到这地步，真可谓是忠纯之臣了。

"以你之见，接下来该如何？"太子不知不觉，已把这八品小官当成了咨议谋臣。

于谦道："这一次祸极熏天，枝干断折，实是开国未有之局面。臣以为当务之急，是派遣得力心腹，着手追查。须知贼人筹谋极为周备，倘若稍有延滞不决，只怕再无机会找到真相。"

于谦当初急着催促锦衣卫办案，就是怕稍晚一步，很多线索便湮灭无痕了。

朱瞻基摇摇头。第一件事，他心里还有点谱，可派心腹查案？自己如今是孤家寡人，哪里还有什么心腹？于谦知道他的难处，连忙开解道："殿下莫愁，五军都督府、南京守备衙门、五城兵马司、应天府、锦衣卫都有熟习缉事的老手，皆可阶下听用。"朱瞻基沉默半晌，从牙缝里蹦出四个字来："我信不过。"

于谦先是一怔，旋即明白。

不怪太子惊弓之鸟。白莲教既然能渗透宝船运入火药，能买通留守左卫的旗兵巡河灭口，能在与皇城近在咫尺的玄津桥上设伏，谁能保证他们在官府里没有内应？事实上，白莲教屡禁不绝的原因之一，就是总有信徒在官府里做内应，其中不乏高官大吏。

如今在这南京城里，恐怕没有一个人敢保证与白莲教无关。

一面是惊天大案，亟须彻查；一面是满城嫌疑，无可信者。他们两人不约而同地叹了口气，隔着潺潺流动的秦淮河水望向皇城。

此时虽然已过午时，日头抛洒下来的热力却丝毫不减，朱红边墙上那一溜琉璃叠瓦被映得流光溢彩，煊赫夺目，透着通天的雍容气势。只是光亮越盛，对比越强，在鳞次栉比的巷道桥楼之间，一条条阳光难至的阴影之地格外醒目，它们深深嵌入都城肌理之中，勾勒出一片难以言喻的恶意。

不过在宫墙的边缘，尚还有一条灰边，这里恰在明暗过渡之间，非黑非白，颇为暧昧。于谦凝望远方，脑海里突然闪过一个人影，道："臣保举一人，堪当此任。"

"嗯？"太子眉头一挑。

"就是扇骨台下救了殿下的那个应天府的捕吏，他姓吴，叫作吴定缘。"

一听这名字，朱瞻基手一抖，尴尬、羞恼与愤怒一齐涌上面孔。是，那家伙是救命恩人不假，可他也侮辱了大明太子。朱瞻基长这么大，还从来没受过这等虐待，不杀他已是通天恩德——于谦你的脑子里都在想什么？

于谦见太子要发作，并不慌张，道："殿下您仔细想，如今整个留都确凿与白莲教无关的，能有几人？"

朱瞻基"呃"了一声。要说整个南京城最无疑的，确实是吴定缘不假。他要是白莲教众，坐等太子淹死在秦淮河里便是，不必费那么多周折。

于谦见朱瞻基沉默不语，趁机又道："我与他在牢中交谈过。此人性格乖僻不假，眼光却颇为卓异。臣之所以能赶来玄津桥，也是因为他提醒说殿下危机未除，可见是个有能耐的人。"

"他真这么有能耐，怎么会只是一个捕吏？怎么不是捕头？"

"殿下见事极准。这个吴定缘的父亲，正是应天府总捕头吴不平，家学渊源，虎父岂有犬子？"于谦故意把吴定缘的"名声"隐下来，免得徒增太子担忧。

"再有手段，他一个小角色，能查出什么？"朱瞻基撇撇嘴，心里那道坎还是过不去。

于谦道："白莲教耳目众多，若是缇骑四出，只怕会打草惊蛇。城狐社鼠之流，还得让鸡鸣狗盗之辈去应付啊。"

朱瞻基还要找什么借口，于谦忽然正色道："昔日管仲挽弓几杀齐桓公，可齐桓公不计前嫌，予以重用，遂有称霸中原之业。殿下聪敏睿断，宜以史为鉴。"

朱瞻基盯着于谦。眼前这小官鼻梁挺拔，下巴宽正，明明年纪跟自己相仿，口气却和詹事府的老师一样老气横秋。朱瞻基犹豫片刻，不由得叹了口气，道："好吧，今日本王暂且擢你为右春坊右司直郎，准便宜行事。"

右司直郎只比行人高出一品，但这个职位要随侍太子左右，负责弹劾、纠举之事，前途比起行人可高出太多。但朱瞻基只给于谦一个名分，只字不提吴定缘，显然还是心存芥蒂。于谦也明白，这是太子让他监视吴定缘干活，于是伏地一拜，道："臣定不负殿下所托。"

朱瞻基不甘心地耸耸鼻子，道："希望你我今日都没走眼，不然……"

话未说完，远处街道传来隆隆的马蹄声，不一会儿便看到尘土飞扬，一大队盔明甲亮的禁军飞驰而至，为首的骑士是个大脸汉子，面上覆着一抹白棉布，遮住了大半张脸，单留出一双细直眼目，冷不丁看过去，还以为是要行凶的贼人。

可左右两边的旌旗表明，来人正是皇城守备太监朱卜花。朱瞻基记得他是世居云南的蒙古人，本名脱脱卜花，后来入宫侍奉，蒙赐朱姓，接掌勇士营，乃是太宗的心腹之一。

现在三保太监和襄城伯都不在，朱卜花便自然成了皇城主事之人。

朱瞻基见他赶来，便从石阶上站起来，表情轻松了一些。这场磨难，总算可以告一段落了。他垂下胳膊，轻轻摆了摆手。于谦心领神会，知道太子不想把这条线太早暴露，便知趣地后退了几步，混入人群之中。

勇士营马队转瞬即到玄津桥，这些骑士都是在草原上磨炼出来的精壮，一跑起来气势惊人，令人大气都不敢喘一声。

朱卜花不待坐骑停稳，便从马鞍滚落下来，向太子惶恐请罪。朱卜花解释说，他近日面上得了疥疮，不得不以布遮面，恐惊太子。

不过也幸亏他得了怪病，没能去东水关接驾，这才躲过一劫。朱瞻基面无表情地勉慰了几句，表示先进皇城再说。朱卜花叩了个头，亲手把太子扶上马鞍，又把昏迷的郑和抬上一辆厚幔厢车，周围骑士立刻围了个密密匝匝。

朱瞻基在马上用鞭鞘一指于谦，对朱卜花道："此人护驾有功，赏他马、牌。"

太宗在位时，经常喜欢赐功臣马牌。"马"指的是配了紫锦辔头的官马，准许在城内驰走；"牌"指过城铁牌，正面阳文"过城"二字。有此二物，除皇城禁苑，京城无不可去处。朱瞻基如此赏赐，也算是追绍祖制，不算突兀。

朱卜花心想，多半是这个小官因缘际会救了太子，太子不愿多涉瓜葛，想把这桩人情当场了结干净。于是，他吩咐旁边的骑士让出一匹杂色健马，又从腰钩上取下一枚钟形铁腰牌，一并交给于谦。

于谦向太子叩头谢恩，朱卜花很快重新骑上马，大队人马簇拥着朱瞻基轰轰离开。玄津桥前剩下一群闲杂人等，面面相觑。

于谦正要离开，可发现了一件尴尬的事情——他不会骑马。

他自幼长于钱塘，若说舟楫帆船，自然熟稔得很，驴骡也经常骑，骑马却是头一遭。于谦有心避开周围人的视线，可时间不等人，只好寻了一块不知谁家府邸的上马石，略带笨拙地攀上马鞍。

那大马经过训练，感觉到鞍上一沉，便自动往前走起来。于谦两只脚还没套进马镫子，吓得差点跌下去。

骑马的要诀是胯紧臀虚、两条腿要夹紧，屁股却不能坐实，身体向前俯去，这样可以降低重心，保持平衡。于谦不知诀窍，完全反着来的，双腿撇得太开，屁股却牢牢压在鞍子上，整个身体因此不停左右摇摆，两只手像溺水者抓稻草一样死死揪住辔头，让马有点无所适从。

一人一马就这么左摇右晃地沿着大街朝南边而去，姿态滑稽。可比起骑在马上的狼狈，于谦的心情更加忐忑起伏。他本来只想提醒太子一句危险，到头来却莫名其妙进了詹事府，领了皇差。

这份皇差可不好干。从宝船被炸可以看出，敌人的凶残与狡黠程度，远远超过于谦的想象，而朝廷暂时无力给予什么支援。以螳臂之力去挡万斤之车，只怕得到封赏之前，已是粉身碎骨。

于谦一个无权无势的小官，骤然担负起这等重压，心中自然也害怕得紧。只是他生性天真固执，坚信危局之下，总得有人挺身而出。若非如此，于谦当初便不会从行人司跑到锦衣卫去管闲事了。

"受任于败军之际，奉命于危难之间……"于谦在马上轻轻吟诵着，这是《出师表》里于谦最喜欢的两句话。说来也怪，唇间一送出声音，他忐忑的心情便逐渐平静下来。古人云：志随言起，意从文抒。诚不我欺啊。于谦心中暗暗想着，看向前方的眼神又亮了几分。攥紧缰绳的双手，慢慢变为虚握。

他胯下那匹坐骑，从缰绳的松紧中感受到了主人心意，比刚才走得更加平稳与坚定。

这一人一骑踏过西皇城根南街，很快回到了崇礼街的锦衣卫官署前。于谦小心地翻身跳下马，走进院子，正看见前院里一群小旗和力士在东奔西走，喧腾不已。那位先前去码头报信的老千户，此时握着自己那把破旧的绣春刀，在院子当中烦躁地来回踱步。

码头刚刚传来确切消息，南京锦衣卫一正一副两位长官，在东水关俱已罹难。此时司内群龙无首，难怪会乱成这样。

老千户一看于谦又来了，正要呵斥，可眼睛瞥到他身后还牵着一匹高头大马，那马的辔头外皮裹着一圈紫锦，当即反应过来，这小子必是得了太子眷顾！老千户抖了抖嘴角，努力挤出一个谄媚的笑容，迎了上去。

于谦没有多啰唆，先向他通报了玄津桥遇刺。老千户大惊失色，那柄旧刀"当啷"一声砸在石板地上。现在襄城伯昏迷不醒，三保太监居然也出事了，那我该向谁汇报？该听谁的指挥？接下来又该做什么？

看到老千户那副茫然的表情，于谦心中生出一股鄙夷。南京城养出一堆尸位素餐的官员，看来锦衣卫也未能免俗。这些人跟推磨的驴子似的，不用鞭子抽就不会主动转圈。

"东宫已归还皇城，等一下自然会有正式文告发下。"

于谦先安抚了一句，然后掏出过城铁牌一晃："我奉太子之令，要先提见犯人吴定缘，还请千户前面带路。"老千户只能恭敬道一声诺，心里嘀咕，难道太子是让这小官来接管锦衣卫？

于谦不知道也不关心这些小心思，快步迈入内狱，径直来到最里面的一间。他让老千户守住外头，然后单独走了进去。刚一进去，里面那个懒洋洋的声音就响起来了："小杏仁，外头又出事了吧？"

于谦强迫自己忽略掉这个讨厌的称呼，板着脸把玄津桥的事说给他听。吴定缘喷了一声，却没再说什么，现在说什么都晚了。

从气窗透进牢房的三道浅黄色光柱，缓缓有致地向西移动着。于谦知道光阴宝贵，索性单刀直入道："东宫屡遭凶险，留都危在旦夕。太子已颁下钧旨，要我们去查明背后主谋。"

吴定缘"扑哧"一声笑出声来:"我们?"

"是的,你和我。"他唯恐吴定缘不信,亮出过城铁牌:"殿下已亲赐马、牌,准你我入詹事府奉职,特进缉事。"

"哟,行人司的冷菜羹换作詹事府的烧猪臀,小杏仁你的造化真来喽。"

"这一层身份,是为了方便我等行事,不是拿来炫耀的。"不知为何,于谦一跟这家伙对上话,便有一种压抑不住要吼出来的冲动。

吴定缘眯着眼睛端详了他一番,晃动脖颈,道:"我就不明白了。南京城里做官的比秦淮河畔的嫖客还多,干吗非让我去不可?"于谦沉声道:"因为太子在留都能信任的,就只有你我而已。听明白了吗?只有你我二人而已!"

他没有过多解释,相信以吴定缘的脑子,能猜出为什么。吴定缘却从鼻孔里喷出一股气来,道:"莫来诓我。太子一念起我来,只怕恨不得撕开卵蛋咬断屌,又怎么会找一个篾篙子来查案。"

这一通言语粗鄙得让于谦直皱眉头。他强忍不适道:"吴定缘,我看得出来,你乃胸有丘壑之辈,绝非池中能容,又何必百般遮掩?我不知你平日为何甘于自污,但现在朝廷需要你舒展爪牙,危身奉上,为臣子者又岂能推托?"

这一番慷慨陈词如惊涛拍岸,声势惊人。可是"崖岸"依旧岿然不动,他的神情表示,大概没听懂这文绉绉的词……牢房里一度陷入尴尬的沉默。于谦有些绝望地喝道:"总之现在太子要你来查案,你说吧,到底要怎样才肯答应?"吴定缘展颜一笑:"换了赵元帅来谈,这事才有的聊。"

赵元帅即是财神赵公明。于谦没想到,这惫懒的"篾篙子"竟提出如此可笑的要求。"你是应天府捕吏,捉贼是分内之事,居然还要钱?"

吴定缘不屑道:"小杏仁你是第一天做官?连县里的防夫下乡拿人,都得补贴几分工食钱,太子总不能差饿兵吧?"

"你若办成此事,太子绝不会吝于封赏,又何必急于这一时!"于谦的方下巴一颤一颤,觉得自己快成菱角市里的老妪,跟人一枚铜板一枚铜板地讨价还价。吴定缘撇撇嘴,索性把眼睛闭上,一副无所谓的嘴脸。

于谦哪里见识过这街巷争讨的无赖手段,他看看窗外天光,只好一咬牙,道:"你要多少?"

"八成纹银三百两,十沉取头。"

"八成"是指成色;"十沉"是说要全部现银,不要宝钞或别的折色;"取头"意思是一次先行付清。于谦听到这里,忍不住怒喝道:"大胆!你不怕杀头吗?"

自从永乐以来,朝廷一直明令禁止民间以金银做交易,须用宝钞,违者重罚。吴定缘这么要求，根本就是公然违法。谁知吴定缘翻了翻眼皮，语带嘲弄，道："这么守法，你是刚从三佛齐来中原的外夷宾客吗？"

如今宝钞贬值得厉害，大家都半公开地用金银交易，官府也不怎么真管。这个小杏仁对世情也忒无知了。

见他不说话了，于谦有些着急，他不明白这家伙为何执着于现银。倘若真把这案子破了，齐天的大功，酬一个参将的职位都有可能，岂不比这点小钱更好？他简直怀疑自己是不是看走眼了，难道这家伙真是个鼠目寸光的蠢物？

可事到如今，后悔也晚了，他可是在太子面前拍了胸脯作保的。于谦没奈何，只得劝道："这一时半会儿，如何弄得来这许多现银？再说就算拿出来，快二十斤的东西，你难道扛着去办案不成？"

吴定缘一斜眼，道："谁要自己拿？我一会儿写个地方，你唤两个脚夫送去便是。银子一到，咱们马上开工。"他吩咐别人做事的口气，比知府老爹说得还自然。于谦被这人气得几乎说不出话来，甩甩袖子，转身出去。

跟这案子相比，吴定缘开的这个价码不算高。但于谦一个八品小官，一年俸禄也不过六十石粮食。这三百两现银，一时间不知从哪儿来筹措。说不得，还需从锦衣卫这里想办法。

于谦走出内狱，见到老千户还候在外头，便走过去问道："你这里有银子没有？"

"要多少？"老千户从怀里掏出一个半瘪的顺袋。于谦按住他的手："太子办事，要借调三百两八成纹银。"这个数字唬得老千户一哆嗦，问要这么多干吗。于谦不便明说，只能虎着脸道："太子办事要用。你若信不过，我把过城铁牌押在这里。"

老千户哪敢收这玩意，只得把司库主事唤过来。一问之下，锦衣卫的司库里居然还真有一笔现银。原来前几天龙江盐仓批验所查获一批私盐，锦衣卫于其中出了力气，理应分润，批验所便把一部分赃银煎销成锭，交割给镇抚司账上支用——金银禁令只是针对民间，官府交易并不在其列。

于谦在老千户心疼的注视下，以詹事府的名义签了张借条，毫不客气地让人从库里搬出三百两白银。这是二十五两一锭的金花银元宝，一共十二锭，白丝清晰，成色十足，底款"龙江盐仓检校批验所"几个字錾刻得清清楚楚，一发摆在木盘子里。

此时吴定缘已被人解开绳子，从内狱里放出来。他走到木盘前，一边晃动酸胀的手腕，一边端详那一片银光闪闪的宝银，还随手拿起一锭用指甲抠了抠。于谦没好气地催促道："这是上好的二四宝银，若去银铺里兑成纹银，还得升水，足足能多兑出三十两，便宜你了。要送去哪里？"

主事早备好了两张一尺见长的白色封条，举笔待填。吴定缘开口道："十二锭分作均平两抬，一抬送镇淮桥西北的糖坊廊中巷第五家，着我小妹吴玉露收取；一抬送武宁桥富乐院三曲八院，着童外婆收取。"

于谦一听，顿时气得下巴骤然紧绷。前头那个地址是吴家所在，让妹妹收取也还罢了，后头那个委实太不像话。

这个富乐院在南京极有名气，前对武宁桥，后应钞库街，坐落于秦淮河畔最繁华的一段。名义上是乐工修习、演出之地，其实却是一处奢靡浮绮的官妓勾栏，歌舞胜处。夜夜烟花不断，人称"欲界之仙都，升平之乐国"。

南京青楼里面，客人一向呼老鸨为"外婆"。吴定缘说"童外婆收"，显然是在富乐院有相好的，要通过老鸨转交。

于谦万万没想到，这箧篓子心心念念讨来这许多银两，居然第一时间往青楼里送！先前小旗说吴定缘嗜好酗酒狎妓，他还不信，如今一看，还真是如此。那富乐院往来的不是公侯王孙，就是巨贾名士，他一个小捕吏敢去那里厮混，难怪要吞掉他爹那么多钱。

可事到如今，便是吴定缘欺师灭祖，于谦也得先忍着。主事把这十二锭银子分成两堆，分别塞进两条木鞘里，拿封条一盖。然后老千户叫来四个力士，打起锦衣卫的旗标把银鞘送出门去。

于谦目送着他们离开，催促道："你满意了？"吴定缘把那柄铁尺重新插回腰间，打了一个长长的哈欠："走吧。"老千户在旁边一脸茫然，不明白这个小捕吏怎么就突然抖起来了。他正琢磨要不要攀谈几句，两人已匆匆离开外院，还顺手牵走了锦衣卫的一匹驴子。

上了崇礼街，于谦发现有一件麻烦事。

官、吏身份有别，显然应该他这位右司直郎骑马，那个应天府捕吏骑驴。可于谦对骑术实在头疼，有心交换一下坐骑，又怕失了体面。没料想，他这边厢正自为难，那边厢吴定缘已经一把抓过缰绳，毫不客气地翻身上了官马。于谦长舒一口气之余，也不免有些羞恼，他赶紧也跨上驴背，没好气道："我们接下来先去哪里？"

吴定缘抬起手臂，指向西南方向，道："自然是先去东水关码头。"

除去太子宝船，东水关码头是被爆炸波及最惨烈的地方。若要着手调查，这里无论如何得去看看。

从崇礼街到东水关距离颇近，从锦衣卫衙署西去一里半即到通济门，与南北向的通济街交会。而东水关就在交会口的西南角，位于通济门西侧城墙与秦淮河道之间，乃是留都唯一一处水关船闸。

这一马一驴在通衢大道上小步驰走，两侧行人纷纷避让。此时城中混乱未止，无数车马溅起尘土飞扬,久久不落,宛若一层黄纱笼罩街面,没人注意到这一队吏骑马、官骑驴的奇景。

他们越接近东水关,街道两侧的货栈越多,这都是大商贾的买卖。在货栈周围的街面上,徘徊着三三两两的皂衣衙役和五城兵马司的褐衫巡丁,他们是先前分配到这里护路的,眼下没有别的命令传来,他们也只好像游魂一样在原地彷徨。

于谦和吴定缘一直走到通济门城墙下,才被人拦下来。这里是码头的入口,立起一座三间四柱的不出头大牌楼,上有御笔亲题的"东水关"三字。五彩牌楼下方的通道,却被一条黑灰色的棘围拦住,几名守备衙门服色的卫兵,正手持装了铁枪头的长矛,警惕地盯着所有的人。

此时在棘围之前的空地上,聚集了大量马车、轿子、抬竿和各色人等,他们都是从各处闻讯赶来,有气愤叫嚷的,有号啕大哭的,有苦苦哀求的,有破口大骂的,种种负面情绪汇聚成一团骚动蚁群。要知道,码头上汇聚了南京大半高官,闻讯赶来的门生故吏、亲眷好友,得有多少?

不过,那一条棘围冷酷地横亘在前方,尖刺冲外,把这些人都挡在了外头。

这是三保太监在离开东水关前下的死命令:把码头与外界隔离开来,只允许医师、力夫、抬夫等入内。其他人等,只能候在棘围之外,等内场把人一一抬出来,他们才能接走,施救或掩埋。

这道棘围本是应天府在秋闱时用来圈禁考场的,如今却被守备衙门拿出来干这个,也算是有急智。

若没这一围,只怕眼下码头的情形会更加混乱。

于谦和吴定缘千辛万苦挤到棘围之前,亮出过城铁牌。卫兵狐疑地检查了一番,勉强放行。两人在其他人怒气冲冲的叫嚷声中,钻过棘围,沿着一条满是驴屎马粪的窄路前行。路的尽头,是外郭南城墙与秦淮河面之间的一段河滩空隙,绕过去到城墙另外一侧,即是东水关码头。

东水关又叫通济水关,其实是一座秦淮河上的跨水瓮城。它的巍峨城墙高约七丈,下砌条石,上筑青砖,呈一个上窄下宽的敦实梯形,外墙还伸出三层共计三十三枚白石券,宛如青面凶兽露出雪白的獠牙一般。

城墙正中位置是一个半圆状的偃月水洞,恰好卡在秦淮河分叉的水道之上。洞顶挂着一道厚若金城的黝黑铁闸,可以根据旱涝开合,以调节秦淮内外水位。远远望去,整个水关俨然是一位双腿分立、披挂甲胄的狰狞武士。号称"南北通津、载金淌银"的东水关码头,即设在这位武士面前的秦淮河岸之上。

东水关码头是一片不规则的狭长河岸,南北长四百步,东西最阔处有两百米,都是夯实的黄土地面。平日这里桅帆连天蔽日，商贾摩肩接踵，从日出到夜里鼓鸣闭城，无一刻清静之时。此时，于谦与吴定缘一踏入码头区域，眼前却看到了与往常截然不同的景象。

只见旗幡委地、钲鼓散落，地上扔着数不清的金银革带与云锦佩绶。码头地面的土黄色一点都看不到了，全被密密麻麻的人类躯体所覆盖。那些躯体横七竖八躺倒在地，从上品绯紫到下等玄皂，什么服色都有，但呻吟与号哭差不多同样凄惨。他们翻滚着，挣扎着，即便是宝卷里描绘的泥犁地狱，也不过如此了。

宝船爆炸时，这里站满了迎候的南京官员、侍从和卤簿仪仗。他们就像是被一阵狂风吹过的稻穗，在强烈的冲击下纷纷扑倒在地。有些人侥幸只是断了手脚，有些人表面无事，五脏六腑却被搅成一团，不停大口大口吐血，还有些人一头栽倒，再也没了声息。那些养尊处优的国士，几乎在一瞬间便堕入泥尘。

二十几个短褐力夫站成一条弧线，缓慢地在人群中一一搜寻，发现还有气的，抬到旁边的青条石堤旁，那里有几个临时调来的青袍医师在忙着救治；没气的，则撩起身上的袍角，蒙住面，一字横搁在堤脚旁，会有抬夫用担架一具一具往外送，让槑围外面的人认领。

不过，救援人员应该是得了指示，优先救助那些穿官袍的，至于其他诸如仪仗乐班仆役之类的人员，只能暂时弃之不顾，任由他们躺在地上哀求叫喊。

于谦看到这一番惨状，下巴不住地抖动，几乎要流下泪来。吴定缘亦是紧皱着眉头，不停地扫视着这一片人间地狱。他忽然眼睛一亮，疾步向前，抓住一个力夫的胳膊。

这人和吴定缘穿的袍色一样，也是应天府三班里的，估计是被临时抓来当劳役的。吴定缘也不客气，劈头便问："你可看到我爹了没？"那人正累得一头大汗，一见是"篾篙子"，很不耐烦地回道："没见过。"

"他没来过这里？"

"不知道！"对方硬邦邦地甩了一句，后来想到"篾篙子"跟吴头儿毕竟是父子，语气稍微缓和了点，"我是出事以后才被调过来的，一直没见着吴头儿。"说完他眼神往外飘了飘——意思很明显，如果你爹在码头的话，恐怕就在这一大片死伤人群之中。

吴定缘心头狂跳，连忙松开那人，来来回回地在人堆里搜寻。吴不平今天穿的是皂色朱边短袍，很是醒目。可是，他把整个东水关码头转了个遍，也没看到父亲的身影。吴定缘又去了石堤附近，伤者里没有，死者里也没看到，更不可能有人把尸体认领走。

这便奇怪了，难道他没来过码头？这不应该。吴定缘最了解他爹，那是个责任感很强的老公门，宝船闹出这么大的动静，他绝不会无动于衷，一定第一时间赶到。难道说，别处有事，把他又给调走了？可还有什么事比这个大？

于谦看出吴定缘神色有异，踮起脚来拍拍他肩膀，道："我知道你救父心切，孝心可嘉。可我们是来奉命查案的，公事要夺私情。"吴定缘冷笑道："你懂个屁！我爹是应天府总捕头，执掌留都一府八县的缉事。想在南京查案，没他可不成！"

于谦登时大怒，道："你跑来东水关，不为勘查现场，原来是来找你爹！我不是反复强调了吗？太子钧旨，除了你我，不得有第三人与闻……"话没说完，只听"砰"的一声，他被吴定缘揪住衣襟狠狠一推，后背撞在了石堤上。

"小杏仁，你家太子不是佛爷，也不是道祖，真以为一句钧旨，天底下的事就得遂他的愿？"吴定缘讥讽道，"金陵是天下第一大坚城，人口百万，光靠咱俩查案，跟在江里捞芝麻也差不多！"

"朱子有云：天下事无不可为，但在人自强如何耳。你都还没开始查，怎么知道不行？"

于谦梗着脖子，兀自仰头辩解道。吴定缘的手缓缓松开他衣襟，像是在看一个白痴。于谦还要说什么，他一脸无奈地朝远处水面一指：

"小杏仁，你仔细看看，能把两千料的宝船一气炸断，就算是虎硫药，也得有千斤才能达到效果——往戒备森严的太子宝船运进千斤火药，得是什么手段？永乐十八年后白莲教就是一群丧家之犬，他们会有这等神通？"

于谦不由得眉角一扬，道："你的意思是，白莲教勾结了某一位朝中高官？"吴定缘嘴角露出一抹嘲讽的笑意，转头看向宽阔的秦淮河面。视线所投之处，泽波平静，半点痕迹也无，仿佛那一场惊天动地的事件已被深深地掩埋在了水下。

"正好相反。这白莲教，倒更像被某一位朝中大人物收买了。"

于谦在瞬间化为一尊翁仲石像，浑身僵直。

此时在南京城西门之外，一个深衣宽帽的铺兵在官道上健步如飞。他手持哨棍，腰间皮带上还系着一副铃铛，跑起来叮当作响。过往行人一听铃声，便知道是急递铺派出来的信使，都纷纷避让。

铺兵跑得汗流浃背，脚下却不敢有片刻停顿。因为在他胸口之上，斜挎着一枚黄漆鱼筒，鱼筒上斜粘着三根竹签，签头伸出筒口半寸——这是"八百里加急"的标志，意味着最高级别的公文通递，中途不得有任何延误。

在鱼筒外侧，还能勉强看到"会同"二字。可见这封文书是来自京城会同馆，那里是大明水马急递驿所的总起点。从京城会同馆到南京应天府，沿途一共要经过四十个大驿，首尾两千两百三十五里，就靠着这些铺兵一铺一铺地接力狂奔。

好在这一趟漫长的旅途即将抵达终点。这个铺兵是从龙江驿里跑出来的，距离城门不过二十里。他就这样一口气冲到了位于南京西侧的江东门前，在城下声嘶力竭地大喊一声：

"京城八百里加急，不停报送东宫！"

两京 十五日

第四章

温润的茶汤顺着咽喉滑下去，朱瞻基放下手中的白瓷茶盏，从胸膛里长长地吐出一口浊气。

　　四周很安静，几乎听不到外面的声音。一缕缥缈的幽香从镏金博山炉飘出，在空旷的殿中画出一道云流龙行的烟迹，先缭绕于铜鹤与平磨螺钿屏风之间，又流连于几重罗縠纱帘之上，俨然仙家景致。置身其间，很容易让人忘掉俗世的一切烦恼。

　　可朱瞻基的心情，并没有因此而好转。

　　南京皇城分为两重结构，外围皇城，是百官衙署，内为紫禁宫城，为天子平居燕处之地。此时，太子正置身于宫城之内的长乐殿，有禁军环绕，可谓固若金汤。可那种心惊肉跳的恐惧，依然像草蜱虫死死咬在心尖，无论如何都撕扯不开。

　　朱卜花不在这里，他将太子安顿在长乐殿之后，便匆匆离开了。襄城伯和三保太监暂时昏迷不醒，六部高官生死不明，他作为镇守太监的副手，要做的事情山积海量，没法一直陪在太子身边。

　　朱卜花临走前，说请太子在殿中宽心养神。其实朱瞻基心里很明白，自己的当务之急，根本不是坐在长乐殿中安抚心绪，而是迅速召见幸存诸臣，把局势稳定下来。朱卜花一个蒙古裔的内臣，很多事情根本做不得，必须太子亲自出面才行。

　　但这件事，做起来比说起来要难得多。

　　原先朱瞻基也曾观摩过祖父和父亲处理政事，也想象过自己有朝一日登基，该如何挥斥方遒。可到了自己亲手执掌，才发现真是千头万绪，错综复杂。

　　该是救援为先，还是缉贼为主？该交由南京哪一个衙署负责？这些衙署要恢复运转，该超擢副职还是从候缺的官员里递补？是颁给临时护印还是正印？

更别说，还有军队调度、黎庶安抚、国库支应、城防安排等一系列繁剧事务，光想一想，就让朱瞻基的头快炸了。最麻烦的是，京城一应开支，皆要仰赖江南漕运。南京一乱，整个南直隶和浙江布政使司必受波及，若南北漕运因此中断，那就会是整个大明帝国的大麻烦。

即便是他撒出去追查真凶的于谦、吴定缘，也不是那么令人放心。两个人身份虽无嫌疑，能力高低却无定论，案子能追查到哪一步很难讲。

朱瞻基揉了揉发疼的太阳穴，又啜了一口茶，只觉舌苔无比苦涩。经筵老师整天讲帝王为政之道，临到他真正开始履行监国之职，才发现这些虚无缥缈的大道理一段也用不上，真正操心的都是琐碎至极的庶务。皇帝，可真是不好当啊。

他越想越觉得胸口发闷。殿中的一切事物都看着不顺眼，那金柱，那藻井，那枋头，恍若一道道牢笼，把他困在这金碧辉煌的大殿之内，艰于呼吸。朱瞻基打心眼里不喜欢这些看似堂皇的深邃宫殿，他更愿意陪祖父去北方那开阔的草原，更想游历观看世间的变化无穷。从前跟东宫师傅读史书时，朱瞻基最不能理解的，就是前朝那些在皇城待一辈子的皇帝，他们难道不会腻吗？

"父皇，我该怎么做才好……"朱瞻基在榻上喃喃。

洪熙皇帝的毕生夙愿，就是从苦寒之地迁回南京，这件事他交给了自己儿子来完成，这是何等信任。结果，还没进南京城，朱瞻基就陷入这么一个烂摊子，父亲会怎么看？

他实在憋闷得透不过气来，索性站起身来，决定出去溜达一下。反正整个皇城都在禁军控制之下，应该没有安全问题。

宦官和侍女们都留在外殿檐下，他们知道太子刚刚经历了什么，都敛声屏气，唯恐哪声呼吸不对，惹来祸患。朱瞻基一走到殿口，便有两个小宦官惊慌地跑过来，恳请太子回榻上休息安神。他们想伸手过来拉扯袍边，可反而拽出更多褶皱。

朱瞻基瞪了他们一眼。南京的宦官果然蠢笨，连最简单的侍衣都不会。

当然，也不怪他们。自从永乐北迁之后，宫城里无人居住，只保留了直殿监一个衙门负责定期打扫。这两位不过是直殿监的小小奉御，根本没伺候过贵人，哪能跟大伴相比。

一想到已然粉身碎骨的大伴，朱瞻基心头又是一沉。从他记事时起，大伴便随侍左右，比起父皇母后都要亲近些，可惜两人之间最后一次对话，朱瞻基还在跟他怄气。懊恼与痛惜两种情绪，悄然流泻而出。太子忽然想到旁边还有人看着，不想被他们看到自己的软弱，只得深深吸了一口气，把泪水憋了回去。

"惜薪司在哪儿？带我过去看看。"他忽然发话。

两个小奉御愣了一下，不明白太子怎么提出这么一个突兀的要求。朱瞻基没有解释，只是面无表情地重复了一遍要求。他们不敢忤逆，只好在前头引路。

惜薪司是内务二十四衙门之一，负责宫中所用柴炭的采购、积储。不过，对宫人们来说，这里还有另外一个用处：洪武皇帝有过祖训，严禁宫人在宫内烧香禳告。倘若宦官或宫女有亲人去世，碍于规矩，只能跑到惜薪司的官署旁偷偷摆一块牌位。

惜薪司日日都要焚柴烧炭，牌位摆在附近，就当是降香拜祭了。

久而久之，这里便成了一个非正式的宫人祭祀之地，他们私下里会把"惜薪司"称为"奉忠庙"，因为忠孝难以两全。

朱瞻基有一次跟大伴聊天，才得知宫里还有这么个规矩。大伴还感叹说："内臣无儿无女，死后就是一抔黄土。咱家也没什么念想，只要能有几个小宦官惦记，给我在奉忠庙里摆块牌位，享几缕青烟，就算福缘至厚喽。"

朱瞻基突然决定去南京惜薪司，是打算先帮大伴遂了这个心愿，不负相陪一场。

这是祖父永乐皇帝教他的窍门：一个人如果面临纷乱的局势，一时难以措手，不妨先从做完一桩小事开始。一个个麻烦由小及大，逐一解开，你不知不觉便进入状态了。古人临事钓鱼，临战弈棋，都是这个道理。

宫城的惜薪司就在西华门内，毗邻内运河，柴薪精炭这种大宗货物可以直接运入禁库里。朱瞻基出了长乐殿，噔噔噔噔，一路朝西走去，两个小奉御诚惶诚恐地在前头引路，后头还跟着一串宫女与护卫。这一支奇怪的队伍穿行于空旷的宫殿之间，给宫城增添了几许诡异的生气。

不一会儿工夫，他们便走到了西华门。在紧贴城门左边的高墙内侧，有几间直脊无廊的排房。门阶与窗格上满覆尘土，朱色的墙面被雨水剥蚀得很厉害，看上去斑驳不堪。宫城久无人住，柴炭用度极少，惜薪司这里自然也是门庭冷落。

朱瞻基忽然想起来，自己光顾着来，还没给大伴准备牌位呢。他让那几个小宦官去拿一枚空白木牌来，可他们面面相觑，苦笑着说宫库里没有这东西，要用就得找内官监订。

朱瞻基本想发火，可他转动脖颈，无意中瞥见旁边西华门那边堆着一垛劈好的木柴，垛顶还扣着一口大黑锅，估计是守城兵丁自己用来开伙的。换作北京，紫禁城里谁敢擅自举火，也就是南京这里久疏管理，才会如此散漫。

不过，对朱瞻基来说，这倒方便了。过去要一根宽边木柴，稍做加工便是一枚简陋牌位。虽然有些对不起大伴，但事急从权，等留都安定下来，再正经摆祭也不迟。

那两个小奉御不太靠谱，朱瞻基决定自己亲自去挑选。可他刚一靠近西华门，就听到门外一阵喧哗。听那争吵的内容，似乎是有人要进来，却被卫兵给拦住了。

什么人如此嚣张，居然连宫城都敢闯？莫不是白莲贼人？朱瞻基踱步走过去，看到大门外站着一个穿通政司号服的典簿，斜挎着一枚黄漆鱼筒，要往里冲，却被持戟的禁军死死地给拦住了，两边几乎要动起手来。

　　通政司负责内外文书交接，南北各设一个，这个典簿显然是南京通政司的吏员。而禁军是朱卜花从北京带来的，接防这里不过数月。两边互不统属，态度自然都很恶劣。

　　朱瞻基开口喝道："何事在这里吵吵嚷嚷？"禁军们听到太子驾临，都纷纷半跪在地，那个典簿也连忙跪下。朱瞻基问怎么回事。典簿回道："一刻之前，有京城八百里加急文书送至通政司，不停急报东宫。卑职不敢耽搁，急递宫城，却被他们拦住，说没有朱太监的允可，任何人都不得入内！"

　　守门将军急忙分辩道："朱太监说外头形势还不太平，皇城久无设备，为防贼人惊扰殿下，这才严令四门紧闭。"

　　朱瞻基略点了一下头，道："通政无壅滞之心，守门有警惕之意。你们各自尽忠职守，都无过错，都很好。"众人都松了一口气，齐齐谢恩。朱瞻基心中略有得意，觉得自己这么处置颇有仁君之风，日后可以当逸事写入史书。他伸手道："朱卿家的命令不宜违反，你就隔着门给我吧。"

　　那个典簿连忙解下鱼筒，交给守门将军，守门将军再恭敬地双手转到朱瞻基手里。朱瞻基先掂量了一下，很轻，里面的文书应该不会太厚，然后检查了一下筒口，错齿之间的蜂蜡浑然一体，没有开裂痕迹，筒缝之间还盖有"皇帝亲亲之宝"的玺印。

　　"我离京不过十几日，父皇这是有什么急事，要说给我知？"朱瞻基有点好奇。不过，周围人多眼杂，他把鱼筒系在腰间，决定回到长乐殿再拆开来看。他眼下还是要找块柴火做牌位，给大伴上祭再说——先从小事做起嘛。

　　太子并不知道，此时在东水关码头的两个下属，却在为一件大事头疼。

　　"你说什么？白莲教是被朝中大人物收买的？"于谦的声音里，有压抑不住的震惊。

　　吴定缘一耸肩："我可没说一定如此。只是狗叫有贼、鸡叫有鬼，这都是寻常道理的推断罢了。"于谦脑子不笨，立刻捕捉到一缕更深刻的暗示。

　　能从太子之死获得好处的贵人，得是什么身份？从南京百官覆没中攫取的利益，又该是何等巨大？于谦忽然发现自己似乎闯进了一片深不可测的水域，水面漫过嘴边，一个比他想象中要巨大得多的暗影，在极深处缓缓游动着。

　　"怎么样？还继续查吗？"吴定缘扬扬眉毛。

　　"查！"于谦下巴一绷，"无论什么人，既然做出这等丧心病狂之事，就该天下共讨之！"

吴定缘见这小官明明心中畏惧，却还要嘴硬，心里不由得暗笑，做官的都像他这样不知死活，只怕衙门早绝户了。他掏了掏耳朵，漫不经心道："先说清楚啊，那三百两银子，只够买个明白。真要往深里查，我一个小捕吏可没这本事。"

"先查了再说。那个主谋再厉害，还能大过太子去？太子背后，还有天子呢！"于谦说到这里，胆气复健，"倒是你，找不到令尊帮忙，就没办法查出线索了吗？"

于谦这是有意激他，吴定缘摸了摸下巴，笑道："办法嘛……倒也不是没有。"他的视线扫视着码头上的惨状，缓缓道，"无论是白莲教还是哪一位贵人，他们纵然神通广大，可也有一件事算不到。"

"什么？"

"昨晚的地震。"

吴定缘的视线停了下来，于谦顺着他的眼光看过去，却是码头东侧一条沿城墙延伸出去的宽敞大道。路面很宽，可容两车并行，只是道路前方不到百步的地方，被一个拔地而起的巨大鼓包拦腰截断。那鼓包上覆着大小不一的混色粗布，看起来好似一件百衲衣，缝隙处却露出青灰色的断砖碎石。

"这一条是东水关码头通往城里的正路。昨晚那场地震，把路旁城墙震塌了一截，砸断了路面。眼看太子即将抵达，废墟还来不及收拾。不知哪位贤达想的主意，买了几十匹布掩盖上去，啧啧，就像金陵城里的其他问题一样，就这么给解决了。"吴定缘的话很是尖酸刻薄。

"所以我们刚才进来的那条路，并非正路？"

"那是一条驴骡道，平时只有脚夫和洒扫夫子用。这一次地震事出突然，正道毁了，官府只好启用它做临时通路。"

于谦还是没明白，这件事和案子有何关系。

"原来的正路沿城墙而修，直接通到通济门大路，附近不允许平民定居。但这条驴骡道两侧，有不少靠码头吃饭的小摊小铺，眼色最杂。"

"你的意思是，他们有可能会目击到白莲教的踪迹？"

"不错。"

"可是码头那么多人来往，他们怎么知道谁是谁？"

"只消问问这些摊铺的小贩，谁在爆炸前一刻离开码头，嫌疑必然最大！"吴定缘放开手臂，往下重重一挥。白莲教这一切举动本来神不知、鬼不觉，偏偏昨晚地震致使码头改了道，令这个缜密计划露出了一丝意外的破绽。

于谦注意到，这个惫懒货虽然嘴里推三阻四，可一分析起事情来，眼神格外透亮，就好像他天生喜欢做这样的事，只是被强行压抑住似的。

这家伙到底经历过什么事？明明身怀绝学却自污自贱，连于谦都忍不住涌起一种好奇——当然，此事容后再说不迟。

两人离开码头，转回到那一条驴骡道上去。道路两旁的铺子大部分是一间土坯篷顶的单间小铺，铺头上用竹竿搭出一片草棚。虽然简陋肮脏，经营却还真不少。有拿大铜壶煮碎茶的茶棚，有卖各色汤炊的饼食铺子，有专炖烂肉下面的大锅摊……那些脚夫平时就在棚下吃茶、吃饭、避避日头，甚至还有两三处露天赌坊可以消遣。

因为之前爆炸及封锁的关系，这些铺子现在全都大门紧闭，垂下蓝布帘子。不过，铺子的窗纸后头，不时总闪过几个人影，也不知是白莲教的余孽在窥伺，还是那些伙计单纯地觉得好奇。

吴定缘示意于谦分头行动，各自负责一侧，一路敲过去询问。

他们一个是捕吏，一个有官身，不必顾忌什么，直直拍门便是。绝大部分铺主都是平头百姓，只能乖乖把门打开，接受质询。可惜，今天码头上来往的人实在太多，官府让他们早早关门闭户，不得窥伺，大部分人并不清楚路上的情况。

一连问了二十来家，最终于谦问到了一家阴阳摊。

这位摊主是个国子监的贡生，一身脏兮兮的青袍垂带。他已五十多岁，注定中举无望，只好在这里支了个算命摊子补贴家用。宝船爆炸之后，整个码头区域被彻底封锁，他离开不得，只好缩在摊子后瑟瑟发抖。

读书人天然容易亲近。这个老贡生一见于谦年纪轻轻便做了官，连连作揖，羡慕得不得了。于谦宽慰了几句，趁机问他爆炸发生前是否看到什么人离开。老贡生想了想，说他只看到过一个人。

当时老贡生坐在自家摊前，捧着一本《百中经》闲读。正好有一个人从码头方向过来，一不留神把他的大字幡给碰倒了。那人只是扶起幡竿，也没道歉便匆匆离开了。

做阴阳先生的，最要观察人物，所以老贡生把对那人的印象描述得很细致：穿的是一袭青布曳撒，腰系皂绦，头戴圆帽，左肩还单挎着一个小巧的药王箱，俨然是位医师装扮。不过，面相倒看不太清。

于谦眉头一皱，这人果然有些可疑。他忙又追问，老贡生再用力仔细回忆片刻，说记得那个药王箱上刻着"普济"二字——应该是个医馆的名字，就在夫子庙北边的常府街口，这个被目击到的医师，估计就是普济馆的坐馆医师。

于谦问那两个字是什么字体。老贡生从摊下翻出一张批命的麻皮纸，依样把那两个字写下来。他想了想，又翻出一张麻皮纸，上头是自己在国子监的窗课。科场蹉跎日久，难得看见一位进士，若能指点一二那是最好不过。

可于谦哪有心思评点文章，匆忙道了声谢，揲过纸帖转身就走。老贡生呆立在原地，望着他那一身官袍久久不语。

吴定缘正在查问一家汤饼铺子，听于谦这么一说，立刻觉出其中蹊跷。

南京城的医师分为三种：良医、游医和馆医。良医都是医术精湛的国手，求诊的多是达官贵人，只在自家府上接诊；游医则是那些摇铃卖药的郎中，专给穷苦人家治个头疼脑热、跌打损伤，走街串巷、行无定所；至于馆医，他们不屑与郎中混迹，可名气又没到良医的境界，往往是几人在繁盛处合开一馆，坐等病患上门。

太子驾临留都，百官迎候。就算东水关码头要备几个医师以防意外，也只可能延请良医在场，断然不会找馆医。所以，在东水关现场居然出现一个馆医，实在很突兀。

"那个老贡生没看见别人中途离开吗？"

于谦摇摇头，说他那段时间只看到这一个人。

"普济医馆我去过，它跟衙门关系不错，公差们跌打损伤都去那儿看，还白送几贴膏药。"吴定缘道，然后翻身上马，一抖缰绳准备出发。

"喂，你不查问别的店铺了？"于谦在后头手忙脚乱地爬上驴子，却见吴定缘远远在前，扬起拳头用力一握，做了个宽心的手势。

两人离开东水关码头，骑马纵驴，一路沿秦淮内河向北疾行。此时，宝船爆炸所产生的涟漪，已从东水关远远扩散入城区。提前收摊的梨枣小贩、匆匆向北划去的秦淮乌船、站在街头大哭的迷路小娃、窃窃私语的巡城兵丁、偷偷开始装上门板的湖缎铺子，各种迹象纷纷浮现。

事实上，绝大部分百姓并不清楚到底发生了什么，可他们能敏锐地感受到群乌翔集的凶兆。这种莫名的恐慌情绪，往往比事实传播得更快，在南京城里掀起一层层浪头，一浪高过一浪。

于谦在驴背上望着这一切，心中暗叹：

三保太监在出事之前，只来得及安排东水关的善后，却顾不上对城防有所指示。今年地震频频，留都民众本来就惶恐不安，如今再来这么一下重击，稍有不慎便是全城大乱。南京一乱，整个南直隶难以独善其身；南直隶一乱，漕运必然中断；漕运一断，京城入冬将无以为继；京城一乱，天下……他不敢往下想了，只盼着这边尽快查个水落石出，也盼着那边太子能尽快掌握留都力量，恢复秩序。

反倒是骑在马上的吴定缘，脸色泰然自若，仿佛没看到街上这些异象似的。于谦本想提醒，后来转念一想算了，一个连太子委托都敢叫价三百两银子的贪人，又怎么会关心别人？

说话间，他们已经到了复成桥，这里西转过河之后，迎面可见到一栋五彩花牌楼，正中上书"忠武开平"四字。

这条街，原来是常遇春的开平王府，故名"常府街"。牌楼乃是洪武爷颁旨建的，"忠武"是常遇春的谥号，"开平王"是其爵位。可惜常遇春早死，他儿子在靖难时站错了队，家人被远迁至云南，开平王府遂败落下来。偌大的宅院被分割成许多处散卖与人，街面上反倒热闹起来。

普济医馆就在花牌楼的斜对角，是一座二层小楼，楼顶平挂着一个绘着杏色葫芦的竖幌，葫芦上的"普济"二字的形式和老贡生描述的药箱上的并无二致。午后阳气最旺，正是看病最繁忙的时候，门口熙熙攘攘地聚了不少人。

两人一踏入馆中，迎面就是一尊药王骑虎像，像前供着五色果品。左厢是抓药铺子，右厢是坐馆单间，十来个伙计忙碌其间，一个馆班居中指挥着。那馆班瞥见于谦的服色，态度一凛，立刻热情地亲自迎过来，询问官爷要看哪位大夫。

两人对视一眼，吴定缘先行开口："你们普济馆有几位大夫？"馆班发觉对方口气不对，哪有看诊不问科目，先问人数的？他回答说："八位，不过今天在馆的只有五位。"

"那五位一直都在？"

"是。昨晚不是地震了吗？周边伤者不少。五位从上午忙到现在，连口热茶还没顾上喝。"

"那其他三位呢？"吴定缘追问。

馆班的笑容变得有些僵硬，道："您两位到底想看什么诊？"

吴定缘沉起脸道："午时南边那一声爆炸，你可听见了？"馆班忙点头道："对，对，震得我们这楼都晃了晃，也不知怎么回事。"

"太子宝船被炸，现在东水关码头伤者甚众。守备衙门急召全城的大夫赶去救治。我们是来调人的。"吴定缘这话说得半真半假，馆班一听，吓得几乎跌坐在地。这事他已有耳闻，只是没想到如此骇人听闻。

吴定缘捅了于谦一下，于谦这才亮出自己那一块过城铁牌，道："我是詹事府右司直郎。奉太子令，只要在医籍里的，都必须接受调遣。那三位不在馆的，只要人在城里，无论什么理由，都得把他们叫过来！"

馆班不知右司直郎是什么级别，但太子这一顶大帽子扣下来，他只得表示普济医馆一定全力配合，然后转身匆匆去通知了。

"小杏仁，你下次机灵些，该抖官威的时候就抖一点。"吴定缘斜靠在抓药柜台旁，有意无意地教训了一句。于谦面无表情地别过脸去，道："事急从权，大局为重，这我懂。但仗势欺人，绝非君子所为。"

吴定缘耸耸肩，无所谓了，反正有他那句话垫底，馆班只能老老实实配合。这种谎言不是坏事，多去几个医师到码头，多救几条性命出来也是好的。

过不多时，馆班跑了回来。五位坐馆医师已经停诊，准备赶去码头救援。至于那三个不在馆的，一个去了松江府出诊未归，一个两天前回老家徽州奔丧，还有一个六十多岁的老医师就在城里，患了瘘病卧床。

这三位，跟老贡生看到的那位怎么都对不上号。吴定缘又问馆内还有无其他医师，馆班摇头说没了。

"那你们馆最近，可有离开的大夫？"

医馆与坐馆医师之间并非雇佣关系，只是合作，所以流动性很大。若一位医师已离开普济，说不定还拿着原来的旧药箱。馆班想了想，说从开年到现在，进进出出得有十来位大夫吧，有谈崩抽股走人的，有另谋高就的，有迁居外地的，有升榜退馆的，什么理由的都有。

于谦剑眉一拧，现在他终于明白，为何吴定缘在码头嘲笑自己不懂查案。这么多人的下落，想要一一查实，光凭他们两个绝无可能，至少得调动十几号人才行——吴定缘一直在找吴不平，也是出于这个原因。他是应天府总捕头，能协调足够多的资源来推进。

太子和自己都把查案想得太简单了，以为诏令一颁就行。哪想到，真正具体到实际庶务，会是如此繁剧纷乱。

吴定缘忽然推了一下陷入自责的于谦，示意他朝馆班身后望一眼。馆班身后是一面木墙，上头一字排开八枚钉子，其中五个挂着写有医师名字的漆金牌，另外三个空着。坐馆医师的出诊状况，一目了然。

在这一排上头，还挂着四块木牌，但用黄纸裹住名字，只露出姓来。

于谦知道，这叫作升榜。馆中的医师如果名气够了，或遇到贵人提携，往往退馆去做良医。原先的医馆会保留其名牌，移上一格，以示这位名医是本馆出身，借此揄扬。不过为表尊重，医馆会将其名字用黄纸糊住，只留姓氏。糊纸颜色与科场黄榜差不多，故而谓之升榜。

东水关码头今日达官贵人齐聚，馆医没资格入内，但良医有机会可以观礼。倘若有人原本是普济的馆医，后来升榜成了良医，那么挎着原来老东家的药箱子去码头，也不是没可能。

于谦精神略振，这确实是一个好的追查思路。他看这上头挂有四个升榜名牌，复又头疼起来。即使只有四个人，查起来也够麻烦的。他看向吴定缘，那边已经开口了：

"这些升榜的大夫，你都认识吧？"

馆班得意道："老夫在普济管了十几年班，举凡坐过馆的医师，没有不熟识的。"

吴定缘摸了摸下巴,道:"那么请问,这升榜的几位里,有哪一位是朱卜花朱太监赏识的?"

这一句话问出来,馆班和于谦同时惊了一下。馆班惊的是,这人怎么未卜先知,一眼就猜出本馆近期最为得意的医案;于谦惊的是,这人思维怎么如此跳跃,突然拐到毫不相干的朱卜花那里去了?

馆班笑道:"这位真问着了。皇城的朱太监年初刚从北边来金陵,水土有碍,得了面疽。多少名医都看不好,还是咱们普济馆的苏荆溪苏大夫妙手回春,这才得以好转。苏大夫得了贵人青睐,前不久升榜转府,敝馆与有荣焉,京城杏林同春。"

大明迁都不过几年光景,留都这边的居民说起话来,仍带着一副帝都的骄矜口气,对北边京城总有淡淡的鄙夷。于谦听在耳里,内心翻腾不已,居然还真让吴定缘给蒙中了。

可是,这意味着什么他不知道吗?他是在指控一位禁卫官首领参与谋反啊!

吴定缘没空理他,仔细询问馆班这位苏荆溪大夫的情况。原来此人是苏州人氏,其家族之人在当地也都是杏林名手,家学渊源。苏大夫年岁不大,只有二十出头,加入普济医馆亦不过数月,平时不爱与人来往,手段却极高明。

苏大夫治好了朱太监的脸疽之后,便从普济退馆,寓居于成贤街的巷子内。那里靠近皇城,方便为朱太监随时诊治。

从普济医馆出来,于谦一把抓住吴定缘的袖子,厉声问他:"为什么突然怀疑朱太监?难道有什么证据不成?"吴定缘耸耸肩道:"没证据。但现在南京城里只要还活着的官员,都有嫌疑。"

"朱太监掌管禁军,本来也该在皇城迎候,并无疑点。"于谦顿了顿又道,"何况他近日脸上疽病发作,不便前往东水关,这也是我亲见的。"

"哦,你是说,一个为朱太监治病的医师,却在爆炸前一刻离开东水关码头,是个巧合?"

"呃……"

"小杏仁,你这样是没法查案的。"吴定缘同情地看着这位外行人,"莫有任何先入为主的判断,莫要轻易否定任何你不愿意接受的事实,到头来只会害了所有人。"

"可是,光凭这点就认为两者相关,未免太牵强……"

"牵强不牵强,找到那位苏大夫问清楚不就得了?走吧,听话。"吴定缘走过于谦身边,顺手拍了拍他的脑袋。

吴定缘身材高大,比于谦足足高出一头,手掌正正拍在后者的进贤冠上头。于谦如同被火燎了一下,整个人先是一僵,然后气急败坏地跳开一步,双眼瞪圆,像一只炸了毛的怒猫。

冠冕象征着朝廷体面，一个平民胆敢唐突上官，搁在平时是要吃板子的。于谦不知这人怎么突然来这么一下，实在太不分尊卑了！吴定缘哈哈大笑，心里畅快不少。锅头饭好吃，过头话难说，能捋捋当官的虎须，也就得趁这时候了。

在于谦怒目瞪视之下，吴定缘翻身上马，扬长而去。

于谦呆了呆，也只得爬上驴背，迅速跟上，连驴背上的蛮毯掉在地上都顾不上捡。驴背是尖的，不用毯子垫着的话，坐起来很不舒服。于谦一路上屁股如坐针毡，神经质似的不停地摸着进贤冠，总觉得要歪掉。

成贤街在复成桥的西北方向，几乎已是秦淮内河的末端，距离北城墙外的后湖已是不远。这一带住的多是武弁、宦官和太学生们，颇为讲究文饰。街头巷角都遍植扬州桃与树兰，花如碧桃，叶茂有香气，让整片区域都弥漫着一股馨香馥郁之气。

苏荆溪住的地方，在成贤街中段的大纱帽巷内。这里住的多是殷富人家，门面轩敞，院进很深。走在巷子里头，两侧的乌檐墙头上爬满了牵牛、素馨和杜鹃花，露出一片翠绿与绯红，如果个头足够高，还能看到院内的银杏树和龙爪槐。

他们很快找到一处夹在两处庭园之间的衬宅。这种宅子是借两侧邻居的山墙为壁，独屋独院，不甚宽敞，却占得"幽静"二字，最受来南京读书的外地士子欢迎。

吴定缘下得马来，上前敲了敲门。过不多时，门内传来一个女子的声音："谁？"两人对视一眼，原来宅子里还有别人，不知是他的妻子还是丫鬟。

于谦开口道："在下詹事府司直于谦，因家中亲眷染病，求见苏荆溪先生。"他嗓音洪亮，院子里听得清清楚楚。那女声道："先生近日不接外诊，请回吧。"

"人命关天，苏先生若能听一听症状，给些建议，也是好的。"于谦的声音里多了一丝焦虑，这倒不是演技。眼下只有赚开这道门，今日南京的大灾劫才有解法。

里面沉默半响，才又响起声音："你把病人症状写在纸上，塞过门来，先生闲时自然会去看。"于谦坚持希望当面一晤，里面便没了回应。

一旁站立的吴定缘突然脸色一变，道："不对。"

于谦问他："怎么了？"他压低声音道："里头这医师若与宝船爆炸有牵连，就该知道东宫僚臣已全数都化了灰。你刚才自称是詹事府司直，他怎么会不起疑心。"

于谦如梦初醒，他方才从行人司转调詹事府，却在细处失了计较。

吴定缘手掌猛一拍门，发现里头插着一根门闩，根本推不开。他立刻回身上马，然后借助马背的高度，跃至墙头跳入院内，然后把门闩抬起来，放于谦进来。

这处院子只有十几步方圆，地面打扫得干干净净，不见一丝尘土、一片残叶。院中是一座单间屋舍，舍角种着几丛剑兰与剪红罗，窗下还搁着一盆雁来红。水缸、陶炉、铁釜、碾子等物在院中排列得井然有序，一股淡淡的煎药余苦弥漫四周，确实是一位医师的宅邸。

屋舍里轩门响动，一个女子探头出来看，她云鬓散乱、衣襟不整，似乎是在做什么不足为外人道的事情。吴定缘上前一步，伸手把门边抓住，恶狠狠地喝声让开。女子尖叫一声，瘫软在地上。

吴定缘没管她，飞速冲进屋里，却发现里间空无一人。一张竹榻上搭着件青布曳撒，旁边扶钩上是一条长长的皂绦，而那个"普济"药王箱，正搁在墙角的柜子边。这些东西，证明那个被老贡生目击的神秘医师，果然是苏荆溪。

他扫视一圈，看到后窗敞开着。这个苏荆溪反应真是机敏，一发现动静不对，立刻逾窗而逃。于谦此时也冲进来，吴定缘顾不上多说，摆手让他搜搜屋子，然后也从窗口飞快地跳了出去。

甫一落地，他就觉得脚下不对。原来这间屋舍没有厨房，煮饭熬汤什么的都在后窗下。吴定缘的落脚点恰好踩到了一口黑锅之上，咣当一声，大锅扣翻在地，差点绊了他一个趔趄。

吴定缘骂声晦气，待身体恢复平衡之后，再抬头看去，这么一耽搁，对面已没了人影，只看到后院横着一道夯土山墙，约莫一丈高矮。苏荆溪应该是翻过这道土墙，跳进邻居家的庭院了。

一旦让他上了街，这事便会加倍棘手。吴定缘咬咬牙，挣扎着追了上去。他不是很习惯这种抓捕，往常都是他在背后偷偷出主意，自有父亲吴不平和一干虎狼衙役冲在前头。不过，眼下那个小杏仁指望不上，看在三百两银子的分上，只好亲自上阵。

他冲到墙根，一番助跑直接蹬上墙头，然后迅速跳到另外一侧。"噗"的一声，两只靴子同时踩在了松软的泥土之上。这是一片精心侍弄的小园，虞美人、秋牡丹、西府海棠等十几种名贵的花卉错落有致地栽种在畦畔之间，尽显雅致。

吴定缘可没心思去欣赏，他还未及观察逃犯去向，就听到屋舍那边传来于谦的大嗓门："你要干什么？不许走！"

难道是那个丫鬟要跑？吴定缘心想。幸亏把于谦留在那儿了，苏荆溪若是追不见，还得靠那丫鬟寻人。他按定心神，忽然看到眼前绿油油的芭蕉叶子上，伏着一只肥大的斑蝥。

奇怪，如果刚才有人急促地跑过去，它受到惊扰早就飞走了才对。

一个离奇的念头猝然闪过吴定缘的脑海，随即牵连起一个刚才未留意的细节。

那个吓得瘫坐在地的丫鬟，虽然发髻散乱，衣衫不整，那条马面裙下遮掩的双足，却套着一双医师才穿的白皮琴靴……糟糕，苏荆溪就是那个丫鬟！是个女子！

59

吴定缘刚才还笑于谦先入为主，自己也犯了同样的错误，一门心思以为医师必是男性。事实上，江南一带的女医师有不少，只是很少抛头露面罢了。再想到朱卜花的身份，女医师进皇城给宦官看病，岂不正是医患两便？

吴定缘暗骂自己糊涂，赶紧转身回去。就在这时，那边于谦发出一声惨叫，随后一阵急促的马蹄声逐渐远去。

糟糕！

一步慢，步步慢。吴定缘急忙跃过矮墙，冲回屋舍，看到于谦斜倚在门框旁边，右臂的袖子被割开一条大口子，内里肌肤鲜血淋漓。

"她，她突然拿出一把药剪，把我给刺伤了！她才是苏荆溪！"于谦捂着伤口，略带委屈地喊道。

这女人着实了得啊，吴定缘大为感叹。

从于谦在门外自报官职一开始，苏荆溪便窥破了两人的来意。她迅速脱下曳撒，露出亵衣，弄散了发髻，造成一个云雨未散的假象。一般男子见到这番旖旎场景，就算不动心，警惕性也会大为降低。等吴定缘被她故意推开的后窗引走之后，她便用藏好的药剪刺伤于谦，夺走马匹从正门逃走。

这一连串动作目的明确，误导精准，她应变之快，当真令人叹服。

吴定缘一边感慨，一边冲出正门。此时苏荆溪已经策马跑到巷子口了，眼看就要上街，他情急之下，猛地吹了两下短促的呼哨。

那马是勇士营训练的军马，一听两下呼哨，便立刻停下来。苏荆溪挥鞭就打，口中还驾驾地不停催促。那坐骑听到彼此矛盾的命令，左右为难，四个蹄子一直在原地转悠。趁着这个机会，吴定缘迈开大步，一口气追到马旁，伸手一把扯住缰绳。

苏荆溪二话不说，用手里的药剪子，朝着吴定缘刺去。吴定缘冷笑一声，闪身避过，一拳砸中她的小臂。苏荆溪"啊"的一声，药剪跌落在地。她毫不犹豫，另外一只手从头上拔出一枚银簪，对准吴定缘咽喉刺过去。

吴定缘见势不妙，急忙伸手过去挡在咽喉前，顿觉掌心一阵刺痛，竟被那银簪子狠狠刺了个对穿。他一边在心里骂这个疯婆子，一边强忍剧痛，扳住她肩膀狠狠扯下马来，随即一脚踢在胸口。

这是公门捕快擒拿犯人时的固定动作，叫作"锁龙关"。胸口乃是走气的要枢，一脚重重蹾过去，能让人一瞬间气窒神迷，头昏眼花，什么反抗手段都做不出来了。

苏荆溪并非练家子，被吴定缘这么一踢，四肢登时软软地瘫在地上，再无反抗余地。吴定缘趁机用牛筋绳索把她牢牢捆住，可惜自带的麻核先前用在朱瞻基身上了，他只好从马背上扯下一块垫鞍子的脏臭破布，团成一团塞进她嘴里，伸手一搜，从顺袋里搜出一张纸帖来。

巷口有几个路过的行人朝这边张望过来,吴定缘黑着脸喝道:"应天府擒贼!"吓得他们赶紧走开了。

吴定缘把她重新押回屋舍时,于谦正在给自己包扎伤口。作为一名医师,苏荆溪的家里并不缺少器具与药物,不过……包扎的技巧,终究因人而异。于谦惯于读书,做起这种事来实在拙劣,把金疮药粉洒得到处都是不说,还把胳膊缠得像个发大劲的馒头。

吴定缘没说什么,径直把苏荆溪带进里屋,捆定在椅子上,然后走了出来。于谦见他右掌鲜血淋漓,赶紧递过一个脂白小瓶。吴定缘用嘴咬开瓶塞,一口气把药粉全倒在手掌伤口上,然后用棉布条缠了几缠。

"小杏仁,咱们两清了。"吴定缘坐在门槛上,轻轻喘着粗气道。

于谦眉头一皱,不明白他什么意思。

吴定缘指了指屋里,道:"我不是说过吗?三百两银子,只够买个明白。现在明白就躺在那儿,剩下的你自己去问便是,我的活到此为止。"于谦霍然起身:"行百里者半九十,你岂能半途弃之不顾?这人还没开口,万一后头还有曲折呢?"

吴定缘的嘴角露出一丝嘲讽:"你们这些做官的,总觉得别人出生入死理所当然。我一个小捕吏,能帮你追查到这个医师,已是老天爷偏了心。水深石头硬,洞长虫蛇多,再往下查,我只怕十条命也得沉了秦淮河。"

"有太子在,你怕什么?!"

"可太子要是不在了呢?"

吴定缘轻描淡写一句话,像一根银针直直地刺入于谦的百会穴,他四肢血脉为之一滞。于谦铁青着脸问:"你什么意思?"吴定缘信手一扬,把那张在苏荆溪身上搜出的纸帖扔过去。

这是一张精致的云边拜帖,上头一排蝇头小楷,大略是说十八日施药时间改至未时,太监亲来大纱帽巷就诊,请苏医师留在馆舍不要离开。底下还留有朱卜花的花押。

于谦有点不明白,这张帖子无非是改了个就诊时间,有何不妥?吴定缘道:"若太子还活着,他今日还有时间过来?"

于谦瞳孔骤缩。是啊,这拜帖是昨天送到的,那时候宝船还没出事。朱卜花身为皇城的禁军统领,按计划理当在今日全程迎候太子,怎么可能有空外出看病?除非……除非他早知道太子会出事。

一想到这里,于谦登时坐不住了。无论这个推想是真是假,他都必须立刻赶到皇城,通知太子提高警惕。每耽搁一息,风险都会成倍增加。若太子有任何闪失,一切调查都将失去意义。

想到这里，于谦略带遗憾地朝天边瞟了一眼。此时，外面一抹红霞已落到西侧院墙的上缘，南京城这个喧嚣混乱的白昼即将结束。当他转回头时，眼神里已有了决断。

于谦从腰间取下一枚淡黄色的犀角如意，递给吴定缘。那如意表面有一层层细腻的竹丝纹，一看便是枚质量上乘的把件。

"这是我于家的祖传之物，任何一个质铺里都能换出三百贯宝钞。我把它押在这里，买你一个时辰！你要把这个犯人的真话掏出来！"

吴定缘没料到这人居然自己掏腰包为国尽忠。两人相处半日，他多少了解了一点于谦的脾性，每当他下巴绷紧之时，便是最认真的时候。吴定缘勉强笑道："你自己问不就完了，何必花这种冤枉钱？"

于谦语气极为严厉地道："我现在要赶去皇城。希望回返之时，你已经审得了犯人画押的供状——那如意你可收好了，日后我拿钞……不，拿现银来找你赎！"

说完他推门出去，笨拙地往马背上爬去。吴定缘握着那枚如意，无奈地喊道："喂，我可还没答应呢！"可于谦跟没听见似的，一抖缰绳，摇晃着身体迅速跑远。远远地，他学着吴定缘的样子，伸直右臂，猛然紧握右拳，头也不回地消失在巷道尽头。

吴定缘一时有些气结。这家伙不是正人君子吗，怎么也耍起浑来了？他见唤不回来，只好将那如意系在腕子上，无奈地走回到屋舍里间。

里间的苏荆溪虽然被捆在木椅之上，脖颈却极力挺直，似乎一直在努力倾听外间的谈话。她看到吴定缘进来，双眼毫无惧意，反而一直盯着他的举动。那锐利的眼神，让他想起夫子庙附近那只怎么都喂不熟的小野猫。

吴定缘在屋里转了一圈，发现在檀木方桌上搁着一张白宣，墨汁还未干透，想来是刚刚搁笔。写的是晏几道的《破阵子·柳下笙歌庭院》。笔迹纤细瘦劲，颇得柳体精髓。不过，吴定缘只熟公文文书，对这些东西毫无兴趣，粗暴地把宣纸一扯，把那管上好湖笔捏起来。

苏荆溪作为一位坐馆医师，用的都是湖笔、徽墨、歙砚等上乘好物，就连开方子的纸也是特制的苏州洒金笺。可惜这些风雅之物，如今却沦落到"酷吏"手里成了刑名俗器。

吴定缘拽来一张矮桌，在苏荆溪对面坐定，先研开一摊墨汁，然后把那张写满雅词的宣纸翻了个面，边缘用手掌捋平。然后他伸手将那块破垫布从她口中取出来，还没等开口询问，苏荆溪抢先脱口而出：

"你们，不是朱卜花的人？"

两京 十五日

第五章

吴定缘听到这话，凛然喝道："闭嘴，我还没开始问呢！"

事到如今，这女人居然还想要争取谈话的主动权？老刑名都知道，要让审讯顺利开展，第一要务就是别被犯人牵着鼻子走。可吴定缘还没想好怎么杀一下她的威风，苏荆溪又开口了："我可全听到了，你们是在为太子查宝船爆炸案吧？"

她的语气很是从容。吴定缘捏了捏鼻梁，觉得有些心累。都怪于谦那个大嗓门，让犯人知道审讯者的部分底牌。他拍了拍桌子："放肆！你只要老实回答就可以了！"

苏荆溪道："只要不是朱卜花的人就好。这位捕爷，我可以如实回答，绝不欺瞒，但请你先松开我的双手，容我整理一下仪姿。"她刚才为脱身拔出了发簪，导致那一头乌黑的秀发披散下来，遮住了大半张脸，很是狼狈。

吴定缘盘算了一下，快点把这事了结也好。于是，他把苏荆溪双臂松开，孰料她又吩咐道："那边镜奁下面，有一把牛角梳子，拿来给我。"口气像是使唤一个小厮。吴定缘皱皱眉头，到底还是拉开镜奁，把梳子递过去。但他双眼时刻紧盯，一旦她有任何不妥举动，铁尺随时砸将过去。

苏荆溪拿起梳子，慢条斯理地把发丝梳拢整齐，一缕一缕捋在耳后，从容之态不似一位阶下囚，倒更像是元宵节准备出去看灯的贵家女眷。直到这时，吴定缘才看清她的容貌。

这是一张二十四五岁的清秀面孔，五官轮廓硬直，比起秦淮河上那些名姝，少了几分妩媚精致，但多了一点干练坚毅。那一头长发梳开之后，显出额头圆阔饱满，隐有光亮。相书里这叫九善之首，为聪睿之兆，难怪她可以女扮男装，年纪轻轻成为坐馆医师。

等到苏荆溪梳拢完毕，吴定缘起身把梳子收掉，重新捆住她的双臂，这才问道："你叫什么名字，乡贯何处？"

苏荆溪果然像约定的那样，老老实实地答道："我是苏州昆山人氏，沜川乡苏家三房出身，唤作苏荆溪。"她看了吴定缘握笔的别扭姿势，似笑非笑，又补了一句："荆溪白石出，天寒红叶稀。"

吴定缘一听掉书袋的话就头大，不自在地咳嗽了一声，道："太子宝船爆炸，你是否参与其中？"

"我与那件事没关系，你们误会了。"

"哦。"吴定缘一点不觉惊讶，哪有人会乖乖招供，少不得要叫几声冤枉。他磕了磕笔杆，道："你为何去东水关码头？又为何在宝船爆炸前一刻离开？"

"我去那里是找我的未婚夫。"

"你的未婚夫？"

"是的，他在南京做御史，按说也该在码头。可是，我没找到他。朱太监不是约了我下午出诊吗？我便急着赶回家去了。宝船爆炸之时，我确实刚刚离开，可那只是一个巧合。"

"巧合？既然如此，我们敲门之时，你何必问都不问就逃？"

"东宫的人都在宝船上。那位于官人在门外自称詹事府司直，不是闹鬼就是冒名。"苏荆溪歪了歪头，"我若早知道宝船要出事，还特意去码头干吗？送死吗？"

苏荆溪的反问，令吴定缘有点无言以对。他眯起眼睛，换了个话题："说说朱卜花吧。"

"我只是为他诊治的大夫而已，不是他府上听差。他的事我不清楚。"

"所以你只是单纯为他看病喽？"

"当然不是。"苏荆溪双眼突然闪过一丝厉芒，"我给他治病，是为了杀掉他。"

记录的毛笔猛然一颤，在纸上涂出一个大墨点。这可真是个意外的转折，吴定缘略显狼狈地把手腕抬起来，满腹狐疑，道："你不觉得这个说法自相矛盾吗？"

"救人杀人，原本就只在医者一念之间，有区别吗？"苏荆溪回答。吴定缘"呃"了一声，这女人每次说话，总是试图掌握主动权。他提笔重新蘸了蘸墨汁，道："好吧，那么你为什么要杀朱卜花？"

"他曾害死我的一位手帕交，我要报仇。"

吴定缘略觉奇怪，一个京城御马监的提督太监，怎么会和一个苏州女子结下仇怨？不过，这与于谦要了解的事情无关，他决定先把动机放一放，直接切入正题："那你打算怎么杀朱太监？在药里下毒吗？"

苏荆溪不屑道:"那种凡夫村氓的低劣手段,不入方家之眼。岐黄之道的用法,可比你们想象中精妙得多。"

"嗯,你继续说。"

"今年年初,我在苏州听到朱卜花南下南京之后,便立刻赶至留都。在普济馆取得一个身份,顺便暗中调查他的行踪。朱卜花在南京最喜欢吃的食物,是玄津桥外巷口的樊记烧鹅。每天樊记老板会单熬一小锅鲜卤汁,专为他烧制鹅肉。我对铺子的伙计稍施贿赂,在卤汁里掺进一味查头鳊肝。"

"鳊字……怎么写?"吴定缘有些为难地用笔杆敲敲脑袋。他粗通文墨,可也只是粗通而已。

苏荆溪发出一声同情的嘲笑:"鱼旁加扁。这是一种长于汉江的河鱼,肉嫩味美,只是它的肝脏是大发之物。有个叫孟浩然的诗人,就是吃了查头鳊,背疽发作而死——孟浩然你知道是谁吧?"

"知道,知道。等审完你,我自会去寻孟浩然的亲眷查实,你继续。"吴定缘敷衍地回答,不想在这上面纠缠。

"鹅肉本身就是发物,烧鹅卤料更是容易发毒助火,我再投以用查头鳊肝熬煮的汤饵,三者齐攻。不出一旬,朱卜花的脸上便开始生出痛疽,痛痒难忍。他找的那些庸医不知缘由,只会用当归、桔梗、皂角刺败毒去火,百无一用。我找准时机,主动请缨,给他进献了一种虎狼药膏,效果卓然。只不过这药膏只有我懂得调配,必须每日涂抹,方才暂缓痛痒。于是,朱卜花使了力气,扶持我出馆留府,为他一人专诊,一日也离不开。"

"可他也没死啊。"

苏荆溪微微一笑道:"若是他当即毒发身亡,我又岂能脱开干系?少不得要用一个暗度陈仓的计策。捕爷你有所不知,痛疽这种病症,分为内外两种。外疽有头,多发于肌肤,虽然痛痒却不致死;而内疽无头,多发于腠理之间,一旦发作,药石罔效。"

苏荆溪一说起医理来,滔滔不绝。吴定缘不耐烦地敲敲桌子,道:"直接说。"

"查头鳊肝只是让朱卜花罹患外疽。而我每天给他涂的虎狼药膏,是以藜芦、生龟板、全虫为主料,表面看似有奇效,其实只是将疽毒强行压于筋骨之内,慢慢抑阳转阴,最终变成无头内疽。朱卜花确实还没死,但他的疽毒之势这几日蓄到极限,只消一点点刺激,他随时可能疽发身亡,神仙也救不得。"

吴定缘听得倒吸一口凉气。这女人好毒辣的手段,不光杀朱卜花于无形,还把自己择得干干净净。他听过南京坊间的传闻,当年魏国公徐达吃多了烧鹅,背疽病发而死。朱卜花若是出事,大家只会觉得他是自己管不住嘴,重蹈徐达覆辙,根本不会有人去怀疑医案里的猫腻。

没想到这宝船案里头，还套着这么一桩诡谲的毒杀案。

"所以我不可能与朱卜花是一伙的，与宝船案更无牵连。"苏荆溪强调了一句。

"好，好，我再给你申请个见义勇为的冠带褒奖，好不好啊？"

吴定缘嘿然冷笑。她算计得倒清楚，宝船案何等重大，涉案之人凌迟都算轻的，两害相权取其轻，她不如痛痛快快地承认毒杀朱卜花，充其量不过绞刑。更何况，这还不一定是罪过。

这女人之前肯定偷听到了他与于谦的对话，知道他们对朱卜花有所怀疑。她这么招供显然是在赌，万一朱卜花真的身涉不轨，她连毒杀罪名都不必承担了，反而是诛杀反贼的义士。这女人，招供里充满了心机……不过，无所谓了。

这些事跟他没关系，吴定缘也不多问，只是将这些供述一一记录下来，然后把那几页写满字的洒金笺叠在一起，走到苏荆溪身后，用她的右手拇指按了一个手印。

"这就完了？"苏荆溪一愣。

吴定缘懒懒道："我只负责记录供状，至于信与不信，会交给有司审谳，到时候你别翻供就行。"

于谦要的只是一份供状，现在有了。至于苏荆溪说的是真是假，吴定缘可没有查实的义务。他把装订好的供状收入怀中，朝外间走去。苏荆溪忽然道："捕爷待在这里不妨，可倘若朱卜花的人先来，可就不好了。"吴定缘的脚步停住了，他转回头来，狐疑地盯着她。

"最近几天，他的内疽已呈外溢之状，面额发溃，痛痒难忍，随时可能派人来召我去诊治。"苏荆溪道。吴定缘盯着她，半是恼怒半是嘲讽地道："你倒真是坦白。"

"我们约好的，不是吗？你让我梳头，我如实坦白一切。"苏荆溪回答。

"哼……"吴定缘从鼻孔里喷出一丝不耐烦的气息。

他本来想，在这座幽静无人的屋舍里等于谦回来，交出供状，早点回家喝酒去。可苏荆溪这一句话，令事情又节外生枝。万一朱卜花偏偏在此时派人来找她，必然会跟他起冲突，又要被卷入一场与己无关的麻烦里。

怎么每个人都不肯让他安静地待会儿呢？

这屋舍是绝对不能待了，可若不在这里，又能去哪儿？吴定缘思前想后，最终只得咬咬牙，取来一张信笺贴在门扉之上，上书四字："归家相见。"

他决定把苏荆溪押到自己家里去。一来他家就在镇淮桥，离这里不算远；二来家里只有一个妹妹吴玉露在，没有闲杂人等，很是方便。纸上那四个字，朱卜花的人是看不明白的，而于谦见过他讨三百两银子时留的地址，一看便知该去哪里找。

当初若没一时糊涂救了太子，哪儿还有这么多麻烦事体！

吴定缘一边吃着后悔药，一边把苏荆溪从椅子上弄下来，让她找件掐腰的翠绿绣袍穿好，一定要宽袖的。这样一来，苏荆溪只要束手垂袖，在驴子上那么一坐，便没人能看出她手腕上捆着绳子，只当是哪家小媳妇归宁。

"我们换个地方待着。你不要生出什么心思，否则格毙勿论。"吴定缘晃了晃铁尺，警告道。苏荆溪笑道："捕爷为我着想，开心还来不及，怎么会跑呢？"

吴定缘看不透她心思，也懒得琢磨。他暗暗下了决心，这是最后一次，绝不再多管闲事，然后一拍驴子屁股，跟苏荆溪离开了屋舍，走入巷道。

此时，大纱帽巷已被暮色浸得越发深透，一层层黯淡帷帐笼罩下来。两人抬起头来，看到尚有最后一丝明亮还在墙头藤隙之间纠结，仿佛一根细弱的绳索，牵扯住即将沉沦的白昼。可惜这个努力终究失败了，只是转瞬之间，整个巷子便彻底落入暗夜的井底。

何止是大纱帽巷，整个内秦淮河流域的彩楼画栋，骚动不已的南京城内外厢坊，也同时沉沦入夜。即使是戒备森严的偌大宫城，也无法让光阴多留驻哪怕半刻，残存的暮色在飞速后退。

一只绸面皮靴踏住最后一抹退走的暮色，旋即抬起。在天光彻底消逝的同时，它从容迈进了长乐殿的门槛。朱瞻基的心情，比刚才稍微轻松了一点。

确实如太宗皇帝所说，当你解决了纷乱线头中的第一个问题之后，接下来便容易多了。他为伴当在奉忠庙里设了牌位，略做拜祭，然后在返回长乐殿的路上，想清楚了接下来的理政次序。

重中之重，自然是先把兵权掌握住。

朱瞻基在离京之前，也做过一番功课。目下在皇城之内，有勇士营拱卫；留都城中有守备衙门、十八卫所亲兵、五城兵马司的巡营防营；在城外有龙江船厂水军、新江口营、浦口营、池河营、孝陵卫等处。掌握住他们，南京秩序便可安泰无虞。

接下来，再检视官员名录，优先让户部和应天府恢复运转，南户部管着江南钱粮与漕运，应天府管着南直隶地面，都耽误不得，然后再重新搭起吏部，让他们去补齐工部、兵部、刑部，至于礼部和都察院嘛，倒是不着急⋯⋯

朱瞻基常年在祖父身边耳濡目染，终于显现出了成果。一件件事项，从线团里抽离出来，自动分门别类，归入他脑子里的架阁库。怎样做一位皇帝，也在他面前逐渐明晰起来。

不过，在所有事情之前，还有一件最为优先的工作，那就是他此时手中握着的鱼筒。这里面装着的，是父皇用八百里加急送来的密旨。

朱瞻基屏退了左右，独自坐回到榻上，把鱼筒上的封条撕掉，然后双手一错，拧开了被蜜蜡封住的齿口，露出黑漆漆的筒腹。腹中只有一卷明黄色衬底的尺素。

朱瞻基小心地掏出尺素，徐徐展开，露出里面的正文来。尺素不长，上面的墨字也不算多，朱瞻基却一直保持着同一个姿势，双眼盯着纸面，似乎永远读不完这短短几十个字。整个长乐殿中安静得如同孝陵一般，似乎连温度都骤降了不少。

一个小奉御怯怯地走到殿口，隔着门槛高声道："太子殿下，朱卜花朱太监求见。"朱瞻基缓缓抬起头来，道："声音太小，我听不见，上前来。"

小奉御赶紧迈进几步，跪在御榻之前，道："朱太监求见。"朱瞻基"嗯"了一声，却没任何动作，只是怔怔地盯着他。小奉御不知自己脸上有什么，又不敢用袖子去揩，只好莫名其妙地跪在那儿。

过不多时，一阵粗重的脚步声在长乐殿外响起，还夹杂着甲胄摩擦的铿锵声。全身披挂的朱卜花急匆匆地朝着长乐殿走去，挂遮在脸上的白布不时飘起，露出一片片触目惊心的脓疮，每一粒都浓艳欲溃。

他一口气走到殿门口，这才停下来，道："千岁爷，臣朱卜花特请奏禀。"殿里隐隐传来太子的声音："太监不辞奔走，当真辛苦。"

"留都未靖，岂敢言辛苦二字。"

一段标准的君臣寒暄之后，朱卜花抬眼看去，太子似乎已上榻休息了。屏风的缝隙里可见烛光摇曳，依稀可见一个人影侧躺，只是被几重罗縠纱帘隔着，影影绰绰不甚清晰。

"城中可还安定？凶徒可有眉目？百官军民可得救援？"

太子一口气问了三个问题。朱卜花早有准备："城中各处已安排了军铺弹压，百姓虽有惶恐，不致骚动；臣遴选各处衙署精锐，正在全城大索白莲教众；另外，东水关码头已初步点清，请千岁爷过目。"他从靴子里抽出一份纸折，恭敬地捧在手里。纸折上密密麻麻都是人名，每一个人名都代表一位亡故的官员。

殿中传来一声叹息："有我大明以来，何曾有臣工伤亡若是，真可谓是亘古未有之奇祸。"声音停顿片刻，又道："你去通知孝陵卫，本王现在要去孝陵给太祖爷请罪。"

"啊？"

朱卜花一怔。孝陵乃是洪武皇帝的陵寝，就在钟山南麓，驻有一卫五所，共五千六百人的护陵军。太子伤恸过度，要去拜祭祖陵无可厚非，可这个时辰……他连忙劝道："如今夜色深重，形势不明，从皇城至钟山孝陵这一路又近山麓。殿下万金之躯，不可轻易涉险啊。"

"可本王留在这宫城之内，也睡不踏实。那你安排一下，我去守备衙门探望一下襄城伯和郑太监。"

"他们如今皆有名医施诊，伤情无碍，只是一时闭过气去尚未醒转。您若亲临探视，龙威过盛，只怕两位羸弱不堪承受，反令病情蹉跎。"

朱卜花说得委婉，殿内沉默片刻，道："好吧，那你把名单留下，本王先看看。其他的事，明日再说。"朱卜花暗自松了一口气，把纸折搁在门槛上，然后弓着身子退了出来。

他走出长乐殿几十步，廊下的柱子旁忽然传来一阵咯吱咯吱的咀嚼声。朱卜花皱皱眉头，又朝前走了两步，眼前转出一个人影，道："我说朱太监，你这就走啦？"

这人穿着一袭细葛道袍，头戴九华巾，看似小生员，细看却是个穿男装的年轻女子。

"昨叶何？你来做什么？"朱卜花似乎早就认识她。

"我就是来看看，朱太监这边顺利不顺利。"昨叶何笑眯眯道，顺便从腰间顺袋里抓出几粒桂花炒松仁，放进嘴里嚼。她的袖口高抬，赫然绣着一朵怒放的白莲。

"哼，不劳你们费心，已稳住了。"

昨叶何嫣然一笑，道："是你稳住太子了？还是太子稳住你了？"朱卜花眉头微皱，道："你什么意思？"昨叶何冲长乐殿歪了歪脑袋，道："我刚才听得真切，太子可是一直在试探你呢。"

朱卜花脸上的脓包似乎鼓大了一分，压低嗓音怒喝："不要胡说！他连南京城墙是黑是白都没看清，就被我直接带入皇城，又怎么会起疑心？"昨叶何道："经历了那么大的事，太子难免疑神疑鬼。我看太监不必为难，径直冲进去一刀刺翻，万事干净！"

她一边说着一边嚼，几粒松仁在齿间很快被磨得粉碎。

朱卜花冷笑道："你们白莲教办事不力，炸船漏掉了太子，如今倒要我来背这骂名！"

昨叶何不以为然，道："骂名？昔日建文就在这皇城内不知所终，你家永乐皇帝又何曾有骂名了？"话音未落，朱卜花的大手已经狠狠捏住了她的肩膀："你敢再提太宗名讳试试？"

"原来太监你死活不肯动手，是还顾及对朱家的君恩臣誓啊！"昨叶何毫不畏惧地道。

朱卜花冷哼一声，松开了手，眼神复杂了许多，道："君恩深重，我是须臾不敢忘的，只不过不是这个君罢了……"

昨叶何双眸陡然射出两道寒光，道："这次的大事，是白莲佛母和你家贵人联手定下的，开了弓便没有回头之箭。太监若想在这条船上站稳，就非得亲手把另外一条凿沉了不可！"

朱卜花与这位白莲右护法瞪视片刻，许是脸上的疽肿痛痒难耐，他终于一塌肩膀，像是发泄似的吼道："好！但你跟我一起去！"说完他转过身去，抽出腰间的长刀，大踏步又朝长乐殿奔去。

此时，长乐殿门槛上的纸折不见了，应该已被取走。殿内烛火透过屏风，映出一道斜靠在榻上的影子，似是正在读着名单。朱卜花深吸一口气，在门槛外大声道："臣朱卜花，有要事求见太子千岁。"

这一次太子没有吭声。他又吼了一声，对面还是没有回应，朱卜花心中生出一阵不安——难道昨叶何猜对了，太子果然对我起了疑心？

身后的昨叶何突然道："有些不对！"

朱卜花疾步猛冲过去，撞开几重纱帘，踢翻屏风，看到一个小奉御被剥了个精光，嘴里塞着一枚琉璃如意，双臂之间捆着几条金丝绦带，整个人倒在榻上正瑟瑟发抖，那张纸折正盖在脸上。

朱卜花粗鲁地把如意从小奉御嘴里拔出来，捏住他的脖颈拼命摇晃，道："太子在哪里？"可怜小奉御满口是血，含混不清地说道："我，我进来通报太监求见，太子让我原地不动，然后用砚台把我打倒，等我醒来时已……已是如此了。"

朱卜花的面皮鼓胀，几乎要爆出浆来。看来太子刚才与他问话之前，便已打算潜逃。到底他是何时看出破绽的？带着满腔疑问，朱卜花把小奉御一把远远扔开，提着刀开始在长乐殿中搜寻。长乐殿的面积不算太大，在这么短的时间内，太子不可能藏得妥善。

朱卜花转了几圈，连圊房的净桶里都打开看了，却一无所获。难道这只煮熟的烧鹅，真能平白地飞走？昨叶何到底心思更为细密，她环顾四周，突然说道："是衣袍！"

朱卜花如梦初醒。那个小奉御是光着身子的，太子一定是改换了他的灰袍，扮作小宦官离开长乐殿了。

他暗叫不好，长乐殿附近的守卫得了授意，不允许太子离开，但不会提防直殿监的那些仆役。若是如此，太子搞不好已突破长乐殿周围的封锁，在宫城内游走。

"来人，传我的命令，皇城宫城一体戒严，缉拿，缉拿……"朱卜花说到一半，说不下去了，缉拿谁呢？难道说缉拿太子吗？

他的心腹毕竟只是少数，外围的勇士营可不会接受这种命令。这时昨叶何俯身从地上捡起一件东西，举到朱卜花的面前，微微一笑道："自然是去缉拿那个小奉御。"

朱卜花一看，她手里是一块玉佩，上镌"惟精惟一"四字。

这是永乐皇帝赐给圣孙的佩物，估计是朱瞻基改换衣装时无意中掉落了。昨叶何的意思很明白，朱瞻基从未来过江南，真正认识他脸的人凤毛麟角。如今没了信物，朱卜花可以硬说他是冒充太子的小奉御，从容调动力量围捕。

昨叶何这计策虽经不起仔细推敲，但此刻南京城里一片混乱，没人能提出质疑。只要过了今夜大事底定，真假也都无妨了。

朱卜花立刻传令各处哨位，合城大索。皇城入夜便会四门落钥，太子即使已离开长乐殿，也不过是从一个小囚笼进入一个大囚笼。

一道道呼号传递下去，一根根火把点燃起来，漆黑的宫城里多出了几百个光点，它们迅速构成了长短不一的线条，像篦子一样来回梳理着暗夜。从奉天殿到文华殿、武英殿，从华盖殿到谨身殿，这些寂寥已久的荒芜宫阙之间，填满了耀眼的喧嚣。

可搜索始终没有结果，太子就像被黑暗溶化掉一样，不见踪影。朱卜花气急败坏地用鞭子狠抽了几个手下，下令把内廷及东西六宫也纳入搜索范围。

朱卜花作为禁卫官领的嗅觉相当灵敏，这一次很快便在坤宁殿的西边发现了蹊跷。

当年洪武皇帝修建宫城之时，填平了一个燕尾湖，在上头修建了乾清、坤宁诸宫。因此内廷一带的地势偏低，极容易造成内涝，住起来苦不堪言。为了解决排水问题，不得不额外修了几条排水瓦渠，从诸宫台下一直接引到西侧的秦淮河去。

今年南京地震频频，坤宁宫的台基被震裂了一个大口子，恰好裂在瓦渠的雨口处，形成一个比狗洞还略大一圈的孔隙。这里平时无人居住，工部也不着急修，一直搁在那儿没人管。一名勇士营士兵路过这里，试着钻进孔隙一探，结果令他大吃一惊。

朱卜花、昨叶何赶到坤宁宫时，士兵们已经把里面发现的东西掏了出来。这是一顶腐朽不成样子的冠首，缨纮系带皆已化灰，但勉强能分辨出冠身分成十二缝，旁边散落着几十枚五彩玉珠、一根玉簪和一对葵花形金簪纽。

"这是皮弁冠啊！"朱卜花久在大内，一眼就认出来了。他为了确认，伸手在缝上摸了一把，鹿皮早烂了，露出里面的一缕包金竹丝。不会有错，这是只有天子才能戴的十二梁白鹿皮弁冠。

它烂得太厉害了，不可能是太子刚刚遗落，起码在瓦渠里扔了十几年。可大明开国才多少年？什么人有资格戴这顶皮弁冠？又为什么把它遗落在这里呢？

朱卜花和昨叶何对视一眼，都从对方眼里看出一丝震惊。如果他们猜测无错的话，一个萦绕明宫许多年的秘辛，居然在这个敏感的时刻现身了。

二十七年前，洪武皇帝去世，他的孙子朱允炆登基称帝，改元"建文"。当时还是燕王的朱棣起兵靖难，前后相持四年，最终打到南京城下。宫城之内突然燃起离奇大火，等到火势稍熄，整个坤宁宫内留下数具烧焦的尸骸，其中经辨认有马皇后及太子朱文奎，建文帝朱允炆却就此失踪。

他究竟是如何逃离重围之下的宫城，又去了哪里，没人知道。燕王登基为帝之后，终永乐一朝，一直没放弃寻访其下落，可始终未有所获。这成为永乐皇帝一个至死未释的心病。

从这顶皮弁冠推断，当年建文帝应该是从坤宁宫侧这一条排水瓦渠里钻了出去。瓦渠很窄，为了让身体顺利通过，建文帝不得不把象征着帝王身份的十二梁白鹿皮弁冠扔在入口，一去不回。

不过，朱卜花此时没心思探究这些陈年旧事。因为除了这顶皮弁冠，士兵们在瓦渠里还发现了一条细麻质地的白裆膊，布角缀有一条黄边，是直殿监特有的公服。很显然，朱瞻基不知从什么途径，也知道了这一条离开皇城的密道。他为了能钻过瓦渠，把从小奉御身上剥下来的白裆膊解下来，和那顶皮弁冠扔在一处。

洪武、永乐两代天子的孙子，居然事隔二十多年，在同样的境况下进入了同一条密道。这其中的巧合与讽刺，令这些人啧啧称奇。

朱卜花急切地命令手下钻进瓦渠去追赶太子。可没过一会儿，手下便被迫退出。前方的渠道发生了坍塌，估计是被太子故意踹的，想要重新疏通，非得从地面挖开才成。

朱卜花恼怒地一把扯下脸前的帘子，满面的狰狞疮肿几乎要爆开："谁知道？这条瓦渠是通向哪里的？谁知道？"周围的勇士营士兵面面相觑。他们不过是年初才来南京驻屯的，对这些完全不熟。

人群里的昨叶何一挡折扇，吩咐把那个小奉御拘过来。可怜小奉御还没来得及换衣服，浑身赤裸着被推搡过来，浑身如筛糠一般。朱卜花只是把流着脓水的脸凑近他，他便吓得吐露实情。

原来朱瞻基把他剥光捆起来之后，第一件事就是问有无密道离开。小奉御此前听直殿监的老人们聊天时提起过这条废弃的瓦渠，于是告诉太子，这条瓦渠可以从坤宁殿一直向西延伸，穿过宫城和皇城的西城墙，进入竹桥一带的秦淮河道。

"兔崽子！刚才不早说！"朱卜花气急败坏地一挥长刀，"噗"地砍断了小奉御的咽喉，一泄心中怨气。

眼下唯一的办法，只能趁太子没爬出瓦渠口的时间，去另外一端封堵。于是，朱卜花、昨叶何等人匆匆离开宫城，登上皇城西侧城墙，守军们已经点起了一溜防风大灯笼，垂下六尺，把城下的秦淮河道照了个通明。数支骑队也匆匆冲出城门，沿着西皇城根北街来回搜寻。

没过多少时候，便有城墙上的哨位发出了警报。朱卜花精神一振，迅速赶了过去。这里是皇城西城墙的中段位置，在大灯笼的照耀下依稀可见河道里有一个黑影。黑影身边涟漪不断，可见是在手脚并用地拼命游离。

朱卜花正要传令城下马队去巡河缉拿，昨叶何却在旁边冷冷地说了一句："当断则断啊。"朱卜花嘴角一抽，只得转头吼道："绰弓！"

身边的士兵纷纷取下佩弓，装上筋弦。勇士营拱卫禁中，为避嫌疑，配备的都是小稍弓，弓臂较短，射程有限。不过，若是从城墙上俯射三十步开外的目标，这种弓颇有优势。此时城墙上至少有二十多张弓，一起攒射，就算暗夜里准头有差，也足可以覆盖整个河面了。

朱卜花注视着河里一起一伏的小小影子，内心先涌起一阵轻微的愧疚，旋即被脸上泛起的痛痒所冲淡，他仿佛为了排遣痛苦似的，用力把手臂向下一挥……

朱瞻基在冰冷的河水里拼命地划动着，心思比他的四肢更加沉重。他早年随祖父北征，军中学过一点凫水技能，没想到今天在这里居然用上了。

这简直就是一出荒谬绝伦的杂剧。他先被炸得灰头土脸，然后又被迫在一条极狭窄的瓦渠里钻行，现在居然还在皇城边缘挣扎求生。贵为大明皇太子，怎么会在自家都城里落得如此凄惨的境地？

可惜朱瞻基没有余暇深入思考，因为耳边清晰地听到"绰弓"二字，紧接着是密集的弓弦振动。他深吸一口气，猛然扎入水中。随后有无数箭矢破水而入，挟着狠戾的势头向他扎去。幸运的是，只有一根箭擦脸而过，有淡淡的鲜血散入水中，其他的都钉入水底淤泥。

朱瞻基知道这时候绝对不能浮起换气，这只会让弓手借机校正准头。可很快第二阵又射了过来，敌人们根本没打算瞄准，而是用箭雨覆盖压制，要么露头被射死，要么被憋死在水里。朱瞻基又忍了一阵，肺里火烧火燎，他实在无法坚持，只得勉强仰起头，露出鼻孔。

这时第三阵已经袭到，朱瞻基只吸入了半口气，便惶急下沉。突然他的右肩一震，撕裂的疼痛急速从后背肩胛处扩散开来，令他四肢一阵抽搐。

糟糕，中箭了……朱瞻基心想。剧痛带来了晕眩，但同时也驱散了惶恐。绝境令朱瞻基变得前所未有地清醒，他狠狠地咬破舌尖，强迫自己以一个绝对冷静的视角来观察形势，寻找一线生机。

很快太子注意到，落在北边的箭支比南边要稀疏一些，而且这几阵箭的覆盖范围，有一个明显北移的趋势。

朱瞻基在离京之前，仔细研读过南京舆图。此刻他身在秦淮内河的中段，面北背南，北边是竹桥，南边是玄津桥。城墙上的弓兵，大概认为他会选择向北逃窜，毕竟一来竹桥相距更近，二来水流方向是顺的。

在随军征途中，祖父朱棣曾教过他，永远不要做敌人想让你做的事。朱瞻基想到这句教诲，毫不犹豫地再一次没入水中，忽略掉肩膀上钻心的痛楚，掉头向南游去。

向南虽然是逆流而行，但前方是玄津桥。这座桥今天已经被白莲教炸断了。在东岸的马队无法跨河，只能绕行，能为他多争取到一段时间。朱瞻基并不知道自己接下来该怎么办，但强烈的求生欲迫使他努力争取每一寸活着的时光。

事实证明，这个判断是准确的。他划行了一段距离后，回头望去，看到箭雨"咻咻"地落在北方的河面之上。夜色成了朱瞻基最忠诚的护卫，他每一次换气，都先让后脑勺露出水面，侧脸呼吸，始终让头发盖住面孔。只靠灯笼的黯淡光亮，城头士兵很难在漆黑的河面上分辨出人头。

靠着这一点点小伎俩，朱瞻基缓慢地向南边移动起来。他从未觉得时间过得如此之慢，几百步的距离是如此之长。朱瞻基感觉自己就像是一条漏水的画舫，精力和体能源源不断地散失出去，视线越发模糊。每划动一尺，他都觉得筋骨快要断裂开来，必须从骨头缝里才能榨出最后一点力量。

朱瞻基一度精神恍惚，心想干脆就这样死掉算了。可就在他行将放弃之时，半座残缺的桥墩轮廓在前方水面出现。这已经是今天第二次看到这座桥了。朱瞻基不由得精神一振，拼尽最后的力气攀上桥墩，跨过石栏，整个人跌倒在石狮子基座前。

有石狮子挡着，从城头的角度是无法看到这边的情形的。他斜靠基座，大口大口地喘息着。箭杆还插在肩膀上，好在肌肉高度紧绷，不致有血流出来。

当性命暂时无虞，另一种危机感随即浮现上来：接下来该怎么办？

别说身边的班底死伤殆尽，就连太子这层身份，都无法维持。以朱瞻基的才智，不难想象朱卜花会拿那块玉佩做什么文章。至于南京城里的百官勋贵……连北京派来的禁卫官首领都叛变了，那些人又怎么敢信任？偌大的南京，竟无一人可信，竟无一人能信！

现在的他，是个不折不扣的孤家寡人。

不对，还有一个……好吧，一个半人可以信赖。朱瞻基的脑海里浮现出于谦的身影，可旋即又苦笑着摇摇头。于谦和吴定缘撒出去之后，一直没有消息。现在他孤身逃离皇城，人生地不熟，根本不知去哪儿找他们俩。

朱瞻基抬起湿漉漉的脑袋，望向漆黑的天空，在眼眸中映出同样颜色的绝望。

这时城头上的喧哗声忽然大了几分，远处隐隐有马蹄声传来。朱瞻基知道这里不能再待了，他们一发现竹桥附近没人，马上就会有马队朝玄津桥这边赶过来。

可是，该去哪里才好呢？附近倒是有成片的民房，但勇士营一定会挨家挨户搜查，不指望那些老百姓会掩护一个可疑人物，说不定还会绑了直接去讨赏。朱瞻基的视线不停地扫视着附近，突然定在了某一个地方。

那是一间两百步开外的低矮小屋，屋顶插着三根交叉的幡杆，中间挂一块白布。朱瞻基在北京见过类似的，这是城中惯用的义舍。厢坊中若有横死的外地客商或畸零绝户，没有亲人收殓，会临时停放在这里。屋顶的幡杆，是公家为了安抚这些孤魂野鬼所竖。

这里平时很少有人靠近，到了晚上更是人迹罕至，倒是个藏身的好地方。他没有别的选择，只得勉力拖动着几乎废掉的身体，一步一挨地朝着义舍走去。

为了避忌，义舍与周围的房屋都隔开几步之远，周围还挖了一圈浅浅的吉沟。朱瞻基跌跌撞撞地迈过吉沟，一下子被绊住了脚，失去了平衡。他用最后的力气伸出手掌，任凭身子向前倾去。

"咣当"一声，两扇木门被撞开，他朝着门里直直地倒去。就在额头行将磕在地面上时，一只手挽住了朱瞻基的胸口。

"殿下？"

一个洪亮声音，传入朱瞻基的耳中。

两京十五日

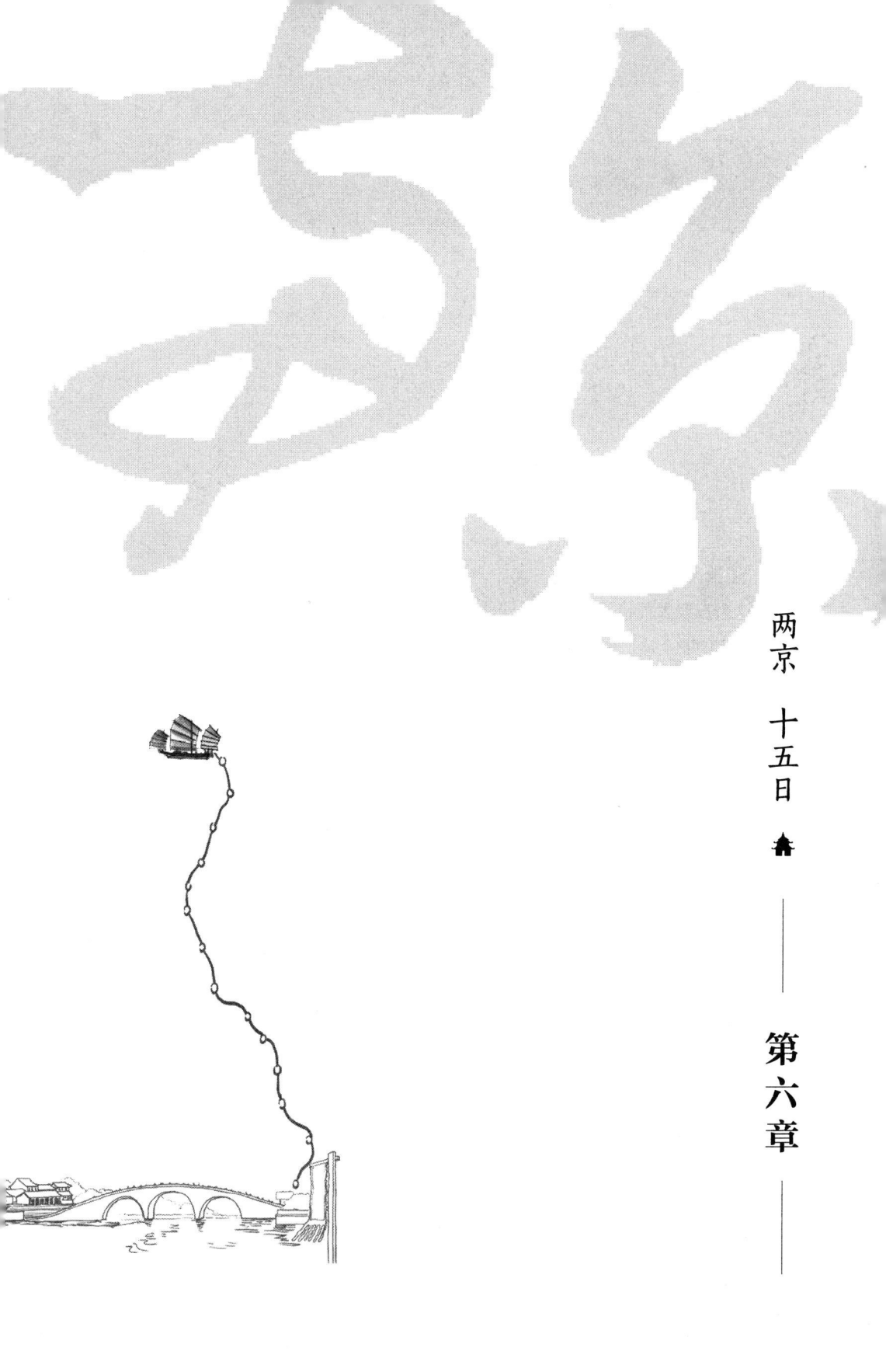

第六章

"于谦？"

这个声线太独特了，朱瞻基即使意识模糊，也能分辨得出来。这个声音，总给人一种坚定的安全感。朱瞻基唇间发出一丝释然的叹息，松弛着身子倒了下去。

于谦一时慌了手脚，赶紧把太子搀扶到一张光滑的石台上，然后端来一只陶制烛台。太子的状况让他莫名骇然，一身湿漉漉的奉御服不说，肩上居然还插着一根箭！过去半天到底发生了什么？殿下不是在皇城被好好地保护起来了吗？

于谦还未细思，屋外忽然传来一阵骚动，纷杂的脚步声、呵斥声、女人的叫嚷声和婴儿的啼哭声混在一处。于谦回头看向太子，心想莫不是有反贼追过来了？可哪儿来的反贼如此大胆，居然还敢沿户搜查？

突然门板响动，传来一阵粗暴的拍门声。于谦过去打开门，两边都愣了一下。原来拍门的那位勇士营的小校，于谦见过，正是他之前在玄津桥前让出了坐骑给于谦。

小校也认出了于谦，态度变得温和了一些，道："我们在搜寻一个从皇城逃出来的奉御，请问有没有看到？"于谦摇摇头，表示一直在里间忙活。小校皱起眉头朝义舍里探看，问这屋子里是否还有别人。于谦道："还能有什么？今天在玄津桥击毙的那个白莲教徒就躺在这里，我正在验尸。"

说完他略略让开半个身子，让小校看到躺在石台上的那具尸体。于谦面相端方憨实，很容易取信于人。小校只扫了一眼那尸身，便无疑心，做了个打扰的手势便转身离开了。

于谦直到确认周围再无动静，这才回转到石台上，把那具尸体翻平，露出藏在另一侧的朱瞻基。

他对小校说的,并不算谎话。于谦离开了苏荆溪家之后,本来心急火燎地赶往皇城,可到了西华门前便被挡住了。勇士营拒绝任何人入内,即使有过城铁牌也不行。于谦彷徨无计,决定先来附近这间义舍检查一下白莲教徒的尸体,看能不能找到强有力的线索,说服守军放他去见太子。

他万万没想到,太子居然亲身闯进义舍,而且身后的追兵居然是勇士营。于谦想破脑袋,也想不通这到底是怎么回事。

可惜朱瞻基此时的状态十分糟糕,没法做出解释。于谦知道这时候不能拔箭,只得先把露在外面的箭杆锯断,然后去隔壁的更夫铺里讨了一碗撒满生姜的热水,给他强行灌了下去。太子的喉咙里发出一声呻吟,总算把一口气吊了回来。

于谦问他怎么回事,朱瞻基简略把皇城里的变故说了一遍。于谦不由得瞪大了眼睛,道:"宝船之案果然与朱卜花脱不开干系,这鞑子真是好大的狗胆!殿下勿惊,我这就去通报南京诸衙署,会同诛杀此獠!"

朱瞻基虚弱地摇摇头。于谦想起太子对南京官场缺乏信任,又一拍台子,道:"那我护送您出城,去孝陵卫,去龙江水师,或者去中都凤阳。我就不信他能把整个南直隶都收买喽,届时大旗一举,四方勤王,他一个鞑子难道还想对抗堂堂王师?"

于谦的声音慷慨激昂,震得义舍的大梁微微颤动。朱瞻基却露出苦笑,道:"不成,来不及的。我……我要回京城。"于谦有些不理解,明明一纸檄文就能解决的事,何必要跑回京城?他还要再劝说,却看到两行泪水从朱瞻基眼里淌出来。

初时泪水还只是涓涓细流,很快便如汩汩泉涌。太子就这样瘫躺在石台上,无声地哭泣着,仿佛心里的悲恸憋到了极致,终于冲垮堤坝,一泻汪洋。

于谦一时慌了手脚,不知自己哪句话说错了。朱瞻基哭过一阵,扭过头来,指了指自己怀里,露出一枚鱼筒。于谦认出这是皇家文书,不太敢去碰触。直到朱瞻基示意他开启,他才恭敬地拿出鱼筒,从里面抽出一封书信。

展卷才读了一句,于谦的肩膀便抑制不住地颤抖起来。

信里的内容很简单:五月十一日庚辰,上不豫,召太子即刻归京。落款时间是五月十二日(辛巳)。

于谦知道,天子体态肥胖,确实健康有差,但这么急着把刚到南京的太子召回去,只怕这"不豫"非同小可,很可能是大行之兆……这才登基不到一年啊。

难怪太子哭得如此伤心,自己方在南京遭遇叛乱,猛然又得知父皇病危,真是屋漏偏逢连夜雨。于谦惶恐地看向太子,只见对方擦了擦泪水,太子沙哑着声音道:"你仔细看看落款。"于谦又急忙低头去看,果然在这书信里发现了蹊跷之处。

这种关乎帝位更替的诏书,须有皇帝指定的顾命大臣副署其下。可这封书信的末尾并没有杨士奇等几位大学士的名字，反而留了一个张皇后的凤款——这可太离奇了，张皇后是朱瞻基的生母不假，可储君已然成年，用不着母亲垂帘代政。张皇后一向有贤名，怎么会在这等大事上乱来？

这一封书信无论书写、行文、装帧还是留款，都透着一丝焦虑和匆忙。这不像是内阁合议、翰林撰稿的正式文书，更像是什么人在情急之下匆忙发出的。

一个荒唐的念头在于谦脑海里闪过，他看向朱瞻基，从对方的眼神里看到了同样的猜测。

莫非宫中生变，张皇后出于某种原因无法言明，只好仓促发出这一封错谬百出的书信，借落款来提醒太子。

把堂堂一位皇后逼到这地步，京城局势得危险成什么样？难道说，天子之疾恐怕和宝船爆炸一样，不是偶然，而是有人刻意为之？于谦的脑海里，突然冒出这么一个可怕的念头。

他忍不住开始推算起日子来。太子在五月三日离京，八天之后，也就是五月十一日，天子突然不豫；又过了七日，五月十八日，留都龙船被炸。天子和太子可以说是几乎同时遭遇危险，这恐怕不是什么单纯的"屋漏偏逢连夜雨"，而是一个大阴谋的两个关键节点。

想到这里，于谦感觉到一阵刺骨的寒意从书信涌入指尖。皇上在京城龙驭宾天，太子在南京尸骨无存，那个幕后黑手的终极目标呼之欲出：

帝位，虚悬。

电闪雷鸣之中，一条横跨两京的狰狞巨龙，显出了它真正的形体。

朱瞻基一阵苦笑。皇家之人对权力的敏感是天生的，他在长乐殿刚一拿到这封书信，便觉察到自己身处极大的危险中。可是他不敢有任何表示，只能强做隐忍，对朱卜花略做试探，并在确认对方立场之后，当机立断地逃离。

事实证明，这个决断是正确而及时的，否则现在朱瞻基已化为又一具深埋宫城之下的皇族尸骸。说来讽刺，想通这些事之后，他总算明白朱卜花为何叛变了。只有帝位之争，才有足够的诱惑让这等耆宿官臣动摇。

"于谦，你在想什么？"朱瞻基忽然问。于谦猛然回过神来，略做犹豫，方才答道："臣……臣正在观摩玺印。"

"玺印？"

朱瞻基一怔。他急忙重新去审视书信，才发现之前有一处细节漏掉了。这书信末尾处的玺印，居然用的是一方"皇帝亲亲之宝"，鱼筒开缝也盖着同样的印信。

于谦身为行人司行人，赍旨传诏乃是本业，对这方面特别敏感。大明宝玺一共有十七枚，各有功用不同。比如"皇帝奉天之宝"，用于郊祀、祭礼；"皇帝尊亲之宝"，用于上尊号；"皇帝之宝"，用于发布诏书和大赦天下。而这一枚"皇帝亲亲之宝"，专用于天子给各地藩王的诏谕敕书。

急召太子归京的诏书，论理该用"天子行宝"或"天子信宝"，还要另外在鱼筒开缝处加盖"丹符出验四方之宝"。在这种场合使用"皇帝亲亲之宝"，实在不伦不类。

"这到底是什么意思？"

于谦低着头，斟字酌句："臣眼观玺印，心思天家玉牒。"

他说得隐晦，可朱瞻基听懂了。玉牒用来记录皇室宗谱，张皇后在书信后加盖藩王专用的"皇帝亲亲之宝"玺印，恐怕不是乱盖，而是在暗示这一次的宫变来自某位藩王。

藩王？朱瞻基听到这里，眼皮一跳。

洪熙皇帝除了太子，计有九子：一子早逝，一子病弱，四子尚幼，成年者共有三人：老二郑王、老三越王与老五襄宪王，但他们还未就藩，一直留住京城。其中老三朱瞻墉与老五朱瞻墡，乃是与朱瞻基一母所生，都是张皇后的嫡出子息。倘若洪熙皇帝和太子都去世，按顺位该是他们两人中的一人承继大统。

谁从这一场横跨两京的变乱中得益最大，谁就是幕后主谋。可兄弟阋墙这种话，于谦一个外臣哪敢说出口，只好隐晦地指出来。

朱瞻基情绪变得特别激动，道："老三和老五才多大年纪？何况以他们的脾性，绝干不出这种事……"他身体一挺，一不留神扯动了肩上的箭伤，疼到眼前一黑。于谦赶紧去扶他，朱瞻基的情绪却变得更加强烈，道："杨士奇在哪儿？杨荣呢？还有金幼孜、蹇义这些银章重臣，到底在做什么？"

他喊的这几位不是内阁大学士就是少师，平日参与机务、辅理朝政，影响力在朝中数一数二。洪熙皇帝曾给这几位赐过刻着"绳愆纠谬"的银章，因此朝野都以银章重臣称呼之。

京城的任何变动，是绝不可能绕过他们的。现如今洪熙皇帝不豫，皇后被迫发出密诏，两位藩王行止可疑，这几位股肱之臣却悄无声息，他们究竟是被篡位者控制，还是遭杀害，还是参与其中……朱瞻基简直不敢往下细想。

于谦劝道："殿下，这些不过妄自揣测而已，先不要杞人忧天。当务之急，臣先带您去寻个名医，把这支箭拔了，然后赶紧归京！"

如今形势之险，根本不在南京一地，真正的战场是遥远的京城。太子若不及时返回，便是万劫不复。

"算了……两京之间千里之遥，赶不及，赶不及……"朱瞻基颓然闭上眼睛。胸中勉力维持的那一缕求生之火，正在逐渐灭散。

宝船爆炸的惊悸、禁军叛乱的震恐、秦淮水冷的疲惫、肩上箭伤的剧痛、父皇噩耗的悲恸，这一连串打击已令他摇摇欲坠，身心俱疲，全靠着储君身份才硬撑到现在。可如今他发现，这一切竟源自自家兄弟阋墙，最后一根稻草终于飘飘悠悠地压在了骆驼背上，压垮了所有的愤怒、尊严与信心。

他发现自己之前的艰难求生简直就是个笑话，京城的变动，已注定了自己的命运。这是个不解之局，再如何努力都没用了。

于谦急道："未到山穷水尽，殿下岂可轻言放弃！"

未到山穷水尽？朱瞻基嘴角勉强抽动一下。周遭都是杀意滔滔的叛贼，而他身边只有一个小行人陪伴，连玉佩信物都失掉了。这不叫山穷水尽，什么叫山穷水尽？

"你走吧，让我静一静。"太子无力地摆了摆手，把脑袋侧过去，蜷缩起来。一时世间诸般苦难纷沓而至，无边的绝望漫过石板，漫过意识，殆无可解。

早知道，还不如安坐长乐殿里，也死得体面一些。朱瞻基模模糊糊想到了建文皇帝，不知那一位仓皇离开金陵时，是否也和他今日一般心境。慢慢地，太子开始觉得四肢开始变凉，过往二十七年的画面一幅幅闪过眼前，在白光中褪色、隐没，似乎还能听到缥缈的钟磬妙声，也不知道此去是佛家极乐世界，还是道家十方净土……

吴定缘站在自家房门前头，脸色比此刻的天色还黑。

这是镇淮桥西北角糖坊廊的中段。这一带多是民住廊房，清一色的短檐庐舍带十步小院。洪武年间为填实京师，朝廷从苏浙一带迁来了四万多户，并在南京城里建了几十片官建厢坊。镇淮桥是其中一处，所以建筑看上去造型整齐划一，布局井然，不像老房子那么杂乱无章。

吴不平身为应天府总捕头，理所当然地占了糖坊廊最好的一个地方。吴家门口几步开外就是一口甜水井，庐舍后面还有一条小河沟。此时，这间庐舍却门窗紧闭，屋内漆黑如墨，一点烛亮都看不到。

吴定缘觉得奇怪，妹妹吴玉露今早还在家里，虽然她还在贪玩的年纪，可从来不会晚归。眼下暮鼓都敲过了，她怎么还没回来？

吴定缘推开门板。屋子里干净整洁，一看就被用心打扫过。四方木桌上搁着一个绣绷子，蒙着绣了一半的鲤鱼戏莲手帕，一尊敞口精铜小香炉搁在旁边，炉内是冷的，还没被点燃过。他走到屋角一个包角大木箱前，扭开铜锁，里面有几个大银锭与一沓宝钞。

数量不对，今天锦衣卫应该送来一百五十两银子，妹妹就算有事离开，也一定会把它先小心放在这个箱子里,不可能搁到别处。难道有人觊觎这笔巨款,闯入家门?吴定缘心中一缩,可随即发现也不对。若是遭了贼,怎么可能只拿走锦衣卫那一百五十两,却把这几枚银锭和宝钞剩下?

苏荆溪站在他身边,双手紧缚,默然不语。她的眼睛始终停留在吴定缘身上,希望能从蛛丝马迹中得到更多信息。从他刚才推门进来的姿态来看,这间庐舍应该是他的居所,他似乎在找什么人?妻子?姐妹?母亲?

看到吴定缘在屋里有些慌乱地转悠,她忍不住开口道:"你看看那方绣帕,金针还插在荷叶边呢。"吴定缘一脸懵懂,道:"什么意思?"苏荆溪道:"三年牡丹五年梅,一辈子的荷难为,荷花是最难绣的花卉之一,非得一气呵成。你看那金针还留在绷子上,可见这个刺绣之人只是随手搁下,没打算离开太久。"

听苏荆溪这么一说,吴定缘脸色更黑了。吴玉露没打算离开太久,结果这时还没回来,那就更不正常了。

他沉着脸把苏荆溪拽进屋里,捆在墙角柱子上,然后径直走到邻家门前。邻居家是个太平府迁来的箍匠,有个喜欢嚼舌头、听墙根的婆娘,邻里的动静都瞒不过她。吴定缘敲开门,箍匠和他婆娘以为这个篾篙子是登门借钱的,如临大敌。直到吴定缘问起吴玉露的事,箍匠才松了一口气。

婆娘说早上还见到吴玉露出来喂鸡,两人攀谈几句,各自回了屋。大概巳时辰光,有一个兵马司的吏目来收廊房钞,吴玉露便跟着他离开了。

南京城里的一应官建厢坊,居民须向五城兵马司上缴廊房钞。但收钞的日子,一般都是每个月的十六日。再说吴不平是应天府总捕头,这点钞费早在优免之列。吴定缘一听,心中便觉不妙。

他脑海里闪过南京城里有名的一些喇唬恶少,可他们欺负外乡人还行,谁敢动铁狮子的亲眷?吴定缘从腰里摸出几张宝钞,问婆娘今天可还看到什么。婆娘拿过去数了数,塞进衣襟,满脸堆笑说:"吴老爹也回来过,下午有两个人抬着一个沉甸甸的银鞘子过来,在门口喊了半天吴玉露的名字,却没人回答,便又抬着回去了。"

婆娘说到这里,咂了咂嘴,说:"那鞘子里怕不是有几十两银子。"不防吴定缘猛然抓住了她的双肩,面容扭曲得吓人:"你说我爹回来过?"

"对对,大概午后不久吧,不过没待一阵就走了。"

吴定缘放开那婆娘,心中翻江倒海一般。午后时分,正是宝船爆炸之后最混乱的时候,吴不平身为总捕头,怎么可能有余暇回家?他回来干什么?是不是与妹妹离开有关?

那婆娘还想打听白天东水关的事,吴定缘没理她,带着满腹疑惑径直回了屋子。

苏荆溪老老实实待在墙角，见他垂头丧气回来，问他可有收获。吴定缘没好气地喝了一声"闭嘴"，然后从后厨拿起半壶酒，直接往嘴里倒去。苏荆溪道："冷酒伤脾，你最好加热再喝。"吴定缘瞪了她一眼，骂了声聒噪，咕咚咕咚又是一大口。辛辣的酒液灌入胃袋，非但没能抚平不安，反而激起了一阵烦躁。

父亲下落不明，妹妹不知所终，在如此混乱的南京局势之下，根本无从下手。眼下还被一个囚犯拖累在家里，必须等于谦上门提人。诸事纷杂，即使用酒精也难以使自己的神经麻醉。吴定缘不由得怨恨起自己来，自从宝船在眼前爆炸之后，一个接一个麻烦盘卷不停，他挣扎得越厉害，被旋涡吞没得越快。

"我知道你现在很焦虑，只是借酒浇愁愁更愁。与其自己喝着闷酒，还不如说给人听听。"苏荆溪的声音再一次在黑暗中响起。光听那从容的语气，还以为她是在安抚病患，不是什么阶下囚。

吴定缘"哧"了一声，偏过头去。苏荆溪却不依不饶道："你黄浮于庭阙，赤现于蕃蔽，一看就是酗酒之症。而且下极青焦，眉宇团结，必有郁结之情。"

"什么鸟话，听都听不懂！"

苏荆溪叹了口气，道："就是说，你这个面相，一看就是隐藏着很重的心事，又无处排遣，只能常年借酒压制。以你的年纪，居然积出如此之重的郁气，可是不太寻常。"

"不要啰唆了，我可没诊金给你！"吴定缘不耐烦地打了个酒嗝，懒散地斜靠在门框边上。

"你刚才发现亲人不在，第一反应便是去后厨找酒喝，可见一遇麻烦事便会酗酒逃避，已成习惯。这桩心事，藏了许多年吧？"苏荆溪饶有兴趣地分析起来。她如此热心，一来是职业使然；二来掌握的情报越多，才越有利于她判断局势，借此脱身。

吴定缘似乎是被这分析戳痛了，他盯着苏荆溪，道："医者父母心，可没说医者是爹娘嘴。"苏荆溪见他开了口，心中一喜，只要肯交流，总能问出东西来。

"借酒浇愁愁更愁，你若真正想去除烦恼，不如坦诚一些。坦诚以对，心无负累，感觉会好一点……"

她正要继续引导，不料吴定缘翻出妹妹的一条细纱腰带，毫不客气地塞进苏荆溪的嘴里，然后坐回到门框前，斜靠着继续喝。

过了不知多久，屋外忽然传来数声狗叫，吴定缘起身朝外观望，看到一队铺兵从院落前飞快地跑过去。过不多时，又有两支骑队先后飞驰而过。

这是城里又出事了？吴定缘仔细回想，刚才那几队路过的队伍，看服色分属不同衙门，可见这事小不了。他拿起酒壶，又狠狠灌了一口，借着那一股入口的冲劲提醒自己，千万不要再多管闲事了。宗祠前头长仙草，有事不如没有好。他现在只盼着于谦赶紧把苏荆溪领走，好出发去寻妹妹。

又过了一阵，吴定缘忽然闻到一股腥臭味道，好似是粪水。那味道越来越浓烈，随之而来的还有嘎啦嘎啦的怪声。他定睛朝院前看去，只见一辆骡子牵的大车缓缓开过来。

车后头拉的是一个加盖的宽木槽，状如棺材，但比棺材深且宽，那臭味就是从木盖缝里弥散而出的。这是紫姑车，专在南京街巷收集居民家里的粪水，运出城去卖给乡下人。不过因为味道过于难闻，一般只在入夜之后才行动。

糖坊廊两日前已经收过一次，怎么又来了？吴定缘狐疑地望着那车，它走到自家院落前面，居然停住了。一个穿着破烂短袍、头披白巾的粪工下车之后，直接推开院门进来，压低嗓音冲屋子里喊："吴定缘？"

"小杏仁？"吴定缘一怔，猛然起身。

于谦三两步冲过来，不容他发问，急切道："快，快帮我把太子抬进屋里。"吴定缘吓了一跳，太子也来了？可是那车旁边没别人了啊。于谦不由分说，拽着吴定缘就朝外走，两人赶到车子旁，于谦跳上车厢，用一根臭气熏天的扒钩挪开木盖。

吴定缘本以为这一天他已看够了奇景，可自己还是低估了现实的荒谬。在难以描摹的肮脏粪槽里，一个人直直地躺在一片污秽之中，生死不知。他知道那肯定是太子，因为自己的脑袋又是一阵莫名刺痛。

"快！"于谦催促道。吴定缘耸了耸鼻子，幸亏刚才喝了酒，嗅觉有些迟钝，不至于被熏翻。他伸手抬起太子的脚，于谦抬住头，两人齐心协力地把朱瞻基弄出了粪槽，一路运进屋来。吴定缘从四肢关节的反应判断，太子应该还活着，可不知为何一言不发，任凭他们俩折腾。

正在屋里的苏荆溪发觉有动静，抬眼来看，脸色遽然一变，赶紧又扭过头去。她无畏生死，不惧威权，可唯独忍受不了和一个浑身涂屎的家伙同居一檐之下。

"到底怎么回事？"吴定缘气喘吁吁地问道。于谦急吼吼地打断他："先别说这个！这附近可有相熟的郎中没有？"

太子中箭之后，独自在秦淮河冷水里游了数百步，又在满是粪水的紫姑车里待了许久。如今肩口里还有一截箭杆和箭头，若不赶紧处理，只怕不用朱卜花搜捕，他自己就死了。

吴定缘摇摇头："相熟的有，可靠的没有。"人心隔肚皮，谁知道医师前脚来这里，后脚会去哪个衙门出首。

"那你会不会处理箭伤？"于谦又问。吴定缘双手一摊，道："我就是个不入流的捕快，又不是军阵中人。"于谦眉头一立，捋起袖子，道："你家做捕快的，家里至少有剪子、棉布和刀伤药吧？我来！"吴定缘瞥了他一眼，道："有是有，可……你？"

"儒者不为良相，必为良医。万物道理相近，总是差不多的。"于谦跃跃欲试，吴定缘总觉得这话不靠谱，可又不想管这闲事。他正要说你们随便，这时从屋子一角传来剧烈的咳嗽声。

于谦和吴定缘一起抬眼看去，发现苏荆溪蜷缩在那儿，面露痛苦，脸颊浮现出淡淡的绯红色。她口中塞着腰带不能呼吸，又不肯闻屋子里的屎臭味，只能把自己憋到难抑。

两人对视一眼，同时恍然。对呀，怎么竟把她给忘了？苏荆溪能在普济馆里混到升榜，医术自然是没的说，何况她还是个阶下囚，不虞逃走举报，倒是个上好的人选。

于谦把吴定缘扯到一旁，悄声问道："你审出来没有？这女人和朱卜花是一伙的？"吴定缘掏出那沓供纸，简明扼要地把供词转述一遍："她想要毒杀朱卜花，应该不是一伙的。至少我听不出什么破绽。"

"不是一伙的就行！"

眼下就算她是清白无辜的，也不能放走了。于谦走到苏荆溪面前，取出她口中腰带，半是恳切半是威胁道："若你能尽心施救躺在那边的贵人，从前之事，本官可以做主一笔勾销。"苏荆溪强抑着呼吸，道："不就是太子吗？何必装腔作势，我是被堵住了嘴，可不是耳朵。"于谦一噎，面色顿时有些尴尬。

吴定缘嘿然一笑，这女人讲话喜欢反客为主，也该小杏仁吃一回苦头了。

苏荆溪被于谦松了绑，她顾不上揉一下酸疼的手腕，先掩住口鼻，蛾眉紧蹙地道："这一身粪水怎么治？你们两个好歹先去把太子清洗一下。"吴定缘的笑容顿时僵在脸上，有心说这关我屁事，再一想，毕竟这里是自己家，只有忍气吞声，和于谦一并忙活起来。

他们俩一个把太子衣衫剥掉扔开，一个打来井水擦身子，前后忙得不亦乐乎。偏偏苏荆溪的要求还多，一会儿要于谦把干净棉布烫过几遍，一会儿又要吴定缘把那小铜香炉点起来，冲淡一下臭味。那指挥若定的仪态，根本不像囚徒，反衬得另外两位像是两个粗手笨脚的药童。

两人折腾了好久，才算是把太子清洗干净。苏荆溪闻闻味道，让于谦把香炉再挪得近些，这才走到太子床榻旁边。

她先端详面容片刻，然后伸出两根葱白长指往脉上一搭。一瞬间，苏荆溪的气质幡然一变，凝练精实，心外无物，仿佛天地之间只剩下她与病患而已。

于谦见她手段专业，总算放下心来，退到一旁去。吴定缘从后厨翻出两个端午节自家包的粽子，和于谦一人一个。他们今天还没顾上吃东西，如今也饿得紧了。

狼吞虎咽地吃完之后，吴定缘问道："到底怎么回事？"

于谦把头上的白肚巾摘下来，擦了擦额头的汗水，开始讲起太子的遭遇来。他不擅长扯谎剪裁，索性连天子不豫、藩王叛乱这等机密也一并说出来，听得吴定缘瞠目结舌，冷汗涔涔。他纵然有心理准备，也没猜到这后头一层层的心机。

"……如今勇士营在城中大索，盘查甚紧。我实在没办法，正好在义舍外撞见一个粪工，便用那匹健马换了他的紫姑车与号服，把太子装在粪槽里运到大纱帽巷。看到你留的字条，我又赶着车一路找过来了。所幸沿途几次盘查的人嫌臭，草草检查一番便放过了。"

吴定缘听到这里，同情地瞥了他一眼。这个"小杏仁"连别人摸一下进贤冠都会发怒，让他干这种事真是太勉为其难了。但更惨的是那位锦衣玉食的太子爷，于谦居然把他扔在臭气熏天的粪槽咣当了一路，简直比寻常乞儿还惨。

不过奇怪的是，太子明明还活着，从下粪车到进屋一声没吭，难道这人真是孙膑再世、勾践复生，能忍常人所不能忍？吴定缘想到这里，朝床榻那边看去。只见苏荆溪把太子推直起身子，正在设法锯箭。太子任由她摆布，脖颈软软垂下去，眼皮还在动，可脸上铺了一层厚厚的死灰。

也不知为什么，吴定缘一见他的面孔，头皮又一次刺痛，赶紧把视线移开。于谦走到窗边，从柳叶格朝外看去，忧心忡忡道："等殿下伤势处置好了，咱们得赶紧护送他离开金陵，赶回京城！"

"别咱们咱们的……"吴定缘不耐烦地挡住他的大嗓门，"你搅的是平地三尺浪，我垫的是河边九丈坑，不是一回事。你们爱去哪儿去哪儿，别再攀扯上我就行。"

于谦眼睛一瞪，道："覆巢之下复有完卵乎？现在举城皆敌，你还想置身事外？"吴定缘笑了起来，道："你这读书人，怎么也满口卵子卵子的？"

"是完卵！这是东汉孔融……"

"行啦行啦。"吴定缘一脸无奈，"我给你算算啊。你给了三百两银子，我给你把苏荆溪找出来了；你又押了一枚犀角把件，我帮你把供状问明白了。太子在我的屋子里疗伤，算我自己招惹来的，不收钞银，权当送你的添头。咱们现在两清付讫，再无瓜葛。"

这一笔账算得于谦脸色涨红，连连骂道："市侩！市侩之至！"

吴定缘双手抱臂，冷笑道："先别急着说我，你先看看你家太子爷那颜色，他自己有没有这个心气？"太子那种眼神他在牢狱里见得多了，对生机毫无可恋，只待一死。

这种枯槁状态，别说北上京城，能不能自己下榻都不好说。

"不行也得行！"

于谦的嗓音陡然提高了半度，情绪一下子激动起来。"天子不豫，慈闱有难，乱臣贼子觊觎大宝，这一切，只有殿下能拨乱反正！"他说完把头转向太子，希望能得到应和。可惜太子完全没有反应，木偶一般地任凭苏荆溪折腾。

于谦无奈地转回头来，色厉内荏地继续辩解道："有志者，事竟成！若事事顾虑，遇难即退，昭烈帝如何同魏、吴三分天下？齐桓公如何会盟诸侯？"

"你说的……这都是谁啊？"

两人眼看要吵起来，那边苏荆溪淡淡道："你们能不能等太子死了再吵？"他们两个只好悻悻地闭嘴。

苏荆溪把注意力重新放到病人身上，右手微微用力，用剪子把残留在太子肩上的箭杆钳了出来。朱瞻基肩膀剧颤，发出一声痛苦的呻吟，霎时有鲜血从伤口涌出。苏荆溪早有准备，先用烧红的烙铁封住伤口，然后撒上刀伤药与炭末，她手法巧妙，只用了三四块棉布便压制住了。

于谦喜道："成了吗？"苏荆溪摇了摇头："箭杆虽除，箭镞还在。这种钩镞反咬着筋肉，非得把伤口附近的肉都剜掉，才能取出来。"

"麻烦吗？"

"嗯……不算复杂。"苏荆溪擦了擦额头的汗水，"但在这里没法开刀，得回我家去拿器具。"

"那他开完刀，能立刻动身回京城吗？"

苏荆溪看了他一眼，像看一个傻子，道："想什么呢？病人至少得躺在床上静养两个月，否则不死也得残废。"于谦一听，眉头皱得更紧了。眼下的局势，哪里还容太子慢悠悠地静养？他犹豫再三，吞吞吐吐地又问道："请问可还有和缓之法，就是……呃，就是不太影响赶路的法子，哪怕痊愈速度慢些也无妨。"

若是他在太医院里问出这种话，只怕直接就拖出去杖毙了。

苏荆溪沉思片刻，抬头道："我在《刘涓子鬼遗方》里看过一个随军郎中的急救法子，叫作解骨法。若有将佐兵丁中了箭，赶上战事紧急无暇剜挖，他们便会先锯断箭杆，只留箭头在肉里。然后每天用半夏和白蔹和酒服下，并用淘米水清洗创口，加以手法按摩。待到筋肉复长，便能慢慢把钩镞挤脱出来。"

"这要多久？"

"怎么也得二十多日。在此期间，病患倒是可以自由活动，但每日都得内药外洗，按摩不可中断。否则一旦肉长岔了，把钩镞封在里头，还得挨一刀。"苏荆溪又提醒道,"这是实在没办法才用的法子,若钩镞带着锈迹或淬了毒,也会有性命之忧,风险不小。"

听苏荆溪说完,于谦眉头紧皱,这可真是麻烦。且不说风险,南京到京城这一路上舟车劳顿,就算太子受得了,又去哪里找稳便的郎中来每天处置伤口?

他们正说着病情,太子那边已缓缓醒转过来。他还没睁开眼睛,鼻孔里先闻到一股轻柔的馨香。对一个身心俱疲的人来说,这气味宛如灵草奇葩,透入周身孔窍,通体酥软,比宫中所用的什么名贵合香都来得舒坦。今天从午时起便一直紧绷着的神经,总算缓缓松弛下来,连肩上的伤都没那么疼了。

他不由自主地深吸一口气,身体朝那馨香的来源凑了过去,突然一歪,险些摔下榻去。苏荆溪避过太子的倚靠,伸手扶住他肩膀。朱瞻基睁开眼睛,见到一个身着翠绿绣袍的年轻女子正在榻边,香气大概是从她身旁那香炉里飘出来的。

不知为何,这香气虽然粗劣,闻起来却比宫中那些名贵上品更沁人心脾,就连那铜炉的扁扁鼓腹,看起来都赏心悦目。朱瞻基还想多看几眼,可于谦一步上前,大喇喇地挡住了他的视线,道:"殿下万福。"

朱瞻基被这一声喊扯回了残酷的现实,之前的不堪回忆又浮现出来,恼怒顿生:"我不是让你别管我了吗?你怎么还在这里?"

于谦只当是夸奖,说道:"臣食君之禄,自当尽忠到底。"他停顿片刻又道:"如今殿下暂时还算安全,待臣想一个万全之策,尽快护送殿下归京。"

"不回了,没用的……"朱瞻基虚弱地拍了拍榻边,"南京举城皆叛,就凭你一个行人,怎么送我出去?局势倾覆至此,已不可挽回,算了,死便死了。"

于谦有些吃惊,苦口婆心劝道:"只要心怀坚毅,万事皆有可为。"

这话听在太子耳朵里,等于承认没有办法,只能撞大运。朱瞻基颓丧地摆了摆手,道:"就算回到京城又如何?也许那边登基大典都已开始筹备了。千里归去,难道只是给新君当祭品吗?"

"圣慈既能送出密诏,可见还有仁人志士苦苦支撑局面,等待殿下回銮。京城之事,尚未可知。"

听着这些话,太子因疲惫而潜生烦躁,因烦躁而蓄积怒意,情绪急遽发生着变化,而于谦还在兀自喋喋不休:"殿下,每临大事,需要镇之以静……"

"什么尚未可知,什么镇之以静,全是废屁,老獾都不叼的废屁!你把我藏在粪坑里有什么用?死在皇城里头还体面些!本王现在就想安静地去死,难道这也不行吗?"

一阵滔天巨浪骤然拔地而起,卷向眼前的这个卑微的小臣。可那个身影非但没有退缩逃避，反而迎身直上，像一道夺目的犀利剑光刺过来。

"住口！身为储君，岂能口出这种轻佻之语！"

这一下断喝如惊雷炸裂，生生震散了汹汹浊浪。往常朱瞻基只要一发脾气，连大伴都得跪下来劝解，何曾想过居然有人胆敢反击，他一时间震惊在原地，不知如何是好。

这时，于谦的剑光再次袭来，道："敢问殿下这一死，置社稷于何地？视天子为何人？弃万民而何为？"

这三句话，如同三记耳光掴在太子脸上。屋子里的人都呆住了，谁能料到这个行止端方的官员，突然变得如此狂悖无礼。

于谦的下巴紧绷如弓，双腮微微鼓起，透出一股义无反顾的决绝气势，他道："舍社稷而轻身，是为不忠！置天子于不顾，是为不孝！留万民于水火，是为不仁！不忠，不孝，不仁，这就是您的为君之道？"

"我……"朱瞻基发现，他对于被骂实在缺少经验，实在不知该如何回应。

"重耳流亡在外十九年，而后成就晋文霸业；汉高祖屡败屡战，而后创立大汉洪基。倘若他们一输即降，一败即馁，一挫即靡，一伤即颓，何来霸晋强汉？你好歹当了这么多年太子，还是么头么脑！知道什么叫为国储贰吗？动静行止关乎天下，生死早不是一家之事！怎么个不同死蟹嘎一只！"

于谦一激动就官话土话混杂起来，同时戟指向前，都快抔到朱瞻基脑门子了。他的骂人水准远胜太子，抑扬顿挫，平仄分明，动辄一串排比甩过来，令人应接不暇。朱瞻基一度怀疑，自己会不会被这个小官活活骂死。

见朱瞻基有些疯了，于谦的音量略降："殿下您居然不知道，臣以卑贱之身前后奔走，到底是为了什么啊。"

朱瞻基嘴唇动了动，却没出声，生怕答错了又挨骂。

"臣不知筹谋今日之乱的人是谁，但此獠为了夺权，竟不惮动用如此卑劣、残忍的手段，实在是丧德败道，有干天和！这等心存奸恶之徒若做了皇帝，必是大明黎民的灾祸。"于谦说到这里，凑近朱瞻基，双眼凝视：

"实话跟您说吧。臣前后奔走，不是为了陛下，亦不是为了殿下，而是为了让那贼子不得上位，不得祸害天下苍生！"

朱瞻基顿觉失落，道："原来你竟不是为了效忠我？"

"民为贵，社稷次之，君为轻！"

这句话说出来，让朱瞻基大为震惊。

这句话乃是出自《孟子·尽心篇》。国初之时，洪武皇帝不喜《孟子》里各种犯君的言论，遂令儒臣刘三吾前后删掉了包括"民社君"在内的八十五条，重出《孟子节文》。从此天下官学私塾，只准教授节文。

于谦喊出这么一句来，可以说是要冒很大风险的。不过，他丝毫没有怯意，反而更进一步：

"殿下是要做天子的人，难道不知这才是为君之道？"

朱瞻基的嘴唇不自然地抖动起来，"为君之道"四字像木楔一样，直直钉入他的内心，远比于谦之前的詈骂更加刺痛。从他做上皇太子开始，类似的声音便在阴暗角落里窃窃回荡着，说他秉性不淳，说他性情躁动，说他贪玩轻佻，总之是不适合做储君的。朱瞻基无从反驳，又没法较真，否则又会飞来一句"褊狭无量"，他只能努力不去想这些事，将其深埋于意识深处。

没想到这些积年的沉渣，被于谦一通雷吼炸了出来，在朱瞻基的枯槁的内心中纷纷扬扬地飘起来。其中有不甘，有困惑，也有屈辱与愤怒，它们交织成一片极其复杂的情绪，为这具身躯注入一股奇异的活力。

这时于谦一抖衣袍，跪在地上说："若殿下明白为君之道，臣愿赴汤蹈火，万死不辞；若殿下不明白，一心引颈受戮，臣亦不再劝谏，请您回銮宫城。只是日后史家有察，只怕会在汗青之上秉笔直书：废王懦弱，宁效刘禅面缚舆榇，不学曹髦驱车南阙。"

其时《三国志通俗演义》流行已久，大内之中也有读者。这两桩典故，一下子就戳中了朱瞻基最疼的地方。

"本王没那么不堪！"他攥紧了拳头，不由得怒吼起来。

"那就证明给我看！"于谦亦毫不示弱，挑衅似的望着太子。

他们两个到底都是年轻人，吵起来几乎忘了君臣身份，怒目以对。朱瞻基热血一时上涌，奋力从床榻上站了起来，从苏荆溪身旁的小香炉里拔起一根香来，气鼓鼓地当场盟誓："我朱瞻基以此炉为誓，无论劫难几重，本王绝不放弃，誓回京城，擒拿凶顽，神人共鉴！"

说完他把香狠狠掰成两截，插回炉中。这一下动作太狠，动了肩上伤口，他不由得"唑"的一声跌回到榻上去。苏荆溪赶紧上前，扳住肩膀检查有无渗血。

吴定缘在旁边看着，低声咕哝了一句："真是个大萝卜……"——南京话里，大萝卜便是呆蠢直愣之意。

于谦暗自松了一口气，他的脊背微微沁出汗水，别说大明，上追元宋唐汉，有几个小臣敢把储君骂得狗血淋头？他也算是前无古人。总算这一番唇舌没白费，激起了太子的血气。至于他有没有心存芥蒂，会不会秋后算账，于谦暂时还顾不上那么多。

现在既然太子重整旗鼓,那么接下来还有一个现实问题要解决——箭伤怎么办?就算用解骨之法可以勉强上路,路上也得有郎中照顾才成,一日不可中断。

"实在不行,我向苏大夫讨教了药方与按摩法子。不为良相,便为良医,儒家通万物,总不见得差……"于谦计议刚定,忽然耳边意外地传来苏荆溪的声音:"若蒙信重,民女愿陪护太子归京。"

朱瞻基闻言眼前一亮,看向于谦:"这位医师,到底是谁?"于谦没料到苏荆溪会斜里杀出来主动请缨,一时有些尴尬。他从怀里掏出供状,向太子略做介绍,又强调说这全出自她的供述,尚未查实。

朱瞻基直接忽略了末一句,拍榻赞道:"我说朱卜花那奸贼怎么一脸脓污,原来竟是你的手笔!"苏荆溪敛衽垂首,算是承认了。

朱瞻基好奇道:"你既然下好了毒,静候佳音便是,何必又来掺和本王这桩要命的事?"苏荆溪双眸掠过一缕恨意,道:"朱卜花现在疽毒深种,只欠一下刺激。若我能助陛下返京,他必气极而毙,也算是我亲自手刃仇人了。"

朱瞻基大笑起来。他恨极了朱卜花,现在听说那厮还能被自己气得暴毙,抑郁了一天的心情大为开朗,道:"好得很!好得很!这是堪比谢小娥、红拂女的义士啊,值得一副冠带褒奖!"

"太子谬赞,民女浅陋怯弱,不得已才用这法子,可比不得那两位侠女。"苏荆溪扶住太子肩膀,一边处置伤口一边抿嘴笑道。

于谦动了动嘴唇,硬生生地把后头的话吞下去了。他本想以赦免她毒杀重臣之罪为筹码,换苏荆溪一路上为太子疗伤。没想到太子一句话,先把这事定性为"义行",那以后还怎么拿捏她?

于谦可丝毫不敢小看这个女人,她能不动声色毒杀朱卜花,万一要对太子下手可也防不住。可眼下苏荆溪又是唯一的选择,于谦实在不知如何是好,便把探询的目光投向吴定缘。吴定缘无动于衷,面无表情地啜着酒。

其实苏荆溪的话,吴定缘也听到了。她这时主动请缨,理由太充足,时机太准确,绝对是经过算计的……不过,这跟我又有什么关系?吴定缘提醒自己,别再多管闲事,这些人赶紧都走掉是最好,切不可再沾染因果。

于是,他故意不理于谦,垂头继续喝酒。

忽然吴定缘耳朵一动,听到窗外传来咕咕的声音,好像是吴玉露养的那几只土鸡。可是,它们一般日落后便缩在窝里睡了。他突然瞳孔一缩,扔掉酒壶,闪电般地冲出屋门,飞快地越过鸡窝后头那道篱笆墙。

在篱笆墙的另外一侧,一个黑影正撅着屁股偷听,定睛一看,居然是邻居家的箍匠婆娘。估计是于谦刚才的嗓门实在太大,引得这个烂舌根的婆娘听墙角。

吴定缘还没说话,那婆娘先跳起脚来,说我在自家墙根撒尿,你这堕落的色鬼跳过来想做什么。她扯起嗓子唤屋里的箍匠来抓淫贼。吴定缘脸色一阵铁青,若是惊动了附近的巡兵,休说太子要被抓走,就连自己也一定会被牵连。他不得已,一记手刀劈到那婆娘脖颈,让她直接晕厥过去。

这时箍匠也从屋子走出,骂骂咧咧拎着铁锤赶过来。吴定缘知道一时半会儿解释不清,只好扑过去一并打晕,夫妇俩捆作一块塞回屋里。他此时心里真是恨极了于谦,真是个惹祸精!本来眼看就快撇清了,偏偏又横生枝节,这下子怕是难以收场了。

吴定缘沉着面孔回到自己家中,于谦迎上来担心地询问情况。吴定缘没好气地回答:"刚才我在他们屋里看到几个刚箍好的木桶,箍匠既然在夜里赶工,恐怕明天一早便会有人上门来取,到时候肯定遮掩不住。你们赶紧给我走吧!"

于谦松了一口气道:"我跟苏大夫谈妥了,她会随同进京。我们收拾一下,立刻离开。"

吴定缘的心情总算好了点,可他看于谦那表情,突然觉得不妙。果然于谦伸出五根手指,学街头商贩那样晃了一晃,道:"我们再来谈一桩生意如何?最后一桩。你帮我把太子安全送出南京,再给你五百两银子。"

君子喻于义,小人喻于利。面对这个市侩的箧篙子,于谦已经放弃了谈大义,直接谈钱。其实他一点也不想寻求这家伙的帮助,可现在城里满布朱卜花的爪牙,眼下能借重的地头蛇只有吴定缘一个。

"不干。太子死活,与我何干?"吴定缘想都没想,一口否决,"我还得去找我爹和我妹呢,你们另请高明吧。"

"不会占用你太久时间,太子只要一离开金陵城,你的任务就算完成了。"

吴定缘冷笑道:"太子是命,我家人可不算命。"

于谦似乎早算定他会如此说:"我记得你之前说过,南京城里现在还活着的官员,个个都有嫌疑,是不是?"

"是又如何?"

"那你爹吴不平……"于谦还没说完,吴定缘眼中爆出一团怒意,上前揪住于谦作势要打。于谦不闪不躲,梗着脖子道:"他是应天府总捕头,纵无官身,也是一个紧要人物。试问他如今身在何处?"

吴定缘的拳头在半路停住了。小杏仁的话,他没法反驳。迎接太子之时,吴不平非但没守在长安街或东水关，反而擅离职守跑回家来一趟，这可一点不像他平日作风。再加上妹妹吴玉露神秘失踪，这两件事彼此勾连，很难不让人产生联想。

于谦见吴定缘沉默不语，知道自己猜对了，接着道："无论吴捕头如今是生是死，你这个做儿子的，总要为他有所预备。"

这话说得再明白不过了。吴不平若是遇袭身亡，你合该为父报仇；若是还活着，那参与叛乱的嫌疑极大，更需要一桩擎天保驾的大功来抵赎罪行。这其中利弊，以吴定缘的脑子不会算不清。

吴定缘额头的青筋跳动，牙齿来回磨了几磨，终于还是放下拳头，恨恨道："好，最后一次，说好了，一出金陵城咱们就南赶骡子北撵马，各走各的。"

"离了南京城，也就用不到你了。"于谦忍不住回讽了一句。

朱瞻基躺在榻上，外头于谦的话都听得真切。他几次忍不住想开口，让于谦别把吴定缘拽进来。一看到那张臭脸，朱瞻基就回想起扇骨台下的屈辱。相比之下，他更愿意欣赏苏荆溪为自己处置伤口的神情，一颦一动，鲜活动人，连伤口的痛楚都能暂时忘掉。

苏荆溪最后摆弄了一番，起身拍拍手道："妥了。六个时辰之内殿下您行动应无大碍，但胳膊不能吃劲。"朱瞻基试着活动了一下，果然比刚才轻松多了，赞道："就是太医院里，也没有这等神仙手段。等归京之后，本王保举你一个典药局的内使。"

"殿下说笑了。民女是一介女流，如何能进得太医院。"

"典药局是我东宫下辖，不干太医院的事！安排谁自然我说了算。"

苏荆溪撇了撇嘴，道："民女去了那儿，还不被那群老家伙吃了？"

"那你想去哪里，安乐堂？良医所？"

苏荆溪知道这会儿太子正在兴头上，笑道："殿下口含天宪，自然是金玉良言。不过民女福薄，暂且消受不起。不如等殿下归京践祚，民女再想想要什么不迟。"

"好，本王就欠你一个请求！"朱瞻基摸了摸身上，没什么可给的，便顺手一指刚才起誓的铜炉，以此为信物，苏荆溪郑重谢恩。朱瞻基觉得自己真是驭下有方，恩纶稍布，便让这位女医师感激涕零，一路用心。

这时，于谦和吴定缘也回到里间。吴定缘一看到朱瞻基，便把头转向一边，还揉了揉太阳穴。朱瞻基对这种轻慢有些恼火，也不去理他。于谦上前道："殿下，我们稍做准备，半个时辰之后出发。"

"就你们几个吗？"朱瞻基问。一个热血小行人，一个臭着脸的捕快，一个女医师，看起来不是很让人放心的组合。

"事涉帝位之争,南京无论文官、武将、勋贵、内臣,皆心不可测。殿下在离城之前,只能信赖我等三人。"于谦正色道。

"一个都不行?我不信所有人都被收买了。"

"您说得对,但我们也不知谁被收买。哪怕十个人里只有一个,殿下你就敢冒这个险吗?"

"那些锦衣卫呢?"朱瞻基忽然想到。他们应该也是可靠的,这时候多一个人就多一份力量。

吴定缘远远地冷笑道:"殿下多聪明。锦衣卫在众目睽睽之下收留殿下,反贼那么蠢,自然是想不到去那里守株待兔。"

朱瞻基被这一通尖酸刻薄的话气得不轻,可现在只能抑住火气,道:"那你说,我们怎么逃……呃,怎么走?"

于谦捅了一下吴定缘,后者勉为其难地拿出一张绢本南京城舆图,铺在桌子上。这图上没有渲染,只有勾线,上头密密麻麻写着各种地名。这是在吴不平房里拿出来的,应天府捕快办事,全靠这张舆图指引。

吴定缘道:"你们来这里之前,门外一共经过了四拨人马。有兵马司的铺兵,有勇士营的马队,有应天府的衙丁,还有守备衙门的亲兵。这说明朱卜花已经有能力调动南京城里的力量,走大街肯定是不要想了,我们只能赌一赌,尽量从小巷与河道穿行。"

他的手指点在舆图上,先移到糖坊廊的位置,然后缓缓沿着墨线移动。吴定缘一边指一边解说,这里是废弃破庙可以翻墙而过,那里是湾边浅滩可以蹚水而行,随口说来,可见南京一草一木他都熟稔于胸。

于谦在旁边听得连连点头,这家伙虽然品性恶劣、嘴巴恶毒,但涉及实务,十分值得信赖。只是不知他为何深藏不露,甘愿留一个"篾篙子"的恶名。

"即使城隍护佑,我们绕过了所有的巡兵,眼前还有一道难关。"吴定缘的手指,点到了南京城的府城墙,"外城有十三道城门,晨昏启闭,关防出入,入夜之后绝难开启。尤其今天发生了这么大的事,城门必然更有重兵镇守。"

"那怎么办?难道要翻城墙?"于谦疑道。

"城墙高六丈五尺,想投胎倒是可以一试。"

"……那走水门呢?"

吴定缘摇摇头,道:"水门下面都有罩网,每隔十眼系着一枚铜铃,守军闻铃响即射。"

这时苏荆溪也参与进来,道:"我看你手指虽然一直在兜圈子,可大体朝着东南方向，莫非那边会有什么城防漏洞？"

吴定缘看了她一眼，这女人果然眼光犀利。他解释道："想要在天亮前离开金陵城，只有这一个办法。"他一边说着，手指缓缓移动着，并最终停在了舆图右下角。

那里是皇城的正南方向，八道视线同时投过去，看到指尖压在一个墨线勾勒的小方块里，旁边端端正正写着两个字：

"正阳。"

两京 十五日

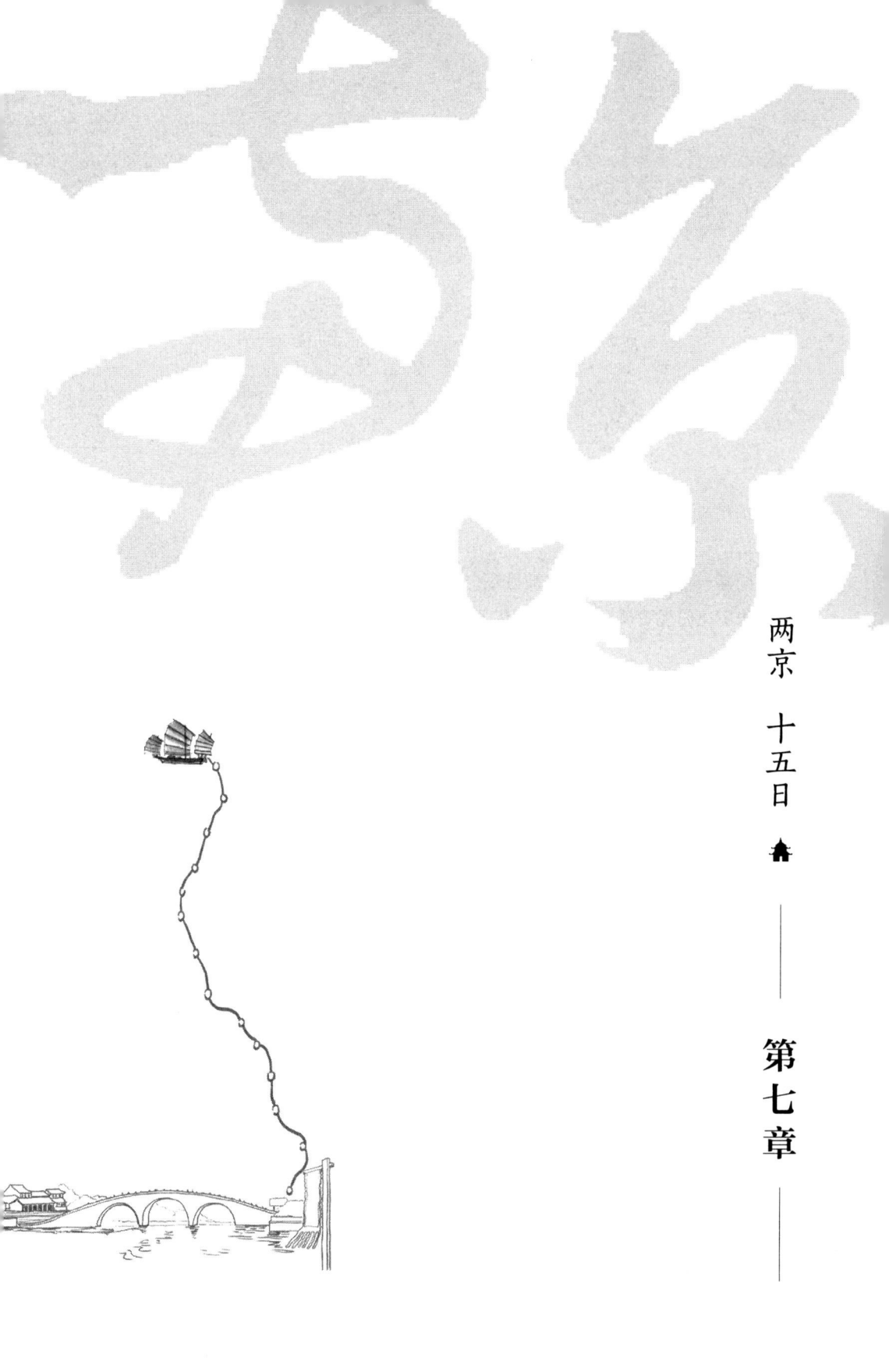

第七章

同样一套舆图，此时正在被另外一双眼睛凝视着。

朱卜花俯视着摊开在眼前的南京城，扁平的双眼极力睁大，仿佛要从中把太子揪出来。

刚才城头有士兵说似乎射中了什么，但并没有十足把握。但可以肯定的是，对方即使中箭，也没死。他们在竹桥附近捞了很久，什么都没捞到，勇士营的马队在秦淮河附近来回搜寻了几遍，也一无所获。太子就像一只老鼠，钻入黑暗彻底消失了。

煮熟的烧鹅，居然就这么从宫城内飞走了。他脸上的疮肿又气得鼓大了几分，肿尖隐隐沁出油来，成片成片地泛着光泽。偏偏这时候苏荆溪迟迟找不到，无人能压制痛楚。内外交困之下，令朱卜花的心情像那条宝船一样，随时可能爆炸开来。

"去给中城兵马司传话。让他们重点搜查大中桥、淮清桥到冶城、中正街这一带。那边外地客商最多，一个货栈都不许放过，谁敢阻拦，格杀勿论！"朱卜花重重捶了一下桌子，几乎是吼出来。旁边的书手迅速写成文书，战战兢兢送到面前。

朱卜花看了看，文书抬头写的是"奉东宫令"，他面颊抖了抖，在下面签了自己的花押。自有勇士营的快马拿了文书，飞奔出守备衙门。

午时的宝船爆炸，给了朱卜花一个绝好的理由。他以太子的名义四处发出指示，要求各处衙署都要听从禁军的统一调度。此时，各处衙门的主脑不是被炸死就是重伤，正是群龙无首，忽然得了太子命令，无不凛然遵从。

短短一个时辰，朱卜花便把整个南京城的防卫力量都捏在手里了。于是，城中出现了一幅难以言喻的奇妙景象：留都各路军兵奉了太子之令，四处搜捕太子。

当然，南京诸部不会容忍一个蒙古人身居高位，早晚会产生质疑。但至少在这一夜里，他是金陵最有权势的人。

可惜的是，这前所未有的权势，并未给朱卜花的面痛带来多大缓解。只有苏大夫配的药，才能暂时压住疽苦，可她人离奇失踪了，派去找的人没有任何线索。偏偏在这个节骨眼上，他根本没办法分出神去调查她的下落。

朱卜花坐回到太师椅上，闭上酸疼的双眼，打算稍微休息一下。可一闭眼，眼前便会出现一个熟悉的身影，高高在上，令他心生安慰，同时又心惊肉跳。

他本名叫作脱脱卜花，乃是云南的蒙古高官之后。蓝玉大军攻克昆明时，把脱脱卜花连同郑和一起掳走，送入官中充作内臣。后来两人同时被选派去了北平燕藩，遇到主人朱棣。

朱棣并不在意脱脱卜花的蒙古血统，对他颇为信重。这等殊遇，让脱脱卜花铭感五内，献出了全部忠心。靖难之后，燕王变成了永乐天子，脱脱卜花也蒙赐朱姓，以御马监提督太监的身份，统领勇士禁军，成为大内举足轻重的一号人物。

尽管永乐驾崩已快一年，但一直到今日，朱卜花的忠心也不曾变过，至少他自己是这么认为的。

"陛下，奴婢这么做是有理由的，有理由的……"朱卜花面对着脑海里的人影，喃喃说道。他越是极力看清主人的形貌，那人影的轮廓就越发模糊缥缈。他突然"唰"地睁开眼睛，凹凸不平的额头上沁出一层汗水。

朱卜花告诉自己，刚才看到人影动了，陛下应该对此是嘉许的，他心意稍安，然后重新把视线移回舆图。

在他眼前，那里有一片鹅黄色线条勾勒出的区域。这里位于饮虹、上浮二桥与三坊巷贡院之间，是勋贵世胄们居住的地方。一格代表一府，同时也代表了一位开国或靖难功臣。太子如果想要求援，必然会先来这里。

此间盘根错节，牵涉甚多，之前朱卜花一直没下决心搜查，只让勇士营把守住了各处要道。但现在他决心抛开顾忌，哪怕今夜杀个血流成河，也要把太子抓出来。

这时他的身后传来一阵脚步声，朱卜花回过头来，知道一定是那个他最厌恶的家伙。昨叶何信步走开，手里居然还捏着半块杏粉色的海棠糕，腮帮子不停地蠕动。

"你可真有闲情逸致。"朱卜花讥讽道。

"没办法，我们白莲教都是穷苦人出身，生怕这顿不吃就没下顿了。"昨叶何一口吞下半块海棠糕，这才笑眯眯地凑过来，道："才一会儿不见，朱太监你脸上的疽症可是又严重了点。要不我跟佛母说一声，讨几张祛病除邪的符纸？"

"江湖骗子的伎俩，不要在我面前耍。这个节骨眼上，你又跑哪里去了？"朱卜花冷冷道。

昨叶何俯身看向地图，道："我打听出几件好玩的事。"朱卜花眉头一皱，正要呵斥，昨叶何拍了拍手里的残渣，在地图上的饮虹桥画了一圈："这一圈你不必费心了。"

"哦？"

"我适才问过西华门的卫士，今日下午太子曾经去过惜薪司，拜祭他身边的老宦官，顺便从通政司手里接过一封京城的八百里急报。"

朱卜花一惊，道："还有这种事？"

"我问过江东门守军，也找到了通政司典簿，说法与西华门卫士都对得上。我从信使身上拿到了驿路印鉴。"昨叶何袖手一抖，亮出一页长卷，上头密密麻麻盖着四十几个小印，记录着从京城到留都的所有换马记录。

朱卜花抢过去看了一眼，发现是五月十二日从会同馆出发，不由得眼神一凝，道："这日子……难道北边宫里的计划也出变数了？"昨叶何道："北边的事情，你我都不必操心，总之太子肯定是看到这封密函，才会起意逃脱。但现在来看，未尝不是件好事。"

"好个屁！你还没回答，绕这么一大圈，为什么不用去饮虹桥查那些勋贵了？"朱卜花的脾气越发急躁起来。

昨叶何笑了笑，道："我虽不知那封密函内文，但必然跟咱们筹谋的大事有关。你想想看，太子若知道事涉帝位之争，哪里敢去找那些勋贵？他知道哪个是徐辉祖？哪个是徐增寿？"

徐辉祖和徐增寿都是魏国公徐达的儿子。靖难之时，徐辉祖率兵抵抗燕王，坚决不降；徐增寿却与燕王暗通款曲，被建文帝察觉后诛杀。昨叶何拿他们俩做比喻，虽然贴切，却颇为恶毒，让朱卜花有些不爽。

"那你说！太子会藏在哪里？"

昨叶何的手指在舆图上移动着，道："太子登岸的位置，是在竹桥与玄津桥之间的秦淮西岸。他孤身一人，肯定走不远，必有当地人协助。你仔细想想，太子在南京城还有什么熟人？身份不太高的那种。"

"太子在北方养尊处优，南京哪有私交的庶民文士……"朱卜花说到这里，突然沉默了一霎。昨叶何敏锐地捕捉到这一变化，立刻追问。朱卜花抓了抓面孔，烦躁道："只是件小事，应该没关系。"

"造反无小事，说来听听。"

朱卜花只好回答："今天我去玄津桥接太子，那里有个小官，立了些功劳，太子让我赏了他一套马牌，大概是想当场还掉人情，不愿多有瓜葛。"

"什么功劳？"

"太子没说，多半是你们白莲教行事拖泥带水，让他救了太子一命。"朱卜花不忘指责一句。昨叶何没理他的挑衅，沉思片刻道："那小官是什么职位？"

"不知道，谁会关心这些！"

"太子说赏赐的时候，那个小官站在哪里？"

"那会儿玄津桥头全是人，我怎么会记得！"

"就是说，他一直在人群里，太子指了一下他才站出来对吧？"

"是。"

昨叶何拍了拍手，眼睛一亮，道："若是太子要赏，他该早早站出来候着才对，何必退在人群里。我看哪，这是太子既想骗你一套马牌，又不想让你知道他们之间的关系，才故意演的这么一出。"

朱卜花手里一攥，紧紧揪住了舆图一角，整个南京城霎时皱皱起来，说道："我去查那个小官来历！"昨叶何却拦住了他，道："眼下正是合城大索之时，太监主持大局不宜分心。这些小事，交给我来处理便是。"

"你什么意思？"

"南京城太大，官府能管明面，可顾不到暗处。那些藏污纳垢的卑贱沟渠里，还是我们佛母座下的白莲信众们更熟悉些。"

"不行！岂能让你们这些疯子在城里肆意游走！"

朱卜花一口否决。他对白莲教没有一点好感。早在几年前，这些反贼还在跟朱卜花打生打死，如今虽然因缘际会成了盟友，可绝不代表朱卜花的态度会有所变化。

昨叶何盯着他，道："佛母的缘法您可以不顾，但若因为这点面子让太子走脱，大计成了泡影，你怎么跟那位贵人交代？"朱卜花死死地捏紧舆图，脸上又有几粒疽疮鼓胀起来，他犹豫再三，终究还是松开了手。

"你们打算怎么找那个小官？"

"我们手里可有一条上好的猎犬。"昨叶何嘿然一笑。她颧骨高耸，双眼挑立，一笑起来虽然明艳无俦，可眉宇间总透着一种咄咄逼人的气势。

朱卜花勉强签了一份手令，昨叶何收在怀里，大摇大摆地离开守备衙门。她人都离开了，那尖声却还从走廊里飘进来：

"除去金陵美食，我们白莲教众也要享受一下，在大明都城里抓大明皇太子的乐子。"

"正阳门？"

于谦和苏荆溪看到吴定缘所指之处，同时发出疑问。这道城门在皇城正南，乃是与承天门、午门、千步御道位于同一轴线的正礼大门，按说应该戒备最为森严才是。

"小杏仁，你还记得在码头我跟你说的话吗？无论那些反贼多么神通广大，至少有一件事他们算不到。"

"地震？"

"不错。"吴定缘看了一眼朱瞻基，又迅速移开视线，道："今天我押送人犯……嗯，押送太子从扇骨台回城时，途经正阳门。那里被地震震塌了一角，如今还在修葺，城门是关不牢的，或有可乘之机。"

朱瞻基冷哼了一声，那家伙又提起了他不愿回顾的耻辱。于谦却喜不自胜，坊间都说南京地震是羞辱洪熙皇帝与太子，可眼下它成了太子最好的盟友。

吴定缘把地图叠好，揣进怀里，道："现在已经宵禁。我们四个人走在路上太扎眼了，得做点准备。你们在这里等着。"说完他也不等太子准许，自顾自地钻进自己的卧房，叮叮咣咣，不知在干什么。

屋子里没了他，朱瞻基觉得心里舒服多了。马上就要开始新一轮的逃亡了，他闭上眼睛，抓紧时间多蓄积一些精力。苏荆溪看到旁边有炉灶，便隔门问了一声，吴定缘说随你们用，只是别露火光。

苏荆溪在灶间转了一圈，锅里有半张起面饼，橱斗里搁着几枚端午节剩下来的龟桃，都是金陵人夏日必吃的汤点。她寻出一个铁铫子，把这些食材都一股脑地扔进去，再切了几块板桥萝卜与一把薤菜，拌些冬春米，一会儿工夫便煮得一锅非饦非汤的浓糊糊。虽然不伦不类，味道却浓香润口。

朱瞻基折腾了半宿，此时早已饥肠辘辘。苏荆溪把铁铫端出来，他懒得盛到碗里，直接拿大木勺往嘴里送，吸溜吸溜，吃得格外香甜。吃着吃着，太子忽然听到旁边传来一声奇怪的动静，侧脸一看，发现声音是从于谦肚子里传出来的。

于谦连忙后退了几步，口称"唐突"。他从中午跑去锦衣卫到现在，四处奔走，只吃了一个粽子。朱瞻基犹豫了一下，把铁铫一推，说你也来吃点吧。于谦还想推辞，可肚子又叫了一声，他只得红着脸先谢太子赏赐，然后自己去灶间取来一个粗瓷大碗，小心翼翼地在铁铫的最外缘刮了半碗，捧着吃起来。

两人适才对骂的小小尴尬，就在这一次推让里烟消云散。食物化为力量，在朱瞻基周身飞速流转，暖洋洋的，如同升仙一般。他心满意足地搁下木勺，发现于谦的碗也已经空了，看来他是真饿了。

饱暖致多思，朱瞻基这时才想起来，这位忠直的小臣奔走半日，自己居然还没顾上问他的年齿履历。他暗暗提醒，这些黜陟之事可不能轻忽，不然会冷了臣下之心。

"你是哪一年生人？"朱瞻基尽量让口气和缓一些。

"洪武三十一年，杭州府钱塘县人。"

居然和我是同一年出生，朱瞻基有点惊讶。真是同龄不同人，听他那老气横秋的口气，还以为是个老夫子。

"哪年进士？"

于谦脸色一红，简短答道："永乐十九年辛丑科。"

朱瞻基仰起头，口气感慨起来："我记得那一年，太宗迁都刚刚完成啊。"于谦道："是。那时京城刚刚启用，贡院考棚还是用的木板、苇席。二月冷得紧，墨都被冻住了，得先用炉火烤。好多举子因为不会生火，以致文卷蹉跎。"

"哈哈，这一点京城可比不得留都。怪不得国子监的人，都支持迁都回来……哎，对了，你考得如何？"

于谦有些尴尬地搓了搓手，道："臣侥幸得中会元，殿试三甲九十二名。"朱瞻基"咦"了一声。这可太奇怪了，会元是会试的第一名，这么好的成绩，即使殿试发挥不好，怎么也该是二甲保底才对，怎么名次滑落这么大？

于谦只答了八个字："殿试制策，未得上意。"

朱瞻基刚领教过于谦那张大嘴的威力，说好听点叫"直言不讳"，说难听点叫"口无遮拦"。估计于谦在殿试时没忍住，批评了几句时政，被永乐皇帝御笔一挥，直接从会元黜落到三甲去了。这么多年，这耿直脾气真是一点没改。

想到祖父朱棣在殿试上也被于谦气得不轻，朱瞻基嘴角就忍不住翘了一下。他又问道："然后呢？释褐授了何官？"

"臣得授北京行人司行人。永乐二十一年出使湖广，次年归京，转调南京行人司至今。"

朱瞻基总算明白了，为啥一问起履历，于谦的态度变得那么扭捏了。北京行人司是仕途前景很好的衙署，但以他疾恶如仇的脾气，只怕出使湖广又得罪了什么人，这才被平调到南京行人司。说是平调，和流放也差不多。

一个二十七岁的年轻人被扔到这么一个地方，还能保持昂扬斗志的，只有于谦一个了。

"哎，你不必灰心，这一次顺利归京，我会给你安排一个合适的职位，就做……嗯，就做……"朱瞻基脑子里急速转动，什么官职适合赏给这张大嘴巴呢？他灵光一现："嗯，去都察院做个监察御史好了。"

监察御史负责纠劾百官，审正刑狱，看到任何不顺眼的可以直接风闻奏事，这活让于谦来做再适合不过了。朱瞻基简直要佩服自己了，知人善用，这就是古代贤君的做派啊。

于谦微微一躬，对此并不十分激动。朱瞻基想起刚才这人还在念叨孟子，是个秉持"君为轻"的家伙，不由得有些泄气。他突然好奇地问道："倘若本王在这次袭击中生死不知，而你恰好又在中枢，会如何处之？"

"越王谋篡，则立襄宪王；襄宪王谋篡，则立越王。"于谦毫不犹豫地回答。

"喂……我说的是本王生死不知，不是死了。你难道不该是先来救我吗？"

"国不可一日无君。我等为臣者，自然先为社稷计。"

他果然最关心的并不是本王……朱瞻基幽幽地叹息了一声，可一看于谦那张严肃的面孔，居然不敢说什么。

于谦还没回答，忽听门房响动，吴定缘从屋子里走出来。他换了一身公门装束，手里还拿着一副枷板、一件僧人的缁袍和一个包袱。

吴定缘始终不看朱瞻基，对于谦道："我们现在最大的优势，是敌人只知太子一人，却不知你我三人的存在。但如今夜里宵禁，四个人一起出行太过招眼，需要捏造一个事由。"

他把包袱皮打开，里面是一张度牒、一串槐木佛珠和一张应天府的牌票。"这是我爹前两天办的案子，法明寺出了一个骗奸进香女眷的和尚。薛推官已经签发了缉拿牌票，可惜犯僧闻讯逃走，只剩下几件随身物品，正好合用。"

于谦眉头微皱，道："怎么个合用法？"

吴定缘从窗格旁拿起一把剃刀，似笑非笑："我身为应天府捕快，发现了在逃的犯僧，当场拿捕，扭送府衙归案，这不是很合理吗？犯僧度牒与本府缉拿牌票俱在，谁来盘问也问不出破绽。"

"那我和苏大夫呢？"

吴定缘开口背诵了一段公文："该名犯僧玷辱行人司官员亲眷，为其夫当场所擒，扭送官衙。虑及官眷名节，特准彼等夜入衙署录供。"

于谦和苏荆溪同时一窒，这家伙编的故事忒恶毒。他们仨一下子成了一个淫贼、一个失身妇人和一个戴了绿帽子的王八，于谦甚至疑心是不是他在故意挟私报复。

"公门押送犯人这个计策可行，就不能……换一个案子吗？"

"哪有那么多现成案子换？新郎官掉粪坑——你们要脸还是要命？"吴定缘回答。

于谦叹了口气。抛开身份不说，这个故事确实天衣无缝，连为什么宵禁后四人同行的理由都有了。

吴定缘握着明晃晃的剃刀，拨开于谦和苏荆溪，朱瞻基觉察到他的歹意，睁圆眼睛想要拒绝:"你要做什么?身体发肤,受之父母,你不能……本王,本王要杀了你这驴捅的狗彘!"

可很快他便不敢动了。一是冰冷的剃刀紧贴在头发根;二是吴定缘这打脊贼居然把眼睛闭上了,朱瞻基生怕他手里一抖划开一道血口子,浑身僵直,一丝不敢动。

还好吴定缘手快,三下五除二便把"龙发"剃了个干净,露出一片青森森的头皮。他退后两步看了看,俯身从刚才起誓的香炉里拔出一根香。于谦手疾眼快,劈手夺下,道:"戒疤就算了吧!说他是个未受戒的小沙弥得了……"

堂堂大明太子要是被烫了戒疤,那可真成了千古笑柄。苏荆溪托着衣服过来,在右肩下垫了一块厚厚的手帕,道:"木枷太沉,怕压了您的伤口。"朱瞻基感动得要哭,跟吴定缘这罗刹鬼相比,这姑娘简直就是菩萨。

在苏荆溪的服侍下,太子披起僧袍,挂好佛珠,俨然就是个小沙弥的模样,惹得苏荆溪忍不住咻咻笑了起来。他面皮有些恼羞,苏荆溪却道:"真别说,殿下这么一装扮,真有点辩机和尚的意思了。"

辩机乃是大唐高僧玄奘的弟子,丰神俊朗,因为与高阳公主私通,被唐太宗处以腰斩。苏荆溪这一记不动声色的马屁,登时让朱瞻基转怒为喜。这时吴定缘拎着枷板走过来,让他好转的心情又跌落谷底。

吴定缘做这一套惯熟,先把两块枷板"咔嚓"一并,牢牢套住脖颈,然后用镣铐把两只手腕子"当啷"一锁,又从锅底蹭来一手炉灰,涂在太子脸上。好好的一个秀僧辩机,瞬间变成了身陷囹圄的丑和尚。朱瞻基还没来得及抗议,吴定缘已经把视线移开,对于谦道:"不必担心,锁搭都是虚扣的,随时可以自行挣开。"

朱瞻基心中十分不满。我好歹是太子,你抹脸之前就不能先知会我一声?难道我是那种听不得忠言逆耳的昏君吗?最起码,你得拿正眼看着我,每次都避开视线接触算什么啊?

吴定缘继续冷冷道:"丑话说在前头。我身患羊角风,见不得大火光,一见就会犯病。若真是发起疯了,你们便自求多福吧,可不是我有意不管。"

苏荆溪好奇道:"这羊角风,只有看到大火才会犯吗?"吴定缘道:"看见太子的脸也难受。"

朱瞻基知道这是实话,可怎么听都别扭,脸色越发难看起来。这时于谦一拍脑袋,道:"哎呀,糟糕,我得回家去换套衣衫。"他今天穿的那套官袍已经扔了,如今身上是粪工的短打白裈子,走在路上一看就会露馅。

"你家住哪里?"

"我在留都是单身赴任,就住在柳树湾的礼部廨舍,长安街东头,离正阳门很近。"

吴定缘略想了想，南京城没人知道于谦和太子的关系，独自行动应该没什么风险。他朝外头又听了听，今晚估计更夫不会报时了，不过大略可以推断是戌末亥初。

"子时整，你和我们在正阳门内的宗伯巷口碰头。"吴定缘说。

朱瞻基忍不住叫了一声，虽然这小臣骂人够狠，可他是自己在这满城皆敌的南京城里最大的依赖。如今他这一走，朱瞻基心中登时没了主心骨。

于谦听到太子呼唤，深深一揖，道："殿下少安毋躁，臣去去即回。"他看了吴定缘一眼，又对太子宽慰道："此人虽嗜财愈懒，倒有一桩好处，便是诚实守信。他既然说护送殿下出城，定然是不会打折扣的。"

这话他是当面讲的，吴定缘听了，只是抱着手臂懒洋洋道："记得你许我的五百两银子。"于谦哼了一声，没有答话，推门离开了。

没过几息，他又回来了。吴定缘不耐烦地问他还忘了什么，于谦俯身把地上那尊小铜炉捡起来，郑重揣到怀里："这是殿下立过誓言的礼器，不可丢弃，我要带上。"

朱瞻基的表情一僵，胸中那点不舍登时烟消云散。他刚才在这香炉前起誓，无论如何也要返回京城，绝不放弃。看来于谦并不放心，把这铜炉带上，就是想要时时提醒讽谏。

"这是我妹做生日时我送的，你要拿走，得加钱。"吴定缘插嘴道。于谦摆摆手，道："给你五百零一两！"转身走开了。

剩下的三个人稍做收拾，也离开了吴家院子。朱瞻基一身和尚装扮，颈戴枷锁走在前头。他很不习惯这种头重脚轻的束缚感，走起来跟跟跄跄，倒真似个落魄犯僧。吴定缘手提一盏竹骨气死风灯，紧随其后，还不时用铁尺敲打一下犯人的腿胫。苏荆溪则把头发盘成寻常妇人的高髻，额帕包头，垂头跟在队尾，仿佛不愿被人看到面孔。

此时天色已然黑透，浓墨般的云遮住星光与月色，抹去了一切轮廓和细节。即使行人面对面站着，也难以看清面孔。对这一队胆战心惊的逃亡者来说，这是一个好消息。

吴定缘对于南京城的布局确实是熟稔得很。他带着他们走街串巷，时而沿着上了门板的书铺廊溜过去，时而从一处废弃小庙旁边偷偷钻过篱笆，时而大摇大摆从国子监前的琉璃牌坊走过去。吴定缘仿佛一条狡黠的泥鳅，在渔人的网眼中巧妙地钻行摆动。

整个城区正涌动着一阵阵不安的涟漪，好似午时那场爆炸的余波久久未平。假如有人可以俯瞰整个南京城，会看到一大片黑暗中点缀着许多小亮点，每一个亮点都代表了一队举着火把的队伍。他们气势汹汹地流过每一条巷道，闯入每一户人家。

吴定缘等三人沿途被盘查了七八次，还都是来自不同队伍。好在他们事先准备充分，文书齐全，盘查的兵丁一听是押送淫僧，都面露暧昧，不免多看两眼跟在队尾的苏荆溪，反而忽略掉了朱瞻基那张腌臜的面孔。

就这么一路走走停停，他们很快便抵达了正阳门内。这里正对着御街，稍微靠西一边有一条宗伯巷。因为礼部尚书、侍郎、郎中、员外郎等大员都住此间，故而得名。巷内每一间皆是高门邃宇、重堂轩道，端的是大户气派。

远处的正阳门笼罩在一片黑暗之中，没有火光。吴定缘表示太早过去容易打草惊蛇，等于谦到了一起走。如今时近炎夏，巷子口早早搭起了一片蔽日遮雨的卷棚，于是他们一行就站在棚下，安静等待。

不过，这巷子此时没了平时的静谧威严，有哭声隐隐从里面传到巷口。太子驾临南京，在东水关迎驾的官员序列，以礼部为首。所以，当宝船爆炸之时，也以礼部官员们伤亡最为惨重。这宗伯巷内明天开始，恐怕要家家戴孝、户户挂幡了。

朱瞻基站在棚下，听得哭声入耳，面色颇不自在。虽说这不是他的责任，可毕竟都是大明精英，日后也会是他的臣下，如今如猪狗一样被屠戮，令他心中郁愤难抑。他为了排遣郁闷，环顾四周，偶尔扫到吴定缘那里，发现他又转头避开，一股怒意涌了上来：

"吴定缘，你为何不正视我？莫非你也觉得本王德薄才浅，不懂为君之道？"

吴定缘莫名其妙地抬起头，四目相对的一瞬，那种熟悉的刺痛感又出现了。他眉头一蹙，正要挪开，朱瞻基却大喝一声："不准挪开，看着我！"

吴定缘只好保持视线，持续了三四个呼吸的光景，只觉得刺痛感从太阳穴延伸出去，像一柄烙铁顺着额头缓缓切开，把头盖骨里搅得天翻地覆。他终于坚持不住，发出一声呻吟，整个人抱住头蹲了下去。

苏荆溪见状赶紧伸出指头按压他风府、天柱两处。朱瞻基没想到吴定缘反应这么强烈，有些尴尬地站在原地，不知如何是好。吴定缘喘了好一阵，才勉强站起来，额头上仍是青筋绽露。

苏荆溪起身对太子道："不碍事，只是轻微的头风病发作，大概受了什么刺激。"

"刺激？看到我的脸就这么大刺激吗？"朱瞻基半是不满半是郁闷。

苏荆溪道："民女之前经手过类似病症。这种病，多半是患者经历过什么惊怖之事，从此一见相似之物，便有反应。所谓一朝被蛇咬，十年怕井绳，就是这个道理。"

朱瞻基纳闷道："我之前可没见过他！"

苏荆溪低头拿住吴定缘右手，一边向虎口施力一边问道："你可曾为天家做过事？或者见过什么宗室？"吴定缘摇摇头，甩脱了她的手。他可不想再横生什么枝节，只要于谦一到，把这些人送出城去，从此江湖不再见。

苏荆溪从腰间取出一条布带,给他沿太阳穴紧缠一圈,一边缠一边细声道:"不管你存着什么心事,这么常年郁积于内,壶满则溢,早晚要生大病。心事不能憋闷,还得要跟别人说出来才好。"吴定缘冷笑道:"茶水凉暖各人知。你到处打听别人的心事,到底有什么居心?"

苏荆溪道:"我是个医者,见到奇病怪症,总不免见猎心喜,能有什么居心?"

"我又不痛不痒,算得什么奇病怪症?"

"心病也是病,只是不为人所重罢了。以民女这几年行医经验,若以言语为汤药,以倾听为调理,往往心病自消。所以我见到人,总习惯想去多聊聊。"

吴定缘不耐烦地挥挥手,道:"几句话就能治病?只合去哄哄深府里的女眷吧。"

"茶水凉暖,其实人不自知。"

苏荆溪点了一句,然后知趣地闭上嘴,一言不发地缠完了布带,便站到一旁去了。吴定缘摸摸脑袋,虽然被勒得难受,但刚才的不适感确实少了许多。

"看来我爹说得对,无论什么人都会有优点。"吴定缘低声道。苏荆溪知道这是他在表达谢意,微微一笑,转去陪太子闲聊。

过了约莫一个水刻,远处街道传来脚步声,于谦匆匆赶来。他家里只剩一件大祀时才穿的朝服,那件肥袖的赤罗衣穿在身上颇为臃肿,蔽膝前头两根赤白色的大绢带子来回飘动,感觉随时会把他绊倒。

"你怎么……穿了这么一件?"吴定缘有点不能理解,你们是去跑路,又不是祭天。

"可以吓唬人啊。"于谦理直气壮地回答。

行人的职责是抚谕四方、颁行诏敕,所以使者的冕服都格外华丽,不华丽不足以体现出朝廷威仪。对那些搞不清官员品级的军民来说,越夸张的袍服造型越有震慑力。尤其于谦本人相貌英伟,衬上朝服更是气魄堂堂。

"那么,你路上有没有遇到盘问?"

"没有。我这一身穿着,谁敢拦着?"

吴定缘点点头,说等一下你们别出声,听我说就行。然后他重新排了一下队列:淫僧与捕快在前,行人搀扶着妻子在后,朝着正阳门走去。

正阳门正在修葺中,因此夜间城头不能举灯,怕引燃建筑材料。守军只在城门洞的两端,各竖起两根火炬,照亮城门附近数丈范围,周围用木栅挡住。他们看到有人接近,本能地举起手中矛枪,警惕地喝一声"停步"。

吴定缘示意其他三人站在火光边缘,然后自己迈步过去,道:"遵应天府解送犯人,从速放行。"然后把牌票和自己的锡牌递了过去。卫兵不认识字,牌票上那个大印却分辨得出,不由得狐疑地嘟囔了一句:"哪有大半夜要押解出城的?"

吴定缘回头瞟了一眼朱瞻基，凑近卫兵，故作神秘道："老哥，你可听过法明寺的孔门长老？"

这是个糟污的荤段子，孔、门、长、老四字各有喻指。卫兵早听说法明寺不干净，听到这绰号如此形象，忍不住哈哈大笑，道："你们把寺里的和尚给逮啦？"吴定缘晃了晃牌票，压低声音说："有个行人的老婆去法明寺上香求子，这小和尚修了无上秘法，用金刚杵给她开光。没承想光开到一半，被中途回家的行人拿了个正着，报了官。"

事涉官员的香艳故事，吴定缘又说得粗俗，最对这些老军的胃口。两个守军望向那两男一女，都嘿嘿地笑了起来。其中一个卫兵道："那这淫僧该是押送上元县呀，怎么还往城外送？"吴定缘往远处一指，道："知府老爹说这事太伤朝廷体面，把案子移到邻近的句容县里偷偷审结，不然谁半夜往外跑？你瞧，人家苦主连朝服都穿起来了，王八咬木梢——这是要死争到底。"

那一句俏皮话语带双关，既嘲那官员是王八，又讽他死硬，惹得守军又是一阵大笑。一个正要挪开木栅，另一个忽道："哎，对了，你有守备衙门开的签单吗？刚才上头传来命令，说诸门封闭不得擅开。"吴定缘跺了跺脚，连连叫苦："走了水去现挖井，守备衙门才传来的命令，我哪来得及开单子去？"

"没签单，城门可不能开哪。"守军咣当一声把栅栏重新搁下。

"今天码头闹出来的事你们也听到了，各处衙署如今全乱了套，我找谁开去？"吴定缘说。两个守军表示理解，却不肯再挪开栅栏。吴定缘心想要不要试着贿赂一下，手伸进怀里正要掏银子，这边于谦从火光边缘大踏步走过来。

守军一见他这一套夸张的大朱官袍和那一张冷峻的面孔，顿时有些畏缩，态度恭谨了不少。于谦大声喝道："你们在这里推三阻四，是嫌本官品级太小，故意刁难吗？"

两个守军暗暗叫苦。八品官也是官，平头百姓哪敢招惹。他们只能赔笑着说这是法度，于谦冷笑一声，从怀里掏出一枚过城铁牌，丢给守军。守军虽然不认识字，可这牌子见得不少。两人研究了一番，其中一位说："官爷，牌子没毛病，可您这个是白天过城的牌子，可不能夜启城门啊。"

"我问你们，我这个牌子，是否写明了只能白天过城？"于谦气势汹汹地问道。

"是没写明。可晚上城门是关的，您又没有开城门的权限，可不就等于只能在白天过城吗？"

"那就是说，如果晚上城门是开的，我这牌子就能通行，对不对？"

"说的是没错，可晚上城门是不开……"守军还想辩驳，可突然噎住了。

正阳门的城楼正在修葺，两扇卸了门轴的城门靠在外墙，无法关闭。也就是说，于谦要求夜半出城这事,在正阳门这里,是完全合乎要求的。守军总觉得事理上有点不对,可于谦的话又挑不出破绽,生生把他们给绕糊涂了。

"南京城门晨昏启闭,那是为了防止外贼入内,不是为了禁锢居民外出。你们若如此泥古不化,本官现在就去守备衙门分说,问问他们阻碍行人该杖几等!"

于谦昂起下巴,声音铿锵有力,如同公堂之上宣读判决一般。两个守军脸上登时变色。别看行人官小,他代表朝廷出使四方,阻挠行程者要予以严惩。他们心里痛骂这个行人以权谋私,自己戴了绿帽子,还摆出这么大官威,可面上不敢再耽搁,老老实实把栅栏搬开。

于谦得意地瞥了吴定缘一眼,收回铁牌挂在腰间。吴定缘两眼朝天上翻了翻,不知这有什么好炫耀的。

离开南京城的最后一段路终于打开了。他们四人穿过木栅栏,一头钻进那条深邃的城门洞子里。门洞子中没有任何灯光,人一踏进去,像沉入一方墨池,四周只有黏稠浓郁的黑暗。鞋底与青石路面发出清脆的碰撞声,在逼仄的通道里来回反射,让人很快就丧失了方向感。

吴定缘走在最前头,沉声不语。这是他今天第二次钻进这个门洞,再走上二十几步,自己便可以从这团烂糟糊中解脱出来了。可奇怪的是,越走到终点,吴定缘的心思非但不踏实,反而越发不安,总觉得冥冥中似乎有什么重要的点被遗漏了。

二十几步很快就走完,前方已经隐约可见一条亮线,那应该是外城门火炬照进城门缝隙的光。不过……吴定缘眯起眼睛端详了一下,这光色有些散杂,光源应该来自不止一个角度。

难道守军除了立起火炬,还有别的灯笼?吴定缘思索着,突然停住了脚步。后头朱瞻基猝不及防,枷板直接顶到了他的后背。吴定缘身子一个趔趄,那缥缈的疑虑骤然凝成了实体。

"小杏仁,你刚才说,你从柳树湾家里赶过来,一路上没人盘查?"

"首先,别叫我小杏仁;其次,是啊,怎么了?"

"是拦停你检查后放行,还是压根没人拦停?"

"当然是没人拦停,我路上就不曾停步过,大概是都畏惧朝服威仪吧?"

吴定缘转回头来,对着黑暗中道:"你被跟踪了。"于谦大惊:"怎么可能?"吴定缘道:"今夜合城大索,你一个小行人何德何能,凭什么能一路畅行无阻,连拦停盘查都没遇到?"

苏荆溪第二个反应过来:"没人盘查,说明对方是有意放纵,想跟随他找到太子所在。"朱瞻基抖了抖手腕上的锁链:"不可能!我可从未对任何人说起于谦的事!"

吴定缘丢下一句："兔走草动，鹰飞风起，这世上哪有一点不留痕迹的事？"然后从腰间抽出铁尺，警惕地一步步蹭向出口方向。

若真有人跟踪，那么他们的最佳策略不是衔尾追击，而是绕出城去，从外围直接堵截，来个瓮中捉鳖。眼前那驳杂的光亮，说明出口外侧至少有七八只灯笼高高吊起，想必已经有人先期赶到了城门外侧，但人数不会太多。

"怎么办？是趁敌人主力未至硬闯一下，还是迅速退回去？"吴定缘面临着一个艰难的抉择。他们距离城外只有数步之遥，这么退去实在可惜，可对方若是堵住了门口，硬冲就是找死。

他还没下定决心，对面的光亮陡然变得宽广起来，城门被人挪开了几尺，那群人要闯进门洞来了！

吴定缘提起铁尺，咬牙准备拼死一搏。只见出口外的光亮一暗，一个敦实身影先钻了进来，可惜因为是背光，看不清对方容貌。

吴定缘知道自己技巧上比寻常兵丁要强，可体能不占优势，只能先发制人。他一晃铁尺，鹰隼一般扑了过去，直攻对方下盘。孰料对方早料到他会发动突袭，"铛"的一声，铁尺正好挡住铁尺。两人在黑暗中迅速交手了三四下，各自后退。他们路数相近，兵刃类同，竟然拼了一个不分胜负。

这时更多的人冲入门洞，还有人提着灯笼进来，整个门洞里立刻充满了昏黄色的光亮。吴定缘此时终于看清了对方的脸，对方也看到了他。

"爹？"

"定缘？"吴不平那张老脸上掀起的惊涛骇浪，并不比自己儿子脸上的小。

两京 十五日

第八章

吴定缘怎么也想不到，拦住去路的居然是自己的父亲。

吴不平还是今晨出门的那一身公门装束，头扎平顶巾，一袭皂色盘领服，足蹬薄底皂靴。这许多年来，他总是穿着这一身在南直隶地面奔走。这头铁狮子在此时此地出现，透露出的信息却意味深长。

扇骨台的哨位安排、长安街的神秘缺席、糖坊廊的诡异现身、妹妹的离奇失踪……无数碎屑，在吴定缘脑海中迅速拼凑成一根醒目大梁。

"今天的事，原来您也参与了。"吴定缘的声音很平静。

"不，我……"吴不平想要辩解，却猛然噎住。他注意到儿子的眼神变了，犀利而清澈，他太熟悉了，那是一种洞悉真相的眼神。

铁狮子在南直隶号称"神捕"，其实真正断案如神的是背后这个废物儿子。此前许多奇案大案，都是吴定缘暗中指点，吴不平才得以赚下偌大名头。吴不平记得，每一次指破迷津之际，吴定缘的双眼里都会退去迷茫，变得透亮。

所以当吴不平再次看到那眼神时，便知道什么都瞒不住了。他索性狠狠挥动铁尺，避开这个话题，问："你身后是太子？"

"是。"吴定缘回答。

"定缘，到我这边来吧。"吴不平伸出手去，语气中带着一丝恳求。他不知道吴定缘怎么会和太子搅到一块去，但眼下这个局势，绝不是个好选择。

吴定缘站在原地没有吭声，在他身后的于谦却呆住了。前方堵截的人，居然是一直不见踪迹的应天府总捕头吴不平？也难怪，除了铁狮子，谁能在短短半个时辰内找出于谦的住所，并循迹跟过来？

更令于谦恐惧的是，他想不出任何一个吴定缘会拒绝拉拢的理由。

论亲疏，吴定缘重视家人远甚太子；论利益，这篾篙子只认钞银不认忠义；论安危，眼下敌众我寡。无论怎么想，于谦都觉得吴定缘会立刻投奔过去。他缓缓抬起双臂，琢磨着拼死先挡一阵，让太子掉头赶紧跑。

这时吴定缘开口了："爹，玉露呢？"

"我不知道。"吴不平的嘴角一僵。

吴定缘露出全盘了然的神情，叹了口气，道："太子生死不关我事，交出来也无妨。可您是老公门，怎么还看不透？交出太子以后呢？您觉得那些人会让咱们合家团圆？"

寻常绑匪，收了钞银都往往撕票了事，遑论是皇位之争。那些人既然敢绑架吴玉露来胁迫铁狮子，在事成之后只会全数灭口，消弭变数。

"那你让我怎么办！"吴不平痛苦地低吼了一声，弯下腰来。他的面孔比平常憔悴了不止十岁，一看便知承受着极大的煎熬。吴定缘上前一步，道："帮富不如帮穷，救穷不如救急。不如您过来，父子俩一并保着太子离开南京，咱家还有一线生机。"

若有半点可能，吴定缘也不愿意说这种话。自己眼看就要脱离泥沼，父亲和妹妹却陷进去了，他不得不在两种极糟糕的选择里选出一个。

吴不平听到儿子的建议，惨然地摇摇头，道："若他们发现我有半点异动，那你妹可就完了……"这时铁狮子身后传来纷杂的脚步声，还有一个粗嗓门高声喊着："铁狮子，瞧见他们没有？"

吴不平听到催促，咬紧牙关一晃铁尺，道："定缘，你若心疼你妹妹，就先让开。待得此间事了，咱们再说别的。"

朱瞻基在后头听得真切，他咳嗽了一下迈步向前，打算帮吴定缘解开这个局面。太子纡尊降贵亲自招揽，一个捕头还不纳头就拜？不料，他还没张嘴，吴定缘却头也不回地暴吼道："滚开！"

在狭窄的门洞里，这一声雷吼震得嗡嗡作响。朱瞻基大为羞恼，正要发作，却被于谦按住了肩膀，道："殿下，这里太危险，您还是往后退吧。"朱瞻基看看于谦神情严厉，只好悻悻退后。

于谦劝退了太子，担心地朝前望去。吴定缘那瘦高如竹篙般的背影，此时正微微抖动着，可见他的内心不比对面的父亲平静多少。可于谦不敢插嘴，因为这是一个近乎无解的难题。

可惜如今已没时间让他们父子慢慢商量了。对面好几个人出现在铁狮子背后，那个粗嗓门恶狠狠道："铁狮子，对面是谁？怎么还不动手？"

借着烛光，吴定缘看到这几个人袍襟上都绣着一朵白莲，不由心中一紧。他们敢公开穿这种衣袍,说明朱卜花和白莲教已经联手了。吴不平捣毁过十几处白莲香坛,与信众仇深似海,怕是功成也难身退。

吴不平被身后的白莲教众一催促,被逼无奈,只好挺身扑了上去。两把铁尺"铛"地撞在一处,吴定缘大叫了一声"后撤",且战且退。

一时间,正阳门的门洞里一片混乱。于谦护着朱瞻基,苏荆溪急速后退,吴氏父子在中间铿锵对决,一群白莲教众在后头提着灯笼,追着吴不平步步进逼。好在门洞狭窄,对方无法一拥而上,真正交手的只有吴家父子。

两人"虚与委蛇"地打了半天,在错身的瞬间,吴定缘突然低声说了一句。吴不平手里的攻势不减,表情却变得微妙起来。

太子一方不断后撤,很快便退过门洞中段,白莲教众汹汹追击,紧随其后。吴定缘趁着吴不平一个收招的空当,突然把铁尺向上方抛去。他手腕加了一点旋劲,那铁尺化为锋刃旋转着上去,很快黑暗中传出绳索被割断的咝啦声。

吴定缘今天第一次穿过正阳门时,注意到在门洞中段的正上方,悬着一块采自幕府山中的巨大石条。石条被几根麻绳垂吊在那里,工匠们还没来得及完成最后的拱顶镶嵌。他刚才已经盘算好了,一退过中段,便用铁尺斩断麻绳,这块巨石便会阻断正阳门的通路及白莲教众的视线。

情急之下,这是唯一的破局之法了。

吴定缘在抛尺割绳的同时,嘶声大喊:"仔细了!"随着他的叫喊,一个无比沉重的巨大黑影,像千斤铁闸一样朝吴不平和白莲教众们砸下来。

吴不平听到儿子叫喊,身形骤然疾进,堪堪冲出巨石笼罩的范围。他脚步一停,稍松了一口气,却没听到预期中大石落地的巨响。铁狮子急忙回头,却看到那大石块被墙壁上伸出的一截竹梢头卡住,悬在了半空。

石底下的白莲信众本来蹲伏在地抱头等死,一看居然死里逃生,手脚并用拼命朝这边爬过来。

吴定缘没料到居然会出这样的意外,一切算计皆落空。这时他看到吴不平在黑暗中冲自己伸出右拳,用力一握。

他小时候每次父亲出门办案,都会做这么一个手势,表示一定会平安归来。这是多年以来父子之间的默契。吴定缘瞳孔一缩,一瞬间便明白他要做什么。

吴不平后转回身去,弓腰钻到石头底下,双臂抬起去晃巨石下缘。竹梢只是临时打进墙面,不甚牢靠,被他这么一晃,很快便承受不住压力,"咔嚓"一声断裂开来。失去依托的巨石再度往下坠去,吴不平想要赶紧倒退着往外走,眼看上半身已伸出去,身形却猛然一滞,被那个粗嗓门的白莲信众一把拽住裤脚,喊道:"铁狮子,你要干什……"

吴不平下意识回身去踢，可此时巨石已轰然砸落。

漆黑的门洞里，响起了一声撕心裂肺的叫喊："爹！"吴定缘飞扑到面前，却只来得及托住吴不平的上半身，他试图拖拽一下，却根本拽不动。老人腰部血肉模糊，整个下半截身躯全被死死砸在石下，形同腰斩一般。

铁狮子嘴角沁着鲜血，痛苦的表情中却带着一丝欣慰："这……这样也好，只有这一个办法，可以保……保住你们两人平安。"

目睹铁狮子作为的白莲教众都被砸成了一团血肉，没人知道他和吴定缘的关系。后面的人再追到现场，只会以为是铁狮子追捕太子途中不幸罹难，自然也就没有杀死吴玉露的理由了。

破局的唯一办法，不是让巨石砸下来，而是让巨石砸死吴不平。

"苏荆溪！苏荆溪！快来！"吴定缘从来没如此失态过，他抱着父亲，发狂似的喊着女医师的名字。苏荆溪迅速赶过来，可只看了一眼便摇了摇头，表示回天无力。

"你要钱吗？我可以都给你！你不是要朱卜花死吗？我去干掉他！你救救他……救救他！"绝望而尖厉的声音从颤抖的嘴唇里挤出来，吴定缘整个人几乎陷入谵妄。苏荆溪拍拍他的肩膀，轻叹道："你爹一息尚存，不要浪费时间在别处。"

吴定缘垂下头，重新把视线放回到吴不平身上。随着海量的鲜血从石块与地面之间的缝隙涌出，老人的脸色在迅速崩垮。可他还挣扎着支起脖颈，对着儿子说道："我……我有一件事，从来没跟你说过……"

"爹你别说了，我知道，我知道！"吴定缘伸出手去，环住铁狮子的头颅，声音颤抖着，"我不是你亲生的，我十年前就知道了！"铁狮子眼神一凝，先是释然，旋即又变得感慨："难怪你从那时起就……也好，可我要说的，不是这个……喀喀！红……红玉……"

吴不平还想说些什么，可大量的鲜血冲入喉咙，呛得他说不出话来。吴定缘握住他逐渐冰凉的手，似是在哀求："爹，你别走，咱们一起去把玉露救出来！"

听到这句话，铁狮子的嘴角微微露出一丝欣慰，然后便永远停在了这个表情。吴定缘环拥着父亲，也似永远停在了这一刻。于谦走过来，他想提醒吴定缘得早点离开，可腹中纵有千句典故与辞藻，一看到箅篱子那张枯槁悲恸的面孔，一时竟也说不出话来。

这时门洞内侧传来脚步声，两团灯火从外面照了进来。这应该是刚才那两个守军听见动静，提着灯笼进来查看。

朱瞻基眯起眼睛，朝灯火方向望去。刚才他一直排在队尾，眼下形势逆变，他反倒成了直面敌人的最先锋。吴定缘肯定指望不上了，于谦的战斗力也堪忧，这两个守军只能靠自己来摆平。

不知为何，他的内心浮现出的居然不是恐惧，而是一阵雀跃。

很多人都会有意无意忽略这一点：他朱瞻基可不是在深宫里养尊处优的柔弱东宫，实打实跟着太宗的王帐扫过北，在沙珲原领略过风沙，在库楞海射过黄羊，单骑涉水渡过汹涌的西阳河，在忽兰忽失温还见识过瓦剌的纵横铁骑。

相比起北方那些粗糙凶蛮的鞑子，这些南京守军柔弱得像是娘儿们。

守军显然还不知道这边情况，还当有意外发生。他们提着灯笼左晃右照，首先看到的是那个戴着枷板的犯僧站在门洞当中，看不到表情。一个守军问听见响声没有，那个沙弥点点头，拘着双手朝里面一指，说石头掉下来了。

两个守军知道门洞里吊着一块大石，没想到它居然在自己当值时砸了，一阵抱怨。他们走过犯僧身旁，正要往里去查看。朱瞻基突然双臂一抖，束手的锁链"哗啦"一声掉在地上，那两块木枷也应声裂开。右边一块掉落在地，左边一块则被他用左手拿住，狠狠地朝着其中一个守军砸去。

那守军哪里料到这犯僧竟突然发难，后脑勺被硕大的一块榆木板子砸中，哎呀一声被直接砸晕倒地。另外一个守军听到声音，急忙回头。朱瞻基本想趁灯影晃动之际故技重施，可他右肩毕竟受了重伤，刚才那一下左臂发力牵动了全身肌肉，痛得没法再用力气。

守军一见同伴被和尚打昏，立刻抽出佩刀扑过来。朱瞻基动弹不得，暗骂了一句"狗驴卵子"，准备闭眼待毙。可他猛然听得一声"砰"，守军应声倒地，身后的苏荆溪放下另外一块枷板，把额前的乱发撩了几撩。

可惜她力气太小，守军倒而不晕，朱瞻基快步上前，用脚狠狠踢向那倒霉家伙的太阳穴，才算了事。他正要开口赞扬苏荆溪果决，她却先指了指那边。

朱瞻基登时醒悟，解决这两个人只意味着危机暂时解除。正阳门另外一侧的白莲教众，绕路赶到不会太久，城里的勇士营也随时可能赶到，必须尽快撤离。他冲那边喊了一嗓子："于谦？"

于谦低声道："再等等。"

朱瞻基浓眉一蹙，捂着伤口迈步走了过去。他看到吴定缘瘫坐在巨石旁边，保持着抱住父亲的姿势，一动不动。无论于谦在旁边说什么，他都没反应。

"吴定缘，你看着我。"朱瞻基喝道。

于谦觉得太子有点过分，正要开口，却被瞪了回去。

"吴定缘，你抬起头，看着我！"

吴定缘缓缓抬起头。据说，人过于悲伤时，会淹没掉其他一切情绪。这一次他直视太子，太阳穴仅仅只是跳动了几下，不似之前那么痛楚了。

"你爹已经死了，我爹恐怕也快了；你妹下落不明，我娘亲也生死不知。我非常清楚你现在有多难受，因为今夜本王失去得比你更多。"朱瞻基的声音很平淡，可每一个字的发音都咬得极重，仿佛是从牙缝里挤出来的。

吴定缘没有作声，但也没把视线偏开。

"一看到你这副德行，就想起刚才的我。不过你放心，本王不会像于谦刚才骂我那样骂你，你听不懂。我也不打算骂你窝囊废，估计这种话你都听腻了。"朱瞻基略带嘲讽地抬起下巴，"本王给你说一个故事。

"我小时候跟着皇爷爷去讨伐北元，有一次在大漠赶上一场大沙暴，我和护卫们失散了。一人单骑，水粮罄尽。这时我碰到一个鞑子牧民，我们俩一起往外找。整整五天五夜，我好几次都绝望了，可他总能找到办法撑下去。渴了就喝尿，没尿就从牲口粪便里挤汁；没吃的就吞石龙子、牛皮腰带。他在做这些事时，总絮叨着一句鞑子语。后来我回到大营请教边军，才知道那句话的意思：长生天是偏心的，所以狼和羊都得拼命。

"我嫌这话拗口，就改成了天道不公，人心不弃。听清楚了吗？天道不公，人心不弃！"朱瞻基像是说给吴定缘，又像是说给自己听，"刚才的我，还有现在的你，要是真一气之下死了，岂不是正中了那些贼人的下怀。凭什么他们坏事做尽，却要我们承担后果？凭什么？老天爷做事瞎了眼，若我们自己还不抗争，那还有什么指望！"

说到这里，朱瞻基回过头："拿香炉来！"

于谦赶紧从怀里取出那只香炉，搁在地上。朱瞻基提着炉耳，递到吴定缘跟前，道："本王适才对着这炉子发誓，无论劫难几重，绝不放弃，誓擒凶顽。你若也有此心，我愿意分你一炷香，于此炉共誓，如何！"

话是问询，语气却不容置疑。朱瞻基目光灼灼地盯着吴定缘。后者一边喃喃着："天道不公，人心不弃；天道不公，人心不弃……"一边犹犹豫豫地放开铁狮子的上半身，把右手慢慢伸过去。

他记得，这小炉子是来自几年前的一起盗铜案。有个暹罗商人运来的一批风磨铜被盗，吴定缘暗中定策，吴不平领衔追查，父子携手把案子在短短三日内给破了。商人为表感激，捐了几件铜器献给应天府，大器被知府老爹留下，吴不平分得一个铜香炉。父子俩一商量，干脆给吴玉露做了生日礼物。

吴定缘至今还记得妹妹收到礼物时的惊喜表情。她正和一群闺密玩调香，每天都把炉子擦得锃亮，没事就试香，屋子里总是弥漫着奇异的香味。他永远搞不明白，那些玩意闻起来差不多，妹妹怎么能分辨出彼此差异。吴不平也是一脸懵懂，这成了父子俩永远解不开的谜。

随着手掌逼近炉边，昔日的画面不断在他脑中闪回。当掌心即将触到炉耳之时，吴定缘突然扯下裹伤的棉布，露出掌心被苏荆溪刺穿的伤口，直接贴到了香炉敞口的锋利边缘。鲜红的血迹从伤口渗出来，在如金粟一般的铜皮表面留下一抹朱痕。

"我吴定缘以血代香，就此起誓。我会为我爹报仇……"吴定缘哑着嗓子，一字一顿地道，手掌不停摩挲着炉边，仿佛只有更多的鲜血才能让誓言变得更加有力。

朱瞻基俯身把香炉接过去，拍拍他的肩膀，道："好了，走吧！"

吴定缘挪起身子，轻轻地把父亲的半截尸身搁下。吴不平下半身被石头压得死死的，无论如何是拽不走的，何况若他的尸体不留下来的话，吴玉露会有危险。

苏荆溪上前要替吴定缘重新包扎伤口，他却摆了摆手，扶着巨石挺直了身体，朝着出口望去。黑暗中他的双眸闪闪发亮，似乎正自蜕去慵懒的壳，露出锋芒来。

"去北边。"他哑着嗓子道。

"为什么？"于谦一怔。正阳门几乎可以算是留都最南边，眼看距离出城只有几丈距离，现在却要重新返回城里，未免太折腾了吧？

"你都嫌折腾，白莲教和勇士营自然更想不到。"吴定缘道。于谦听明白了，出其不意攻其不备，这也是兵法里常说的。

"可是，北边太宽泛了，总得有个具体的去处吧？"苏荆溪问。

"富乐院。"吴定缘又翻出一把备用的铁尺，插回腰间。

于谦听到这个名字，捧着香炉的双手一颤，表情像是被涂了一层白及浆子。那不是吴定缘在教坊司相好的窑子吗？这时候还要去那儿？他正要说什么，却被朱瞻基伸手拦住，道："你去富乐院，是有迫不得已的理由？"吴定缘点点头。朱瞻基严肃道："去那里，对我们离城有帮助吗？"吴定缘犹豫了一下，又点了点头。

"好，用人不疑，听你的！"朱瞻基做出了决断。于谦看看太子，又看看吴定缘，终究还是没说什么。

他们离开不久，昨叶何赶到了正阳门外侧。城门洞子内外已乱哄哄聚了很多人，有白莲信众，也有勇士营、城门卫与五城兵马司的人。他们各自站成一个圈子，不时向彼此投去充满敌意的一瞥。这时一个男装丽人大喇喇地走过来，立刻把视线全吸引过去了。

昨叶何亮出朱卜花发的腰牌，却没着急进去。她先从怀里掏出一包荷叶，好整以暇地剥开，荷叶里包的是刚蒸得的糯米茶糕，长长一条盘好。昨叶何先趁热咬上一口，芝麻、核桃、桂花的香气一起喷涌而出，就着糯米香甜，让她全身毛孔都舒张开来。

她从小就坚信，甜是神之胆。尤其在面对极端复杂的局势时，只有摄入足够多的糖分才能保持清醒，做出决断。

几口吃完茶糕，昨叶何把荷叶一扔，弯腰钻进城门洞子。里面支起了十来个灯笼，把甬道照得灯火通明，狭窄的空间弥漫着一股刺鼻的血腥味。

那块夺走人命的巨石已被强行撬起一角，可以勉强看清底下的情形。石下是好几摊烂糊血肉，状如地狱。周围的人几乎要呕出来，昨叶何却饶有兴趣地蹲下身子去观察，甚至还把头往里探了探，想去看清某一摊血肉上被压扁的头壳。

"铁狮子呢？"昨叶何站直了身子。

"在另外一侧，压毁了一半身子，死了。"一个坛主恭敬地回答，"据跟随铁狮子的信众说，他们当时绕到正阳门外侧堵截，在门洞里与敌人发生了交手。铁狮子冲在最前头，王坛主和其他几个人紧随其后，结果这一块巨石莫名落地，把他们都给砸死了。"

"一代留都神捕，居然就这么没了，啧，有点浪费。"昨叶何惋惜地感慨了一句，又问道，"这么说，对方已经跑了？什么都没留下？"

"是，我们在正阳门另外一侧只发现两个被打晕的守军。"

昨叶何扇动着手里的荷叶，陷入沉思。对方居然会利用未修完的巨石，这确实出乎了她的意料，看来太子身旁除了于谦，可能还有另外一个人。这人应该对南京非常熟悉，而且搏击之技不差。

到底是太子的旧识，还是于谦找来的帮手？

她决定再看得仔细点。昨叶何身为佛母座下的护法之一，深谙人性之妙，她相信只要能推测出对方身份性情，便可推演出其行事轨迹，如观其肺腑。

她吩咐左右设法把巨石撬得大一点，露出勉强可供一人通行的缝隙。昨叶何身材细长，恰好能从这缝隙里钻过去，她就这么蹭到了巨石的另外一侧，靴子上已沾满了湿漉漉的肉泥，甚至还沾了一截不知谁的肠子。对面也有几个守卫举着火把，他们见到这女人踩着血污钻出石缝，还毫不介意地抬起靴子在地上刮肠子，脸色都有些敬畏。

她清理完之后，第一眼便看到仰躺在地上的铁狮子。他双目紧闭，上半身尚算完整，下半身却血肉模糊，烂不成形。看看这尸首，昨叶何习惯性地用食指指甲戳住太阳穴，轻轻碾动，微微的痛楚令思绪更为敏感。

她开口问道："铁狮子的尸首，你们动过没有？"

"没有，上头只让我们在这里守着，什么都不让动。"守卫老老实实地回答。

昨叶何俯视片刻，突然转头对守卫道：

"我刚才看了巨石下的那些信众遗骸，都是俯卧压亡。如果铁狮子是向前追击，应该也是趴着死去才对——他是怎么做到仰面而死的？"

守卫们面面相觑，不明白这女人为何突然问出这么一个问题。数息之后，他们才反应过来，她根本不是跟他们讲话，而是对着他们背后的黑暗。

守卫们急忙回头，看到身后甬道里站着一个高大男子，短打薄衫遮不住他一身虬结的肌肉，一道粗大的伤疤横贯整个额头，看上去好似头盖骨被掀开一般。更可怕的是，他们竟没发现这人是何时靠近的。

男子没有立刻回答昨叶何的问题，他缓步走过来，蹲到巨石前，用手摸了摸地面半凝固的血迹。昏黄的烛光映照下，血面有些凹凸，能看出几枚脚印的形状。

"铁狮子应当在巨石下落前就冲过来了，不知为何又突然掉头跑回去，然后倒退不及，被砸到双腿。"男子的声音浑厚如钟，胸腔在嗡嗡震动。

昨叶何"扑哧"一声笑起来，道："他莫不是中了邪？"

"铁狮子我是了解的，他这么做一定有原因。"大汉伸出两个指头，"血中的脚印有两个人的，另外那个人很可能与铁狮子关系密切。"

"关系密切，你怎么知道的？"

大汉扳动吴不平的尸体，后肩位置露出一排血指印，道："铁狮子临终前，是被他抱在怀里。"

铁狮子在南京这么多年，熟人很多，可在临终前会抱住他的，这关系可就不一般了。昨叶何还未及细思，那大汉道："铁狮子这具尸体，我要。"

昨叶何细眉一挑，轻笑道："给你倒是不妨，不过你这是跟老对手惺惺相惜，为他埋骨呢，还是打算对老仇人戮尸泄愤？"

"度化报恩，径送净土。"

大汉只说了八个字，伸手轻轻一捞，便把铁狮子的半截尸身抱起来，往肩上一扛。昨叶何微微露出厌恶之色，她可是知道这大汉说的"度化"是怎么一回事。她叮嘱道："梁兴甫你手脚快些，今夜还得靠你这条恶犬抓人呢。"

一听这名字，那几个守卫像老鼠见了蛇似的，浑身哆嗦着退开数步，让出一条路来。那被唤作"梁兴甫"的汉子径直往外走去，只有声音在甬道里震荡："那些人当是往北逃去，来得及。"语气淡漠，似乎没把这当什么事。

昨叶何又一次把指甲戳在太阳穴处。

梁兴甫发现的这个神秘人，既与太子认识，也与铁狮子关系匪浅。看来有必要把太子从离开宝船之后到入宫之间的行程，事无巨细地捋上一遍。

拜朱卜花那个蠢材所赐，今晚的辛苦恐怕要多持续一阵了。昨叶何眼神里的光芒却越发炽热。这样也好，越是如此，越能凸显圣教威灵。

她看向漆黑的门洞外头，忽然发现太子多逍遥一段时间也不是坏处。

富乐院在南京，算得上是一处特别的存在。

南京教坊司一共有十四楼，这是最老的一间，早在洪武年间便有了。就在武宁桥旁边，背靠钞库街，侧临秦淮河，距离江南贡院只有一水之隔，最是繁华不过。

虽然富乐院建成日久，不及永乐年间兴起的鹤鸣、醉仙、轻烟等楼奢华，可它有一种骄矜，是谁也不能盖过去的。在正院大门口，洪武爷曾留下一副御笔对联：此地有佳山佳水，佳风佳月，更兼有佳人佳事，添千秋佳话；世间多痴男痴女，痴心痴梦，况复多痴情痴意，是几辈痴人。

这对联朱漆描金，堂堂皇皇，任谁来了都先凛然一振。虽然也有读书人暗地嘀咕过，洪武爷雄才大略，不曾听过还有这般文才。但人家教坊司的顶头上司南京礼部都没说什么，自然也不会有人去讨没趣。

平日里只要一入夜，富乐院这里的诸多小院便早早升起高高的粉蘴花牌。河上画船箫鼓，楼内觥筹交错，通宵不得消停。可今晚因为宵禁的缘故，稀稀拉拉几乎没有客人，只有两个头戴绿抹额的龟奴站在御联门匾之下，无精打采地小声交谈着。

两个龟奴正聊着东水关的那声巨响，忽然听到远处有清脆的铃声传来，都是一喜。远处一条乌篷小船悠悠地从河面上划过来，篷顶吊着一盏铜铃，随着船身摇曳叮当。

富乐院沿着秦淮河岸修了一溜独立小院，出门便是水面。若是姑娘或客人夜里想吃夜宵，便会有乌头小舢把吃食酒水径直送到河房门口。这些小船速度快，怕冲撞了游舫，都在篷头挂个铃铛，谓之浮夜铃。

那乌篷船很快晃晃悠悠地开过来了，船头一个高瘦汉子撑着竹篙，吃力地划着。船身吃水有些深，也不知里面装的什么东西。龟奴吆喝了一声："去哪家送什么？"那汉子戴着斗笠，看不清面目，道："送三曲八院童外婆处，高座寺起面烫饼两屉，方家藕丝糖通三封。"

"啧……"两个龟奴一阵艳羡，这都是南京一等吃食，等闲吃不到。

"八院那里日日清冷，哪里吃得完，我们给她分些忧吧。"龟奴笑嘻嘻地伸出手，想上船去掀亮漆食盒。那汉子连忙道："童外婆说了，起面饼受不得凉，不能开盒。"说完他从怀里掏出几张宝钞递过去。两个龟奴有些遗憾，但也没再纠缠，嬉笑着走到水闸，放那小船进来。

这一段河道里，插着一排排缠着彩绢的竹竿，隔出一条狭窄的水道。小船顺流直下，先是经过一曲二曲，只见院门轩敞，处处皆是朱栏竹帘，绮窗丝障，端的是浮靡去处。一过三曲，河房明显变得寒碜起来，走到八院这一带，屋宇更是简陋湫隘。

年轻姑娘多住一曲，待得岁数渐长，恩客变化，才逐次搬至二曲、三曲。欢场冷暖，在这里一过便知。

小船最终停在了一处逼仄的院落前方。一个胖婆子打开月门，嘟囔着谁这么不知俭省，居然舍得叫浮夜铃。船头汉子跳到门前，一掀斗笠，婆子一怔："吴公子？"

　　吴定缘右脚迈过门槛，左手一按挡住门板，道："童外婆，我来找红玉。"童外婆还没回答，就见乌篷船里又钻出来三个人。一个穿官袍的，一个套马面裙的，居然还有一个和尚。他们几个也不吭声，一起钻进别院。

　　童外婆有些惊疑，吴定缘道："我白日里着人送了一百五十两银子过来，你可收到了？"一提银子，童外婆表情放松了些，道："我替红玉收着呢。"

　　"我去见红玉，说几句话就走，这几位都是我的朋友，只在院厅里歇着就行，不用外婆伺候，也不要惊动旁人。"

　　童外婆在风月门里做惯的，一见他双眼含煞，便没多问，引着几个人往院厅里去。朱瞻基一路上好奇地东张西望，他头一回进江南的青楼，雕栏画槛，花阶鱼池，看什么都新鲜；苏荆溪心无旁骛，安静地朝前走去；只有于谦涨红了脸，揪着两侧宽袖，恨不得立刻把袍子给脱下来。

　　大明还从来没有一位朝廷命官，敢穿着朝服逛窑子的。这若被人看见传出去，于谦自刎的心都有。

　　眼看快走到院厅，朱瞻基忽然抬手一指，道："干吗把那个挂起来？"只见前头院厅白墙上挂着个铜糊斗。于谦自然是答不上来，苏荆溪眼眸微闪，道："殿下你不必知道这个。"朱瞻基好奇道："这有什么不能知道的？糊斗是桌上盛浆子的，干吗挂墙上？"

　　苏荆溪拗不过他，只好回道："那殿下您得先恕我不敬之罪。"朱瞻基心想我问个糊斗而已，至于闹个大不敬吗？于是点了下头。苏荆溪这才低声道："本朝处置大逆罪臣的女眷，多是投到富乐院这样的教坊司里。她们身负罪籍，若未蒙大赦，一世都不可赎身。为了与普通妓女区分，她们的屋子外，都要悬一个糊斗，以示粘罪难揭。有些恩客，就喜欢来这样的地方……"

　　说到这里，苏荆溪眉宇间情绪难抑，没再说下去。朱瞻基皱眉道："吴定缘找的这个红玉，莫非也是什么罪臣的女眷？"苏荆溪轻轻摆了摆头，表示不清楚。罪臣女眷大部分在头几年就会死掉，不是不堪受辱自尽，就是被蹂躏至残病身亡，能活到移居三曲的岁数是很罕见的。

　　他们正说着话，已进了一处八角院厅。院厅正中摆着一张小方桌，厅角摆着几盆兰花、虎刺，白壁上还挂着几幅字画，都是恩客所送，借以彰显身价。正中是白眉三郎的神龛，眉白眼赤，长髯伟貌，正是坊曲所拜的乐星神。

　　童外婆也顾不上掰茶伺候，闪身往里室去唤人。

　　过不多时，一个头绾散髻、身披红绢中衣的中年女子走了进来，有些睡眼惺忪。

她见到吴定缘，颇为讶异，道："定缘，你这么晚来做什么？"

一看见她，吴定缘一路上强憋着的悲恸，霎时绷不住了，道："红姨……我爹他死了……"他扑通一声跪在她面前，放声大哭起来。红姨如遭雷殛，呆立良久方才搀起吴定缘的胳膊，说："我们回屋去说吧。"

无论朱瞻基、苏荆溪还是于谦，都有点蒙。他们都听过"篾篙子"爱酗酒狎妓的传闻，以为这次来富乐院是为了见相好的一面。可看这位红姨眼角的鱼尾纹，少说也是四十多岁，气质倒不错，但姿色委实寻常。两人相见的姿态，说是母子还更像一点。

童外婆站在一旁，倒是面色如常，可见早习惯了这两人的怪异关系。

于谦问："他们两个，怎么回事？"他穿的是官袍，童外婆不敢不敬，赶紧躬身道："吴公子的癖好吧……别具一格。这十几年来，每次来找我家女儿，也不冶游，也不留宿，只是看着，看完就走。钞银倒是从来不吝，我也只由着他。"

"他为何如此？"于谦忍不住问。童外婆一脸无奈，道："老婆子只是个端茶送水的，哪里知道？我看就是红玉女儿自己，都不知道怎么招上这立地货。"

朱瞻基忽道："墙上有糊斗，莫非红玉是罪籍？"童外婆道："是，北边来的，来富乐院得有二十多年了吧。她颜色一般，但弹得一手好琴，帷帐后演个曲儿，后楼里教个雏儿，粉堆里做个琴姑教习。虽然委屈在三曲里头，倒一直没受太多苦。"

"她什么罪籍？"朱瞻基问。

"这就不知道了，籍档都在教坊司里存着，我们只负责收留而已，她也从不谈从前之事。"

于谦和苏荆溪对视一眼，很有默契地保持着沉默。二十多年前被投入教坊司，红玉显然是靖难罪臣的亲眷。早在去年十一月，洪熙皇帝已下旨将投入教坊司、浣衣局等处的罪臣亲眷都赦还为民，不过红玉这样的，脱籍为民了也没活路，还不如以琴姑身份待在富乐院。

童外婆人老成精，不会跟客人说起，而他们更不会对朱瞻基点破，不然平添尴尬。

童外婆还想旁敲侧击，打听一下他们的底细。于谦却大袖一摆，挡在前头。那套朱红朝服颇有威慑力，院厅里的气氛一时冷下来。童外婆尴尬地笑了笑，道："夜里童子都睡了，老身出去看看，还有没有冷果子招待几位。"

此时在里室，吴定缘把今夜之事原原本本地说给红姨听。红姨听得以手抚胸，喘息不已。对一个教坊司的琴姑来说，这些惊天大变太过冲击，哪里承受得住。直到吴定缘说到吴不平身死正阳门，红姨这才忍不住抱住他的头哭起来，连声说："苦命，苦命。"

等红姨哭过一阵，吴定缘抬起头来，道："事已至此，您把所有的事都告诉我吧。"红姨拿锦帕擦了擦眼角，长长叹息了一声："十年之前我说漏了嘴，毁了你大好前程，已是后悔不及……"

"那不怪红姨你！"吴定缘打断她的话，"十年之前，是我自己要知道的。十年之后，亦是我自己想讨个明白。"

"知道与否，又有什么分别，何必自寻烦恼？"红姨看看河窗外的天色，"既然定缘你说得这般紧急，莫要在我这里拖延了，尽快保着太子出城，再去寻你妹妹才是！"她起身走到琴箧前，从里面取出一个小绣袋，道："你这些年来扔在富乐院的钞银，除去院主与妈妈取走的，其他的我兑成了这一袋合浦南珠，你路上用。"

吴定缘不去接那口袋，语气里多了几丝愤怒，道："为什么事到如今，我爹都死了，您还是不肯说？"红姨把绣袋往他手里一塞，道："当初我透了半句，你到现在还钻在牛角尖里，我怎么敢再跟你说？再惹出羊角风来，坏了性命，怎么办？"

"难道您不说，我就不犯病了吗？"

"定缘你怎么又犯浑！"

吴定缘的情绪陡然激动起来，几乎是要吼出来："我已经忍够了！我想知道，为什么每次看到红姨你，我都莫名安心？你和我爹之间，到底什么关系？为什么你不肯说出我生身父母是谁？难道我是野种，不配知道吗？"

这些年来蓄积的那些疑惑、那些压抑，此时都因为吴不平之死而爆发出来。所幸这里别院墙高，密植柳槐，任凭这边如何折腾，邻居也听不真切。

见到吴定缘动怒，红玉没有惊慌，脸上露出一丝淡淡的苦笑，道："定缘，你不明白。身为一个罪籍之女，在教坊司这个火窟里日日煎熬，最怕的是什么？是追念从前的生活。回想起那些事，只会让我更加痛苦，恨不能全盘忘却。所以，你想要知道的前情，是我极力不愿回想的过往。"

吴定缘的怒意被一桶冰水泼灭了，他畏缩着垂下头，像是个做错事的孩子。

"这十年来，你不顾名声，天天钻进富乐院里头，说每次一看到我的脸，就莫名安心；可你知不知道，每次我一看到你的脸，就会想起当年，结痂的伤口就会被再撕开一次。有时候，我真想让童妈妈把你赶出去算了。"红玉说得平淡，嘴边那两条深刻的法令纹，却暴露出内心的极度痛楚。

吴定缘惊讶地抬起头，他可从来不知道，红姨居然压根不想见到自己。

红玉见他眼圈有些泛红，心中不忍。只好幽幽地叹息一声，走上前去环抱住他，道："从前种种，譬如昨日死。若你有心，等眼下的大事做完，再来找我。到那时候，红姨会把一切知道的都说与你知，如何？"说着把绣囊给他系在腰带上。

"可是……"

红玉敲了他的头壳一记，道："没有可是，这么多年你都熬过来了，难道还差这几日?"吴定缘只好悻悻地闭嘴。红玉把檀香木门拉开一条缝,朝外头院厅窥了窥,问:"那个脏和尚,真的是太子?"

"嗯。"

"我看相貌也就平平无奇,还以为龙子龙孙跟别人会有不同呢。"

"比起金陵的公子哥们,这个太子还算不错……"

吴定缘难得给了一句正面评价。红玉回头,似笑非笑,道:"所以,你这么晚跑来富乐院,不只是突然想问清楚自己的身世吧?"吴定缘有点尴尬地摸摸脑袋,一指墙角,道:"我还想借红姨你这具洗月琴一用。"

红玉早预料到了,她从榻下取出一方叠好的红绒布套,抖搂开来,道:"这琴娇嫩,我得套一下。"吴定缘看着她把琴小心套进,忽然想到什么,凑过去到耳畔说:"有几句话,红姨你可千万要记住……"

于谦他们在院厅里正等得不耐烦,忽然听到里室的木门一响,吴定缘从里头走出来,背后斜背着一具小巧的古琴,琴外还罩着一件猩红大绒套。于谦问:"你这是要去……卖艺?"吴定缘没好气回道:"今夜能否出城,就看这具琴了——你们谁懂抚琴?"

他先把目光投向苏荆溪,可她摇了摇头。旁边朱瞻基开口道:"之前舅舅教过,本王能略弹一二。"

"一二是什么曲子?"吴定缘问。

"呃……"朱瞻基愣了一下,"《苍江夜雨》与《获麟》算是精熟,《广陵止息》勉强也可。"

红玉这样的操琴高手,一听所擅曲目便知水平深浅。吴定缘可不懂这些,只是一点头,道:"够响就行,我们走吧。"三个人都不知吴定缘葫芦里卖的什么药,不过能尽快离开是最好。眼看已是夜过三更,越晚离城,风险越大。

红玉倚在门口,担心地喊了句"小心"。吴定缘一晃拳头,表示尽可宽心。苏荆溪见到这一幕,好奇地瞥了她一眼。看这女人神色,莫非除了借琴,她与吴定缘还谈了些别的?不过她的思绪,很快跳到了另外一处。

"童外婆怎么一直没回来?"苏荆溪发出疑问。

吴定缘一听,眉头微皱,问他们可说过什么。于谦说:"我们什么口风都没漏。"吴定缘仍有些不放心。童外婆混在青楼这么久,眼光何等毒辣,这几个人的事只怕躲不过她的眼睛。

这个节骨眼上,可不能再节外生枝了。

他正想往院里走去看看,红玉开口道:"你们快走吧,童妈妈那里有我支应,不必担心。"

时间紧迫，也只能如此。吴定缘跳上乌篷船，戴上斗笠，等其他三人在篷里藏好，依旧撑着竹篙出去。外头龟奴先前收过宝钞，也不来为难，搬开水闸径直让他们离开。这浮夜小船脱离了富乐院水道，晃晃悠悠，沿着秦淮河朝北划去。

小船离开不久，童妈妈端着一盘金丝枣返回院厅，问红玉："吴公子去哪儿了？"红玉说他们聊了几句就走了，说是有公务在身。童妈妈还没说话，身后闪出一个面色冷峻的百户和五六个旗兵，看袖标是府军前卫的人。

百户对这琴姑毫不客气，开口喝问："人犯何在？"红玉瞥了眼尴尬的童妈妈，冷笑一声："在我这里的是应天府总捕头的公子，还有一位不露身份的官爷。你们有什么要问的？"

百户一听，回头问童妈妈："可有此事？"童妈妈连忙说："不止不止，还有两个，一个女的，一个和尚。"百户闻言大怒，伸手扇了她一个重重的耳光。

他们接到的命令，是搜查武宁桥一带的沿河院落，寻找从宫城逃出来的那个小奉御。这婆子跑过来说富乐院里有可疑人物，他们还以为要立大功了呢，结果却是八竿子打不着的人，平白浪费了这许多辰光。

红玉在一旁冷冷地看着。自从下午吴定缘送来一百五十两银子之后，童妈妈的心态就变了。像她这种既不能赎身，又接不来客的琴姑，童妈妈赚不到什么油水。但若是出首有功，这一百五十两纹银一番运作，便能全数落入童妈妈袋囊。这种事，在富乐院可是太常见了。

那边百户还在院厅里骂骂咧咧，童妈妈捂着脸解释说："他们乘的是浮夜船，鬼鬼祟祟，形迹可疑。"但百户又是一耳光扇过去，骂道："这是废屁，哪个官员来嫖宿不是遮遮掩掩的，难道要八抬高轿送进来吗？"童妈妈捂着脸不敢言语了。

百户又在屋里转了一圈，见红玉姿色寻常，连口头便宜都懒得占一下，带着手下气呼呼地离开了。不过，这个百户到底还算尽职，出了富乐院之后，就近找了一个兵铺，把刚才的情况口头交代给值宿的书手。

书手取出笔墨，把这条记录誊写到一本格眼簿子上。过不多时，一个快手过来敲门，他负责整个武宁桥、贡院一带十八个兵铺的文书递送，这里恰好是最后一家，背筐里文书都快装满了。快手取了簿子，把它扔在背筐最上面，然后飞快地朝三山街口的中城兵马司跑去。

"嗖——"

一支飞箭破空而来，直接射穿了最后一位锦衣卫小旗的胸膛。小旗惨呼一声，一头倒在地上。在他旁边，横七竖八躺着十几具飞鱼服，每一具身上都扎得好似刺猬一般。崇礼街这座锦衣卫衙署，此时竟成了血流成河的修罗场。

老千户半跪在庭院中间，挥舞着手中的绣春刀，红着眼睛拼命大叫："我们是锦衣卫！不是反贼！不是！"可前廊屋脊与院门口站着的几十个勇士营马步弓手，不为所动。他们只是冷漠地再度拉紧弓弦，等候着最后一个命令。

朱卜花双手抱臂站在照壁前头，脸上的疖子越发饱满，随时可能爆浆。只有一场痛快的虐杀，才能勉强让这种痛痒缓解几分。他毫不犹豫地挥下右手，弓弦颤动，老千户瞬间被十几支长杆硬箭刺穿，扑通一声，栽倒在早已污血遍地的石板地上。

勇士营一拥而上，开始对衙署里外进行彻底搜查。朱卜花始终没挪动脚步，眼光一直盯着那死去的老千户，琢磨着昨叶何的话。

昨叶何刚才传来消息，说她找到一条线索，发现太子在入宫之前，曾在崇礼街上的锦衣卫衙署做了短暂停留，然后才被郑和接走。太子逃离皇城之后，说不定会再次投奔这里。

朱卜花闻讯，立刻亲自带队来到崇礼街，把这里团团围住。那些锦衣卫态度很强硬，拒绝了他们入内搜查的要求，朱卜花心一横，让勇士营以"窝藏犯人"的罪名对衙署发起了攻击，并拒绝任何人投降。这些锦衣卫都见过太子真身，一个都不能留。

搜查很快结束，衙署内没有找到任何关于太子的线索。朱卜花摇摇头，重新上马，飞速赶去了位于三山街口的中城兵马司。

这一次合城大索的中枢，即设在中城兵马司。全城所有消息，都要定期汇聚此处，所以此时的衙门口人进人出，煞是热闹。不过，这些奔走的吏员，人人表情都很微妙。因为端坐在衙署正堂之上，不是都指挥或副都指挥——他们已经在东水关码头罹难了——而是一个书生模样的女子。

她难得嘴里没吃东西，正埋头翻阅着各处送来的格眼簿子，俨然是一位尽忠职守的都督。朱卜花大喇喇地走到堂前，屏退左右，然后出言讽刺道："我听说一块正阳门里的石头，都能把你们挡住？白莲佛母神通广大，偏没算出来今天不宜出行？"

"等太子到了京城，咱们在天牢里互相抱怨也不迟。"昨叶何淡淡讽刺了一句，从文牍里抬起头，"那边有什么收获？"

"没有，他并没去锦衣卫衙署。"朱卜花扔过来几页纸，"动手之前，我的人从一个小旗口中问出一些事情，你自己看。"他脸上疼痛越发难耐，根本没心思看这些弯弯绕绕的东西。

昨叶何接过供纸，迅速浏览了一遍，眼神忽然一凝。她思忖片刻，俯身从桌案下的文筐里拣出一本格眼簿子。这是刚刚送来的一本，墨迹尚新。她一手翻页，另一手的指甲不自觉地嵌入太阳穴里。

"有话快说，有屁快放！"朱卜花不耐烦道。

"原来那个行人司的小官于谦，居然也去过锦衣卫衙署，而且就在宝船爆炸后不久。玄津桥头，你不是赏了他马、牌吗？他居然又返回了锦衣卫，提走了一个犯人，你猜是谁？"

"谁？"

"根据这个小旗交代，那犯人叫吴定缘，外号叫篾篙子，他的父亲正是死在正阳门的吴不平。"昨叶何道，"而且正是这个家伙救下落水的太子，送到锦衣卫那里去的。"

"然后呢？"朱卜花此时根本没法沉下心拼凑碎片，对昨叶何这种卖关子的做派十分厌恶。昨叶何眯起眼睛端详他的脸，仿佛故意要挑逗对方的怒气。

"据正阳门的目击者说，太子身边至少有三个人。一个是于谦，一个是身份不明的女子，还有一个，也是最难对付的一个，应该就是这个吴定缘了。我觉得，在正阳门碰到吴不平的，正是他这个儿子。"

"这个吴定缘有什么过人之处？为何太子要找他？"

"我问过左右，这人是出了名的废物，快三十的人了还未曾婚配，天天酗酒狎妓。坊间都说是铁狮子前世的仇人来讨债的。"

朱卜花眉头一皱，这可就奇怪了。昨叶何拈出了供纸的最后一页，道："这里锦衣卫的司库提及了一条古怪消息：于谦提走吴定缘之前，他们还从库里支走了三百两纹银，一半送到糖坊廊吴不平家，另外一半则送到了富乐院三曲……"

朱卜花眼睛一亮，道："知道地址就好办了，我立刻带人去糖坊廊围捕！"

昨叶何扶住额头，半是无奈，道："吴不平已经死了，他们又不是蠢材，这时候回去岂不是自投罗网？你该去的地方，是富乐院。"说完她把那本格眼簿子递到朱卜花眼前：

"不到半个时辰之前，府军前卫报告，富乐院三曲童外婆处有四位神秘访客，稍做停留，旋即乘坐浮夜船离开。他们并未在意，只是在簿子上提了一下。"

朱卜花二话不说，拿起头盔往脑袋上一扣，大踏步地走了出去。远处隐隐传来他大叫"备马"的吼声。昨叶何不疾不徐把格眼簿子合上，嘴角露出一丝狡黠的笑意。

她对朱卜花非常坦诚，唯独只隐瞒了一点：吴不平的女儿吴玉露，如今掌握在白莲教的手里。本来她以为铁狮子死后，吴玉露便没用了，结果又冒出一个保驾的吴定缘。看来绑架那一个女人，居然还能两吃。

昨叶何叫来一个亲随，低声交代了一句："去告诉梁兴甫，差不多该上工了。"然后望了一眼水漏，差不多是子末丑初。

皇历该撕到洪熙元年五月十九日（戊子）了。

两京 十五日

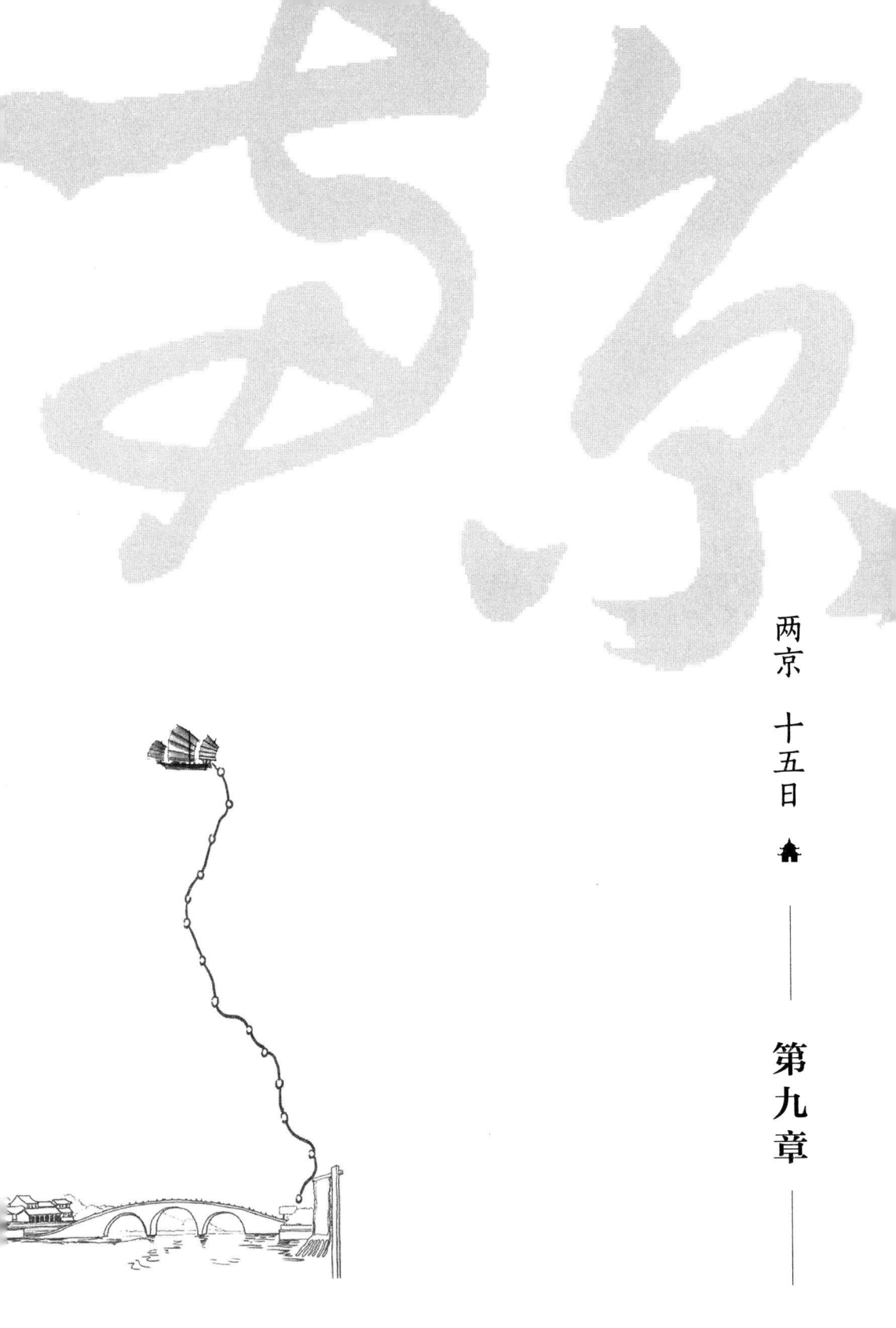

第九章

随着竹篙一下下扎入水中，乌篷小船在水面悄无声息地浮行着。

这条小船正沿着秦淮内河向西而去，这一带号称"十里秦淮"，乃是烟花最为繁盛之地，两侧皆是彩楼河房，一入夜便有无数华灯映在河面，一片星汉灿烂。可惜今夜城内动荡不安，大部分院落早早收了灯火，锁了游船，黯淡的河面上像是盖了一层灰土。

吴定缘外头撑着船，苏荆溪在船舱里给太子检查肩上的伤口。刚才正阳门与富乐院两番折腾，又有少许血迹渗了出来。趁着这个机会，于谦蹲在旁边用指头蘸着河水，给太子讲解起接下来的逃离路线：

"咱们一到西水关，便能进入秦淮外河一路西上，越石头城，穿清凉山，只要一抵达龙江关口，便能直入长江。到时候海阔凭鱼跃，朱卜花只能徒叹奈何。殿下有闲情的话，甚至还能赏赏龙江夜雨，那也是留都一大胜景。"

于谦故意说得轻松，朱瞻基却担心道："可是西水关和龙江关也有守军吧？能过得去吗？"于谦看了一眼外头那个瘦长的身影，道："吴定缘既然选了这条路，自然有他的道理。"

"你现在对他倒信心十足嘛。"

"鸡鸣狗盗，亦有功用。臣不过是循孟尝君故事罢了。"于谦自谦了一句，想了想，又郑重地提醒太子，"王荆公曾有一则短评，说孟尝君'夫鸡鸣狗盗之出其门，此士之所以不至也'，所以殿下不可沉溺这些小道，还需修德才能得士。"

"行了，行了，好话赖话全让你一个人说了。"朱瞻基翻了翻眼皮，有点后悔把他召进东宫。这家伙虽然可靠，但天天絮叨也很令人困扰。

这时候苏荆溪已经处理完了伤口，对于谦道："我需要知道，接下来在水上要走多久？下一次驻停在什么地方？我要去买药物与煎具。"

于谦道："一进长江，我们便直去扬州。扬州繁华不逊南京，药品自然也是不缺的。"他说得胸有成竹，看来刚才已把整条路线通盘考虑清楚了。

"那很好。"苏荆溪点点头，略带厌恶地抖了一下衣襟，"正好我也得去换一身衣衫。"

朱瞻基左看看于谦，右看看苏荆溪，忍不住说道："你们两个就一点不好奇吗？吴定缘到底是不是亲生的？那个红姨跟他又是什么关系？"

他先前在正阳门里听到了只言片语，只是自矜身份，不好细问。可惜另外两个人谁都不先提起这话题，自己实在憋不住了。于谦觉得这话题实在无稽，板着脸不吭声。苏荆溪倒是抿嘴笑了起来："比起他们两个，我倒很好奇殿下您与吴定缘的关系。"

"之前不是说过了吗？我们俩又不认识！"

"一个大明的皇太子，一个闲居留都的懒散捕快，按说是绝无交集的。可他一看见您，便头疼欲裂，这必然是有什么原因的。我们做医师的，见到疑难杂症，总是见猎心喜。"

"也许是他酗酒太多，体质孱弱。"朱瞻基委屈地嘟哝了一句。苏荆溪道："亦不排除这个可能。头是身之元首，六腑清阳之气，五脏精华之血，皆会于此。所以只要稍受刺激，都会猝起头风。"

"杯弓蛇影？"

苏荆溪道："正是！若能了解到他当年的身世，找到那把弓，蛇影之疑自然尽去……"说到这里，她似是意识到了什么，有些惊讶地敲了下额头，"莫非殿下刚才探询的用意，就在于此？"朱瞻基没想到，自己随口一句探人隐私的询问，被她解读成了这么用心良苦的理由，不由得连声称是。

于谦在一旁见苏荆溪与太子聊得火热，不知为何，心中与这小船一般，隐隐有些上下。

他见过这女人手段，论起果决，船上这三个男子谁也不及她；论起机变，更是甩这些人十条街。她有一种近乎可怕的沉静，无论何时，一举一动总带有明确的目的。虽然她说追随太子是为了向朱卜花报仇，可于谦疑心这未必是全部事实。

无论那理由是什么，一把动机不明的无鞘利刃在太子身旁，终究不是个事。于谦在袖子里的手掌紧握片刻，旋即松开来，道：

"苏姑娘，我有个问题，不知你方不方便回答。"于谦道。

"于司直请说。"

"你之前说过,在南京有个定了亲的夫君。你先前去东水关码头,也是为了寻他,莫非他是有官身的?"

这件事苏荆溪在供状上提过,可惜那会儿吴定缘敷衍了事,不曾追问,草草放了过去。于谦记性甚好,现在居然还能想得起来。苏荆溪道:"是的,他在南京宪台做御史,叫郭芝闵。"

"苏大夫离开东水关不久,便听到宝船爆炸,你却直接回了宅子,这不太正常吧?"

"哎?怎么不正常?"

苏荆溪似乎有点困惑,不太明白他的意思。于谦噎了一下,才想起来这女人不能以常理度之,道:"呃……发生了这么大的事,无论如何,也该回返先看看夫君的生死才对吧?"

朱瞻基不满地瞪了于谦一眼,觉得这话有点过。于谦却梗起脖子与太子对视,道:"此去京城,路途艰险。臣有责任确保每个人都忠心不贰,别无私心。"苏荆溪看了朱瞻基一眼,笑意盈盈道:"殿下不必动怒,于司直这点担忧在情理之中,原是我该说清楚的。"

她伸手撩了撩额发,从容地说道:"郭芝闵的父亲郭纯之与我家是世交,早早就定了这门亲事,但我此前从未见过他。这一次来南京,我本想利用我这位夫君的身份去接近朱卜花,他却外出去扬州办事。昨日太子抵宁,我估摸着他怎么也得回来迎接,便去东水关找他。可惜在码头没看到,这才径直回了家。"

于谦心中疑惑未去。苏荆溪说的并无破绽,至于那些细节,却无法验证真伪。朱瞻基这时忽然道:"这个郭芝闵,是淮左大儒郭纯之的儿子?那个南京广东道监察御史?"

于谦和苏荆溪同时一怔,这么小的官,太子居然知道?

朱瞻基回想了一下:"我到扬州时,有个大盐商叫汪极,专门设宴款待,这个郭芝闵也在席上。有一位东宫老师跟他父亲郭纯之相熟,便带过来引荐了一下。"

这与苏荆溪的说辞,恰好能对上。她的淡定神情,终于微微有了变化,道:"那么他跟殿下说了些什么?"

"什么久慕睿德,什么仁风远体,都是寒暄的客套话……"朱瞻基说到后来,语速越来越慢,似乎努力在捕捉回忆,"他倒没再直接对我说些什么,就是巡酒的时候,他和那个大盐商汪极一起过来敬我。郭芝闵大概喝醉了,指着汪极开了句玩笑,说什么何曾食万,今见之矣——"

于谦和苏荆溪对视一眼,眼神不由得变了。郭芝闵说的这个是西晋典故,当时朝中有一位元老叫何曾,饮食奢靡无比,每日花费要逾万钱,甚至要超过帝王家。有一次晋武帝请他入宫吃饭，何曾嫌太官烹制的馔肴粗劣，一口都不肯吃，晋武帝只好允许他自带饮食。

当着太子的面搬出这个典故，可以说郭芝冈恶意十足：表面上是称赞酒宴珍馐堪比何曾，实际上是暗讽你汪极比皇家还奢侈啊。

于谦忍不住追问："然后呢？那个盐商说了什么？"

"周围都哄堂大笑，汪极还能如何，只是讪讪赔笑，不过笑得确实有些尴尬。"朱瞻基不无理解地说，"后来他用宝船报效我，大概也是怕本王因为这一句话而多心吧？"

"什么？"另外两人同时挺直了身子，苏荆溪还好，于谦的脑袋"咚"的一声直接撞到了乌篷，"宝船是那个汪极来报效太子的？"

"喂，喂，你们不会以为是我从京城带着宝船出门的吧？漕路那么狭窄，宝船哪里开得动啊？"朱瞻基意识到两个人似乎一直存在误会，解释道：

"我们南下，坐的是漕船。到了扬州之后，汪极请知府出面宴请，地点就设在他家一条浮于邗江的大游船上。那条船仿宝船样式，其实是一条入不得海的江舟，专供宴乐游江之用。宴席结束之后，汪极直接宣布，拿这条船报效皇室。次日我就是坐这条船，来到南……"

说到这里，朱瞻基自己也觉得不对了。

昨日正午时分的宝船爆炸，最大的疑团是那些火药从何而来。正如此前吴定缘分析，能搞出这种声势，至少得有一千斤精制虎硫药。可谁那么神通广大，能在东宫护卫眼皮底下，把这么多火药运进船去？

倘若这宝船是汪盐商在宴会现场用来报效太子的，那么这些火药的来历便可以得到解释了。

宴会之前，那是汪家自己的船只，无论运什么进去，旁人都难以觉察；汪极在宴会上当场用宝船报效太子，一应水夫船工自然也是汪家赠送。宴会散了以后，太子直接坐船南下，东宫护卫根本没时间进行彻查。这位汪极当真是处心积虑，打了一个极其巧妙的时间差，让东宫全体置身火药之上而不自知。

如此说来，汪极恐怕与朱卜花也是一党，都参与了这个横跨两京的宏大阴谋。至于郭芝冈，他大概是专程赶到扬州，就为了说那一句"何曾食万，今见之矣"的典故，给汪极制造一个合适的理由，把宝船送给太子。

船上的三个人都万万没想到，你一言、我一语，居然用各自掌握的消息拼凑出了真相的一角。苏荆溪没想到，自家未来夫婿居然也参与了这一场前所未有的叛乱，神情颇为不安。

朱瞻基看出她的心事，大手一挥，道："苏大夫担心什么，他是他，你是你，既然还没过门,苏家不会受牵连。"苏荆溪勉强"嗯"了一声,算作回应。

"难怪郭芝闵没有去东水关码头,他肯定也知道有爆炸危险……"于谦喃喃自语,又看向苏荆溪,"苏大夫,你可知他平时都在哪里活动?"苏荆溪还未回答,一个声音从船舱外传进来:"想找郭芝闵?我知道。"三人同时转头,原来是吴定缘摘下斗笠,把脑袋探了进来。

于谦皱眉道:"你也认识?"

吴定缘道:"他住太平门内的御赐廊,对不对?"苏荆溪点头。吴定缘啧了一声,继续道:"他已经死了。昨天一早,我爹接到消息,说御赐廊里砸死了一个监察御史。我去现场看过,他是先被人弄死,再摆到床上,结果赶上地震又被砸烂了脑壳。"

于谦悄悄侧眼去看苏荆溪,只见她的肩头恰到好处地震颤了一下,但仅此而已。

"现场勘验尸身的是你?"苏荆溪的声音略显低沉。吴定缘把验尸的观察如数说出,苏荆溪微微颔首,道:"判断得很准确,确实是先被人所杀,再被梁柱砸到尸身。"她没再说什么,眼神里带着几分惶惑、几分颓然,却没什么悲伤。

这位郭御史,只怕是整个布局里的一枚小棋子,完成了使命,便被毫不留情地扫出棋盘。朱瞻基拍了拍船帮,有些恼火地说道:"金陵御史、扬州盐商、禁军内臣……怎么这一个个全都跟朝廷对着干。那幕后之人,到底给了他们什么好处?"

"恐怕……这与好处无关。"苏荆溪抬起头,"殿下有所不知。民女之前诊治过几个官员,他们一聊起迁都来,无不心怀惴惴。"

"为什么?南京重做京城,他们岂不都是正经京……"朱瞻基顿了顿,突然反应过来了。大明本来南北各有一套班底,若是把国都迁回南京,两套并作一套,官位要削减一半。所以迁都这事,在南京官场引起的波澜比京城还大。

"是这样吗?"

朱瞻基看了看于谦。他是南京官场的,最有发言权。于谦胸膛一挺,道:"臣绝非恋栈之人!"言下之意,其他人自然是人心浮动,担忧前途未卜。

朱瞻基陷入沉思,他知道迁都之议必然会触动某些人的利益,却没想到居然会反弹得如此强烈。南京之乱的根源,就在这里。若无官员们滋生出的惶恐情绪,只怕幕后黑手也没那么容易得手。

不过,吴定缘没容他们三个再做讨论,一拍篷顶,道:"好了,不要聊了,我们马上下船。"

于谦精神一振,道:"这么快就到龙江口了?"他往外看了看,黑暗中一片低矮的屋脊轮廓,哪里有龙江夜雨的气韵。吴定缘看了他一眼,道:"你想太多了,还没过西水关呢。"

"那干吗下船?"

"朱卜花不是蠢材,怎么会算不到我们走水路?西水关毗邻龙江,是第一时间要戒备的,我从来没指望走那里。"

于谦略觉脸上热辣,亏自己刚才还高谈阔论讲解路线,居然全错了。

"放心好了,我会把你们安全送出去,再去救玉露。"

吴定缘难得没有刻薄一下,只是催促着赶紧下船。他们从船舱里摇摇晃晃地走出来,发现小船停靠在了一处河阶码头。这里说是码头,其实就是被暴雨冲塌的土岸一角,附近居民因陋就简,都跑来濯衣洗菜,久而久之形成了一处近水低台。

这里已经出了"十里秦淮"的繁华地带,接近城区西北。从这个码头向外延伸出去,可以看到一条坑坑洼洼、满是人和牲畜脚印的黄泥路面。大大小小的土坑里盛满了浑浊积水,落着一层蝇蚊,成分复杂的陈腐臭味弥散在空气里,久久不散。

苏荆溪抬起手背,下意识地掩了一下鼻子。吴定缘注意到了这个小动作,嘴角微翘,道:"三位都是锦衣玉食的贵人,凤凰难落沾屎的枝,接下来要走的路可要仔细了。"

于谦说:"这有什么,我也曾假冒粪工……"话没说完,左脚"啪叽"踩进一片泥泞,皂靴登时沾满了黄泥点子。朱瞻基忍不住哈哈笑了起来,他在漠北军营都住得惯,这种场合反而比于谦适应得更快。太子笑完于谦,还不忘回头去扶了苏荆溪一把,让她顺利迈了过去。

他们离开小码头,沿着土路走了一段,远远似乎可以看到一座小山,在黑暗中形如虎踞。于谦瞪着眼睛分辨了片刻,道:"清凉山?难道这里是石城门吗?"

"对,从这里再往西北走,就能离开府城,进入外城郭。你们就能出去了。"

"原来你是想这么走啊。"于谦喃喃道。

他在南京住了数年,多少也了解一点整个城中格局。整个留都分作不甚均匀的内外四层。最内层是宫城,乃是天子燕居之所;再往外是皇城,乃是百官办公之地;再往外则是应天府城,石城门恰好位于这一环的西边。

当年洪武爷修完这一圈城墙后,发现雨花台、钟山、幕府山皆在城墙外侧,倘若外敌架起大炮,很容易居高临下威胁城内。于是,他又在府城外头修了一圈外城郭,这圈城郭北至燕子矶,东抵钟山东麓,南括雨花台,占地极广,周长有一百八十里,把府城周围的山尽数包围。

这么长的地段,不可能全按府城砖墙的规制来建,大部分地段皆是夯土城垣。尤其是西北一带,因为毗邻长江,水患严重,在临江的上元门北边有一个缺口,可以直抵江边,是这些逃亡者逃离留都最好的路线。

可问题是,他们如今还是身在府城范围内,仍旧过不去城门啊。

于谦看吴定缘一副胸有成竹的模样，心想莫非这出去的法子，就着落在他背着的那一具琴上？可这种破落鄙俗之地，又怎么会用得上这种雅物？

他一边走着，一边左右张望。这一带靠近西郊外郭，远不如东边那么繁庶。道路两侧几乎没有楼阁庭院，多是逼仄的棚屋土墙。这些简陋的房屋毫无规划地散布开来，中间只有歪歪斜斜的荆棘篱笆分割。

这里叫作杨家坟，大概原来是某个杨姓人家的祖坟所在。南京城扩建之后，便把这一片也括进来了。虽说也属南京城的一部分，可于谦从来没涉足过这一片区域，感觉和东边完全属于两个世界，冥冥中似有藩篱相隔，就连气息都不太一样。

吴定缘带着他们步行了约莫两水刻的光景，终于停下脚步。头顶突然传来数声哑哑叫嚷，十几只乌鸦从一片老槐树里飞出，越过他们消失在夜色中。这时其他三人才看到，前面阴森森的槐树林里头立着一座小庙，看殿庑形制好像是一座城隍庙，规模却很小。

这庙大概年久失修，殿顶脊兽残缺，瓦片剥落，门窗板子不知被卸到哪里去了，只留下黑洞洞的三个口，在夜里透着森森冷气。跟应天府前那一座堂皇的城隍庙一比，简直天差地别，更像是泰山府君的祭庙。

吴定缘在小庙不远处的林中找了片平地，摘下朱红套子，把琴轻轻搁下，又垫了几块石头，对朱瞻基示意道："大萝卜，你来弹。"

朱瞻基一怔："你叫我什么？"他简直不敢相信，这篾篙子给于谦起外号就算了，现在居然亵渎到自己头上。

"别说废话，快弹，大萝卜！"

"在这儿？"

"在这儿。"

在这里弹，难道是要给鬼听？朱瞻基勉强压下诧异，道："弹什么？"吴定缘想了想："随便，够响就行。"

"……"朱瞻基还从来没听过这种无理要求。他无奈地盘腿坐下，先调了一下琴轸，略抚了几下，登时感觉这琴品相不凡。弦声清冽，余振袅袅，与琴身隐有共鸣，纵然跟宫中所藏相比，亦难分轩轾。

既然吴定缘说随便弹奏，朱瞻基略想了想，右手春莺出谷，左手秋鹗临风，十指作势，弹起《乌夜啼》来。

这首《乌夜啼》的来历，是说后汉何宴下狱，女儿听到有寒鸦夜鸣，认为是父亲出狱之吉兆，遂作此曲。朱瞻基刚才看到群鸦飞起，触景生情，便想起了这首曲子，算是给自己的遭遇讨个口彩。

这曲子拟于寒鸦，所以旋律上多收角音，以夺羽韵，好似在描摹反哺、争巢、振翅、夜鸣之事。朱瞻基的琴艺学自舅舅张昶，讲究心韵合一。他弹着弹着，心意完全沉浸下去。他想到远在京城不豫的父皇、处境不明的母后、立场不清的兄弟及那已化为飞灰的大伴，手指掏撮泼剌，流泻出一种强烈的情绪，人、曲与琴三合为一。不知何时，抚琴之人的眼角有莹莹的泪光闪过。

吴定缘虽听不出所以然，但觉得琴声勉强算是响亮，便不再出言催促，把目光放回到那间荒芜小庙去。

待得朱瞻基一曲即将弹毕，那小庙里忽然有了动静，好似有什么鬼魅一闪而过。于谦吓得一激灵，刚要提醒太子，却被吴定缘拦住。

"把双手举起来，不要动。"吴定缘严厉地下了命令，"这里的主人，疑心病可不轻。"

于谦和苏荆溪只好学着他的样子，伸直两条手臂，高高举起。过不多时，他们的头顶沙沙作响，什么东西蹿上了槐树顶。

朱瞻基弹完一曲，右手习惯性地从一徽抚至七徽，然后轻轻压住琴弦，吐出一口气来。两侧的四棵槐树上，突然窜出四条白色巨蟒，形体在黑夜中清晰可见。苏荆溪"啊"了一声，却被吴定缘按了回去。

苏荆溪再仔细一看，才发现这不是蟒蛇，而是四条白色的粗麻布条，直直沿着槐树干垂下来。布条突然扭动几分，数十个人影从树顶顺着布条往下溜。他们的动作整齐划一，干净利落，一下子就落到地上，把他们几个团团围住。

"白龙挂?!"

于谦惊叫一声。他嗓门本来就大，槐林一震，令那些刚落回树枝的群鸦重新惊起。

几乎就在于谦惊叫的同时，富乐院三曲里一个更大的声音也炸裂开来。这声音洪若霹雳，令院厅里摆的几株道州兰瑟瑟发抖。

"快说，你的相好吴定缘在哪里?!"

朱卜花恶狠狠地质问道。那张可怖的肿脸，像极了《目连救母》宝卷里的地狱恶鬼。红玉被他的大手扯住胸襟，被迫在近距离与这张鬼脸对视，惊慌地连连摇头。

朱卜花没有时间可以浪费，他揸开五指，狠狠扇在红玉的脸上，然后一脚踹翻在地。

童妈妈在一旁脸色铁青，她只道那几个人是些形迹可疑的小贼，没想到居然是在逃的钦犯，而且还惹来了一位禁军统领。看这鞑子势若疯狗，童妈妈忍不住担心，别说赏钱的事，自己搞不好也会被红玉牵连，瓜蔓抄可不管你是假母还是真妈。

朱卜花抬起右腿，把高筒毡靴踩在红玉脸颊上，来回蹍动，道："臭婊子，你说还是不说？"

童妈妈忍不住劝了一句："这位……这位爷可轻点，若是死了，教坊司那边须不好说。"这些罪籍官眷，都在教坊司经历那里挂着号，若闹出人命，官府是要过问的。朱卜花听了，靴跟蹍得更加用力，红玉的脸颊几乎被踩出血来。

红玉一个三曲的琴师，哪熬得住这种酷刑，手指在半空不断乱抓。朱卜花把靴子略抬几分，道："现在愿意说了吗？"红玉委顿在地，蜷缩着不住喘息。待得朱卜花又催问了一句，她方才断断续续道："他们……定缘说他们要尽快出城，从这里乘浮夜船去西水关了。"

朱卜花冷笑道："莫把我当傻子，西水关戒备森严，他们怎么会自投罗网？"红玉怯怯地看了童外婆一眼，不敢言语。

朱卜花看出她这点小动作，横眼一瞪童外婆："滚开！"两个勇士营士兵把她直接架出院厅。红玉这才揉着脸道："我妈妈有个老情人，在西水关做门吏。吴定缘许了一百五十两银子，我又求她卖个人情。妈妈这才答允，但不许我说出来……"

一听这话，朱卜花让人去童外婆屋子搜查，果然搜出一个银鞘子。打开验看，确实是吴定缘昨天从锦衣卫支走的银锭。朱卜花勃然大怒道："这通条戳不死的婆子，还装无事人在这里劝解！"立刻唤人把童外婆拽过来。

童外婆进了屋，朱卜花二话不说，先过去对胸口狠蹍了两脚。童外婆疼得满地打滚，朱卜花问她西水关是不是有个老情人，她说是，又问是不是收了吴定缘一百五十两银子，她说是为姑娘收着。朱卜花一见她承认了，哪里肯听解释，又是一通狠打，直打得婆子有出气没进气。

这时有人匆匆来报，说巡河在西水关附近河面，发现一条顺流漂下的乌篷船。朱卜花一听大急，又踢了婆子一脚，带着人匆匆离开了。

红玉眼见着妈妈趴在地上不动，心里暗暗庆幸。吴定缘临走之前，跟她面授机宜，说童外婆眼神闪烁，怕是心中有鬼。倘若她顾念母女情分，不去出首，还罢了；若她去报官，红姨便可以把这些事一股脑全栽到她头上。

童外婆在西水关确实有个老情人，那一百五十两银子亦是真的。经吴定缘这么一摆布，却成了协助钦犯出逃的铁证。红玉素来知道这孩子心思缜密、手段出众，今夜才算真正领教了。

这番折腾动静不小，富乐院的龟奴、小厮、姑娘都凑过来看热闹。红玉吩咐几个小厮把童妈妈抬去屋里，自拿出一两银锭叫人去请医师，周围的人纷纷赞她孝顺。红玉安排完这些，正要回屋子，却听到那两个守门的龟奴哇哇乱叫，突然腾空而起，摔到十步开外。

红玉正自惊疑，一个大汉缓步走进来。这人跟朱卜花不太一样，朱卜花是体型庞大，而他是浑身结实，薄衫下的肌肉极硬，动起来如山峦移位。一条疤痕从额头横贯而过，像是被人掀开过天灵盖，最奇怪的是，这疤痕上还擦着一条新鲜的血迹。

红玉一看到他，嘴唇立刻抖了起来，道："梁兴甫？"

梁兴甫漠然地看了她一眼，问："吴定缘呢？"红玉咽了咽口水，说他们去了西水关，朱卜花已带兵前去追赶了。梁兴甫听完之后，没急着离开，双眼依旧盯着红玉。红玉顿觉泰山悬于头顶，呼吸都变得困难起来。

梁兴甫点了点额头上的血迹，语气有些缥缈："怜彼世人，如在火狱。铁狮子已被我化去残蜕，只是他不愿独登极乐，让我来找吴定缘，一并度化西去——他在哪里？"红玉知道他和吴家之间的恩怨，也知道这人的脑子有点问题，强忍着恐惧，把去西水关的谎言又重复了一遍，然后闭上了眼睛。

他的压迫感实在太强了，她不指望瞒得过去，只等他发怒动手，只求速死。可梁兴甫没动手，反而环顾四周，突然问了一句："一个琴姑，这里怎么会没有琴？"

"送……送去修了。"红玉从嘴唇里挤出蚊鸣般的声音，连自己都不信。

梁兴甫却似没听见一样，负手在院厅里来回踱了几步。墙壁上挂着七八幅画卷，都是恩客所赠。他停留在一幅墨画前。这幅画是王维的《竹里馆》，取意"独坐幽篁里，弹琴复长啸"两句。落款是江南一位名家，旁边贴的绢条上却是另外一人的名字。

"城北白龙挂的大龙头？他赏琴的品位，可不比盗粮手段逊色。"梁兴甫随手扯下绢条，绕在指头里，语气淡漠。

红玉"扑通"一声跌坐于地，再不存一丝侥幸。在梁兴甫的逼视下，自己简直像被剥光了一般，毫无秘密可言。可她等了许久，也不见对方动手，一抬头，发现梁兴甫已然离开。红玉瘫在地板上，手脚彻骨冰凉，脑海里只回荡着一句话："定缘，你快逃啊，快逃啊……"

可惜这一句呐喊，吴定缘注定听不到。

他此时正在槐树林里站定，直视着那荒芜小庙的正门。至于那十几个用白布条滑下来的精壮汉子，则封死了所有人的退路，站开一段距离，直勾勾地盯着他们。

过不多时，一个苍老沙哑的声音从漆黑的庙门里悠悠地传出来："红玉姑娘这具洗月，可谓是琴中上品。适才那一曲《乌夜啼》，尽得气韵之妙。悚悚长夜，能听到这样的琴曲，足可以安神了。"

吴定缘根本不接那茬，言简意赅道："老龙头，我们要借道出城。"这"声音"的主人对他的不通风雅很是无奈，道："我欠红玉姑娘一桩人情，想不到她会愿意用在你身上。"

吴定缘迈开步子，朝着破庙里走去，他的身影很快便被门内的黑暗吞噬。其他三个人留在槐树林里，在一圈充满警惕的目光的注视下等待着。

朱瞻基不自在地挪动一下脚步，悄悄对于谦说："你刚才说白龙挂，这是个什么？"于谦警惕地看了一眼四周，低声——他自以为的低声——说道："殿下，这个白龙挂乃是南京西北有名的一个盗社。"

"盗社？盗贼也能结社了？"朱瞻基觉得有些荒唐。于谦道："南京诸多势力交织，远非官面上那么太平。有些地方，比如咱们所在的杨家坟，恰好位于西城兵马司和北城兵马司的交界，两边都不管，遂得以滋生奸邪。"

"那他们为何叫白龙挂？"

"这些盗贼擅长以白布为绳索，飞檐走壁，挂墙吊仓，专门窃取留都粮仓，所以称之为白龙挂。"

朱瞻基听得瞠目结舌，难怪那些个汉子身手如此矫健，原来都是在翻粮仓时练出来的。"这么明目张胆？难道应天府不管吗？"于谦苦笑着摇头："官府也抓，可是野火春风，又怎么烧得尽。至少白龙挂的龙头从未落网过，殿下千万小心……"说完他朝庙里瞟了一眼。

刚才说话之人，应该就是白龙挂的龙头。吴定缘能找到他们帮忙，可见应天府与白龙挂一向有勾结。朱瞻基大为激愤，道："留都脚下，贼人居然还如此嚣张，以后百姓还怎么看待朝廷权威？等我回京城，一定得好好整肃一番！"

两人正低声聊着。吴定缘从庙里走了出来，身后多了一个老头子。老头子一身白麻，好似戴孝一般，花白头发梳起一个小发髻，一对细眼几乎被褶皱淹没，完全捕捉不到他的情绪。

"就是他们要离城。"吴定缘指了指他们三个。老龙头眯起眼睛挨个打量了一番，笑了，说道："有点意思。僧不是僧，官倒是官，不过这个女子嘛……我倒一时吃不准，难道是个大夫？"

众人都吃了一惊，这老头的眼光未免太犀利了吧？老龙头施了个下马威，转头对吴定缘道："这三个人的来历，我可以不问。但今晚城中不太平，想把他们弄出去，红玉姑娘的人情可不太够用。"

"我记得江湖上说，白龙挂一口唾沫一个钉，从来都是言出必践。"

"是啊，言出必践，所以丑话得说在前头。"老龙头抬抬眼皮，"我若不讲信誉，就带你们走到一半再漫天要价。到时候上不上下不下，可就由不得你们了。"

吴定缘不动声色，道："你还要什么？钞银还是人情？"老龙头伸出指头，点了下朱瞻基："让这小子再给我弹一曲听听吧。"

白龙挂的老龙头爱琴成痴，这在南直隶江湖人所共知。他提出这个要求，并不奇怪。只是朱瞻基忍不住撇了撇嘴，明明就是一群窃米蟊贼，却在这里附庸风雅，还想让太子为他们抚琴？真是不知所谓。

不过形势比人强，太子没蠢到当面拒绝。他心念电转，当即把洗月横在膝前，又弹了一曲《忘机》。

这首曲子的典故出自《列子》，讲一个人每日与海鸥嬉戏，因为不存机心，周身常常群鸥翔集。后来他父亲说你捉几只回来玩玩，他再去海边，因为存了捉鸟的心思，海鸥们便不再靠近了。

朱瞻基一曲弹完，老龙头捋了捋胡须，语气意味深长，道："《忘机》主旨该是自甘恬淡，忘机而无争。小和尚你这一首琴曲却是宫高羽低，愤懑不屑之气溢于弦端，怕是有意选的这个曲子来嘲弄我吧？"

朱瞻基一怔，这老盗贼还真是懂行，竟能从琴声里听出暗伏的小花招。吴定缘什么也没听出来，他不耐烦地一扯太子，道："弹也弹完了，能走了吗？"

老龙头别有深意地看了他一眼，打了个响指："走吧。"

老龙头从手下里选了三个人，嘱咐了几句，让他们先走，然后自己带着吴定缘等四人，从槐树林重新回到那一片迷宫似的茅屋土舍。

别看老龙头一把年纪，脚下却矫健得很，无论丘坡坑沟，都始终保持着一个速度。后头的人必须全神贯注，才能跟上他的步履。于谦看着这老头一路奔北而去，心中大为疑惑。照这个方向走下去，既不到钟阜门，也不到金川门，说是去神策门倒有点像，可那又偏东了点，离预定逃离的龙江路线岂不是更远了？

于谦并没有把自己的疑惑说出来，因为老龙头走得实在太快，他喘得根本没有余裕发声。

朱瞻基倒没有于谦这种麻烦，他体格底子不错，应对这种速度游刃有余，尚有余暇四处观望。周围这一片片黑暗中的景色，令他暗暗有些心惊。太子先前可不知道，富丽堂皇的南京城一角，居然还有这么破落的所在。夯土残墙，稀疏茅顶，有丝丝缕缕的酸臭弥散而起。他甚至看到，沟渠里一群老鼠被脚步声惊散，剩下一小团残缺不全的肉团，疑似死婴。

"哕……"朱瞻基的胃里开始有些翻腾，脚步不由得放缓了些。吴定缘略顿了顿，把他扶住，说："跟你说过了，接下来要走的路可要仔细，不要乱张望。这里可从不入贵人之眼。"朱瞻基冷哼一声，强行把呕意压下去。

走了约莫有小半个时辰，他们终于穿过一片广阔的破落地带，来到了一道高大的城垣之下。只见城墙足有六丈之高，青砖条理分明，砖隙处抹足了灰浆，用指甲根本抠不动，一望便知这是府城城墙。

夜色太黑，一时难以判断是哪一段城墙。但于谦至少能确认一点，这里不靠近任何一座城门，不知接下来该怎么走才好。老龙头仰起头来，轻轻呼哨了一声，城头有一条白龙般的布条抛下来。这条布带的长度显然经过精心计算，恰好垂落到城脚为止。

看来之前先离开的三个人，不知用什么手段带着白龙先爬上了城头，做好了攀墙的准备。老龙头拽了拽布条，确保足够结实，偏过身子做了个邀请的手势，黑暗中的笑容显得有些促狭。

第一个上前的，居然是苏荆溪。她对接下来发生的事毫不畏惧，反而有些跃跃欲试。老龙头把布条缠在她腰间，扎了个结，咧嘴笑道："好个有胆色的女豪杰。若老夫年轻个三十岁，一定考虑娶你。"苏荆溪伸手抓住布条，在手腕处缠了几圈："您就不怕我毒死您，卷了家产再醮？"

老龙头一愣，苏荆溪已随着布条冉冉升起。城头上方是白龙挂的三个壮汉，布条的另外一端依次拴在他们腰间，三者并联。这些人不愧有白龙挂之名，靠着腰里的定力牢牢钉在地上，双手齐拽，一会儿工夫就把苏荆溪拽上城头。

随后吴定缘、朱瞻基和于谦也陆续挂在布条上，被徐徐拽上城头。朱瞻基有轻微的恐高，吊上去以后脸色煞白；于谦倒不畏惧，只是他多了一层担忧，原来城防有这么大的疏漏，万一有敌军用这种办法入侵可怎么得了？

等到众人都攀上城头的石面驰道之后，于谦朝城墙外侧望去。紧贴着城墙外面的，是一片烟波浩渺的水面。郁积半宿的云此时稍稍飘散，只见夜幕里透下一柱月色。银光微映水面，氤氲不流，犹如一面覆在城外的巨镜。镜面之中似有数个岛洲，错落参差，望之如星汉排列。

那一瞬间，他明白了吴定缘真正的出城计划。

"后湖……原来你打的竟是这个主意。"于谦喃喃道。

留都城北偏东有一座大湖，官府称之为后湖，民间皆呼为玄武湖。湖泊南岸紧贴着神策门与太平门之间的府城墙垣，可以说是紧邻南京城区。后湖的水域广大，中心只有五座小洲，其上建有十几间存放黄册版籍的架阁库。因此朝廷常年锁湖，不允许百姓居住，颇为幽深寂安。

看来一离开正阳门，吴定缘便已经在心里盘算好了，从这里出城，确实是一着妙棋。于谦舒了一口气。接下来，只消白龙挂把这几个人再从城外侧吊下去，便可以穿过无人的后湖，彻底脱离府城范围。

老龙头饶有兴致地向下俯瞰后湖，又负手仰头看了看月色，感慨道："皓月当空，湖面如镜。早知道该在这城头用洗月弹一曲《秋月照茅亭》啊。"

朱瞻基一听又要弹曲，忍不住小声抱怨了一句，道："鸡鸣狗盗之徒，也配谈雅致，没完没了啊。"

谁知老龙头耳朵尖，似笑非笑地转过头，手臂突然一振，铁钳般钳住了太子的左手。朱瞻基吓了一跳，发现根本挣脱不开。老龙头把他腕子抬起来，道："瞧瞧，破僧袍遮不住富贵身，这细皮嫩肉的，大指上连个茧子都没有，想必家里锦衣玉食养的吧？"说完他搓动手指，朱瞻基立刻感觉到一阵刮刀似的疼痛，这人手掌上的茧子厚硬坚实，忍不住喊了声疼。

"不好意思，老夫这手茧子，都是攀白龙一点点磨出来的，比不得贵人娇嫩。"

吴定缘和于谦见状，赶紧走过来，却被拽白龙的三个壮汉挡住去路。吴定缘道："老龙头，咱们说好的，快放他们下城便是。"

老龙头笑了笑："适才这位公子哥弹《忘机》，琴为心声，显然对老夫有些想法。"他说着，语气转冷，"老夫爱较个真，这雅致之事，何人配谈何人不配，倒想请教一下。"

朱瞻基一看既然说开了，索性挺胸呵斥道："尔等翻墙凿洞，窃取漕粮。只为了一己私利，上乱朝廷纲纪，下累黎民口腹，盘踞城北横行霸道，不过盗匪而已，还好意思在这里装什么雅客？可笑之至！"

老龙头见他说得慷慨，忍不住仰天大笑，道："小哥儿莫不是哪个深府大院刚出来的？怕是看多了戏文吧？"朱瞻基怒道："你们这些偷粮食的硕鼠，难道还冤枉了？"

"别以为我们乡鄙之人不读诗经。硕鼠硕鼠，无食我黍，那硕鼠说的可不是我们，而是你们这些贵人哪。"老龙头攥紧朱瞻基的手，笑意突然不见了，脸上的褶皱翻腾起伏，像要噬人一般。朱瞻基下意识倒退几步，直到背靠垛口退无可退。

"留都军民，都要仰仗这些粮食过活。你这里窃取一石，挨饿之人便要多出十个。你偷的不是粮食，是人命！"朱瞻基的火气也上来了。他作为大明太子，天下就是自家产业，你偷走了我家东西，难道还不许说了？

听到这通训斥，老龙头冷冷道："公子可真是个明白人。那你可知道我们白龙挂每月取走粮食多少，金陵每月上报漂没的粮食又是多少？"

朱瞻基一怔，下意识看向于谦和吴定缘。于谦从不接触钱粮，有些茫然，只有吴定缘叹了口气，道："漂没之数，多过失窃之粮十倍，这都是借帽取底的勾当。"

"借帽取底?！"

朱瞻基并非一点不通庶务，经这么一提点，他登时反应过来。借帽与人，却把帽底取走，意思是用个小由头取走大账目。看来是南京城里某些大员暗中截留存粮，私

145

吞仓储，然后纵容白龙挂来偷，事后把所有做不平的账簿一发戴到他们头上，算作漂没。

难怪白龙挂能久居城中，原来是有人故意养着用来背黑锅的。"贪官蠹贼，沆瀣一气！本王……呃，朝廷本就该将你们一并惩处！"朱瞻基更加愤怒。

老龙头冷笑道："惩处自然是有的。你知道每年我们要给应天府送去几个人？五个！只为给官老爷们一个交代。漂没之罪，人命相抵，官府有了交代，从此这账便洗得干干净净。"

朱瞻基听得瞠目结舌，没想到有这么一手。他从前听东官师傅说过，地方上有些胥吏暗中窃取粮食，等到查账时便一把火烧了，落个死无对证。当时他还觉得过于胆大妄为，没想到还有更高明的手段。焚烧库房，只能瞒一时之贪；借帽取底，却能年年岁岁长享其利，付出的无非是几条人命罢了。

"你们为了点粮食，竟然不把人命当回事……"

"闭嘴！"

老龙头怒喝一声，猛然把他扯到城墙内侧，指向城下黑压压的一片，道："好叫小哥儿知道，城北杨家坟这一带，都是历年来逃难至此的南直隶灾民与饥民，得有数千人。官府向来不闻不问，若非我们白龙挂偷回粮食发散，这些人都要饿死。每年那五条人命，皆是我白龙挂中人抽签自愿前往，只为能给亲人挣口活命粮。"

朱瞻基看向吴定缘，似乎想要求证，吴定缘面无表情地点了点头。朱瞻基顿时哑口无言，一个窃粮的黑帮团伙里，居然还藏着这么多弯弯绕绕。这些人似乎全不把大明律放在眼里，可仔细一想，大明律又何曾保全过他们？太子胸中那一腔正气，似乎有些微微动摇。

"我们这些挣扎求活的人，赔进性命，每次所得不过数石，比起那些大人物贪墨的，只是沧海一粟，嫌我们白龙挂是硕鼠，可以说是全无心肝之言了！"老龙头说完，扯住朱瞻基，嘿嘿一笑，"老夫最好为人师。这位公子既然不知人间疾苦，就该去杨家坟见识见识世情，好好磨炼一下琴艺才是。"

于谦大惊，这老龙头好大的胆子，竟然提这种非分要求。吴定缘伸手拦住他的嗓门，皱眉道："这不合规矩吧？"

老龙头一摊手，道："你们若不愿留，老夫也不强求。只是下城时可得小心些。"这话摆明了要挟之意。若没有白龙挂的那条白龙，这几个人别说缒下城去，就连原路返回都做不到，只能困守城头，等着守军瓮中捉鳖。

"原来你是这么还人情的？"吴定缘语气变得不善，作势要摸腰间铁尺。老龙头打了个响指，三个精壮汉子霎时把他围住。

"你们这些贵人，平时个个都是正人君子，背地里干的都是缺德营生。我一直很想知道，一个用沾了血的脏粮养大的公子哥，给我们这些下里巴人弹琴，该是种什么体验。放心好了，我不坏他性命，多留几日便放还出城，也不算违背承诺。"

于谦大急，没想到临到出城了，却被一个老龙头的自尊心给拦住了，不由得深怪太子多嘴。返京一刻也耽误不得，你何必在这时候议论白龙挂的是非曲直？

眼下这边能打的，只有吴定缘一个，想硬来，根本就是寡不敌众。何况白龙挂那边只消扯起嗓子喊一声，就会把神策门的守军惊动。于谦一筹莫展，有些绝望地晃动脖颈，无意中发现苏荆溪的位置和刚才不太一样了。

她距离刚上城头所站的位置，挪出去了四五步的样子，更加靠近那几个壮汉。他们都把注意力放在吴定缘身上，没人留意一个怯弱女子的动静。于谦虽然不知她想做什么，但他知道，忽略这个女人可是要吃大亏的。

只见她不动声色地挪到了一个壮汉身旁，一拎马面裙，伸足轻轻踏上他脚下的白龙布条。这条白龙布条能缒人在城墙上下，长度惊人，一端系在那三个汉子的腰间，另外一端则像蟒蛇盘叠在地面上。苏荆溪手一松，裙面正好挡住了脚下的动作。她不动声色，用脚钩着布条一点点挪回到于谦身旁。

"于司直，你有多重？"苏荆溪突然问。于谦愣了愣，他又不是屠户，何曾关心过这个。他低头看看自己肚子，迟疑道："许有一百一十斤？"苏荆溪闭目默算片刻，展颜一笑，道："应该够了。"

"什么够了？"

苏荆溪把白龙布条这一头从地上托起来，飞快在于谦的腰间缠了两道，又系了个死扣，道："你往城外跳。"

于谦震惊无比地看着她，这是要干吗？

"没时间解释了，想救太子，这是唯一的办法，跳吧。"苏荆溪催促道。

于谦也知道情势瞬息万变，自己既然选择辅佐太子，那么做个陆秀夫也是应该的。他一咬牙，翻过城头，紧闭双眼朝外侧奋力一跃，身子立刻变得轻松起来……

白龙布条被他这么一扯，也朝着城下飞坠而去。那三个壮汉腰间的布条还没解开，被这一股突如其来的坠力猛地一拽，登时站立不稳。好在他们三个体重远胜于谦，虽然被扯得东倒西歪，但六条腿扎下马步，勉强绷住。于谦的身子只落下城头一半，便被吊在了半空，来回摆动。三人和一人之间，达成了一个颇为微妙的均衡。

苏荆溪突然高声叫道："吴定缘！"

吴定缘很有默契，毫不犹豫飞扑过去。三个汉子扎着马步，动作迟缓了许多，他闪过三人间隙，铁尺一晃，似流星飞坠，狠狠砸中了老龙头的手腕。老龙头惨呼一声，只得松开朱瞻基。吴定缘喝道："后踹！"

朱瞻基这时只要伸腿朝后一踢，便能把那老头子踢翻，脱身而去。不知为何，他正要抬脚，却蓦地想起老龙头刚才那一通控诉，竟有些迟疑。这么一脚踹下去，日后史书会怎么写这段？一个虐民的昏君？一个不管贪渎的昏君？难道这就是我的为君之道？

自从于谦骂过他之后，这四个字几乎成了心魔，时时闪现。朱瞻基知道紧要关头不该想这些，可心意哪里抑制得住，脚下不由得慢了一拍。

老龙头觑准这个机会，双臂一环，再度紧紧扼住了太子的咽喉。他虽年老体衰，可这一双攀惯了白龙的手掌，比铁枷还牢固。吴定缘再想上前敲手，可那三个汉子已调整好身姿，重新挡在了老龙头身前。

唯一一个翻盘的机会，因为太子一念之误，转瞬即逝。这一次，无论是吴定缘还是苏荆溪，都没什么办法了。至于吊在半空中的于谦，更是自顾不暇。

老龙头正要开口说什么，忽然感觉到身后涌起一股强烈的压力。他回头一看，瞳孔陡缩。只见一个壮实的黑影稳稳站在驰道正中，月色下的身躯如浮屠般高大雄壮，额头的一抹鲜血透出几许狰狞，道：

"把太子交给我。"

两京十五日

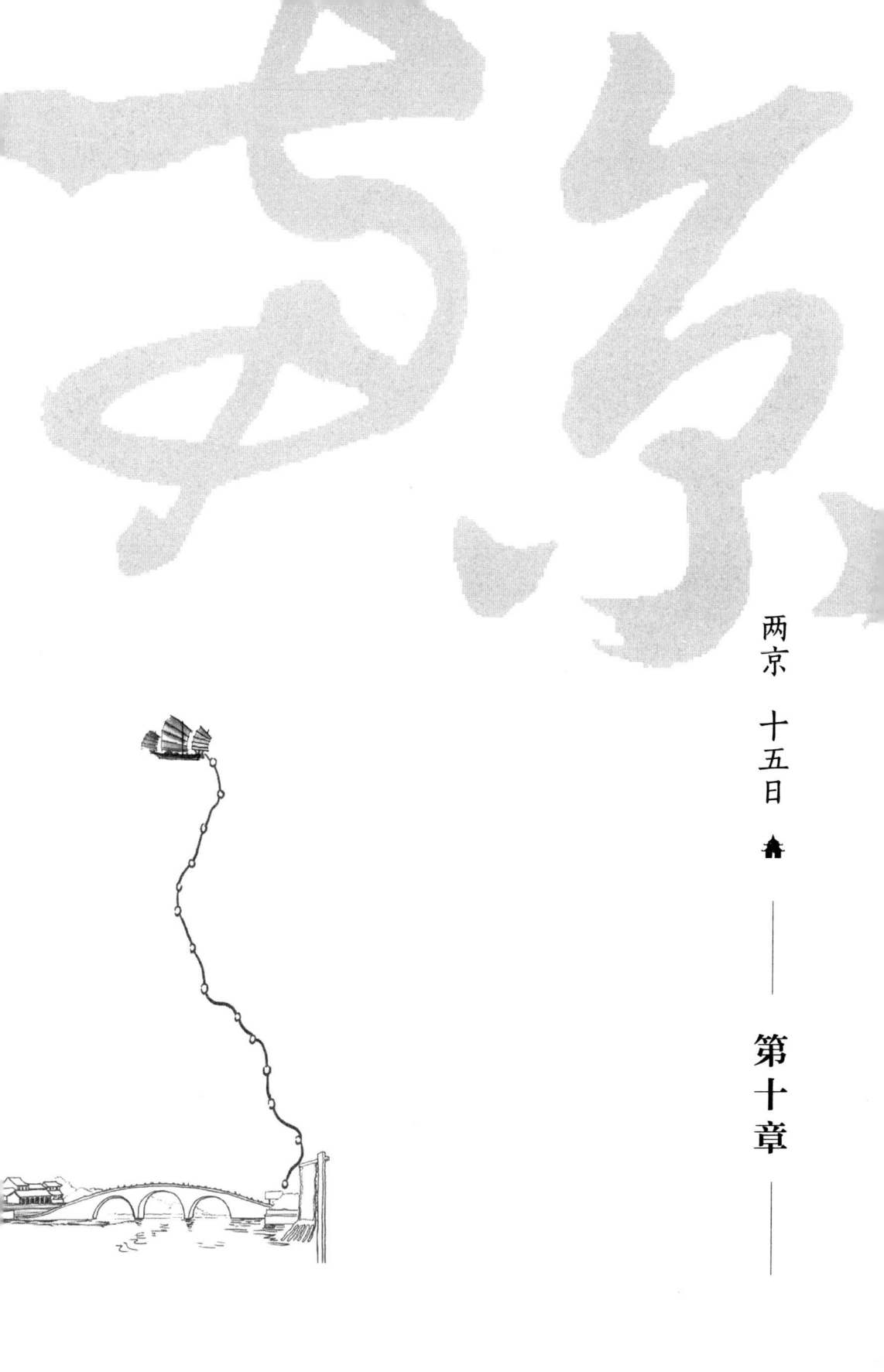

第十章

"梁兴甫？"

"病佛敌！"

不同的人嘴里，喊出了不同的名称。

"你何时回的金……"老龙头的喊声到一半就煞住了。因为他发现梁兴甫的腰间也缠着一条白布条，布条上染了半边血色。不用说，他一定是先去杨家坟荒庙，问出他们的踪迹，再衔尾追来——至于怎么问出来的，那布条上的血迹说明一切。

一个白龙挂的汉子按捺不住，解开腰间布条，愤怒地朝梁兴甫扑去。梁兴甫抬起右手，只那么轻轻一带，他便惨呼着跌出城墙里侧。从这个高度摔下去，只怕是十死无生。

这是极高明的相扑手段，梁兴甫甚至连眼眸都没什么变化，仿佛只是挥手赶走一只苍蝇。其他两人目眦欲裂，要冲上去为同伴报仇，老龙头却喝了一声"住手"，然后咬牙道："你想要做什么？"

"把太子交给我。"

梁兴甫重复了一遍，视线对准了老龙头抓住的朱瞻基。老龙头闻言一惊，发现自己终究还是看走眼了。

这个连夜离城的小和尚，居然是大明太子？不对啊，风闻太子在中午宝船爆炸中葬身火海，再说就算没死，不也该安居宫城吗？怎么扮成和尚往外逃？怎么会惹来病佛敌的追杀？无数疑问纷沓而来。但老龙头及时放弃了深究，他松开朱瞻基的脖颈，往前一推。

"给你。"

白龙挂在金陵能存活这么久，正是因为老龙头知道何时该亮牙齿，何时该乖乖认怂。

朱瞻基刚觉得脖颈一松，筋骨还未舒展，旋即又被一只大手按住了右肩。这手的力道奇大，像飞来峰一般沉甸甸地压住半侧身子，触动箭伤，疼得他连脚面都抬不起来。老龙头面沉如水，一挥手，道："我们走！"

一人迟疑道："那白龙……"

他们带来的那根布条，一头还吊着于谦在外城壁上晃悠，另外一头系在腰间。老龙头铁青着脸道："不要了！"手下的两个人不敢多问，纷纷解开腰间的白布条，跟着老大像避瘟神一样匆匆离开。

"等一下！"吴定缘和苏荆溪一起喝道。可老龙头压根不听，那两人一解开布条，这边失去牵扯之力，白龙"嚯"的一下，飞快从城头滑落下去，远远听见于谦坠下城去的惊呼，然后"扑通"一声，归于沉寂。

"于谦！"朱瞻基往前猛然一挣，嘶声叫道。整个南京，就这么一个真心为他的忠臣，居然就这么……死了？他还来不及哀悼，又被梁兴甫按了回去，只有任凭身体绝望地颤抖着。

不过，梁兴甫此时的注意力并不在太子身上，而在数步开外的吴定缘身上。自从他现身之后，后者眼神便像一只遇见疯狗的猫，全身的毛都竖起来了。

"铁狮子的残蜕，我已为他收了，现在该来接引你了。"说完他抬起左手，大拇指在额头疤痕的血迹处抹了一遍。

吴定缘双眉先抖了抖，突然发出一声低吼，疯了一样冲了过去。他的速度奇快无比，几乎在城墙上拉出一道残影。可梁兴甫不动声色地伸手一挡，那把可以敲断胫骨的铁尺，居然被一截厚实手臂牢牢架住。

吴定缘呆了呆，挥动铁尺又是一通雨点般猛砸。梁兴甫左手压住朱瞻基，右手匆匆应付吴定缘的砸击，居然还有余裕缓缓道："我从富乐院追查到此，也是费了一番工夫，你可不要辜负了我。"

铁尺的力度骤然增大，吴定缘的眼睛都红了，可惜仍不足以破开对方的防御。梁兴甫仿佛还嫌恨意不足，又道："你妹妹吴玉露正托庇于我坛。看来吴家的恩情，今夜我可以一次报完了。"

"梁兴甫！你这个忘恩负义的狗贼！"

吴定缘声嘶力竭地喊着，可是手中的铁尺越发沉重，每挥动一次胳膊都会酸痛难忍。他长期酗酒，体力太差，刚才那一阵狂风骤雨的攻击几乎耗尽了全部力气，只得半跪于地，大口喘息。梁兴甫没有乘机追击，反而一副意犹未尽的神情，道：

"都说铁狮子的儿子是个废物,原来他一直在暗中调教,是用来防备我吗?"

"呸!"吴定缘又一次扬起铁尺,可惜这一次,梁兴甫只是轻轻一拨,便把尺头拨开。"可惜你劲力虚浮,中气不足。若再调养个五年,或还能与我一战。"

"去死吧!"

"其实你又何必反抗呢?有生皆苦,早登净土,也不枉我对你们吴家一片赤诚。"

梁兴甫絮絮叨叨地说着,吴定缘的怒意却已经被绝望淹没。双方实力差距实在太大,吴定缘手中缓缓松开尺子,习惯性地要垂下头去认命。这时耳膜却突然被一声尖锐的吼声刺入:"吴定缘,别忘了你发过的誓!"

吴定缘猛然抬头,与正在梁兴甫掌下挣扎的太子四目相对。那张脸所引发的刺痛,再次袭入脑袋,这一次,强烈的痛楚将颓丧驱散一空,令吴定缘的精神为之一振。

他注意到,太子双眼圆瞪,瞳孔飞速先看向左边,再向右转。说来也怪,吴定缘立刻读懂了朱瞻基的意图,毫不犹豫地拿起铁尺,狠狠掷了过去,同时大喊一声:"大萝卜!"

梁兴甫本以为他只是垂死挣扎,可稍微判断了一下走势,不由得"咦"了一声。那把铁尺不是砸向自己,而是直奔太子的额头而去。

虽说这一击未必致命,可太子是昨叶何点名要的,不能有任何闪失。此时铁尺已飞出大半距离,用右手去拨已经来不及了,梁兴甫的左手只好短暂地松开太子肩膀,去挡铁尺。

肥厚的手指夹住铁尺的一瞬间,太子发出尖声:"现在!"

他飞快地猫下腰,从地上抓起那条染血的白龙布条一端。与此同时,吴定缘也矮身扑过来,抓住白龙布条的另外一端。两人像有多年默契的战友,在地上滚动几圈,同时朝着城外跃下去。

这条白龙布条,是梁兴甫从白龙挂手里抢来的,中段系在腰间还未解开。被朱瞻基和吴定缘两人这么舍命一扯,即使是梁兴甫也站立不住,朝着城外踉跄跄去。

如此紧要关头,他的眼神没有惧意,没有惊意,反而射出兴奋的神色。倘若此时梁兴甫双腿运劲,凭他的力气足以扯住两人的坠势,可他完全不做任何阻拦,反而伸开双手,任由自己从两个垛口之间的空隙滑出城外。

在银乳般的月色中,三个人影在高耸的城墙外侧滑过夜色,白色的布条在人影之间的半空飞舞盘卷,矫若游龙。三条曲度不同的弧线,从城头一直勾画到浩渺的后湖湖面。随着三声"扑通"声,水花绽放,惊起了一群夜栖的水鸟。

这一段正北的南京府城墙,外侧正好与后湖南岸相接,两者之间的湖岸陆壤只有十几步宽度。朱瞻基刚才看到于谦跌落城头,耳边似有落水之声,立刻判断出从这个高度跃下去，肯定会落到湖水里。

虽然被水面一拍，人也不好受，但总好过在城头完全受制于敌。他电光石火间想到这一个破局之法，没想到吴定缘居然那么有默契，硬生生地把一个劲敌给拖下了水。

算起来，这已经是朱瞻基这两日第三次入水。他心中苦笑，手脚并用，朝着距离自己最近的小岛游去。肩头的箭伤本来在苏荆溪的处理下已不怎么疼，这回骤然泡在水里，那咬在肉里的箭头又开始隐隐作痛起来。

后湖中有五洲，分别叫作梁洲、菱洲、长洲（明朝时，别其在南者为龙引洲，在北者为仙鼙洲）、莲萼洲和趾洲。距离太子落水处最近的，即是梁洲。这里是当年昭明太子编撰《文选》的读书之处，号称梁园故址。可惜朱瞻基此时没心情考虑这些文学之事，他飞快划过水面，很快便游近洲边的石堤，气喘吁吁地爬上去，甩了甩身上的水——还好头发被剃光了，不然还要狼狈。

梁洲之上的草木不是很多，目力所及，可以看到不远处有十几间长方形的大房子。这些房子宽窗平顶，俱是东西朝向。不似人居，也不像寻常库房。朱瞻基还不及细看，就听耳边满含惊喜的一声："殿下？"

嗓门已刻意压低，可仍比正常人响了几分。朱瞻基也是一喜，道："丁谦？"

他转头一看，只见不远处的高台旁转出一个人影。只见于谦的头发全披散下来，间杂着水草，他此时打着赤膊，下半身只剩一条湿透了的亵裤，亵裤上头居然还有几块补丁。

于谦身上穿的是宽袖朝服，落水之后吸足了水分，极为沉重。他为了活命，只得不顾体面把衣袍都剥下来，这才得以侥幸生还。朱瞻基看他这一副野人模样，虽是情势紧急，也忍不住笑了一笑。

于谦面色一红，却没有畏缩躲闪，急切问道："他们呢？"朱瞻基看了眼湖面："吴定缘和梁兴甫跟我一起跳了下来，苏大夫估计还留在城头。"

朱瞻基朝城头望去，上面已经空无一人，想必苏荆溪早就跑掉了。也是，她和另外两人不同，只是为了向朱卜花报仇才加入队伍的，如今眼看全军覆没，没有理由会跟着跳下来。他心中微微有些失落，又扫了一眼水面，暂时没看到吴定缘和梁兴甫的踪迹。

这时于谦对太子道："梁兴甫肯定没死，咱们先去前面的黄册库躲一躲！"

后湖之上的这五个小岛，从洪武年间便被严格封锁起来，专用于贮存天下户籍黄册。这些黄册记录了南北直隶十三布政使司数百个州县的民生口数，因此数量极其庞大。朝廷在梁洲上已经建了十几间架阁库，才勉强能够装下。

他们随便挑一间钻进去，梁兴甫就算长了狗鼻子，也要搜上一阵。虽然这不解决根本问题，但至少能拖延一阵。

梁洲存放的都是册籍，最怕回禄，岛上严禁动火。负责日常维护的库夫们到了夜里，都去附近的龙引洲吃饭休息。所以，现在这个时辰，梁洲一片静悄悄的，空无一人。他们两人猫着腰，随便选定一间架阁库，悄悄钻了进去。

梁洲的黄册库以千字文排序，这一间的门楣用白灰刷着"地字第三号"字样。木门没有锁——里面全是黄册，没人会对这些东西有兴趣——于谦推开门，扑鼻而来一股微微的纸霉味道。他赶紧招呼太子进来，把门再迅速掩上。

朱瞻基早知道后湖黄册库的大名，可这是头一次亲见。眼前是一个有两进深浅的敞亮开间，里面整整齐齐地摆着十排柏木架阁，每排有十六座顶天接地的书架，每座书架分作八层，里面堆叠着密密麻麻的黄册，俱是长一尺三寸、宽一尺二寸的厚纸簿子。一个人站在架阁之间的过道中，视野会被浩如烟海的册籍填塞，仿佛它们正从四面八方倾压而来，令人艰于呼吸。

于谦拽着朱瞻基朝着库房深处走去，这里为了防火，地面都铺满细沙，走起路来沙沙作响。他们穿过一个个巨大敦实的书架，视线越过层层叠叠的黄册，最终选了个靠近窗边的死角蹲下来。这样一来，除非梁兴甫走进这座架阁库，拐到这一排的尽头，否则绝不可能发现他们。而且地面的细沙，也可以让入侵者的脚步无处遁形。

他们蹲在窗下，乳白色的月光从宽大的窗口投进来，无数细小的灰尘在古朴册簿之间飞舞，颇有幽邃静谧之感。这些册籍中最古老的部分，可以追溯到洪武十四年，比于谦或朱瞻基都大。

"这个梁兴甫……呃，还是叫病佛敌的，到底是什么人？怎么你们都认识？"朱瞻基这时总算有余裕提出问题。

于谦笨拙地把头发上的水草摘掉，压低声音，道："整个金陵，恐怕没有不知道这名字的。我虽然没见过本人，但也听同僚讲过。"

"梁兴甫是哪里人，之前做什么的，没人知道。只知道他第一次来到南京是在永乐十八年冬天。当时这人从聚宝门进城，好像要找什么人。也不知为何，他跟城门卫发生了激烈的冲突。这家伙手段实在了得，一个人打散了整个城门卫，霸住城门，来多少援军灭多少。到了后来，他索性一路逆着人流往里打，一口气冲到了南城兵马司的堂下。"

朱瞻基倒吸一口凉气，这是何等威猛的战力，难不成是李元霸转世。"他再厉害也只有一个人，难道整个守备衙门都是死人吗？"

于谦叹了口气，道："永乐十八年，殿下你想想，那正是太宗皇帝迁都最关键的时候，两京交接，各处衙署忙得自顾不暇，哪还顾得上这个？"朱瞻基一想也对，便让于谦继续说。

"南城兵马司的指挥集结了百余名好手,还从皇城调来了几队弓弩手,这才勉强把梁兴甫逼退。啧,这么多人逼退了一个人,真够丢人的。"于谦忍不住感叹了一句,"这一战让他声名大噪,整个南直隶都知道有个神勇的疯子,竟然直闯南城兵马司全身而退。可是所有人那时候都不知道,这只是一个开始……"

朱瞻基倒吸一口凉气,如此嚣张,居然还只是一个开始?这陈年旧事,竟听得他手心沁出汗来。

"梁兴甫从南城兵马司退出来之后,并没有离城,而是消失在城南街巷之中。守备衙门搞过几次搜查,都无功而返。他从何而来,到南京做什么,怎么藏身的,谁也搞不清楚。可从此之后,整个南京城便陷入无尽的恐慌之中,一到夜里他就出手生事,必有人遭殃。要么官员横尸街头,要么巨贾廊铺起火,要么秦淮河上的游舫莫名沉底,要么国子监的学子被吊在集贤门前,城里巡夜的小队铺兵全军覆没,也发生了好几次……甚至连大报恩寺里头的金身佛像,都被他一夜砸毁,从此他得了一个绰号,叫作病佛敌。"

朱瞻基略通佛典,知道这个"佛敌"是指佛祖的堂兄地婆达多。地婆达多是佛经里赫赫有名的恶人,他曾经投石砸伤佛祖脚趾,又在指甲里放毒药想抓伤佛祖双足,还曾驱赶疯象去踩踏佛祖,是古往今来唯一让释迦牟尼受伤出血的佛敌。"病佛敌"这个绰号,可以说是起得十分形象。

"那一段时间,百姓官吏一夕数惊,一入夜便关门闭户。梁兴甫一个人,竟搅得整个南京城惶恐不安。应天府和五军都督府实在没办法,公门精锐齐出,没日没夜查访,甚至面向江湖中人发下悬赏。朝廷好不容易才算抓住梁兴甫的踪迹,把他堵在冶城山上。可惜这时不远处的柏川桥火药库离奇爆炸,诸军皆惊,竟让身负重伤的梁兴甫逃出了生天……他去了哪里不知道,但至少没再回南京,直到今天。"

朱瞻基听得久久不语,光是听于谦的描述,都能感受到那滔天的凶焰。难怪白龙挂的老龙头认出他以后,二话不说,转身就走,谁会嫌命长跟这尊杀神对上。

于谦又道:"我听说冶城一战,有个应天府的捕头身先士卒,划破了梁兴甫的面孔,这是病佛敌搅乱南京期间,第一次受的伤。现在回想起来,那捕头应该就是吴定缘的父亲吴不平。"

"啧……"朱瞻基咂咂嘴巴,难怪梁兴甫现身之后,吴定缘的反应这么古怪,原来两边早有宿怨。

可是,他刚才明明听到吴定缘喊了一声"你这个忘恩负义的狗贼",这便奇怪了,难道说吴不平和梁兴甫之间不是仇人这么简单?

不过，这时并不适合深思，于谦突然"嘘"了一声。两人保持着安静，竖起耳朵仔细倾听，听到远处有隐隐的声音传来。那声音似带呻吟，又像在怒骂，但有一点明辨无误，那是吴定缘的声音。

两人对视一眼，面色都难看之至。看来吴定缘运气太差，竟被梁兴甫制住了。这个能冠以"病佛敌"之名的恶人知道一个人搜不过来十几间架阁库，所以故意折磨吴定缘，想把太子引出来。

这是个再明显不过的圈套，梁兴甫甚至不屑做出掩饰。

怎么办？

太子与一个小捕吏孰轻孰重，如何选择显而易见。他们完全可以趁梁兴甫折磨吴定缘时，从另外一个方向离开后湖。可是朱瞻基抿紧了嘴唇，双拳握紧复又松开。而于谦也没有劝说"大局为重"之类的话，眼神往沙地上瞟去。

远处的怒骂一阵紧似一阵。朱瞻基霍然起身，狠狠拍了一巴掌书架，激起一片灰尘，道："昨日那家伙在扇骨台救过我一命。若对一介小吏本王都要忘恩负义，日后史书会怎么写？得去救他！"

于谦闻言，脸色如释重负，道："殿下真是……取义。"他本来想说孟子的舍生取义，可又觉得不吉利，只好勉强吞下前两个字。

朱瞻基谨慎地把头靠近敞窗，朝外看去，可惜从这个角度看不到情形，只能勉强分辨声音从百步开外的湖岸边传来。于谦曾来后湖参观过一次，他记性甚好，蹲在沙地上用手指画出一个梁洲布局的草图。吴定缘被折磨的地方，很可能就是在湖神庙附近。那是梁洲除了黄册库唯一的建筑。

"得想个什么办法才行……"朱瞻基盯着沙土。救人固然重要，可也不能直接出去送死。

他们面对的唯一的——也是最大的——障碍，就是梁兴甫。朱瞻基勉强算是与之交过手，知道这人最可怕的不在技击，而在那不为万事所动的沉稳漠然。面对这种对手，你会感觉有一头巨鲸倾压而至，无论你做什么都无法改变它前进的轨迹。

于谦也走到敞窗前，想要看个仔细，脚边忽然"啪"的一声，似乎有东西落到沙地上。于谦低头一看，原来是那个从吴定缘家拿出来的小香炉。他刚才脱掉湿透的官袍时，把它顺手在腰带上系牢，这会儿绳索松垮，香炉便掉了下来。

于谦俯身去捡，手臂伸到一半，脑海中突然闪过一个念头。他吓了一跳，连忙摇了摇头，想把这个荒唐的想法甩掉。这太胡闹了，身为朝廷命官，岂能做这种大逆不道之事？可他越是想尽力摆脱，那想法越是在脑子里生根，竟然不受控制似的自行生长起来。等到于谦意识到不对时，它已变成一个完整的计划，除此之外别无他法。

犹豫再三，于谦用力捏了捏眉心，走到太子身旁，道："臣有一个办法，不知当讲不当讲……"

就在两人伏低身体嘀咕的时候，梁兴甫正站在湖神庙前，朝着那十几栋架阁库凝望。他知道太子就藏身于其中一栋，却一点不见焦虑，视线略略高抬，把注意力放在半挂天中的蟾宫。

"当初我与你爹的第一次碰面，也是这样一个月夜。"梁兴甫负手而立，提到吴不平的口气，像是一位熟稔的故友。

在他身后，吴定缘被捆在一根幡杆之上，热气腾腾的鲜血从鼻子流出来，滑过下颌，再滴落到土地上，看起来凄惨无比。梁兴甫熟悉人体每一寸结构，知道怎样折磨才能呈现出最大的效果。

"去你妈的！我爹当初瞎了眼，救下你这个疯子，早知道就该让你烂死在冶城山！"吴定缘有气无力地喝骂道。梁兴甫转回头来，神情认真，道："铁狮子是这南京城里，唯一值得佛母度化的善人，我自然是要诚心报答你们一家。"说完他双手合十，念诵起经文来。

"要杀就快他妈动手！"吴定缘喝道。这人看似沉稳，其实已经疯了。只有疯子才会如此沉醉地在杀你全家时表示这是在救你们。梁兴甫念诵完经文，摇了摇头，道："定缘，你怎么还不悟。这世间皆是泥沼，皆为火狱，欲要超脱，就得满怀嗔念。我所做的一切，就是要你把恨意都释放出来，你何时对世间彻底绝望，彻底厌弃，何时才能羽化登仙，亲临净土。"

面对这种佛道混杂的奇谈怪论，吴定缘能做的只有卷起嘴唇，朝他吐出一口唾沫去。梁兴甫正要闪避，远处的架阁库传来一阵奇怪的响动，把他的注意力引偏了几分，结果那带血的唾沫正中面颊。

铛，铛，铛，铛，像是什么人在敲着一扇破铜锣。

不过，那声音没有铜锣那么响亮，喑哑沉闷，音质也不均匀。梁兴甫循声看去，只见几间架阁库之间多了一个人影，看身形与太子一样。那人朝前走了几步，确认梁兴甫看到了，然后急速转身，钻回到其中一间架阁库去。

这招"调虎离山"的拙劣程度，和他用吴定缘引蛇出洞差不多，几乎可以算作阳谋。

但梁兴甫迈开步子，还是朝那边走了过去。他的时间其实也很有限。刚才城头的一番闹腾，很快就会惊动勇士营，等到大军齐至后湖，擒获太子的功劳就不是白莲教的了。

再者说，那间黄册库里只有册籍，他并不认为太子仓促间能搞出什么花样来伤害到自己。梁兴甫甚至不怕另外一个人借机去救铁狮子的儿子。那家伙的双足脚踝血脉已被钳住，就算得救松绑，一时半会儿也根本没法走路。救下他，只会让逃亡者增加更多负担。

梁兴甫的步子迈得很大，寻常人要走五十步的距离，他三十步就走完了，很快便站到了架阁库的门前。木门没锁，轻轻虚掩着。梁兴甫刚才一直紧盯着周围，确认太子钻进这间架阁库之后并没离开。于是他伸出手臂，推开木门，踏入这间幽深逼仄的黄册世界里来。

库房里漆黑一片，只有三四道微弱的白光从侧面照进来。梁兴甫的眼睛如鹰隼一般，这种光照已经足够了。他一边扫视过排列如林的书架，从一摞摞黄册的间隙朝两侧窥望，一边向库房深处走去。梁兴甫的体形过于庞大，穿行狭窄的过道时，肥厚的双肩会蹭得书架一阵动摇，就像在密林中觅食的熊罴。

太子的身影始终离梁兴甫一段不远的距离，在书架之间跑动，有时候还故意迟延几步，仿佛怕他跟丢了似的。奇怪的是，那个铛铛的敲击声始终未停，而且忽前忽后，敲击者显然在不断跑动。

梁兴甫略感惊讶，那不是用来吸引他注意力的吗？他既然都来了，为何现在还在孜孜不倦地敲击？难道只是为了扰乱心神？他对这种顽童式的把戏毫无兴趣，视线始终牢牢锁住前方的太子。

太子的身影还在晃动，但梁兴甫并不急着发力追击。他知道架阁库只有这一个出口，只要自己牢牢占住过道一线，任他怎样都飞不出去。在绝对的力量面前，什么心机都会被彻底碾压。

架阁库的空间毕竟有限，这一场古怪的追击很快就到了尽头。太子背贴墙壁，胸口起伏，似乎再也没路可去。梁兴甫不疾不徐地迈步向前，脚下把细沙躏得沙沙作响。他距离这只穷途末路的老鼠，只有最后四排书架的距离了。

"动手！"朱瞻基突然喝道。

那铛铛声戛然而止，然后一阵低沉而有节奏的碰撞声，由远及近。梁兴甫眉头微皱，回头一望，只见那一排排搁满黄册的木架如同推金山、倒玉柱一般，前后相撞，像骰牌一样次第倾倒而来。

这些木架都是五层一般的高低，彼此间距很近。而且库夫出于偷懒的目的，把黄册大多摆放在上层隔架，下面比较空，导致头重脚轻。只要有人刻意去推倒一架，就会一排推一排，造成一场连锁大倒塌。

从朱瞻基发出一声喊到黄册架翻倒下来，之间只有短短数息。等到三四个大书架冲着梁兴甫扑面砸下来时，他想要躲闪已来不及了。梁兴甫冷哼一声，双臂一举，试图像胡大海力托千斤闸一样，把两边的书架撑起来。

不过这一次，他终于失算了。

梁兴甫毕竟是个武夫，精通技击，但对文字的重量没有概念。只有像于谦这种读书人才知道，这些看似轻飘飘的纸册子，如果压实聚在一起，其重量该有多么惊人，其威势该有多么不可阻挡。

整整四个柏木架子挟着近千本黄册轰然倒下，梁兴甫的手臂只支撑了一霎，整个人便被撞翻在地，随即被无数倾泻而下的厚纸簿子淹没。一时间木屑与尘土齐齐扬起，充塞整个库房。

朱瞻基早早算好了一个位置，躲在书架与墙壁之间的小三角区域。他见到梁兴甫被黄册淹没，赶紧跳出来，一边捂住口鼻一边走到废墟上头去看个究竟。

只见梁兴甫身上交叉压着两个大书架，两个书架上又各有两个书架叠压，那四个书架又被更外侧的书架挡住了一角，演变成一个极复杂的交叠体系。所有的空隙，则被纷乱的黄册填满。如果这家伙想要脱身，非得从进门的书架一个个抬起不可。

书架下忽然发出"咚"的一声，向上微微震了一下。朱瞻基吓了一跳，赶紧站远了，随后发现这"咚"声越来越频繁。原来梁兴甫试着推了一下书架，发现层层叠压不可举，便改用拳头捶击书架边框，只要将柏木框体捶碎，也能推开。

这家伙果然悍勇，居然想凭一双肉掌去击碎柏木。假如多给他点时间，说不定真能脱身而出。

"可惜。"朱瞻基站在废墟顶端，嘴唇微微翘了起来。于谦这个计策，可也没完呢。他转向门口："你弄好了吗？"

"马上得！"于谦的声音从门口传来，同时手里铛铛声不绝。过不多时，他的大嗓门喊道："得了！"

一团炽热的光芒，从门口画出一条明亮的弧线，落在覆盖于梁兴甫身上的黄册堆上。黄册皆是麻纸所制，平时又经常晾晒，保持干燥，一遇火种这些册子便呼啦啦地燃烧起来，从一个小火团迅速扩散成一片巨大的火堆。

火光明亮，映出了朱瞻基隐隐有些扭曲的快意表情，也映出了于谦既兴奋又心疼的面孔，以及他手里那个几乎要被敲破的铜香炉。

这才是整个计划最关键的部分。

吴家这个铜香炉，朱瞻基一眼就看出是件歪喇货，质地驳杂，根本不是纯正的风磨铜炉，估计被那商人骗了。若把它送去当铺，肯定会被朝奉直接扔出来。不过，这件歪喇货，在梁洲黄册库别有妙用。

要知道，铜质越纯，越不易敲出火星，古玩行谓之"敛光"；反过来想，杂质越多，越容易迸出火来。于谦用朱卜花送的那一枚过城铁牌，不停敲击炉身，只要能砸出一星半点的火花，再从黄册封面扯下一截绵纸做引燃的捻子，便可以取得火种。

接下来他要做的，是一件在黄册库属于绝对禁忌的事——纵火。

这里堆积了太多典册，是间天造地设的燃料场。于谦手里的火捻子往这边一扔，轻而易举便激起了滔天怒焰。火烈具扬，火烈具阜，只见在疯狂舞动的赤苗之中，一本本黄册的页角变得卷曲，有无形的炽热獠牙在撕扯着内页与边框，燃烧的纸屑跟随气流在库房里盘旋，转着转着便成了明亮的灰烬。

朱瞻基事先已研究好了路线，库房的墙边铺着细沙，火势一时蔓延不过来。他溜着墙边迅速跑到门口，即将离开架阁库之前，又回头瞥了一眼。远远地，在倒塌的书架下方仍有一震一震的敲击声传来，可见梁兴甫还在垂死挣扎。

可惜他纵有病佛敌之名，终究也只是凡胎，不可能对抗祝融的无上天威。朱瞻基俯身捡起一本散落的黄册，给火堆添了一把柴，然后转身跑了出去。

于谦站在门口，见太子赶在火头涌起之前冲出库房，立刻快步迎上去。他看到黄册库内的熊熊大火，心疼得眼角一抽。

这个计划是于谦想出来的，但绝不代表他愿意这么做。这些黄册都是重要的民政资料，没了它们，朝廷的治政很容易出现偏差。于谦不得已烧掉这一库册籍，等于毁掉了帝国一角的民生，内心的愧疚简直比眼前火焰还灼热。

幸亏今晚无风，一库的焚烧不会波及旁边。若是梁洲黄册库区遭遇一场火烧连营，全数焚毁，于谦只怕会当场抹脖子自尽。

"快走吧！"朱瞻基见于谦还呆呆望着火光，扯了他肩膀一把。于谦这才叹了口气，跟着太子离开。

两人迅速跑到湖神庙前，发现吴定缘被捆在幡杆上，满脸血污，浑身剧烈地抖动着。于谦最先反应过来，一定是刚才那场大火的景象，又触发了吴定缘的羊角风，可他四肢偏偏被捆得很紧，动弹不得，只有喉结蠕动着，透露出极度的痛苦。

他们两个赶紧把吴定缘解下来，在地上放平侧躺。于谦还不忘提醒了一句："太子龙威过盛，不宜近前。"朱瞻基这才想起来，吴定缘看见自己也会头疼，嘀咕了一句"这篾篙子麻烦"，悻悻退到一边。

过了好一阵，吴定缘才算恢复正常。他清醒后的第一句话是："梁兴甫呢？"

"烧了……"朱瞻基回头看向依旧燃烧的黄册库。吴定缘眉头一挑，没想到这两个家伙居然能干掉梁兴甫，他擦了擦嘴角的唾沫，道："那你们还不快走？"

"火光一起，巡湖瞬息即至，你留在这里是要等死吗？"于谦大声道。吴定缘肩膀一坍，索性靠着幡杆下的石礅瘫下，从腰间掏出那枚犀角如意抛给于谦："活没干完，抵押还你。我烂命一条，就不当累赘了。"

"放屁！"朱瞻基怒道，"早知道你他妈的想死，刚才我们就直接走了，何必费这番手脚？"吴定缘抬起头来，强忍痛楚道："殿下，你……您若能登基，希望下旨找找玉露，要是死了，就给她葬到我爹旁边。我就不必了……"

于谦发现，这还是吴定缘第一次尊称太子为"您"。朱瞻基冷着脸道："我又不是她哥！这事你自己去！"吴定缘无奈道："出口就在眼前，你们沿着西北角的水闸走，便能脱离金陵，就不要在一个篾篙子身上浪费时间了。"

朱瞻基从于谦腰间抢下铜炉，用力掷在地上："那你把这炉子吃了，把发的誓言吞回去。"吴定缘见他要无赖一样，正要说什么，于谦突然道："有人来了！"

原来是一条后湖巡夜的舢板看到梁洲这边起火，急忙摇着橹过来查看。朱瞻基眯起眼睛观瞧，发现船上只有两个穿白袿的瘦弱库夫。他示意于谦管好吴定缘，然后抄起香炉伏下身子，从土台边缘蹭了过去。

小船很快停靠在湖神庙旁边的石堤旁，两个库夫神色慌张地下了船，正要往库房那边赶去。朱瞻基从阴影处飞扑出来，重重用炉子砸中他们俩的后脑勺，一下子全砸昏了过去。

朱瞻基把铜炉往船头一搁，一身煞气地回到幡杆前。这次他也不跟吴定缘废话，对于谦打了个手势，两人半抬半扶把吴定缘抬到湖边，"咚"的一声扔进船里。

"你贱命一条，死便死了，本王在史书上却要留下无情寡义的名声。没门！"朱瞻基恶狠狠地说。吴定缘躺在船里一脸无奈，他双脚无力，也只能任太子去折腾。

于谦是钱塘人，对于舟楫不算陌生。他换上白袿，气喘吁吁地摇起船橹，驱使着小船缓缓绕过梁洲。此时黄册库的火势已经惊动了其他四洲的居民，他们呼喊着、叫嚷着，纷纷跳上船朝梁洲赶去。黑暗中的湖面弥漫着焦煳的味道，漫天飘荡着火星和碎屑，仿佛在进行一场盛大的扫墓祭奠。

小船按照吴定缘的指点，朝着神策门方向的水闸悄然划去。

后湖本来与长江有一条水道沟通。朝廷在建成黄册库之后，为了避免水位上涨淹没库房，在神策门附近修了一道神策石闸，可以调节旱涝水位。也就是说，只要小船能通过这道水闸，沿途再无阻碍，便可以直入长江。

后湖不算广阔，很快舢板便接近了目的地。月光之下，只见一条三丈余宽的水道蜿蜒向远方延伸，在水道与湖面最狭窄的交接口处，一座拱形的青黑石闸将水面拦腰截断。两侧闸墙高耸，顶端平台刻意雕成龙头模样，隔水对望。

现在是五月光景，雨水不算多，所以闸洞里的绞关石只放下来五分，水面与闸石之间留有宽阔的空隙可供通行。于谦眼见即将逃出生天，心中喜悦，手里的船橹不由得加快了几分。

可就在这时，他看到水面微微泛起涟漪，一个接一个，似乎远方有频繁的震动传来。朱瞻基和吴定缘也听到不对，纷纷抬起头去看。只见从神策门方向驰来一队骑兵，扬尘喧天，足有十几人之多。他们排成一字长蛇，沿着湖边的窄路急速前行，直直朝着神策闸冲过来。

吴定缘的眼力极好，借着月光，一眼望见带头的骑兵脸侧挂着一帘白布，道："是朱卜花！"于谦和朱瞻基俱是身躯一震，面色煞白。怎么这么巧，刚干掉梁兴甫，这个魔头又追了过来……

原来朱卜花急吼吼地跑去西水关，逮住童姥姥的老相好一通暴打，结果自然一无所获。直到白龙挂的人主动出首，说梁兴甫和疑似太子之人在城墙上发生冲突。朱卜花这才意识到自己被白莲教摆了一道，急忙率人赶去府城北边。

半路上朱卜花又听到消息，后湖走水。他虽不清楚后湖洲上到底发生了什么事，但作为一位经验丰富的宿将，朱卜花敏锐地做出判断，太子恐怕是想从神策闸进入长江，便拨转马头朝神策门疾驰。

经过一路上数次狂奔急转，骑兵掉队了不少，真正跟上朱卜花抵达神策闸的，只有十余个骑士。不过，要抓住太子那一队伤残人士，这些兵力也足够了。

当朱瞻基等三人的舢板即将进入石闸下方时，朱卜花的高头青马也刚好踏上闸墙左侧的龙头台。他在马上侧过头来，看到那条小船飘飘悠悠过来，上头有三个模模糊糊的人影。朱卜花一眼便认出其中一个轮廓是太子的，不由得心花怒放，面上那些亮艳若溃的脓包愈加醒目。

十几个时辰的辗转周折，太子终究还是要让他来了结。

朱卜花松开缰绳，从得胜钩上取下自己心爱的西番硬弓，撒袋里拿出一支雁翎箭。从闸头到小船不过二十几步，这个距离绝对不会射失。朱卜花强忍着脸上越发难忍的肿痛，决定尽快把这件事了结。

船上的人似乎发现不对头，可他们并没什么动作，都僵直地坐在原地，大概是放弃希望了吧？也好，可以更从容地瞄准。就在朱卜花的手指刚搭上弓弦之时，耳边突兀地传来一个女子的声音："朱太监，你的面疽还好吗？"

朱卜花手里的大弓一颤，雁翎箭杆差点滑下弓弦。他拧脖子一看，发现在水道的对面，闸墙右侧的龙头台上，站着一个身穿马面裙的女子。她的身躯瘦弱纤细，宽阔的额头上一片明光。乌黑的长发就这么披散下来，湖风一起，遮挡住了大半张面孔，在月光映照下如同一个女鬼。

"苏……苏大夫？"朱卜花怎么也没想到，居然会在这里碰到她。

船上的三人，也颇为惊讶。刚才苏荆溪自己留在城头，他们以为她会直接走掉，谁也没料到她居然跑到水闸这里来。

苏荆溪伸手把头发撩开一点，抿嘴笑道："我算着时辰，太监应该差不多了，特来相送。"

"什么差不多？"

"当然是您的阳寿啊。"苏荆溪说到这里，开心地笑了起来，"您一心忙于公务，可能没觉察到，我一直以来给您喂的虎狼之药，只会让疽病更为严重。如今您阴疽深种，内毒聚积，已呈喷薄待发之势。"

朱卜花的眼睛天生扁平，可听到苏荆溪这话，他生平第一次把双眼瞪得如铜铃一般大。苏荆溪还嫌不够刺激，又笑道："说到底，您这疽病的病根，正是我在烧鹅里下了发物所致。几个月的布局，到底把您给套入彀中啦！我既然种了因，当然得专程过来看见吧，才算有始有终啊。"

她的话里似乎也带有毒素，朱卜花听在耳朵里，脸上的脓包居然开始一鼓一鼓地颤动起来。也许是幻觉，也许不是，怒意正侵蚀着朱卜花的神志，他已无从分辨这种痛痒是真是假。

"贱婢！你为什么要这么做！"一声怒吼响彻神策石闸两岸。

苏荆溪的笑容霎时没了，取而代之的是一张怨毒的面孔，道："朱卜花，你可还记得王姑娘吗？"朱卜花一愣，那是谁？苏荆溪冷笑起来："你果然不记得了，你又怎么会记得她的名字？她在你们心目中，只是一个卑微女子而已！"说完她又吐出两个字。

一听这个，朱卜花脸色骤然大变："你难道……"话未说完，苏荆溪的声音随着风声传来："她是我最好的手帕交，所以你必须死，而且要死得极其凄惨，惨到让你下了十八层地狱都觉得是解脱！"她素来冷静沉着，此时吐出的每一个字却饱蘸着浓浓恶意，几乎浓郁到要滴出来。

朱卜花怒意激上头来，把弓身猛然对准了苏荆溪。他正要松开弓弦，射杀这个可恶至极的贱婢，这时一个小小的黑影从闸下船头飞过来，狠狠砸中了朱卜花的左手。他吃了一痛，长箭偏移数分，"唰"地擦着苏荆溪的耳畔飞过，给她的脸颊擦出一道浅浅的血痕。

黑影"当啷"一下落在地上，朱卜花低头一看，发现是昨天玄津桥头他送给于谦的过城铁牌。苏荆溪大难不死，眼神飘向小船，见到一个瘦高如竹竿的身影半趴在船头，仍保持着投掷的姿势。

苏荆溪认出他是谁，眼神微微一闪，但很快收回视线。朱卜花重新抽出一根箭来，可刚才的怒意令脸上的疼痛沸腾起来，如万蜂叮刺，以致他手腕抖得几乎架不住箭。

163

苏荆溪凝视着这位曾经的患者，语气里微微带有快意："算算时辰，你体内的疽毒也该瓜熟蒂落了。"

朱卜花的意志，全用来压抑疼痛，分不出神来讲话，只好怒目以对。苏荆溪上前一步，用极大的声量吼道："但是，朱太监，我要你知道，即使你们死了，这件事也不算终了。那些冤死的，甚至连名字都不被记住的鬼魂，我会代她们完成临终前卑微的心愿！我会给这件事情，做一个真正的了结。"

这句话中的某一个字，直直刺中了朱卜花的心神，他一瞬间从极度愤怒变成了极度惊惧："你，你不能……"苏荆溪伸出手臂，一指小船，嘴唇轻动："我能。"

两字飞出，掷地有声。

这几个月来疽毒的积聚、筹谋政变的巨大压力、与白莲教的钩心斗角、追踪太子一夜的惶恐愤怒、被一个女郎中处心积虑下毒的震惊，诸多负面力量在朱卜花体内持续酝酿着肿胀着，早已达到爆发的极限，此时被这两个字轻轻一戳，彻底爆发开来。

黄绿色的液体，从几十个艳红的脓包顶端喷流而出。朱卜花的大饼脸变成了一团流淌的汁水与烂疽肉，他试图甩掉这些累赘，旋即又被口中吐出的鲜血涂满下颌，变成一幅斑斓惊人的套色彩画。朱卜花在马上晃了一晃，试图抓紧弓身，可庞大的身躯猛然失去了平衡，从神策水闸顶端一头栽倒滚落水中，溅起了一个巨大的水花。

他再不必受疽病之苦了。

这个意外的变故，令身后的勇士营骑士们陷入极大的混乱。他们不明白，为何主官跟对面那女人说了几句话，就掉进水里去了？他们中的一部分急忙下马要去打捞，另外一部分想起来此行的任务，看向小船上的要犯，还有一批人直冲苏荆溪而去，要把这杀人凶手拿住。

湖中的小船趁着这个机会陡然加速，似乎要抢过石闸。有几个勇士营士兵下意识要抬弓攒射，这时船头一个洪亮的嗓门响彻整个湖面：

"太子在此，反贼朱卜花伏诛！擅动者与首恶同罪！"

于谦的喊声，在勇士营士兵中引起了更大骚动。朱卜花追查太子这事，只有几个死忠心腹才知道。大部分勇士营士兵接到的命令，是捉拿涉嫌炸船的小奉御。刚才朱卜花一路急赶，身边并不全是心腹，也有一些不明真相的普通骑兵。

现在于谦突然宣布太子在船上，又说朱卜花才是反贼，众人立刻蒙了。士兵们面面相觑，完全丧失了统一行动的能力。没了朱卜花当主心骨，那些心腹茫然无措，连出言呵斥都做不到，更不要说指挥发令了。

于谦一言挑乱勇士营，小船趁机飞快地钻过沉重的石闸，驶出后湖范围。当小船一过闸口，吴定缘和朱瞻基对视一眼，很有默契地同时反摇船橹，让船身稍微缓了一缓。

苏荆溪毫不犹豫地跳下西侧的龙头,"扑通"一声落到船上。借着月光,朱瞻基看到她脸上似乎有淡淡的两道泪痕。可时间紧迫,他顾不上出言安慰,只冲她摆了摆手,然后埋头摇橹。另外一边,吴定缘也在奋力摇动,脸上殊无表情。

双橹如飞,这条小船沿着水道轻快前行,很快便将神策石闸与勇士营士兵甩得远远的。

船行出去约莫十几里光景,身后的城垣几乎与地平线平齐,总算没有任何追兵赶至。只见天边逐渐泛起鱼肚白,船前的水道慢慢开阔起来,周遭景色就像洇痕一样从昏白纸面缓缓显现。两岸植被茂密,黄褐色的芦苇荡里夹杂着浅绿茭草与狗尾草,水寨边覆着一丛一丛的红蓼。草香混杂着蒙蒙水汽沁入众人鼻腔,令经历一夜折磨的疲惫心灵为之一舒。

朱瞻基肩上有伤,他放下摇橹让于谦接手,走到船头眺望。此时朝日将升未露,晨光熹微。他目力所及,可以看到水道尽头接着一条浩渺无边的大江。江面波涛訇响,浪头兴灭,像极了千军万马呼啸东去。

直到这时,太子方才真正确定,他们终于离开了南京。

两京 十五日

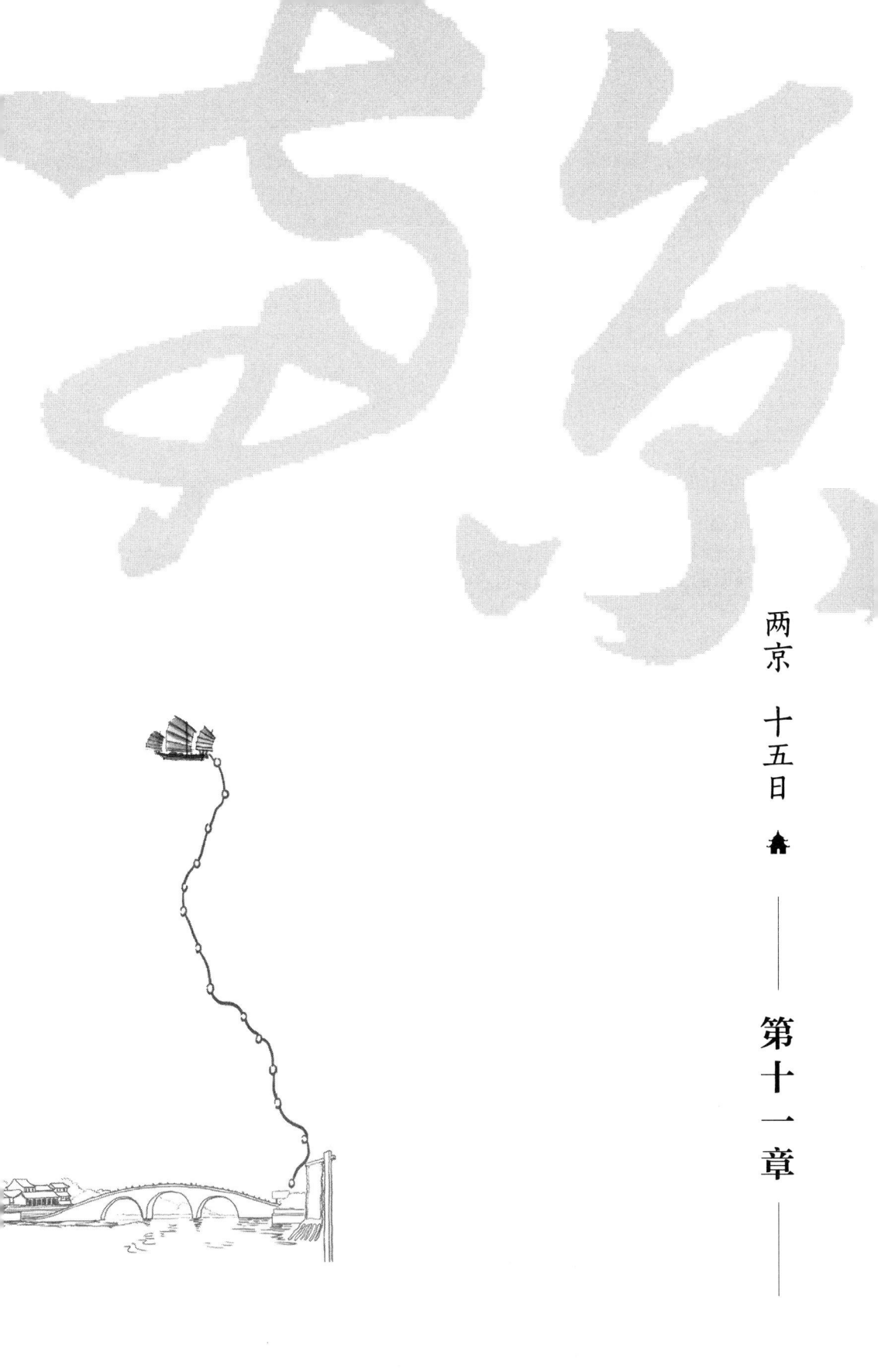

第十一章

大江之上，一艘乌篷河条正在飞速向东。因为船行顺流，所以不必扬帆摇橹，只消把控一下后舵，茫茫水波自会裹挟着小舟前行。

吴定缘孤身一人待在船尾，手控舵把，眼神木然地望着早已远去的南京地界。在他身后，于谦拘谨地蜷缩在船头，连睡着了都眉头紧皱；篷舱里传出朱瞻基均匀的鼾声；苏荆溪以手托腮，努力保持着坐姿，斜倚着篷边也陷入安眠。

整艘河条缓缓摇摆着，一片静谧，仿佛江神施展了什么玄妙的安眠之术。

他们原本乘坐的小船，只是一条巡湖用的舢板，根本经不得江中风浪。幸亏红玉之前给了吴定缘一袋合浦南珠，于谦借来一枚，从江边渔家换到一条乌篷河条，才算解了燃眉之急。这些经历了一夜波折的疲惫的人，在确认河条安全入江之后，几乎是一躺下便睡着了。

其实吴定缘也困倦至极，脑壳里始终塞着一块炭火，闷闷不见火焰，却灼得人坐立不安，任凭多么疲惫也安不下心神。

过去的一天一夜，对他来说实在刻骨铭心。南京一场巨变，两拨神仙打架，却让他这样的蝼蚁惨被殃及。一个最怕麻烦的人，却卷入了最复杂的旋涡之中，父亲惨死，妹妹被掳，仇人现身，他所熟悉的世界被砸了个粉碎，再不能回头。

一直到现在，吴定缘仍有一种强烈的不真实感，好似这一切只是场噩梦。他习惯性地朝腰间摸去，想用烈酒来解决问题，却摸了一个空。吴定缘忽然忆起，昨天中午他穿过正阳门城洞的巨石之下时，那一瞬间莫名涌现出某种预感，现在回过头想，那竟似是谶语一般：

无论来路还是去路都晦暗不清，偏偏在头顶，生死悬于一线。

一想到这里，吴定缘顿觉胸口发闷。他不得不轻轻放开舵把，直起身来。昨晚梁兴甫捏伤的脚踝气血已通，可酸疼劲仍在，哪怕挪动一点都得咬紧牙关。

吴定缘在船尾勉强站定，深深吸入一口江风，让一股清气在肺里荡涤数圈，头脑略感清醒。可神志一清醒，郁结之情反倒更为凝实，简直无可逃遁，亦无从消解。吴定缘就这么默然伫立在船尾，瘦高的身躯像一根不知向何方飘摇的芦苇。

其他三个人足足酣睡了两个多时辰，直到炽热的阳光晒疼了脸颊，方才醒来。最先起来的是苏荆溪，她俯身用江水扑了扑脸，掏出一方锦帕细细擦拭。接下来醒转的是朱瞻基，他是被疼醒的，因为肩上的箭伤又发作了。

苏荆溪赶紧蹲到太子身边，一手托起拆开的布条，一手按摩着伤口。她的眼神专注，手法轻柔细腻，让朱瞻基舒服得不时哼哼几声。日光从篷隙斜斜地照进来，苏荆溪的额头泛起一层慈柔的光泽，有若观音圆光。光看她此时神态，无论如何也想象不出昨晚她在神策闸前如罗刹女般的疯狂模样。

于谦是最后一个醒过来的。他翻身爬起后的第一件事，是挺直了脖子，极目观望江景。此时，小船已经越过江心，朝北岸靠拢而去。从这个距离看过去，河岸景色变得清晰可见。润翠色的草坡高低起伏，一丛丛共生的细叶水芹与棒头草覆盖着水线边缘，形成一条不规则的绿线，连起一长串细小零碎的不规则浅滩。

算算水程，这会儿应该已经刚过大江北岸的仪真县。

"你们知道吗？这个仪真县的江畔哪，有一座古渡，名唤扬子渡，旁边还曾有一座隋炀帝的行宫，叫作扬子宫。从仪真到京口这一段江水，以津为号，因宫得名，便被称为扬子江。王摩诘、刘梦得、杨诚斋、文丞相皆有诗流传……"

于谦兴致勃勃地絮叨着，可惜其他三个人都没搭理。于谦说了一阵无人应和，只好悻悻地从舱底掏出几个裹着腌鱼碎与姜末的饭团，分给同伴。分到吴定缘时，他发现对方双眼布满血丝，心中大为惭愧，忙把饭团递过去，道："一直没睡？"

"我若也睡了，这船一早沉了江底去喂鱼鳖了。"

于谦知道他嘴臭，也不为意，道："那你现在去休息一会儿？"

"头疼，睡不着。"

"那太好了，咱们马上开个会。"

于谦不顾吴定缘的脸色变得铁青，又去招呼其他两个人。太子和苏荆溪这时也吃完饭团了，于谦把他们叫到一块，然后敲了敲篷顶：

"《礼记》有云：预则立，不预则废。咱们从金陵算是侥幸脱身了，但接下来如何返回京城，也是个头疼事，得提前筹谋才好——太子殿下您意下如何？"

朱瞻基"嗯"了一声。两京之间相隔两千余里，如何迅速北上，确实是一个很复杂的问题。他开口道："咱们这几个人里，只有你多次往返两京，可有什么想法？"

于谦没有直接回答，而是拿起半个吃剩下的饭团，数起米粒来，道："今天是五月十九日（戊子），明天是二十日（己丑）……"于谦每数过一天，便从饭团上抠下一粒米，摆在船板上。当摆到第十五粒米，他终于停住了。

"六月初三（辛丑），请诸位记住这个日子。无论如何，太子在六月初三一定得进入京城——最起码得进入顺天府境内。留给我们的时间，只有十五天。"

"为什么非得是六月初三？"朱瞻基问。

"臣在礼部观政时，曾学过一点典仪历法。六月初三正逢天德值日，诸事皆宜，大吉。若那篡位之徒觊觎帝位，这是最近的一个登基吉辰。"

听到这句话，朱瞻基心中骤然一抽。于谦这么说，显然认定洪熙皇帝已经死了。他拼命压住脑中翻腾的情绪，把精力集中在眼前的麻烦上。

见太子意识到严重性了，于谦用手拂了拂米粒，道："所以咱们的一切谋划，都得以十五天为限。超出这个天数，便没意义了……"

他没继续往下说，可谁都听得出来这个"没意义"意味着什么。六月初三是一个决胜节点，篡位者一旦践祚称帝，木已成舟，太子再想翻盘可就难了。哪怕晚到半日，命运都会有霄壤之别。

朱瞻基默默心算一下，不由得脸色微变。南京至京城的驿路是两千两百三十五里。在半个月内跑完，意味着一日须赶一百五十里路。不过他转念一想：

"母后那封密信，五月十二日离京，五月十八日抵达南京，只用了六天时间啊。咱们这么赶路不成啊？"

"殿下有所不知，本朝缺马，所以传递公文多用步行。每个急递铺都设有少壮铺兵，一接文书，即刻疾奔而出，至下一铺为止。如此前后接力、轮次传递，一昼夜可行三百里。"于谦回答。

朱瞻基顿时泄气了。这种跑法固然很快，他却用不了。"还是得骑马啊。"他喃喃自语。

于谦摇了摇头，道："骑马也不成。虽然两京之间有官道驿路，可中途坡岭沟壑比比皆是。何况如今已近五月，若赶上雨水泥泞，速度更难提起来。"

"没关系啊，我们不用跑一昼夜三百里，只要一半速度，一昼夜一百五十里也够了。"

"再好的骏马，也扛不住这种跑法。"

"可以轮换着跑嘛。"

"马能换，人却换不了。殿下您别忘记肩上的箭伤，根本耐不住这种狂奔的颠簸，没到京城就活活累死了,又何苦来哉?"于谦毫不客气地驳回。

朱瞻基眼神黯淡了下去,可转瞬又亮了,道:"咱们可以先去中都凤阳嘛。"

凤阳乃是洪武皇帝的家乡,就在金陵过江后的西北方向。大明开国之后,洪武皇帝在此修建了一座不逊南京皇城的大城,定为陪都,平时驻有中都留守司八卫一所,地位卓然。皇子与宗室经常会被派来凤阳驻扎,先前朱瞻基也曾到过几次,对当地很是熟悉。

只要他亮出太子身份,得到中都留守司的全力支持,这些根本不成问题。

于谦淡淡道:"中都留守,与御马监提督太监又有什么区别呢?"

朱瞻基顿时噎住了。

若论心腹,京中的御马监提督太监比中都留守更心腹,又怎么样呢?朱卜花一到金陵便敢反叛作乱。这一场横贯两京的大阴谋,中都留守到底有没有参与其中,谁也不知道。太子在凤阳现身,留守有可能起兵勤王,亲自陪护上京;也有可能把他一捆,送到京城去给新君讨赏。

还是那句话:事涉帝位之争,人心格外叵测。

于谦唯恐太子还存幻想,振声提醒道:"返回京城之前,我们不能惊动沿途任何一处官府,尤其不能泄露太子身份。只能白龙鱼服,潜行匿踪。"

朱瞻基忍不住抱怨道:"又要极速奔驰,又要乔装匿行,两个要求根本背道而驰。那你说怎么办?"于谦拍了拍船帮,笑道:"其实不必拘泥于骑乘,臣有一个更好的建议。"

"什么?"

"漕路。"

朱瞻基一听,眼睛登时瞪圆,问:"乘船?那也太慢了吧?"

"殿下长居北方,对于舟楫之事多有误解。若论短途,水不及旱;若论长途,则旱不及水。"

朱瞻基怒道:"不要胡说,漕船我又不是没坐过!一个时辰最多能走出去十几里就不错了!它运货胜于陆运,这个我知道,但船速怎么会比马快?于谦你不要自己不擅骑马就乱找借口啊!"

"臣……绝不是为一己私心。"于谦的眼皮一跳,"请殿下细思,骏马奔驰虽速,但中途需要歇脚落汗,喂料换掌。雨大了泥地难行,旱处又怕鼠洞绊折了马腿,逢坑徐行,遇坡牵拽,麻烦极多。"

朱瞻基勉强点点头,他也随过军,知道骑兵动起来有多么麻烦,一匹战马起码得三个辅兵伺候着,每天跑动超过两个时辰,就得停下来休养。

"舟楫虽缓，胜在可以始终不停。就算一个时辰只有区区十五里，一昼夜可走十二时辰，就是一百八十里。兼之水路平稳，几无阻碍，所以百里之内，舟不如马；百里开外，马不如舟。"

于谦随后又加了一个砝码，道："再者说，殿下的箭伤在船上可以稳稳静养，远胜过承受鞍马劳顿之苦。"苏荆溪在一旁附和道："于司直说得不错，单以养伤而论，乘船远胜骑马。"

朱瞻基见她也这么说，颇有些悻悻，可又不甘心地嘟囔道："我从京城到南京坐的漕船，路上走了将近一个月呢！"

于谦笑道："那是因为殿下昼行夜停，一路游山玩水，自然迟缓。"他朝舟外一指，道："漕河之上有一种进鲜船，专向京城进贡各类鲜品，漕上唤作川上船——所谓'子在川上曰：逝者如斯夫！不舍昼夜。'这种船为怕贡品腐坏，中途日夜不停，盘坝过闸可以举牌先行，无须排队。赶上顺风时节，它一天一夜甚至可以走出两百里。两京单程，十五日内必到！"

行人的职责是前往各地奉节传诏，这些水马脚程远近的规划，乃属本职功课。于谦一番解说下来，舟内竟是无一人能反驳。

"那这漕路，该怎么个走法？"朱瞻基看起来已经放弃了。

"臣的建议是，先至扬州的瓜洲渡。漕船北运，那里是一处重要枢纽。我们只消使些钞银，搭上一条进鲜船，请办船的百户夹带我们北上，到天津再改换马匹，疾驰直入京城，便可及时讨杀反贼！入继大统！"

说到最后一句，于谦右手重重拍在船板上，沾了一巴掌的饭粒。

朱瞻基环顾四周，道："其他人可还有什么意见？"他这么一问，船上霎时安静下来。三人都听出来了，太子这一句问的其实不只意见，还有态度。

苏荆溪后退一步，盈盈一拜，道："民女在后湖已经报得大仇，铭感五内。唯有侍奉殿下进京，方不辜负君恩。"她在神策闸口前一言气死朱卜花，朱瞻基是看在眼里的，此时见她愿意跟从，大为欣喜，连声说好。

她表态完，船里的六道目光自然聚集在了吴定缘身上。

从被卷入这场风波开始，他一直拼命想要置身事外，可惜事与愿违，反而让他一直掺和到了最后。当初于谦跟他约定，护送太子离开南京城。如今约定已经完成，他没有继续留下来的理由。

刚才的讨论，吴定缘一言未发，现在仍保持着漠然，一副与己无关的态度。朱瞻基的喉咙，不经意地起伏了一下，发现自己居然有些紧张。

"不过是个卑微捕吏，离开南京城就用不着他了。再说他一看见我就头痛欲裂，这种人留在身边又有什么用？"朱瞻基反复告诫自己，可焦虑感没有因此而消退。他自矜身份，不愿主动开口，好在于谦比他还心急，直接开口催促："吴定缘，太子一路上还缺少护……"

"小杏仁，你真是老鸹精托生。"

吴定缘不耐烦地舒展手臂，把手里饭团一下子塞进于谦嘴里。于谦瞪大眼睛，嘴里呜呜说不出话来。吴定缘又轻轻看了眼太子，像是怕被蜇疼似的，迅速把视线挪开：

"我自幼在金陵长大，没离开过南直隶地面。太子北上，怕是用不上我。再说我得去救我妹了……呃，恭祝太子殿下一帆风顺。"

他勉为其难地补了一句吉祥话，说得笨拙不堪。

一声明显的憾声，从朱瞻基嘴唇里滑出，道："好吧，本王不会食言而肥。既然约定已成，去留便随你吧，不过……"他俯身拿起那个小香炉，晃了晃，道，"这个炉子，你我皆用它立过誓言。你把它留给本王，路上做个激励如何？"

吴定缘看了眼炉子，上面隐约可看见自己在正阳门留下的一抹血痕。他撇了撇嘴，道："当时离开我家时，小杏仁已经花了一两银子把它买下来了。它就是你们的了。"

于谦没想到都这会儿了，这市侩还不忘算账。他把饭团从嘴里抠出来，正要扬声，忽然又被一袋东西砸中鼻子，原来是那一袋合浦南珠。

"这里有二十三枚合浦南珠，算上买船那一枚，一共二十四枚。权且借给你们做盘缠，记得回头与那五百零一两银子一并还给我。若是无人可还……"他顿了顿，"就请太子下道赦文，用这些钞银给红姨从教坊司里赎身吧。"

于谦"呃"了一声，鼻子莫名有些发酸。也不知是被珠袋砸的，还是品出了一丝托孤的味道。金陵城里朱卜花虽死，但白莲教还在。他孤身一人返回去救妹妹，只怕和送死差不多。

朱瞻基也觉出不对，可他金口已开，这时再反悔挽留也不合适。这时苏荆溪在一旁忽然开口道："白莲教掳走了你妹妹吴玉露，是为了要挟你爹为他们做事，对吧？"

"嗯。"吴定缘闷声答道。

"现在还提这事干吗？"于谦有些不满。朱瞻基悄悄踢了他一下，示意噤声。

苏荆溪双眼盯着吴定缘，语气和缓道："昨晚在城头，梁兴甫既然循着红玉姑娘那条线跟过来，说明白莲教也知道了你在帮太子，对吧？"

吴定缘不明白她什么意图，只好点点头。

苏荆溪转头看向于谦："换作你是白莲教，发现吴定缘与太子分开，只身回了金陵城，会怎么做？"于谦愣了愣，绞尽脑汁也想不出："呃，吴玉露没用了，放了？"

朱瞻基眼皮一翻，这位臣子什么都好，就是偶尔会天真得像个蒙童。苏荆溪道："于司直心怀仁恕，只怕难以揣度那些人的心思。吴玉露牵扯到这么大的阴谋，若是没甚用处，自然是一刀杀了，以绝后患。我那个未婚夫郭芝闵，岂不就是这么死的？"

吴定缘嘴角猛然一抽，显然被戳到痛处。以他的头脑，其实早预见了这个结果，这次返回金陵，他也是抱了先为妹妹收尸，再跟白莲教同归于尽的心思。

"试想一下，若是你没返回金陵，白莲教会怎么想？吴定缘一定是保着太子北上，这样一来，吴玉露这枚筹码说不定还能派上用场，便不会轻易割舍。"

"对呀！"

朱瞻基和于谦同时眼神一亮。这姑娘真是冰雪聪明，听似不经意的几句话，却不知不觉绕出了困境。按照她的道理，吴定缘只有跟随太子北上，才能保证妹妹活着，既不算违誓，也不致让太子失望，真是太体贴周到了。

他们俩一起转头，满怀期待地看向吴定缘，后者却依旧没吭声。

"而且上京路上，白莲教一定会穷追不舍。你父亲的仇，只有跟着太子才能报得了。"苏荆溪道，"你难道不想为铁狮子报仇？"

吴定缘冷冷道："劝我留在太子身边，就不怕你不方便？"苏荆溪似乎没听懂，双眼微微睁大："我做调理，你为护卫，各司其职，又怎么会不方便呢？"

吴定缘别有深意地看了她一眼。别人不明白，他可是早看透了。昨晚那场神策水闸的对话，他当时趴在船头听得真切。这女人坚持留在太子身边，一定还有企图。而且吴定缘相信，苏荆溪也知道他起了疑心。可她非但没有放任吴定缘回南京，反而出言挽留，摆一个威胁在身边。

她到底是什么用意，委实难以揣度。

朱瞻基可不知道这两个人打的哑谜，抖抖眉毛，忍不住问了一句："你到底留下还是回去？"吴定缘默默从于谦手里夺回那袋珍珠，揣回自家怀里，然后朝船尾木舵走去。

"先说好，甭管你们走到哪儿，我报了仇，救了人就离开。"

于谦无奈地与太子对视一眼，无奈中却同时松了一口气。

就在他们谈话这段时间，小船借着滚滚浪势，顺水走出去二三十里。于谦抬首望去，远处可以看见一处宽阔的喇叭状河口，与长江垂直相交。犹如一位书法名家浓浓拖过一横后，在中间又添上一竖。

这里叫邗江口，是江北漕河与长江相连之处。在两水交汇的江面之上，大大小小几十条船桅帆林立，蚁行蜂聚一般交错挪动着。有来自苏松的白粮船，有来自湖广的矿货船,也有来自滇黔的木料、南海的香料……看似混乱不堪,隐隐中却自有一套秩序。小船只要加入它们的行列,左转进入邗江,前行不出十几里,便能看到瓜洲。

朱瞻基站到船头远眺,蓦然记起来了,他认得这地方!昨天差不多就是这个时辰,那条宝船正意气风发地从此处驶入长江。赛子龙在这附近第一次跑丢,太子甚至还记得那三声突兀的花炮。

一日轮转,物是人非。现在他旧地重游,可一切已截然不同。朱瞻基下意识地微微仰起头来,只有那一片穹空依旧碧蓝如洗,不为人间福祸所动。一声幽幽的叹息,从唇边滑出来。

此时凝望蔚蓝的,并不只有太子一人。

相隔百里之外的后湖梁洲,十几道困惑的视线也正在扫视着天空。只见半空中无数纸灰像柳絮一样往复飘荡,像是在天青色的染布上烫出几百个小洞。顺着几道袅袅的淡色烟柱下望,会发现它们来自一片焦黑的废墟中。

这里曾经是地字第三号黄册库,昨晚的大火彻底改变了它的命运。不幸中的万幸是,火势未成连营,周围的册库总算安然无恙。

在督工的呵斥下,十几个库夫茫然地重新把头低下,继续用长木杈扒拉着废墟。他们完全搞不明白昨晚到底发生了什么,更不明白,为何今晨一早有各路兵马拥至后湖外岸。当然,外面的麻烦,自有主事头疼。他们的工作就是尽快把废墟清理出来,避免余烬未熄,波及旁边。

一个老库夫手握木杈,推开几块交叠的焦木,不留神激起了下面一大蓬纸灰,登时烟絮乱舞。他一边咳嗽,一边扇动手掌,正要继续扒拉,却发现纸灰下方似乎有什么东西在蠕动。

老库夫一怔,正要俯身去看个究竟,却见到废墟底下突然"嘭"的一声,几块断板被猛然推开,一只硕大的拳头从地底高高举起。他"妈呀"一声,吓得一屁股瘫坐在废墟上,眼睁睁地看到更多残骸与沙土向两侧滑开,一个黑漆漆的影子爬起来。

这是一个全身覆满灰泥的巨汉,须眉发皆无,从焦枯的衣衫破损处可以看到,他的背部、手臂露出大片触目惊心的黑红灼伤,像一只从火海地狱里爬上来的恶鬼。这巨汉根本没理睬这些惊恐的库夫,他抖搂掉身上的沙土与灰烬,略做环顾,大踏步地走下废墟,径直跳进后湖,让清凉的湖水没至脖颈。

原来梁兴甫被压在书架之下后,发现自己挣扎不开,便立刻手脚并用,向下方挖去。黄册库为了防火,在书架下面铺了一层厚厚的细沙,沙下是地板。梁兴甫的手掌堪比铁锤,几下捶碎木板,再往下便是饱浸水汽的湿土层。他刨出尽可能多的湿土,往身上抹去。这样虽不能脱困,但多少能隔绝一点火力。

凭着这手段与惊人的忍耐力,梁兴甫竟然熬住了头顶的熊熊大火。他站在清澈的湖水中,双手合十,闭目诵着什么经文。看他的表情,这常人难以忍受的烧伤剧痛,梁兴甫竟甘之如饴。

诵经过半,一个声音忽然从岸边传来:"哎呀哎呀,想不到病佛敌也会失手。"梁兴甫保持着原来的姿势没动。不用睁眼他也听得出来,一定是昨叶何。

"外面什么情况?"他问。

"说出来你都不信,朱卜花淹死在神策水闸前;太子离开金陵,已经渡江北上。"昨叶何言简意赅地介绍了一下情势,然后往嘴里塞了一枚缂丝糖瓜,慢慢嚼着。

从咀嚼声里,能听出她其实也带着一丝急躁……以及不解。

筹谋周详的宝船爆炸,按说太子绝无幸免之理,可他偏偏因为一只蛐蛐而生还;戒备森严的宫城之内,按说太子绝无逃离之机,可他偏偏因为一封密信而脱走;面对勇士营和白莲教的双重追杀,按说孤立无援的太子绝无反抗余地,可朱卜花离奇溺毙,强悍如梁兴甫被烧了个半死——难道朱瞻基真的有大气运庇护不成?

这个念头,让昨叶何一度有些困惑。不过,她很快收起情绪,因为这并不是感慨的好时机。

"我们的新任务,是在太子抵达京城前务必截住,不能让他阻挠佛母的计划。"昨叶何说。她见梁兴甫无动于衷,又补了一句:"据勇士营的士兵说,太子离开时身边跟着三个人。可以确定一个是于谦,一个是给朱卜花治病的女医师,叫苏荆溪,还有一个叫吴定缘。"

最后这个名字,似乎起了奇效。

哗哗的拨水声传来,梁兴甫从湖中一步一步走回到岸边。赤裸的身躯从水面逐渐升起,湖水冲刷后的烧伤区域变得更加清晰——双腿后侧、大半个背部、整条右臂、左肩及半个头顶——宛如一条黑红妖蟒自脚踝缠绕至头顶,当他动起来时,这妖蟒也跟着变得生动起来,拧动着身躯欲把人从头到脚一口吞噬。

走到岸边,梁兴甫淡淡问道:"他们走的哪条路?"

昨叶何道:"我算了一下脚程,他们若想以最快的速度回到京城,只有一个选择,从扬州府走漕运。我已经飞鸽传书,让那边的眼线在瓜洲盯牢。"

梁兴甫点点头,抬起胳膊把脸上的水珠一抹,准备离开。

"等一下。"昨叶何拦住他,"等你赶到瓜洲,只怕他们已经北上了。与其追尾,不如兜头,你最好直接赶到淮安去拦截。"

"那你呢?"

"我在南京还有事要处理,随后赶过去跟你会合。"

梁兴甫疑惑地瞥了一眼,似乎不太明白,事到如今她留在南京还有什么意义。

昨叶何双眼闪过一抹好奇,嘻嘻一笑:"我打听了一下铁狮子那个儿子。这人在应天府声名狼藉,是个没用的败家子,可太子从东水关码头到后湖这一路逃亡,处处都能看到他。我有预感,若想顺利抓住太子,得把这家伙的深浅摸清才行。"

"哦。"

"我打算去找那个叫红玉的琴姑,好好谈一下。富乐院的糕点,听说做得很不错,值得一尝。"

"只要把吴氏兄妹留给我就行,去极乐世界,总要一家人完完整整,心无挂碍。"梁兴甫说完这句,转身离开。

"京口瓜洲一水间,钟山只隔数重山。春风又绿江南岸,明月何时照我还?"

于谦一边在瓜洲埠道上漫步,一边轻声吟哦着王荆公的名句,心中满是感慨。此诗作于北宋熙宁元年,王安石从江宁府前往汴梁就任翰林学士,途经瓜洲所作。于谦原来诵念此诗,往往惊叹于"又绿江南岸"的炼字之精,可如今对于末句格外有共鸣。

他以一介小小的行人入幕东宫,同样从金陵北上京城,可境遇之险,远胜王安石,是否能被明月照还金陵,心里一点底都没有。于谦自谓没有王荆公那样的境界,可为了黎民社稷,早早做好了粉身碎骨的准备,就像……就像……

于谦的视线停在了前头一处埠头河库前。几个脚夫正在一个大木桶里搅着灰白色刺鼻的石灰粉,一勺一勺的桐油浇下去。这是在调制捻料,用来给船底弥缝以防止渗水。

"对了,就像石灰!"于谦一拍巴掌,觉得这个比喻真是不错。哪怕粉身碎骨,也要清清白白。他解决了文学上的问题,开始把注意力放在此行的任务上。

他们的小船是在申时进入邗江,但并没有直趋瓜洲。瓜洲是江北漕运的南端起点,只许漕船在这里交兑转运,其余闲杂舟船一律不得停系洲上。

于是,这一行逃亡者停在了邗江西岸的四里铺,寻了个客栈歇息。于谦自告奋勇,前去瓜洲找船。

漕运自成一套体系：船有漕运总兵，水有河务衙门，货有脚帮，闸有地棍，暗地里还有盐商粮贾、当铺钱庄之流，势力错综复杂。太子和苏荆溪不消说，就连吴定缘也只熟悉应天府，真正有点漕运经验的，只有于谦一个。

于谦在成衣铺买了套细葛道袍和布帽，扮作一个书生模样，兴冲冲地直奔瓜洲而去。

瓜洲是一处横亘在邗江正中的瓜形沙洲，四面临水，俨然是一道天然关口。上头中央位置是漕运衙门和瓜洲千户所驻地，外围一圈则是无数河库、码头与工坊，伺候着来自各地的大船，异常繁忙。

在瓜洲想要找到一条夹带四名乘客的进鲜船，说难不难，说容易也不容易。你若不知门道，径直去问，个个都是严守律法的好船官，绝不会做半点通融；若知道门道，便会请一位有人脉的牙人，让他私底下居中拉纤，两头说合。而这种牙人，一般都出自脚帮。他们天天在瓜洲搬运货物，干起这件事有得天独厚的优势。

此中关节，于谦作为行人很是清楚。他有意避开几个离官府近的牙行，一路寻到这一处偏僻的河库前。那几个黝黑的脚夫调完石灰捻料，正要装桶，就见一个书生走过来，拱手相问："叨扰，你们的纲首可在？"

脚夫们朝河库里喊了一声，很快一个胖胖的闲汉打着哈欠走出来，一件油腻腻的粗裈横披，走起路来，浑身白花花的肥肉直颤。他斜眼看着于谦，也不说话。于谦咳了一声："请教小哥儿，这里可有过水东岸的针路？"

脚帮的水词里"东"指北，"西"指南，"岸"指终点，针路就是船路。这句话的意思是，有没有能夹带到京城的漕船。于谦先前出使湖广，对这些规矩略有所知。胖子听他说出水词，态度变得客气点："有自然是有的，只是看先生想怎样过。"

于谦忙道："四只鸬鹚，都是扎了脖。"鸬鹚两条腿，指人，扎了脖子不能吃鱼，即是说这次捎人不带货。胖子撇了撇嘴，伸出五个指头晃了两下。

这十两是拉纤的费用，因为他这次不带货，脚帮从中赚不到搬货的钱，就会把介绍费价码抬高。至于给船主多少，还得另谈。

于谦无心讨价还价，当即从腰间取下那袋合浦珍珠，打开袋子拿出一枚，交到胖子手里，道："散碎零头不必找了，只是要快，今晚走最好不过。"胖子举起珠子，透着日头看了眼，脸色变得谄媚起来："包有，包有，老爷要看看什么船？"

于谦道："自然是进鲜船，越快越好。"胖子很是殷勤："这边埠头就有一条现成的，要小人派个跑腿去通知您那三位伙伴吗？"于谦不想让太子抛头露面，便说："不必，先带我去看看。"

胖子带着于谦离开河库，一路恭维着引路。他们沿着一条满是灌木的小径走了半天，于谦突然觉得不太对劲。这分明越走离河边越远，谁家的进鲜船会停在这里？又走了一阵，他闻到一股腥臊味道，再一看，眼前是一圈密不透风的柳树林，林子中间挖了几道深沟，沟底堆满了黄白污秽，边缘沟头浮着一堆堆白晶。

这里是瓜洲倾倒屎尿的地方，挖成沟渠是为了养硝土，平时根本没人靠近。于谦看到这里，哪里还不知道自己上当了，转头正要走。适才那几个脚夫已经跳出来，各自手持一根粗长的抬棒，狞笑着围成一个半圆形。胖子擦了擦额头的汗水，笑眯眯道："累我带你走了这么远，给些茶钱也是应该的。"

于谦怒喝道："这里距离千户所不远，你们吃了豹子胆，敢在这里劫掠？"胖子道："邗江水波凶险，每年溺死几个没数的江里鬼，龙王爷都管不着。"说完舔了舔舌头，显然对这营生颇为惯熟。

于谦暗暗焦虑，眼下这局面，自己折了不要紧，耽误了太子可是要命的事。他暗自挪动脚步，心想着该如何脱身，胖子见这书生居然还不死心，嗤了一声，肥胖的手掌往下一压。

一个脚夫挥起棍子，直奔于谦天灵盖砸去。于谦浑身猛然绷紧，只能闭眼硬着挨，可等了半天，也不见棍子落下。他一睁眼，发现一只大手攥住棍子，与那脚夫僵持住了。

"吴定缘？"于谦如释重负。

吴定缘冷冷道："不是鹞子莫扑棱翅，学了几句水词就想混江湖了？"

胖子见横里插来一人，先怔了怔，忙喝令脚夫们动手。一个是杀，两个是砍，也没什么分别。谁知吴定缘一握手中新配的铁尺，眼神森冷地往那边一扫，那三个脚夫登时僵在原地。

这世间本是一物降一物，脚夫在码头上卖苦力，对于谦这种读书人不甚在意，但看到公差就有一种天然的恐惧感。

吴定缘一向喜欢速战速决，见对方被震慑住，毫不犹豫，抢先出手。胖子只觉得眼前人影一晃，三声"哎哟"同时响起，三个脚夫一起捂着手腕弯下腰去，三根木杠纷纷落地。他下意识转身要逃，那人影已冲到跟前，狠狠一脚踹向小腹。

胖子的肚皮软软地凹进去一块，竟然让吴定缘的脚微微陷住。吴定缘再用力一蹶，胖子喉咙里发出一声杀猪般的惨叫，整个人扑倒在地，脑袋"咣当"一声碰在了硝土沟边上。胖子还要挣扎着爬起来，吴定缘抬起脚底踩在他脑袋上，狠狠蹍了几蹍。

这里常年浸泡污秽，沟头生着一层厚厚的白硝土，胖子这一滚，鼻孔和嘴里都塞满了硝土，直辣得他涕泪交加。

"饶……饶命……"胖子含糊不清地告饶。吴定缘却不肯放松,反反复复使劲,直到旁边那三个脚夫反应过来,纷纷跪地替纲首求饶,他才稍微松了松劲,容胖子抬起头。

"小的污了狗眼,穿了烂心,上辈子九世为娼才敢动您的心思。"胖子也不含糊,一连串污言秽语冲着自己先泼过来。一看他就是经验丰富,知道自贱最能消去杀心。

果然,吴定缘没再下狠手,而是沉声问道:"你怎么敢打他的主意?"

胖子忙不迭地答道:"我看这位爷爷手皮细嫩、脖颈白皙,虽然穿着寻常,可走起路来总避开污水泥泞,该是个有钱人家的少爷,不知为何乔装私逃。我适才问他要不要跑腿送信,知道并无同伴跟随,又见他掏出一袋合浦珠子,这才……"

于谦在旁边脸色一阵青、一阵白,他没想到自己浑身破绽,一搭话便早被看了个通透。

吴定缘看向于谦:"他拿走珠子了吗?"于谦掏出珍珠口袋晃了晃:"还没来得及。"吴定缘瞪了他一眼:"钞银不露白,下次你还是把脑子露出来显摆吧,反正也用不上。"于谦脸一红,赶紧把口袋又揣回去了。

吴定缘叹了口气,不怕没江湖经验的雏儿,就怕自以为有江湖经验的人。这个小杏仁原来是官,走的是水马官驿,自然一路顺畅。如今逃亡在途,他还用官府那套做派,也忒小看万里行路了。吴定缘正是不放心于谦办事,悄悄在后头尾随,这才挡过一劫。

吴定缘蹲下身子,拍着胖子的肥耳朵冷笑道:"俗话说,车船店脚牙,无罪也该杀。你一人独占脚、牙两行,死也不冤了。"

胖子嘴唇上抖着腥土,连连告饶。吴定缘指着于谦道:"你莫看轻这人,他可是朝廷命官。现在扭你去千户所,轻易判个斩监候。"胖子面如土色,只是不住磕头。吴定缘见火候到了,便松开脚底:"你若不想死也容易,去给我们老实弄条川上船,这账便一笔勾销,荐费也少不了你的。"

胖子带着哭腔道:"两位爷爷,我就是想唬点钞银,其实办不来啊。"

"你一个脚行的纲首,连条想夹带的船都荐不来?骗谁呢?"吴定缘脸色一沉。

"真的,真的。"胖子急得要对天起誓,"爷爷,您可不知道。从前夹带人容易,可漕务陈总兵刚刚改了规矩,可就难了。"

于谦大惊:"什么规矩?"

"陈总兵改的规矩,叫作兑运之法,才颁布没半个月吧。从此以后,江南、湖广、江西来的民船,不用跑全程了,只需要走到瓜洲和淮安仓,货物转兑给江北总的二十四卫所，再由官船直运京城。漕运衙门说这叫啥体虚民力……"

"体恤民力。"于谦没好气地纠正了一句，看向吴定缘一脸无奈，少不得又解释了几句。

漕河原来用的叫转运之法，从沿途船户、农户中佥派漕役，让他们从各地运粮到德州，再交给卫所转运。因为是徭役，官府不会给钱，但默许水手私自夹带一些土货和私客，以作为补偿。

但从江南到德州距离太过遥远，百姓苦不堪言。于是洪熙皇帝一手推动，促成从"转运法"改"兑运法"。从此之后，百姓的漕役只需要从江南运到瓜洲即可，交笔银钞，货物兑运给卫所之后，再由卫所的官船运至京城。

想不到，这个新漕法居然在这个节骨眼上实行了。它确实是一项德政，但对这几个逃亡者来说，可就太不赶巧。规矩一改，瓜洲以北全是卫所官船，而卫所一向自成体系，水泼不进，外人很难置喙。

"难道卫所的官船就一点不做夹带？"于谦不甘心。胖子看了看冷脸的吴定缘，哼唧了半天才说道："官船自然是要夹带的，但您不在河上，可能不知道。如今是五月中，漕河的水力只有六分，发出去的漕船很少。要等过了六月，沿线农地收完夏麦，各地才会放水入漕。水过九分，漕船方能大发。"

吴定缘和于谦相顾无语，真是屋漏偏逢连夜雨，赶上这么个尴尬时段。漕船发得少，意味着夹带名额更少，卫所自己都未必够用，更别说给外人了。

"不过……"

"不过什么？快说！"吴定缘喝道。

胖子赶紧说："如今瓜洲北去淮安的漕船，都在扬州所手里。他们一般会分出一部分荐书，留给当地的有力豪家。"

两人一听，顿觉柳暗花明。卫所再崖岸自高，行船也得仰赖沿途的地方豪强配合，自然也得分润出一些好处。若放在平时，于谦早就出言斥责这种公器私授的勾当，可如今形势所迫，他强压下内心的烦躁，道："那要登上进鲜船，得去找哪几家？"

"进鲜船运的都是皇家贡品，一般人家可办不来夹带。能拿出荐书的不过松江徐家、湖州何家、海盐钱家、会稽顾家……"胖子一口气数出四家来，突然停住口，似乎想起什么来。吴定缘不客气地踢了踢他脑袋："继续说！别卖关子。"

胖子谄媚地请他先挪开脚底，然后像只乌龟抻起脖子，趴在地上冲那三个脚夫喊道："长老三！你老去滥赌那个赌棚，今天不是斗虫吗？报条贴出来没？"那个叫长老三的一听赌字，脸上登时兴奋起来，道："一早贴了，今晚就有一棚，俺还盘算着去耍耍呢。"

胖子"呸"了一声，骂了句："你个王八早晚连婆娘也输掉！"然后转回头来，双手连连作揖，道："爷爷们平时一定从不杀生，果然现世……呃，现世福报来了。"

"什么意思？"吴定缘不动声色。

"这里有个赌棚，这时节正要斗文虫。今天既然贴出报条，远近的斗客都会来。扬州有个豪家的管事，最痴迷此道，每开必来，动辄几十上百贯进出。他背后那家势力可不小，若两位爷爷手面够硬，说不定能从他手里赚出四个进鲜船的荐书。"

于谦大喜："这是哪家的管事？"

胖子嘿嘿一笑，语气里多了几分敬畏，道："自然是扬州本地的龙王爷，做盐商的徽州汪家，家主叫汪极的便是。"

两京 十五日

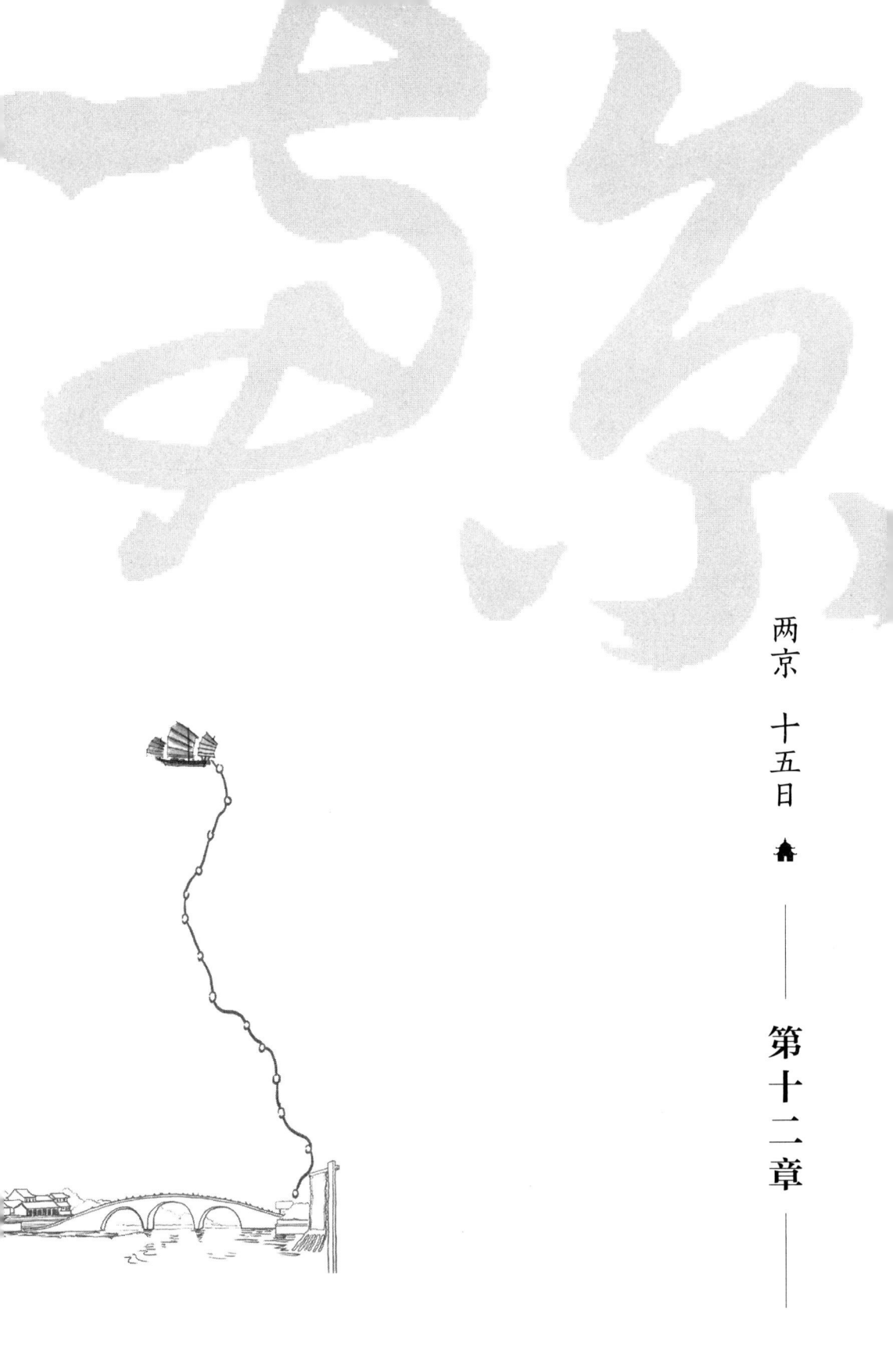

第十二章

"汪极？你说汪极？"

朱瞻基眼睛瞪得浑圆，圆得像两把点燃了火绳的火铳枪口。

"对。"返回四里铺的于谦把情况简略地说给太子听。

朱瞻基捏紧拳头，几乎把牙齿咬碎。那条塞满了火药的宝船，正是那条老狗送给他的，可以说是最直接的仇人。

这时，苏荆溪拍了拍他赤裸的肩头，柔声道："殿下，筋肉莫要紧绷，否则箭头会陷进去。"朱瞻基连忙松开拳头，让身体放松下来。苏荆溪处置好伤口，侧身把一条棉布从烫水盆里捞出来，轻轻拧干，轻描淡写地问了一句：

"汪极为何不逃？"

这是一个好问题。此时距离宝船爆炸已经过去一天一夜，金陵城的动静，扬州这边无论如何也该听到点风声。汪极若知道太子居然没死，怎么可能还在扬州安坐？家里的管事哪里还有闲情去赌？

吴定缘道："朱卜花很可能封锁了真实消息，不让他知晓。看来这个汪极，在这桩阴谋里也不是什么核心人物。"

"就是说，他现在并不知道我没死，还在家里做着新君封赏的春秋大梦？"朱瞻基变得有些兴奋。

"有可能。"

吴定缘瞥了一眼苏荆溪，眼神里既有赞许，也有警惕。这个女人总是一语中的，她明明看穿了关键，却不肯坦白说出，总是用发问的语气点醒别人，把自己隐在后头。这到底是习惯性地保护自己，还是另有所图？

至少在苏荆溪此时的面孔上，他看不出什么端倪。

这时于谦皱起眉头提醒道："喂，你们不要因小失大！现在殿下最重要的是返回京城，不是报仇！绝不能有任何耽误。"他看向朱瞻基，道："殿下还请少安毋躁，一俟夺还帝位，一纸诏书便可定汪家生死，不急于这一时。"

朱瞻基也明白这个道理，只是悻悻地骂了一句。

于谦道："五月二十日——也就是明天寅初时分，会有几条舟山进鲜船完成交兑，由扬州千户所押船北上。我们无论如何，得赶上这一班，因此今晚必须拿到汪家的荐书。你们在客栈里少等，我和吴定缘去一趟赌棚。"

朱瞻基想到于谦差点失陷在瓜洲，有些不放心，道："要不我也跟你们去吧？"于谦吓了一跳，道："千金之子坐不垂堂。那种藏污纳垢之所，还是交给臣等去处置为上。"

于谦不擅作伪，朱瞻基听出来了，他是嫌自己没市井经验，去了也是添乱。太子颇有些不服气，想反讽你刚才不也差点被人黑了吗？可他自矜身份，不能对臣下乱讲这种气话，只好咽了回去。

"当上位者也很麻烦哪。"朱瞻基暗自叹了口气。

这时吴定缘把于谦拉到门口，道："小杏仁，你想过没有，要怎么从汪家管事手里弄到荐书？"于谦听了一愣，显然还没考虑过。吴定缘疲惫地捏了捏鼻梁，道："你不会以为，只要找到那管事，人家就会平白给你吧？"

"我们动之以利，或者晓以大义，实在不行就把他抓到硝土沟边上，胁迫他交出来！"于谦努力让自己的声音江湖一点。

"白米吃饭，白口扯淡！"吴定缘毫不客气地驳回。

任何一处赌棚，都必然有打行的人坐镇。凭于谦和吴定缘两个人，不可能在里面动武。更何况，就算能动武，胁迫他拿到荐书，人家回头派个小厮去船上通报，你还是走不了。

"那你说怎么办？"

"只有一个办法。在赌棚堂堂正正赢那管事一大笔钱，让他拿荐书来换。"吴定缘道。

"赢？今晚可是那个什么斗文虫，你会吗？"于谦的声音不由得提高了几度。

"我看你答应那么痛快，以为你很熟！"

"我从小哪怕碰一下牌九，都得让我爹打一顿，这种玩意怎么会玩？"于谦越说越觉得不妙，"你在南京不是出了名地浪荡吗？哪个浪荡子不赌的？"

吴定缘无奈地解释了一下。他在南京城的坏名声有酗酒、狎妓，却从来没有滥赌。

一来是他性格孤僻，不愿去赌场那种喧闹之地；二来他对钱财看得挺重，赌桌上瞬息百金千金，有点承受不了……

于谦一听急了，合着他们俩都指望对方去赌。这可麻烦了，两个连规则都不知道的雏儿，想要赢死一个老手，只怕比一月来钱塘潮还难。

末了吴定缘狠狠一跺脚，沉声道："时辰不早了，先过去，大不了见机行事！"于谦虽觉不妥，可也只能如此了。两人正要离开，朱瞻基的声音忽然从背后响起：

"等等，你们说斗文虫？"

两人同时回头，看到一双闪闪发亮、充满骄矜与兴奋的眼睛。

半个时辰之后。

赌棚的门卫双手抱臂，注视着眼前一个个赌客走进棚中。这里是瓜洲名声最好的赌棚，虽然抽水多了点，但棚里秩序井然，绝无欺诈抢夺之虞。要做到这一点，除了有十几条打行的罗汉镇守，主要还靠门卫一双隼眼。

他只要一扫，便能把来客底细看得差不多，若有心怀不轨的宵小，早早礼送出去。赌棚在申初牌响一开，门卫就早早站在门口。他看到有醉醺醺的卫所百户、好奇的随船商贾、脚行里的大小纲首、附近县里的乡绅胥吏……还有几个浑身散发着腌鱼味道的，八成是贩私盐的贩子。

对于这样的人，门卫不会特别关注。瓜洲这地方关防重大，朝廷不许建酒肆、青楼，日落之后闲汉们只剩赌棚可以去玩，黑白明暗的人都有，只要不闹事，赌棚都是睁一只眼闭一只眼。

那几个私盐贩子进去之后，门卫的眼神忽然一凝。迎面走过来三个人，一前两后。为首的那年轻人一身圆领湖绉青袍，皂白京靴，走步间颇有雍容贵气，只是头上扣着一顶高丽帽，略显畏怯。身后那两位，一位是一袭短打麻衫，手臂习惯性地屈在腰间，一看是惯于握刀；一位穿皂布道袍，头戴绉纱巾子，白净长髯，眉目间却有些忐忑。

怕不是哪家的公子带着家将与师爷来玩？

门卫不由得多看了几眼。这时他注意到那贵公子手里还抱着个装蛐蛐的过笼，态度立刻一变，侧身过去，掀开另外一扇帘子，大声道："有斗客到。"

这三人坦然走过帘子，发现这里跟敞间的赌棚不一样，都是一个个砖砌的小单间，里头摆着方案圆礅，虽然简陋，收拾得倒干净。有伶俐小厮端来一杯热茶，三碟干果与一盘松糕，说您还缺什么物事，只管提，再有一刻准时开闸。

朱瞻基见屋里没人了，赶紧把高丽帽摘下来，露出一个大光头。之前他假扮僧人剃光了头发，这会儿如果被人看见，还以为是受了髡刑的贼人。

于谦实在忍不住了，忧心忡忡地问太子："殿下……"

"叫我洪望公子。"朱瞻基瞪了他一眼。

这是他给自己取的化名，洪与红同音，红者朱也，望者瞻也，算是相切。

于谦赶紧改口道："公子，咱们这急就章，能行吗？"朱瞻基轻轻抚着手里瓦罐，自从进了这赌棚，他整个人充满了自信，道："于司直，论儒经道学，本王不如你；这斗虫的事，你可就不如本王了。"

"可是，您在街上买的这只蛐蛐，也忒瘦小了吧，居然要四枚珍珠……"

"五枚。"吴定缘在一旁补了一句。

朱瞻基不屑地嗤笑一声："我给你们讲讲什么叫斗文虫，就知道值不值了。"他端起茶杯啜了一口，方才开口："这蛐蛐，并不是随时可以斗的，得顺应天时。一般来说，伏虫要等六月初才开始披甲，七月初鸣，有斗性要等白露之后，入冬即歇，前后也就百日而已，所以也叫秋兴。"

于谦一听急了，道："那五月斗什么虫？"

"你急什么，我还没说完呢。"朱瞻基抬起手，"蛐蛐分季，人的赌性可不分。虫还没成，斗客们瘾头来了，怎么办？于是就有了一种调教的法子：取岭南的虫卵，在暖盆的土里烘着，盆口覆着上好的绵纸，一路北运。路上每日绵纸洒水，盆下暖烘，便可以让虫卵早几个月孵出。再把孵出来的幼虫放在蔬叶上，仍旧洒水，便能在四五月长成足翅——这是贾似道传下来的法子，叫作催春养蛩法。"

于谦和吴定缘同时倒吸一口凉气，这么养虫子，怕不是一只虫得几十两银子。

"这种催出来的斗虫悖时而生，身柔口弱，斗性远不及真虫，所以叫作文虫。它的用处，只是在白露之前让斗客们随便玩玩，聊胜于无吧。"

听了太子的介绍，两人都是一阵感慨。花这么大心思培养，居然只是让斗客们在六月前解个闷，这实在是奢靡过甚了。难怪刚才看门人一见蛐蛐罐，态度就变了。五月中能拿出活蛐蛐的客人，定然身家不菲。

于谦结结巴巴问："公子您怎么对这种事这么了解？"朱瞻基道："我在宫里头偶尔也玩，这催春养蛩的法子，还是我从书里找出来给大伴看的呢——我到南京，随身带着一只赛子龙，就是大伴这么养出来的，可惜却……"他狠狠瞪了一眼吴定缘，后者迅速把视线挪开了。

于谦面孔一板，道："公子，今日事急从权。可此等玩物靡费无算，薄蚀人心，君主若沉迷此物，只怕非社稷之幸。尤其公子您还津津乐道于贾似道那等奸臣之言，难道要自比隋炀宋徽……"

朱瞻基听着他絮叨，面无表情地拿起一块松糕咀嚼。这时小厮进来，说准备开闸，太子把松糕顺手往怀里一揣，说："走！"

这家赌棚是拿一间河库改的，场子是个极开阔的开间。此时开间里面摆了七八张方桌，二十来条长凳，上头摆着牌九、骰子、双陆之类的物品，不过，暂时还没人玩。所有赌客都把注意力集中在赌棚的正中央。这里摆着一张黑漆杉木大圆桌，但正东方向桌面凹进去一角，好似一张炊饼被人咬下一口。

一位玄衣赌师站在凹角里，身前桌心摆着一件鼓腹侈口的斗罐，旁边还有一把半枯半绿的牛筋草。此时已经有两个斗客在位了，他们各自把养的文虫从过笼请出来，移入斗罐。那个斗罐中间被一道小木闸挡着。

赌师做了个手势，两个斗客拈起一根草来，轻轻挑弄自家大将的须子，要把杀气勾出来。

赌棚角落里居然还有一位歌女，弹着琵琶，唱的是西湖边上济颠长老的《瘗促织·鹧鸪天》："促织儿，王彦章，一根须短一根长。只因全胜三十六，人总呼为王铁枪。休烦恼，莫悲伤，世间万物有无常。昨宵忽值严霜降，好似南柯梦一场。"

伴随着歌声，周围的看客们观察斗虫品相，略做交流，然后纷纷下注，宝钞碎银金簪珠丸铺满一桌子——此所谓"买马"。注下得差不多了，两边的蛐蛐也被挑起了斗性，磨翅长鸣。赌师发一声喊，两边斗客都后退一步。赌师把木闸一抬，两员大将登时扑向对方，在斗罐里战作一团。

过不多时，一只蛐蛐被咬得遍体鳞伤，绕罐而逃，得胜的那只须子高高翘起，鸣叫不已。赌师当场宣布胜负，赢的斗客高高兴兴把它请回过笼，好生歇着，而输的那一位大概损失不小，气得把它扔地上，恨恨踩了几脚。看客们也是一半沮丧摇头，一半兴致勃勃地把钱从桌子上搂回来。

朱瞻基等三人站在人群里，观摩了三四回合。太子还下了几次小注，居然都赢了。于谦不禁疑心，太子爷在宫里玩斗虫，怕不是偶一为之。

见了几回胜负，赌棚里的气氛逐渐热络起来，无论斗客还是看客都有点眼红，仿佛被蛐蛐附体一般。吴定缘对斗虫没兴趣，他的视线扫过周围人群，突然在一个方向定住了。

一个戴着四方平定巾的老头挤到前圈，举起怀中瓦罐。这老头的脖颈处有一块暗红胎记，虽然被锦绣立领挡住，但这么一挤一动，还是被吴定缘看到了。根据胖子提供的消息，这人应该就是汪极府上的管事。

吴定缘一捅朱瞻基，后者点头会意，身子朝前靠去。

那老头刚把过笼搁在赌师的右首，朱瞻基便立刻把自己的过笼推到左首，表示愿意对战。然后他做了一个出乎意料的动作，把一个布袋扔上桌面，放在过笼旁边。袋口没束绳，被这么一甩，从里面骨碌碌滚出十几枚晶莹珍珠。

这个举动，在场内掀起一片惊讶的吸气声。斗文虫讲究的是对押，一边下了彩头，另外一边得押下等值的物件才行。这一袋珍珠怕不得折个几百两纹银，若非对自己的斗虫有绝对信心，谁敢这么下。

"在下洪望，愿与阁下一谈。"朱瞻基道。

汪管事没想到对面这公子一上来玩大的，脸色颇有些不自然。可他往对方罐子里一看，乐了。那虫须子枯短，项颈浅勒，一对大牙黯淡无光，一看就是时令没调理好。八成这贵公子是个羊牯，被人拿养废了的蛐蛐给诓了，还不自知。

这种大便宜，可是不占白不占。汪管事对赌师道："我今天没带那么多财货，对面的朋友想对押，稍后立契取货，绝不拖延，请棚里的作保。"赌师一点头，表示汪管事是老客，赌场愿意作保，问朱瞻基愿意不愿意。太子自然是从善如流。

一见汪管家接了这一注，棚内气氛一瞬间达到高潮。几百两的赌注，少见这么重的彩头，每个人的呼吸都粗重起来，一时间喧哗声四起。赌师不得不唤来几个打行的壮汉，维持秩序。

于谦心里一阵打鼓，他虽不懂斗虫，可也看得出自家虫子品相较差。这本来就是朱瞻基在街上临时买的，根本没精挑细选，也没悉心调教，输了珍珠不打紧，耽误了荐船的大事可就糟糕。

朱瞻基可不知于谦的忐忑，他信心满满地拈起一根牛筋草，和汪管家开始战前的挑逗。草尖拂着蛐蛐长须，要把战意催发出来。

汪管家带来的这只文虫，黄头铁项，色如旧铁，上铺紫丁斑。搁到秋兴时节，这品相不算上佳，但在文虫里已是极少见的骁将。相比之下，朱瞻基那只就瘦弱多了，连腿爪都还没硬，爬起来软绵绵的。

汪管家一边逗弄，一边又多望了一眼，对面那蛐蛐无精打采，怎么挑拨都不爱振翅，须子都耷拉着，心里就更踏实了。

挑拨得差不多了，赌师喊声"开闸"，然后拔走小木闸。汪管家那只气势汹汹扑过去，四牙刚一相触，怪事发生了。它还未合钳出力，便邋然向后退却，仿佛碰到什么邪魔。朱瞻基那只稍微提起来点精神，朝它爬过去，对方又绕着躲开。

于是在斗罐里，出现了一番颇为诡异的情景：骁将每次奋起攻势，都一触即退；弱军无甚战意，反而逼得骁将绕着罐子跑。看客们大为讶异，不由得议论纷纷。汪管家更是憋紫了脸，不明就里。

这两只虫足足绕了半炷香光景，都跑不动了。赌师见状，拿起木闸把它们分开，判朱瞻基勾胜——两虫相斗无果，但场面上朱瞻基更胜一筹，是谓勾胜。

看客们爆发出极其热烈的议论声，看不明白这回怎么打的。于谦在人群里长舒一口气，偷偷问太子到底怎么回事。

朱瞻基笑了笑，他岂会不知这下品蛐蛐没什么胜算。但他之前在菜摊上弄了点椒叶研碎，和着一点点蜜水给它涂上，躯壳上便散发出一种刺激味道。这味道最惹蛐蛐厌恶，对方再凶狠也不愿靠近。

说起来，这法子还是宫里的小宦官发明的。他们斗蛐蛐怕赢了太子，便用这法子故意输。一来二去，朱瞻基发现不对，这才把真相逼问出来。这法子只在宫里流传，整个京城玩斗虫的都还不清楚，江南人更发现不了其中玄机。

汪管事的脸色一阵铁青，下巴微抖。一注便输了几百两纹银，就算是大盐商家的管事，也是剜去好大一块肉。他勉强双手一拱，说愿赌服输，当即唤来小厮取纸笔，要写借契。

于谦过去一托手腕，微微一笑，道："其实我家公子只是以虫会友，旁的还在其次。"汪管事一听，顿时面露警惕，道："不知小老儿何德何能，得蒙贵家青眼相看？"

若对方提出什么非分要求，他宁可赔这钱。于谦笑道："我家公子要去京城探望病亲，苦于五月水枯，情急不能速行。求汪老念在他一片孝心，帮忙办来一份川上船的荐书，这赌注我们分文不取，荐书钞银依旧照付。"

洪熙皇帝确实"不豫"，所以"探望病亲"这话一点毛病没有。汪管事一听是为荐书的事，颜色稍霁。这事对别人来说棘手，对汪府来说真不算难。

汪管事问："你们打算何时启程？"于谦说："最好明晨那一班。"汪管事一怔，这要得真够急啊……他沉思片刻，说赌棚人多眼杂，我主家在邗江河畔有一处别业，毗近扬州所的码头。待我问问明天押船是哪个百户，打好招呼。洪公子索性在别业住上半宿，明日寅时出门直接上船。

两下谈妥，朱瞻基与汪管事便一齐离开斗桌，其他斗客迅速补了空位，在赌徒们的哄喊声中又是一番激战不提。

几个人一起走出赌棚，路上闲谈起来。汪管事感慨说，去年他得了一只孝陵的青头大将军，打遍扬州无敌手。朱瞻基却不以为然，说真正的上品要去芒砀山找。当年汉高祖在这里斩了白蛇，蛇血洒在草间，从此这一带的斗虫都异常凶顽，旁虫绝不能及。

这一老一少斗蛐蛐的瘾头都不小，这一聊起来便滔滔不绝，居然颇生知己之感。吴定缘和于谦跟在后头，前者揣着珍珠一粒粒数着，后者一脸忧色，太子似乎对促织沉迷得太深了，这可不是好事。

汪管事自己有往来的小舢板，在水道间极方便。行将登船之时，于谦忽然想到，苏荆溪还留在客栈附近，正在采购路上用的伤药器具。他见太子与汪管事谈兴正浓，再看看吴定缘，心想太子身边得有人照应，只好自己跑回去一趟了。

他跟太子禀明情况，掉头奔向四里铺。其他人则踏上舢板，直奔别业而去。

要说扬州的景致，虽与南京只一江之隔，风格却不尽相同。南京忝为副都，街廊楼阁都有帝京气度，堂皇有余而灵动不足。扬州没有这种"威重天下"的包袱，沿途风景便显得自在多了。

此时，小舢板穿行的邗江两岸，都是富贵大家的临江别业。各家刻意经营之下，每一处的绿植风格都决然不同。前一家是黄杨之间杂以鸡爪槭，以黄叶配紫花；后一家便养出一圈紫叶小檗刺篱，绕以樟树；甚至有的人家干脆不取木本，只以粉花绣线菊、马兰、贯众等堆栽而成茵圃，再搁几块爬满扶芳藤与凌霄的太湖石。

种种名色，各擅胜场，偏偏又连缀成片。是以船行江上，两边的绿植花色不断变换，时而妖冶妩媚，时而清新脱俗，绝无雷同之感。此时夕阳尚有余光，给这一片景致又染上一层半透亮的酡红，更增添了无限变化，令人目不暇接。

汪管事站在船头得意道："这还只是邗江昏景，若进了扬州城，更是不得了。俗话说，腰缠十万贯，骑鹤下扬州。任凭你在天下如何腾挪，终究要到我们扬州置业。"他袖手一指远处的白墙乌瓦，道："你瞧，这一片都是金陵官员们的私宅。他们在金陵连十里秦淮都不敢冶游，都跑来这里纵情享受。"

太子默然不语，只是安静听着，不知在想些什么。

船行出去约莫七八里，便慢慢朝着邗江西岸靠去。岸上有一栋宽阔的大宅子，占地许有一二里，高墙深宅，马头墙层层叠落，依稀可见一片淡黑色坡顶。屋脊两头的正吻为吞口鳌鱼，垂脊还有二郎真君与哮天犬。汪极是徽州籍，自然要把别业修得与家乡风格无二。

舢板靠岸之后，天色差不多已完全黑透。汪管事带着两人绕到别业的侧门，走进后院。吴定缘最后一个迈过门槛，可前脚刚踏进去，心中忽生警兆。

他瞥到在院落的侧廊下搁着一个虎蹲小炉，炉上坐着一盆水，炉火旺盛，盆里咕嘟咕嘟煮着几枚上粗下窄的铜质圆筒。

吴定缘的眉头不期然地皱起来。

这玩意叫"酒烙"，金陵也叫"酒溜子"。大户人家请客吃饭，会事先用滚水把这种铜制酒烙热透，倘若席间酒水冷了，便把它插入壶中烫酒，既方便又风雅。只是这玩意太过麻烦，一般只有贵客临门才用。

别业里既然在热酒烙，显然今夜有宴。而这汪家别业的宴席，主人家必然得在场。换句话说，汪极很可能也在这宅子里。他曾经见过太子，若是两人照面，可就是天大的麻烦。

早知道刚才应该让太子回去，他跟于谦前来拿荐书就好了。不过，现在来不及吃后悔药，吴定缘快走两步，正要叫朱瞻基留神，不防前方汪管事突然回身，猛喝一句："拿下！"

不知从哪里钻出来十几个护院，把他们围了一个水泄不通。吴定缘一见形势陡变，二话不说，纵身朝着汪管事冲去。他们寡不敌众，先擒首脑是唯一的破局之法。不料汪管家身子一缩，依仗自己对地形熟悉，迅捷地躲到了一处垂花门后，被几个护院遮住。

吴定缘舞动铁尺，勉强打倒了两个对手。可惜这些护院手里都很硬，一拥而上，把他和朱瞻基狠狠按在了雕花石板地上，动弹不得。

朱瞻基昂起头来怒道："小老儿，你想赖账杀人不成？"

汪管事俯身从吴定缘身上搜出那一袋合浦珠子，掂了掂，冷笑道："你们两个腌烂肉的小贼，真以为穿一身绸缎弄几只假珠，就能糊弄过老夫的眼睛？"

朱瞻基和吴定缘面面相觑，他们本以为是太子身份遭人识破，可汪管事这话里，透着几分蹊跷。吴定缘似乎想到什么，用力踢了朱瞻基一脚，后者很有默契地垂下头去，不再言语。

汪管事不动声色地把珠子揣回怀里，故意大声对护院们道："这两个小贼蒙骗不成，强闯宅院，说不定是那伙匪人的同党，把他们一并关到水牢里。"他想了想，又叮嘱道，"他们还有两个同伙要来，一男一女，你们骗他们入院，依样处置就行。今晚主家宴请贵客，声音别弄得太大，一会儿让伙房匀你们几斤好酒吃。"

护院们欢声雷动，汪管事摸了摸到手的珍珠，迈着步子走开了。护院们把这两个沮丧而迷惑的倒霉鬼捆了个结实，拖进了别业深处。

可惜于谦和苏荆溪并不知道同伴的意外变故，他们刚刚与店家交割了宿费，唤来两头行脚骡子，朝着之前留下的别业地址而去。

于谦在前，胯前的绊鞍上搁着一个大青皮包袱，里面是各类药材，还有那个小铜炉用作煎药。苏荆溪在后，她团起一个妇人盘髻，在骡背上像一个腼腆的新媳妇一样垂着头。

说实话，于谦对苏荆溪并不十分信任。她一直在刻意讨好太子，于谦担心万一太子真的被迷住，金口一开，把她纳入后宫可怎么办？可这一路上，还得仰赖苏荆溪的医术来处理箭伤。于谦甚至考虑，干脆撺掇太子给她封个太医院的官职——皇上总不能娶个太医吧？

不过目下有一件事，比苏荆溪更让于谦担心。

他一路上唉声叹气,深为太子沉迷斗虫而忧虑。玩物丧志,恬嬉误国,长此以往,大明可如何是好？这些话他不好当着太子面讲,便把苏荆溪当成了倾诉对象。

苏荆溪在后面一直保持缄默,似乎毫无兴趣。如果于谦稍稍注意对方被暮色遮掩的面孔,就会发现她的眼神并不涣散,始终在认真聆听。这是苏荆溪的职业习惯,她从来不漏过任何言语细节。

于谦喋喋不休地说:"上有所好,下必甚焉。太子斗虫时这么热衷,居然还跟那管事聊得入港,民间若效仿成风,得引起多大乱子。"两头骡子本来还偶尔嘶鸣几声,后来都不吭声了,只有于谦的大嗓门在小路上回荡。

苏荆溪突然打断他的话:"等一下……你说离开赌棚之后,太子和那位汪管事谈得十分投机？"

"是啊,哪怕太子找我谈谈经义也好,他却跟市井之徒聊起斗虫,汉文帝不问苍生问鬼神,我看……"

"他们两个怎么聊的？"

于谦的记忆力绝佳,一言一句都复述得清清楚楚。苏荆溪听完,眉头微拧:"这个汪管事有问题。"

"嗯？"

"他这段聊天里藏了不少话术,不动声色间,把咱们的真实情形都套出来了,太子还不自知。"

于谦一怔,他可没往这上头想。苏荆溪说:"你看,他问太子身边可有斗虫同好,过笼平时谁管,这是在探问同行者有几人,是男是女；又问是否初到瓜洲,可有车马接送,这是试探我们在本地是否有熟人；尤其是他还不经意提及是住水驿还是民旅,这是看我们有无官府的关系。"

"他要帮咱们弄荐书,自然得先问清楚底细吧。"于谦不以为意道。

苏荆溪摇摇头,道:"民女行医多年,深知人性难掩。刚才那番对谈,单独把每个问题拉出来,无甚可疑。连缀在一块,却感觉他是在反复确认我们在瓜洲既无人际联系,也没官员庇护,这可不像是写荐书的人需要知道的,更像是……"

"更像是贼人动手前的确认？"于谦的脸色凝重起来。他今天被脚行的人差点谋财害命,也是同样套路。苏荆溪点头道:"也许是民女多心,但太子身份特殊,还是谨慎些好。"

"有吴定缘在,应该不会出事吧。"

于谦嘴上宽慰着自己,手里却连连催动胯下骡子,让这头畜生加快脚程。他们赶了一阵路,前方看到一个三岔路口。路口右侧立着两棵躯干虬然的老槐树,旁边立着一块石碑，大意是说此树乃是隋炀帝杨广手植云云，假得一塌糊涂。

按照汪管事的指点，这个老槐树路口，是四里铺通向邗西别业的必经之路。一看到槐树，向右再沿江边前行数里即至。

于谦停下略略分辨了一下方向，正要赶着骡子往前走，忽然后头传来一阵车轮碾过泥土的声音，车夫远远吆喝让路。

他一回头，看到一辆双辕马车从后头疾驰而来。辕马拖着的是一顶雕木厢轿，上盖笠檐，外覆薄纱，既遮阳又透气，这是江北人在夏初最喜欢的乘物。那轮毂上还箍着一圈铁皮，滚动起来隆隆如雷。

骡子受过训练，不待骑者下令，便自动朝路边让去。可于谦心中着急，拿鞭子催着骡子加快速度，想抢先过去路口。这么一往复折腾，让骡子无所适从，身子朝着路中间横过去。

那个马车的车夫急忙收拢缰绳，可距离太短，实在来不及，两边"咣当"撞在一起。辕马本来就比骡子身量大，何况还有车厢助势。这一下撞击，马车只是晃上一晃，于谦和骡子却是同时飞了出去，连那个大包袱也被撞散开来，药材撒得满地都是。

苏荆溪连忙跳下骡子，过去搀扶于谦。那辆马车咯吱一声急停下来，车夫拽住缰绳破口大骂。这时轿子里一个浑厚的声音传出来，道："不要强加詈言，妄造口业，还不快把人家扶起来？"

苏荆溪正弯腰去拽于谦的胳膊，听到这声音，肩膀微微一颤。她直起身子，视线越过那个不情愿的车夫，看到纱帘之内端坐着一个老者的身影。

"郭伯父？"苏荆溪试探着喊了一声。

苍老的手掀开纱帘，一位头扎东坡巾的老人探出头来，表情非常讶异："荆溪？"

"扑通！""扑通！"

随着两声水响，吴定缘与朱瞻基一下子跌入黑暗的冷水里。水中浑浊不堪，还散发着淡淡的腐臭气味。他们两个人的双手被反剪捆缚，只好一边屏息闭目，一边拼命摆动两条腿来寻找平衡。

好在这水并不深，脚尖很快便触到了坚硬的底部。两人双足站稳，迅速挺直身体，脑袋赶在窒息之前"哗"地重新冲出水面，大口大口喘息起来。

这里的水位不算太深，吴定缘站直以后，刚能没过半个胸口。不过以朱瞻基的身高，恐怕是要淹到脖颈了。周遭一片黑暗，吴定缘只能靠粗重的呼吸声来确认太子的位置。

朱瞻基也在努力朝他靠近，耳边传来阵阵推开水波的声音。过不多时，两个人终于凑到一块，背靠住了背。这种视力被剥夺的环境，人只有靠确确实实的身体接触，才能换得一丝安全感。

"所以……他们只是把我们关进了水牢吗？"朱瞻基问，语气有些古怪。

"你还想怎样？"吴定缘硬邦邦地回答。

"若他们知道我的身份，岂会处置得这么潦草。这是把咱们误当成小毛贼了吧！"

吴定缘冷笑道："潦草？你怕是不知道这水牢的厉害。"朱瞻基道："泡在水里而已，总不至于比官刑还可怕。"

"不出三日，你会宁可把自己阉了。"吴定缘道，"在水牢里面，你只能一直保持站立，哪怕稍微弯腰或者坐下，水都会淹过鼻孔。一天不够就站三天，三天不够就泡五天。迟早有一天你会支持不住，瘫软下去被活活溺毙。这个过程会非常缓慢，你有足够的时间去感受自己死前的痛苦。"

这一番话吓得朱瞻基面无血色。他本以为最多泡得皮肤松弛，没想到这么恐怖。"那我们接下来怎么办？"

"保持安静。"

吴定缘不再理睬太子，开始观察四周。他很快注意到头顶有一个方口，方口上牢牢盖着一扇四杠铁栅门，外头隐有光亮。犯人们应该都是从这个入口被抛下来的。

他双手被捆不能动弹，便在水里用力一跳。吴定缘个头很高，脑袋"砰"一下撞到铁栅边缘，铁栅纹丝不动，显然是从外头锁住了。

确认牢口封锁之后，吴定缘又把身子向后贴到凹凸不平的墙壁上。这墙壁是拿碎石碎砖砌成的，边缝里抹了石灰浆子，表皮覆着一层滑腻腻的水苔。他背蹭墙壁，在水里慢慢挪动，试图丈量出整个水牢的布局和大小。

当他蹭到水牢的另外一侧时，发现这里居然还泡着别人。有三个人背靠墙壁，默不作声地站在水里，其中一个明显比其他人露出水面的位置要高一点。

他们早注意到水牢里多了两个人，可是都没吭声。这些可怜人估计关了好几天了，开口讲话都算对体力的浪费，要尽量避免。

吴定缘也没理睬他们，自顾自在黑暗中蹭了墙壁一圈，心里大概有数了。从汪管事的举动判断，他并没觉察到朱瞻基的真实身份，单纯只是想吞下那一口袋合浦珠子罢了。

这水牢里原本关着的几个人，怕是盗贼山寇之类的人。估计汪管事是打算把他们诬为盗贼同伙，硬算为同党，让官府并案合审。侵占珠子这事，便洗得首尾干净，再无后患。

这在公门里头，唤作"寄罪"，把一个无关罪名寄到事主身上，然后与真犯一并审理，真犯身上的铁证，自然也成了事主的铁证，乃是个极好用的勾当。不是老刑名，做不得这么精细。

吴定缘见那些人没有讲话的欲望，便先游回太子身边。太子问他找到别的出口没，吴定缘说没有。四周墙壁严严实实，下面只有一个放水的细洞，怕是只有水蛇能钻。

"这可怎么办？"朱瞻基忧心忡忡地仰起头。此时天色已晚，栅栏外也是暗淡一片。且不说他们是否赶得及明晨出发的进鲜船，搞不好要以小贼身份死在这水牢里头。

能侥幸逃过宝船大劫，能从南京重围里杀出一条路来，难道最终却在这个小水牢里翻了船？朱瞻基觉得这实在太他妈憋屈了。

"现在我们没什么能做的，只能等。能不能脱困，就看外面的人够不够聪明了。"吴定缘喃喃道。

"你说于谦？"

"不，小杏仁忠心可嘉，但他就是根憨木头。我说的是苏荆溪。"吴定缘的眼神闪过一丝复杂的光芒，可惜在黑暗中太子看不到。

"苏大夫？"朱瞻基一愣。

"能毒杀朱卜花的，怎么会是寻常妇人？"吴定缘斟酌了一下词句，"那个女人……是个瓷器面玲珑心。若有人能觉察到汪管事的蹊跷，只能是她了。"

"难得见你夸奖人啊。"太子回想了一下，自从认识吴定缘之后，那家伙永远都是一副气死人不偿命的毒辣嘴脸，这么正面的称赞还是第一次。他心中忽生出微微的警惕："你莫非也觉得苏大夫人不错？"

"我只是希望她能坦诚一点，别藏着掖着的。"

两人同时陷入沉默，水牢里变回到一片死寂。过不多时，太子的声音忽然又响起了："吴定缘，你发现没有？"

"什么？"

"这还是第一次，你跟本王如此讲话。"

这句突如其来的感慨，让吴定缘一愣。他回想了一下，还真是如此。之前因为那奇怪的头疼病，他根本无法直视太子，要么是对着于谦说，要么是迫不得已时忍痛大吼几句。如今身处黑暗，看不到对方的脸，两个人反而可以如寻常朋友一样交谈。

"……呃，是吧。"他回答。

又是一阵尴尬的沉默。他们的身份、学识、兴趣天差地别，实在没什么可以谈，只能商量一下逃脱计划。可在这座水牢里头，实在没什么可计划的，只能等待。

水牢的可怕之处，就在这里了。安静的密闭空间、漆黑的视野与包裹全身的冷水，会剥夺囚徒的五感，令他们的思维格外敏锐。他们首先要遭遇的折磨不是痛苦，不是疲倦，而是极度的空虚无聊。

朱瞻基实在无法忍受这种压抑，再度开口道："本王有个疑惑，不知当问不当问。"

"大萝卜，你已经在问了。"吴定缘毫无敬意。

"你刚才说希望苏荆溪能坦诚点，本王也希望你能做到。"朱瞻基循着声音凑近一步，"你到底是怎么变成这么一副鬼样子的？"

两个人相识只有短短一日，可朱瞻基对这位"篾篙子"的生平了解实在不少。这人明明有一身不俗的本事，却偏偏隐在父亲身后，甘心忍受被世人嘲笑，背负酗酒狎妓的污名。朱瞻基无论如何也想不通，哪有人这么作践自己。

如墨色浓郁的水牢里一片安静。朱瞻基一度怀疑，自己是不是问得太过分了。就在太子决定放弃这个话题时，吴定缘的声音从黑暗中飘忽而来，语气里没有惯常的嘲讽，只有淡淡的疲倦和哀伤，道：

"我从小时起，最佩服的就是我爹。他是南直隶地面最厉害的捕快，任何宵小都逃不过他的雷霆手段。南京城的孩子玩官兵抓土匪，都把官兵叫作铁狮子。我每次跟他们玩，都坚持不做土匪，铁狮子的孩子，怎么能做贼呢？必须也做官兵。

"不过，我一直很奇怪，我只记得六岁之后的事情，之前则全无记忆。我问过爹娘，他们说小孩子没记性，我也就相信了。十二岁那年，我娘生完玉露便去世了，我爹再没续弦，就这么拉扯我们两人长大。从那时候起，我开始学习搏击之术，学习追踪与仵作之术，苦练眼脚，希望有朝一日能成为像我爹一样的人，去保护我的家人，去保护金陵百姓。

"永乐十三年，我在应天府谋了个快班的常役，算是踏上理想的第一步。我那天很高兴，决定去桃花渡喝些酒庆祝。路上我看到一个毛贼，他窃了农妇的菜钱要逃。我沿着秦淮河一口气追了五六里，才算逮着他。我正要把他捆起来送走，一抬头，却发现我爹进了富乐院。

"应天府的三班衙役爱逛青楼，但大多是去内桥和中正街，不会到秦淮河畔这么高级的地方。何况我很了解我爹，自从我娘去世以后，他从来不近女色，为此街坊还都传过笑话，说只见寡妇为亡夫守寡，没见过鳏夫为亡妇守节。所以你可以想象，当我看到他走进富乐院时，心里是多么震惊。

"不过，我没有上前说破，先把那毛贼扭送衙门。晚上回家，我试探了一下，我爹却什么也没说。我好奇心更盛了，就去富乐院调查了一下，得知我爹找的姑娘叫作红玉。我使了些手段，设法见到了红玉。没想到，我第一眼看到红玉……呃，红姨时，整个人呆住了。"

"跟看见我一样，头疼难忍？"朱瞻基问。

"不，是特别舒服。"吴定缘眯起眼睛，仿佛还在回味，"就像热水一点一点漫过脚丫子，钻到每一个脚指头缝里，浑身变得暖洋洋的，比最高明的按摩师傅按摩都舒坦。"

虽然他的形容很拙劣，但朱瞻基大概能理解。

"红姨见到我，反应也很奇怪。她好像原来就认识我，却努力表现出不认识的样子。我一眼就看破了，但没说破，只是时常会去探望她。不为别的，就为了能多看看她的脸，再体会一下那样奇妙的感觉，简直欲罢不能。我很好奇，为何我看到我娘的面孔，都没这样，却偏偏对一个陌生人有这种亲切感。为什么？她跟我爹什么关系？我从来没有去追究，生怕一旦说破，那感觉就不复存在了。

"这样的见面持续了好多次。有一次，一个醉汉闯进红姨的房间，嫌她弹琴吵闹，破口大骂，骂她一匹母狗父子骑——这明显就在说我和我爹。我怒不可遏，要出去揍那个醉汉，推搡之间，无意中打翻了蜡烛，让整个富乐院都烧了起来。我一看到那巨大的火光，突然之间头痛欲裂，好像有一只蚱蜢在脑袋里来回跳跃、啃咬，我口吐白沫，四肢抽搐，直接瘫倒在了地上……

"等我模模糊糊地醒来时，是躺在红姨的床榻上，她在外间似乎在跟我爹讲话。他们不知我已醒转过来，谈得没什么隐秘。我只隐约听到一句，红姨说你抚养他这么多年，与亲生父亲又有什么区别？当时我真是如五雷轰顶。你要知道，我一直以是铁狮子的儿子为傲，得知这个身世后，是多么大的打击。那一瞬间，我觉得天都要塌下来了，四周颜色全灰了。我是个野种，我他妈竟然是个野种……"

吴定缘的语气，仿佛又回到了那一天。朱瞻基艰难地挪动嘴唇："那你没问问，你真正的身世是什么？"

"我怎么会不问？等红姨进屋之后，我便刨根问底。红姨开始推说是我听错了而已，却架不住我反复质问，最终才勉强点头承认，可再多就不肯说了。我再逼问，她举起簪子，说如果我再问，或者把这件事泄露给我爹，她就自尽。我知道她是认真的，只好把满腔疑惑压回肚子，失魂落魄地跟我爹回到家里。

"从那以后，我的生活完全改变了。一旦看到稍微大一点的火光，便会羊角风发作，口吐白沫，头疼得没法控制自己。别说去继承铁狮子的衣钵，就连当一个普通捕快都不可能，天下哪有一见火就犯病的捕快？我成了一个废物，一个来历不明的野种废物。

"我也说不清楚，哪里对我的打击会更大一些，羊角风，还是野种？我不敢跟我爹

198

说,我怕说破了连养父子都没的做了。我开始有意放纵自己酗酒,让所有人都厌弃我、鄙夷我,最好让他们都觉得,我是因为行事堕落才不配当铁狮子的儿子。实在憋得难受了,我就去红姨那里待着,什么都不干,就呆呆地看她的脸,只有那时候才能稍微舒心,结果传出去我又多了个狎妓的名头,呵呵,也无所谓。

"我爹一直觉得,我性情大变只是因为得了怪病,他帮我找过很多医生,都没什么效果;他劝过我很多次戒酒,劝不过就打,就骂,都没用。我暗地里一直在帮我爹,破了很多大案奇案,可我没资格分享铁狮子的荣誉,宁可把名声都送给他。我是在报恩,感谢一个与我全无血缘关系的人把我抚养长大……"

吴定缘一口气说了许多,他不知道,为什么自己会愿意开口说起这些事。也许是水牢里的幽闭环境,让人有倾吐的欲望;也许是他这个秘密憋得实在太久,总要一吐为快。对方是一位高高在上的大明太子,云霄上的神龙又怎么会在意一只蛐蛐的际遇?身份差得太远,很多话反而能放开。

不过,奇怪的是,朱瞻基听完以后,却没发表什么尖刻的评论。吴定缘自嘲地笑了笑,这种事确实很难让别人理解。不过,很快他发现这种沉默有些不对劲,急忙叫着名字朝前探去,发现朱瞻基整个人几乎全没到水里去了,直冒泡泡。

朱瞻基估计是刚才听得入神,身子一下失去平衡。他的双手被捆缚,连扶撑都做不到,只能一沉到底。

吴定缘的双手也动弹不得,只好用左腿一钩,恰好挡在太子前倾的胸口前,往上那么一抬,勉强把他重新架出水面。朱瞻基喀喀地吐出几口水来,抬起头含糊道:"然后呢?"

"先别管那些了。"吴定缘设法把太子再次抬起来,视线却看向水牢的另外一侧,似乎有什么发现。

那边的三个人还在,像三尊翁仲石像一样呆呆靠在墙壁。吴定缘眯起眼睛观察片刻,先把太子扶稳,然后径直走到中间那人面前,沉声道:"借用一下。"

那人的眉毛"腾"地抬起来,似乎不太情愿。可吴定缘毫不客气地把他拱开几步,示意朱瞻基过去。太子莫名其妙,可他走到那个位置一靠墙,就明白为什么了。

这里有一处凸起,是墙壁常年泡水,砖石拱起所致。它的大小和高度,恰好可以让人把屁股坐上去,头部仍能留在水面之上。这在水牢里,可是比龙椅还宝贵。

那三个人显然早发现了这处宝地,轮流坐到上面。吴定缘发现他们的站立次序和刚才不同,中央这人的位置又略高于其他,这才识破其中奥妙。眼看这风水宝地要被夺走,这三位再也无法淡定,一个个脸色难看地围拢过来。

不过,他们在水里泡得太久,又累又饿,面对吴定缘这新入水的壮汉,实在是力有未逮。吴定缘略觉不忍心，开口道："暂时坐一下，轮流来，不亏了你们。"

他反转过身去，费力地从朱瞻基怀里拿出一块已被水泡烂的松糕，这是在赌棚里随手揣走的。那三个人一看见吃的，眼睛"唰"地都亮了起来。吴定缘倒背着手，把松糕递过去。

三人倒有几分义气，一人只咬了一口，没有多吃。吃完糕点，他们神气稍稍恢复了一些，总算敢开口说话了。

原来这三个人是仪真县月塘乡的船户，两个年长的一个叫谢三发，一个叫郑显伦，小的那个叫郑显悌，是郑显伦的堂弟。吴定缘便问他们为何被关入水牢。

谢三发在三人中最大，他苦笑着说，因为最近漕法变动，船户苦不堪言，他仨被同乡推举来找汪极议事。不料，两边谈得不顺，起了口角，汪极便诬蔑他们是水匪，直接关进水牢里来了。

朱瞻基一听是漕法的事，格外上心，毕竟这是洪熙皇帝一手促成的，道："我听说漕法由转运改为兑运，乃是当今圣上体恤百姓的善政，怎么你们却苦不堪言？"

郑显伦狠狠朝水里啐了一口，道："善政个屎屁眼子！皇帝老儿自己捅两下就知道骚臭了。"这话脏得朱瞻基脸色微变，差点没坐住。

谢三发赶紧打了个圆场，道："原先实行转运法，我们船户佥派了漕役，得从苏松解运到德州，一趟下来得小半年光景，累也累死了。如今改了兑运法，我们只要从苏松解运到淮安，兑给淮安所的军爷们，就能回家，真是德政。只不过啊……"

"只不过什么？"朱瞻基追问。

郑显伦抢着嚷道："只不过从淮安到德州这一段的脚费，却要我们船户来出！"

朱瞻基一听即懂，这就是把漕役折算成钱粮。换句话讲，就是船户出钱，雇佣卫所军户替他们走漕运——这仍旧比徭役要合算多了，不知这些人为何叫苦连天。

"莫非是漕运衙门定的脚费太高？"

谢三发道："衙门定的规矩，是每石加脚耗一升，不算太高。不过……到了汪老爷这里，却要加到每石半斗，一下子高出五倍，这谁受得了啊！"

"漕运脚耗是官府的政务，关他一个盐商什么事？"

三个人俱是同情地看了朱瞻基一眼，仿佛在看一个傻子。郑显伦冷笑道："你也忒不通世务。扬州地界谁不知道，不用汪龙王的船，根本下不去水！"

三人连说带骂，朱瞻基这才明白。原先实行转运法，官府负责全程提供漕船，船户跟着走就行；现如今改了兑运法，从苏松到淮安这段航程，官府便不再提供船只，船户得自己去想办法。

像谢三发、郑氏兄弟这样的穷人，自己没有大船，只能五户十户联保去租。而能用的大船，全垄断在汪极手里，他开什么租价，别人只能接受。那"每石半斗"的脚耗，只有一升是官府收取，另外四升全是租船的费用。

"汪老爷说，他把自家船舍出来做漕运，占了别处生意的运力。若不把租费定高一点，就亏本了。按这个脚耗，我们走一趟全家都要饿死，求他给条活路。他也不理，说有本事你们莫租我家的船。可四百料的大漕船全在汪家手里，不租他家的，漕粮根本运不完。"

朱瞻基听得怒火中烧，道："太混账了，就没人告官吗？"

"他跟扬州知府、扬州所的指挥使好得穿一条纨绔，谁能动他？这四升脚耗，里头至少一半都孝敬给府、卫所了。"郑显伦愤愤地说完，这时一直没吭声的郑显悌补了一句："其实这只是小头。我听脚帮的人说，扬州所的漕船往北运，一船一船夹带的全是汪家的私盐。"

这一句出来，朱瞻基才真正震惊。贩卖私盐在大明是重罪，而汪极居然能驱动官船替他做这种事，简直比收取租船费还要嚣张。

太子不由得愤愤，这汪极真是贪婪熏天，一年几十万斤的官家盐引他居然犹嫌不足，还要搞出这些龌龊之事。一头收着高昂的租船费，一头又利用跟卫军的关系，偷贩私盐。两边获利，都极其惊人。这漕运改制看似惠民，好处却全被他汪家给占了。

"这，这不是犯了国法吗？"他嗫嚅道。

"国法个屁啊，扬州城汪老爷就是国法，比皇上还大。"郑显伦愤愤不平地骂道，"皇上远在京城，天天大鱼吃着，哪里会管我们这些小虾米！"

朱瞻基想辩解几句，却不知该怎么辩才好。他原先还有点愤愤不平，觉得是一群刁民无知，不识朝廷苦心。这次才算亲眼见识到，一条惠国惠民的善政，是怎么变成蠹虫牟利的法宝。

这些所谓忠臣，这些所谓良商，就是这么报效天子信任的。难怪汪极一甩手就能赠送一条宝船，全都是从社稷根基挖出来的啊。占了这么大便宜，他居然还贼心不死，还要插手谋篡皇位，朱瞻基越想越气，浑身都颤抖起来，恨不得立刻跃出水牢，把此獠亲手一刀刀凌迟！

他的情绪太过激动，整个身体剧颤。太子突然听到微微"嘎巴"一声，随即屁股一虚，整个人随着那块脱落下来的凸砖沉入水下……

"大萝卜？！"吴定缘惊叫道。

两京 十五日

第十三章

八盏明晃晃的学而灯，悬在汪府别业的正门两侧。汪管事候在门外，有些焦虑地延颈张望着。

忽然，远处传来车铃响动，他精神一振，抬手喝道："掌灯！"周围仆役连忙点起引草，伸入灯内，很快有八团翠绿光晕亮起，映出四根朱漆门柱与一块"临花藏池"的牌匾。

这灯是用极薄的竹皮笼成外罩，烛光雅敛，如《论语·学而》里子贡称赞夫子那句"温良恭俭让"，故名"学而灯"。只是为了能让竹皮透光，工匠须挑选新成的嫩竹，细细削下表皮，不能厚，不能断，一盏不知要耗费多少工夫。

一辆双辕马车徐徐来到府门前。汪管事急忙下了门阶，膝盖略弯贴地，口称"给鹤山先生磕头"。车帘掀起，一位青衫老者从里面跨出来。老者七十多岁，手执青藤拐杖一根，长长的白髯配上东坡巾，颇有些仙风道骨。

"劳烦久候，路上有些事耽搁了。"老人解释了一句。

"不妨不妨，从泰州一路过来，也够劳顿的。主家已备好了宴席，等您呢。"汪管事满脸堆笑，就要把他往里面迎。

老者神情有些郁郁，回了一句"嗯"，却没挪动脚步。马车后很快又下来一个年轻女子，额头宽大，素朴裙钗，旁边还跟着一个驼背苍头，戴一顶宽檐罗帽，看不清脸。

两人下了车，都恭敬地站到鹤山先生身后。汪管事有些惊讶，他事先可不知道鹤山先生还带了两个随从。那苍头也还罢了，这个女子举止看着不像婢女，亦不像侍妾，可有点古怪。可他也不好细问，连忙吩咐中门大开，把贵客迎了进去。

这座别业外表看着其貌不扬，内里却极为奢华。进门以后，接连数座宏峻堂宇，重轩复道。其中木构皆用楠木，外涂金彩，再覆以丹垩雕刻。朱色是朱砂磨细，墨色是徽墨粉刷。

而堂宇之间的地面，是一片片斜下的小坡。倘若有人自天空俯瞰，会发现整个别业的地势从外围到中央逐次凹陷，形成一个内宅盆地。盆地内皆是一圈圈圃畴，种满繁茂的奇花异草。不时可见闽中的佛桑花、暹罗红绣球、南海娑罗树等名贵品种，这些名种碍于气候，往往一季即萎，更透出主人家的奢靡。

此时已近六月，正是石榴初吐、茉莉芳妍之时，棚架上还有嘉瓜四垂，再间杂以挺拔蜀葵、熠熠朱槿，巧妙地遮掩住下陷的地势。客人一步步深入盆地，沉浸于香馥馨郁之中，浑然忘俗——这种设计有个名目，唤作"临花藏池"。

"好是好，只是太过奢靡了。"鹤山先生心不在焉地感慨了一句。

"其实没想象的那么麻烦。"汪管事笑道，"您看，这花圃旁边都有沟渠，从邗江直接引水浇灌。若遇暴雨，底部亦有排水引去别处。根本不劳人力。"他本想多介绍几句，可他发现鹤山先生心绪不佳，便知趣地闭上了嘴。

他引着三人走到花藏池的底部，这里只立有一间轩敞竹轩。和外头的华丽相比，竹轩简朴得紧，无论屋梁门窗、椅榻案架，皆为竹制，门口还放养了几只白鹤。站在竹轩门前举目环顾，周围是一圈圈梯田一样的高坡，上面花草层叠，像极了一片片花萼，把来人如花蕊一样拢在中央。

直到这时，客人才能明白，为何要叫"临花藏池"。不是人藏花于池内，而是花藏人于蕊中。

一个身材挺拔的中年男子从竹轩迎了出来，先深深一拜，然后亲热地挽起对方的手，道："鹤山兄，久违！我知道你生性简淡，所以特意选了这竹鹤轩，办了一桌山间清供，不必被俗念萦心。"鹤山先生勉强一笑，道："极甫有心了。"

这人自然就是富甲扬州的汪极，汪极甫。

汪极与鹤山先生并肩进了竹轩。那个伛偻苍头停在门外守候，女子却紧跟着进去了。汪极略觉惊疑。鹤山先生道："前日老夫自武夷山中得了一味花茶，不需焙制，味道新奇，特携来与极甫品评——不过，这花茶需得现配方好，所以我把茶婢也带来了。"

汪极大喜，连声说好好，竹轩里有现成的茶具。他吩咐汪管事先不要布菜，先和鹤山先生各自坐定，闲谈起来。那茶婢不消吩咐，自去竹架上取了十二先生，从腰间小袋里取出各色花瓣、根茎细细调制起来。

汪管事知道这时主人不喜打扰，连忙退出竹轩。他见那个苍头还站在旁边，好心凑过去，说，要不要去伙房吃些消夜？苍头垂头"嗯"了一声，连谢也不谢。汪管事心想郭家书香门第，也有这么不知礼数的仆役，给他指了伙房的方向，便自顾自走开了。

两人离开之后，竹轩附近重归静谧。不过一炷香的工夫，茶婢已调好了茶粉。恰好旁边铁壶新水已沸，她便把茶粉小心倾入盏中，以滚水一浇，再用茶筅轻轻击拂。

其时，从大内到民间，流行的乃是叶茶冲泡，但雅人好古，仍不时追慕前宋点茶之法。汪极见这茶婢动作如行云流水，爁盏调膏，冲点击拂，不见丝毫窒涩，不由得赞叹了一声。

很快茶婢端出两盏茶汤，恭恭敬敬献到案前。汪极端起盏来，先有一股香馥之味扑鼻，再看茶汤呈青白之色，比极品纯白色略差一等。

不过，鹤山先生也说了，这花茶只是品个新奇，未见得多么精妙。汪极便把茶盏送到唇边，轻轻啜了一口。

这茶汤的味道吧，说实话，并不像看起来那么好。腥中带涩，喉咙处甚至还挂着一点苦味。汪极本以为会有回甘，可略一回味，苦味更盛，好悬没一口吐出来。他微皱眉头，正要搁下，却见鹤山先生冲着自己点头，只好硬着头皮再举起盏来，像吞服药汤一样把里面茶汤啜完。

"鹤山先生这茶……真是特别啊，不知叫什么名字。"汪极苦笑一声，用袖口擦了擦嘴。

鹤山先生淡淡道："它叫作丧子茶。"

"这名字却有些……"汪极说到一半，突然双眼睁大，觉得身体哪里不太对劲。他想要挣扎着起来，却觉得四肢麻痹，视线模糊，连脑袋都开始晕眩起来。面前的鹤山表情似乎变得狰狞起来。那该死的茶婢从旁边走过来，拿起他的胳膊去探脉搏。

"郭纯之，你……"汪极意识到这是对方有意为之。也不怪他掉以轻心，谁能想到淮左闻名的硕儒郭纯之，竟会给主人下毒。

苏荆溪摸完脉搏，看向郭纯之，道："见效了。半个时辰之内，他四肢麻痹，动弹不得。"汪极试着动了动，果然如其所言，正要高喊，苏荆溪伸出指头，点住他的嘴唇："若你高声叫嚷，催动气血，毒性会直入心脉，神仙也救不回来。"

仓促之间，汪极不敢去试探这话的真假，只得低吼道："我好心请你做客，自问礼数周全。你为何处心积虑，要来害我？"

"这你可冤枉郭伯父了。他一直走到大槐树路口前，都只是满心想来赴宴而已。"苏荆溪笑眯眯地解释了一句，端起他面前的空茶杯，"这里别业成群，家家户户都修了苗圃花畦，我就地取材，随便逛了几个园子，取了杜鹃花瓣、夹竹桃根茎、紫藤籽，再揪了几株麦仙翁研磨成末，所以才来迟了片刻。仓促间配得不够尽善，你多担待。"

"为什么，为什么……"汪极看着郭纯之。

郭纯之用拐杖点向汪极胸口："古人有云：感同方能身受。现在极甫你身受之后，该能体会到我的丧子之痛了吧？你，到底为何要杀我儿郭芝闵？"

汪极闻言一僵，竹轩之内陡然陷入死寂。

恰在此时，距离竹轩几百步开外的水牢里，传出"扑通"一声。

朱瞻基的身体猛然下沉，把周围四个人都吓了一跳。吴定缘听着水面咕嘟咕嘟直冒泡，急忙上前，又拿脚去钩他。好在太子刚才休息了一阵，体力略有恢复，自己挣扎着勉强站了起来。

这时他们几个人才搞清楚，这位刚才一时激动，居然把凸砖生生坐塌了。

那三位船户脸色变得不好看，好心让你坐一会儿，你倒好，直接给弄塌了，接下去大家如何休息？

吴定缘顾不上安抚太子和那三位，他敏锐地感觉到，声音不对。水牢里本来死寂沉沉，现在却多了一股汩汩的声音。他静听了一阵，发现原本没到胸口下侧的水位，悄然向上移了一点。吴定缘以肋骨为标定，意识到这绝非错觉。

他移到凸砖那一侧墙面，身体紧贴墙壁挪动了一段，汩汩声消失了。吴定缘又让身体离开墙壁一点距离，后臀立刻感觉到一股水压。

一句脏话，从他的唇中滑出。

太子这一屁股，不光坐塌了凸砖，还让水牢墙壁破了一个洞。这座水牢直接修在邗江旁边，隔壁即是江水。也就是说，这个洞若不尽快堵上，水牢里很快便会溢满江水，届时所有人都得去龙王家里做客。

吴定缘面色凝重，背靠墙壁将身子蹲下去，用反剪的双手去晃墙洞旁边的砖边。这堵墙没用糯米灰浆，只是用石灰简单地抹了缝，虽可防渗水，但强度差了许多。只消轻轻摆动几下，感觉又有一块砖变松动了。

吴定缘没敢再晃，重新直起身子，对其他四个人道："好消息，我们有办法脱困了。"

三个船户面面相觑，不知吴定缘葫芦里卖的什么药。吴定缘道："眼下这面墙上破了一个洞，外头邗江水正源源不断地灌进来。洞不大，我暂时还能用身体堵住，但随着江水冲击，周围的砖面会逐渐松动崩塌，水牢迟早会溢满。"

郑显伦怒道："这算什么好消息！"

吴定缘道："不被老虎撵，跳不过深涧。如果我们主动把砖块扒开，岂不就可以顺着墙洞游出去了？"

207

周围一片沉默。这是一个破釜沉舟——尽管这里只有朱瞻基明白这个成语的意思——的计划。主动挖开墙洞，意味着再没有回头路了，要么及时脱困，要么直接淹死。

但事已至此，别无选择。三个船户商议了一通，只好同意了吴定缘的计划。

他们五个人的双手被绳子捆住，所以只能轮流蹲入水中，背靠墙壁，反剪着双手去晃动砖块。这种工作方式效率奇差，但也是目前唯一可行的办法。

好在墙洞不算牢固，在五个人的不懈晃动下，那墙洞比原来扩大了两圈不止。从这里灌入的江水也越发多起来。水位如今已没到吴定缘的胸口第三根肋骨，个子稍矮一点的朱瞻基，不得不抬起下巴、踮起脚尖。

又过了一阵，墙上的缺口已有狗洞大小，勉强可以钻人。三个船户在水牢里关得太久，体力明显不支，个个气喘吁吁。吴定缘看他们三人暂时没力气游，一推朱瞻基，说："砖头是你的大屁股坐塌的，合该先钻出去探探路。"

朱瞻基冷哼一声，他知道吴定缘是为了让他先走，可这话怎么这么难听……

太子憋着一口怒气，二话不说潜下水去。他顺着水下那个墙洞钻了出去，只见水下视野一片浑浊，茫茫不见前路。朱瞻基往前奋力一冲，脑袋却"咣"地撞在另外一堵墙上。他眼冒金星，急忙反手去摸，顿时心中一阵冰凉。

原来这座水牢是双层墙壁。内墙砖砌，外墙石砌，之间留有空隙。这样一来，就算囚徒挖通了内墙，也会一头撞上外墙，算是个防止脱逃的笨办法。朱瞻基迅速游了回去，浮出水面，向众人通报了这一发现。几个船户无不面露死灰，郑显伦对吴定缘破口大骂，却被弟弟郑显悌给拦住了。

郑显悌一边安抚大哥，一边问朱瞻基："砖墙和石墙之间，有水吗？"

"自然是有的，灌得满满的，不然也不会流进水牢里来。"

郑显悌道："若是有水，说明外面那道石墙肯定没有严丝合缝地封堵，或许哪里留有空隙。我可以去看看。"郑显伦骂道："别瞎说，你还想去找死吗？"谢三发也跟着劝。

生死关头，郑显悌的声音陡然拔高，道："大哥，谢叔，都什么时候了，你们还抠这点小算计！"

吴定缘在旁边冷眼旁观。别看郑显悌在三人里年纪最小，脑子却比另外两位清爽多了。刚才说起漕政的事，他们俩只盯着租船费心疼，只有郑显悌看出夹带私盐才是重点。

不过，此时不是夸赞之时，吴定缘过去撞开谢、郑二人，让他尽力施为。郑显悌深吸一口气，一猛子扎下去，过不多时又浮上来，面色苍白。他说外墙的墙根处果然有条缝，如果能把石头推开几块，说不定就够宽敞了。这件事一个人可干不了，非得是一群人不可。

水位在迅速上涨，即使谢三发和郑显伦极不情愿，也只能听从安排。他们五个人吸足了气，鱼贯穿过洞口，一进入内外夹层，立刻摆动双腿，下沉到外墙宽缝附近，背着手去抠挖石头。

黑暗中什么都看不到。好在这道石墙比砖墙砌得还敷衍，石块之间只以形状堆叠，连灰浆都懒得抹。众人折腾了一顿，还真从根基搬开了几块。五个人士气大振，动作又快了几分，很快便把宽缝扩成一条窄道。

此时大家肺里的气耗得差不多了，打算回去喘息一下。谁知那水中矗立的石墙却开始瑟瑟晃动，大概是他们挖根基挖得太狠，以致在外侧邗江的巨大压力之下，诸多石块开始分离，墙体行将坍塌。

若它倒了，只怕大家都要被困在夹层中活活淹死。郑显伦与谢三发二话不说，掉头拼命回游。郑显悌撞了吴定缘肩头一下，算是提醒，也往回赶去。吴定缘正要转身，忽然感觉一条腿在猛踢自己。

吴定缘迅速游过去一探，发现太子被困在石墙窄道中，动弹不得。吴定缘拽了一拽，发现不行，他没有半分犹豫，立刻上脚用力一踹，把太子往窄道里踹进去一分。然后他把身体掉转过来，朝那边用肩膀又是狠狠一撞。

这一下，竟硬生生把太子撞过窄道，冲至外墙外面的江水里去。

但这也让本来就脆弱的石墙坍塌得更快，把这条窄道霎时堵住了。吴定缘只得迅速反身，赶在外墙坍塌之前，从夹层钻回到水牢里头。

一露头，他第一件事就是紧紧用背部贴住洞口，暂缓灌水的速度。外头不断传来闷闷的撞击声，显然是石墙在水压下内倾崩解，碎石把夹层彻底堵了一个严严实实。邗江水依旧在疯狂涌入，人却绝没机会钻出去了。

这一回，真是陷入绝境了。

"我就知道！信了你们的鬼！这下全完了！"郑显伦绝望地大叫起来。谢三发摇头不语，面色惨白，嘴里喃喃念着阿弥陀佛与无量天尊。只有郑显悌鼓起勇气问吴定缘道："你那位同伴呢？"吴定缘说把他踹出去了，接下来不知道。郑显悌精神略振，可复又心忧："他……跟你交情不错吧？"

这一句话，问得大有深意。

现在他们唯一的生机，就是等朱瞻基浮上水面，潜回别业把铁栅打开。但这其中的变数实在太多，他怎么闯回别业？怎么避过护院的耳目回到水牢？怎么拿到钥匙打开铁栅？更重要的是，他会不会选择一走了之？所以郑显悌才会有此一问。

吴定缘怔了一怔，竟不知这问题如何回答才好。

人家是太子，自己只是一介草民，从哪个角度考虑，他都不会也不应该折返回来救人。吴定缘把朱瞻基踹出去的时候，根本没指望过有什么回报。但如今郑显悌一问，吴定缘才发觉自己内心，居然还有一点点期待。

"你们到底什么关系？"郑显悌焦虑地催问。

"朋友。"吴定缘含糊地嘟哝了一声。

一墙之隔的邗江之中，朱瞻基还顾不上考虑这些事，他被激流冲得七荤八素，头晕目眩，在水里来回翻筋斗。太子觉得自己真是与河水八字相冲，先被炸船落水，又在皇城河里中箭，然后跳进后湖，如今又跟邗江纠缠起来。

在乱流之中，他忽然发现束缚双手的棉绳松了少许。这应该是被吴定缘踹过窄道之时，绳子被尖利的石尖割开一大半。朱瞻基咬着牙双臂一扯，硬给扯断了。

手臂恢复自由之后，朱瞻基赶紧摆动身体，寻找江水的流动大势。他知道在体力很差的时候，绝不能以力逆抗，而要借势而为。太子水性本来不错，这两天又淹出了经验，几下沉浮，便顺着水势浮出水面，迅速向岸边靠去。

说巧不巧，他登岸的位置，恰是傍晚坐舢板抵达的别业小码头。朱瞻基拽住系缆的桩子，浑身湿淋淋地上了岸。他举目一望，看到别业正门吊着八盏青蒙蒙的学而灯，一辆双辕马车系在左近，想来汪极的贵客已经到了。

烛光照耀下，依稀可见别业旁边有一条黄土大路通往外间，无人把守，顺着这里离开，便能逃出生天。可朱瞻基只看了一眼，便抬腿朝着别业另外一侧跑去。他不知道水牢如今是什么状况，但那四个人绝撑不了太久，动作不快可不成。

朱瞻基来到刚才进过的侧门，用手一推，门板居然虚掩。他轻手轻脚进去，看到廊下只有一个护院背对站着，对面是个苍头，两人正在讲话。

朱瞻基扫视一圈，看到那一根酒烙仍搁在盆里煮着。他伸出湿漉漉的袖子包住手，拿起那滚烫的酒烙，狠狠朝那护院后脑勺砸去。酒烙是纯铜筒形，等同于一柄短棒，这一下砸过去，护院登时扑倒在地。朱瞻基动作不停，又恶狠狠地朝着苍头砸去。那苍头急忙挥舞双手，道："殿下，是我！是我啊！"

铜酒烙砸到鼻尖前才堪堪停住，道："于谦？"

苍头把宽檐罗帽一掀，露出一张惊喜的方正面孔，果然是于谦。

"殿下怎么这副打扮？"

"你怎么这副打扮？"

这一君一臣同时问出了口。于谦清了清嗓子，正要讲述，朱瞻基却抓住他的手，急道："快！去水牢救人！"于谦有点莫名其妙，但他看到吴定缘不在身边，猜出来可能是出事了。

他们迅速扒下护院的短劲衣，让朱瞻基套在外头，然后两人直奔水牢而去。幸亏朱瞻基之前被拖走时依稀记得道路，绕过几个上坡，很快便来到水牢所在的偏院。

这里只有两个护院把守，他们正兴致勃勃地扔骰子赌钱，旁边还放着汪管事赏的一坛酒。水牢的铁栅盖门，就压在酒坛子下面。

于谦假装迷路，踏上台阶去询问伙房位置。他没来过别业，除了汪管事没人认得他的脸。两个护院一听是贵客的苍头，不好怠慢。其中一个搁下骰子，要去给他带路。

于谦引着他走到偏院拐角，藏身于此的朱瞻基闪身出来，酒烙一砸，当场又干掉一个。太子生怕水牢里的人撑不住，索性也不再掩饰，大踏步地冲进院子。

偏院只有一盏微弱的烛光，那护院看见一个同样穿着短劲装的人进来，第一反应是唤他继续赌。朱瞻基踏进他十步范围，护院才发现那张面孔不是同伴。他慌张起身，要去拔刀，谁知朱瞻基直接把酒烙投了出去，狠狠砸中鼻梁，鲜血四溅。

护院惨呼一声，双手下意识去捂脸。于谦趁机向前，用早拆下的偏院门闩朝他脑袋上砸去。再文弱的书生，拿棍子砸人总是会的。一下、两下、三下、四下，砸到第五下时，那护院终于被活活打晕过去。于谦见他四肢不住抽搐，吓得把门闩一把扔开，这可是他生平第一次对人动粗。

朱瞻基顾不上关心这位臣子的心情，他冲到铁栅盖门前，一脚踢开酒坛，发现江水在里头都快漫到顶了。太子从护院身上搜了一圈，拎出一串钥匙，一一试过去。可他惦记着水牢口不断上涨的水位，手指不住发抖，不得不高喊："于谦，我不成，你来试！"

于谦并不知道水牢里的情形，所以比太子要镇定得多。他迅速挑出正确的钥匙，伸进锁孔一扭，把铁栅盖翻开来。于谦正要起身询问，朱瞻基已经"扑通"一声跳进水里去，把他吓了一跳，这……是要干吗？

过不多时，朱瞻基气喘吁吁托着一个湿淋淋的人出来。于谦一看，居然是吴定缘，只是昏迷不醒。他赶紧接过去抱住，一转头，太子居然又跳下去了。

先后往返四次，太子居然从水里捞出四个人来，除了吴定缘，其他几个人都不认识。这四个人横七竖八躺在地上，不知死活。太子斜靠在木凳旁，粗喘连连，感觉肺都要炸裂开来。

"这……是怎么回事？"于谦大惑不解。

朱瞻基瘫软在地，没力气讲话，只是冲于谦比了个手势，让他取些吃食回来。这里是偏院，几乎不会有人来，于谦便放心地留下他们歇息，自己跑出去找伙房。

汪管事早已跟伙房打过招呼，于谦便大胆索要。在伙夫和厨婆的鄙夷下，他端着五张胡麻炊饼、一大碗烂炖肉和几个烘芋头离开，回转偏院。那几个人已纷纷醒转过来，只是泡水泡得太久，精神还未完全恢复。于谦蹲到太子跟前，把炊饼撕成条，蘸着肉汤递给他，悄声问，那三位是谁？

太子一口吞下饼条，三两下咽下去，这才回答道："仪真县的船户。"

"哎？"于谦一惊。太子舍命相救的，居然是三个破落船户，这可真是有点……有点古怪。

太子半是嘲讽地瞥了他一眼，道："君为轻，民为贵，这不是你昨天教我的吗？怎么？现在又觉得不合适了？"于谦很是尴尬："喀，殿下……不对，公子仁民爱物，自是德政纶布之举，只是过于弄险。"

太子看了看躺在地上的他们，突然又轻轻叹息了一声："先前我不曾了解，民间疾苦到底什么样子……我这么救他们，只是求个心安吧。"

紧接着，朱瞻基把在水牢里的事讲给于谦听，听得于谦冷汗涔涔。原来刚才的情况那么紧急，难怪太子握不稳钥匙。

"你又是怎么回事？"太子问。

于谦先把苏荆溪对汪管事的怀疑说了一遍，朱瞻基连连称赞："吴定缘果然没看错人，全靠她了。"于谦又道："我们本打算赶到别业，见机行事。没想到走到大槐树路口，居然碰到了她未婚夫郭芝冈的父亲，淮左大儒郭纯之。他从泰州来瓜洲，是为了赴今晚汪极的宴请。"

朱瞻基一皱眉，居然有这么巧的事？

但仔细一想，也不算巧。当初没有郭芝冈那一句"何曾食万，今见之矣"的铺垫，汪极便送不出那条满是火药的宝船。既然郭、汪之间有勾结，那么郭父作为汪极的座上宾，也不足为怪。

"郭纯之没想到，会在这里碰到自家没过门的儿媳妇。他问苏大夫在这里做什么，苏大夫告诉他，他儿子郭芝冈在南京横死，凶手就是汪极。"

"……他会相信吗？"

"开始是不信的。但苏大夫讲了一段故事。她说她寻夫到南京，发现郭芝冈在家中离奇遇害，她为了给丈夫报仇，深入调查，发现与太子宝船之事牵连。她苦苦追踪到扬州，发现真凶正是汪极，他为掩盖谋害太子的线索而灭口——好家伙，都能写一出义妇为夫报仇的杂剧了。"

饶是朱瞻基心事重重，听到这里也乐了。

"郭纯之听说儿子竟卷入太子谋刺案，无比震惊。他在车上细细询问了几遍，奈何苏大夫讲的每一个细节都是真的，再加上我这个右春坊右司直郎也站出来做证，老头子终于笃信无疑。于是，鹤山先生把我和苏荆溪扮作他的苍头和婢女，一同前去汪府对质。"

"可只靠你们三个，怎么斗得过汪极？"

"这附近不是有很多名士别业吗？苏大夫从沿途各家的花圃里，采摘了几种毒性相配的花草，伪作花茶。虽是急就，但有鹤山先生的大名遮掩，足可以瞒过汪极。"

"现在成了？"

于谦看看竹轩方向："应该是成了。我们之前商量好的，一进汪府，苏大夫和郭纯之去对付汪极，我则以苍头身份，到处打听你们的下落。刚才您进门之时，我正在跟那个护院套话呢。"

太子轻声说："忠臣，真是忠臣。"于谦面色微红，正要自谦，太子道："苏大夫真是忠臣哪，汪极与她并无冤仇，她亲身涉险，完全是为了我啊……"

于谦默默转过身躯，把吃食拿给其他几个人。三个船户狼吞虎咽地吃着炊饼，只有吴定缘一脸丧气地靠在旁边，挖着耳朵里的水。他注意到太子的视线投过来，立刻把头转向另外一侧。

没有了水牢里的黑暗遮掩，吴定缘只得再次设法避免与太子对视。朱瞻基知道原因，不过心里终究微有失落。他忽然冲那边喊了一声："吴定缘。"

"在。"吴定缘仍旧看向别处。

"谢谢……"

听着太子向自己道谢，吴定缘仍旧面无表情地咬着炊饼。反倒是那三个船户吃得差不多了，纷纷过来跟朱瞻基躬身致谢。朱瞻基无心与他们啰唆，简单地摆了摆手，说你们以后勤谨做事，不要因为个别劣绅而负了朝廷恩典就行。

三人微微诧异，这公子哥怎么讲话如此官府腔？谢三发苦笑道："我们得罪了汪极，就算逃得一时，家里也是待不得了，只好收拾细软与亲眷去洋上漂着。"

朱瞻基皱起眉头，他们当了逃户，若逃去外洋，九成九会成为海寇。大明太子舍命救出的百姓，最终却沦为害大明的海寇，岂不是太荒唐了吗？

可他除非亮明身份，否则什么也不能说，也什么都帮不到。看着这三个人的黝黑苦脸，朱瞻基竟有些一筹莫展。

这时一直垂着头的吴定缘忽然动了一下眼神，不知看到什么东西，他抓住于谦问道："小杏仁，你和太……公子刚才进来之时，是上台阶还是下台阶？"于谦有些蒙，下意识答道："从进门到这里，有那么三四段台阶要上吧，不过每段就五六级的样子，抬腿即到。"

吴定缘蹲下身子，把手掌按在地板上，眼神一阵闪动。过不多时，他复抬起头来，眼神里流露出一丝狠戾："公子既然进了汪府，绝不甘心只拿到一封荐书就离开吧？"

"自然，我恨不得生啖汪贼之肉，睡寝汪贼之皮！"朱瞻基恨恨道。

"你们三个，一定也不甘心这么逃去洋上沦为贼寇吧？"

三人面面相觑，嘀咕了几句。末了还是郑显悌双手一拱，道："若汪极不追究，我等自然不必去吃那苦头了，可这怎么可能？"

"汪管事吞走了我那一袋合浦珠子，也还没还回来。"吴定缘缓缓道，"杀人的、夺财的、盘剥的，我这里有一个办法，管教咱们都能称心如意！"

说到这里，他手掌一拍铁栅盖门，湿漉漉的面孔凶相毕露。

这些破落户不知道，他们的目标此时在竹轩里正陷入一阵愕然。

"郭御史他……死了？"

郭纯之的拐杖，直直戳着汪极的胸口："莫要作伪！荆溪，你说给他听！"

苏荆溪上前一步，道："五月十七日，太子驻跸扬州，你在游船上设宴款待。因我夫君的一句戏言，你将游船送与太子。是也不是？"

汪极点头，这是众目睽睽之下的事，没必要否认。

"五月十八日清晨，太平门内御赐廊有一座屋舍倒塌，死者正是我夫君。经应天府勘验，他死时身在榻上，身着官袍，可见是先为人所杀，后被梁柱所砸。五月十八日午时，太子所乘宝船在东水关离奇爆炸，东宫幕僚、南京百官几无幸免。"

汪极神情并没有任何波动，不知道是药效缘故，还是若有所思。

"若无你的安排，太子宝船怎会藏有火药？若无我夫君的一句戏言，你又怎么名正言顺把船送给太子？你杀他，是不是为了灭口？"

苏荆溪说的，句句都是实话，只不过把郭芝冈之死与汪极刻意相连。汪极听到这个指控，不由得眼皮一翻，道："郭御史远在金陵，我怎么去杀他？"

在郭纯之听来，这句等于坐实了两人合谋之事，气得手里的拐杖几乎都快握不住了，道："你真是无君无父！狗胆包天！罔顾郭、汪两家世谊，竟把我儿拉下水去谋刺太子，这是要诛九族的大罪啊！"

汪极似笑非笑，缓缓开口："鹤山先生，郭御史可不是我拉下水的。明明就是他先来找上我的。"

"胡说！他一个慎独勤谨的孩子，怎么会做这种大逆之事！"

"呵呵，您的学问我是钦佩的，不过齐家教子这方面就不敢恭维了。别的不说，你可知道郭御史每个月要来扬州几次？偷偷养的瘦马，又有多少个？"汪极说到这里，看了一眼苏荆溪。苏荆溪做出一个震惊的反应，眼神却没那么讶异。

郭纯之怒道:"荒唐!他一个月俸禄才多少?哪里养得起?"

"儿子在外胡闹,可怜爹妈还以为是君子。"汪极嗤笑,"他养不起,自然有金主供他放浪形骸。实话跟您说吧,这一次,正是那位背后的金主让他来找到我,一起共襄盛举,图谋大事。要说灭口郭御史,也该是那位金主动手才对,哪里轮得到我?"

"他背后的金主是谁?!"

汪极阴恻恻道:"鹤山先生,您读了那么多史书,难道还猜不出来吗?敢对太子动手的人,图谋的可不是什么官位或钞银,而他们,又岂会只对太子动手?"

郭纯之双眼一圈的褶皱骤然撑开,简直不敢相信耳朵里听到的话。汪极的笑意,变得更加狰狞。

"如今太子已亡。不出旬日,天子驾崩的消息也该传来了。新君当立,您是想做方孝孺还是解缙,可是要三思啊。"

"你!!"

方孝孺和解缙均是当世大儒。方孝孺不忿永乐皇帝谋篡,被诛灭全族,解缙原本是建文帝的翰林待诏,后来归顺永乐皇帝,官至大学士。汪极抬出这两个人名,可以说是赤裸裸的威胁。

郭纯之怒不可遏,可偏偏拐杖没法戳进半寸。汪极的言辞正中他的顾虑,痛失爱子固然心痛,可他也是郭家的族长,行事必须考虑后果。

"您杀掉我,简单得很。但想想日后你郭家男丁腰斩而亡的画面,想想你郭家女眷在教坊司的日子,想想吧,想想。"

汪极四肢动弹不得,嘴角却满是得意。他眼看着这个老人在打击之下,一点一点退缩,脊背也一寸寸佝偻起来。这景色真美,他在生意场上纵横了几十年,最享受的不是什么奢物美色,而是这种击垮对手的快感,胜过一切春药。

一个老学究,玩人心岂是他的对手。

当啷一声,拐杖从郭纯之手中掉落在地,老人捂着胸口缓缓朝地上瘫去。苏荆溪面色一变,赶紧过去搀扶。显然郭纯之是压力过大,以致胸痹骤发。此间没有药物,她只能把郭纯之右臂抬起,反复按摩郄门、内关,试着缓解痛楚。

汪极哈哈大笑,他犹嫌不够过瘾,又添了一把火,道:"其实这一次我设宴款待,本来也是想跟你老人家透底的。你现在可没选择:投靠了新君,你儿子就是殉于王事的忠臣;若你还想做洪熙的忠臣,呵呵,你也配!是你儿子把太子炸得粉身碎骨……"

说到一半,声音戛然而止。

三个人从竹轩外头推门而入。为首那人披着一身护院短装,光头上沾着几绺水草,样貌狼狈至极。那一张满怀愤恨的熟悉面孔,却令汪极一瞬间如坠冰窟。

"太……太子？！"

一个本该成为秦淮水底游魂的家伙，突然出现在面前。汪极若不是四肢麻痹，只怕会从椅子上跳起来。

"你说谁粉身碎骨啊？"朱瞻基看向这个两天前还对自己卑躬屈膝的商人，神情冰冷。

于谦快步过去，帮着苏荆溪把郭纯之搀起来。两人四目相对，她轻轻摇了一下头，表示回天乏术，那硕儒居然就这么被气死了。于谦不由得扼腕叹息，郭纯之是淮左大儒，学术极有造诣，这一闹，可是极大的损失。

太子此时顾不上去看那老儒，他径直走到汪极面前，面带讥笑道："都说盐商富贵，本王还不信。今天我才见识到，这别业可比皇家园林气派多了。"

汪极的脸颊剧烈地抽搐起来，他的一切自信都建筑于太子之死上。如今太子活生生地跳出来，这位见惯风云的大盐商，竟连五官都不知该如何控制了。

"怎么会，怎么会……"他嘶哑着嗓子。想不通整整一船火药，居然都炸不死太子。

朱瞻基冷笑道："该死的没死，害怕了？我在南京城里被朱卜花追了整整一宿，这才勉强逃出来。这么大的事，怎么你的同伙没来得及通知你吗？还是说，你在他们心目中，根本没那么重要？"

他对汪极的恨意澎湃到了极点，不想施以酷刑，而要用言语一句句剐掉这个奸贼的一切。

不料汪极听到这一句，反倒平静下来，道："殿下莫非以为我们这些人都是歃血为盟的兄弟，彼此之间肝胆相照不成？"

朱瞻基眉头一挑，隐隐觉得自己似乎犯了个错。

"我们彼此之间，从来没有信任可言。参与到这件事里的每一个人、每一方势力，都知道自己只是一枚随时可以被抛弃的棋子。如此幼稚的挑拨，怪不得别人说殿下你望之不似人君。"

汪极注意到，最后这句话明显刺痛了太子。他心中顿时有了计较："您在官里听了太多经筵，真以为那群腐儒能讲透什么道理啊。告诉你，天下之事，从来不是靠虚无缥缈的忠义，而是靠实实在在的利益来聚拢人心！各怀鬼胎怕什么，貌合神离怕什么，只要利益一致，就不怕事情推不下去。"

说着说着，汪极双眼中的恐惧消退，取而代之的是一种坦率的狂热。

"利益？那你从中能得到什么好处？"朱瞻基质问。这个疑问他早就有了，汪极已富极江淮，到底什么好处能让他投入一场风险巨大的阴谋中来。

"好处？呵呵，当然就是迁都之议的废止。"

这个答案出乎朱瞻基的意料。可稍一思索，便能明白两者之间的联系。倘若京城迁回南京，南北漕运量必然锐减，那么汪极苦心经营起来的诸多黑白产业，比如船运租赁、私盐贩运等，便会化为乌有。

朱瞻基忍不住高声斥责："你的那些产业不是违背国法，就是鱼肉百姓，本也合该整治，难道还有什么冤屈吗？"汪极从唇边露出一丝冷冷的讥笑："若太子你只有这种见识，那还是别登基的好，登基了也只是让大明多一个庸主而已。"

朱瞻基的心火"腾"地爆燃起来，狠狠地抽了汪极一记耳光，力度之大，连他的身子都被抽得向后一震。汪极嘴角流出一丝血来，脸上的讥讽却越发冷郁，继续道："太子殿下，你可知道如今南北漕运每年官运多少米粮？五百万石！为了把这五百万石从南方运到京城，要造多少漕船、雇用多少漕工？河务上要养多少脚帮、闸工、纤夫？沿途要修多少水次仓？各地州县的征调解送，要动员多少徭役？朝廷每年要拨付多少疏浚钱、治黄钱和轻赍银？"

朱瞻基甩着生疼的手掌，不明白这个盐商到这会儿了，还大谈什么数字。

"漕河之上，每一个环节都流金淌银，多少人攀附其上，赖此为生。你朱家迁回金陵之后，漕运必废，这些人会怎么想？"汪极越说越亢奋，"殿下你真以为只有我对你起了杀心吗？断人财路，如杀父母，没有我，也有李极、王极……谁敢言迁都，谁就是漕河之上的公敌！"

朱瞻基忍不住又重重抽了他一耳光，道："放你的野獾屁！漕运费用浩大，百姓不堪重负，迁南都而罢漕运，上利朝廷，下惠万民，群臣朝议已把利弊分析得清清楚楚，父皇因此才下定决心。皇烛之照，你这样的蠹虫也配评论？"

"嘿嘿，大义归大义，利益归利益。太子你总是把两者混为一谈，难怪不成器。"汪极哈哈大笑起来，"国家用度，百姓安危，关我一个盐商屁事？反正谁动了我的馒头，任你是皇天老子，也要扳上一扳。不只是我，整个漕河如今就是一条巨大的鼍龙，谁想要碰它，就一定会被狠狠咬上一口，除死方休——这才是天下的至理！你一个养尊处优的皇太子，能理解吗？"

朱瞻基的脸色，微微有些发白。他想起苏荆溪此前提过，南京城里的大小官员，对于迁都颇为惶恐，间接导致了朱卜花的夺权。原来漕路之上，也是暗流涌动。

东水关前那一通爆炸，不是来自几个宵小的歹意，不是来自篡位者的野心，而是迁都之议掀起的无数暗流汇聚后的必然结果。那个幕后黑手竟利用父皇的迁都之议，把所有反对者都绑到了一条船上。

"你爹就是个天真的蠢材！什么迁都废漕，体恤民力，简直可笑至极！真以为钱是省出来的吗？连村头的货郎都明白，银钱如水，唯有流动才能活起来。漕河一废，南北断绝，天下顿成死水一潭，他一个夯胖子知道后果吗？"

汪极越说越亢奋，竟直斥起皇帝来。

于谦发觉太子的情绪有些动摇，赶紧过去低声提醒道："殿下，不要被这个反贼的话所惑！他是故意的。"他见朱瞻基怔怔还未恢复，索性主动上前，大着嗓门呵斥道："你如今穷途末路，快说出是谁主使，或者还能获得宽宥！"

汪极突然抬头狞笑，道："太子你一个将死之人，何必知道这么多？"

话音刚落，他猛地向后仰去，连人带椅子翻倒在地，随即竹轩里传来一声"嘎啦"，地板上突然出现一个黑漆漆的方洞。吴定缘发觉不对，向前抢去，可惜终究慢了一步。汪极直接翻入洞中，随后一扇铁栅门弹转而起，牢牢盖住洞口。

吴定缘俯身去拽，发现铁栅门内侧被粗大的铁闩卡住了。除非拆掉整间地板，否则绝没法从外侧掀开。

这东西叫作秘阁，民间也叫寄命，是江南大户家里颇流行的保命之屋。倘若遇到盗匪强梁入宅，情急来不及报官，主人便会携带家眷细软钻入秘阁之内，内有机簧封锁，外连铜铃示警。寻常兵刃根本撬不开，令强人知难而退。

汪极作为扬州盐商，家里暗藏几间寄命，实属平常。他刚才中了苏荆溪的毒，四肢麻痹，所以故意引动郭纯之与太子发怒。只要他们一动手殴打，迫得身躯后移，他便能勉强摸到暗藏旁边的机关，打开地板下的秘阁。

朱瞻基没想到这家伙死到临头，居然还能翻盘。他冲到铁栅盖门前，双足又踏又踹，那盖门却纹丝不动。汪极的声音从铁栅盖门的宽大缝隙中传来："没用的，太子殿下，这秘阁是铁浇铜铸，凭你们几个人是打不开的！"

"可你也别想离开这乌龟壳！"朱瞻基喝道。

"我用不着待太久。"汪极得意扬扬，"铁门一关，连着正厅的铜铃就会响。等我家护院一到，你们都得死！朱卜花在南京城没杀成你，我在扬州替他完成便是！"

汪极有意停顿了一阵，却没听到期待中的惊骇与绝望。透过铁栅，他注意到那个叫吴定缘的瘦高男子，正充满怜悯地注视着自己。凭借多年阅人经验，汪极感觉那是一种注视死人的怜悯。

"下辈子搞阴谋，记得提前查查皇历。"吴定缘伸出一根指头，晃了晃，"今日不宜入土。"

他的话音刚落，只听竹轩外面传来一种古怪的声音，低沉隆隆，似是远方在敲响鼙鼓，又似巨兽在蓄势沉吼。这声音绵绵不绝，无处不在。汪极听到，门外几只白鹤发出清脆的唳叫，拍打着翅膀要飞起来，似乎预感到什么危机。而竹轩里的其他人，似乎一瞬间都离开了。

没过多久,汪极听得更清楚了。原来这是水声,准确地说,是江水奔涌之声。这声音他太熟悉了,不知有多少次,他在清晨站在邗江岸边俯瞰漕运,水声越响亮,江流越丰沛;江流越丰沛,他柜上的钞银便收得越多。

如今这美妙的声响,却化作无常的足音,由远及近,直逼而来。

不过几个呼吸的间隙,一圈白花花的江水奔涌至盆地边缘。水性善下,江水一见到"临花藏池"这种低洼盆地,便如猛虎一样狂性大发,咆哮着狠狠扑下。巨大的水流化为最残暴的流寇,踏平了沿途的一切花草,冲垮了竹轩,然后向轩下的秘阁里疯狂地灌入。

汪极拼命想挪动手臂,打开头顶的铁栅盖门,可四肢沉重呆滞。这个牢固无比的秘阁,此时却成了催命的棺椁。汪极还没来得及发出最后一声绝望的呐喊,整个空间里便被江水灌满……

此时朱瞻基、吴定缘等人已经攀到了藏池的边缘高处,他们目睹江水倒灌而入,迅速把整个藏池填满,形成一个小小的圆湖。湖面浮满了凌乱的散碎花瓣,那两只之前惊走的白鹤,从天空盘旋几圈,徐徐落回到湖面,宛若执幡的祭童。

一代盐商,就这么死在了自家的寄命里。纵然这些人与汪极有着深仇大恨,一想到水底竹轩如今的惨状,不免都有些唏嘘。

江水灌满了藏池之后,仍不罢休,继续漫延扩散。汪家别业转瞬间便成了一片泽国。吴定缘他们站立的这一片土坡,也只剩坡顶一片旱土,眼看也要没顶。

远处一条舢板飞速而至,谢三发与郑氏兄弟在船里卖力地撑着篙。他们虽然体力衰微,到底是经验老到的船户,把舢板使弄得像一只水跳蚤,很快划到坡顶附近。

"怎么来得这么晚?就是王八也该爬来了。"吴定缘不满地说。

三个船户连连作揖告罪,脸上的兴奋却遮掩不住。大敌一去,他们不必去做逃户了,挨几句骂不算什么。谢三发赶紧招呼众人上船。朱瞻基一撩袍子先踏上去,回首对吴定缘高声笑道:"好你个吴定缘,简直成了水淹七军的关云长啦!"

吴定缘戏文听得不多,不知太子这一句是夸赞还是嘲弄,索性转过脸去,装作去观察水流去向。

这一场离奇的洪水,确实要归功于吴定缘。

他被朱瞻基救出水牢之后,注意到一件怪事:那个被踹翻的酒坛子,酒溢出来,却朝着别业方向流去。这太奇怪,按说水牢多是修在宅邸里的低洼处,酒水应该朝那边流,这个流向却是相反。

吴定缘又问过于谦,发现他从别业跑到水牢,要上几段台阶。换句话说,别业的

219

地势居然比水牢要低，而水牢与邗江水位平齐，那么别业也必然比邗江水面要低。

于谦记性好，他把汪管家对"临花藏池"的介绍，一字不漏地复述给吴定缘。吴定缘这才明白，别业这个奇怪的格局，是为了照顾"临花藏池"的盆地格局。别业位置低，就可以直接从邗江引水，顺渠浇灌"花藏池"内的奇花异草。

当然，为了防止江水漫溢，别业沿江边修了一道堤坝。但对要成心搞破坏的人来说，这不是什么为难的阻碍。

吴定缘带着朱瞻基、于谦赶往竹轩的同时，那三个船户把那堵双层砖石墙彻底扒掉。这样一来，被堤坝挡住的邗江水，便气势汹汹地闯入整座别业。船户们又跑到码头上，把那条小舢板解开，划过去接他们。

众人一一上了船，舢板朝着高处尽力划去。沿途可见，别业大部分都被邗江水吞没，只有几栋高大堂宇，还露出半截屋脊，远远望去犹如孤岛一般。水中不时还有人影沉浮，看服色应该是那些护院。

可怜汪家那十几个精锐护院，他们听到铜铃响动之后，急忙赶去竹轩救主，可走到中途正撞上第一波浪头，直接被冲了个七零八落。浮上来的还算好，有几个倒霉鬼被直接卷入临花藏池的底部，给他们的主人一并殉葬。

"看那边！"于谦突然喊道。

船头数丈开外，一个人抱着半截廊柱，正在水里挣扎。朱瞻基一看，冤家路窄，正是汪管事。他吩咐郑家兄弟把舢板开过去，然后蹲在船头，笑眯眯地看向他："汪管事，你这是在捉文虫呢？"

汪管事哪里还顾得上旁的，一迭声地喊着救命。朱瞻基指指他怀里，又指指自己。汪管事登时会意，勉强抬起一只手，从怀里把那一袋合浦珠子拿出来，交到吴定缘手里。也幸亏他今晚一直在忙活，没顾上回房间，珠子一直揣在怀里。转了一圈，物归原主。

见他一把鼻涕一把泪的狼狈样，朱瞻基突然连报复的兴致都没了。他让汪管事扒住船帮，但不许上船，吃些苦头也就算了。太子直起身来，把珠子扔给吴定缘："你数数，少了没有。少一枚，我把他再踹下去。"

吴定缘接过去，仔细数了一回，这才往怀里一塞。

此时，苏荆溪正蹲下身子，仔细地为郭纯之整理着衣襟。一代淮左硕儒平躺在船头，气息全无。于谦扼腕痛惜不已，深为国家去一文宗而遗憾。他见苏荆溪伏尸不语，想出言安慰一下。不料她很快便抬起身子，表情平静：

"对郭伯父来说，这未尝不是一件好事。"

于谦登时无语。

她说得一点也没错，郭芝闵参与了谋刺太子，日后太子登基之后，郭家别想有好日子过。郭纯之这一死，等于为儿子赎罪，至少郭家阖族不会被牵连。但是……你的反应也太冷淡了吧？好歹你是郭家没过门的儿媳妇，三日之内未婚夫与未来公公相继身亡，怎么口气冷淡得像在谈论两位路人。

　　于谦正要追问，一旁吴定缘却把珠袋甩到他嘴边，道："你去数数珠子短没短，少管别人家闲事。"于谦悻悻地扯开口袋，转身一枚一枚数起来。吴定缘俯身下去，把郭纯之的尸身挪到了船尾，然后转身离开。

　　于谦这边把珠子重新点数了一遍，一抬头，看到苏荆溪伸过手来，手里是一封没拆开的信笺。

　　"这是什么？"

　　"我在郭伯父怀里发现的，似乎刚从京城寄来。"

　　于谦有点为难道："私人尺素，交给他家人便是，干吗给我？"苏荆溪道："朝堂学问之事，非民女所能插嘴。不过，郭伯父赴宴，为何要把这封京城来信带在身上？他是不是要给汪极展示？于司直熟悉官场，或许能令接下来的旅途有所参鉴。"

　　对太子一方来说，京城一直笼罩在一团迷雾之中。朝中到底发生了什么，除了张皇后的一封密函再无半点透露。这一封信既然被郭纯之带在身上来见汪极，很可能与京城之事有所关联。

　　于谦深深地看了苏荆溪一眼，把信封接过来，封皮上是两排墨字："鹤山先生敬启，谯郡张泉"，笔法遒劲郁勃，颇得颜鲁公行书的神韵。

　　他还在想谯郡张泉是谁，舢板轻轻一颤，原来是船头撞到一处土岸，就此停住。于谦把信笼在袖子里，跟着众人跳下了船。信里写的什么，暂且不急着看，于谦想到眼下还有一桩更重要的事："公子，咱们接下来怎么找船呢？"

　　干掉汪极，固然快意至极，但也断绝了拿到荐书的可能。眼下距离进鲜船出发只有一个多时辰，深更半夜，去哪家大户再去弄一份推荐？

　　朱瞻基皱着眉头，看了一眼扒在船尾的汪管事，说要不让他去送我们上船？但这个建议立刻被吴定缘否决。汪家别业覆没之事，天亮之前就能传遍整个瓜洲。这时你让汪管事带人上船，卫所必然生疑，反而更加危险。

　　"可是，若赶不上这趟船，就来不及了啊。"于谦焦虑地原地转着圈子，感觉脑袋一阵涨大。

　　这时，一个意外的声音在一旁响起："你们是要去京城吗？"

　　众人一起抬头，发现讲话的居然是郑显悌。郑显伦一扯弟弟袖子，道："那些人讲话，你乱插什么嘴！"吴定缘视线扫过去，淡淡道："你弟弟比你有见识得多，让他讲。"经过这一场小洪水，郑显悌对吴定缘十分忌惮，吓得立刻缩起脖子。

吴定缘看向他，道："你怎么知道我们急着赶去京城？"

"这个时辰能出港的，只有直入京城的进鲜船。"郑显悌老老实实地回答。

吴定缘微微点头。他在水牢里就看出来了，这个年轻人有点意思，跟那两个懵懂夯货不一样。于谦抢着问道："那么，你们有办法送我们上船吗？"

"没有……"

"那你们能送我们去京城吗？"

郑显悌有点羞赧地抓了抓头发，道："京城太远，我们可送不动，但可以把公子送到淮安。我们家每年都要走几次淮安，对这条线惯熟得很。你们到了那儿，再找船北上也不迟。"

于谦眼睛一亮，这倒是个不错的方案。可他随即眼神又黯淡下来，道："你们几个穷船户，哪来的船？"郑显悌道："几百料的漕船我们没有，但自家的乌篷泥鳅船，总是有几条的，装四个人足够了。"

"可是民户的小船，能走漕河吗？"于谦又提出一个担忧。如今漕水不足，官船发得尚且不多，漕运衙门怎么会让民船使用？

郑显悌嘿嘿一笑，道："您有所不知，从瓜洲到淮安清口这一段运河，叫作湖漕。沿线有江都的邵伯湖、泰州的张良湖、甓社湖，再往北则有界首湖、氾光湖、宝应湖等。湖面宽阔，水道纵横，官家的巡检根本抓不过来。咱们不装货，只装人，吃水没那么深，可以从浅滩穿湖。走私盐的水路，两日之内准保能到淮安。"

他侃侃而谈，显然十分熟稔。于谦听了这话，觉得大为欣喜，可又隐隐觉得好像不该为这种违法之事高兴。朱瞻基却没想那么多，一拍巴掌，道："你很好，很好！"

郑显悌半跪在地，双手抱拳，道："我等被公子救得性命，免去逃户之苦，这是大恩情。船上人家，讲究有恩必报，金龙四大王才不会责罚。"

这个金龙四大王是漕河的河神，一抬出他的名号，谢三发和郑显伦也只好一起跪下感谢。朱瞻基连声说，不必不必，可脸上那点微微的得意遮掩不住。日后写入史册，又是一段君贤民忠的佳话。

看到此情此景，吴定缘在一旁轻哼了一声。他知道郑显悌这小子肯定觉察出点什么，所以才如此热情。不过，为了能尽早离开，这点小心思便由他去吧。

说到小心思，吴定缘朝搁浅的舢板上瞥了一眼。只见苏荆溪守在郭纯之的尸身旁边，一言不发。他踱步过去，站到船边，道："要我帮你把尸体抬下来吗？"

"不必了，留在舢板上好了。出发前我会请人给郭家捎个信，让他们来收殓。"苏荆溪淡淡道。

"你一点都不难过？"

苏荆溪促狭地看了他一眼，道："你刚才还嫌于谦多管闲事，怎么自己也这样？茶水凉暖各人知。你到处打听别人的心事，到底有什么居心？"

这是在宗伯巷前，吴定缘顶苏荆溪的原话，现在被她一字不改地扔回来了。吴定缘尴尬地摸了摸鼻子，他跟这女人交谈从来没占过上风。

两个人就这么站在水边，久久无语。一阵夜风悄然吹过，薄薄的云霭就此散去。邗江上空，一条壮阔的银河显露出峥嵘。无数星斗高悬夜空，熠熠生辉，那光芒如佛法庄严圆融，如道经精微纯澈，汇聚成一种让人坦诚的莫名氛围，笼罩在大地之上。

吴定缘仰望着星空，忽然开口道："我记得你之前说过，说我藏的心事不能靠喝酒来解决，举杯浇愁不能愁……"

"是举杯消愁愁更愁，李太白的。"苏荆溪忍不住掩口笑了起来，边笑边去纠正。

"好吧……做人坦诚以对，心无负累。我今天在水牢里，对太子把心事都说了，就是跟你说一声。"

"哦？那倒真是一个坦诚的好地方——感觉有没有好点？"

吴定缘苦笑道："后来的事你也知道，哪里顾得上想这个。"他停顿了片刻，又道："但确实舒服一点了。"苏荆溪鼓励地拍了拍他肩膀，道："万事开头难。只要有分享心事的意愿，便是一个好的开端。"

"那你呢？"

苏荆溪的动作一下子僵住了，她转过脸来，月光下的轮廓多了几分柔和，说道："我怎么了？"吴定缘叹了口气，他决定还是不绕圈子了，说道："别以为我看不出。你，一直在试着控制我们，你到底想干什么？"

在整个逃亡队伍里，苏荆溪一直非常低调。吴定缘回顾了逃亡过程，发现这只是她刻意营造出来的假象，她总在关键时刻点上那么一句，不动声色地引导着其他三人，然后把自己隐藏起来，像一个无关的局外人。朱瞻基和于谦对此几乎没有觉察。即使是吴定缘，若非刻意留心，也很难发现身上那条淡淡的被牵引的丝线。

"不愧是在金陵屡破奇案的人，真是目光如炬。"

"别岔开话题！"吴定缘冷着面孔道。

"到目前为止，我可曾害过你们吗？"苏荆溪反问。

"没有，但不代表将来没有。"

"那，要不要我也对着那香炉起个誓？"

"我们金陵有句话：心诚拜神像，心杂拜泥头。你心里如果不诚，拜什么都是泥头，起誓又有何用。"吴定缘停顿了片刻，"你听到未婚夫身死，看到未来公公去世，只是略有惊讶,可在神策闸前,一提到那个王姑娘,心神大变。你这么善于控制自己情绪的人,怎么会那么失态?那个王姑娘到底是谁?"

果然,苏荆溪的面孔在霎时间动摇了,那层从容的神情出现了几丝龟裂,露出一丝曾在朱卜花前展露出的怨毒。她徐徐从舢板上站起身来,抬头看向夜空。星光映入双眸,如同照彻清冷湖底,牵引出了两道幽深的目光。

吴定缘警惕地把手放在腰间,随时准备防备她又发疯。不料苏荆溪深吸了一口气,却先问了个古怪问题:"告诉我,你为何要保护太子?"

"为我爹报仇,还要去救我妹妹。这你不早知道了吗?"吴定缘有点莫名其妙。苏荆溪道:"我和你一样,也是为了给一个人报仇,才会北上京城。"

苏荆溪刻意站开了一点距离,双眸视线从天空稍稍平放,看向北方黯淡的地平线。目光中有锋锐、有悲伤,还有因悲伤而产生的坚韧。不知为何,吴定缘心中一动,似乎从这目光中感觉到一种力量,一种自己渴盼已久却迟迟不愿触碰的力量。

他的肩膀不期然地放松下来,苏荆溪的眼神没有丝毫作伪,她说的都是真的。

"你疑我有私心,这是对的。就算去向太子、于司直告发,我也毫无怨言。"苏荆溪定定道,"不过,我相信你会理解我,也只有你能理解,当一个人失去了一切之后,复仇意味着什么。我们原是同路之人。"

这一句话,如同一把重锤敲在吴定缘胸口。苏荆溪微微一笑,只是那笑容有些疲惫。"也许,再遇着像汪家水牢那样的处境,你我之间也会变得更坦诚一些,但不是现在。"

她说这些话时,眼神始终看向北方。远处夜色如墨,江山模糊。吴定缘不知道在这个方向她能看到什么,或者说,她想看到些什么,但他没有再问。

"我会一直盯着你。"他认真地说。

两京 十五日

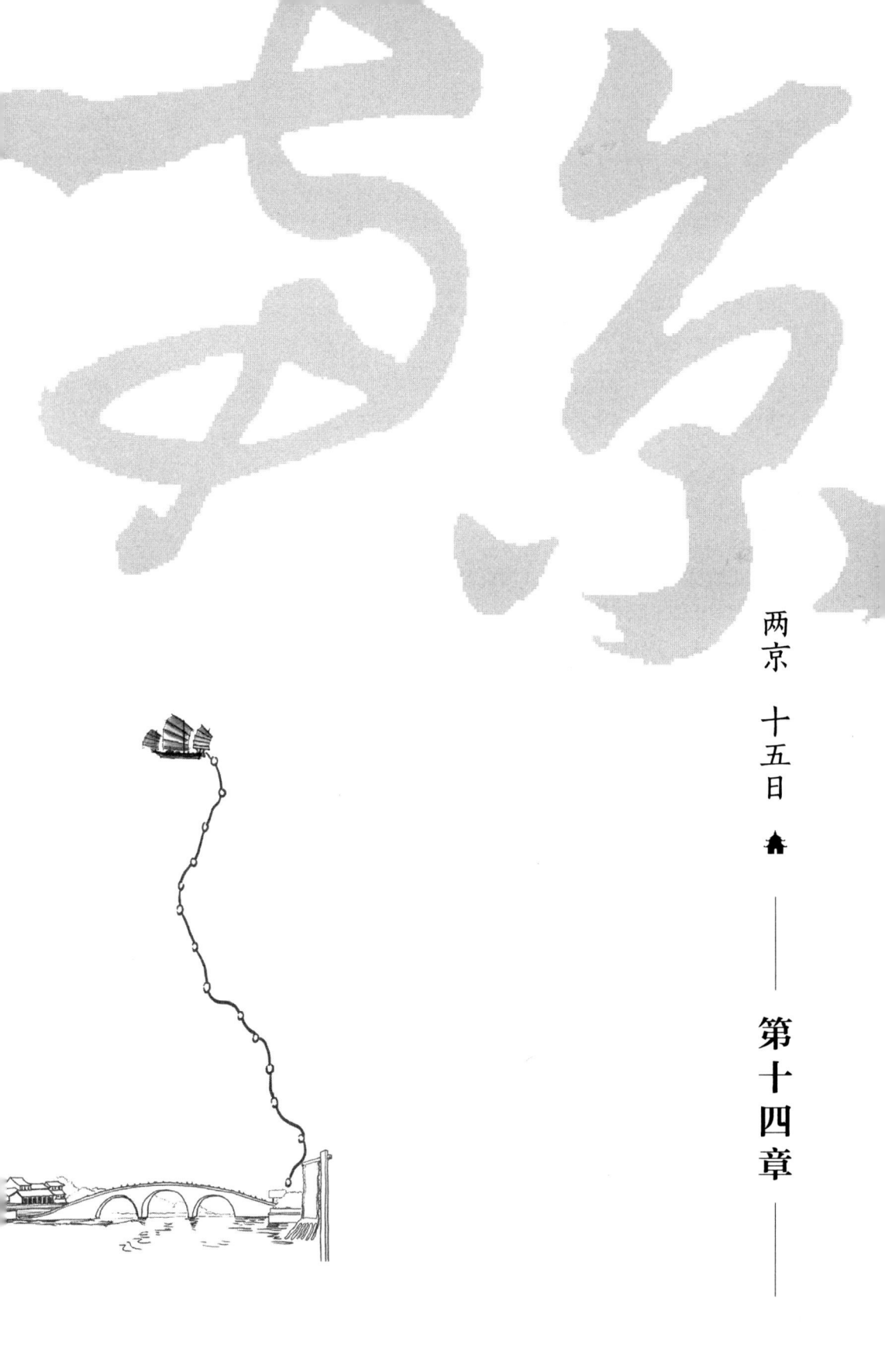

第十四章

洪熙元年，五月二十一日（庚寅）。

此时正值午后未时，一天之中日光最盛之时，偏又赶上天无薄云。热力毫无遮掩地泼洒下来，宽阔的漕河被照得一片明晃晃，极为耀眼，仿若一条从坩埚倒入化渠的明亮铁水。

黏腻的湿气从小船四周的水面蒸蒸而起，自乌篷的孔隙钻入船中，紧紧糊在乘客们裸露的肌肤上，像一层浸透了米浆的竹帘纸，让人艰于呼吸，困于挪移。按说小船已进入淮安府境，气候只该比南京更清爽才是。

之所以如此闷蒸，并不完全是天时之故，也有人力之功。

倘若有乘客不惮曝晒，站在船头远眺的话，他会发现这一段漕水风景与别处大不相同。之前从瓜洲至宝应县，运河两岸植被十分繁茂，不是堤上柳荫成排，便是滩边大片芦、茭、蒝草丛生，满目皆是浓浅不一的活绿，令人心胸舒畅。

而此刻的漕河两岸，半点绿意也见不到。

所见之处，皆是土黄、暗褐、黑灰色的交错对叠。土黄是连绵不断的夯土堆料台与船坞，暗褐是鳞次栉比的工坊棚舍，黑灰色则是高高飘扬在工坊上空的炉烟。随着小船行进，不时可以见到无数匠人像蚂蚁一样攀附在各种巨大的龙骨之上，锤凿锛斧交相飞舞，叮当声不绝于耳。河面之上，弥漫着刺鼻的桐油与石灰味道。

这等烟火燥景，也难怪乘客们觉得口干舌燥，胸中闷火中烧。

"公子，这一带船坞侵占了不少浅滩，咱们只能走水道中线，时刻避让大船，所以速度会慢一些。"郑显悌头戴斗笠，手执长篙，转头对乌篷里说道。

朱瞻基从乌篷里不情愿地探出头来，向岸边扫了一眼，道："怎么这么多船厂？"

郑显悌道:"淮安这里有一座清江督造船厂,所有南直隶和浙江、湖广、江西的里河漕船,都在这里营造,造好了就直接顺着漕河开去各处卫所了。不过,咱们现在看到的,只是浙江厂的一部分,中都、南直隶的大厂,还在北边的清江县呢。"

眼前的景色已十分热闹,若这只是区区一厂,那整个淮安的造船工地该是何等壮观?朱瞻基想到这一点,顿觉舒心,这说明国力犹盛啊。

吴定缘对船景不感兴趣,道:"这船能开到哪里?"

郑显悌答道:"咱们刚过宝应县的瓦店铺,再往前走个一二十里,便是石家荡。再往前就不成了,船头没有票牌,河上巡检会直接拿人。"

"我们要在那里下船吗?"

"石家荡旁边有一条清溪沟,我的船能拐出运河,顺沟再把你们向东北送出去六里路。接下来,你们就得登岸自己走了。"郑显悌怕他们误会,又连忙补充道,"那边不是官道,但有一条大路直通淮安城里,也就二十几里路。"

"不妨,你们辛苦了。"朱瞻基抬了抬下巴。郑显悌忙空出双手来打躬作揖,他哥哥郑显伦在旁边撇撇嘴,依旧划动着船桨。吴定缘犹豫了一下,递给他们一枚珍珠,郑显伦正要收起来,郑显悌却连忙使了个眼色,说我等是为了报恩,怎么还要收恩公的船资。

他估计早就对朱瞻基的身份起疑,与其此时收了实惠,不如表现得大方一点,赌一场未来的富贵。吴定缘一听,立刻把攥着珍珠的手缩了回去,反正将来赏赐也是朱瞻基出钱,就不必动用他的积蓄了。

要说这两兄弟也是着实辛苦。他们在瓜洲带着太子四人上了自家的乌篷船后,一路北上。从二十日清晨开始,日夜兼程,穿行了泰州、宝应十几个湖泊,在二十一日下午抵达淮安县境。两日之内,行了近三百里路,确实比寻常骑马快多了。

乌篷船又走了一个时辰,在一处废弃的草场旁停住。这草场本是给百户卫所安置的窝铺,后来百户卫所搬迁,这里没人苫草修补,遂荒废至今,成为私贩流民的中转之地。

众人下了船,正要跟郑氏兄弟告别。不料,于谦忽然喊道:"你们两位等一等。"

他这一开口,朱瞻基和吴定缘才想起来。这位大嗓门一路上出奇地安静,既没有喋喋不休地劝谏,也没引经据典地介绍地名典故,一反常态地待在乌篷里发呆,似乎在思索什么。

于谦让那两人在船上稍候,然后走到太子面前:"之前那两个船户在,臣不能明言,如今有一件要事,要与殿下商议。"说完从怀里掏出一封信来,递了过去。

朱瞻基一脸诧异地接过信来,一看到信皮上"谯郡张泉"四个字,脸色立刻变了。

别人不知道，太子可太清楚这个谯郡张泉是谁了。谯郡即今日之永城，那是他母亲张皇后的乡贯所在。张皇后有两位亲生兄长，分别是彭城伯张昶与惠安伯张升，除此之外还有一位自幼养在家里的族弟，叫张泉。

朱瞻基的这个小舅舅不是直系，没有爵位，闲居在京城。不过，张泉允文允武，丹青书法、金石音律无一不精，也爱好骑射田猎，加上他长袖善舞，与各色人等都来往甚密，在京城颇有名士之名，众人都称他一声"张侯"。太子很喜欢这个擅长各种玩乐的舅舅，两个人感情甚笃。

以张泉的交际，跟淮左大儒通个信并不奇怪。可在这个节骨眼上，这个巧合透着几分蹊跷。

外头日头太晒，朱瞻基拿着信走进附近一间草庐，在一处废灶台上坐定，迅速拆开。发现里面只有极薄的一张短笺，折痕甚重。信里一手漂亮的颜体，确实是张侯手笔。信里的内容，除了例常寒暄，只是略谈了下《左传》经义，向郭纯之请教"郑伯克段于鄢"里关于"克"字的理解，以及请他去南京探望一位叫储东的故友。

朱瞻基翻来覆去地看了几遍，也没看明白这信特别在哪儿，他甚至把信笺举起来对着阳光，亦无隐文。

于谦道："您看这日期。"朱瞻基歪了歪头，发现落款日期，竟是五月十二日。

"咦？"

太子终于觉察到古怪之处了。洪熙皇帝五月十一日不豫，张泉身为外戚，次日怎么还有闲情逸致跟人讨论经学？

朱瞻基看看于谦，知道他心里已经有了答案，只是恪于臣子之道不好说出。而于谦不愿意说出的事，只有那一件……太子想到张皇后的密信里，用的是一方藩王"亲亲之宝"，而张泉的信里讨论的经义，是"郑伯克段于鄢"——郑庄公的弟弟共叔段觊觎君位，被兄长在鄢地击败。

两处暗示合在一块，结论简直呼之欲出。这一切的幕后主谋，不是越王就是襄宪王！

"可是……张泉为何要写给郭纯之？郭纯之又为何带去给汪极？"朱瞻基有些口干舌燥。

于谦道："殿下您细想，张侯平日闲居京城，宫中出事之后，他恐怕是唯一还能自由活动的人。臣妄自揣度，很可能是张侯觉察宫中情况不妙，果断以隐语传书，让郭纯之借汪极之手来向殿下示警。你看，信中让郭纯之去南京探望故友储东，名字拆开，岂不就是储君东宫之意吗？"

这话略有弯绕，不过朱瞻基很快便能理解。张泉与郭纯之一直有联系，而郭纯之与汪极是世交，汪极作为扬州巨贾，太子路过时一定会设宴款待。张泉想要通知太子，这是最快的一个办法。

至于说汪极也参与了阴谋，这却不是张泉所能预料的了。

朱瞻基泄气道："舅舅对我好，这我知道，可这又有什么意义呢？"于谦笑道："其实这信不是重点，而在信角。"

"嗯？"

朱瞻基再定睛一看，发现右上角似乎有一团污渍，看形状与颜色，似乎是鸽子屎与蜡渍的混合。

"飞鸽传书？"朱瞻基神色一动。

"不错。从信笺折痕来看，这不是寻常的合掌折，而是屏风密折，应该是为了便于放入信鸽腿上的小筒里，用蜡丸封住。这封信，应该是张侯飞鸽传给郭纯之的。"

太子除了斗虫，对养鸽子也颇有心得。他激动地抓住于谦的肩膀："飞鸽有来必有往，我舅舅既然有鸽子去郭家，郭家必然有回鸽到京城！我们写封信到郭家，就有办法跟舅舅联系上了。"

太子想到这里，眉宇之间的郁气消散了不少，眼角甚至沁出些许湿意。

之前他最郁闷的是，对京城动态一无所知：父皇是生是死？母后是囚是纵？两位藩王有何手段？那一干重臣到底在干什么？他一概不知，几乎是闭着眼睛往京城这摊浑水里扎。

若与张泉见到，便能从舅舅这里获悉第一手资料。帝位争夺这种事，往往一丝微弱的情报偏差，便决定生死。当年李建成、李元吉二人入宫，不知玄武门守将常何已被李世民收买，结果惨被杀死，就是显例。

朱瞻基从宝船遇难开始，遭受到了一连串沉重打击，孤立无援，心境残破不堪。此时终于有机会联络上一位亲眷，有如久旱逢甘霖。那种将见亲人的感动，是于、吴、苏几人所无法取代的。

这时于谦道："现在请殿下在信里留下一道暗记，确保只有张侯一人能看懂，然后请郑氏兄弟跑一趟泰州郭家。"他又看向苏荆溪："也请苏大夫留出一枚信物，让郭家配合放出信鸽。"

苏荆溪名义上是郭家没过门的少奶奶，她轻轻颔首，表示此事不难。

朱瞻基忍不住问道："那么我们和舅舅在哪里相见？"于谦早有成算："臣在船上已经算清楚了。我们今日从淮安出发，明日郑氏兄弟抵达泰州，放出飞鸽，三天即到京城。也就是说，我们从淮安北上四天后，张侯差不多开始南下。算一下双方脚程，恰好在临清相见。那里位于会通河的北端，是漕河之上的重要枢纽，用来约见，两下皆便。"

"很好！那我们就跟舅舅到临清碰头！"

朱瞻基从灶台上跳下来，兴奋不已。随后他提供了一条暗记，让于谦写入纸条之中，苏荆溪又拿出一枚信物，一并交给郑氏兄弟。

郑氏兄弟并不知密信内容，他们把信函郑重揣好，告别众人，摇着船朝泰州而去。而其他三人拿起行李，跟着心情大好的太子朝淮安城而去。

他们登岸这个地方叫老槐浦，距离淮安城大约还有二十几里路，有一条尚算宽阔的驿道相通。不过，这么一个大热天，徒步行进委实辛苦。四个人走了三里多，头上便冒出细细的一层汗来。

吴定缘观察了一阵黄土路面上的车辙，发现颇为密集，大概附近有集镇之类的地方，于是他建议找个树荫等候一下。果然，过不多时，便有一辆牛车缓缓开来，车上装满了芥菜、夏菘菜、苋菜等，赶车的是个去淮安的菜贩子。

他们稍微花了点钱，菜贩子便让四人上了车，朝着淮安城方向驰去。反正牛车晃晃悠悠走得不快，一路上于谦的话痨又开始了，兴致勃勃地给他们絮叨起淮安情形来：

"淮安这个地方啊，号称天下之中。北络黄、淮，南通大江，西联汝州，东抵海州，可以直入东海。所以这里可以说是江淮之要津，漕渠之喉吻。就连朝廷六部，都特地把淮安府单拿出来直管，可见其地位之高……"

"你快说说，一会儿我们怎么坐船？"朱瞻基不客气地打断他的话。

"淮安比瓜洲要简单多了。这里商贾云集，民船甚多。咱们直接去清口，随便挑一艘快浅的进鲜船就行。"于谦已经胸有成算。

"不会再出什么岔子了吧？"太子还记得瓜洲的事。

于谦朝身后看了眼。无论南京还是扬州都在遥不可及的天边，朱卜花、梁兴甫和汪极已死。他们只要隐匿身形，很难想象会再出什么麻烦。

"殿下宽心，接下来肯定是一帆风顺！"于谦信心满满地回答，同时扬起手来，学着吴定缘的样子用力握紧。

一只长手突然伸过来，把于谦头顶的罗帽粗暴地拽下来。他眼睛一瞪，正要发作，吴定缘已把帽子扣在脸上，在蔬菜堆里发出鼾声。

于谦有些委屈地看向太子，朱瞻基却摆了摆手，让他不要打扰。之前在船上，吴定缘一直没怎么睡。他对郑氏兄弟并未完全放心，始终监视着航向，现在才算能稍微松懈一点。于谦嘟囔道："他哪怕问我一句，难道我会不借他吗？不告而取，是为……"

太子捏了捏鼻梁，爬到蔬菜堆的另外一侧，虽然有点硌，好歹能落得个清净。苏荆溪看着好笑，把手帕掏出来递给于谦，多少能遮点阳光。

约莫一个时辰之后，牛车终于在五月二十一日的申时抵达淮安城南门。

其实淮安一共有两座城。一座是旧城，本是唐代的楚州城，城北毗邻淮河。到了元代，守官觉得旧城残破，修葺不易，遂在西北方向一里开外，又修了一座新城，斜斜与淮河相邻，直到清江浦为止。

牛车抵达的，正是旧城的射阳门下。跟远处新城那一道巍峨的青砖城墙相比，旧城外包砖壁的夯土城墙显得十分破落，敌楼的顶脊连乌瓦都残缺不全，远远看去好似射阳门上顶着一个老鸹巢。

城门虽破，城内却颇为热闹。四人进城之后，迎头先看到一条四丈宽窄的石路，路面是用一条条长短不一的青灰条石拼接，并用鹅卵石补缀空隙。据说，淮安当地商贾每次出行，都会带回一块石板，铺在自家门口。久而久之，集腋成裘，遂铺出这么一条气派的大路来。这传说虽不可信，但淮安之富庶繁盛，可见一斑。

石条路上车马络绎不绝，行人摩肩接踵，眼前晃的不是湖绸就是蜀锦，多是南北客商。石路两侧则是学自南京样式的廊铺，一排排的钱庄当铺、酒肆食摊、瓷器杂货等，要什么都有，不过没有什么大宗买卖，净是教人享受的去处。这些店铺旗幌交错，牌匾接连，伙计们都施展出浑身解数，卖力冲着街面吆喝。

这也是淮安城的一大特色。新城地势开阔，库仓宽敞，多是去谈大笔生意，谈完了，还得回旧城来放松。诸多老字号、老居民都在这里，底蕴非新城可比。当地有一句话，叫作"新城谈生意，旧城攀交情"。

他们四人走在街上，从区区一个直隶州的旧城里，竟感受到几分南京、扬州、杭州的气象。这都是漕运带来的丰厚好处。

朱瞻基蓦地回想起来，汪极曾说过漕河之利，惠及百万。如果迁都之后，这一番热闹景象怕是不复见到。他低头琢磨着利害得失，肚子突然不争气地"咕"了一声，这才想起来自从离开南京之后，还没怎么正经坐下来吃东西。

旁边苏荆溪耳朵略一歪，开口道："我有些饿了，先吃些东西吧。"于谦觉得在外面吃饭有些太招摇，可朱瞻基已抢先道："好，先填饱肚子再说别的！"

于谦跟吴定缘低声商量了一下，决定先让吴定缘去找个当铺，拿合浦珠子换些散碎银两与宝钞，方便开销，其他人则找个食肆歇脚。

去哪里吃，却是个问题。于谦和苏荆溪都听太子的，可朱瞻基瞧了半天招牌，眼睛都快花了，不知该怎么取舍才好。于谦笑道："淮安这里是南北分界，所以口味最杂，米面兼备，鱼羊皆有。殿下尽可以随口味来选。"

听了于谦提醒，朱瞻基这才发现，石路两侧的招摇旗幌里，不乏火烧、扁食、蒜面、秃秃麻食等字样，这都是北方才有的吃食。他毕竟生长于京城，虽然江南饮食精致细腻，可肚子一旦真饿起来，非面食不足以抚慰。

"咱们就去……吃一碗蒜面吧！"

朱瞻基终于下定了决心。这玩意在京城夏天颇为流行，可惜身为太子，吃一嘴蒜臭有失体面，宫里很少能吃到。

于是，他们径直去了一处还算干净的面铺。面铺不大，里头只摆着七八张木桌，不过装潢却颇有味道，墙壁粉白，上头还题着一首诗："家在枚皋旧宅边，竹轩晴与楚坡连。芰荷香绕垂鞭袖，杨柳风横弄笛船。城碍十洲烟岛路，寺临千顷夕阳川。可怜时节堪归去，花落猿啼又一年。"——乃是晚唐名家赵承佑的《忆山阳》。于谦读罢，赞叹不已，连引车卖浆之流都这等好品位，淮安果然文教深厚。

太子饥肠辘辘哪管什么诗词，先行做主，点了三份富罗蒜面，外加一壶捣了碎冰碴的酸梅汁与一碟秃秃麻食。

过不多时，伙计端来三个粗瓷大碗，"咣当"搁在桌面上。碗里是刚烫熟捞出来的精白细面，过了一道凉水，所以看上去蜷曲盘结，根根分明。桌子上有一个小敞口罐，里头是满满一罐暗褐色的蒜汁，食客可以根据口味自己舀。

这个蒜汁可不是纯蒜，里头拌了细盐、生姜末、葱白、熟芝麻、花椒等，考虑到南方客人比较多，店家还特意撒了一把水芹丁。朱瞻基早饿得不行了，拿起勺子厚厚浇了一层，再点了几下香油与陈醋，筷子一拌，便风卷残云般地吃开来。

于谦耸了耸鼻子，勉为其难地吃上几口，便把筷子搁下了。苏荆溪则呼来店家，单独点了一份软兜长鱼，自顾夹起来小口吃着。

朱瞻基稀里呼噜吃下一碗，又把于谦的面端过来，也是一扫而空。吓得于谦差点跪下，这是如假包换的"推食解衣"啊，可总觉得哪里不对……太子吃完于谦的，又见苏荆溪碗里的长鱼乌光油亮，条条分明，不由得喉咙滚动了一下。

"你吃的，这是什么？"

苏荆溪抿嘴笑了笑，道："淮安此间最有名的，唤作全鳝席，能用鳝鱼做出各种菜色，足可摆满一席。这道软兜长鱼，是掐出笔杆青小鳝的脊背肉，旺火烹油，片刻即成，既得其熟香，又留其鲜嫩。"说完她取来空碗，给太子拨去大半。

朱瞻基也不客气，举筷就夹一条，鳝脊软软的两头垂下，果然如一条软兜。这东西一入口，真是滑嫩无比，好似自行往嗓子眼里钻似的，再细细一嚼，油香四溢，顺着齿缝与舌根散逸开来，四肢百骸顿时皆沉浸在欢愉之中。

其实他之前去南京的路上，淮安官员也招待过，只不过那时山珍海味吃得多，未见有多出奇。什么美食，都不如"饿得紧"，如今吃起来真如升仙一般。

这时吴定缘也到了。他先扫了一眼桌子，问谁点的蒜面这么臭，朱瞻基脸色一黑，正要发作,嘴里先打了一记响亮的饱嗝。吴定缘忍不住瞪了他一眼,结果,头又骤然疼了起来。

两人实在吃不到一起,吴定缘只好坐到邻近桌子,问店家另外讨了一碗扁食,埋头吃起来。

于谦坐到他对面,问兑了多少散钱,吴定缘有些气恼地拍拍桌子,说淮安这里民风太过狡猾。他在当铺里押了十枚珠子,只换了一百两纹银,二十两一个,一共五个大银锭和两百贯宝钞。吴定缘抱怨说当铺的朝奉太黑,这个价格明显压低,银锭成色也不足,若非有事,非好好寻他们一个麻烦不可。

"一群巡铢必争的黑窝贼。"

"是锱铢必争。"苏荆溪抬头提醒了一句,又垂下头去。

于谦劝他多一事不如少一事,吴定缘撇了撇嘴,说这其中差价也记在账上,到京城你一并要还。于谦听完,默默回到太子那一桌,低头扒拉起碗里的面来。邻桌扑面而来的穷酸气,就着面吃几乎可以不用放醋了。

很快众人都吃饱喝足,尤其朱瞻基揉着肚皮,连连打嗝。饱食过后,不宜即走,于是大家一边啜着酸梅汤消暑,一边有一搭无一搭地闲谈,享受这难得的惬意时光。

说来说去,不免说起眼前的漕运来。朱瞻基问于谦何时动身去寻船,于谦回答说:"淮安和别处不同,你就算找定了船,也得等上半宿,所以不必着急。"说到这里,于谦笑道,"公子您算是赶上好时候了。若是十几年前,漕运过淮安可是件极麻烦的事。"

"哦?为什么?"

于谦索性拿起两根筷子,在桌子上摆成一个丁字:"您看,这一横是淮河,这一竖是漕河。两者交汇之处,叫作末口,就在如今淮安旧城的北边,也叫北辰堰。"他一边说着,一边把那一竖微微抬高:

"淮安旧城的地势比淮河要高,这就产生两个麻烦。一是漕河无法从淮河引水,致使漕水不足,运输艰难;二是漕高淮低,行船在末口入淮的落差太大,水流急促,极易倾覆。为了解决这个问题,宋人便让漕河向西折了一段,与淮河平行,叫作里运河,并在上面修了五道车船坝。"

然后于谦拿起第三根筷子,放在那一横的下方,近乎平行,但微微斜抬,左边尽头与一横的左端相接。他又拿起几个骨制小筷托,依次横在筷子中间:

"这叫堰埭,上面有斗门来控制水量。里运河上一共有五处堰埭,分别叫作仁、义、礼、智、信。这五坝自东向西,把运河分割成数个河段。比如说,你行至仁段,河务会把义段的水调至仁段,保证水力丰沛;等你进入义段,再把仁段和礼段的水调过来。这么层层调节,互相借用,可以确保每一段的蓄水都足够运转。"

于谦的食指缓缓顺着第三根筷子朝西边滑动，并在与淮河筷子交会处停住。"而且这五坝的高度，是逐级下降的，等漕船走到淮阴的清口时，水位高度已经与淮河平齐，这时候再入淮，便几无风险了。从五坝建起之后，末口逐渐荒废，大家都改走里运河入淮。"

朱瞻基审视桌子上摆的这三根筷子，大为赞叹，他想了想，又问："可堰埭应该都是高出水面的吧？固然蓄水方便，船怎么过去？"

于谦赞道："公子能想到此节，说明是用了心思的。永乐十三年之前，漕船过淮，都是先在五坝之前把货物都卸掉。货物靠车马陆运到清口，空船靠纤工拖曳上坝。那五坝的坝顶皆用草泥软覆，不致损伤船底。空漕船就这么一坝一坝盘过去，抵达清口后重新装货，再入淮河。"

朱瞻基"咂"了一声。好家伙，为了减少风险，却要大费周折。光一条漕船过淮盘坝，就得消耗这许多时辰与人力，每年几千条漕船过淮安，耗费只怕是海量。这些成本，都是朝廷的负担，朱瞻基便有些起急，道："然后呢？"

于谦道："如此转运，确实耗费极大。到了永乐十三年，漕运总兵官陈瑄决定独辟蹊径，凿通一条新河渠，叫作清江浦。清江浦从旧城南边斜西上，绕过新城西北角，直连至清口。这一条运河引的是洪泽湖水，不须堰埭调节。从此以后，漕船从宝应北上，可以直接沿清江浦入淮，一不用陆路转运之劳，二不必盘坝之苦——若不是如此，只怕京城迁都会被耽搁。"

他把第四根筷子搁下去，从那一竖的中段向西北方向斜搁，与一横的末端相交。于是，整个淮安的漕运水系，便清清楚楚地显示在桌面上。

朱瞻基听到这里，暗暗点了点头。陈瑄他自然是听过名字的，是永乐皇帝敕封的平江伯，看来祖父真有识人之明。

"陈总兵能在淮安坐镇至今，一是建起来清江督造船厂，二就是因为这条清江浦的开凿哪。"于谦捋髯感慨。

"等一下……"朱瞻基突然道，"你说平江伯就在淮安？"

"对啊，他的漕运总兵衙门就在新城里头。"

"那我们要不要去找他一下……"朱瞻基小心翼翼问。

于谦眉头大皱："殿……公子，您忘了我是怎么叮嘱的吗？不要心怀侥幸，不要见官！"朱瞻基有些恼火地分辩道："我又没说我去！你们谁去试探一下他的立场。万一他没参与阴谋，咱们岂不是就有助力吗？"

身为太子，他每次一见到官府都要战战兢兢避开，实在憋屈得紧。朱瞻基觉得，其实只要有哪怕一位官员确认没被收买，路上的辛苦就省掉大半。尤其如果陈瑄没参与阴谋，漕路可以说是一片坦途。

"陈瑄做过什么事，难道公子你忘了吗？"于谦严正地指出。朱瞻基登时没声音了。

在建文帝在位之时，陈瑄是京城江防水师的统领。燕军一渡瓜洲，陈瑄果断率水师投靠朱棣，令长江防线为之顿开，以致金陵被迫开城。永乐皇帝念及他的功绩，封为平江伯。于谦的意思再明显不过，这人曾叛主投敌，难保不会有第二次，我们没有试错的机会。

朱瞻基颇为不甘心，可又说不出什么反驳的话，只好悻悻地抓起杯子来，把最后几滴酸梅汁一气喝完，重重搁到桌面上。吴定缘看看屋外天色，催促着赶紧走。于是，众人起身结了账，走到外面大街上去。

他们适才争论得激烈，并未注意到面铺的后厨供着一座神龛，里头是一尊端坐白莲台上的弥勒佛。

此时夜幕微降，华灯初上，旧城里一片喧腾繁盛，乐器与酒令声此起彼伏。这里比扬州少了一丝雅致奢华，却多了几分市井活力。淮安城的正街其实很狭窄，巷子却十分密集，走上十几步，身边就会出现一条岔路，犹如一个错综复杂的迷宫。他们花了好一阵子，才算穿过整个老城区，从西门走了出去。

于谦的打算是，先到新城寻个旅店落脚，让苏荆溪给太子按摩箭伤，他和吴定缘去寻船。毕竟和漕运相关的牙行，都设在新城。漕船走清江浦可不是一路畅通，中间有数道水闸，需要挨次穿行。所以他们即使选定了船，也不必急着上去，可以优哉游哉地等船过完水闸，再登船不迟。

淮安旧城和新城之间，是一条宽约两里的狭长荒地。说来也怪，旧城繁华，新城严整，两城之间人员往来极为频繁。按说这一块夹地，该是众人争抢的上好地段，事实上却荒凉无比，就连贫民窝棚都没有一座，只有一条平整土路连接两边城门。

在土路南边的路旁，矗立着一座规模不大的小庙。说是庙，其实更似一座大龛，既无山墙，也无钟鼓，只是孤零零的一座歇山翘檐殿，方门双窗，殿前摆着个香烛台子。看肥积在台子下的烛滴，香火应该还不错。

朱瞻基问："这庙怎么看着那么古怪？"于谦解释道，这里供奉的是金龙四大王。他本是一个叫谢绪的读书人，排行第四。听说元兵攻破临安之后，他愤然投水而死。后来洪武皇帝与元军大战于吕梁洪，谢绪突然显灵，大败元军。于是，洪武皇帝封他为金龙四大王，成为黄河福主、漕河之神，漕运沿途都有供奉他的庙宇。

朱瞻基忍不住说："一个浙江投水的人，怎么跑到吕梁洪去显圣了？再说这庙也忒寒酸了。"于谦道："殿下有所不知，其实在淮安城里，有三四座规模颇大的金龙四大王庙。这一处小庙，其实是叫作四大王歇庙。"

"歇庙？"

于谦对各地风土人情显然下过一番功夫：

"淮安当地有传说：洪武爷封了谢绪一个漕神之后，又随手一指，把淮安新旧两城之间这块地许给他做封邑，不过，金龙四大王巡河繁忙，只能偶尔回来，住不长，所以当地人只修起一座歇庙，歇歇脚就走，便不用太过堂皇了。"

"人家不长住，就不给好好盖房子。这神仙也真好糊弄。"吴定缘撇撇嘴。苏荆溪也插嘴道："这还算好。我听说河南有些地方，如果天旱了，就把龙王像从庙里拖出去打一顿，打到下雨为止。"

于谦道："我朝民风，大多不是诚信敬拜，倒像是和神佛做生意。你遂了我的愿，我给你重塑金身；我的事没办成，就打上门来砸了这烂泥胎。可见民心如何，还在于圣贤教化啊。"

他这么一发挥，话题登时无趣起来，其他两个人都闭上了嘴。

听着这些议论，朱瞻基饶有兴趣地朝着庙内看去，想看看这金龙四大王到底生的什么模样。可惜天色昏暗，只隐约看到庙口正中一个高大的黑影，顶天立地，几乎冲破庙顶。没想到谢绪这般高大，倒确实有漕神风范。

他越看越觉得这尊神仙颇有些熟悉，尤其这身形气度，一定在哪里见过。这时于谦唤他快走，朱瞻基转过身躯，忍不住又回头多看了一眼，忽然发现那黑影动了。

"显圣了？"太子揉揉眼睛，不由得停下脚步。

下一个瞬间，他先感觉到面前有微微的风压传来，然后侧面被什么力量猛撞了一下，整个人趔趄着向外倒去。等他从撞击中恢复平衡之后，发现刚才站立的地面多了一根乌黑粗壮的弩箭，恰好把吴定缘钉在地上。

"病佛敌！"这次是于谦的惊声。

一阵冰冷的战栗自朱瞻基的脚底升起，四肢五脏六腑尽皆被恐惧之手攫住。梁兴甫？他，他不是死在金陵后湖了吗？

仿佛为了回答太子的疑问，那个黑影从歇庙的阴影里缓缓走出来，果然是梁兴甫。可他和之前不太一样，躯体上多了一条狰狞的红莲巨蟒，缠绕而上，随时择人而噬。这个金陵的噩梦从地狱里爬了回来，变得更恐怖了。

跟他的身材相比，这座四大王歇庙都显得有些孱弱。梁兴甫一步步走出庙门，每踏一步，四周的空气都会凝结几分，让人越发感觉呼吸不畅。他的手里还攥着一把空膛的腰开弩——这种弩极为粗重，一个壮汉得靠腰力才能上弦，而梁兴甫轻轻松松提在手里。

太子吓得站在原地，两股战战。还是身旁的苏荆溪最先反应过来，喃喃道："是白莲教……"

　　白莲教虽经剿灭，可仍有大量信徒潜伏在各地。他们既然有本事在南京搞破坏，在淮安这样的重镇自然也会安插耳目。他们抵达淮安之后心态过于放松，恐怕一进城就被眼线侦知，迅速报告给了赶至淮安的梁兴甫。

　　但此时并不是计较的好时机，得先快逃！可他们中最强大的战力，已经被一弩射翻在地。苏荆溪急忙俯身去检查，只听"咝啦"一声，吴定缘从地上爬了起来，左腿裤脚被撕出一条长长的口子。

　　原来那弩箭恰好射穿了他的裤管，擦着小腿钉入地面。吴定缘来不及拔箭，索性把裤子撕开一条缝，然后硬是站起来。可苏荆溪能感觉得到，他的呼吸变得急促，额头渗出细微的汗滴，手指在微微颤抖——他是在害怕，他内心的恐惧不比太子轻多少。

　　此时梁兴甫离他们已不足五十步。于谦怒吼道："这里距离左右城头不到一里，守军瞬息可至，你就不怕被官军围剿吗？"梁兴甫面无表情，于谦自己的声音先噎住了。

　　他有些绝望地抬头左右望去，发现城楼轮廓居然看不太清楚。原来不知何时，河上悄然起雾了，正缓缓弥漫到陆地上来。夹道这里出了什么事，守军根本看不到。更麻烦的是，他注意到在夹道两侧的城门口，有不少人影聚拢过来。不用问，一定是隐伏在淮安的白莲教徒。好在他们对梁兴甫似乎也很忌惮，不敢靠近，只是远远堵住回城的路。

　　"怎么办？"于谦冲吴定缘喊道。整个局势突然之间便恶化到无以复加，对方三面围堵，而这边能打的只有一个小捕快。

　　吴定缘看了一眼插在地上的弩箭杆，轻轻摇了摇头。梁兴甫刚才在庙里，是瞄准太子发弩。这意味着敌人不再需要活太子，他们只要一具尸体。换句话说，他们没办法通过威胁太子性命，来阻止梁兴甫靠近，唯一破局的办法也失效了。

　　于谦眼前一黑，强行挪动发抖的双腿，挡在了太子前面，脑海里浮现出的是《出师表》里那一句："此悉贞良死节之臣。"这时身后太子突然问了一句古怪的话："于谦，你之前摆的那张图里，新城在西北，旧城在东南，对不对？"

　　"嗯？"于谦不明白太子干吗说这个。

　　"五坝里运河，是沿着两城的北边斜下，那么它应该也会通过这条夹地的北边。"太子沉声道。过度的惊骇，反而让他冷静下来。于谦拿筷子摆的那个淮安水文图，徐徐叠加到眼前的景色里来。

　　听到他的提醒，于谦和吴定缘同时明悟。

　　四大王歇庙是在路南，梁兴甫在这里；东、西两侧的夹道，又被白莲教徒堵住。那么他们如果往北逃，就会逃到里运河旁边，位置恰好正对着信字坝。自从清江浦开通之后，里运河已被停用，五坝便是废弃空地，也是逃亡的绝佳选择——太子对于地理空间，倒真是极有悟性。

不过，这只是一个极其粗糙的猜测。此时北边黑漆漆的，完全被笼罩在一团缥缈的雾气中，这也是为什么白莲教没有在这个方向设置阻拦。那边到底什么状况，不知道，但危机四伏的迷雾，也好过必死的困局。

吴定缘反应最快，他把铁尺狠狠插地，然后奋力一撅，大片沙土被猛然掀起，朝着梁兴甫扬过去。这个动作没有阻碍巨人分毫，但多少让其双眼微微眯了一下。

"大萝卜，快走！"吴定缘大吼。

几人经过那么久的波折，已磨合出了默契。听他这一吼，立刻转身朝北边发足狂奔。尤其是吴定缘和太子，心有灵犀，一个朝西北，一个朝东北，居然分开跑掉了。

白莲教交给梁兴甫的任务，是擒杀太子；而梁兴甫自己的使命，是送吴定缘见他爹。这两个目标此时居然分开跑走，迫使他不得不做出一个艰难的选择。

即使是梁兴甫，为了选择也愣了约莫几个呼吸。那四只老鼠又逃出去几丈距离，眼看就要钻入雾里。梁兴甫歪了歪头，把腰开弩往地上一扔，朝着东北方向追去。

太子不会去救捕快，捕快却不得不保护太子。追到朱瞻基，不信吴定缘不过来。

夹道两侧的白莲教众纷纷聚拢过来，他们受了佛母谕令，要配合这么一尊杀神抓人。不过，这些教众只是没受过任何训练的普通民众，也没个章法，就这么乱哄哄地也跟着冲进雾里去了。

雾气里奔跑是极为危险的。且不说地面凹凸不平，万一有棵树或一块大石，很可能就会撞得头破血流，更可怕的是，没法判断前路何时中断成河岸。这种惶惑不安的心理，会极大影响到逃亡者的速度。

吴定缘睁大了眼睛，拼命地在灰白色的雾气里快跑。每跑出去一段，他都会放缓脚步，侧耳倾听。梁兴甫是绝对的死敌，吴定缘与他仇深似海，他压根没打算脱逃，而是想设法利用这个环境反杀回去。

可让他失望的是，身后没有传来脚步声。很明显，梁兴甫选择去追太子了。缭绕的雾气，勾勒出一张恶意嚣张的面孔："救还是不救？现在轮到你来选了。"

吴定缘狠狠咬住腮肉，改换了方向，朝着东北方向跑去。跑着跑着，他看到前方模模糊糊有一道人影，再一看，原来是苏荆溪。她孤身一人朝着北边小步快跑，但动作很谨慎，于谦并不在身边。

吴定缘几步赶过去，问她看见太子没有。苏荆溪摇摇头，说刚一进雾里就跟于谦失散了，周围什么人都没碰到，所以她决定先去北边看看。

吴定缘匆匆道："你还有你的事情，还是离开吧。今夜形势凶险至极。我护不住你的性命。"苏荆溪看了他一眼,突然笑了,道:"你总算学会诚实表达对别人的关心了,这很好。"她顿了顿,又换了个口气:"你只要保护好太子就行了,我自有分寸。"

"你……"

他知道苏荆溪手段犀利,可前提是有足够的时间准备。这种雾中的乱战,她纵然医术通天也没用。这时东北方向传来一声怒吼,吴定缘只好丢了一句"好自为之",匆匆朝那边跑去。

他跑出去百步左右,忽然发现前方被一道沙土夯实的堤坝拦住,无路可走。吴定缘知道这是走到头了,这条堤坝应该就是里运河的边岸。他迅速爬上堤坝上方,雾气之中,先看到一棵几乎已萎死的枯树,枯槁的枝条半垂半展,有如一具骸骨在拼命挣扎。旁边不远处,一个高大壮硕的身影正掐着一个人的咽喉,把他半举到空中,与枯树叠成了一幅奇诡的画面。

看来朱瞻基运气实在糟糕,刚跑到运河旁边,便被梁兴甫逮住了。

吴定缘情急之下,就手把铁尺朝着梁兴甫丢过去。他算准了投掷方位,铁尺直瞄着对方的眼睛刺去。梁兴甫不得不分出一只手来,把铁尺拨开。趁着这个空当,吴定缘逼近了数步,整个人用背部猛然撞去。

可他明明距离梁兴甫还有数十步远,只听"咔啦"一声,这一撞竟撞到了那一棵枯树上。梁兴甫转过头来,眼看着那枯树随着吴定缘半倒下去,翻露出鬼爪一般的树根。

梁兴甫本想把注意力转回手里,送太子走完最后一程。可树根处的大坑向外伸展出数道裂痕,堤面像窑中正在开片的瓷器。才短短几瞬,其中一道裂缝便延伸到他的脚下。

吴定缘原先在应天府时,办过一个奇案。一个修横溪河堤的民夫杀害了里长,连夜把尸首埋进了沙堤。谁料工部主事以次充好,用了劣质河沙,导致那段堤坝甫一建成便即开裂,把尸首暴露出来。

刚才吴定缘一登堤顶,便立刻注意到这夯土面有一道道横纹,与横溪河堤差不多,一看就是土劣夯疏。而堤上居然还有一棵树,树根必然会把夯土的致密性进一步破坏。于是他急中生智,硬把那枯树撞倒,利用根系翻转之力,把这一带的土块彻底撕裂。

那泥隙在梁兴甫脚下迅速开裂,整个地面都开始摇摇欲坠。梁兴甫不得不单手把朱瞻基放下几分,想转过身来,跳下河堤。吴定缘却从地上弹跳起来,一把抱住太子的双腿。

梁兴甫单手能把太子提起来,臂力可谓惊人,但再加上一个吴定缘,实在支撑不住。他哼一声,另一只手去抓那篾篓子,却不防数十枚合浦珍珠与几个银锭破空而来,正正砸中眼皮。这是吴定缘下了血本的绝地反击，梁兴甫双目被银锭和珠子砸中，一阵剧痛，手里动作缓了几分。

可就在这节骨眼上，地面的开裂偏偏停止了。土性随意，蔓延开裂的方向无迹可寻。梁兴甫觉得脚下一稳，手里的力度立刻恢复，一下子便掐住了吴定缘的咽喉。他刚才已经扔光了身上所有的东西，至此再无办法，只能乖乖被抓。

梁兴甫一手抓太子，一手掐私敌，宛若一尊战神矗立在堤坝顶端。他全身肌肉紧绷，只消再过十数个呼吸光景，便可以一次解决两件大事。

"世如火狱，有生皆苦。"

梁兴甫喃喃说着。就在这时，身后传来一阵窸窸窣窣的声音。梁兴甫回头望去，看到一个女子费力地爬上堤坝，发髻散乱，呼吸很粗，显然很不习惯这种场合。他一眼便认出来，是那个给太子看病的女医师，似乎朱卜花的死也跟她有关系。

但这种程度的威胁，梁兴甫根本不关心。看她的体格，随便吹口气就倒了，不怕作出什么妖来。苏荆溪爬到顶上之后，并未靠前，也没求饶，只是把乱发从额前撩起，垂头默然不语。

梁兴甫只当她无计可施，继续专注于双手施力，而他的嘴里，开始喃喃地念起超度经文来。吴定缘和朱瞻基眼目突出，口中呵呵，四条腿无力地踢蹬着，状如两只战败的五月文虫。

在更远处，杂乱的脚步声也在接近，看来是白莲教众们也追过来了，教众们拥到堤坝下面，乱哄哄地议论了一阵，开始向上攀爬。

这时苏荆溪终于抬起头来，露出一抹明艳的笑意。可惜梁兴甫不知道，这笑容几天前在神策闸前展现了一次，只有朱卜花有幸欣赏到了一次。

"病佛敌，我一直很好奇。要什么样的经历，才会变成你这样的人。"苏荆溪也不管对方是否有回应，就这么饶有兴趣地说下去，"你为何执意要送吴氏一家归西。是什么道理，促使你要灭掉恩公满门？"

梁兴甫看向苏荆溪，还从来没有人——包括昨叶何在内——敢直面他挑出这个问题。这个小姑娘，居然敢这么放肆地说出来，这让他既恼怒又好奇。

"我刚才听到你在念经。只有三种人才会在杀人前念经，一种是良心未泯的虚伪之徒，只求行凶时能把良心压下去，不致捣乱；另一种则是读错了经的笃诚修士，真心觉得自己所作所为，是大功德；还有第三种人……"

梁兴甫的双手依旧扼紧两人，但他的目光确实被苏荆溪卖的关子吸引住了。苏荆溪敲了敲自己的脑壳，道："第三种人，就是神病之人。这种人肉身健壮，而病在元神，在百节，在髓海，疯疯痴癫，皆出于此。"

梁兴甫双目凝视,这是在拐弯抹角骂他是疯子吗?

苏荆溪轻轻叹了口气:"其实这也不算什么。我们每个人,都有心疾。就好像这堤坝,看似结实,其实往往只需要轻轻一施力⋯⋯"还没说完,苏荆溪左足在地上一顿。那本来已停止开裂的土隙,像冬眠被惊醒的蛇,又一次昂起头颅。

原来她刚才一番话语,只是在吸引梁兴甫的注意力,心中却在暗暗计算裂隙的形状。分叉之处,定力必弱,枝杈愈多,定力愈散。苏荆溪要做的事情,就是走到那个枝杈伸展最多的点,踏下去。

这里的夯土坝体刚刚被吴定缘一番翻弄,只达成了一个脆弱的平衡。这次被苏荆溪再次踏中节点,四两拨动千斤,平衡彻底崩溃。

密密麻麻的裂隙,瞬间遍布整段堤坝,像一群骑兵切入松散的军阵。士兵们尖叫着、惨呼着,在铁骑的驱赶下纷纷逃跑,阵势一下子分崩离析,形成了声势惊人的溃散。伴随沉闷的声音,大块大块的土石彼此脱离、碰撞,结构已不存在。

堤坝上的所有人都失去了立足之处,被土石流的败军裹挟着,朝里运河倾泻而去⋯⋯

于谦开始以为自己迷路了,但很快他发现,这才是正确的方向。

从南京城开始,于谦一直陷入一种微妙的困惑。在那一连串令人目不暇接的危机中,吴定缘有勇有谋,再绝望的境况都能杀出一条路来;苏荆溪药毒并臻,既能救治太子,也能毒退强敌。而自己呢?只是在解读文书、驿路规划上发挥了点作用,真与敌人对抗起来,他的贡献极为有限。

尤其是瓜洲的经历,让于谦对自己的能力产生了极大的质疑。当他和苏荆溪赶去汪家别业时,若不是她及时发觉异样,可能四个人都要陷入水牢而死。

没有人指责于谦什么,可他自己过不去这个坎。

作为一位会元,于谦有自己的骄傲和坚持。即使仕途坎坷,他也始终相信自己一定能经时济世、匡扶社稷。可短短三日之内的经历,深深挫伤了他的自尊心。我能给队伍贡献什么?我的价值到底何在?于谦不停地在脑海里问着自己。

他不停地唠叨,不停地主动往身上揽事,与其说是在帮助太子,倒不如说是在奋力证明自己的用处。

如今于谦置身于雾中,应该怎么做才好?正常的想法,当然是尽快向太子靠拢。可他知道,以自己的战斗力,过去只是送死,虽可博得"贞良死节"的名声,对太子、对社稷却毫无用处。这是另外一种意义上的沽名钓誉。这样的"忠臣",不做也罢!

那么自己要做什么?或者说,自己最擅长的是什么?

于谦在雾中骤然停住了脚步，怔了怔，然后毅然改换了方向，拔腿朝西边跑去。倘若这时有人指责他临阵脱逃，他也认了。只要事情做成，纵被人误解也无所谓；事情不成，落得身后一个好名声又有何用？

雾气浓重，白莲信众们的注意力都在北边，根本没人留意有一个人影朝不同的方向跑去。于谦一口气跑到新城的东城门下，所幸守军还没落锁。他迅速通过城门楼子，问过守军之后，径直冲向位于新城的漕运总兵衙门前。

漕运总兵总理南北漕务，节制天下漕船、十三总十二万运军领驾、沿途九省相关理漕官吏、闸坝厂港等诸事宜，权柄比寻常布政使司还大。因此设在淮安新城里的漕运总兵衙门，毫不客气地挤走淮安府衙，独占城正中的风水宝地，与大名鼎鼎的镇淮楼同在一轴。

这座衙门的门面极其煊赫，于谦几乎不可能找错。前有一对獬豸镇门，两侧四旗亭、两鼓亭，还有二十八根石制拴马桩分列，五开间的大门前高悬一副漆金黑匾"总制漕运之堂"，当真是威风堂皇。

不过，于谦不打算去闯总兵衙门，夜里都下值了，去了也没用。他要去的是旁边一处偏门，这里通向刑部淮安分司。

这个分司名义上归刑部统辖，其实形同漕运总兵的下属，主理与漕河相关的刑名案务。漕运昼夜不停，所以分司也始终有一名推官在夜里留值。于谦奔到分司门口，看到门外牌坊写着"利涉济漕"四字，知道自己没来错，正要往里闯，被卫兵一把拦住。

于谦说："漕上有奸党作乱，我要报官！"卫兵说夜里只接官办文书，民告案子得等明天。于谦大急，扯着嗓子吼道："刑名审理分日夜，奸党作乱难道还分日夜吗？"

他的嗓门实在太大，很快把院里的推官惊动出来。这位推官一脸不高兴地喝道："何人在堂下喧哗？"他突然瞪大了眼睛："于……于廷益？"

于谦一瞬间感动得要哭了。这一路上太子直呼他为于谦，苏荆溪叫他为司直，吴定缘更可恨，从来"小杏仁"不离口，如今总算有人以表字称呼，这个世界终究还是正常的。

感动之后，于谦才去辨认这推官相貌，继而大喜。原来这是他的一位同年，也在三甲之列，叫作方笃。当年于谦去了行人司，方笃在刑部观政，没想到几年下来，居然外放到淮安做漕运推官了。

方笃赶紧把谦请进分司，问他来淮安有何公干。于谦急匆匆道："诚行，如今有宵小在两城夹道聚众密谋，其志非小。恳请司里即刻派出营兵弹压，否则祸事不小。"

总兵衙门旁边就驻着一个永安营，两个指挥的兵力。只要他们出动，梁兴甫本事再大也要束手就擒。

方笃闻言一惊,连忙细细询问。于谦不敢提及太子的身份,只说他偶尔在酒肆里听到有人议论,说要在夹道附近聚众谋乱云云,所以特意来报官。他不善扯谎,不敢编得太精细,只好含含糊糊说"听闻""据说""偶见形迹"。

方笃听完,哈哈大笑,道:"廷益你的脾性真是一点没改,还管这种闲事。淮安这里民风浮夸,天天有人喝醉了胡吹大气,不必跟他们较真。"

于谦大急:"万一这一次聚众不是胡吹呢?倘若百密一疏,岂不酿成大祸!要不通报陈总兵一声也好。"方笃摇摇头:"陈总兵这会儿不在淮安,在北边盯着治黄呢。就算他在,这点小事也送不上他案头。几个老百姓酒桌上吹几句牛,衙门就发牌拘拿,这一年也甭干别的了。"

于谦心急如焚,再三坚持,方笃的态度逐渐冷下来了,甩了甩袖子,道:"于廷益,你要是路过淮安叙旧,在下欢迎得很。若你还跟从前一样,不相干的事也来指手画脚,可莫怪本官有公务在身,恕不奉陪了。"

于谦很是尴尬,涌现出一股强烈的冲动,干脆把太子身份亮出来算了。可他思忖再三,还是忍住了。方笃见他表情古怪,以为自己话说狠了,轻叹一声:"实话跟你说吧,现在漕务正在忙大事,这样的小事,可是真顾不上啦。"

"大事?"于谦一愣。

"咳!还不是因为前几年黄河数次侵淮,泥沙把清江浦给搞淤塞了。我们得赶在六月放水之前,清清河道。这边封河,漕船只能改道走里运河。要走里运河,就得过五坝,要盘坝,还得调动车马转运……哎呀,事情比牛毛还多,你说哪顾得上别的?"

于谦这才知道,今年清江浦居然淤塞了,原本没人去的里运河又重新启用了。他突然暗叫不好。适才其他三个人是往歇庙的北边跑,正好对着里运河,岂不是要撞个正着。

"本来该是开春就应该搞,谁知朝廷一直说要废漕迁都,这事便耽搁下来。现在说废不废的,没一个准话,又催着漕运,哪还有时间让底下人准备?"方笃一说起这个来,便牢骚满腹。

于谦打断他的话,道:"也就是说,五坝上现在有很多人?"

"对啊,漕船盘坝,得全派民夫来拉纤嘛。唉,你老兄是不知道,如今临近夏收,谁高兴给你来白干活?淮安府豁出老命,才从附近几个县征调了一千多人。"方笃的苦水似乎吐也吐不完,"人手越是不够,漕运衙门越是把人往死里用,一天分两班倒。这几天纤夫累得快他娘的暴动了,一天要抓四五拨人,刑部司里写判词的竹纸都快不够用了……"

方笃说得意犹未尽，于谦内心却翻江倒海。五坝那边人越多，太子他们暴露的风险就越大，如果这边再不采取什么行动，只怕凶多吉少。事到如今，他必须冒一次险。

"诚行，我实话跟你说了吧……"于谦开口道，"我怀疑那几个聚众之人，是白莲教众！"

"嗐，你老兄也太多心了。白莲教和白莲教可不一样，有的拜佛母，有的拜弥勒，有的是金禅宗，有的是净空派，老百姓都叫白莲教，其实完全不是一码事。"

"那几个人说的，正是拜佛母的。要不我怎么着急来报官呢？"

一听这话，方笃脸色瞬间变了。

"佛母"这个词，在大明官场可是个绝对的禁忌。永乐十八年，山东蒲台县出了一个叫唐赛儿的村妇自称"白莲佛母"，聚起了数万信徒起事，横扫十几个州县。朝廷先后派了数拨大军讨伐，才勉强镇压下去，唐赛儿却始终没有落网。

从此之后，各地州县时常会传出消息，说当地有佛母现身，搞得地方官员如临大敌。淮安这地方就在山东南边，民间崇信白莲教的风气也很兴盛。若真有佛母过来，只怕风浪会不小。

"廷益说的可是真的？"

"如有半句虚言，甘受律法处置。"

方笃背着手在厅里转了几圈。按道理说，镇压邪教这事该归淮安府管，可淮安这地方一大半产业都与漕运相关。佛母要搞什么事，一定会波及漕运总兵衙门，他这个刑部分司，首当其冲。

与其等事后擦屁股，不如防患于未然。方笃也是个勇于任事的人，一拍桌子，对于谦道："我这就去永安营调兵，廷益你随我来！"

于谦跟着方笃离开分司，心中忐忑。永安营调去五坝，固然可以把白莲教的势力冲垮，但也可能会影响到太子。这一步不得不走的险棋，到底结果如何，他委实不知。

"希望皇天庇佑，太子平安无事。"于谦暗暗祝祷。

据说，人从高处跌落时，脑袋会飞速运转，短短一瞬可以转过无数念头。不过，此时朱瞻基向下掉落时，没有别的念头，只有一阵阵的苦笑。

这是第几次掉入水中了？

朱家的皇帝们，哪个像他这么倒霉，以掉入水中结束一生？

但往好的方面想，他的咽喉不再承受痛楚，呼吸也不再艰涩，那一只钳住自己的大手，终于松弛开来……砰！

一阵剧痛打断了朱瞻基的遐想。他惊讶地感觉到，自己的背部撞到一处坚硬的干燥地面，这不是落在水底的感觉，他有经验。

太子努力从地上支起半个身子，环顾四周，发现自己是在一条船上，刚才背部撞击的是前部木质甲板。从人字桅与方舱轮廓来看，这应该是一条标准的四百料漕船。朱瞻基摇晃着身子从甲板上站起来，眼前展现出的景象让他目瞪口呆。

原来这条漕船并不是平浮在河中，而是爬在一处圆拱长坝的半腰处。前半截的首柱高挺向上，后半截船尾还在运河水下，整个船身微微上斜，像极了一条要上岸的摩伽罗大鱼。

在这头巨兽的躯体两侧，有八根粗大的篾缆牢牢地扣住曳孔。这八根篾缆分作四组，分别系于大坝两侧的四根将军柱上。柱上有连接篾缆的盘木，下置石窝，窝中有两根转轴巨木，巨木上又插着八根关木，构成了四个巨大的绞盘。

每一个绞盘的周围，都有十几人在费力地推动关木。伴随着嘎啦嘎啦的摩擦声，绞盘缓缓地转动着，通过一系列复杂的滑车、拐钩与棘轮传动，把力量传给那八根粗大的篾缆，拖曳着这条漕船缓缓朝上挪动。

在运河两侧的河槽边，此时还站着数百个衣衫褴褛的纤工。他们每人肩上都拽着一根纤绳，配合着绞盘一起用力。纤绳密如蛛网，牢牢系在船舷两侧，无不绷直。偌大的一条重舟，居然就这样靠着人力离开水面，朝坝顶滑升而去。

几十盏灯笼在河岸高高挑起，驱散了些许模糊。巨兽从雾气中徐徐浮出黑水，四周索缆纵横，这是何等壮观的一幅画面。虽然身陷险境，可朱瞻基还是在一瞬间被它所吸引。先前他听于谦讲述盘坝，只是听个新鲜，直到亲眼所见，才见识到真正的盘坝现场。

不过，朱瞻基并没有余裕过多欣赏，因为他能落在甲板上，梁兴甫同样可以。

于谦说过，漕船盘坝时，要把所有货物都卸空，包括操船人员。也就是说，现在这条空船上，只有他们四个人。他抬起头去，看到吴定缘站在略略倾斜的船尾，与那个噩梦般的高大身影斗成一团。

绞盘工和纤夫所处的位置都比礼字坝要低，他们只管埋头拖曳，并不知道船上多了四个人。"篾篙子"虽战力不及梁兴甫，但船身不断在移动，甲板越发倾斜，让梁兴甫的动作也受到了限制。

朱瞻基左右扫了一眼，看到在桅杆的基座旁，不知哪个船工插了一把短斧。他拔出斧子，拔腿冲过去要帮忙，可动作骤然又停住了。

他看到苏荆溪躺倒在枋板旁边，鲜血流过宽额，生死不知。刚才坍塌之时，她的位置最靠近塌点，大概是运气太差，落到船上时一头撞到了枋板上头。朱瞻基俯身把她抬起来，左右为难，不知是该先救她，还是先去帮吴定缘。

苏荆溪勉强睁开眼睛，做了一个奇怪的手势，口中喃喃。朱瞻基把头凑过去，才勉强听清楚，她说的是"换手、换手"。

太子的箭伤在右肩，刚才他情急之下，还是用惯用的右手拿起短斧。苏荆溪的意思是让他换一只手，避免伤势恶化。这种时候，居然还惦记着，朱瞻基一瞬间感动至极，大声道："我定不负你！"

说完，他把苏荆溪搀扶到桅杆旁，然后换手拎起斧头，朝梁兴甫冲去。此时先诛首恶，否则谁也活不了。

漕船在船尾位置有一处后舱，平时供船工休息之用，舱顶方正。吴定缘和梁兴甫正站在舱顶方寸之地，拼死相搏。这时朱瞻基突然加入战团，虽然劣势未变，但多少让梁兴甫多了一重麻烦。

要知道，漕船盘坝并非一路平滑爬升。人力有穷时，无论是绞盘还是纤夫，都不可能一气不停地把船拽上坝去，只能拽一段，停下来，调整一下篾缆与纤绳，再拽一段。

这让搏斗变得颇有些滑稽。他们三人站在倾斜的方舱顶部，一半精力倒放在如何保持平衡上。往往要先等漕船停住，才能迅速过上几招，船身一动，立刻后退，以避免跌倒。

这时断时续的搏斗方式，让这两只绝境中的老鼠，也能与老猫有相抗之力。

可惜的是，相抗并不代表胜势。梁兴甫面无表情，一招一招地抵挡着两个人的疯狂攻势，只有嘴角偶尔微抬，似乎很享受这种困兽的反抗。吴定缘的狠辣，朱瞻基的蛮横，在他眼里都是些幼稚的举动，除了延缓必死的结局，没有任何意义。

吴定缘的拳头又一次袭过来，这一次的角度有些诡异，是从左边腋窝处上挑。梁兴甫手掌一横，挡住了去路。这时朱瞻基的斧子已经从另一个方向劈下来，这是声东击西之术！梁兴甫仿佛背后长了眼睛，肩颈迅速一抖，竟用肌肉把斧子给挤住了，斧刃只是破开了一点皮，便无法继续深入。

他正要反击，船身又发出一阵剧烈的抖动，角度越发倾斜。梁兴甫只得双腿发力，身躯前倾，免得被甩出船去。而吴定缘和朱瞻基趁着这个空当，迅速跳开。

随着漕船再度移动，梁兴甫忽然伸出手去，刺啦一下把上身衣衫扯开，露出虬结的筋肉与恐怖的烧伤。还没等那两个人回过神，他已像一枚石弹一样撞了过来。

这一动，即如泰山崩裂、巉岩穿空，刹那间梁兴甫狠狠地与朱瞻基正面相撞。

太子感觉像被一个攻城锤正面砸中，一口鲜血猛喷出来，五脏六腑瞬间移位，斧子脱手而飞。梁兴甫只是伸手轻轻一抓，便把太子重新捏在手里。

之前每次漕船一动，梁兴甫都会故意放缓攻势，这让那两个人产生错觉，似乎他每逢船动都得先找平衡。这一次漕船开动，他们的警戒心便习惯性放低了一分，结果被梁兴甫钻了空子，一招击破。

吴定缘又惊又怒，扑了过去，却被梁兴甫一脚踢翻。

"不要抗拒，不要挣扎，有生皆苦，早日解脱。"

"去你妈的狗屁解脱！"

吴定缘大吼着爬起来，再度飞腿踹过去。不过，看他飞踹的角度，不是梁兴甫的胸口，而是朱瞻基。

又来这招？梁兴甫微微觉得好笑，围魏救赵之计固然高明，可连用三次，也忒看不起人了。他下意识把姿态一定，准备做一次犀利的反击。

当吴定缘的右脚即将接近时，梁兴甫却一怔，这个去势，似乎是真的要去踹朱瞻基？然而这个距离，任何反应都来不及了，他只能反手去捶吴定缘。

两件事几乎在同时发生。

吴定缘一脚狠狠踹中了太子，让他整个身躯脱离了梁兴甫的掌控，一下子飞到船外去。同时梁兴甫的拳头，也捶中了吴定缘的面部，让他一声惨呼，从舱顶滚落到甲板上。

朱瞻基被踹出船之后，重重摔到了礼字坝的坝顶。坝顶外拱，表面覆有草泥，根本停不住人。他从坝顶歪斜了几下，一路顺着斜面朝东边的坝底滚落。

梁兴甫看着太子的身影迅速在坝底方向消失，并不太急。这里运河堰埭都是封闭的，先把吴定缘弄死，再去堰埭瓮中捉鳖也来得及。可当他把视线投向吴定缘时，发现对方举起了一把斧子，正是朱瞻基丢下来的那一把。

奇怪的是，吴定缘手持斧子，并没有冲向梁兴甫，反而快步走到船舷边缘，然后朝远方用力地把斧子扔了出去。他回过头来，满面血污地看着梁兴甫，发出一阵快意的大笑。

在笑声中，一阵惊慌的喊叫声从船底响起，紧接着船身剧烈地前后摆动起来，半空中不断传来啪啪的绳索断裂声。伴随着龙骨挤压的巨大悲鸣，整条漕船朝着另外一个方向极度倾斜下去。

梁兴甫向外张望了一眼，才知道这是怎么回事。

这艘漕船，刚刚被拖上了礼字坝的坝顶，完成了盘坝最艰苦的环节。可由于此时还是枯水期，坝顶距离水面很高，漕船若直接推下另外一侧的水面，搞不好会直接散架子。所以，绞盘工匠们会调整一下篾缆的角度，化曳为牵，把船体徐徐吊下水去，方竟全功。

而就在这个节骨眼上，吴定缘扔出去一斧子，狠狠地砸在了右侧将军柱下的绞盘上，吓得推关木的民夫都坐在地上。绞盘一失力，两条篾缆立刻松脱。原本漕船的平衡，有八根篾缆从不同方向均匀施力。如今突缺两股，它们再也拽不住漕船那庞大的身量了，其他几股绳索纷纷扯断绷脱。

没有了篾缆牵系，失去控制的漕船便从坝顶顺着西斜坡汹汹滑下，以无可阻挡的庞大气势直直地朝着水面撞去。

在这个极短的过程里，所有在船上的人顿觉身体一轻。只有站在悬崖向远处跃出时，才会有类似的感觉。吴定缘在倾斜的甲板上踉跄两步，先一步冲到受伤的苏荆溪身旁，抱住她的身体，向着旁边滚去。

转瞬之间，黄褐色的漕船撞开了黑色的运河水面，直翘巨大的船身深深插入水中。四周的河水被高速排开，激扬成数丈之高的水花。整段运河都被这恢宏的场面震慑了，层层涟漪浮现，就像是河神在瑟瑟发抖。

这条船造得相当结实，在如此强烈的撞击之下，居然没有当场散架，几下沉浮，主体部分又重新浮了起来，只有船头被毁得不像样子。不过刚才的落势实在太猛，漕船并没停留在原地，而是推开波澜，继续朝着运河的另一侧飞速冲去。

那里有一处干船坞，平日里充作紧急维修的平台。这条船就像一头闯进瓷器店的疯牛，先蛮横地把入口水闸撞得粉碎，然后一头扎进坞中，一口气冲垮了十几道架梁与攀梯，蹭倒了无数堆料。船舷摩擦着船坞边缘，发出尖厉的悲鸣，连坞底两条船轨都被挤得像面条一样扭曲。

最终，漕船重重撞在了船坞尽头的石墙之上，船头与墙壁同时崩碎，碎渣横飞，掀起的浓密烟尘笼罩了整个船坞……

朱瞻基沿着礼字坝的斜壁飞速下滑着，大头朝下。失重的恐惧，让他下意识伸手试图抓住些什么。可惜坝壁上面覆着厚厚的一层苔藓，这是为了减少盘坝阻力而刻意种植的，滑腻不堪，根本抓不住。

所幸这次坠落并未持续很久，太子很快感觉到周身一震，然后整个人陷入一团软绵绵的东西里——不是水，比水更致密，更黏，还带着淡淡的土腥味，一直朝着他的鼻孔、耳洞和嘴里疯狂涌入。

太子闭目屏息，死命向上挣扎。慌乱之中，他的双手突然碰到一条硬硬的木槽框，当下毫不犹豫，猛力一撑翻身上去，这才算脱离了黏腻的纠缠。朱瞻基喘息片刻，发现自己跌落之处原是一条位于坝底的分水渠。这种渠是用来分水拦沙的，所以渠底淤积着厚厚的泥沙，成为最好的缓冲地带。

得天眷顾的大明皇太子并未欣喜，他现在从头到脚都脏污不堪，脸上除了双眼全为淤泥所糊，简直比乞丐还狼狈。但比起清理自己，朱瞻基急于想搞清楚目前的状况。他只记得之前吴定缘一脚把自己踹飞，后面在船上发生了什么一概不知。

"得设法重新爬到坝顶……"

朱瞻基心想着，抬头看了眼礼字坝，从水渠的木槽边跳了下去。他先俯身从附近河沟里捧出点水，咕噜咕噜地漱几下口，吐出一团混着唾沫的泥沙，然后踏上水渠旁边的土路。

这条土路泥泞不堪，到处散落着破布、烂筐与腐烂的稻草席子，路面上最醒目的是无数脚印。这些大大小小的脚印看似杂乱，其实朝向一致，而且无一例外都是赤脚，而且踩得很深，似乎是一大群人朝着同一个方向艰难跋涉。

这是纤路啊！

朱瞻基适才在漕船上见过盘坝的壮观景象，知道一条船要过坝，需要大量纤夫在两侧牵引。这条路，显然就是拉纤人走的坝边旱路。

他跟跟跄跄朝外头走了两步，不防脚下踢开一块破篷布。朱瞻基低头一看，吓了一跳，篷布下居然蜷缩着一个人。这人皮肤黝黑、骨瘦如柴，全身只在头部和裆部各自裹了一条脏兮兮的布条，枯槁的面孔看不出年纪。

他瘫躺在地上，双眼半睁，眸子浑浊无光。朱瞻基凑过去拍拍他的脸颊，全无反应，再探了探这人鼻息，已然是没救了，只怕是刚刚死的。朱瞻基吓得急忙缩回手来。

种种迹象表明，这大概是哪个纤夫不堪负累跌倒在地，同伴们又不能停纤，只得先把他扔在身后，胡乱盖上一层席子。可怜他就这么蜷缩在污泥中，坐等着性命散去。朱瞻基心中生出一丝恻然，以及恼怒。督纤的孔目为何不管？医师在什么地方？朝廷每年要下拨不菲的款项，都用到哪里去了？

就在这时，从纤路的另外一个方向传来嘈杂的脚步声，一队巡逻的护坝兵匆匆跑过来。这条路没什么能隐藏的地方，贸然跑开一定会被抓住。太子的目光扫到那位死者，眉头一皱，一个极不情愿的办法浮上心头。

朱瞻基迅速脱光，把衣物和靴子一团扔进旁边的分水渠。随后他双手合十，朝那位刚去世的死者拜了一拜，伸手把对方脑袋上和裆下的两条布带解下来，缠在自己身上。刚做完这些事，护坝兵们就到了。

"站住！干什么的？"为首的小旗喝问道。

朱瞻基怕说多露馅，便装出一副不敢开口的惶恐样子，只用手指了指脚下的尸体。

为首的小头目掀开篷布一看，发现是具尸体，狐疑地抬起头来。朱瞻基压低嗓子，含混不清地说："老刘病了，里长让俺留下来照顾他。"小头目探了探鼻息："照顾什么照顾，这人都死了！"朱瞻基执拗地重复了一遍："里长让俺留下来照顾。"

小头目眯起眼来端详这家伙，面孔、脖子、腿脚到处都沾着污泥，再看他头顶缠着布带，光溜溜的一根毛都没有，最后一点疑心也打消了。

绝大部分纤夫会把头发剃光，用白布条缠住，免得流汗太多养出跳蚤。江淮间有句俏皮话，叫"剃头挑子守一边，不是念经就是拉纤"。意思是，剃头匠只要跟着和尚或者纤夫，不愁没生意可做。太子本来是为扮和尚而剃发，想不到今天歪打正着了。

"前头好像出事故了，你还在这儿偷懒！赶紧滚回去干活！"小旗扬手就抽了他一鞭子，抽得大明皇太子原地跳起来，屁股火烧火燎地疼。他正要发作，见到小旗鞭子又是一摆，只好忍气吞声，扮出一副逆来顺受的姿态。

小旗吩咐手下把尸体抬开，然后亲自押送着这个奸猾壮丁。朱瞻基老老实实朝前走去，不时揉揉屁股，他们沿着纤路，很快便看到了纤夫的大队伍。

那是三百多个赤条条的壮丁，麇集在河岸边缘，煞是壮观，空气中弥漫着浓郁的酸臭汗味。不过他们没在干活，一根根粗大的纤绳都扔在地上，所有人都翘首朝着运河张望。

刚才河里出了离奇事故，一条大漕船滑落坝下，冲入船坞，连将军柱都被拽倒了一根。这乱子着实不小，如今盘坝暂停，拉纤自然也中断了。

小旗没想到事故居然这么大，当下也没心思管朱瞻基了，踢了踢屁股让他自行归队，带队匆匆朝坝前赶去。

这么大的事故，附近的护坝兵肯定都会陆续赶过来。如果太子此时贸然离开，搞不好会被当成可疑人物，还不如先混在纤夫的队伍里，等歇工时再找机会离开。

计议既定，朱瞻基便迈开步子，不动声色地朝纤夫大群里钻，专挑人多的地方。他这一身装束，如雨滴落入井口，融得天衣无缝。

混着混着，朱瞻基忽然听到一声柳叶哨声，尖厉清晰。一听到这哨声，这群纤夫也不看热闹了，纷纷朝着哨声方向移动。为了不显得自己特别，朱瞻基也只好随波逐流，莫名其妙地被这群人裹着来到河岸旁边的一棵大杨树下。

杨树下搁着六个大木桶，三个木桶里装满了杂面窝头，一个木桶里是肉汤，两个木桶里熬的是掺了河虾的青菜。这里的饭菜热气腾腾，那些纤夫闻到香味，吞咽唾沫的声音此起彼伏。

原来是纤夫们的夜班加餐，朱瞻基心想。他晚上吃得很饱，不必去抢这个，有意识地往后退了几步。不料身旁黑影一晃，他手里不知何时多了一根木棒子。棒子不长，连外头的树皮都没剥脱，但棒头被刻意削尖烤硬，想要伤人也是利器。

太子吓了一跳，这是要干什么？他扫视人群里，发现不独自己，不知不觉好多人手里都多了一根短棒。有几个黑影，借着人多遮掩正悄无声息地分发着，不仔细根本看不出来。

朱瞻基有点莫名其妙，但这短棒还挺称手，姑且先拿着再说。

这时一个魁梧的皂衣大汉走到大杨树下，手里拿着条浸水牛皮鞭子，甩得啪啪作响。他嗓门不比于谦小，一开口，三百人便听得清清楚楚："你们这些狗驴操的贼厮鸟，给薛爷我玩这种手段？不想活了吗？"

这位吼声如雷，骂声不断，倒让朱瞻基听懂了。这个薛爷是督纤的孔目官，负责盯着这三百人拉纤盘坝。漕船脱扣，冲撞船坞，这是极严重的事故，难怪他如此气愤。

不用问，这事肯定是那几个人在船上打斗引起的，不知道吴定缘、苏大夫他们是否平安逃走，更不知道梁兴甫到底怎么样了……朱瞻基有心去河岸看看，可又不敢动，只好把短棒捏得更紧一些。

薛爷骂得正欢实，纤夫中站起一个人来。这人五十多岁，身材很矮，身上的腱肉倒颇有形状，道："薛爷，脱扣这事，实不怪我等。我们在东南侧的绞盘上，发现一把斧子，刚才它不知从哪里飞来，卡断了关木，这才出的事。"

说完他抬起双手，把那柄斧头呈出来。

薛孔目先怔了怔，随即响亮地啐了一口，浓痰落到那纤夫的脑门上："我呸！把老子当傻子吗？随便找个斧子过来我就信了？你怎么不说你老娘趴在绞盘上让我肏断的关木？"

这话脏秽不堪，人群里隐隐有些嘈杂。

"你们这些贱坯，一定是对朝廷心生不满，故意阻断漕粮！"薛孔目怒道，"不然你算算，今天你们一共才盘了几条船过去？"他挥动鞭子，狠狠地抽在老纤夫的肩膀上。

那老纤夫身体一抖，声音却不变："薛孔目，我们这一班从午时就在盘坝拉纤，一直拉到现在没歇着。当初衙门里说好的，六个时辰供给两餐，每餐每人两个馒头一碗菜肉，可如今两餐克扣成一餐，到现在才开饭，哪里来的力气？"

薛孔目狞笑道："原来是为了这一口肉啊……"他突然飞起一脚，咣当把盛着肉汤的木桶给踢翻了，暗褐色的肉汁登时流了一地，迅速被河滩吸收掉。不少纤夫失声喊了句"哎呀"，身子忍不住前倾。

"还他妈想吃肉！我告诉你们！今天不把漕船脱扣的反贼找出来，你们明天再多加一个时辰纤役！"

老纤夫慨然起身："薛孔目，我等不是罪犯，是应役的良民！朝廷有法度，你岂能任性胡来？"薛孔目恶狠狠道："孔十八，你不过是个破落军汉，真以为自己是个什么东西！自打你来了淮安府，今日要查账簿，明天要翻伙食，我看你是没安好心！"

孔十八一挺胸膛，道："老汉我只是替伙伴们鸣个不平。衙门里把盘坝班次安排得这么紧，你们还要克扣，这让人怎么活？病者不及治，死人没空埋，这是要命的勾当啊。"

"要命，要命，先要了你个老头皮的命！"薛孔目手腕一翻，长鞭冲着老纤夫面上狠狠抽过去。不料孔十八手疾眼快，手里那把斧头一闪，唰地把鞭子切成两段。

"你……反了！"薛孔目怒不可遏。

"不是反了！是有话要说。"孔十八冷冷道，然后回头看了一眼，"我们都有话要说。"纤夫人群里，突然竖起几十根尖利的短棒，密集如林。薛孔目瞪圆双目，嘴巴刚要咧开，孔十八斧柄一翻，狠狠拍到他的太阳穴上，登时把他拍翻在地。

薛孔目身后本来还站着不少护坝兵丁，一见薛爷突然被打翻在地，一时慌乱起来。薛孔目从地上爬起来，狼狈地朝本阵跑去。孔十八一声呼哨，那几十个举着短棒的纤夫，齐齐朝前猛冲。他们一边跑动，一边振声高呼："薛贼杀我！薛贼杀我！"

纤夫们大概平日在坝上被欺负得太惨了，被这一句口号瞬间引爆了情绪。每一个人都赤红着眼睛，同声高喊起来。无数双赤足踏过浸满肉汁的泥土，化为嗡嗡蜂群，蜇向大杨树下的护坝兵们。

朱瞻基有心想要远离，奈何自己站得太靠中心了，被群情激愤的人群裹挟着，只能朝前冲去。而且因为他手里有短棒，被稀里糊涂地推到了第一线。

此时那些护坝兵终于反应过来，各自抽出兵刃，准备要给这些泥腿子一个深刻的教训。朱瞻基一见这个阵势，情知再犹豫下去，不是被后头的人踏倒，就是被前面的兵砍杀，只好端起短棒，奋力朝前一刺。

只听得惨呼一声，短棒的尖头在对方肩胛爆出一团血花。与此同时，朱瞻基身旁有更多的短棒伸出去，而对面也有不少雪亮的刀刃顺势劈下来。一时间，人体碰撞声、骨头折断声、武器相接声，还有声嘶力竭的叫喊与惨呼，响彻整个礼字坝，把运河河畔变成一处战场。

一员边将曾对朱瞻基说过，战场有着极其独特的气场。当你置身其中时，会不由自主地失去"自我"意识，什么都忘掉了，你会变成大浪中的一滴水、大风中的一粒沙子，一具被钲鼓旗号操控的傀儡，只知木然搏杀，直到气绝或力竭。

朱瞻基此时就是这样一种状态。周围的呼喊与血腥如同催眠，让他浑然忘了自己的身份。开始时的搏杀他还有点迫不得已，到后来情绪被彻底带动起来，把短棒舞得如同风车。他一路走来太憋屈了，直到现在，胸口戾气才得以尽情释放。

无论体能还是经验，太子都远超这些纤夫。而这些护坝兵的战力，比起梁兴甫可差远了。朱瞻基一马当先，简直锐不可当，硬生生冲破了阵势，杀到老槐树下。他眼看接近薛孔目的背影，一股嫌恶感油然而生，振臂一刺，一下子把他戳倒在地。

太子觉得爽快极了，回头一看，那个叫孔十八的老头也突破了护坝兵的防线，朝这边打过来。

这个老头的打法，与众不同。别的纤夫都凭着一腔热血，胡乱挥舞棒子，他却保持着极度的冷静，从不轻易出手，观察着敌人的要害。每次棒子一戳，准保有一个兵瘫倒在地。朱瞻基知道，这是真正的老兵才有的搏击风格，他们要以最低的消耗，干掉每一个敌人。

孔十八杀到老槐树下，薛孔目正要爬起身来，却被他一棍子狠狠砸晕在地。

这一老一少对视一眼，互生赞叹。两人回头看去，场面上明显是纤夫占优。说来讽刺，这些护坝兵虽然装备精良，可彼此之间缺少磨合；而纤夫们日日夜夜都在一起拉纤，配合起来极为默契，一旦手里有了武器，便是一支精锐兵伍。

"来，再随我杀回去！"孔十八没多余的废话。朱瞻基为了不暴露身份，也只能苦笑着跟上去。堂堂大明皇太子，居然跟着淮安的纤夫们搞起民变，这也太讽刺了。

这一老一小再入战团，从背后给了护坝兵们极大的压力。短短不到一个水刻，纤夫们已经取得了全面的优势。薛孔目以下的三十多个护坝兵、胥吏，通通被干翻在地，重则昏迷不醒，轻则鼻青脸肿。

孔十八见大局已定，便招呼纤夫们在大杨树下排好队伍，然后选出几个人来，把那五个伙食菜桶抬过来，分发吃食给大家。纤夫们早饿坏了，每个人领了自己那份，坐在地上狼吞虎咽地吃了起来。

朱瞻基并不饿，他已经从兴奋状态冷却下来，意识到事情有些蹊跷。削尖的短木棒、整齐划一的口号、进退默契的哨音，这场暴乱恐怕蓄谋已久，只是怎么会这么巧，偏偏在今晚发动？

这个叫孔十八的家伙，相当不得了。不光打架厉害，控制场面也是一把好手。这场面看起来惨烈热闹，实际上却没闹出一条人命来。他们叫嚷的口号，也只是薛贼杀我薛贼杀我，分寸拿捏得很好。

在亲眼看见那具无名饿殍及薛孔目的嘴脸后，朱瞻基完全能理解纤夫们为何愤而反抗。但他好奇的是，接下来他们打算怎么办。要知道，朝廷最怕的，就是这种不受控制的暴乱。他在奏折上读过一些类似事件，大臣们的意见出奇地统一：不问缘由，强力弹压，否则恶例一开，刁民抗法之事便源源不断。

这时孔十八捏着几个馒头过来，坐到朱瞻基身旁，道："之前好像没见过，你是哪个甲的？"朱瞻基含含糊糊说是别处调拨过来的。淮安里运河上有五个坝，纤夫经常会被打散编制，来回调配，彼此不认识也很正常。

孔十八没深究，赞赏地拍拍肩，道："你刚才打得不错，叫啥个名字？"

"呃……洪望。"朱瞻基回答。

"这么好的身手，折在官府手里太可惜了。"孔十八递给他一个馒头，"洪老弟，你一会儿吃完，记得偷偷把短棒扔了，回原来的坝去。别人问起来，就说没来过。"

朱瞻基一怔，道："那接下来，你们打算做什么？"孔十八又开两条大腿，用手粗俗地在两条毛腿间挠了挠，又捏起一块馒头，道："接下来，我一个人会去自首。"

"啊？你们不准备啸聚作乱吗？"

孔十八"咦"了一声，这词可不像寻常百姓会用的。朱瞻基脸色一变，赶紧闭嘴。好在孔十八没追究这个，呵呵笑道："憨瓜蛋子，你还真以为咱们要谋反哪？"

"那折腾这么一出，到底图什么？"朱瞻基忍不住问。

孔十八大嘴一张，啃下半块馒头，道："洪老弟这你就不知道了。咱们这几百人一闹起来，戴帽翅儿的是不敢真怎么样的，人都抓光了，盘坝怎么办？那些人又好面子，又怕事，所以咱们就先闹一闹，再主动给个交代——我去衙门自首，他们有了面子，首恶服罪，其余不究。至少伙食是没人敢克扣，乡亲们多少能有条活路。"

朱瞻基觉得这人真是不一般，有谋略，有见识，还有担当，不由得多看了他两眼。老人的脸上满是褶皱，唯独双眸透着精光，在两侧脸颊上有十来道大小不一的疤痕，有的细长，像是被箭镞划过，有的宽阔，像是利刃砍下的。

这应该是个老兵，太子心想。

孔十八三两口把馒头吃完，突然又"咦"了一声，惋惜道："可惜啊，火候还是差了点。本来我算准在陈总兵回城前一天发动，只给那些当官的留半天时间，谈起条件来就容易多了——谁想到漕船出了这么档子事，真是人算不如天算。"

这时朱瞻基才恍然大悟，这场暴动确有预谋，但本不在今天，只因为漕船意外脱扣，这才被迫提前发动。

先前太子还怀疑这事太巧，怎么偏偏在他们抵达淮安的当夜发生。现在看来，根本不是巧合，而是必然因果。薛孔目长年克扣盘剥，纤夫积愤蓄怨日久，两边迟早要起冲突。他们与梁兴甫一番争斗，不过是把矛盾提前激化而已。

"那你去自首，岂不是要砍脑袋了？"朱瞻基发现，自己居然担忧起这老头来。

"嘿嘿，放心好了。咱们又没伤到人命，罪不至死，顶多杖个几十下，又不是头一次了。"孔十八轻松地回答，"我在白莲佛母座下烧香，有她老人家护佑，不会出事的。"

朱瞻基肩膀一僵，这老头竟是个白莲教徒。孔十八没注意太子表情，饶有兴味地问道："你听过佛母吗？"

"我就听过佛爷。"朱瞻基避开他的眼神。

孔十八哈哈大笑："佛爷是有的，佛母也有，白莲佛母可比佛爷还灵。她老人家是灵山成道，一朵白莲飞到东土显圣，能免三灾，去八难，专来度化世人。"

"跟戏文里唱的似的，只怕是糊弄人的把戏。"朱瞻基忍不住反刺了一句。他本以为孔十八会破口大骂，自己便可以趁机离开，不料老头闻言，却只是笑了笑，道：

"来世福报、白莲显圣什么的，我是没亲见。可只要莲花坛上烧过香，佛母面前磕了头，从此就是亲切的兄弟姊妹。活着时，彼此都会照应；哪天死了，至少坛里会给你买棺材，烧香烛，寻块宝地埋葬，不至于一苫草席盖着，喂了野狗、乌鸦。你说谁会不愿意去？"

朱瞻基没有吭声。他先前一直以为，白莲教是靠江湖骗术蛊惑愚民，可从来没想到，让老百姓趋之若鹜的动力，居然只是如此微不足道的好处。不过，想想眼前这些纤夫的遭遇，他们只是活着就已拼尽全力，也便不难理解白莲教何以如此诱人。

"怎么样，小兄弟，要不要也来我的坛里烧个香？我就是坛祝。"孔十八一拍胸脯。

朱瞻基尴尬地摆了摆手，正要婉拒，忽然心中一动："你认识梁兴甫吗？"

"那是谁？"孔十八一脸迷茫。

朱瞻基暗自松了一口气。和他猜测的差不多，白莲教的体制十分松散，各地香坛除了同拜佛母，每个坛祝都自行其是。城里的信徒忙着配合梁兴甫抓人，坝上的信徒却自顾搞着暴乱，两边互不知情。

这是国家之福。倘若佛母能对所有的香坛都如臂使指、如将将兵，那朝廷可要头疼了。

朱瞻基正要开口拒绝，对方却突然示意他噤声，然后把耳朵趴在地面，仔细听了一阵："奇怪了，怎么有这么多人在靠近，难道是永安营？"

"那是什么？"

"那是陈总兵直属的护漕标军，正经打过仗的精锐。按说这点骚动，犯不上惊动他们……而且他们来得也太快了，不寻常，不寻常。"孔十八念叨着，再仔细听去，面色不由得大变。远处有隐隐的铁甲铿锵声，显然武备齐整，气势汹汹。

河边那些纤夫也隐隐感觉到不安，都把目光投向带头人这里。孔十八大声道："别慌张，就按原来说的，你们快把短棒都扔河里，各自回甲里！"纤夫们轰然应声，赶紧四下散开。他见朱瞻基还傻在原地，猛然推了一把："愣着干啥？赶紧回去！"

朱瞻基连忙把手里的棍子一扔，朝河边迅速跑去。孔十八倒提着那把拍晕薛孔目的斧头，双手高举，迎向远处大道拥来的黑影，高声叫道："是我一人所为，快带我去见方推官……"

话未说完，几个身穿窄袖红胖袄的营兵扑上来，把他凶狠地掀翻在地。同时又有更多营兵掠过身旁，朝着纤夫人群奔去。他们很快追上了刚跑出没几步的朱瞻基，将其拽倒在地，硬靴踏身。

"白莲信徒，追擒莫放！"几十个永安营兵同时大吼起来。

两京 十五日

第十五章

吴定缘睁开眼来，发现自己置身于一处怪异的牢笼之中。这个牢笼形状是不规则的，它是由数十条如肋骨般的褐色大木条构成，这些大肋木横躺斜插，彼此交错如同一片竹林，只在中间围出一个极狭窄的小空间。

刚才的强烈撞击，让吴定缘脑袋里仍在嗡嗡响荡。他强忍眩晕，勉强伸手去晃其中一根木条，可惜却纹丝不动。他再一低头，发现身前还横着另外一具躯体：苏荆溪双目紧闭，额头上一缕鲜血缓缓下滑，在惨白的脸颊留下一道触目惊心的红痕。

吴定缘花了好一段时间，才搞清楚之前发生的事情。

这条漕船从坝上跃下运河后，强烈的冲势让它像楔子一样插入附近的临时船坞。船头一路撞碎闸门、浮槽、吊龙口，然后直通通地顶进船坞尽头的匠作坊。匠作坊里摆着一堆堆加工到一半的榆木舵杆、杉木大桅、船肋板条等大料，被这么一撞，噼里啪啦地散落下来。

他与苏荆溪从船头跌落的同时，便好巧不巧地被这些坍塌的木料给埋住了。幸运的是，这些大木都是厚长条形状，彼此碰撞交叉，没有压实在身上。但船料实在太重了，光靠人力根本没法撼动，活像个关蛐蛐的木笼。

木笼外头一片寂静，不知道梁兴甫是个什么情况。此时吴定缘顾不上那凶神，他先俯下身去探苏荆溪的鼻息，呼吸微弱。他好歹做过捕吏，多少知道一点急救之术，便托起她后颈枕在臂弯，去掐人中。

连掐了十几下后，一声虚弱的呼唤从苏荆溪唇间飘出来："这是骤冲昏瞀之症，又不是闭气，掐人中没用，你照我说的做……"

在这种状况之下，苏荆溪居然保持着冷静。她闭着眼睛，断断续续地发出指示，每一个都简洁明了。吴定缘依言施救,其中一些手法不免有肌肤相触,事涉礼法之大防。只是说者虚弱,听者专注,加上牢笼里阴冷局促,两人都生不出丝毫旖旎之心。

苏荆溪的手段高妙,吴定缘执行得认真,过不多时,她总算恢复了些许精神。吴定缘又从她腰间摸出一袋止血药粉,这本是给太子预备的,被他抓出一把抹在苏荆溪额头,再撕了半条袖子缠住。

苏荆溪其实头部受伤甚重,但如今条件所限,也只能勉强这么维持住了。

"这里太冷,得更暖些才好。"苏荆溪半靠着他肩膀,喘息着说道。吴定缘要把外袍脱下来给她披上,苏荆溪说:"人身似火,你来把我抱紧。"她的语气平淡,好似医师在给患者开方子。吴定缘略一犹豫,伸开双臂把她拥在怀里,胸膛紧贴脑门。

他虽然常去富乐院,耳濡目染了不少男欢女爱,自己却从未与一个女子贴得这般近。倒是苏荆溪一点不见尴尬,还凝神去听他胸音:"你心跳得可有些厉害……也好,血流得快,还更暖和点。"说完往他怀里拱了拱,让两人之间再无空隙。

黑暗中,有幽幽的药香冲入吴定缘的鼻孔,以至他浑身僵直,一丝肌肉也不敢挪动。从认识以来,苏荆溪被这个凶暴的南京捕吏骂过、踹过、捆过,见他如今居然瑟缩得像只小乳猫,不觉一阵好笑。她怕他肌肉太过紧绷,有意岔开话题:"也不知太子可曾脱困。"

"在船落下来之前,我把他踢下去了。怎么也比落到梁兴甫手里强,希望小杏仁能捡到他吧。"吴定缘总算稍稍放松了点。

"说起来,这位太子爷可一点也不像个天潢贵胄,毛躁,脾气急,情绪起落比江潮还大。"

"那家伙啊,棺材里头搁脂粉——死要面子。"吴定缘刻毒地补充了一句。

反正他们哪儿也去不了,便保持着相拥的姿势,你一言,我一语,描摹起太子性格里的恶劣之处。说第三个人的坏话,永远是两个人聊天最好的佐料,气氛慢慢松弛下来,姿势也变得自然。

"不知你注意到没有,每次一有人说他不配做皇帝,太子反应就特别大。我猜他如此咄咄逼人,只是为了掩盖心中的恐惧与失落吧,大概平时不甚自信之故。"苏荆溪不知不觉又犯了职业病,"这很奇怪,作为大明皇太子,按说这该是他最不缺的东西。"

"他对旁人的眼光这么在意,大概是因为还在乎什么东西吧。"吴定缘简短地评价了一句。

"听起来,这可不光是在说太子呢。"

牢笼里的空气似乎有些凝滞,吴定缘心里一阵后悔。这女人太擅长从言辞里窥出真意,稍有破绽便会被看穿心思。

"我跟他可不一样……"

"怎么不一样？能说说吗？"苏荆溪道。她感觉吴定缘的身体僵了一下，不由得笑道："不必紧张，只是闲谈而已。咱们在这里左右动不得，多聊聊天，有助于保持神意警醒。再者说，反正在瓜洲水牢里，你不是已跟太子吐露过一次心事了吗？"

吴定缘点了点头，虽然他并不觉得太子会记得这种无聊的小事。

"还记得你说出来的感觉吗？是不是像卸除了一点点包袱，根骨都轻了几分？"苏荆溪的语气就像一根茑萝，看似虚弱柔软，却不知不觉缠绕上来，等吴定缘觉察时，发现难以推拒。

"可是……"

"做人坦诚，心无负累。多少烦恼，都是庸人自扰憋出来的。无论如何，总比你靠酗酒来逃避要好。"苏荆溪说到这里，环顾四周，忽然笑了，"哎呀，还记得我说过的吗？再遇着像汪家水牢那样的处境，你我之间也许会变得更坦诚一些，没想到这么快就应验了。"

这里一片漆黑，又动弹不得，除了没有水，倒真与水牢所差无多。苏荆溪见吴定缘还是很紧张，便道："看来是天意使然。这样好了，你说说你的，我便讲讲我的，咱们谁也不吃亏。"

这个回答大大地出乎吴定缘的意料。那日在瓜洲水边，他开口问王姑娘是谁，苏荆溪避而未答，现在却主动表示要开口。吴定缘犹豫片刻，轻轻叹了口气："好吧……"

他刚要开口，苏荆溪说等一下，然后调整了一下姿势，把耳朵贴在他右胸肋骨上："人的骨头，亦能传导声音，右胸不存心跳，可以听得最为真切。"

吴定缘犹豫地半伸开胳膊，把手虚搭在她肩头，摆出个搂抱的姿势，再一次讲起了当年变成"篾篙子"的过往。

低沉的声音化为烟气，缭绕于这个支离破碎的船坞之间，飘过竹架，掠过桐油大缸口，穿过船篷和栈板之间，并最终随着灰尘徐徐落定。这一次的讲述一气呵成，全程苏荆溪听得十分认真。待他讲完之后，她仍保持着聆听的姿势，若有所思。直到吴定缘咳了一声，苏荆溪才抬起脸，道："感觉如何？"

吴定缘从胸中长长吐出一口浊气，确实觉得肩上松快了一点。苏荆溪轻轻笑道："你可真是个执拗的人啊，只为一个身世，居然作践自己到这地步。"

"也许吧。"吴定缘苦笑着摸摸后颈，"我娘亲从小便说我脖子硬，犟起来几头牛都拽不动，死顶起来能一条路走到黑。我这脾气，也许是随我那个不知是谁的亲爹吧。"

苏荆溪若有所悟，道："难怪我总感觉你怪怪的。你看，从南京开始，你所做的一切都是被动的，都是别人要求的，就没有自己主动想要的。我们苏州有句话：船行无针路,四向皆逆风。因为你根本不知道自己是谁,也就不知道自己真正想要做什么,所以无论如何,都摆脱不开这种茫然。"

"你以为我不想知道吗!"吴定缘情绪陡然激动起来,"可我一个羊角风病患,又能如何?"

"你这个病,其实来得很蹊跷……"一涉及医症,苏荆溪便神情认真起来,"痫病分为风、惊、痰、食、虚、虫等。你一见火光就犯病,听起来该是惊痫之症,想必是曾经遇到过什么可怖之物,埋下了病根。"

"可我在知道自己身世前,并没犯病啊。"

苏荆溪摇摇头,道:"这可未必。惊痫的病根千变万化,未必只有一端。我曾见过一桩病案,病人幼时在雷雨天的稻田里猝遇一蛇,吓昏过去,醒来时全不记得。之后,病人一切行动如常,单看见雷电或蛇都不会犯病,但四十岁那年,恰好又在雷雨天里看到房梁上一条蛇,立刻犯了惊痫。从此之后,即便只遇到雷电或只遇到蛇,都会复发。"

"你是说,我的惊痫,非得是火光和身世之谜凑到一块,才会出事?也是小时候留下的病根?"

"这我可不知道,但我能感觉到,你内心隐藏着一种很深的恐惧,你自己都未能觉察的恐惧。你的一切所作所为,酗酒也罢,惊痫也罢,都是为了避开这种恐惧。"

"胡说,人怎么会害怕自己都不记得的东西。"吴定缘摸摸下巴,不自然地说。

"你也许会遗忘了恐惧的细节,但绝不会遗忘那种感觉。你仔细想想,你酗酒时真的是觉得好喝吗?还是为了换取一夜浑浑噩噩?"

面对犀利的质问,吴定缘沉默不语。苏荆溪盯着他的眼睛,道:"讳疾忌医,这可不好。你这个病,只有再一次去面对那种恐惧,把它击败,才能够根除——所以你到底在恐惧什么?是外头那个病佛敌吗?"

吴定缘脸色一变,道:"怎么可能!我是打不过他,可不代表我会怕他!"

"你们吴家跟病佛敌之间,恐怕并非仇敌这么简单吧?"

她刚才在土堤上已注意到,梁兴甫要杀死吴定缘时,脸上浮现出的不是复仇的快意,而是一种微妙的欣慰与感激。这两种截然不同的动作与情绪,居然同时出现在一个病佛敌身上,这让苏荆溪觉得好奇。她先前听太子提过,说吴定缘骂梁兴甫的话是"忘恩负义",便知道他们之间必有更深的渊源。

吴定缘无奈地摇了摇头,苏荆溪这是在诱导他一次把秘密倾吐干净啊。不过,也好,在这个大难随时临头的狭窄空间,反而让人拥有了开口的勇气:

"永乐十八年冬,梁兴甫硬闯金陵城,先是把南城兵马司打得稀烂,然后又潜入城内搅扰四方,博得佛敌之名。应天知府头疼至极,逼着我爹立下了军令状,半个月之内要把他擒住。我爹动用了大批差役,还请了很多江湖上的硬手,却一无所获。

"当时我不服气,一直也在暗中查访,但跟官府的查法不太一样。我仔细勘察了梁兴甫每次犯事的地点,都在舆图上标出来,试图找出规律。脚磨地有印,嘴喘气有味,他只要还是个人,肯定会留下点什么。我终于发现:他每次犯案,附近必有水井。金陵原来战乱频繁,很多水井都有密道相连,这样围城时不用担心没水。过了那么多年,大家都差不多快忘了这回事,没想到他还记得,用这些井道来回移动,难怪官兵都捉不到。

"我立刻把这个发现告诉我爹,并设计了一个诱捕之计。我爹大喜,立刻着手安排人手,三天之后果然把他围在了冶城山上。我爹身先士卒,划伤了他的面孔,眼看凶顽即将完蛋,可柏川桥那边的火药库突然爆炸,举城皆惊,梁兴甫趁机重伤逃走。

"我本以为这是他运气好,可再一查,发现火药库的爆炸十分蹊跷,而且颇多线索与我爹有牵连。我跟着我爹,发现他竟然把梁兴甫藏在清凉山下的一座寺庙里养伤。我十分惊讶,质问我爹为何这么做。我爹说他当年在江湖上混时,曾与梁兴甫有旧,故而冒着偌大风险留了他一命。梁兴甫伤愈之后,便自行离开了。"

"令尊怕是没说实话。"苏荆溪评价道。

"我自然知道。可他既然不想说,我也懒得问,只是多问他讨了些钱喝酒。"吴定缘发出一声低沉的叹息,"当时梁兴甫离开时,说了要报答我家的救命大恩。没想到他现在恩将仇报,竟一心要杀掉恩人全家。"

"也许……他不是以怨报德,而是真心相信,把你们全家超度升天才是最好的报答。"

"这也太荒唐了吧!"

"我知道的一些病人,跟梁兴甫差不多。他们有自己的一套道理,并沉溺其中,执着到了极致,在世人看来便是疯的。"

"好了,好了,不说他了,越说越晦气!"吴定缘晃了晃脑袋,"现在到你说了。"

苏荆溪偏了偏头,仍旧用前额贴住胸膛。她的声音不同于平时的冷静或温柔,就像被掀去了一层湖绉纱面,露出了真正的质感:

"我那一位手帕之交,名叫王锦湖,是苏州长洲人氏,是个极聪明的姑娘。我与她在同一位老师手下修习岐黄之术,因此相识,可以说是情同姐妹。锦湖在医道上的天资远胜于我,假以时日,必是义妁、鲍姑、张小娘子一般的人物。我们经常叹息世人偏见太重,女子为医者少之又少。而受制于礼法,太多女子没法延请男医师诊治,以致香消玉殒,实在可惜。在入学那一年的乞巧节,我和锦湖对着明月立下誓言,他日学成，在苏杭一带开个女医馆，我们都是坐馆，一边设帐收徒，一边治病救人，教江南女子再无疾病之苦。

"可惜的是，她家里觉得，医道对女子来说终究是杂学，相夫教子才是正道，便在永乐二十年把她远嫁京城一家高门——若只是如此，也还罢了。苏州与京城有漕河畅通，我与她时时鸿雁传书，可聊解思念之情。锦湖甚至在信里勉励我，让我一个人把女医馆开起来，代替她去享受她所憧憬却再不能触及的那种生活。我从字里行间，能感受到她在京城生活的苦闷，却无能为力，只能多写几封信去，希望能为她稍做排遣，聊解云树之思。"

"云树之思？什么意思？"吴定缘插了一句。

"这是杜甫的《春日忆李白》：渭北春天树，江东日暮云。"

苏荆溪知道吴定缘肚子里墨水不多，笑着又补充了一句："这是形容朋友别离思念的话。"吴定缘"哦"了一声，也不知听懂了没有。

"可就在一年前，我惊讶地发现，这些信石沉大海，再无回应，她整个人完全消失了。我很惊慌，亲自去王家询问，却没有回应，托人去京城打听，也毫无音信。于是，我决定自己去查，一查才发现，她在永乐二十二年已经死了，死在夫家最堂皇、最残忍的手段之下，带着不甘与惶恐，就这样死了。你能想象我那时的心情吗？就像是把心脏剖开，把砒霜与钩吻灌下去，流过全身经脉。"

说到这里，苏荆溪的声音变得有些嘶哑，娇弱的身躯微微弯曲，仿佛剧毒至今仍在侵蚀。吴定缘不得不把她抱得再紧一些，才能抑制住她的颤抖。

"参与这一次谋杀的，有很多人，他们的名字我都知道。有些已经死了，有些还活着。可我一个远在苏州的女人，又能如何？我唯一能做的，就是为锦湖在独墅湖畔立一座衣冠冢，四时祭拜，只盼她能转世到个好人家。

"当我以为自己会慢慢走出伤痛时，却听到一个消息，杀害锦湖的其中一个凶手朱卜花，居然大摇大摆去了南京……当天晚上，我梦到了锦湖。她漂浮在一片漆黑狭窄的幽冥之中，身上吊着一根细细的丝线。她的脸色铁青，眶内唯余眼白，双手十指流着脏污的血。她告诉我说，每一个魂魄，都靠阳世之人的思念为丝牵系，方不堕无间地狱。而整个世界只有我还在惦念她、关心她，只有一根细丝还在牵着她的魂魄。说到这里，锦湖的身体开始摆动起来，一边摇摆一边在哭在怨，在惨呼，在尖叫，在重现她临死前的可怖神情。这个梦，一次又一次在我眼前复现，每一次都令我痛彻心扉，让沸腾的毒液渗透全身。我知道，我必须替她报仇，否则她将永堕深狱。"

说到这里，苏荆溪突然自嘲地笑了："别用那种眼神看着我。我自己是医师，自然知道这一切与锦湖无关。不过，是我日有所思，夜有所梦，内心一股戾气无可抒发，遂化成梦里锦湖，给自己一个理由罢了。这是心病，却不必用心药来医，只要化为一剂心毒就够了——后面的事，你都知道了。"

吴定缘磨动着嘴唇，嗓子有些干涩。他猜到是复仇，却没想到竟是如此炽烈决绝。

"我决定杀掉每一个害死锦湖的凶手，至死方休。所以我主动陪同太子北上京城，不为忠君，亦不为报国，只为一个微不足道的理由，为了一个在世人眼里微不足道的女人。"苏荆溪疲惫地说道，似乎因这段故事耗尽了心神，整个人瘫软在吴定缘怀里。

"竟能为一个朋友做到这地步……你们的感情可真好啊。"

"我这一世，只有一个交心好友，魂魄相通，我愿意为她做任何事情。唉，你不会明白的。"

"我怎么不明白，过命的交情嘛。"

吴定缘看向苏荆溪的眼神，微微有了变化，饱含着钦佩、怜惜、敬畏，甚至还带了一点羡慕。她这么一个弱女子，居然能为朋友做到这地步，着实令大部分男子因之蒙羞。

"你这是帼帼不让须眉啊。"他想起瓦子里形容穆桂英的一句话。

"是巾帼不让须眉。"苏荆溪扑哧笑出声来，气氛缓和了不少。两个人交换了秘密之后，关系总算不那么僵了。

过了不多时，对面突然传来"咔啦"一声，似是什么东西被拽倒。过不多时，又是"哗啦"一声，铿锵作响，黑暗中似乎有什么野兽在逐渐逼近。两个人的身体，都是一颤。

这几乎没有第二种可能。

不知梁兴甫为何耽搁那么久才过来，但此时两人身陷囚笼，逃不能逃，战不能战，只待他过来瓮中捉鳖。吴定缘伸出手又晃了晃木条，纹丝不动，当真是穷途末路。这一次，他可没有在黄册库的好运气了。

吴定缘叹了口气，看了眼仍伏在胸前的苏荆溪，却骤然怔住了。

原来苏荆溪不只有额头上的撞伤，她的右腿也被死死压在了一条断水梁下，虽不至粉碎，但也动弹不得。之前苏荆溪在指导他施救时，这么严重的腿伤却一字不提。甚至她主动扑在吴定缘怀里，是为了刻意转移视线，不叫他觉察。

可这又是何必？

吴定缘惊疑之余，迅速把两人的对谈在脑子里过了一遍，突然想通了。

苏荆溪说什么搜集病案，都是幌子，她绕了一大圈，真正目的不是探听吴定缘的故事，而是找个借口，不露痕迹地把自己的复仇大计讲给吴定缘听。

从右腿被压住之后，这个女人知道自己没法活着离开船坞。而吴定缘还有机会活着逃出去，回到太子身边。他一定会把这故事说给太子听，而太子登基之后，必然不会放过锦湖的夫家——这样一来，即便自己死了，复仇仍可以继续。真是苦心孤诣的好算计！

她居然强忍剧痛，在极短的时间内动了这一连串的心思，简直太……吴定缘不知道该怎么形容苏荆溪才好。

苏荆溪注意到他盯着自己右腿，有气无力地笑了笑："我就知道瞒不住你……可我并没骗你什么，我说的都是真的。只要能报得了仇，生死又有什么打紧……"她从他的胸膛上勉强撑起，离开怀抱，整个人虚虚地向地面滑下去。

吴定缘一阵苦笑，道："有时候我还挺羡慕你的。面对仇敌，憋着口气弄死就行。现在我的仇敌就在眼前，我甚至都不知该怎么办才好。"

一边说着，吴定缘一边脱下自己的袍子，轻轻覆住苏荆溪的身躯。然后他从牢笼的间隙伸出手去，从附近捡回更多的散碎船料残骸，撒在她身上。饶是苏荆溪聪睿过人，也被他这一番举动搞糊涂了，只好伏在地上尽量不动。

远处的"咔啦"声逐渐逼近，吴定缘的动作也越来越快，很快苏荆溪便被大大小小的碎木片盖住，不点亮火烛凑近，是发现不了的。

"我刚才说过，我跟太子不一样。他在意别人的评价，是因为还在乎什么。而我现在什么都不在乎，包括我自己。"吴定缘从囚笼里站起来，挺直了胸膛，"如果你还有机会见到太子，让他赶紧回京城去，不要管我了。"

苏荆溪有些发怔，但出于直觉，她趴伏在地上一动不动。

过不多时，一个高大的身躯在囚笼外的黑暗中浮现。梁兴甫的肩、背与粗大的臂弯肌肉上插着许多碎木竹屑，半个脑袋上都扣满了褐皮漆，还有几条铁链斜搭在身体上，随着走动不住摇晃，发出铿锵的碰撞声。

看来刚才碰撞之时，他是被甩到了更麻烦的地方，到现在才算脱困。

但这一切都是值得的。梁兴甫孜孜以求的目标，居然被船料困在如此狭小的地方，静等着他来取走，这一定是佛母护佑的结果。

梁兴甫走到囚笼前，一言不发地盯着吴定缘，想要多享受一会儿这美妙一刻。直到吴定缘的一口唾沫飞出牢笼，落到额头上，他才伸出手来，握紧其中一根板条。

吴定缘撼不动的大料，在梁兴甫的巨力之下被轻易抬起。平衡一失，囚笼"哗啦"一声坍塌解体，梁兴甫的手捏住吴定缘的手臂，把他硬生生拖了出来。吴定缘没有做任何反抗，因为这毫无意义。他唯一能做的，就是用仇恨的眼神一直瞪着梁兴甫，牵引他的注意力在自己身上，确保梁兴甫不会再往这个囚笼里多看一眼。

既然脱不开囚笼，那么唯一保住苏荆溪的办法，就是把她藏得更深些。这策略说来简单，只要一个人愿意主动牺牲，便可实现。

梁兴甫解下身上的铁链，将吴定缘五花大绑，然后将他扛在肩上，朝着船坞外头走去。吴定缘知道自己必然无幸，勉强抬起脖子，最后瞥了一眼身后。

"一线生机，还是留给你们这种还在乎些什么的人吧……"他道，随即闭上眼睛，等待着命运的最终一刻降临。

此时，在礼字坝的运河对面，混乱已经接近尾声。在永安营的强力弹压之下，三百多个纤夫全都老老实实地蹲在地上，双手抱住脑袋。那些被打得鼻青脸肿的官吏，也都被拖到树下，接受简单的救治。

"廷益，这次我欠你一个大人情！回头去宋风楼，我请你吃最地道的宋嫂鱼羹！"

方笃对于谦深深一揖，语气里一半感激，一半后怕。没想到这些白莲余孽如此嚣张，居然把主意打到了五坝之上。若不是于谦坚持要他出兵，只怕漕河运输都要为之中断，他作为当值官员怕是要倒大霉。

于谦赶紧把方笃扶起，嘴上客气着什么同年之谊，心里却是一阵苦笑。

他的本意，是用白莲教的名头吓唬方笃，好出动永安营去对付梁兴甫。可谁想到假戏真做，白莲教居然真的在礼字坝策动暴乱。方笃的麻烦解决了，可于谦的目的一个也没实现。

他扫过河岸，黑压压一片全都是光着身子的纤夫。太子不见踪迹，吴定缘和苏荆溪也不知下落，梁兴甫这个大敌更是消失不见。怎么想，这都不是一个好兆头……于谦强抑住不安，对方笃道："白莲信众狡黠，千万不要掉以轻心，这坝上坝下，得好好搜查一下才好。"

方笃点点头："廷益考虑得周到。我这就派人去运河对岸，贼人一个也别想走脱！"

于谦犹豫了一下，道："若是搜到什么可疑人物，不妨知会一声，也好让我安心。"

他不敢在方笃面前透露太子身份，可又得仰仗永安营来找人，讲话时必须斟字酌句，特别累人。方笃满口答应，一转身，脸色突然一沉。

原来那位薛孔目被人救醒，一脸狼狈地跑到老槐树下请罪。方笃二话没说，抬起腿来狠狠踢过去一脚，把他打翻在地。这个儒生在漕河上混得久了，行事也沾染了江湖的彪悍气。

"你贪虫穿了心！纤夫伙食都敢克扣五成，真不把陈总兵放在眼里吗？"方笃痛骂。

他知道下面的人不干净，只是没想到贪蠢到这地步。纤夫是力役中最辛苦的，盘坝又是拉纤中最累的活，一分油荤一分力气，所以纤夫伙食一向得供足。胆敢在这里头截留五成，那是成心跟漕运过不去啊。

薛孔目赶紧辩解，说伙食没有克扣，只是食材没来得及送来，他愿意垫钱先补上，为陈总兵分忧。至于漕船倾覆，不是管理上的疏漏，而是白莲余孽故意捣乱之故。

方笃知道这些小吏世代攀附在漕务衙门下面，盘根错节，自己一个流官也不敢太过责罚。既然薛孔目愿意吐钱出来赎错，又把盘坝事故推给白莲信众，把上官的麻烦择得干干净净，他也就不为已甚。

反正一没死人，二没波及城内，三来弹压及时，方笃觉得这个分寸刚刚好，没必要再搞大了。

方笃开口道："如今给你个将功折罪的机会。你把混进纤夫里的白莲教众挑出来，一并送到刑部分司的狱里。记住，不得枉抓一民，不得漏逃一人。"——他特意提醒一句，是告诉薛孔目抓几个典型，别把人都抓光了，谁来干活？

薛孔目闻言大喜。本来是贪腐小吏逼迫民反，他搞不好要被杀头，现在方笃把它直接定性为白莲余孽闹事，自己的罪过就没那么大了。

方笃交代完之后，继续去跟于谦说话。薛孔目狞笑着拎起灯笼，走到这群黑压压蹲着的纤夫中间，一个一个照过去。很快他走到孔十八身前："老东西，怎么样？刚才的嚣张劲呢？咽回到狗肚子里去了？"孔十八一口痰飞过来，薛孔目闪身避过，狠狠地砸了他肚子一拳，老头痛苦地蜷起身子，把刚才吃的馒头呕了出来。

"这个是首恶！"薛孔目大声道，永安营的兵丁立刻把孔十八往外拖。他又看了一眼旁边的朱瞻基，好像也是首先冲上来的几个，一指："这个也是！"

薛孔目一口气又挑出来八个纤夫，都是平日里看不顺眼的刺头。永安营的士兵拿绳子把他们反手拴成一串，押着往刑部分司送。

一长串犯人就这么垂头丧气，跟跟跄跄地从大槐树旁边走过，朝着新城而去。于谦站在槐树之下，下意识地朝这边望了一眼。他对白莲教深恶痛绝，能多抓几个总是好的，这时他忽然发现，队伍里有个身影似乎有些熟悉，可惜夜色深重，附近人数太多，三晃两晃便看不见了。

于谦本想走过去，仔细张望一下，忽然耳边传来方笃的声音："廷益，运河那边似乎搜到了什么人。"于谦一听，立刻把注意力转回到这边来。那支队伍，便继续朝前走去，很快隐没在黑暗之中。

根据前方永安营传回的消息，他们进入了被漕船撞毁的船坞里，并从中发现一个平民女子。当时她被压在一堆木料堆下，额头与左脚都受了伤。

"苏大夫？！"

听完汇报，于谦忍不住喊出声来。方笃好奇地看了他一眼："你认识？"于谦说："这是我同来淮安的朋友。"

"你的朋友，怎么会跑到那里去？"方笃有些惊讶。漕船在盘坝时，上头不能留人，一个女人大半夜怎么上的船？于谦摇摇头，说我也不知道，等她过来一问便知。他不善扯谎，索性把麻烦推给苏荆溪，她肯定可以在一瞬间想到一个合乎情理的故事。

过不多时，永安营兵把苏荆溪带到大槐树下。于谦快走上前，低声急切询问。苏荆溪虽然神色委顿，神志还算清醒，便把之前的遭遇讲了一遍。讲到吴定缘被梁兴甫抓走时，于谦第一次感觉到，她的语气里产生了微微的波动，似乎有一缕情绪从破裂的外壳散逸出来。

不过，他此时无暇顾及别的感受，道："也就是说，太子之前就掉下船了？"

"是的。"

"具体位置？"

"就在漕船被拽到礼字坝的顶端时，朝反方向摔下去的。"苏荆溪抬起胳膊朝那边一指。

于谦二话不说，撩起袍角撒腿就跑。他一口气跑到运河旁边，沿着坝侧的纤路一路寻找。路面上到处都是脚印和垃圾，于谦忽然看到远处有一个躺在地上的影子，心中一阵狂跳。等赶到那影子旁边，他才发现是一具纤夫尸体，枯瘦的身子上还盖着发臭的篷布。

于谦又是庆幸，又是失望。他抬头看了看，礼字坝就在侧旁，如果太子跌下来的话，应该就落在这附近。他索性趴在泥地上，在灯笼照耀下一寸寸地搜寻。这里遍布纤夫的脚印大多是前深后浅，因为他们需要身体前倾，用力拽动纤绳。其中只有几个平浅的脚印，一看就不是纤夫所留。

他沿着这串古怪的足迹，一路摸到了附近一条分水渠。于谦看到，渠内泥沙里有一个凹陷下去的人形坑，似是什么东西从天下砸下来的。于谦精神一振，再沿渠找了一圈，终于发现渠隙里卷成一团的衣袍与灰靴，毫无疑问，这是属于太子的。

可是，他为什么要脱光自己再离开？

一个荒唐的念头像白驹一样闪过心头，于谦猛然直起身子，讶异地看向远处那群赤条条的纤夫。

"砰"的一声，牢房的栅门被重重关上。

刚刚推进牢里面的，是十个被指认为白莲余孽的纤夫。他们被永安营的人押到刑部分司之后，先扔在这座属狱之内。今晚官府的第一要务是恢复盘坝，至于怎么收拾他们，要等漕河通畅之后再说。

这间牢房不算太小，纵横有二十多步，塞进十来个人一点不嫌拥挤。地上铺着残缺不全的芦苇席子，墙角是一片片尿苔，牢内阴暗潮湿，但总体来说味道还好。牢门上挂起一把铁铸云翅大锁，锁头沉重黑亮，就是铁锤都别想砸开。

等到狱卒一走，这些纤夫立刻聚拢起来，围在了孔十八身边。刚才薛孔目那一通殴打，打得老头萎靡不堪，一路上几乎是被人搀到牢房，一进来就瘫靠在墙角，受创匪浅。

"你们都给我记住……"孔十八声音虚弱，可威严犹在，"等会儿推官问话，你们只管把罪过往我这儿推，说是被我骗来的，揭发我胁迫你们作恶。若问起坛里的事，你们就说没烧过香，没拜过佛母，都是被我这个坛祝骗来的。"

"可这么说，佛母会不会不高兴……"一个纤夫颇有些犹豫。

"咱们穷苦人为了活命而已，佛母慈悲，不会为难。你们就照我说的说！"

可其他人面面相觑，都有些为难。这一转脸就往同伴身上泼脏水的事，良心上实在有些……再者说，如果他们这么供述出来，孔十八是必然要被判死刑的……

孔十八眼睛一瞪，大声道："这有什么为难？咱们动手前都约好了，谁出了事，家人由活下来的人共养。我一个孤老头子，死了便干净，你们不用有什么负担，合算！"

朱瞻基一直在冷眼旁观。也许真如孔十八所说，他们暴乱的目的，只是让薛孔目不敢再中饱私囊，让大部分纤夫能吃上饭。现在只付出了十个人入狱的代价，就达成了目的，哪怕孔十八因此被杀，也"合算"。

他不期然想起了白龙挂。那些人每年送几个人给官府归案，换来盗取粮食的默许，以养活杨家坟那千余流民。他们的做法，与孔十八颇有相似之处。这些底层百姓唯一能拿出来做交换的，只有人命，而且视之为"合算"。

这时孔十八的声音又一次响起："洪望小兄弟，你来，我有几句话要说。"朱瞻基一愣，他找我能有什么事？可还是赶紧凑过去了。

说来也怪，朱瞻基跟白莲教的仇恨极深，可面对这个连累自己入狱的老信众，怎么也恨不起来。他走过去蹲下身子，孔十八端详了他一阵：

"你不是普通的庄户人家。"

朱瞻基一瞬间全身绷紧，不知该怎么回答才好。孔十八这时笑了，道："莫紧张，关起门来上榻，谁家没点藏着掖着的事？我不是查你来历，只是问你一句话：能不能接了我的香坛？"

"啥？"太子莫名其妙。

"我肯定是出不去啦，可我在外头起的那个香坛，总得有人照管。"孔十八扫视了一圈牢里的同伴，"这些乡亲都是好人，可他们一辈子除了服徭役，从来没离开过村子十里，更谈不上什么见识，管不来香坛的。我看你谈吐不凡，肯定读过不少书，去了

269

不少地方。你来做这个坛祝，我也放心。"

朱瞻基觉得这事太荒唐了：你知道你在干吗吗？邀请大明皇太子加入白莲教担任坛祝？

"你连我的来历都不知道，就这么放心把香坛交给我？"他找了个理由婉拒。

孔十八笑了笑，道："这又不是什么家财庙产，有什么不放心？来坛里烧香的，都是十里八乡的穷苦百姓，尤其老太太特别多，她们又唠叨又犟，可最诚心不过，宁可省下自己一口，也要捐给坛里。再就是那些孩子，来了也不念经，就想偷一口供品糕点吃。他们爹妈天天刨地，没人管，若不是香坛帮着收拢，不定什么时候就掉河里淹死、瞎吃野果毒死、栽到井里摔死什么的。那些皮猴子简直是魔星下凡……"

说着说着，孔十八的话开始多起来，神情越发松弛，不像是在说服，慢慢变得像是在回味。他显然对自己的香坛极为熟稔，一桩桩事情、一个个人历数下来，说得津津有味。周围的纤夫们，年纪小的开始啜泣，年纪大的也是面色凝重。

他们都意识到，这是在托孤。

"其实佛母如何神通，我不曾亲见。可有了这么一处香坛，把乡亲们拢在一块，互相都有照应。赶上年景差的时候，至少能撑下去。所以我死了不可惜，唯一挂念的，就是把坛祝传给一个有办法的人，让香火别灭了就行……我这次一定会死，可你们得在这坝下活下去不是？"

孔十八的声音，逐渐低落下去，这一段话说得他疲惫不堪。周围的纤夫扑通都跪下了，纷纷哭了起来。他们平日受坛祝的恩惠颇多，心甘情愿追随，突然听到这么一句，又怎能忍得住。

朱瞻基看到此情此景，心潮剧烈地澎湃而起，他突然有一种强烈冲动，想要说出自己的真正身份。只要太子一句话，孔十八一定可以活命，这些人一定都能得到赦免。他们明明没做错什么，只是挣扎着想要活下去而已，为什么要承受这种苦难？

话到嘴边，却怎么也冲不过双唇。理智化成于谦的模样，反复在脑内劝谏，说这样不安全，这样太危险……朱瞻基终究还是把冲动按了回去，跺了跺脚，大声道："若我是皇上，就把这劳什子漕运停了，百姓便不必再受这盘坝之苦了！"

监牢里的纤夫们听了，纷纷点头附和。他们只当朱瞻基在说气话，但觉得很过瘾。没了漕运，沿途官府就不必征调徭役，大家可以安心在家里种田了。

只有孔十八没出言应和，看向朱瞻基的眼神越发犀利起来。

"你们都散开歇歇吧，我跟洪望小兄弟单独说几句。"他忽然说。

纤夫们以为两人开始移交香坛事务了，纷纷散到牢狱各处待着。孔十八从腰间取下一方巾子，从旁边的瓦盆里蘸了蘸水，让朱瞻基先擦擦脸。

朱瞻基脸上的泥水早就干了，变成一层薄薄的硬壳，很不舒服。他接过巾子，一边擦脸一边说："承蒙厚爱，可惜我真没办法接管香坛，您还是另外选贤的好。"

孔十八盯着他，反而说起另外一个话题："你可知道小老儿从前是做什么的？"

"当兵？"

"呵呵，眼睛比隼子还尖。"孔十八赞了一句，"我是淮安附近的军户出身，年轻时勾军去了燕藩，然后一直在兴和千户所里面，做一个夜不收。"

朱瞻基瞳孔一缩，"夜不收"是明军的侦骑尖兵，而兴和千户所位于大明与鞑靼的边境地带，永乐皇帝数次北征，都是从这里出征。有本事在兴和当夜不收的人，都是精锐中的精锐。

难怪他策动暴乱的手段那么高明，边军连鞑靼精骑都不放在眼里，何况区区一个中原河坝。

"我在一次征伐中受了伤，再也上不得阵。军中想留我做个教头，不过我年纪大了，终究思乡难免，便脱换了军籍，回到淮安府。"

后面的事情，孔十八没说。但朱瞻基多少猜得到，多半不尽如人意，否则他也不致被征调过来盘坝。太子疑惑的是，他突然说起这个干吗？

孔十八道："小老儿常年在边境，看到了太多事情。这些事跟乡亲们是没法讲的，说了他们也不懂。但我相信你一定能听懂。你刚才那句话，说得不对。要说漕河之上的弊端，那真是比水蚊子还多，但若因此废弃南北漕运，那句话怎么讲？怕噎着就不吃饭了。"

朱瞻基一瞬间以为自己回到了朝议现场。要知道，洪熙皇帝打算迁都的主因之一，正是京城用度全靠江南支撑，每年漕运靡费浩大。倘若迁回南京，便可以省掉大半漕费。

汪极反对迁都，是因为他在漕河上的利益过于巨大。这个老兵明明被漕务折腾得快死了，怎么也这么说？

"为什么？"太子问。

"我在边关待了许多年，看见草原上的势力像野草一样此起彼伏。北元的乌萨哈尔汗大汗没了，还有鞑靼，有瓦剌，有兀良哈，打服了一个阿鲁台，又冒出一个马哈木，打服了马哈木，阿鲁台又叛变了。自始至终，北边的边患就没停息过。他们就像是草原上的狼，你强的时候就躲得远远的，你变弱了，他们就扑上来，一口一口地咬你的血肉。"

孔十八说起这些时的口气，跟刚才截然不同，凌厉如朔北的风。

"我是个大头兵，不懂那些朝政的弯弯绕绕。我就知道一点，如今的北境边关，背后就是京城，就是皇上，所以粮草兵器、甲胄辎重什么的，要多少有多少，边墙也修得结实，足以震慑那些鞑子。要是皇上回南京去了，会怎样？"

朱瞻基答道："就算皇帝南迁，这里也会留下一员上将或者藩王，一切依循旧制便是。"

孔十八摇摇头："没用的，你就算把徐达、常遇春都找来，也没用。永乐爷为什么放着锦绣江南不住，把京城摆在离草原不远的北平？因为他知道，只有京城搁在那儿，边关的士兵才有主心骨；只有皇上亲守国门，才能带动漕运，把物资输送到北境。"

朱瞻基心中一震，他可从来没从这个角度考虑过问题。

"天下的力量，永远都是朝着天子和国都流动。国都一迁，漕运必停，漕运一停，边事失去支持，必然弛废不堪。朝廷在南京安享繁华，可北边的狼们也会成群结队出来觅食，从此边关永无宁日——永乐爷跟你说过他的用意吗？"

"皇爷爷自然是说过的，只是父皇也有他的考……"太子说到一半，舌头与牙齿突然顿住了。一股冰凉的寒意霎时从心中涌出，顺心脉流经四肢百骸，把他冻结在原地。

"呵呵，果然。"

孔十八的目光一凝，双臂一弯，向朱瞻基行了个军中大礼："周围人多眼杂，属下不能施以全礼，还望太子殿下恕罪。"

太子手脚一阵阵发凉。难怪孔十八这么突兀地聊起国策，原来是在试探他的身份。他对这话题太过熟悉，反而放松了警惕，露出马脚。

"你是怎么……"

"殿下您跟随永乐爷扫北时，兴和千户所调了一批骑兵，远远地遮护您的营盘，我是其中一个。"孔十八说得颇为自得，"当夜不收的人，眼力都像一根蜂刺那么毒。太子的相貌、形体都得烙在心里，永远忘不了。适才我看您的面容和动作有些熟悉，所以稍微试探了一下，还望恕罪。"

原来他刚才拿汗巾让我擦脸，是为了确认相貌。朱瞻基待在原地，面对夜不收——哪怕是个退役的夜不收——真是什么都瞒不住。孔十八笑道："属下也是糊涂，居然还想把您拉进香坛，脑子里的马奶酒灌得实在太满了。"

朱瞻基尴尬地笑了笑。孔十八很识相，压低声音道："殿下微服至此，必有道理，不必说给属下听。只是有个问题，还请殿下示下。"

"讲。"太子从牙缝里挤出一个字。

"殿下混入我等之间，又被抓进这监牢，实是一个意外，对吧？"

"是的。"朱瞻基抓了抓脑袋。

"属下可助太子离开这牢狱，只是求太子一件事……我知道朝廷不容白莲，只求念在这一坛信众不曾作奸犯科的分上，能宽赦他们的罪过。他们只是想活下去而已。"

都到这时候了，他居然不是求赦免自己，而是去保那些信众。朱瞻基嘴上还有些不服气，道："我只要亮出身份，便可走出监牢，还用得着你来救吗？"

"殿下若能露出真身，早便露了，何必等到现在？"

太子哑口无言，在这个老兵面前他简直无处遁形。孔十八从怀里掏出一朵铜莲花，莲分八瓣三层，颇为精致："这便是信物，每个香坛都有一朵。殿下出去，可以凭借此物让他们帮忙。"

朱瞻基默默把莲花接过去，心里有些委屈。其实只要走进陈瑄的衙门，一切问题都可迎刃而解。可于谦坚持不许他表露身份，这才沦落至此。

孔十八笑了笑，欠起屁股，把芦苇席子掀起一角。苇席下面，赫然是一个土洞，洞口刚好够一人钻进去。朱瞻基大惊，这可是刑部分司的监牢，怎么会有这么大一个破绽？这些纤夫又是怎么知道的？

孔十八道："自从来了淮安，我便安排了人手轮流犯事，被关到这里惩戒。每个进来的人，都趁机偷偷挖上一段，积少成多，就成了这么一条地道。"

"你们从一开始就计划好了？"

"官吏狡毒，有备无患而已。"

朱瞻基登时无语。这个老"夜不收"实在太可怕了，幸亏他只关心自家香坛的乡亲们，若是真起了反心，只怕淮安城都会被搅得天翻地覆。

他疑道："既然有现成的地道，为何你们不跑？"

"都是有家有口的人，能跑哪里去？好让殿下知道，老百姓但凡有半分指望，便不会乱来——这洞，是给那些还不致走投无路的人留的。"

太子觉得孔十八似乎话里有话，不过如今还不宜追究，他把铜莲花接过来，抬起右手，道："我朱瞻基对天发誓……"话说一半，却被孔十八把手按下去了。

"殿下身份尊贵，犯不上专门为我们起誓。我是老军，殿下是太子，若是每个人都知道自己的身份，明白自己该做的事，就天下太平了。"

"可是……"

朱瞻基一阵激动，孔十八抬手道："适才揍薛孔目时，你明明可以趁乱离开，为何跟着我们冲过去了？"

"因为看他不顺眼，那贼厮鸟该死！"

孔十八仰头大笑，让开了洞口，道："实不相瞒，属下相救，不是因为您的太子身份，而是因为殿下那痛快的一棍。"

朱瞻基看了他一眼，毫不犹豫跳进洞里。

其他纤夫聚拢过来，挡住了从监牢外看来的视线。居然一个人都没流露出羡慕，也没一个人表示也要逃走。

这个孔十八治军真是有一套，倘若此人身居京营要职，还不知能调教出什么样的军兵来。太子暗自感叹了一句，一矮身子，钻进洞里。

孔十八迅速把芦苇席子盖好，又叫来几个人并肩坐在上面，伸直双腿压在席子边缘。一直到屁股下没动静了，他才长长吐出一口气来。那张饱经风霜的脸上，显出几许感慨与讶异。

他在北地经历了诸多奇事，可都没有刚才那么离奇。

没过多久，监牢外忽然传来一阵急促的脚步声。孔十八眉头一皱，刑部分司再怎么急，也得等鸡鸣之后再开审，现在谁会跑过来？

为首的是分司的推官方笃，他旁边还跟着一个面相方正的男子，看服色是个书生，看气质却像一位官员。那男子一马当先，走到栅栏跟前，试图把脑袋探进来。方笃抬手示意，自有几盏灯笼抬起来，把整个牢房照得如同白昼。

"廷益，这里有你要找的人吗？"方笃问。

于谦在每一个囚犯的脸上扫过去，最终失望地叹了一口气。他刚才意识到，太子可能混在纤夫之中，便立刻去找方笃，把河边那几百个纤夫一一查验了一遍，可惜一无所获。于谦想到永安营抓走十个首恶，便要求再去分司牢里查验。

方笃对此有些不情愿，可毕竟欠了于谦一个大人情，只好陪着一起发疯。现在看到于谦没找到，便开口劝道："既然没有，我们还是走吧。回头我请淮安府丞发一道文，在城里帮你找找。"

于谦虽不甘心，也只好如此。他转身正要离开，陪同来的薛孔目却"咦"了一声，疾步向前数了数，大声惊道：

"怎么只有九个人了？"

淮安城北不远有一座钵池山，外形盘纡凹曲，形若钵盂，因而得名。相传这里乃是王子乔炼丹的所在，因此被列入道家七十二福地。不过，如今钵池山上的道家衣钵，只有一座籍籍无名的乾元道院，反倒是隔林相望的景会寺，乃是淮东名刹，香火极为旺盛。

乾元道院与景会寺分立于钵池山两侧，两条山脊蛇形而下，交会在南侧山麓。地势在那里突兀地拔起一个悬坡，密布桃林。淮安人管这里叫望江头，因为坡下不远便是漕运河道。

吴定缘被五花大绑，四肢缚在一个松木架子上，就像一条躺在砧板上的死鱼。梁兴甫仔细地检查了每一处绳结，后退几步，似乎在欣赏一幅丹青画作。

吴定缘闭目不语，现在他没什么想说的，只待一死而已。

梁兴甫在地上插了三炷檀香，念诵了一阵经文，然后缓缓抬起头来，看向吴定缘。那张被烧伤的可怖面孔，此时居然变得有几分慈眉善目，有如悔悟的金刚。

"定缘，你们吴家对我有大恩，现在终于到了报答之时。"

梁兴甫见吴定缘不理睬，也没动怒，他从腰间摸出一把剃度用的扁刀，磨得很是尖利，月光下闪着寒光。

"接下来，我会用这把解脱刀，把你的肉身慢慢剐掉。人的肉身沉浸世毒，侵扰五蕴，乃是诸法烦恼之因，招聚生死之苦的集谛。我助你割舍肉身，便可得大解脱，度去极乐世界。这是无上尸陀密法。"

梁兴甫念叨着似通非通的法门，将扁刀紧紧贴在吴定缘的右手手背，冰凉的触感令他一哆嗦。

"接下来会非常疼，你会无比痛恨我，这就对了。尸陀密法的要旨，就是通过极度的痛苦，逼出你身体里的嗔怒恚怨之毒，随血肉一并割舍，才会了无挂碍地飞升法界。寻常人为何有轮回之苦？正是肉身不舍、嗔毒未净的缘故。可惜你爹铁狮子在这之前便死了，来不及施行尸陀密法，我愿自承业报，把这一份恩情还给他的儿子。这一番苦心，你往生极乐世界便会知道。"

梁兴甫说这话时，表情不见一丝狰狞，反而露出无比真挚，可见是发自内心的。饶是吴定缘心如死灰，嘴角也禁不住抽动了一下。看来正如苏荆溪猜测的那样，这个病佛敌绝对是疯了。

"昔日我心智蒙尘，错漏善缘，所幸得见尊长以肉身证道，以尸陀密法解脱，方才彻悟。你若见到尊长，记得要代我叩安哪。"梁兴甫絮絮叨叨说着，吴定缘也懒得问他尊长是谁，把双眼一闭，只待一死。只是他的牙齿无法抑制地轻轻磕动着，暴露出了心中的恐惧。

梁兴甫又念了一道《要行舍身经》，把刀刃贴在吴定缘手背，正要用力一剐。就在这时，旁边桃林中传来一个女子的声音：

"梁护法，先停手！"

剃刀微微一颤，梁兴甫和吴定缘同时朝那边望去，只见一个身材高挑的女子掀过桃枝，朝这边走过来。她的手里，还捏着半个刚摘下来的油桃，嘴里咔嚓咔嚓嚼得正香。

吴定缘不认识她，梁兴甫却冷冷道："昨叶何，你来得倒快。"

"哎呀，紧赶慢赶，差点还是没赶上。"昨叶何又啃了一口桃子，然后丢到地上，拿绢帕擦了擦手，"这个人，你暂时不能杀。"

"嗯？"梁兴甫以为她会先问太子的下落，没想到居然关心起吴定缘来了。

"我在金陵城里查了一圈，打听到一桩有趣的事情……"昨叶何笑盈盈地走到吴定缘面前，先细细端详一番，又好奇地伸出手来，摸了一下他的鼻尖，"我需要带他去济南一趟。"

本来已存死志的吴定缘，"唰"地睁开眼睛。这女人在金陵城打听出什么事了？为何非但不杀自己，还要带自己去济南？

梁兴甫手握剃刀，面无表情，道："我正在施行尸陀密法，不得中断。"昨叶何早习惯了他这种神神道道，吸了吸鼻子，道："哼，你不缓也得缓，这个人，我可是要送到佛母面前的。这家伙说不定会成为佛母翻盘的机缘。"

昨叶何没有细说机缘是什么。梁兴甫的眉头不由蹙了一下，毕竟授他尸陀密法的，正是白莲佛母本人。她的机缘，他也不好去搅扰。

"那就权且押下，待我去淮安擒得太子，跟你一并去济南不迟。"梁兴甫淡淡道。昨叶何的表情一下子变得很古怪："呃……这个，太子的事，不用我们操心了。"

"捉到了？"

"不，另外有人接手了。"

梁兴甫顺着昨叶何的视线，朝桃林方向看去。只见一个胖子踱步而出，他脸膛黝黑，颔下一圈硬须，体形肥硕，凸起的肚皮几乎要把绿罗褶袍撑爆，勉强被一条嵌玉束带勒住。

胖子爬山累得有点喘，先抽出一柄泥金扇子，拽开领口呼哧呼哧扇了一通。昨叶何伸手指向他："这是北边那位贵人的使者，叫狻猊公子。"说到这名字，她忍不住微微笑了一下。

龙生九子，老五叫作狻猊。这胖子用"狻猊"做代号，反差实在太大了。

吴定缘在木架上一听"北边那位贵人"，不由得竖起了耳朵。

一直以来，都是白莲教与朱卜花这样的棋子在前冲杀，筹谋这一切的棋手却隐在黑幕之后。如今帷幕一角掀开，这位棋手终于现出了一丝端倪。

这位狻猊公子虽然装束普通，腰间却束着那一条玉带，这是宗室才有的规格。能驱使一位宗室为之效命，那位贵人的身份可以说呼之欲出，一如于谦所推测的那样。

狻猊公子看了看吴定缘，很快把视线移开，泥金扇子"啪"地一合，笑眯眯道："本来呢，我家贵人跟你们佛母都约好了，咱们一南一北，同时发动。我们北边差不多解决了，可南京城那么周密的布局，你们居然都能让太子逃掉，还折了一个朱卜花——白莲教盛名之下，名实难副啊。"

这个质问看似随意，昨叶何却听出其中的严重性。这次搞出这么大失误，让贵人与白莲教的盟约岌岌可危。若失去了贵人的信任，白莲教只怕是……说是生死存亡之危也不为过。

昨叶何柳眉一挑，正要开口辩解，狻猊公子却倒转扇柄，轻佻地挑起她的下巴，道："不过，这也是贵人自己的错，自家的大事，让外人干岂会尽心竭力呢？接下来你们不要管了，本公子会亲自抓总，小娘子尽可安心。"

一张油乎乎的面孔凑近昨叶何，鼻孔翕张，仿佛在闻她身上的香气。昨叶何不动声色地从旁边树上摘下一枚桃子，用力塞到他嘴里。这动作略显亲昵，却成功地阻止了他的接近："你莫要掉以轻心，太子身旁也有人辅佐，此时已扬帆北上也说不定。"

狻猊公子嘿嘿一笑，把桃子拿在手里，踱步走到望江头的边缘，俯瞰着那条蜿蜒向前的人造大河，道："同为水生，龙蛇岂能相同？你们的鼠目，揣度不出真龙的心思。漕河北上有徐州，有济宁，有临清，有沧州，只要太子还在千里漕河之上，就一定跑不出我的手掌心。"

他胖嘟嘟的手掌往下一翻，五根萝卜粗的指头拢成一个肉笼子。

昨叶何知道，狻猊公子这一番话，绝不是胡吹大气。那位贵人的身份高不可测，连朱卜花都能甘心投靠，可见在官府里极有影响力。他若是想在漕河之上发力，失掉吴定缘的太子只怕难逃一劫。

"可中原宽阔，若他不走漕河呢？"昨叶何美目一挑。

狻猊公子哈哈一笑，金扇轻摇："生年不满百，常怀千岁忧。昼短苦夜长，何不秉烛游？仙人王子乔，难可与等期——此地正是王子乔炼丹遗迹，你们身在仙人居所，怎么还操这么多俗心？"

"你还没回答我。"

胖子咧开嘴笑了，道："那他就在路上慢慢消磨日子呗，只要下个月初到不了京城，这大局便算是底定。怎么样？要不要跟着本王去见识一下丧家之犬？"

昨叶何装作没听见他的话，双手一抱，道："既然公子胸有成算，那便预祝你旗开得胜。"

"东西呢？"

狻猊公子伸出手来。昨叶何叹了口气，这胖子果然不傻，便从怀里把太子遗落在南京的玉佩取出来，交到他手里。

交接完事情，昨叶何转头对梁兴甫道："天一亮，我就让本地香坛安排几匹快马，咱们立刻出发，回济南向佛母复命。"梁兴甫把吴定缘从松木架子上解下来，把他扛在肩上，朝山下走去。

狻猊公子一直把玩着那一块玉佩，很显然，他只关心朱瞻基的下落，对这个小捕吏的命运毫无兴趣。

狻猊公子望着昨叶何婀娜的背影消失在山道尽头，意犹未尽地啧了一声："回头应该跟佛母说一声，把这小娘子讨来同参双修之法。白莲教这次办事不力，送些补偿过来也是应该的。"

他把扇子插回到脖颈后，再一次俯瞰那一条如白练般的运河。只见礼字坝附近灯火通明，大批民夫像蚂蚁一样麇集。他们正全力以赴地处理漕船事故，争取天亮前恢复通航。河面上排队的漕船已堵成了长长的一列，活像一条不耐烦的暗黑色水蟒。

"皇兄啊皇兄，你怎么就不能学学朱允炆，早点认命呢？"狻猊公子长长叹了一口气，手里攥紧了昨叶何给的那一块太子玉佩。

"找到了！"

几十个永安营的士兵迅速聚拢过去，在一口水井旁的土墙底下发现了洞口。这洞口被藤蔓与墙垣遮盖，不仔细根本看不出来。

方笃盯着这个洞口，气得额头青筋直突。这些犯人也太嚣张了，居然神不知鬼不觉地在监牢里挖出一条通道，把刑部分司当什么了？随意进出的勾栏吗？更可恨的是，那些牢头居然全无知觉，若不是薛孔目发现犯人少了一个，此事还不知何时会被揭穿。

洞口边缘有明显的手脚痕迹，犯人显然已钻出洞口，逃去无踪。可让方笃百思不得其解的是，十个犯人，只跑了一个，他们为何不一起跑掉？那九个犯人众口一词，只说敬畏国法，不敢擅离，让他无可奈何。

方笃下令让士兵把洞填好，再取一块青石板压住，然后悻悻对身旁的于谦道："廷益还想去淮安哪里找人，我可以具奉手书，让他们行个方便。"说完他浅浅地打了一个哈欠。

言外之意，我可不能陪你瞎折腾了。

于谦的心情更加郁闷。他已经查遍了所有的纤夫，只差最后这一个，偏偏还跑了。那犯人到底是不是太子，根本无从知晓。永安营都搜不到人，更别说他了。

"要不然，我还是跟方笃说实话？"一个念头跳入于谦脑海，"看方笃的言谈举止，九成没有参与叛乱，跟他说了实情也没关系……"可他猛一咬牙，把这个念头生生地掐灭了。

绝不表露太子真身,这是他定下的原则,岂能自己抽自己的脸?方笃九成可能没参加叛乱,万一是那一成呢?太子身荷天下之重,绝不能冒险,一点都不能。

方笃既然委婉地下了逐客令,于谦也不好多留,向他拜别后,先去找了苏荆溪。那个女人足智多谋,说不定会有什么好办法。

刑部分司已给苏荆溪录完了口供。她果然没辜负于谦,编造出了一套合情合理的故事,解释自己为何出现在漕船上,没人产生怀疑。于谦把目前的情况跟苏荆溪讲了,她沉思片刻,无奈地摇摇头:"我们现在没有办法,只能看太子自己的造化了……不过……"

"不过什么?"

"你说那么大一个逃洞,十个犯人却只逃了一个,实在蹊跷。会不会是那个逃犯身份特殊,得了其他人的庇护?会不会是太子……"

"那怎么可能!"于谦断然否定,"牢里头全都是意图暴乱的白莲信众,他们怎么会庇护太子?"

白莲教作为两京之谋的执行者与帮凶,与太子一方可以说是仇深似海。说他们会庇护太子,简直比黄鼠狼给鸡拜年还荒谬。

苏荆溪轻叹一口气,道:"若是吴定缘还在,他一定有办法。"于谦的下巴一阵紧绷,他昨晚一门心思在寻找太子,都没顾上痛惜"篾篙子"的下落。此时他们一筹莫展,却念起了那个小捕吏的好。

那家伙嘴臭脸冷,可总有办法在窘境中劈出一线希望。倘若是他,会怎么做呢?

于谦冷静下来,努力模仿"篾篙子"的思路,把脑海里的陈规都抛开,用最离经叛道最不像话的思路去发散。什么时候于谦自己忍不住要开口斥责,差不多就是吴定缘的风格了。

思忖良久,于谦睁开眼睛,勉为其难地开了口:"我们找不到太子,那就只能让太子来找我们了。"

然后他说出了自己的计划。就连苏荆溪这么沉稳内敛的人,都忍不住露出"这样也行?"的神情。

此时已是五月二十二日(辛卯)的清晨,一大早就有稠厚的铅云糊满天空,一丝风都透不进来。可是淮安新、旧二城仍是热闹非凡,尤其是在运河与河下大街交叉的西湖嘴,更是繁盛异常。这里连接码头、货栈与双城内外,从日出前开始便是车水马龙、水泄不通。这些行客溅起一层飞尘,在湖嘴上空始终飘浮,竟无一时能安然落下。

在西湖嘴最热闹的牌坊旁边,一个书生模样的人端坐在小方桌前,有婢女侍立一旁。桌上摆着文房四宝，不过都是粗劣货。旁边高立起一个大布幡，上头写着："洪望学士亲授程文要诀，现场点拨，保去京城，连登科甲。"那墨迹一看就是新写，还未干透。

过路的行人稍微认识字的，都忍不住驻足多看一眼。这个叫洪望的是什么人？好大口气，他点拨几句，就能考中状元，那他自己干吗不去考？再看那书生，面相倒方正，神情还挺腼腆，怎么看也不像是个狂士。

越是离奇的噱头，越是引人议论。大明自开科取士以来，何曾有人把文章技艺当街贩卖。有几个读书人过去试探了一下，发现这个自称洪望的书生还真有点水平，虽没布幡上说的那么神奇，但引经据典，讲得颇为通透。当然，也有人当面叱骂他斯文扫地，那书生脸色涨红，只是不走。

结果一传十、十传百，就连很多不识字的贩夫走卒都聚拢过来，想看看这位点石成金的文章圣手。短短半个上午过去，于谦发现居然颇赚了些钞银。他苦笑着把这些交给苏荆溪收藏，心中不时哀叹，此乃焚琴煮鹤呀，可这是他自己想出来的办法，含着泪也要坚持下去。

太子化名是洪望，那么只要他听说有"洪望"在淮安城内摆摊，又"保去京城"，自然能猜出是谁。

等到快接近中午的时候，于谦已经接了十几单生意，说得口干舌乏，满头大汗，又不敢走开。他看看天色，正想跟苏荆溪说舀些井水来，忽然觉得袖子一沉。

于谦一低头，看到一个七八岁的小童在扯自己。他无心逗弄，想掏出一枚铜钱打发掉。那小童却摇摇头，说有人想请你去堂屋讲学。于谦摸摸她脑袋，说："我走不开，让你家大人直接来吧。"小童道："我家大人说非洪望先生去不可，去了有刚磨的小杏仁吃。"

一听"小杏仁"三字，于谦脑袋"嗡"了一声。在围观民众的嗟叹声中，两人跟着那小童离开西湖嘴。

小童带着他们走街串巷，很快来到了一片低矮的棚屋附近。这里是淮安新城向西扩张的产物，规划已至，但城墙未及覆盖。所以名义上算是城内，但与城外村落无异。在这里居住的，多是清江厂的工匠与淮安附近的佃户。

于谦和苏荆溪被小童带到棚屋内的一处简陋宅子。他刚一迈进去，立刻觉得不对，只见堂屋正中摆着一个弥勒佛，弥勒佛下一座白莲花。四周十几盏火苗闪动的长明灯，炉子里有三炷香，有几个老太太哼哼唧唧地跪在下首，不知在念什么。

"白莲教？！"

于谦意识到这是个陷阱，不由得惊叫起来。苏荆溪迅速拔出发髻中的铜钗，把那小童捉在怀里。小童被这一吓，哇地大哭起来。几个老太太听见，赶紧起身，却被于谦死死盯住。

埋伏绝不止这几个老太婆，对方打的到底是什么主意？于谦脑子里迅速闪过疑虑，突然看到一个人从后堂转了出来，一身麻布短衫，那短衫上似还绣着白莲标记，可再一看那面孔，不是太子是谁？

于谦"啊"的一声，百感交集，顾不上太子这身诡异的穿搭，上前就要叩拜。可朱瞻基瞪了他一眼，示意别声张。于谦过于激动，犹然未觉，身子还要下拜，幸亏苏荆溪松开小童，用那铜钗子去刺了一下于谦的胳膊，才让他回过神来。

朱瞻基安抚了一下那小童，然后把两人带到后堂，把门窗关严实，这才讲述起缘由。

原来朱瞻基从逃洞里离开之后，按照孔十八的指点，来到了他掌管的那一处香坛。太子把铜莲花一亮，香坛里的人立刻把他奉为上宾。

白莲教的香坛管理极为松散，只要有人敬拜弥勒，能聚起十来个香众，就可以算作一坛。这里的香坛压根不知道白莲教在南京搞的大事，只是吃斋礼佛，对太子毫无疑心。朱瞻基在这里痛快地洗了个澡，吃了点东西。

他急于与于谦等人恢复联系，便请香坛的几个火工外出打听，一来二去，便听到洪望先生街头保去京城的奇闻，遂让一个小童过去传话。

于谦搓搓手，喜不自胜，道："总之能找到殿下，便是微天之幸。我去跟方笃说一声，让他准备一条盘过坝的快船，咱们尽快登船出发。"

"吴定缘呢？"太子朝他俩身后看了看。

屋子里的气氛一时沉重起来。苏荆溪将他被梁兴甫带走的事讲述了一遍，太子霍然起身，道："病佛敌把他带去哪里了？"

苏荆溪摇摇头。朱瞻基浓眉一皱，又看向于谦："你不是认识那个姓方的推官吗？能不能让他全城搜捕梁兴甫这个巨寇？"

于谦也摇了摇头，道："若让刑部分司搜城，势必会牵扯出殿下的真实身份，太过弄险了。"

"啪"的一声，太子的手掌重重拍在桌面上，道："你这是见死不救！梁兴甫跟吴定缘家里是死敌，落到他手里，还能有活路吗？啊？！"于谦垂下头去，却坚持道："吴定缘遭难，臣亦痛铭五内。只是眼下时辰紧迫，殿下潜藏身份赶去京城才是最大的事。不然奸佞称帝，生灵涂炭，又岂是一家一人之苦？"

于谦说得一点都没错，可朱瞻基胸口一团闷火，陡然爆发而出。他飞起一脚把圆凳踢翻，道："藏！藏！藏！你为何总让本王潜藏身份！难道这漕路之上所有官员都是叛贼,只有你于谦是个忠臣吗?"

"殿下,臣不是说过吗?我们赌不起,倘若有一人……"于谦还要苦口婆心劝,却被苏荆溪给拦住了。

她知道太子秉性冲动,这时讲大道理,只会火上添油。苏荆溪这边按住于谦,那边对朱瞻基柔声道:"殿下息怒,吴定缘临被掳走之前,特意叮嘱过我,让太子莫要管他,尽快返京……"

朱瞻基怒道:"不管他?只怕等我到京城,他骨头都烂完了!"

苏荆溪轻轻叹了一声,把吴定缘的身世,以及吴家与病佛敌之间的恩怨,讲给两人听。太子先前在水牢里听过前一半,于谦则是第一次听。两人听完之后,都大为震惊。原来"篦篙子"背后,居然还隐藏着这样的曲折。

"他所行之事,所过的生活,都是在悄无声息地作践自己,自我毁灭。我疑心他死志早萌。"苏荆溪的情绪有些激动,可语气仍保持着克制,"但这一次不一样。他说他无可在乎之人,死便死了,听起来和平日一样自暴自弃。可我行医多年,知道那只是掩饰。他真正做出这种抉择,是因为他仍有在乎的东西——请殿下察知。"

"当啷"一声,那只小香炉从于谦怀里跌落在地,滚到太子脚边。朱瞻基俯身把它捡起来,在手里摩玩了一番,见到上头血迹斑斑,不由得双肩一垂,勉强把火气抑住,道:"那,我们何时出发?"

于谦抬头一喜,然后赶紧低下头,说:"我这就去跟方笃联系。"然后逃也似的离开了香坛。朱瞻基坐回到椅子上,有些颓然,见死不救的愧疚像一具石锁沉甸甸地压在心头。

苏荆溪趁这个机会,赶紧为朱瞻基处理箭伤。这几日太子虽然折腾不休,伤口倒是愈合得不错,眼见那该死的箭镞即将拱出头来了,这时更不可掉以轻心。

正处置到一半,门外忽然传来一阵咣咣的敲门声,本坛的管事走了进来,赔着笑脸说:"能不能请贵客借些钞银来,突然来了急用。"

太子知道孔十八这个香坛没有事产,全靠穷人互相守望,这会儿有急用,八成是谁家死人或者生病。他慷慨地一挥手,把于谦上午赚的那十几贯宝钞与散碎银子送过去,管事千恩万谢,说:"等公中有钱了一定奉还。"

太子表示不必还了,顺口问了句,是什么急用?管事说:"是用作功德捐。"又解释了一句,"一般上坛的护法去各地办事,佛母会发一道法旨,请当地香坛予以协助,要么出人,要么出钱,这个贡献可以攒成功德,便叫作功德捐。"

"难道最近有护法来淮安了?"朱瞻基眼睛一眯,觉得有些不对劲。

"昨天就来了,还下个法旨,让淮安城里各坛信徒去四大王爷庙。不过,他们要的是丁壮，本坛都是老弱病残，便没派人去。今天人家又来派功德捐，我们便不好回绝了。"

朱瞻基眼神一动，便对管事说："请坛老去打听一下，护法是做什么大事，需要功德捐。若真是有机缘，我这里多襄助一点也不妨。"管事大喜，捧着钞银赶紧出去打听了。

屋子里只剩下两个人。苏荆溪一直悉心按摩着伤口，全程一言不发，可朱瞻基知道，这姑娘冰雪聪明，必然从刚才的谈话里看出了些什么。不过，他并不担心苏荆溪说破，因为她总是最能理解自己心思的。

想到这里，朱瞻基心口暖意复生。当她的纤纤玉指再一次按在肩伤前面时，太子忍不住抬手将它握住，指尖腻滑，心中为之一漾。可惜苏荆溪的手没做任何停顿，在伤口周边轻柔地按拂一圈，然后迅速移走。朱瞻基的手悬在半空，有些尴尬，只好顺势抬起手，学着吴定缘的样子握紧拳头一晃。

不到半个时辰，于谦跑回来说："船都安排好了，是上好的进鲜快船，午时即走，直抵京城。"看他面色涨红未褪，八成是方笃被他给吵烦了，勉为其难地给了他一封荐书。

于是，太子、苏荆溪简单地收拾了一下东西，跟着于谦匆匆离开。就在他们走出香坛之前，管事气喘吁吁地跑过来，对着太子耳语了几句。朱瞻基"嗯"了一声，没做任何表示，只是让于谦再拿些宝钞出来给他。

在一群老太太嘟嘟囔囔的诵经声中，他们返回西湖嘴，沿着淮安河下的车马道跨过漕河，来到清江口。

清江口乃是淮安的漕河枢纽，这一带几乎没有绿植，河岸完全被鳞次栉比的商铺、工坊与大小码头填塞。行船至此，无论是盘坝过水还是走清江浦新河，皆要在这里重新装卸，然后滑入淮河。

昨天晚上的事故，似乎并未造成多大影响。各色尺寸的骡牛车子从四面八方汇聚而来，团成一个个小旋涡。短褐力夫们一拥而上，在船主的呼喊声中卸下各自的货物，往船上扛去吊去。甲板上的船工们跑来跑去，一边挨着漕吏官员的呵骂，一边操弄船舷、放下跨板，还不忘跟旁边的船只抛去几声脏话。

若换作昨天之前，朱瞻基只觉满眼混乱不堪。可如今在这一片狼藉嘈杂中，他似乎看懂了一丝混乱中蕴藏的秩序。这规律看似缥缈，却切切实实地驱动着事情运转，如同眼前的河流一般，泥沙俱下，粗糙浑浊，始终昂扬地向东奔流而去。

他们很快在最靠前的桥栈尽头找到了那一条进鲜船，它的船头高高竖起一块"奉内府进鲜回避"的杏黄色旗牌，这意味着漕河最高的通行权。

于谦把方笃的荐书交给船头，顺手擦了擦额头的汗水，担心地问船头说："这天气会不会耽搁出行？"船头猛拍胸脯，说："一会儿肯定得有场大雨，但五月本来水少，能多下点雨是好事，只会让船行得更快。"于谦大喜，可一抬头，发现太子在苏荆溪的搀扶下，已踏进了客舱。

　　五月二十二日的午时一到，进鲜船准时开出清江口。过不多时，它从最后一道淮阴船闸滑入宽阔的淮河干流，扬帆朝西而去。

　　果然如那船头所言，进鲜船刚驶入淮河，天色便彻底暗下来。阴云迅速凝成墨团，有巨大的雨滴敲打在船头，洇成一个个水圈。很快雨滴连缀成片，雨片又汇合成水帘，无数帘幕自天穹同时垂下，把这一条船连同船内的人，都笼罩在一片烟波水泽之中。

　　大部分人都躲到船舱里面去，船头只有一个人影久久伫立，似乎被这雨雾所困，说不出地迷茫。

全两册

马伯庸 / 著

两京十五日

下册

湖南文艺出版社
博集天卷

© 中南博集天卷文化传媒有限公司。本书版权受法律保护。未经权利人许可，任何人不得以任何方式使用本书包括正文、插图、封面、版式等任何部分内容，违者将受到法律制裁。

图书在版编目（CIP）数据

两京十五日：全两册 / 马伯庸著 . -- 长沙：湖南文艺出版社，2020.7（2025.3 重印）
ISBN 978-7-5404-9671-5

Ⅰ.①两… Ⅱ.①马… Ⅲ.①长篇历史小说—中国—当代 Ⅳ.① I247.5

中国版本图书馆 CIP 数据核字（2020）第 081029 号

上架建议：长篇小说

LIANG JING SHIWU RI：QUAN LIANG CE
两京十五日：全两册

作　　者：	马伯庸
出 版 人：	陈新文
责任编辑：	丁丽丹
监　　制：	邢越超
出 品 人：	周行文　陶　翠
特约策划：	李齐章　王　维
特约编辑：	李美怡　王　屿
营销支持：	杜　莎　霍　静　傅婷婷
版式设计：	李　洁
封面设计：	主语设计
插画绘制：	赵悦琪　季智清
内文排版：	百朗文化
出　　版：	湖南文艺出版社
	（长沙市雨花区东二环一段 508 号　邮编：410014）
网　　址：	www.hnwy.net
印　　刷：	三河市鑫金马印装有限公司
经　　销：	新华书店
开　　本：	700mm×980mm　1/16
字　　数：	691 千字
印　　张：	36.5
版　　次：	2020 年 7 月第 1 版
印　　次：	2025 年 3 月第 11 次印刷
书　　号：	ISBN 978-7-5404-9671-5
定　　价：	108.00 元（全两册）

若有质量问题，请致电质量监督电话：010-59096394
团购电话：010-59320018

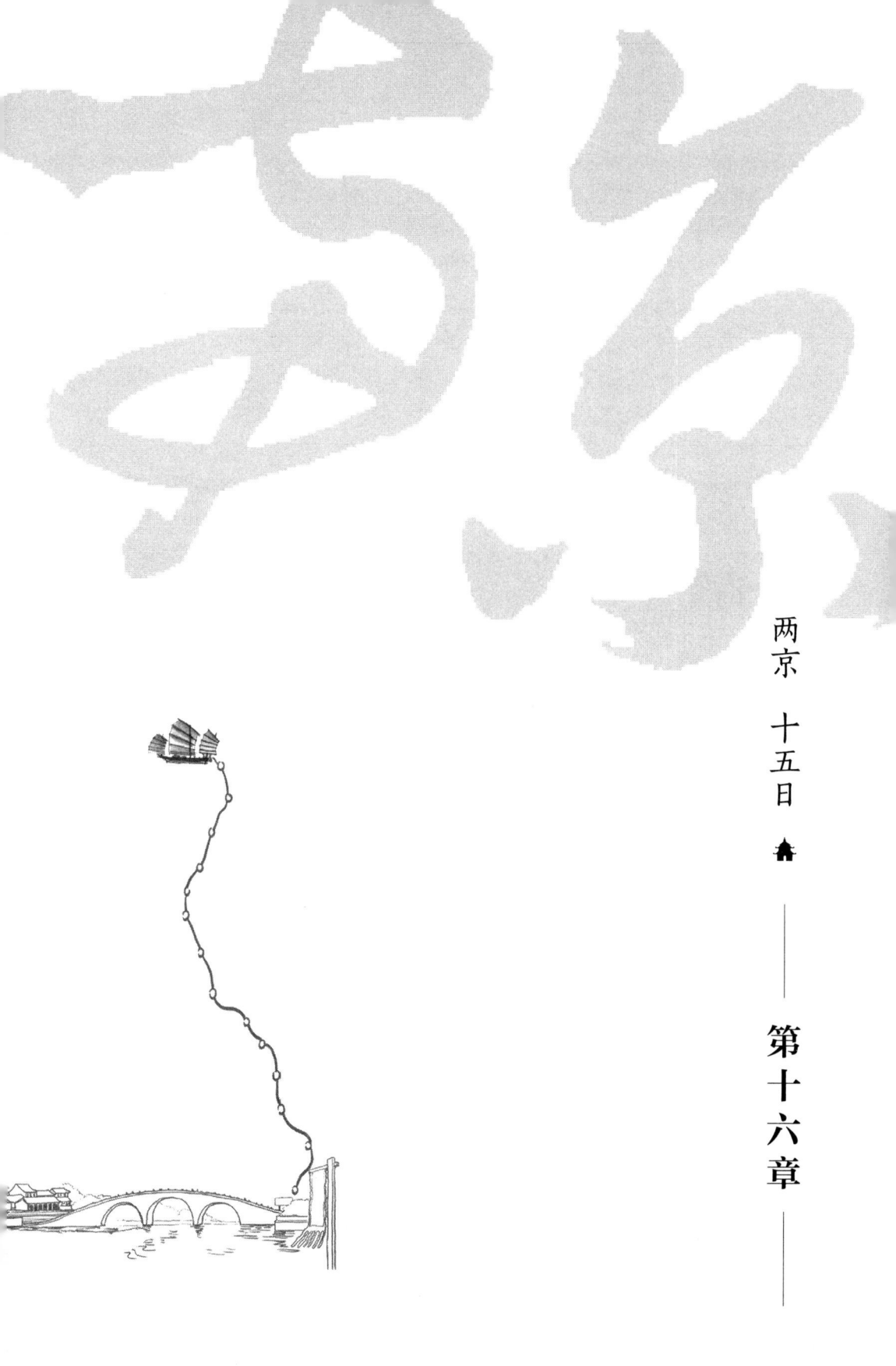

两京 十五日

第十六章

天光荫翳，铅云锁塞。

五月芒种的热力不得抒发，遂化为蒸蒸水汽逡巡于漕河一线。这些水汽凝成一阵阵黏腻温热的雨水，绵绵洒落，经日不停。过往行旅非但不觉清凉，反而油然生出一种"不复见天日"的压抑与恐慌。

从淮安到兖州之间的广袤区域，仿佛被一个灰黑色的蒸笼大盖牢牢罩住，久久不揭。正应了《岳阳楼记》里那八个字："淫雨霏霏，连月不开。"

这一条进鲜船从淮安离开之后，一路全是这种淫雨天气。它日夜不停，过符离，经茶城、走峄、滕，一气穿过微山、昭阳、独山、南阳四湖，于五月二十五日进入兖州府境内，可谓神速。

可惜一入兖州地界，进鲜船的速度便陡然慢了下来。因为这一段的河道之上坝闸林立，每走上几十里路，就得停下来过坝穿闸。再加上水势逆流，得靠两岸纤夫拉动，速度就更慢了。若不是船头高悬着内府旗牌，拥有优先通过的权利，只怕几天都过不去。

"何时可以不必拉纤？"

朱瞻基负手站在船侧，看着舷外缓缓倒退的闸关，脸色比天空还阴沉那么一点。两岸的纤夫喊着号子在艰苦地曳着拖绳，太子每次视线扫过他们，嘴角都会微微抽动一下。

于谦在一旁劝慰道："殿下勿急。这一段会通河之所以行船较慢，乃是地势所迫，只要前头一过汶上县，水路就通畅多了。"朱瞻基斜着看了一眼："你之前可是说过，水路平稳，几无阻碍，一昼夜可行一百八十里，怎么没跟本王说过还有这么一段例外？"

于谦一阵沉默，只得施揖谢罪，口称疏忽。自从离开淮安之后，他感觉太子对自己的态度发生了变化。这种变化十分微妙，难以描述，也没什么具体的迹象，可就是不太对劲。

苏荆溪在太子身后撑着油伞，轻轻咳了一声。太子意识到自己的语气有些尖刻，便伸出手去朝舷外一指，转移了话题："你说地势所迫，可本王看漕河两岸很是平阔啊，既无山陵高坡，也没深谷沟壑，这所迫从何而来？"

一涉及专业话题，于谦精神复振。太子愿意主动去了解河政地理，总好过沉迷于斗虫。他低声道："殿下稍等……"快步回到房间，取出一张油皮裹的万里行路图，拿到朱瞻基面前展开。

此时天空还飘着些小雨，苏荆溪便把伞挪前一点，遮住行路图。

"好教殿下知道，原本这一条南北运河是不过山东的，而是逆淮西去，先折到河南的封丘，再从封丘转陆运到淇门，经卫河、直沽而入大都。"

于谦手持炭笔，在图上边说边画，一条黑粗曲线很快出现在油纸上头。

"这一条路线弯绕迂回，水陆兼行，十分麻烦。到了至元二十六年，元世祖在山东境内凿通了一截河道，自东平至临清会通镇，因此叫作会通，从此漕船不必绕行河南。咱们大明定鼎之后，又把会通河延伸开来，南到徐州镇口，北至临清，与湖漕、卫漕、白漕连通，从此南北一字畅通。只是……"

"只是什么？"太子听得十分认真。

"洪武二十四年，黄河在原武附近决堤，冲毁了会通河，漕运顿废。一直到永乐九年，天子为了迁都北平，遂委派工部尚书宋礼，命他重开会通河，恢复漕运。"

太子"嗯"了一声，这名字他听过，好像刚去世没几年。

"欲要疏通会通河，有一个极大的麻烦。殿下且看。"于谦掏出一小块干墨垫在油纸底下，位置恰好就在汶上县。原本平整的舆图，高高隆起一块鼓包。他的手指点在鼓包上头，侃侃而谈：

"会通河的地势，就像一座巨大的拱桥。拱桥的最高点，是在运河中段的兖州汶上县，号称河脊，而拱桥南北两端的低处分别是镇口、临清。宋尚书做过测算，从汶上县北到临清三百里，地降九十尺，南至茶城二百九十里，地降一百一十六尺。殿下可以想象，这种落差巨大的拱桥地段，河水该如何流动？"

朱瞻基仔细端详着鼓起的行路图，心想这果然是个棘手的大麻烦，道："水性善下，有中间这么一座河脊挺立，根本不可能从低处的镇口和临清引水。唯一的办法，就是设法把水引到最高处的汶上县，再居高临下注入运河，冲刷南北。"

于谦赞道:"正该如此!宋尚书为了引水之事,茶饭不思,四处寻访熟悉水性的河工,最终被他访到一个叫白英的当地老人。白英献上一条妙计,叫作'借水行舟,引汶济运'。"

太子咀嚼着这几个字,眉头紧皱,未得其意。

"白英老人说,会通河的最高点在汶上县,汶上县的最高点在南旺镇,而南旺镇的最高点,是在北边的一处小村子,叫作戴村。戴村旁边有一条汶水,河床高出南旺三百尺,乃是天造地设的一大助力。"

"等一下,你先别说,让我先猜猜。"太子凝视舆图良久,从于谦手里拿过炭笔,犹豫地从戴村旁的河道上画了一道黑线:

"如果在戴村这里设一大坝,就能截夺汶水,让它流向南旺。然后在南旺建一个分水坝,把汶水中分,注入南北河道,顺坡直下镇口与临清,便可以保证会通河水量充盈了。"

"正是如此!"

于谦见太子对漕政这么上心,刚才那点不愉快立刻烟消云散:"宋尚书的法子,与殿下几无二致。他修起戴村坝,疏通小汶河,让汶水从南旺的闸口注入运河。在入口处,有一处分水鱼嘴,把汶水一分两道,七分北流,三分南流。当地民间还有个说法,叫作七分朝天子,三分下江南——等一下就能路过鱼嘴,届时殿下可以细心观摩一下。"

于谦又道:"正因为会通河这一段特殊的地势与水流,所以沿途修起了约莫四十座闸关,层层蓄水,以确保通航,叫作闸漕。"

"那么这些圈圈是什么?"太子的指头又点向行路图上的一处。这是在南旺闸口的北边,一条代表运河的粗线穿起了五个小圆圈,彼此之间离得很近,好似糖葫芦一般。

于谦俯身一看,不由得笑道:"殿下好眼力。这是宋尚书的另外一个创举。这五个圆圈,乃是五座人工大湖,分别叫作安山湖、南旺湖、蜀山湖、马踏湖和马场湖。若是雨频洪涝,便把运河里多余的水放入湖内;若赶上干旱无雨,便把五湖之水放入运河,以此调节水量。宋尚书把这五湖唤作水柜,可谓十分精当。"

太子一边点着头,一边认真读着图上水文,这让于谦老大怀慰。虽然他不太明白为何太子突然对这一段的地理形势产生兴趣,但储君对民生认真如是,何愁社稷不兴啊!

"这条向东北方向延伸的细线,又是什么?"朱瞻基突然问。

这一下把于谦给问住了。他只关心漕河,其他地方可没那么熟悉。于谦脸色微微涨红,低声说稍等,然后转身跑去船尾,过不多时,把负责操船的纲首给拽了过来。

纲首这几天跟这些夹带的乘客混得很熟,听说客人要了解河务,凑到行路图上看了一眼,便笑道:

"这条细线啊,叫小清河,是五湖用来排水的河道。咱们漕河是走西北去临清,这条细线是走东北,先排入大清河,然后到济南。"

"听起来这条水路也能通航?"

"有哇,不少官民船都从小清河往济南去。我记得那年白莲教作乱,江南来的几批白粮船,直接被靳荣靳将军截在南旺,顺着小清河、大清河运到了济南城下。"纲首回答。

"这样啊……"太子点点头,不再说什么,重新把注意力放在漕河之上的景色。只有苏荆溪注意到,他的眼神闪过一丝光芒,随即消失。

这条进鲜船又走了一个多时辰,前方河道陡然收窄,水流也变得湍急起来。在船头的指点下,乘客们远远可以望见河道左侧有一片灰黄色的石堰滩,在郁郁葱葱的林木之间格外醒目。这片石堰以竹笼裹石,壅土成垒,堆垒成一支长鱼嘴,旁边山头上立有一座金龙四大王的庙宇。

这里即是著名的南旺闸分水鱼嘴,亦是千里漕河真正的中点所在。

白花花的巨大水流从汶水上游咆哮而下,以极高的速度迎头撞上石堰,崩解粉碎,然后被尖利的鱼嘴劈成两半,分别注入南、北两条渠道。水流激石,涛声訇然,如万军决死冲锋,又顿挫于坚城之下。一攻一守,一动一静,昼夜不停,构成了一幅深涵哲理的玄妙图画。众人站在船舷边上观望片刻,无不为这通天的气势所震慑。

于谦不由得感慨道:"不亲眼所见,委实难以想象当年宋尚书修这鱼嘴,该是何等艰难。"旁边有几个水手都笑:"老爷你不知道,这分水鱼嘴在当地,又叫作万魂狱。"

太子好奇道:"为何叫这名字?"一个老水手压低声音道:"据说啊,当年宋尚书修鱼嘴的时候,屡修屡垮,怎么也修不起来。后来有一位老道说,这里阳气太盛,得拿阴气压着。宋尚书不敢决定,请示天子,天子发下圣旨,派御林军把河堤上干活的劳役杀了一万个,尸骨埋在堤坝之下,索拿万条冤魂镇压。你瞧,那边的金龙四大王庙,就是怕冤魂作祟才修起来……"

"住口!"

于谦横眉怒喝道:"这都什么乱七八糟的!你们诬蔑永乐天子,要杀头的知道吗?"水手们觉得没趣,一哄散去。他又冲朱瞻基道:"您可不能相信这些荒诞不经的民间传说。什么一万条冤魂,一点常识也没有。当年修河艰辛、屡屡溃堤是有的,要是一口气能死上一万人,山东地界早乱了。"

朱瞻基没好气地瞪了他一眼:"本王这点判断力还是有的,不劳先生你提点。"他把视线重新投向鱼嘴,忽然轻轻叹了一口气:"不过民间既然能编出这种故事,可见对皇爷爷的怨气不小啊。朝廷为了修这条漕河,当年委实代价不小。"

"当今天子意欲迁都回金陵,正是圣心仁厚,为了体恤民力。"于谦适时补了一句。

"可父皇这么做,到底是对是错?皇爷爷这么做,到底是对是错?"朱瞻基手扶着船舷,唇间微微送出一句疑问。按说这原本不是个问题,可自从他见了孔十八之后,内心居然出现了动摇。这时候他才意识到,这个疑问的本质,就是要在永乐、洪熙两代天子之间站队。

南迁为减负,北迁为戍边,两者根本无对错之别,只取决于天子想要什么、大明想要什么。

"您刚才说什么?"于谦大声喊道,外面的水声太大了,他一时没听清楚。

朱瞻基摇摇头,决定还是暂时不说了,生怕引出于谦的长篇大论。为了避开纠缠,太子装作不经意地把头转向别处,恰好看到苏荆溪正在不远处。

她凭舷而立,上半身朝外微微探去,颀长的脖颈犹如一只漂亮的白鹄。朱瞻基很好奇苏荆溪到底在看什么,竟然如此入神,随着她的视线向远处找去,才发现她凝视的,是鱼嘴上的那一座金龙四大王庙。

难道她还在担心吴定缘?朱瞻基暗自猜测,可又不敢直接去问。苏荆溪这个女人,温婉细致,谈吐周到,可他始终琢磨不透,仿佛始终有一层纱帘遮挡在前。朱瞻基总有一种感觉,一旦把纱帘扯开,对面的人也就消失不见了。

他没凑过去,就这么怔怔地看了一阵苏荆溪的侧影,突然宣布:"我累了,回去休息一下。"不待其他两个人有什么反应,转身钻进自己的舱室之中。

正如于谦所言,只要一过鱼嘴,行船速度便会提高。因为南旺是会通河的高点,向北走是顺流而下,而且分水之后,北边占了七分,流力十分丰沛。这条进鲜船本身载重不大,船底擦着水皮飞速向前滑去,一气穿过数座湖泊,在傍晚时分抵达了安山湖畔。

安山湖是五个水柜最靠北的一个,幅员不算广阔,但连接大小支流,有一处小小的船舶集散码头。进鲜船最讲究速度,因此会提前在安山湖做一下补给,再到临清那种拥挤的大枢纽,便可以节约时间。

船停好之后,纲首带着几个船工去采购食材。于谦自己在房间里计算着水程,算来算去,觉得五月二十六日午时之前,肯定可以抵达临清,希望张泉已经在那里等着了。

他正琢磨着具体的接头方式,忽然门板响动,苏荆溪走了进来。

"于司直,殿下招呼我们去他房间。"

"什么事？"于谦觉得有点突兀。苏荆溪摇摇头，表示也不清楚。

两人很快来到朱瞻基所住的舱房门口。这是临靠右侧船舷的一个小房间，凭窗便可俯瞰运河水景。舱门虚掩，有铮铮的琴声从门缝传出来。

据纲首说，这是上一次夹带的客人之物。那人川资不够，便把这具响泉琴留下来做了质押，至今未见赎回。太子上船后把这琴借了去，行船途中偶尔会抚上几下。于谦对此乐见其成，这等古雅的爱好，总比斗虫强多了。

于谦一迈进船舱，心里没来由地一沉。他不像白龙挂的老龙头那么懂琴，说不出太子此时弹的是什么。但这旋律一点也不恬淡古雅，反而带着峥嵘肃杀之声，弹琴者的心境一定不太平——太子这是怎么了？

他与苏荆溪进了舱内，太子方才轻轻停手，屋子里还残留着琴弦微微颤动的声音。

"殿下箭伤可有好转？"于谦决定先缓和一下气氛。

"多亏苏大夫妙手，我看再有几日，箭镞便能自己脱落。"太子一边说着，一边活动了一下肩膀，动作比之前灵活多了。

此时已近黄昏，舱内只有一截被辟火套罩着的短烛，光线昏暗不定。于谦注意到朱瞻基的脸色略显古怪，似有什么难言之隐。

"臣已算定去临清的水程，届时与张侯可在……"

"于司直。"

"……可在临清运河旁的钞关会面，那里是过往船只必……"

"于廷益！"太子的声音又大了几分。于谦这才闭上嘴："臣在。"

"本王已经决定了，不去临清。"

这句话伴随着一阵长长的呼气而出，可见憋忍了很久。于谦似乎还没听明白，太子又重复了一遍，双手把响泉琴推开。

于谦的下巴猛然一绷，双眉迅速聚敛到了额心："殿下不去临清，还能去哪里？"

朱瞻基道："本王仔细研究过水图了，安山湖的东畔有一条府河，可以东入大清河、小清河，现在换乘，还来得及。"

"大、小清河？您跑去那里做什么？"

"走小清河到泺口镇下船，旁边就是济南城。"

于谦顿时蒙住了。济南？虽然从济南亦有通往京城的大路，可跟漕河的速度没法比，舍近求远，这是苏大夫给太子吃错药了吗？他用诧异的眼神看向苏荆溪，后者只是轻轻摇了一下头，表示也不知道。

既然已经说到了这份上，朱瞻基索性不再遮掩：

"还记得淮安白莲教香坛的那个管事吗？他之前跟我借钱，是因为从南京过来两位护法，找他们要功德捐。我给了管事一笔钱，顺便打听了一下，那两位护法一个是女子，叫作昨叶何，另外一个不知姓名，但体格极硕，身有疤痕与烧伤，听描述与病佛敌极似。除了他们之外，还有第三个人，看不清面貌，但体型是个瘦高汉子。这个人一直被捆着，似是一个囚徒。"

于谦眼神一凝："难道……是吴定缘？他没死？"

他一直觉得，吴定缘被梁兴甫掳走之后，一定难以幸免。于谦甚至在心里都帮他拟好了悼文。可听太子这么一说，似乎事情透着古怪。

"病佛敌不是跟吴家有深仇大恨吗？"苏荆溪也是脸色微变。

"这个不知道，但吴定缘肯定还活着。"太子语气变得轻松了点，"管事打听出来，那个叫昨叶何的护法买马时曾提过一嘴，说要能一口气跑到济南的健马。"

于谦陡然一惊，似是不敢相信地看向太子："您，您去济南，不会是为了救吴定缘吧？"

"是！"朱瞻基似是下了很大的决心，"这家伙从南京到淮安，数次救得本王性命，也该轮到本王救他一回了。"

"殿下不要胡闹！"

于谦惊怒交加。京城局势危如累卵，哪里有余裕拐到济南去救人。

"若吴定缘已死，本王可以等登基之后再搜捕凶手；可现在他陷于敌手生死未卜，若本王置若罔闻，还算是个男人吗？还算是个人君吗？"说到最后几句，朱瞻基的声音提得很高，近乎喊出来。

"吴定缘也是臣的朋友，他失陷敌手，臣亦焦虑至极。但您不能凭一时兴头，便轻言……"

"我没有凭一时兴头。"朱瞻基抬手打断了于谦的话，"本王在淮安听说他去了济南之后，便已下定了决心。这一路上，我也一直在犹豫这个决定对不对。不瞒你说，我甚至偷偷打了一次铜钱卜，寄希望于上天给点启示。"

一边说着，朱瞻基一边从袖子里掏出一枚永乐通宝："正面是去济南，反面是去临清。我扔了三次，结果都是反面。"

"这，这老天爷不是还让陛下去临清吗？"

"错。我每次看到这个结果，都想要再扔一次试试。三次之后，本王才真正明白，本心到底是指向哪条路。"

说完他拇指一弹，铜钱在半空飞旋起来，很快下落，"铛"的一声，撞在了案头那一尊沾着血迹的小香炉上，露出无字光背的反面。

于谦盯着这枚铜钱，下颌的胡须微微抖动着。难怪太子在过南旺闸的时候，突然问起河务漕流的事情，还问得如此详细，原来醉翁之意不在酒。他捧起铜炉，声音有些发颤：

"殿下不记得了吗？您还曾对这个香炉起誓，一定要回返京城。这是为了天子，为了宗室，为了社稷，容不得您任性！这是您身为人君的责任。"

"民为贵，社稷次之，君为轻，这不是于廷益你教诲本王的话吗？难道吴定缘不是民？难道孔十八不是民？难道白龙挂和郑家兄弟不是民？难道你让本王一次又一次从他们身边走开不成？"

朱瞻基的"歪理"，堵得于谦一时说不出话来，可他也不打算退让。兹事体大，哪怕要失礼僭越，也不能容许中途出现偏离。于谦脖子一梗，伸开双臂挡在了舱门前。

"你不听朕的命令了吗？！"朱瞻基死咬着"朕"字，试图散发出祖父和父皇的气势。

"您还不是天子呢！"于谦也豁出去了，"就算殿下登基称帝，更该知道，皇帝行事须心系天下，更不得随心所欲！"

朱瞻基道："你不是说，本王还不是天子吗？那正好，不必被皇帝这个头衔束缚了！"于谦一阵哑口无言，觉得自己被绕进去了，他一时想不到辩驳的法子，索性一挺胸膛："我忝为右春坊右司直郎，本职正是负责东宫弹劾、纠举，储君有偏失之行，合该劝谏！劝谏不成，则强谏！强谏不成，则死谏！"

天下虽大，忠臣何稀！于谦脸上那副表情，赫然变成一张"你想去济南，除非踏过我的尸体"的揭帖。这君臣二人双眼鼓鼓，互相瞠视，彼此推搡，谁也不肯相让，眼看就要扭打起来。

于谦歪头看向苏荆溪，示意她也说两句。苏荆溪却站在原地，沉默不语，似乎在思考着什么。于谦喝道："当初在淮安，你不是说那家伙一心寻死，让我们不去管吗？你再给殿下说一遍。"朱瞻基把脸一沉："本王计议已定，任谁也别想改变，就是苏大夫你也不行。"

苏荆溪垂首良久，方才缓缓抬起头来："殿下听到的消息，白莲教是三个人赶往济南？"

太子一怔，她怎么又说起这个来了？忙回了一句："不错！两个护法，一个叫昨叶何，另外一个肯定是梁兴甫。"

苏荆溪伸出一根葱白指头，轻轻在琴弦上抚着，让她的话带起一种微妙的旋律："这便奇怪了。这场横跨两京的图谋，除掉太子乃重中之重。可为什么白莲教放弃截杀，把这两名护法调去济南了呢？"

这一句话，提醒了另外两个人，尤其是太子。

他之前一心想的是吴定缘被绑的事，却没从更大的格局上去思考。白莲教从南京一直追击到淮安，如附骨之疽。可一过淮安，登时风平浪静，有什么理由让他们放弃追杀？

太子和于谦暂时放下了争端，都露出若有所思的神色。不过多时，两人眼神同时一亮，异口同声道："换人了！"苏荆溪双眼微微睁大了一些，既像是肯定他们的答案，又像是被这个答案所震惊。

朱瞻基抢先大声道："白莲教撤走，只可能是那个篡位的反贼打算亲自出手！"于谦眼皮一跳，一句话堵到了嗓子眼。

他很赞同太子这个判断，追兵不是消失了，而是换人了。但这么往下推演，便会出现一个尴尬的结论：篡位者所能调动的资源，绝对超过白莲教、朱卜花或汪极。他既然知道太子沿运河北上，势必在临清布下天罗地网。不，搞不好整条运河的北半段，都密布篡位者的眼线。

这，这不正好给了太子一个借口吗？

苏荆溪这时又道："我兵法读得少，可也知道以奇制胜的要旨。敌人既然希望在临清迎接我们，那……"

于谦大怒："苏荆溪你到底什么立场！在淮安劝太子不救人的是你，现在劝太子去济南的也是你！"苏荆溪淡淡道："我只想让太子尽早抵达京城。之前太子并未说出白莲教的动向，北上自然无虞，现在局势有变，也该及时调整才是。"

太子不悦道："于廷益你有脾气冲我来，别去凶苏大夫。临清如今凶险得很，你也得承认吧？咱们跳开漕河径直去济南，不正好避敌锋芒吗？至于救吴定缘什么的，不过是顺手为之罢了！"

于谦忽略掉太子最后一句欲盖弥彰的话，道："去济南或可避开埋伏，可也会耽搁时日，万一赶不到京城，岂不是耽误了大事吗？"

朱瞻基一抬琴身，从琴脚下取出一张写满数字的水路图："我算过水程了。现在从安山湖出发的话，二十六日能到济南，救下吴定缘，二十七日从济南府快马北上，前后两百一十里路，二十九日即能到德州。那里也是漕河必经之路，经沧州至天津卫，再转白漕至通州，六月三日之前也能到京城，最多路上辛苦一点。"

于谦脸色变得更难看了，看来太子早有筹谋啊，恐怕一路上都在偷偷摸摸计算。他的心中，涌起一种不被信任的淡淡忧伤。

"这个行程里，一点余量都没留，中途有任何差池或耽搁，都会让我们错过最后时限。"

"难道走临清就不会耽搁了吗？"太子反驳。

这句话一下子提醒了于谦。"张侯，对了，张侯还在临清等着我们呢！殿下您难道不去见舅舅了？"

"这个我早就考虑过了。"太子平静地一甩手，"我们分开走。本王一会儿就去济南，而于司直你就留在这条船上，直接去临清见我舅舅，咱们在德州会合。"

于谦几乎不敢相信，这是什么意思，太子不让自己跟随了？

"临清那边得有一个人去跟我舅舅见面，于司直你是最合适的。放心好了，敌人找的是我，不是你，他们在临清的天罗地网，罩不到你头上。"朱瞻基的语气稍微缓和了一点。

"这……殿下您孤身一人去济南，这怎么行？"

太子不耐烦地摆了摆袖子："本王不是孤身一人，苏大夫会跟着。她的手段和见识，你也是知道的，不会有大碍。"

"可若碰到危险，她一介弱女子怎么……"于谦话没说完，太子毫不客气地打断："若碰到危险，你在又有什么不同？"于谦一阵语塞，他挣扎着又道："苏大夫精通医术，可并不熟悉官府之事。济南府乃是山东治所，与那些官吏交接折冲，得有人才行。"

朱瞻基的嘴角缓缓上翘，露出一个满是嘲讽意味的微笑："于司直，你不是劝谏本王不向沿途官府透露身份吗？又何必担心这个呢？"

于谦双肩一颤，如遭雷殛。他终于发现，太子从淮安开始对自己的古怪态度，根源究竟在何处。

原来殿下一直对"不得表露身份"这条规矩耿耿于怀……是啊，从金陵开始，这支小小的逃亡队伍屡遭磨难，很多时候只要太子一亮身份，即能解决，却偏偏被横阻下来。一次次磨难，一回回隐忍，换了任何一个人，时间长了肯定积懑于心：为何锦衣偏要夜行？为何腰悬宝刀而不得出鞘？

道理都明白，但情绪可是难以消解的。

归根到底，还是我未能体察主君心意，未能尽到辅臣之责啊。于谦一念及此，灰心地闭上眼睛，颓然跪倒在地："臣……谨遵王命。"

太子见他失魂落魄的模样，心中忽有不忍，可他动了动嘴唇，终究没有说出口。

无尽的黑暗，无休止的颠簸、震惶。

吴定缘觉得这段时间的感受，简直就是自己的人生写照。他已经放弃了计算时间，因为什么都感觉不到，只有定期送到嘴边的硬炊饼，能够勉强标记一下日子，大概是三天到四天光景。

在这段时间里，他一直处于黑布蒙眼的状态，目不视物，只能趴在马背上不停颠簸。梁兴甫扭伤了吴定缘的手腕和脚踝，让他只有余力在马背上平衡自己，没有力气逃走。

其实梁兴甫的担心是多余的，吴定缘一点逃走的念头都兴不起来。他现在生不足恋，死不足惜，哪怕是这么软绵绵趴在马背上驰骋到天边，也随它去便是。

这么浑浑噩噩不知过了多久，吴定缘感觉胯下的坐骑速度开始放缓。他挪动大腿和腰部，让屁股在尖鞍上调整了一下姿态，直到马完全停住脚。一只大手把他拽下马来，吴定缘两股酸痛，几乎站立不住。

"呼啦"一声，他的头罩被摘了下来。耀眼的阳光像匕首一样，陡然刺入双眸，令吴定缘疼得夹紧眼皮，只敢张开一条窄窄的缝，朝外看去。

眼前似乎是一处不甚高大的门楼。随着眼睛慢慢适应光线，他观察到了更多细节。这座山门高约两丈，宽也有一丈多，显得颇为瘦长。底座石基，墙体砖砌，卷棚顶上覆着一层灰澄澄的出山瓦筒。正中是带着拱券的包边门洞，门楣上书三字：白衣庵。

不过这座庵并不在什么秀美山林之间，它的门楼两侧被两道土夯墙紧紧夹住，显得极为局促。那两道土夯墙的尽头，是两处略显破落的民户院屋。再远处，院屋连接着更多同样风格的建筑。它们密密匝匝地簇拥在一起，如棋盘一般紧凑。一排排悬山顶的浅白屋脊彼此侵占着空间，浓密到透不过来气。

这座白衣庵立在这片民宅之间，就像马头墙里的一块眠砖，不仔细看，根本找不到。

"好教吴公子知，咱们已经进了济南城。这儿叫棋盘街，相传四个街角有四个关帝庙，只因这四个关老爷喜欢下棋，所以把房子建得这般密集齐整，真亏他们想得出来。"

昨叶何笑盈盈地做着介绍，说完往嘴里塞了一小块卷饼样的东西，嚼到一半，看了眼吴定缘，从旁边的小筐里又拿起一张递过去："这叫搽穰卷儿，山东地界儿才有，是拿杏肉和桃肉擦成泥，拌上饴糖以后涂到小面饼上，卷了葱段儿吃，你们南京可吃不到这东西。"

吴定缘的双臂还未恢复，阻挡不得，被她直接把卷饼塞进嘴里。说实话，这搽穰卷儿的味道是真不错，入口一阵果香面甜，只是他的舌头死死顶在咽喉前，不肯咀嚼吞咽。昨叶何的手一松，那面饼啪一下便从嘴里掉到了土地上。

昨叶何脸色微微一冷："到底是应天府总捕头家的公子，吃不惯庄户人家的吃食，倒是我怠慢了。"说完她俯身从地上捡起那张小饼，在裙子上擦了擦，依旧放回筐里，"世事无常，每一顿都可能是最后一顿，不好好珍惜，堕了饿鬼道可再没机会了。"

"今天是哪一日？"吴定缘问。

"还惦记太子呢？"昨叶何冷笑道，"今天是五月二十六日，算算日子，他们该到临清了。"

从对方微妙的语气里，吴定缘知道临清一定深有文章。不过那边的事他已顾不得，没再追问。这时梁兴甫拴妥了马匹，走回到门楼前。昨叶何拍拍手里的残渣："好了，咱们去见佛母吧。"

"佛母？"

吴定缘闻言一惊，他们千里迢迢把自己弄到济南，竟是要见佛母？

白莲佛母唐赛儿可是个传奇人物，横跨南北信众无数，处处都有拜她的香坛。永乐十八年山东大乱，就是她一手挑起来的，运河为之中断，天下耸动。官军好不容易把大乱镇压，她却销声匿迹。朝廷疯了似的找她，为此永乐皇帝甚至还把全天下的尼姑、坤道都篦了一遍，也毫无收获。

没想到，她大隐隐于市，居然堂而皇之地待在济南城里头，藏身于这么一个不起眼的白衣庵内，难怪能避开许多次搜捕。

梁兴甫和昨叶何一左一右，带着吴定缘走过门楼。门楼里没有守卫，只依墙放着两堆干柴、一架纺车和一些香烛裱纸，再往里走，是一座砖砌的无梁小殿，左右各有一处破旧厢房。殿前的小院里分出两分田地，里面满是细茎，开满了碎白的细花，攒簇如伞，应该种的是胡萝卜。

无论从什么角度看，就是个极普通的寒酸小庵而已，任谁也想不到里面藏着大明最危险的敌人。

他们穿过小院，正要往殿里走，忽然听到左边厢房传出一声轻轻的、不太确定的呼喊："哥哥？"

吴定缘一听这声音，肩膀一颤，惊愕地朝那边望去。厢房的窗栅后面，露出一张憔悴清丽的面孔。

"玉露？！"

"大哥！"屋子里的声音也一下子激动起来。

吴定缘没想到会在这里见到自己妹妹。自从五月十八日中午吴玉露被绑架之后，她一直杳无音信，居然也被带到济南府来了。

吴定缘双眼一瞬间变得通红，他挣扎着，想要冲到厢房前，可却被梁兴甫的大手稳稳压住。昨叶何在一旁笑道："你们兄妹才分别八九日，便这般想念，真是令人羡慕。等一下见完佛母，再叙亲情不迟。"吴定缘冷哼一声，白莲教这个意图太明显了，这是打算用玉露来要挟自己做事，就像要挟吴不平一样。

可是他转念一想，又觉得不太对。想要挟他，何必绕到济南这么折腾？佛母到底打的什么主意，吴定缘一时也糊涂了。他只能高声喊一句："玉露你等我！"然后跟着他们进了正殿。

说是"殿"，其实就是间高窄的瓦舍，正中一尊弥勒坐莲的泥像，像前一张香案，供着三色果品，色泽一看就是蜡捏的。一个身穿缁衣的银发老太太，正背对着他们，拿着一把笤帚疙瘩在扫砖缝里的香灰。

昨叶何和梁兴甫同时半跪拱手，恭声道："佛母，缴法旨。"老太太跟没听见似的，继续弓着腰唰唰扫地，过了好一会儿才回过头来。

吴定缘与她四目相对的一刻，不由得呆住了。

这位搅动两京五省的"佛母"唐赛儿，相貌实在是太普通了。倭瓜脸、吊眼梢，脸颊皱皱如鸡皮，鼻子下面还有一颗大大的黑痣，就是个随处可见的农村老太太。

这样一张脸，就算扔到济南府衙前头，都不会有人认得出来。可连梁兴甫这种"佛敌"人物，在她面前也收敛声气，乖巧得像只猫。

老太太用短帚拍了拍香案前的蒲团，乐呵呵道："路上累了吧？来，来，坐下说。"山东口音很重，透着股亲切的家常劲儿。她一边说一边挥手，昨叶何会意，一扯梁兴甫衣角，将他拽离小殿，只留下吴定缘一个人。

吴定缘双腿早乏了，索性一屁股坐在蒲团上，一副任人宰割的模样。唐赛儿在对面盘腿坐下，先打量他一番，突然一叹："三寸沟坎绊倒驴。南京的大事我千算万算，没想到竟坏在了你这么一个不起眼的小抹子身上。"

吴定缘没想到老太太这么直白，冷哼一声："不用客气，应该做的。"

"麻雀嘴子，小心下拔舌地狱！"唐赛儿嗔怒地瞪了他一眼，像老太太在训斥亲孙儿，"得啦，今天不跟你说佛法，咱们唠唠实在话——我有桩好奇事，太子许了你什么好处，让你一路死保着他？"

佛母不知他和朱瞻基、于谦之间的曲折，以为他一开始就是个保驾忠臣。吴定缘也懒得解释，撇嘴道："多新鲜哪，我身为应天府捕吏，官兵不帮着太子，难道还帮着强盗不成？"

老太太笑了："哦？我可听说梁兴甫永乐十八年大闹南京城，是你爹暗中遮护，这难道不是官兵帮强盗？"

梁兴甫既然是白莲教的护法，这事自然瞒不住佛母。吴定缘只好硬着头皮道："谁没几天害眼病的时候！"

"小抹子莫置气，老太太我可不是没事闲唠的。你就不想想，为啥你爹要冒着掉脑袋的风险保一个凶徒？"

"不想！没兴趣！"

唐赛儿拍了拍大腿，笑意不改："你这孩子上了磨，怕是比驴还犟。我告诉你吧，吴不平救梁兴甫，从根儿上说跟你有关系；梁兴甫去南京，从根儿上说也是你的缘故；你这次坏了圣教的大事，我非但不杀你，还把你弄到济南来，跟这个根儿有关；我问你为何要保太子，也与这个根儿大有干系。"

"你在说什么鬼话？！"吴定缘看着那一张老脸，真想直接出手，把这个害死父亲的凶手掐死算了。可对她说的话，又有抑制不住的好奇。

唐赛儿的神态越发慈祥起来："人哪，就跟树一样，怎么样都有一个根儿。这根儿埋在土里头，谁也见不着，可它一辈子都牵着你。什么根长什么枝，什么枝开什么花，什么花结什么果，这都是谁也改不了的。"

吴定缘的表情僵住了。他万万没想到，这老婆子七弯八绕，居然扯到自己的身世去了。

我一个不知从何而来的杂种，窃据了铁狮子儿子的名头，苟活于世而已，有什么好攀扯的身世……这种强烈的自卑在吴定缘心中已沉淀了多年，早已积为顽石，横亘心中。此时这一记重锤狠狠砸中石面，竟锤出了一条深深的裂隙。

吴定缘蓦地想起来，铁狮子临终之前，曾说了一句"我要说的，不是这个"——他要说的是哪个？红姨宁死也不肯透露自己的身世，还说每次一提起，就会想起前尘往事，她到底为何这么说？还有，他一个南京土著，为何一看见太子的脸脑袋都针刺一般疼痛？苏荆溪说他的内心，藏着他自己都未觉察的恐惧，那到底是什么？

"茶水凉暖，其实人不自知。"苏荆溪的声音在心中响起。

无数个疑惑，如虫蚁一般从缝隙中钻出来，爬满了整个意识。吴定缘忽然发现，自己好像没那么简单。他的喉咙有些发干，身体不由自主地朝前倾去，要去倾听一个答案。

他从前的困惑，从前的茫然，正是因为不知自己是谁。一个人若连自己的身份都不知，又怎么知道该去做什么事？

偏偏唐赛儿不说了，就这么笑眯眯地看着他。这时殿门响动，昨叶何探头进来，递进来一个木食盘，里头装着两摞刚出炉的淄川菜煎饼，旁边搁着切好的大葱段与豆瓣酱。煎饼一闻便知是用鹅脂摊的，味道浓香。

"你这一路奔波，肯定疲累了，来，来，先吃些东西，都是自家种的粗食。"唐赛儿把食盘朝他面前挪了挪。

"……你快说！"吴定缘捏紧了拳头，低低吼着。他的眼角眦裂，几乎沁出血来。唐赛儿跟没听见似的，拿起一张菜煎饼，卷了葱段蘸酱吃。老太太牙口很好，一口咬下去，葱汁四溅，咔嚓咔嚓爽利得很。

"小抹子你咋不吃？"

吴定缘知道，这是佛母的话术，抛出一节铜钩钓着你，让你不得不跟着对方走。他沉着脸，一动没动，不想被她的话所控制。

"个死孙，恁地犟。"佛母嗔骂了一句，放下半截煎饼，"不是我故意卖这关子，实在是这事干系重大，如今还欠最关键的一条印证。等明天印证完了，所有的事都合上榫头，才好与你说。咱们不贪这一晌。"

吴定缘觉得自己没别的选择，只好拿起一张煎饼，吃了起来。这葱的汁水极丰润，浸在麦饼里，鲜辣混着麦香，口感极佳。可惜吴定缘满腹心事，吃起来跟嚼城隍庙的白蜡烛差不多。

老太太吃完一个，抹了抹嘴："我平日里周围都是些信众，天天说佛法，说得多了，也想歇歇嘴。难得有个什么都不在乎的娃子，陪我唠唠嗑儿。咱们今天不说你的根儿，先说说我的吧。"

吴定缘不知这位佛母葫芦里到底卖的什么药，便狠狠咬下一大口煎饼把嘴填满，这样就不用回答了。没想到他咬得太狠，猛一下子噎住，狼狈地直咳嗽。唐赛儿摇摇头，给他递了一碗井水。吴定缘倒下去半碗，才算把喉咙冲开。

"你可知道，我这佛母是怎么来的？"

唐赛儿把碗碟收到木盘上，自顾自絮叨起来："我啊，本是滨州蒲台县一个庄户人家的女儿，认识几个大字，不算睁眼瞎。我夫家姓林，行三，大家都唤他林三。他家早年间就是白莲教的信众，祖上跟韩山童韩掌教曾在一个坛里烧香。后来韩掌教在颍州起事失败，他家祖上没跟着刘福通继续混，偷偷逃到了滨州隐居。

"只因他家祖上跟过韩掌教，所以十里八乡的信众都服他，都愿意来林家的坛里烧香。那年头世道太乱，今天蒙古鞑子，明天红巾军，再后来还有洪武爷的兵，好不容易太平几年，又赶上靖难之役。滨州百姓受了灾、遭了难，都往林家的香坛跑。官府都说白莲教蛊惑人心，是祸害，可我们那会儿真没想过要闹事，只是求个自保、有个盼头，彼此能照应一二罢了。

"永乐十七年，滨州官府发下役牌，说永乐皇帝准备从金陵搬到北平，要重新疏通会通河，在山东各地征调人手去挖河沟。这回是大征，每户得勾两个壮丁。林三说左右躲不过，索性多去几个信众在工地上，还能彼此关照。然后他带着一大堆坛众，去南旺服徭役去了。

"那一年山东赶上大旱,壮丁又都在修河,很多信众家里没人种地,几乎要活不下去。我一个妇道人家,只能赶鸭子上架,扛起坛里的事,组织信众家眷们轮流给各家种麦子、挑水、挖渠。没想到,河上突然传来消息,说南旺的鱼嘴决口,一堤坝的人都被卷进去了……"

唐赛儿说得像在唠一段平常家常,只有说到这一段,才微微顿了顿。

"我哭着给佛祖磕头,额头角都磕破了。我就是想问问,我们一辈子诚心烧香,每日诵经祝祈,兢兢业业与人为善,为何还要承受这样的劫难?难道真是前世不修,今世报应?宝卷上都说了,莫急莫怨,来世会有福报。可咱们并不记得前世什么样,等到了后世,自然也不会记得今世怎么过的。所以一个人活在世上,只有眼下这辈子才该珍视,对不对?

"我磕了很久的头,也想了很久。佛祖没给我答案,它给不了,它就是一尊泥胎,过去几十年里我笃信的那些事,都崩了,跟南旺鱼嘴那道堤坝一样,彻底垮碎了。到了第二天一早,我勉强打起精神,招呼大家置办棺材、寿衣,等河上把他们的尸身送回来,好歹入土为安。可是等了好久,等来的不是尸体,而是蒲台县的典史。

"典史气势汹汹地带了一大批人,要来抄家。后来我才知道,修河而死的民夫,论理都要发放一笔抚恤钱。钱到了滨州,有人想吞没这笔,便找了个由头,说林三他们是白莲教徒,意图聚河造反。这样一来,抚恤的钱不必发放了,还能抄没几十户人家,再发一笔横财。

"那些衙役把我们堵在坛里,说都得抓走。我气不过,走出去跟典史理论。没想到我随口说了一句你做这种缺德事不怕天打雷劈吗,那典史突然犯了心疾,咣当一声躺在了我面前。这事吧,就是个巧合,可不知谁喊了一声:'佛祖显灵了!'吓得其他官差一窝蜂散了。哎哟,这可不得了,一传十,十传百,到县里已传成了白莲佛母降世,雷劈贪官。我真是哭笑不得,我自己知道是怎么回事,可没法跟人解释,解释了人也不信,反而觉得是天机不可泄,信的人更多了。

"那边县里死了个典史,吓坏了,赶紧往州里报。知县为了掩盖他们的贪黩,拼命添油加醋,说我自称佛母,煽惑信众,还说我自称在石匣子里得了宝剑兵书,意图造反。总之我罪过越大,他们的责任越小。这么以讹传讹,上头的人信了,派来官兵镇压;没想到下面的人也信了,远近的信众都纷纷来寻求我的庇护,越聚越多,最后聚了得有数千之众。

"逼到这个份儿上,我一个老太太不谋反也得谋反了。蒲台无险可守,我便带着这些人去了青州,在益都山里一个叫卸石棚寨的地方起事。我帮着夫家管了许多年坛务,对教义熟得很,官府编派我的那一套瞎话,被我拿过来改了改,直接用了,没想到信众比从前多出数十倍。所以我这个佛母从根儿上说，是滨州父母官们造出来的，你说好笑不好笑？从此以后，我算是明白了一个道理，一个真正透彻的人间至理。"

老太太咧开干瘪的嘴，露出一个悚然的笑容。吴定缘感受到一种奇异的压力，竟是不敢跟她对视。

"什么道君佛祖，什么玉皇真仙，都是唬人的泥胎罢了，跟我这佛母一样，不定是什么人机缘巧合造出来的。看透了这一点，我才真正找出了在佛前苦苦求了几十年都没找到的答案——笃信白莲教法之人，根本求不得真正的解脱。想要做一番大事，你得自个儿心里先明白这些都是虚妄，把它当成一个谎言，才能真正拿它去控制人心。韩山童、刘福通那些人，就是明白了这个道理，才能掀起风浪。他们是最好的掌教，却绝不是最虔诚的信徒。你若真信了这些东西，脑子就傻了，怎么统摄全局？自古能搞起乱子的，都得揣着明白装糊涂，真糊涂的成不了事。"

吴定缘实在是没想到，白莲教的掌教，居然是这么个赤裸裸的坦白态度。仔细一想，道理上无懈可击。可是……她为啥跟我一个不相干的人说实话？

老太太拿扫帚磕了磕鞋底，神色如常，她也不问吴定缘能否及时消化，自顾自继续唠起来。

"接下来，朝廷先后派了好几拨官兵来围剿，可惜这些人没想明白一件事，我们白莲教的凭恃到底是什么。不是所谓兵书宝剑，也不是什么人多势众，更不是佛法如何神奇，而是官军自家。那些兵将你可不知道，跟蝗虫似的，穿县过境，先把地方祸害一遍。老百姓活不下去，可不就来投我吗？老百姓为什么吃我这套理儿？因为他们活得太痛苦，总得给自己留个念想，哪怕是假的也好。所以官府派的兵越多，白莲教众就越多。你瞧，悟透了那个至理，我便不必纠结于佛法，专心经营。官兵剿过几遍之后，我手下有了数万之众，从青、莱、莒、胶到诸城、即墨，无不拜我佛母之名。

"后头的事，你也大概都知道了。朝廷到底力量大，把我们的队伍给打散了。我让信众们化整为零，分散到各地去传教起坛，自己也躲起来了。嘿嘿，可把永乐皇帝气坏了，满天下地找我，还把山东官场杀了一个遍。不过他总算明白过来一件事，朝廷折腾得越大，我们白莲教就越兴旺，所以赶紧把这一带的田粮都免了，算是给了我家乡人一点活路。

"这几年来，我就在济南城里居中调度，靠着几位忠心护法在外头奔走，暗中铺设力量。自从我想通那个道理之后，传起法来如鱼得水，什么说法最能蛊惑人心，就放进教义里去，什么故事能煽动起情绪，就反复给你讲。有人嫌诵经麻烦，没问题，我告诉你，口念南无阿弥陀佛就能解脱；有人嫌香坛太远，没问题，我告诉你，佛母有亿万天目，只要诚心颂祈，在哪儿都能看见——我原本就是个炕头缝衣服的村妇而已，瞧瞧被这世道逼成什么样了？"

唐赛儿说到这里，乐呵呵地端起碗来，咕咚咕咚一饮而尽。

吴定缘听在耳中，嘴里都忘了咀嚼，原来佛母的诞生，竟然是这么一个来历。这跟外头传的，可实在是差太远了。可这让他更加警惕，唐赛儿实在太坦诚了，居然像聊家常似的，把白莲教最大的底细和盘托出。饶是他在南京屡破奇案，也参不透这佛母的真实意图。

难道这也跟我身上的"根儿"有关系？吴定缘只觉心烦意乱。

"行啦，听老太太唠叨了这么久，估计你也烦了。出去见见你妹妹吧。"唐赛儿挥了挥手。她甚至没叮嘱一句"别说出去"，看起来对吴定缘十分放心。

"你就不怕我杀了你，为我爹报仇？"

唐赛儿乐呵呵地转过身去："你若是个莽汉，刚一进殿里不由分说就出手，说不定还有机会。可惜你是个聪明人，聪明人的问题就是考虑得太多。现在你舍得吗？不想知道自己的根儿了？"

吴定缘满脑疑惑地站起身来，晃晃悠悠离开无梁殿。昨叶何候在殿门口，抬抬下巴，表示不拦着他。吴定缘顾不上理她，急忙推开左边厢房的门。

他一推开门，吴玉露便一头扎进他的怀里，放声大哭。吴定缘摸着妹妹的发髻，心中百感交集，朝屋里看去。

厢房里面的陈设极为素净，只有一张榆木窄榻、一张直腰小几，几上搁着一面铜镜、一尊莲座佛像和一个小香炉。那香炉的样式，居然和南京家里的一样。这陈设虽然简陋，但一看就是过日子的地方，不是禁锢用的监牢。

这几天的事情实在太多，吴定缘心里犹豫，该怎么对妹妹说起才好。他眼神突然一紧，发现她穿的是一身雪白孝服。

"呃……你都知道了？"

吴玉露抬起头来，带着满脸泪痕："嗯……佛母都跟我说了。这都是前世孽因，到了今世果报。我这几日天天诵《弥勒下生经》，希望咱爹能不堕轮回，早登净土，希望大哥你能平安。"

听到这么一席话，吴定缘霎时僵住了。没想到佛母先下手为强，把吴玉露先蛊惑住了。她一个单纯女孩，哪经得住老太太的洗脑手段。他恼怒地用双手扳住吴玉露的双肩，大声喝道："不对！不是这样！真正杀害爹的是……"

说到半截，他停住了。唐赛儿刚才的话，再度浮现在脑海中："老百姓为什么吃我这套理儿？因为他们活得太痛苦，总得给自己留个念想，哪怕是假的也好。"

把真相告诉玉露，又能如何呢？现如今兄妹俩都是横在砧板上的鱼，任白莲教处置。让她知道真相，和自己一样陷入无能为力的狂怒中，还是让她这么虔诚无知地活下去算了？

"大哥，你捏疼我了。"吴玉露蹙紧眉头，委屈地扭动了一下。吴定缘赶紧松开双手，后退了几步。

"他们……有没有为难你？"

"没有啊，佛母对我很好，还亲自带我修行呢——大哥你也烧过香了吗？"

吴定缘绝望地闭上眼睛，他知道即使这时说出真相，只怕妹妹也不会信的。她已完全接受了佛母的那一套东西，这虽非禁锢，可比寻常禁锢更可怕。佛母一不惧怕逃跑，二不担心泄密，就这么坦坦荡荡地亮出阳谋，似乎算准了吴定缘最后不得不低头。

"我这次……是为了寻你而来。"吴定缘含糊地答道。吴玉露双眼放出喜悦的光芒："我到济南之后，日思夜想，就盼着哥哥你能平安。佛母果然灵验，她说过只要我读经百遍，你就一定会来！"

吴定缘无意去纠正妹妹这个误会，他嘱咐了几句，重新走回到无梁殿内，对仍旧在扫地的唐赛儿大声道："什么时候我能知道自己的根儿？"

老太太似乎早料到他会回来，手持扫帚，乐呵呵回身道："明儿个你陪我去大明湖畔，赏赏风景。"

两京 十五日

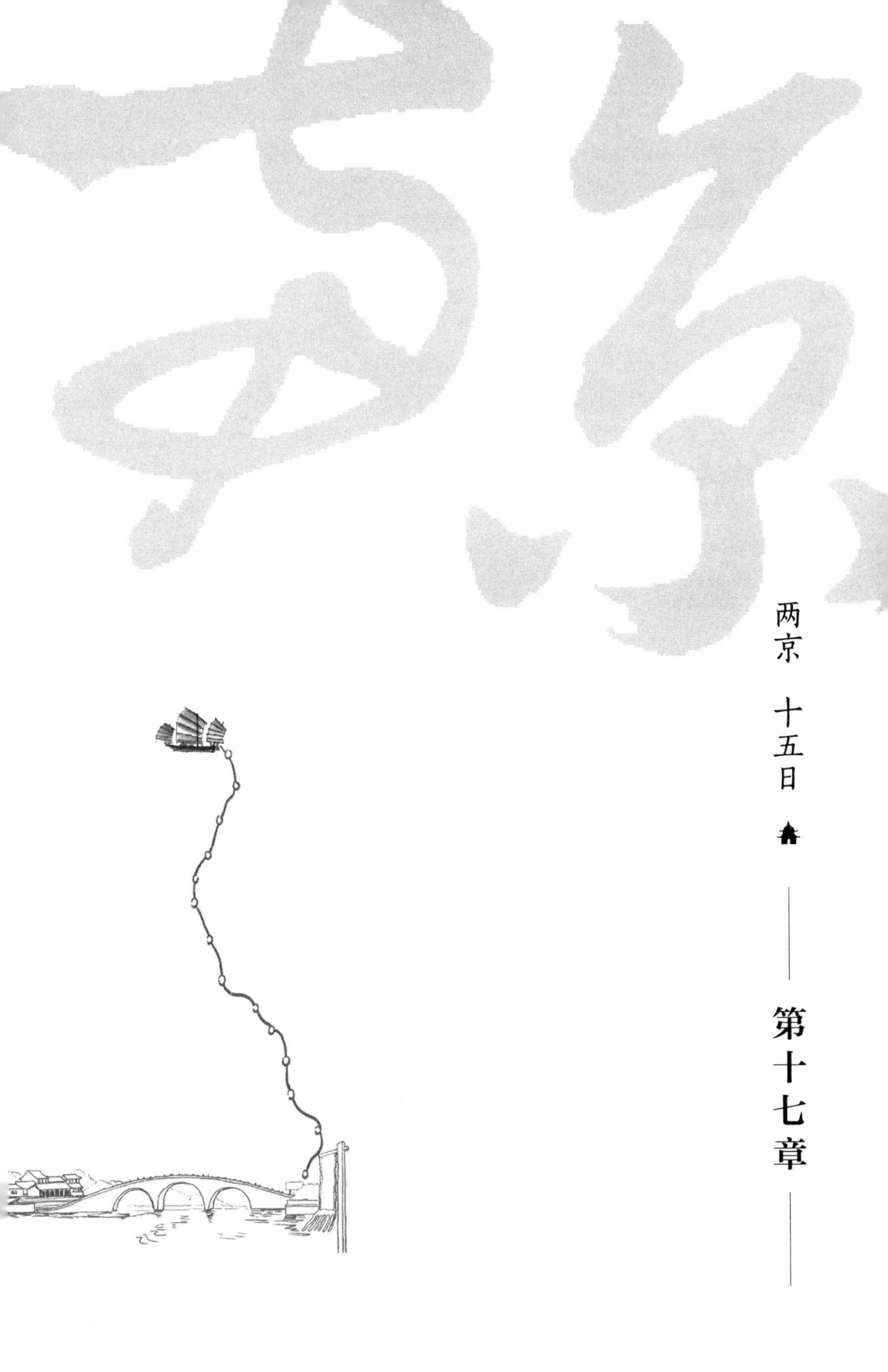

第十七章

五月二十七日一大早，卯时牌子刚响，济南城里一半的百姓便扶老携幼，离开了家门。他们或步行，或赶着驴骡牛车，或乘诸色轿子，浩浩荡荡地朝着城北的大明湖而去。

　　济南府城的地势南高北低，城内的七十二口名泉碎珠泻玉、日夜喷涌，七十二道水波顺着地势汇至城北，形成一片广阔的湖泊。这一片水域，在唐代叫作"莲子湖"，宋名"四望湖"，金代才开始用"大明湖"这个称谓。

　　大明湖水域辽阔，亭堤相连，乃是济南府最负盛名的景致，风光冠绝齐鲁。可在今天，济南百姓们却没在其他任何景点驻足，他们无一例外，全都聚拢到了湖畔东南的一处六角亭子附近。

　　这座亭子叫作"天心水面"，乃是前元大诗人虞集所建。他寓居济南之时，就住在大明湖畔。虞集好雅，在湖中填出一块旱地，上起一亭，用了宋儒邵雍的诗句"月到天心处，风来水面时"，命名为天心水面亭。

　　以"天心水面"亭为起点，是一连串伸入湖心的曲折半岛，皆是人工壅堆而成，造型各异，直到东侧曾堤而止。这一带湖畔垂柳成荫，绿绦蓬茸，杨柳之间还夹杂着许多黄栌，一开花便是满树絮绒，有若烟气缭绕，再配合起云蒸霞蔚的湖面，宛若仙境一般。

　　这座六角亭并不算大，所以赶来此处的济南居民们，沿着亭子站满了两侧的湖岸。放眼望去，整个大明湖东南一带的湖畔仿佛镶了一道黑边，人头攒动，熙熙攘攘。即使是初露峥嵘的炎炎夏日，也阻挡不了这些百姓的热情。

　　"小抹子，你可知道，今日这么多人聚到大明湖，是个什么日子？"唐赛儿问。

她正盘腿坐在一辆独轮大枣木车上，捻着一串木珠子。佛母今天穿着一件缀补丁的小褂，头包旧巾，活脱脱一个吃斋信佛的老太太，在汹涌的人潮中毫不起眼。为她推车的是梁兴甫，那个变态难得收敛起凶焰，弓着腰，低头默默地握着两边车把。

"不知道。"

"你一点都不好奇？"

"五月初五端午早过了，六月初六天贶节还没到。济南人自己搞的庙会，我一个金陵人非得知道不可吗？"吴定缘语气生硬。

唐赛儿呵呵一笑，袖手往附近一扫："你瞧瞧周围，他们和平日有何不同？"

吴定缘其实早注意到了。大明湖畔的这些百姓，无论男女老少，手里都拿着一截柳枝，长短与观音玉净瓶里插的那根仿佛。就连跟在木车后头的昨叶何和吴玉露，也各自在手里拿了一根。昨叶何还买了酸枣粉、莲子糕、饴糖卷什么的小吃，和吴玉露吃得不亦乐乎。

不少人挤不进天心水面亭，便把柳枝插在路边泥土里，然后跪下叩头。他们走去湖区这一路，路边密密麻麻插满了长短不一的柳枝，如同扎起了几道柳条篱笆似的。吴定缘暗暗纳罕，插柳条按说是清明习俗，怎么济南五月底才开始拜？难道是在祭奠什么人？

他还注意到，人群中夹杂了不少白莲信众，见到有人跪拜便上前低声诵经，趁机拉人入教。

唐赛儿道："咱们如今是在大明湖南岸，在北岸有个北极庙，里头供奉的是真武大帝。每到他老人家五月二十七日诞辰，济南城的百姓都会来湖边插一条柳枝，就当是种下一棵柳树，拜祭祝祈，希望一年平顺。"

吴定缘脱口而出："胡说八道！真武大帝生日明明是三月初三，五月二十七是什么野日子？"唐赛儿笑了："你说得对，这就是胡说八道。"

这句回答让吴定缘为之一噎。

唐赛儿坐在木车上，眯起眼睛："你可知道这真武大帝跟朱棣的渊源吗？"

"不知道！"

"当年燕王起兵造反，对外宣称自己得了北方真武帝君保佑，以此蛊惑人心。他得了天下之后，给真武帝君加了一个封号，叫作'北极镇天真武玄天上帝'，还发动了三十万民夫重修武当山宫观，在天柱峰顶立起一尊真武大像。据说那尊神仙的面孔，跟朱棣是一模一样。皇上既然如此上心，各地也都纷纷立起真武道场。湖北那个北极庙，是永乐三年建起来的——所以只要拿真武帝君当幌子，官府就不会来管了。"

吴定缘听到最后一句，步子猛然放缓。唐赛儿这一席话里，信息量很大。北极庙既然是永乐三年才建起,说明济南这个五月二十七日来大明湖畔插柳的风俗,并不是什么老传统。这个风俗的起源,与真武帝君没什么关系,只是拿它当个幌子罢了。

难道说,这个日子是白莲教搞起来的?刚才他看到了很多信众在暗中传教,看来是一个伪装成真武诞辰的白莲法会?

唐赛儿不置可否:"我今天带你来这里,就是要告诉你,这个真武诞辰背后隐藏的东西,与你身上的根儿大有干系。"

说完她一拍车帮子,又变回了那个慵懒的居家老太太。梁兴甫略挺腰杆,推着木车冲开人群,加速朝着最热闹的天心水面亭走去。周围百姓看到这魁梧大汉,吓得纷纷闪避开来。吴定缘怔了怔,也只能拔腿跟了上去。

他并不知道,此时有两双熟悉的目光,恰好扫过这一片地域。只可惜民众实在太多,目光并未从中识别出吴定缘的身影,迅速一掠而过,便即收回。

放出目光的那两个人,此时正站在大明湖东北角的一座城楼之上。

这里本是济南府北城墙的一个水关出口。如果大明湖水位太高,便会通过这道水关排入城外的小清河。在水关的城墙之上,有一栋观景的高楼,名曰汇波。站在汇波楼顶,湖景尽收眼底。倘若赶上夕阳,可见水波相错,橘红尽染,时人称之为"汇波晚照"。

不过此时站在楼顶的这两个人,显然并没有赏景的心情。

"万事俱备,只欠一阵东风了!"

朱瞻基双臂撑在楼顶栏杆上,俯瞰着整个湖区,信心十足。苏荆溪站在他身旁,神情依旧淡然,只是眉宇之间却微微露出一丝紧绷。

他们于二十五日晚在安山湖跟于谦分道扬镳,许下重金转乘一条快船,一天一夜便赶到了济南旁边的泺口镇。一下船,太子把苏荆溪安顿在客栈后,便自己出门去了,快到半夜才回来,满脸喜色地说他已经有了一个初步计划。

苏荆溪看得清楚。太子如此积极主动,是因为于谦这个束缚离开了,他终于有机会证明自己并非无能庸君,就算臣僚不在,亦能独立解决问题。

可到底是什么计划,朱瞻基却不肯说出来,只说次日清晨一起去汇波楼便知。苏荆溪并没有追问,追问也没用。太子不愿意过早透露,显然是怕别人干扰他第一次独立制订的计划。

如今站在高高的汇波楼上,苏荆溪听到太子说出"万事俱备,只欠一阵东风",明白他这是暗示自己可以开口询问了。

"孔明借东风,是为了烧曹操战船。殿下借来的东风,是要吹去哪家呢?"

这个问题,正好搔到痒处。朱瞻基得意扬扬地从怀里掏出一朵铜莲:"你还记得这东西吧?"

"孔十八的?"

"不错。白莲教的香坛,都有这么一朵铜莲做信物。拿着这东西,南北任何一处香坛都会把你当自己人。昨天我在泺口镇,靠着这朵铜莲找到一处分坛,打听了一下济南府的情况。他们只是个小分坛,不知道吴定缘的事。但坛祝告诉我,五月二十七日,济南人都会跑来大明湖纪念真武诞辰。"

说到这里,朱瞻基故意压低嗓音:"其实所谓真武诞辰,根本就是个蒙蔽官府的幌子。这个社集,根本是白莲教暗中传教的一个法会,据说会有高层前去。济南各处分坛都在紧锣密鼓地准备,趁着这一天在大明湖拉拢信众。"

苏荆溪的眉头皱得更紧了一些。

"我不知道病佛敌为什么把吴定缘弄来济南,但咱们在济南一无根基,二无帮手,最好的办法就是把乱子搞大,乱子越大,机会才越多。这一场法会,就是咱们撬动整个局势的最好办法。这叫什么?敲山震虎,浑水摸鱼!"

朱瞻基的手掌,重重地砸在栏杆上。

不待苏荆溪问怎么把乱子搞大,朱瞻基已经兴致勃勃地说起来:"我昨晚修书一封,如今应该已送到山东都指挥使靳荣的案头。"

苏荆溪闻言大惊,上前一步:"殿下!于司直千叮咛、万嘱咐,叫您不要对任何人表露身份。"

朱瞻基不耐烦地扬扬手掌:"这道理本王岂会不懂?那封信是匿名寄出,他不知道是谁。信里只说一句,朝廷一直欲除之后快的佛母将出现在大明湖畔。山东之前闹过白莲之乱,官员对这种事最为敏感不过,靳荣肯定会发动大军前来搜捕。届时梁兴甫藏也藏不住,咱们找到吴定缘的机会就来了。

这一招于谦在淮安用过,太子这也算是故技重施。

说到这里,他忽又露出一个狡黠的笑容:"苏大夫你不知道,本王这一招,尚有深意,乃是一石二鸟之计。"苏荆溪不由得一怔,太子还有什么筹谋?

"于谦为什么不让本王表露身份?是因为我们不知还有谁参与了两京谋叛。这一封匿名信,恰好可以试探出靳荣的真心。白莲教乃是这阴谋的主力之一,倘若他敷衍塞责,不去捉拿佛母,那就一定跟篡位者有勾结;如果今日山东指挥使司倾力追查,说明他是清白的——咱们这就去找靳荣亮明正身,接下来无论救人还是上京,便不成问题了。"

对于这个计划,苏荆溪一时也听不出什么破绽,可总觉得有些未妥之处。朱瞻基见她久久不语,脸色不由得一沉:"苏大夫,你觉得哪里有问题尽管说出来,本王向来从谏如流。"

"嗯……没有。"

"既然没有，那你为何还面露难色？难道只因为这计划是本王订的，所以不如吴定缘那般可靠？"

苏荆溪觉察到了对方的隐隐怒意，垂下头道："我只是在想，万一靳荣没来派兵镇剿，局势乱不起来，下一步该怎么办？"

朱瞻基的目光看向远方南岸的人群，长长地叹了口气："若是午时官兵还没出现，说明靳荣的确有问题。到时候我们径直回泺口镇，快马赶去德州跟于谦会合——至于吴定缘，本王也算仁至义尽了，剩下的就看他自己的造化吧。"

说到最后一句，他的口气明显虚起来，似乎并不确定。话既然都说到这地步，苏荆溪也只好把目光转向大明湖南岸，此时正是卯正牌响，旭日半挂天外，纯澈有余而耀目不足，反衬得湖面之上、芰荷之间映泛起一层清亮纯澈的水汽，一点也看不出有什么大乱之兆。

与此同时，吴定缘却陷入了巨大的困惑。

他们一行人走过天心水面亭，却没有停留，而是撞开拥挤的人群，踏上一条开满粉荷的窄堤。窄堤向湖心延伸出去约莫百步，然后向岸边折回，形成一个钩状的小小长岛。这地方看似距离湖畔不远，偏又四面临水，与世隔绝，倒是个谈话的绝好去处。

梁兴甫体形过于庞大，便和木轮车留在了湖畔，其他人跟着唐赛儿一直走到窄堤尽头，那里立着一块太湖石，石上镌着"沧浪濯足"四字。

"我们来这里做什么？"

吴定缘终于忍不住了。从昨天开始，唐赛儿就一直在卖关子。现在走到尽头，总该有个交代了吧？

唐赛儿冲昨叶何道："那些词儿我老太太记不住，还是你来说吧。"昨叶何抿嘴一笑，款款走到他面前，用柳枝一指水面："这大明湖的水源，皆是济南这七十二口泉汇聚而成，冬暖夏凉。当年曾文定治齐州之时，曾经在此濯足，亲笔题了'沧浪濯足'四字。从那以后，济南百姓都愿意来这里洗洗脚，据说有明心延寿之妙。"

吴定缘不知道曾文定是谁，也没听过"沧浪之水浊兮"的典故，更不知道"濯足"是什么意思。他不耐烦地喝道："说人话！"昨叶何知道他肚子里的斤两，便笑道："这是本地特有的风俗，吴公子不妨体验一下在湖里泡脚。"

吴定缘眉头一抽，他们花这么大力气，居然只是让自己来大明湖泡脚？这是哪门子玩笑？他有心拒绝，不料吴玉露在旁边忽然笑道："哥哥你不会是嫌水凉吧？"昨叶何抚着她肩膀，亲热道："对了，这里除了你哥哥也没旁的男人，玉露不妨先下去试试,据说这水有养颜清心的功效,咱们去给你哥做个表率。"

吴玉露眼神一亮,飞速脱下鞋袜,坐到窄堤边缘,把赤裸裸的双脚探进水去。她先是轻轻一声惊呼,很快双腿打起水花,显得惬意至极。昨叶何也不避忌吴定缘的目光,露出两条皓白小腿,坐到吴玉露旁边一起泡起脚来。她还不忘掏出两个油旋,和吴玉露一人一个,边泡边吃起来。

吴定缘暗自叹息,他这个小妹天真烂漫,完全觉察不到重重杀机,还以为只是游玩。这时吴玉露转动脖颈,冲他脆声招手道:"大哥你快下来,这水好舒服呀。"

吴定缘没的选择,只好俯身脱掉双脚的布鞋,扯下袜子,把裤腿挽至膝前,在众目睽睽之下踏进大明湖。双足一进水中,立刻有一股清凉劲儿缠绕上来。不愧是七十二泉汇聚而成的湖水,水质清冽不寒,能消杀暑气而无侵刺之感。

这附近的湖水不算深,刚刚没过吴定缘的大半截小腿。他无心享受,也不想靠近那两个戏水的姑娘,就这么浑身僵硬地站在原地,好似进了水牢一般。

泡了约莫小半炷香的时间,唐赛儿道:"可以了,上来吧。"吴定缘如蒙大赦,连忙出水登上窄堤。他甫一上岸,突然发现,那块太湖石旁边多了一个人。

这是一个头发雪白的黑瘦老太太。她此时浑身都在哆嗦,尤其是下巴抖得更加厉害,似乎见到了什么惊人物事。可吴定缘再仔细一看,却发现她双眼有一层白膜,显然是得了障翳之症,已然盲了。

在唐赛儿的搀扶下,这老太太颤巍巍走到吴定缘身前,蹲下身子,双手去摸他湿漉漉的右小腿。吴定缘还没来得及把裤腿放下来,她那满是粗茧的手掌摸上去,有微微的刮痛感。他诧异地看向唐赛儿,后者用眼神示意少安毋躁。

老太太摸得很细致,尤其是腿肚子的外侧位置,反复摩挲。这里有道疤痕,不算很深,却颇为粗长,好似一条蚂蟥趴在腿上。

吴定缘不记得自己何时留了这道伤疤。据吴不平说,是他六岁那年偷玩铁尺弄伤的。不过他长大之后,曾暗自做过比对,捕快的铁尺不太可能造出这种疤痕。老太太摸着摸着,突然发出几声悲痛的哀号:"是他!是他!是他!"

"是谁?"

吴定缘莫名其妙,唐赛儿和水里的昨叶何却同时露出了如释重负的神情,仿佛心中的一块大石终于彻底落定。唐赛儿丢了个眼神,让吴玉露把情绪激动的老太太搀开,很快窄堤上只剩下他们三个人。

"你们还要跳多久大神?"吴定缘没好气地问。

"已经不用了,一切都清楚了。"唐赛儿轻轻吐了一口气,满是褶皱的脸上勾勒出古怪的神色。她缓缓坐到太湖石前,拍了拍腿:"让老太太我想想,该怎么和你这个死孙儿说才好。"

昨叶何在一旁道："要不我来说？"唐赛儿点头："也好，这件事你厥功至伟，也该由你来讲。"

吴定缘对这个有杀父大仇的女人，半分好感也无，只是冷冷瞪着她。昨叶何几口把油旋吃完，拍干净手里的碎渣，把半截柳枝从地上捡起来，插入泥土，郑重其事拜了三拜。

"吴公子，这个故事说来话长，咱们得从这个真武诞辰的拜柳风俗讲起了。"昨叶何的声音清脆，不比秦淮勾栏里那些歌伎差，讲起话来，更不输瓦子里的说书人。吴定缘索性双手抱臂，看她到底能说出些什么来。

"那一年，燕王在北平起兵造反，大军一路南下，官军根本不能抵挡。他一直打到了济南城，却被一个人死死挡住。这个人姓铁，名铉，字鼎石，时任山东参政，是个极有胆识的忠臣。鼎石二字，正是洪武爷亲自赐给他的。铁铉不愧为鼎石这名，他聚拢了济南全城军民，死守城池，燕军连攻三个月，伤亡惨重，就是打不下来。铁铉更是亲登城头，亮出洪武神主牌位，怒斥燕王是篡位之贼。燕王攻不能攻，围不能围，百般无计只能退走，从此不敢靠近济南一步。"

吴定缘没听过这么一段故事，但这名字略有耳闻。听昨叶何这么一讲，心中也不由得激荡起来。

"燕王退走之后，铁铉在这大明湖畔的天心水面亭摆下宴席，犒劳守城军民。因为赴宴之人实在太多，不得不把附近的柳树砍掉一批。宴会结束之后，铁铉自掏腰包，予以补种。济南百姓无不感念铁铉大恩，尊其为城神，这亭子附近补种的柳树，则被称为铁公柳。

"没想到善恶忠奸，未见果报。燕王败回北平之后，绕过济南径直南下。可惜那金陵君臣无能，燕军到底还是攻破了京师，篡夺了皇位，改元永乐。永乐皇帝登基之后，第一件事便是发遣大军，复攻济南。铁铉宁死不降，又不愿连累阖城百姓，毅然率军出城，转战各地，最终因为寡不敌众，次年在淮南被燕军擒住。铁铉被带到京师，夷然不惧，面对谋篡之贼破口大骂，竟被永乐皇帝磔杀于市，死难之日正是五月二十七日。"

昨叶何讲到这里，声音微微发颤，似是难以抑制。吴定缘突然想起来了，南京城的小孩子们爱玩一个游戏，拿两块雨花石互相磕碰，一边叫铁石，一边叫方石。他先前只知道方石是代指方孝孺，没想到那块铁石，居然就是铁铉。

"铁铉身死的消息传到济南府，全城百姓无不悲愤。可永乐皇帝早早派了官员来盯着，不许设祭，也不许哭泣。城里有几个读书人来到天心水面亭，跪在铁公柳前悄悄焚香哭祭。官府闻讯赶来责问，他们就说这是拜真武帝君，官府便不敢管了。可济南人心里都知道，这哪里是祭帝君，分明是在祭铁鼎石。从那之后，每年的五月二十七日，济南百姓都会拥到天心水面亭，前来拜祭铁公。后来人越来越多，百姓便人人手持半截柳枝，插在大明湖畔的泥土里，再叩头拜祭。久而久之，便成了传统。济南百姓对铁公的敬重，须臾没忘，全都在这湖畔柳条中了。"

原来是这么回事，铁铉在济南的人望如此之高，难怪连南京的小孩子都把他和方孝孺相提并论……那么然后呢？这个故事与我有什么关系？吴定缘心想。

昨叶何嘿然冷笑了一声："朱棣这个人，最爱迁怒与株连。铁公遇难之后，父母被发配去了儋州，病死在当地；长子铁福安被发配去了河池戍边；次子铁福书沦落为奴，不知所终；夫人杨氏与两个女儿被投入教坊司，可谓一家散尽。就连当时铁府左邻右舍亲朋故友，也被株连了不少。"

听到这里，吴定缘心下一阵惨然。铁铉他不了解，方孝孺的故事却熟悉得很，甚至还接触过几个亲历者。那场面之惨，至今南京人犹在议论，铁铉一家被如此株连，想来济南人也是感同身受。

昨叶何道："之前说的，是济南府尽人皆知的事。但接下来我要讲的，却是费尽辛苦才从红玉那里打探来的。"

一听这名字，吴定缘双目陡睁，整个人如同一头猛虎般扑过去，死死揪住昨叶何的衣襟："你……你把她怎么样了？"昨叶何蹙眉道："哎呀，你能不能先松手，勒疼我啦。"

吴定缘松开一点力度，手指却始终停在她纤细的脖颈处，随时打算捏断。昨叶何昂起下巴，微微一笑："还记得南京那一夜吗？你屡屡坏我的好事，我便有了一种好奇，这么一个声名狼藉的篾篙子，何德何能坏我圣教的好事？我知道富乐院那个琴姑与你关系匪浅，便去找她聊了聊天。"

吴定缘沉沉低吼道："你若伤了她，我今天拼了性命也要捏死你！"

"你难道就不好奇，我从她那里得到了些什么？"昨叶何道。吴定缘愣怔了一下，不知道该不该捏下去。昨叶何大笑起来："看来你果然对她一点了解也没有，不然就该猜得出，我是不会坏她性命的。"

吴定缘顾不得分辨她的话有几分真假，急促道："红姨到底对你说了什么？"这么多年来，他一直想要问红姨自己的身世、她的身世，可每次红姨都以死相逼，令他疑惑而归。谁想到这个真相，有一天会从一个敌人的嘴里冒出来。

"你知道红玉是什么人吗？她本是济南府人氏，她的母亲在铁府当奶娘，她也在铁府照顾铁公的幼子幼女们。铁家事发之后，连这个奶娘家里也被株连。红玉那时候只有十六岁，跟着铁家亲眷一并被押解到金陵，被投入教坊司。"

"……"

吴定缘的手缓缓松开来，心中惊骇至极。他知道红姨在教坊司落籍，也猜测过她非本地人氏，却没想过还有这么一段曲折。

"红玉给我讲了一个故事。永乐二年，铁家亲眷和她们这些被株连的倒霉犯人，从济南千里迢迢被押解到了金陵，关在位于皇城西南角外的教坊司衙署里。当天晚上，犯人们突然被衙役们叫醒，原来是永乐天子漏夜前来视察——那位皇帝大概想亲眼看看仇人亲眷的狼狈模样吧？他最先去的，就是关押铁夫人杨氏的牢房。可是没过多久，那牢房离奇地燃起了熊熊大火，侍卫们慌成一团，急忙扑救，勉强把一脸黑炭的永乐皇帝给救了出来。

"到底牢房里发生了什么，没人知道。坊间传说杨氏早早藏了一管火油在手里，趁永乐皇帝进牢房时点燃稻草，意图与那个篡君同归于尽。可惜呀，功亏一篑，皇帝只受了惊吓，杨氏却被烧成重伤，不久便病逝了。更离奇的是，当夜在同一间牢房里的，还有铁铉最小的一个儿子，年方六岁，却不知所终。据狱卒说，牢房的气窗格眼很大，有可能小孩看见起火，吓得从气窗钻出去了。而教坊司的牢房隔壁便是里秦淮河，这孩子八成是淹死在河里，顺水漂走了。"

吴定缘听到这里，脸色越发泛白，连嘴唇都开始哆嗦起来。昨叶何看了他一眼，声音越发清亮起来：

"红玉被打入教坊司后，就在富乐院里操琴。永乐十三年，她在南京城里无意中碰到一个人，一位故人。"昨叶何有意拉长了声调，"这人原来是济南府的一个捕吏，手段高明，心细如发。当年燕军围城，他一人干掉了数十个潜入城中的细作，铁铉亲手颁下冠带褒奖，还有意撮合红玉和他婚配。后来铁铉被迫离开济南时，这捕吏也不知所终。红玉万万没想到，会在南京城里见到曾经的故人。"

"这个人，就是我爹？"吴定缘松开她的脖颈，手臂完全垂落下去。

"他本来叫作钟二勇，只因畏惧被永乐清算，才隐姓埋名，跑来南京冒用了一个淮西迁户的身份落籍，改叫吴不平。"

吴定缘这才反应过来。难怪他爹骂人的时候，和佛母一样爱骂"死孙"，这分明就是句山东话啊！

昨叶何道："他乡遇故知，本是庆幸之事。可惜无论红玉还是吴不平，都知道当此形势，彼此绝不能相认。他们原本打算以后再不相见……"

"没想到我却突然冒出来，坏了他们的事。"吴定缘满口苦涩。当初他以为红玉跟吴不平之间有私情，一时好奇才会深入调查，没想到他们的关系却远比想象中复杂。

"你这么一搅局，红玉觉得颇为蹊跷。她找了个机会约出吴不平，质问关于你的事，谁知竟问出一件往事来：原来当年铁家人被押到京师的那一晚，吴不平也悄悄去了教坊司。他不忍见铁公亲眷堕入地狱，可又不敢暴露身份，心中备受煎熬。最终他还是输给了怯懦，只敢隔着秦淮河，向教坊司牢房远远地磕头烧纸。可烧到一半，吴不平突然看到，对面牢房离奇燃起大火，一个小小的黑影从格栅里滑出来，扑通一声掉进河里……"

"啊，是杨夫人那间？"吴定缘失声道。

"不错，正是那一间。吴不平赶紧跳进水里，把他捞出来，发现竟是铁公最小的孩子。只是那孩子先受火灼，再骤入冷河，吓得闭过气去。吴不平抱着孩子跑回家去，悄悄请来名医诊治，这才捡回了他一条性命，只是之前六年的记忆，全都不记得了。吴不平便对外谎称这孩子在淮西老家长大，刚刚接来金陵居住，从此这孩子便以铁狮子儿子的名义活了下来——哦，对了，铁狮子这个绰号，恰好是为了纪念铁铉才起的。"

吴定缘感觉脑袋里有什么东西炸裂开来，炸散了魂魄，炸散了四肢百骸，炸散了意识。而昨叶何还得意扬扬地继续说着：

"当我问清楚这桩往事之后，立刻飞奔淮安，去阻止梁兴甫那疯子杀你。还好，还算及时，总算把你囫囵个儿带来了济南。"

昨叶何对自己的这个举动颇为自得，说得眉飞色舞，她抬手一指那个被吴玉露远远搀扶开的老太太："你恐怕已经不认得她了吧？"

吴定缘微微点了点头，他的神情似乎紧绷到了极限。

"她，就是当年铁府的一个奶娘。你别看她双眼虽盲，可还记得清楚，燕王攻打济南城那一年，一块飞石越过城墙砸进铁府后花园。她正抱着你晒太阳，结果被石块砸中，她伤了脊背，你伤了右腿，还留下一道疤痕。刚才她确认了那道疤痕之后，我的七巧板总算拼上了最后一块。原来九成九的把握，如今可以到十成无疑。"

吴定缘闭上了眼睛，等待着最后的裁决。

"你是铁铉铁鼎石的第三个儿子，你本不叫吴定缘，而是叫铁福缘。"

这个名字化作一阵劲风，吹散了一个又一个谜团。难怪我一见红玉，便觉得莫名亲切，原来我小时候本就是她来照顾的……难怪我一见火光，就要抽风，八成是在教坊司火灾中落下的病根……难怪我爹一直惯着我……难怪红姨抵死不肯说出真相，这个秘密若是泄露出去，只怕所有人都性命不保……

真相吹跑了迷雾，同时也撤去了尘封已久的保护。深藏在记忆深处的恐惧再度苏醒，化为丝丝缕缕的剧痛，在吴定缘的头盖骨下蛛网般蔓延开来。二十多年的时光，他一直惶惑于我是何人，如今真相终于揭晓，带来的却不是释然，而是更强烈的折磨。他抱住头，发出痛苦的呻吟，几乎要被冲击摧垮。

昨叶何注视着抖成一团的他，突然道："你们铁家星流云散，只有你得以正常地成长起来。吴不平也罢，红玉也罢，所有知情者都一直在默默地保护着你，真是令人羡慕。"

"可你却杀了他们！"吴定缘陡然昂起下巴，仿佛用怒吼才能甩脱那无边的痛苦。

昨叶何抚住额头："那时候你我各为其主，何况我可没故意杀铁狮子，我还指望利用他做事呢。至于红玉，吴公子，不对，铁公子你冷静想想，我既知道了你的身世，又怎么会去伤红玉的性命？"

这一语，令吴定缘恢复了些许清明："我是不是铁铉的儿子，跟你们白莲教又有什么关系？为什么你们要查这件事？为什么要保护我？"

唐赛儿拍拍昨叶何的肩膀，示意接下来让她来说："小抹子，这你还不明白吗？铁鼎石在山东何等人望，他的儿子若是站出来，足以号令群雄，收拢人心，我圣教便可以更上一层楼了。"

"跟你们合作？先把我爹的命还回来！"吴定缘吼道。自己是不是铁铉之子，尚无实感，但吴不平去世前的惨状，可是一直牢牢印在他心里，这都是白莲教欠下的血债。

唐赛儿盯着他："吴不平的债，我们自然会给你个交代。但你是铁铉的儿子，不帮我们也还罢了，难道还要去保那个太子不成？"

吴定缘神情一滞。他这才反应过来，铁铉是被朱棣所杀，而朱瞻基是朱棣的孙子，他与太子之间应该是血海深仇。他之前在金陵、在瓜洲、在淮安的种种努力拼命，简直就是一个大大的嘲讽。

"小抹子，你是时候认清自己是谁了。"唐赛儿道。

不，不对！吴定缘试图从混乱的思绪中捋出一条重点。

"太子是朱棣之孙，难道你们合作的那个篡位者，就不是宗室吗？对我来说，加入哪边岂不都是仇人！"

唐赛儿长叹一声："拜你小子所赐，已经没有什么合作啦。我教在金陵猎杀太子的计划失败，北边那位贵人只怕已动了决裂的心思。"

吴定缘一怔："决裂？"

"你也看到那位狻猊公子了。他前去淮安接手截杀任务，就是一个最明白不过的征兆。老太太我看得明白，这种皇位之争，跟庄户人家争夺家产没区别，不是友盟，那就是死敌，没有墙头可以骑。白莲教办事不力，迟早是要被灭口的。"

唐赛儿微微苦笑，用手指捏了捏眉心："所以我让小抹子你来帮我，不是助那朱家的贵人夺权,而是助我圣教自保——因果这东西,真是奇妙,我教因你而败,结果也将因你而活。"

这个转折,实在出乎吴定缘的意料。他紧皱眉头:"那个贵人,到底是谁?"

根据于谦的分析,这个纵贯两京的大阴谋背后,只可能是朱瞻基的两个弟弟,不是越王就是襄宪王。可惜情报不足,始终无法得出结论。虽然这对如今的吴定缘来说,已无意义,可他还是忍不住想知道。

"如今说与你知也不妨,那贵人便是……"

唐赛儿刚说到一半,全身却猛然一僵。吴定缘惊骇地发现,老太太脚边的地面上,赫然多了一支长箭。这支利箭长约二尺,黑镞四棱,分别刻着四须血槽,而黄褐色的箭羽是用桂竹笋壳做成——这是狼舌头箭,只有大明军中精锐才用得起这种货色。

这是从哪儿射过来的?

吴定缘正要分辨方向,却见唐赛儿脸色骤然扭成铁灰颜色,整个人向前踉跄了半步,捂着胸口仆倒在地。

突然,吴定缘心中生出一阵强烈的不安,连忙就地一趴。下一瞬间,嗖、嗖、嗖,三支箭影擦着他的头皮飞了过去,没入水面。如果吴定缘再晚反应那么半息,便会被射成刺猬。

突如其来的危机,反倒驱散了吴定缘的惶惑与混乱。他奋力抬起头,朝着大明湖畔望去,只见无数百姓正东奔西逃,柳枝散落了一地。有身披软甲的大队官兵冲到湖畔,要么举刀斫砍,要么遥遥放箭。看那服色,似乎是山东卫所的人马,更确切地说,是济南卫旗兵。

吴定缘眼力极好,他很快发现这些官军不是在随意屠戮,他们有明确的目的,就是抓出隐藏在人群中的白莲信众。他看到不止一个信众试图从柳林外逃,可惜不是被飞箭穿心,就是被乱刀砍杀。一时间哭爹喊娘,喧哗四起,现场就像一个炸了坑的蚂蚁窝。

昨叶何躲在太湖石的背后,急切地冲这边探出头:"佛母如何?"吴定缘看了一眼,佛母趴在地上一动不动,只有脊背在微微起伏。长箭没射中她,但似乎触发了某种心疾之症。可惜苏荆溪不在,不知该如何处置才好。

"官兵怎么会突然来大明湖?是你们走漏了消息?"吴定缘大声问道。

昨叶何道:"不可能,今天佛母来大明湖的事,除了她只有我知道,连梁兴甫都不清楚。"

吴定缘再朝那边看去,发现官军动向确实蹊跷。如果他们是冲着佛母来的,现在应该有一队重兵直奔这里抓人才对。而实际上,官军的注意力并没有额外关注到这边,刚才那几箭只是恰好扫过来罢了。

看来官军本意是对付白莲教不假，却不知道最关键的佛母也来到了大明湖畔。

这场袭击来得突兀离奇，但当务之急不是搞清楚原因，而是先尽快脱离这个危险地带。吴定缘环顾四周，看到在窄堤的另外一边，梁兴甫和吴玉露矮身躲在木轮车后头，暂时都还算安全，而自己的那个奶娘不见了踪影，八成已吓跑了。

吴定缘苦笑了一声，他一点也不想跟白莲教有什么瓜葛。但形势逼人，等官军注意到这边，且不说自己，吴玉露只怕是难逃一死。为了妹妹，只能勉强跟白莲教联手一次。

他注视片刻，心中忽然有了一个主意，便对昨叶何讲了几句。昨叶何震惊于这计划的大胆，但她是个极有决断的人，立刻判断出这恐怕是唯一的出路。

"你在这里好生看护佛母！"

昨叶何叮嘱了一句，从太湖石后矮着身子冲了出去。她冒着被官军再次狙击的风险，飞快地跑过窄堤，走到木轮车前。梁兴甫听她说了几句话，没有多言语，双臂一抬，竟把那一辆木轮车生生抬了起来。

梁兴甫就这么斜举木轮车，如同举着一面巨大的木盾。吴玉露和昨叶何躲在他背后，朝着太湖石这边迅速挪过来。等到众人会合之后，吴定缘看了梁兴甫一眼，面无表情地把计划说出来，然后把唐赛儿背在身上。

他这么做，倒不是关心佛母生死，而是防止梁兴甫突然发疯。这疯子一心要把吴家都超度去西天，唯一忌惮的大概只有佛母。背上她，就有了一个挡箭牌。

梁兴甫什么都没说，双臂一振，举着木轮车步入湖水之中。随即吴定缘背负唐赛儿，随着昨叶何和吴玉露也一起跳进湖水之中，凑到梁兴甫身旁。

这个木轮车的结构非常简单，车厢主体是一个敞口枣木方框，下面装着一个木轮。梁兴甫把它倒反过来，如同一顶大帽子扣在众人头顶，又像举了一把硕大的油伞。刚才洗脚的时候，吴定缘已知道大明湖这一带的湖水不算深。他让所有人的身子都泡在水里，尽量只露脑袋在水面，然后吩咐梁兴甫把车框向下压，让主体缓缓浸没在水中。

倒扣的车厢里存有一定气息，足够这几个人一时之需。他们涉水徐徐前行，外人根本看不到人影，最多只会看到湖面上有一个倒置的小木轮和若隐若现的车底。何况大明湖上荷叶接天，更不易被觉察。

这个法子，还是吴定缘小时候从吴不平那里听来的。行军之时，若碰到水流湍急的浅河，军汉们就喜欢把皮舟倒扣在头上，四人一队，泅涉而过，谓之"龟排"。小孩子好奇，吴定缘召集一群伙伴去秦淮河里试，差点全被冲跑。吴不平气得够呛，铁尺举起来要抽，最后长叹一声，还是放下来，转身挨家挨户去给人道歉。

一想到此节，吴定缘心中又是一痛，对车厢里这几个白莲教骨干的恨意更重。吴不平对他有这么多年的养育之恩，这个杀父之仇真真切切，不会因身世而有所减轻。

若不是吴玉露尚在，他一度想干脆掀翻车厢，跟这些人同归于尽算了，省得许多麻烦。可一想到铁铉与红玉，他又对永乐皇帝涌起怒意，想要假手白莲教向他报复，可这一报复，就会牵扯到朱瞻基，一想到那一尊两人共誓的小香炉，他一下又茫然了。

此时车厢倒扣在水下，视野之内一片黑暗。在这么个逼仄狭窄的空间内，每一个人的呼吸都能听得一清二楚，如观肺腑。时断时续的是佛母；抽泣慌乱的是吴玉露；粗重起伏的是梁兴甫，他承担着九成以上的重量；昨叶何的鼻息倒是节奏稳定，不见半点紊乱。

而吴定缘的呼吸像是一个泄了气的风箱，轻重不一，忽长忽短，尽显心中重重矛盾。

此时大明湖畔的混乱有增无减。这一次官军似乎下了大决心，打算要把白莲教一举铲除。他们只要见到稍有可疑之人，便立刻开弓射出，连警示都不发。弓手身旁还有大批短刀手与矛手，像篦子一样，从曾公堤一直梳到天心水面亭，连一只蚂蚁都不放过。

不过从天心水面亭向西，搜捕兵力明显减弱，因为这一段不属于"真武诞辰"的插柳范围，去的百姓相对比较少。没人注意，在湖心亭与扇面亭之间的浩渺湖面上，一个小圆头忽上忽下，不时还露出一条背脊，不动声色地横跨，仿佛一条江豚在波光粼粼的湖波里游玩。

不光是官兵们没注意，就连原本在北边汇波楼上的两个人，都没注意到这个小细节。他们的全部注意力，都放在了济南卫的动作上。

"苏大夫你看，果然是靳荣的兵！"朱瞻基兴奋地喊道。

从这个高度他可以清晰地看到，济南卫的大军分作三股，从东、东南以及南三个方向围拢而来，毫不留情地清扫着大明湖畔。从他们的动作来看，绝非敷衍了事，显然上峰是下了死命令的。

可朱瞻基观望了一阵，忽然觉得有些不对劲。他怒气冲冲道："我书信里明明只提及佛母，搜捕就是了，谁让他们搞成了乱打乱杀，伤及那么多无辜。"

他在淮安已知道，大部分白莲教众只是互助的穷苦人家，看到官军如此杀戮，突然有些后悔这么莽撞。朱瞻基一拍栏杆："靳荣可靠，确凿无疑，咱们赶紧去找他，让他停手！"说罢转身噔噔噔就跑下楼去了。

苏荆溪跟在后头，双眉始终微蹙。她对于太子的计划持保留态度，可一时也没什么能驳斥的。她只能一步步缓缓走下台阶，希望能借此争取到时间，再仔细盘算一下。

"苏大夫，你怎么这么慢，快点！快点！"太子站在汇波楼的楼梯下，不耐烦地催促道。

"殿下，你的箭伤还没好，不可动作太剧。"苏荆溪拖延着说。

太子摸了摸右肩："昨日上药时，我都能摸到箭镞头啦。你不是说再坚持两三日，它便会自行脱落嘛。"

"越是这时候，越要谨慎。"苏荆溪借着这短短的空当，脑子里已盘算了一圈，开口便道："殿下您玉佩已丢，要如何说服靳荣，您是太子？"

朱瞻基哈哈大笑："苏大夫不必操心此事。靳荣这个人我很熟悉，当年曾在永乐爷麾下听用，靖难时在白沟、浦子口立功。我在京城见过几次，他肯定认得我。"

"朱卜花亦是近臣，跟殿下更熟悉。"

"永乐十八年的山东白莲教闹事，靳荣也参与了镇剿。何况你看他对白莲教下的这个狠手，岂能跟朱卜花那个狗贼相提并论！"太子怫然不悦。

苏荆溪注视着朱瞻基有些激动的眉头，没再劝下去。自逃亡以来，这还是他第一次独立筹划，若是继续质疑下去，只怕会触碰到太子那脆弱的自尊心。于是她垂下手来，柔声道："既然如此，请恕民女暂时不能随扈东宫。"

太子一怔，旋即一股怒意涌上来。我不纳你的谏，你就撂挑子不干吗？苏荆溪一撩额前的细发，笑道："殿下误会了，民女只说暂时离开，可没说一走了之。"

"为何？"

"这一次您去见靳荣，能有几成把握？"

"没有八成也有九成。"

"就是有一成危险，亦不能轻忽。民女自请留在外面，实是为殿下多留一条路。倘若其心可用，则诸事皆宜；倘若碰到那一成可能……殿下也不至于孤立无援，我至少能赶去德州，请张侯跟于司直前来救驾——殿下万金之躯，须备万全之策，容不得半点疏漏哪。"

听到苏荆溪这一番苦心，全是为了自己的安危，朱瞻基立刻大为感动，忍不住握住她的手道："苏大夫你，你可真是，真是体贴本王。"他见苏荆溪脸颊微红，想要把手掌抽出来，不由得又握紧了几分。

"殿下，你的箭伤还没痊愈，不可用力。"苏荆溪低声道。太子只好松开，恨恨道："等把吴定缘那家伙救出来，他可得好好感谢我们。"

他们离开汇波楼之后，直奔山东都指挥使司。济南府城的衙署大多分布在城东，聚集在西门大街以北的府馆一带，与大明湖几乎只有一街之隔。朱瞻基和苏荆溪刻意绕开最混乱的曾公堤，直奔府馆而去。

此时府馆街上没什么行人，反倒是报信的飞骑一个接一个。奇怪的是，路面虽说垫着一层细细的黄土，却丝毫不见扬尘。济南泉多，街道两旁都挖有压尘引渠，可以时时洒水，把浮土盖住。这在普遍缺水的北方很是罕见，也只有济南府这等得天独厚的地方，才能如此奢靡了。

两人走了一段，先看到山东布政使司、督粮道、盐运司、济南府衙等一连串官署。到了府衙隔壁，前面可以看见一处八字开的辕门，门前竖着五方大红门旗，想找错地方都难。

苏荆溪忽然放缓了脚步，冲路旁的一个茶水棚一指。朱瞻基一点头："半个时辰之内，我来这铺子里找你。若是半个时辰还没动静……"他停顿了一下，掏出那枚铜莲花来，递给苏荆溪："你知道该怎么做。"

交代完这些，朱瞻基径直走到辕门口，门兵见这人一身粗布衣衫，连声呵斥要赶他走。朱瞻基把手一背："去跟你们指挥使说一声，就说太子在这里等他。"

门兵吓了一跳，他做了这么久守卫，还从来没见过如此霸气的访客。太子？他打量了一番，觉得这人八成是脑子有病了，连忙从旁边架子上摘下佩刀，满是警惕。朱瞻基见他蠢呆呆的，不耐烦与他多啰唆，索性大声喊道："靳四！快出来！"

这一声喊出来，门兵吓得差点没拿住佩刀。靳荣在家里排行第四，只有亲近的长辈才会喊他一声靳四，外头几乎没人知道。这个穿着破烂的黑脸小厮，从哪里知道的自家大帅的小名？

"跟你说了，我是太子，快让靳四来接驾。"朱瞻基又重复了一遍。

门兵再蠢，也看出来了这人来头不凡。至于是不是吹牛，那不是他这种小卒子能定夺的。于是他赶紧把朱瞻基带进辕门。辕门里头是一个极大的旗台，上竖一幅杀气腾腾的阔绢坐纛，上书"王命山东都指挥使靳"字样。

门兵跑进后头衙署去通报，让朱瞻基一人站在大纛下方等候。此时已近午时，阳光辣人。朱瞻基却不闪不避，身子挺得笔直，下巴高抬。自从流亡以来，他一路隐姓埋名，变换身份，委实憋坏了。他决定这次与靳荣相见，要明明白白地以太子之尊站立于此。

老子有云："将欲废之，必固举之；将欲夺之，必固予之。"原来东宫师傅们讲解这句时，朱瞻基还似懂非懂。现在他总算能明白了，太子这身份若不是曾失去过，他还真体会不到其贵重。

没过多久，只听辕门内传来杂乱的脚步声。先是十几名手执直刀的甲兵，然后是同等数量的矛手，他们冲到辕门之后，先散开一个大圈子，把周围隔绝开来。随即亲军们簇拥着一个长脸汉子，如众星捧月一般走出来。他下颌一部长髯，鼻梁高挺，如果不是右眼只剩下一个浅窝的话，可称得上是仪表堂堂。

"靳四！"朱瞻基喊道，忍不住上前迎了一步。

谁知靳荣脸色严峻，根本不去看太子，左臂一抬，沉声喝道："左右，给我拿下！"

两京 十五日

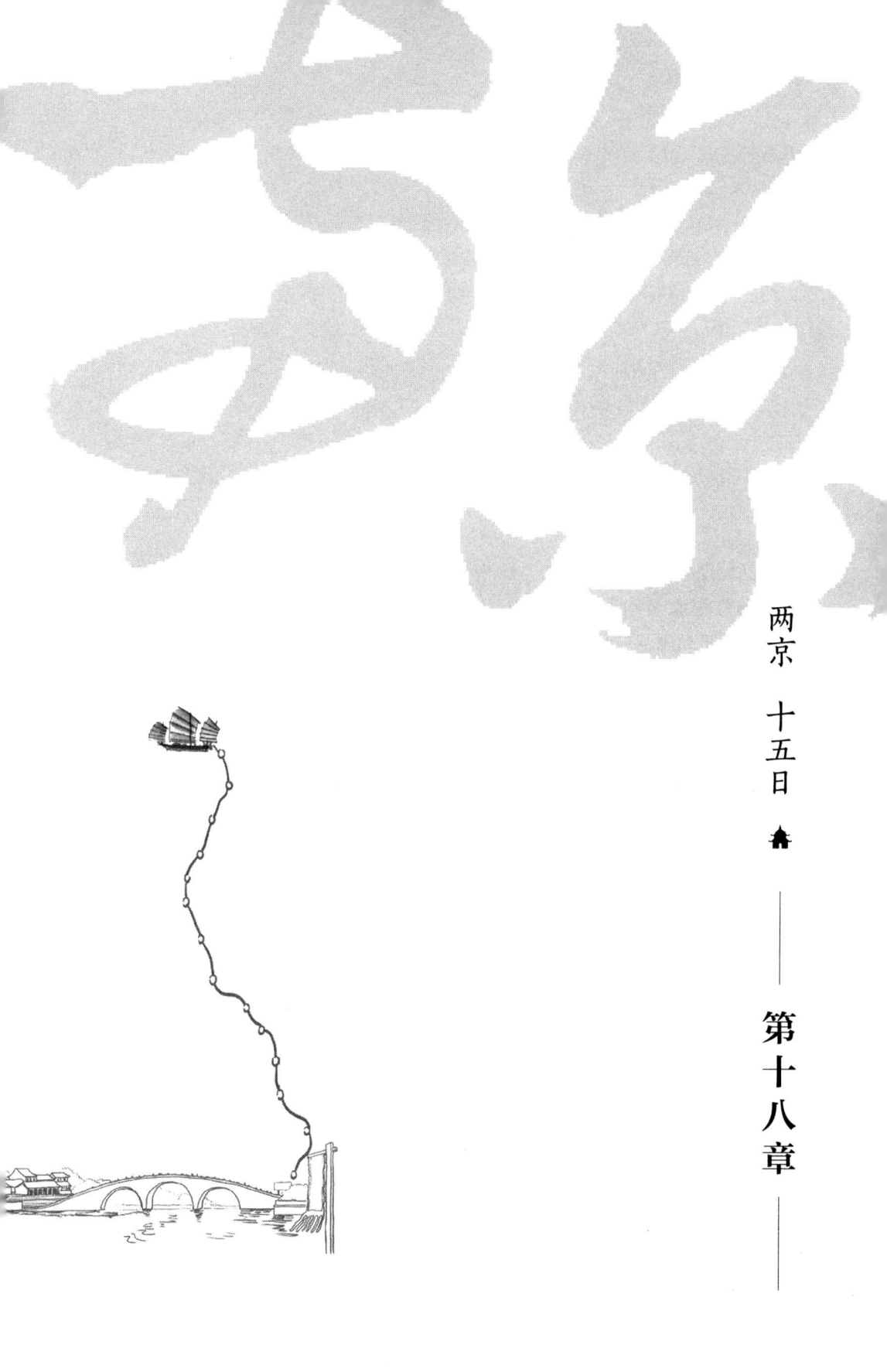

第十八章

大明湖的西畔有一条石舫，名叫蓬莱舟。名字俗气了点，但胜在舫面广大，四面俱是粉荷香藕，岸边还有一片太湖石林，很适合做个文人雅集之处。

不过此时刚至午时，石舫附近没什么游人。一条奇怪的"江豚"游到石舫附近，从舫旁的一片青萍中浮了起来。先是一个木轮，然后是倒覆的车底，车底一翻，亮出五个湿漉漉的人来。

这一带都是嶙峋假山，很容易遮掩身形。他们迅速离开湖区，穿过一道篱笆，来到湖西的七圣街老庙后院。这个庙属于全真一脉，里面供奉着全真七子，故而整条街叫作七圣街。庙里的道人听到动静，跑来查看，却不防被一个浑身伤痕的狰狞大汉拿住脖颈，捏晕在地。

紧接着那大汉把老庙正门从里面闩上，当着七圣的面泼熄了香烛，其他人则趁机进了道人平日休憩的厢房。

吴定缘把唐赛儿小心地搁在竹榻之上，低头审视她的伤势。只见老太太脸上的褶皱一层层耷拉下来，精神以肉眼可见的速度委顿下去，嘴唇都紫了。万千信众心目中拥有无边佛法的佛母，居然被一根其貌不扬的流箭吓出病来，最终躺在一个道庙里奄奄一息，这是多么讽刺的事。

梁兴甫照例在庙前看守，吴玉露被打发出去烧些开水来。唐赛儿这时稍微恢复了点神志，她勉强睁开眼，嘴唇翕动。吴定缘知道她差不多该交代后事了，便闪身起开，冲对面的昨叶何做了个手势。

昨叶何走到榻旁，吴定缘瞥了她一眼，不由得一怔。昨叶何原本化的是浮艳浓妆，在大明湖里一泡，胭脂尽褪，露出了素面模样。这个一手搅动金陵的狠辣女子，年纪原来不大，眉眼间显得很稚嫩，活像个涉世未深的天真少女，比吴玉露大不了多少。

她俯身把耳朵凑过去，唐赛儿微微撑起头来，每一句都说得十分艰难，不时还咳嗽两声。昨叶何一边听着，一边用右手在腰间掏摸出一点红糊糊，往嘴里塞。这是早上她们在大明湖畔买的酸枣粉，水里一泡，全糊到腰带上了。可她一点也不嫌弃，还执着地从带褶里一点点抠出来。

吃东西对昨叶何来说，仿佛是一件天大的事情，哪怕在佛母交代后事时都不肯停下来。

末了唐赛儿长呼出一口气，似乎耗尽了最后的力量，重新躺平在榻上。昨叶何直起身来，双眼有些发直，对吴定缘道："佛母最后有几句法旨，要说与你知。"吴定缘抬抬眼皮，不耐烦道："济南卫满城在追剿你们白莲教，你们不赶紧收拾烂摊子，和我一个外人有什么好说的？"

昨叶何"唰"地从靴子里抽出一把明晃晃的短匕，吴定缘下意识肌肉紧绷，她却倒转刀柄，递到了他面前：

"佛母说了，白莲教参与两京之谋，是她一手促成，你养父吴不平之死，亦属她的罪愆。你可用这把刀手刃佛母，彻底了结这段因果。我们护法信众，绝不阻拦。"

吴定缘眉头一皱，微微眯起眼睛。佛母临死前，居然惦记的是这么一件事，实在是出人意料。

唐赛儿之前说过，希望借用他铁铉之子的身份，在山东一带为白莲教汇聚力量。但这个合作最大的障碍，就在于吴不平之死。现在她主动提出以性命相抵偿，来化解恩怨，显然是在为白莲教的今后做打算。

这佛母真是了得，临死之前还不忘把自己的死亡利益最大化。吴定缘突然钦佩起这个其貌不扬的老太太了。白莲教纵横山东这么多年，绝非幸致。

昨叶何见他不言语，把短匕又向前递了递。吴定缘冷笑着接过去，在手里一晃："稻米烂生虫才拿来施粥，这人情送得未免忒顺水了。她马上就要死了，这时候想起还报来了？"

昨叶何毫不犹豫，上前一挺胸膛："若你觉得佛母一条性命不够，不妨再取出我的心肝，来祭你养父。"

"你以为我不敢吗？"

吴定缘短匕突然朝前刺去，尖刃切入昨叶何胸前的团襟，割断系绦。可她的身子一丝也没躲闪，眼神一错也不错，可见是真存了死志。

这一刀即将刺入肌肤时，停住了。吴定缘捏着刀柄，不明白为什么自己不刺下去——也许是还没问清楚身世，也许是怕白莲教还有什么圈套，也许只是因为看到她嘴角那一抹枣糊残渣……

吴定缘把匕尖稍微撤后了一点："我不明白，你们为何执着到了这地步？你们到底想要我做什么？"

昨叶何盯着他："佛母原本打算延请你来做本教大护法。但今日大劫起得仓促，佛母刚刚传下法旨，请你接她衣钵，执掌白莲圣教。"

吴定缘短眉骤然一抬，仿佛听见了一个大笑话。两大护法都在旁边，佛母却要把权柄交给一个外人？何况这外人还对白莲教怀有刻骨仇怨，天下还有比这更荒谬的事情吗？

"我原来以为只有梁兴甫疯了，原来你们是群疯子，一个都不例外！"他喃喃道。

"不被这世间逼到疯魔，谁会想要加入白莲教呢？"昨叶何舔了舔唇边的残渣，笑了起来，那笑容一动，牵出了深藏眼角的两条浅纹。

"你们到底图什么？"

"活下去，活下去而已。"

"活下去？"吴定缘迟疑地咀嚼着这三个字。

昨叶何道："白莲教只是一个供绝望之人抱团取暖的破庙而已。我们所挣扎的，我们所渴求的，从佛母当年壮大白莲教起，就一直没变过——活下去，单纯只是为了活下去。她当年在青州起事，是为了活下去；我们涉险参与两京之谋，也是为了活下去；把衣钵交到你手里，让你以铁铉之子的身份带白莲教走出困境，也是为了活下去。"

"哼，说得好听，到头来不过是为了她的权势罢了！"

一听这话，昨叶何柳眉轻挑，露出一个苦涩的笑容："铁公子，佛母她，她……她早有心疾，近年来越发频繁，请来多少大夫都说治不得，只在这一两年内了。你说她要这权势做什么？"

吴定缘这才明白，为何那一箭明明没射中佛母，她却突然捂住心口倒下，原来是早有隐疾，受不得惊吓。

"佛母她知道自己时日无多，这才冒险要为白莲教的其他人挣得一条活路。两京也罢，你也罢，她都不是为了自己，而是为了万千信众。"

吴定缘想起佛母之前在白衣庵中见他，拉拉杂杂说了一大通大实话，既坦诚又突兀。原先他还纳闷，佛母难道是个没遮拦的话痨鬼？现在回想起来，那分明是在培养接班人啊。

"我又不信你们这些鬼话，做什么掌教！"吴定缘啜嚅道。

昨叶何微微一笑："昨天佛母不是跟你说了吗？自古做掌教的人，切不可笃信教义，她老人家也不信那些。"

"那你来坐这位置不是更好？佛公佛母都不用改了。"

昨叶何摇摇头："我只是护法之命，只适合辅佐。若要聚人望、定众心、慑宵小，非铁铉之子不能承担。"

吴定缘冷笑道："济南卫这次扫荡大明湖，恐怕是那位贵人授意山东都指挥使动手的。你们把我拱到前头，无非是挡灾罢了，何必说得如此冠冕堂皇。"

"是的。"她承认得倒很痛快，"跟贵人决裂之后，接下来的局面对白莲教来说将非常艰难，正需要一个人来引领信众。"

"好，我问你，我替佛母接掌之后，做什么你们都听吗？我若是要求你现在去帮太子，你肯吗？"

"掌教法旨所向，属下自当凛然遵从。"昨叶何毫不犹豫地回答。

"就算我要你杀掉梁兴甫，也行吗？"吴定缘看了一眼厢房外头，心想若那个疯子得知佛母遗命，不知会不会当场暴起，届时可没人能拦住。

"没问题，这一点我可以保证。"昨叶何淡定道。

吴定缘对此并不相信，可他也心存疑惑。她到底有什么自信，能保证佛母死后梁兴甫不会造反？这背后，应该还有故事。

但吴定缘已经受够了这些故事，每一个真相，都会把他的情绪向崩溃的边缘推进一步。

这时昨叶何又道："佛母指定你接班，不是要你做成她的什么大事。每个人都是不同的，你可以任你心意而行，只要能带着我们活下去就行。"她说到这里，突然浮现出一个半是讥讽半是关切的笑容："倒是铁公子你，想清楚自己是谁没有？想过自己真正想要做的事情了吗？"

吴定缘正要驳斥，却突然发现驳无可驳，昨叶何这一句质问，像一支狼舌头箭正正戳到了他的心肺之中。

我是谁？这个疑问，自从吴定缘发现自己不是铁狮子的亲生儿子后，就不断在折磨着他。他过去十几年的颓废败落，与其说是失落，毋宁说是失去了人生目标。甚至在他卷入两京之谋之后，这种茫然仍旧没有消除，他凭着意志与武勇克服了一个又一个危局，可一切都是被动的，一切都是不情愿的。浑浑噩噩，难以名状。

吴定缘蓦地想起苏荆溪在黑暗中的那句话："船行无针路，四向皆逆风。"如今他这条夜航船，便是在风中飘摇，无所适从。铁狮子之子、箆篱子、野生杂种、太子的好兄弟、铁铉之子、白莲掌教……先明白自己是什么人，才知道该去做什么事。吴定缘试图厘清自己的存在，可发现越是琢磨，越是矛盾。种种不同的身份，彼此冲撞，越深想便越痛苦、越矛盾。

"啊……"

巨大的疼痛再度袭来,"当啷"一声利刃坠地,吴定缘抱着脑袋痛苦地跪倒。吴玉露在外面正好端着一碗热水进来,看到哥哥瘫倒在地,以为他又犯了癫痫,慌忙放下水碗,过去搀扶。

昨叶何走上前去,帮着吴玉露搀起吴定缘,伸手按住虎口,对她柔声道:"玉露妹妹,你哥哥我来照顾,现在你要去做一件事情。"

"嗯?"吴玉露慌乱不堪。

"拿好这把匕首。"昨叶何把短匕捡起来,塞到她手里,"你知道吗?佛母快要圆寂了。可是她还有一桩因果未了,法体未得清净无漏,不能归还琉璃天。"

吴玉露双目顿时盈满了泪水:"那可怎么办呀?"

"现在只有你能帮她,去,把这柄匕首插入佛母胸中。"

吴玉露吓坏了,这,这是什么帮法?这不是要杀人吗?昨叶何却面孔一肃,用不容违拗的口气道:"你父亲吴不平因佛母而死,因果必须由你来了结才成。"

"可是,可是,佛母她……"吴玉露紧张得说不出话来,昨叶何一推她:"你自己可以去问佛母,但要快,若耽误了她老人家升天,你我都要折损功德的。"

吴玉露看了眼哥哥,依旧在地上挣扎,她只好战战兢兢握着匕首走过去,蹲到佛母跟前。唐赛儿勉强睁开眼睛,气若游丝:"好孩子,你来啦。"

"昨姐姐,昨护法要我,要我用刀杀了您。"

唐赛儿用尽力气点点头:"我身遇大劫,只剩这桩孽缘未断,没法升天……来,跟我一起念《弥勒下生经》,还记得我怎么教你背的吧?"

吴玉露泪流满面,点头"嗯"了一声。唐赛儿振起最后的力气,低声念诵,吴玉露边哭边跟着诵起来。唐赛儿满意地摸了摸她的头发,视线转而透过屋顶,看向天空。待得吴玉露能自己念了,她便用最低微的声音喃喃道:"林三,林三,老婆子来南旺鱼嘴找你了……"双眼缓缓合上。

在诵经声中,吴玉露双手缓缓握着匕首,高举起来。

昨叶何在旁边看顾着吴定缘,她没有转头往这边看,而是微微闭上眼睛,从腰带里又抠出一抹枣粉泥,塞到嘴里咀嚼。诵经声越来越清晰,她嚼得越来越用力。忽然身后传来"噗"的一声,昨叶何唇瓣一抽,似乎咬到了舌头,有一丝鲜血沁了出来。

过不多时,吴定缘头痛缓解,清醒过来。他抬起头,首先看到的不是昨叶何,而是自己妹妹盘腿坐在佛母身旁,面带虔诚地诵着经,而唐赛儿胸口插着一把短匕,一动不动。一代传奇人物,就这样遽然离世。

"你……"吴定缘瞪向昨叶何,哪里还不知道发生了什么事。

昨叶何淡然道："父仇女报，岂不是天公地道？"吴定缘顿时噎住了，是啊，吴不平的血亲手刃佛母，这有什么不对？他又以什么身份去阻止？

吴定缘望向佛母的尸身，发现自己陷入了一张荒唐的罗网里：他想替铁狮子报仇而不能，因为是铁铉的后人；因为他是铁铉的后人，所以不该保护太子一路，而应加入白莲教反对朝廷；但他压根不愿意加入白莲教，因为铁狮子的仇还没报……于是又回到了起点。

吴家、铁家、白莲教形成了一个难以打破的循环，让吴定缘无论如何抉择，都会陷入矛盾，胸中的憋屈，浓郁到无法呼吸。他此时多么希望手里有一瓮烫好的烧酒，最辣最醇的那种，一饮而尽，把这些茫然与惶惑都忘掉。

他跟跟跄跄走过去，去拽吴玉露的胳膊："玉露，跟我走吧。"吴玉露身子不动，双手合十："是我亲手送走佛母，她法体未殓，我还没诵完一千遍《弥勒下生经》，还不能离开。"

吴定缘从来没见过妹妹语气这么坚定，他扯了扯她，居然扯不动。情绪在这一个瞬间分崩离析，他喘着粗气，迫不及待要离开这阴森、逼仄的空间。

吴定缘从吴玉露身旁站起身来，一言不发，大踏步地朝门口走去。外面是梁兴甫也无所谓，是济南卫也无所谓，他只想尽快离开这里。走过昨叶何身边时，她平静地望着他，居然一点阻止的意思都没有。一直到吴定缘迈出门槛时，她才开口道："等你想通了，我们在白衣庵等着。"

一声疲惫的嗤笑，从吴定缘的唇边流泻出来。他摇摇晃晃地走出屋子去，没有听见昨叶何的最后一句话："我们每个人，都是这样过来的。"

吴定缘跟跟跄跄地从后殿转出去，径直走入正殿。他一点也不掩饰声响，心想若是梁兴甫扑过来，也算是求得一个大解脱。可梁兴甫居然无动于衷，他大概也听到佛母去世的消息了，面向殿角，正垂头念叨着什么经文。

吴定缘无心去管梁兴甫如何。既然不拦他，他便自行扳下门闩，踏上街面。他也不知道去哪儿，也不知道该干什么，整个人如同孤魂野鬼一般向南游荡而去。

此时大明湖的混乱，并未波及七圣街这一侧，但街面上的气氛明显变得很紧张。行人们纷纷加快了脚步，小摊小贩吆喝的调门儿也降低了。吴定缘游荡了一段路，一抬头，看到前头有个酒家。他毫不犹豫地一头扎进去，挑了个临街的散座，叫小二直接端来一大瓮烧酒。

待得酒端上，吴定缘顾不得拿小网来筛，一碗一碗连酒水带渣往嘴里倒。借酒忘愁，这本来就是他最擅长的事情。

北方的烧酒与南方不太一样，南烧多用酒糟复蒸，北烧则是用高粱，色清如水而性烈如火。吴定缘喝惯了南烧，一时适应不了北烧的烈度，再加上心情糟糕至极，没吃上半瓮便醉了。酒家小二看出不对劲，问他先结账。吴定缘从淮安被白莲教一路掳掠到济南，根本身无分文，三两句话便跟小二吵了起来。

小二一见有人要喝霸王酒，勃然大怒，撸起袖子和其他几个伙计围了上去。吴定缘酒意上涌，又加上心中郁闷无处抒发，两边就这么打起架来。吴定缘虽然颓废日久，可手底有功夫，转瞬便把这几个伙计打得东倒西歪。掌柜的见势不妙，急忙叫人去报官。

可巧因为济南卫在大明湖办事，济南府的快班、防夫都高度戒备。听到有人在酒家闹事，这些差役立刻赶过去，先用渔网兜头一罩，然后水火棍一通乱打。吴定缘躺倒在地，任凭捶打，连吭都不吭一声。掌柜的一搜这醉汉身上，什么也没有，便气呼呼地给差役塞了几贯宝钞，说情愿告官，让这狗杂种在牢里吃些苦头。

差役们收了贿赂，都嘻嘻哈哈地用绳子牵着吴定缘脖子，一路上像扯狗一样扯到府馆街。济南府衙的司狱司就在这里，只消刑房开个单子，便能把他直接投进牢狱。

差役们刚走到司狱司门口，忽然被一个女人拦住。这女子的穿着只是寻常马面裙，可气质与谈吐却不一般。差役们摸不清路数。女子扯着吴定缘说这是我夫家，惯于酗酒闹事，今天又犯了毛病，还请恕罪则个。

差役们纷纷啧啧称奇，这么一个窝囊酒徒，娶的媳妇倒是端方贤惠。掌柜的跳起来说他喝了我一瓮烧酒不给钱！女子从怀里掏出一枚珠子，如数偿给掌柜，又给每个差役送了几枚铜钱，算是工食辛苦钱。

她打点得面面俱到，说话又妥帖。掌柜的和差役们也就不好追究，把绳子解开，又骂了几句，各自散去。女子把吴定缘搀到附近茶铺里，茶铺老板好心地端来一碗醒酒的酽茶，帮着她撬开吴定缘的嘴巴灌下去。

"吴定缘！吴定缘！"

吴定缘听到一个很熟悉的声音在耳边响起。他晃动脑袋，努力睁开眼睛，发现眼前这个模糊的虚影，居然和苏荆溪有几分相似。残存的理性告诉他，这是不可能的。可是声音一次比一次清晰，与此同时，还有苦涩的茶水冲入胃袋，将醉意一点点冲刷。

突然，吴定缘右脚的大脚趾与二脚趾之间传来一股剧痛，像是被一枚银针刺入。强烈的痛楚，一下子吹飞了残存的懵懂，把他从深井底抛回到现实中来。吴定缘眼前的景象终于清晰起来：光洁的额头，笔挺的鼻梁，唇边的一点星痣，还有那一双似能看透人心的弯月双眸。

"苏……苏大夫？"

他觉得有些高兴，可软软地提不起力气来。苏荆溪用力攥住他的手，像是抓住一根浮在水面的干柴："快，快，太子有危险！"吴定缘亮起的眼神，倏然又黯淡下去。虽然他完全不记得六岁前的事情，但铁家与朱家的真相既然揭开，便无法再被忽视。

"抱歉，我帮不了你。"

他哑着嗓子回答，脸上闪过一丝复杂的情绪。苏荆溪眉头一皱："你在济南，到底遇到了什么？"

她敏锐地觉察到，吴定缘一定遭遇了剧变。他一遇到为难之事，就会习惯性去酗酒逃避，这一次听到"太子"二字就眼神闪避，难道这剧变与朱瞻基有关？

一个南京的小捕快，跟北平的太子能有什么旧怨？就算有旧怨，又和济南有什么关系？

"你到底遇到了什么？"苏荆溪罕有地重复了一遍问题。

吴定缘朝椅背重重一靠："苏大夫，你总说坦诚一点会感觉更好。好吧，我就坦诚地说给你听，然后你不要再烦我了。"

不待苏荆溪表示，吴定缘自顾自开口说起来。他酗酒初醒，舌头和脑子都很僵硬，说得颠三倒四。饶是如此，苏荆溪依旧听得瞠目结舌。这种变故与曲折，委实超出了想象的极限。

待得吴定缘说完之后，苏荆溪消化了好一阵，方才抬头道："看来……你惊痫的真正根源，是六岁那年在教坊司监牢受到的惊吓。你居然是铁铉的儿子？"

"所以你不要劝我去临清，我有什么理由去救杀父仇人的孙子？"吴定缘怨毒地说道。

苏荆溪淡淡道："你至少搞错了一件事。"

"嗯？"

"太子并不在临清。"

吴定缘闻言一怔，他这才注意到，苏荆溪出现在面前，本身就是一件极蹊跷的事。她怎么会跑来济南求援？又怎么那么凑巧，在街上碰到自己酗酒被抓？

凭他的敏锐，本该在一见到苏荆溪时便觉察不对头的。

苏荆溪道："很简单，太子就在济南，他是来救你的。"吴定缘如同被野蜂蜇了一下，他忍不住大声吼道："莫要欺我，大萝……太子怎么会知道我在济南府？"

苏荆溪便把太子在淮安的发现娓娓道来，然后讲到了安山湖的分道扬镳，以及太子试探靳荣的敲山震虎之策。吴定缘整个人像被一管火铳击中胸口，瘫在原地久久动弹不得。

"他发什么癔症？还有什么比回京城更重要的？于谦呢？于谦难道不拦着他？"

"于谦被打发去临清跟张侯碰头了。"苏荆溪道，"太子这一次态度坚决，连于司直也拗不过他。他铁了心要来救你，还说若连你都救不得，根本不配为人君。"

"他居然这么说？"

"于谦说皇帝行事须心系天下，他就说自己还不是皇帝，不必受那个头衔束缚。那一对君臣，可真有意思。"

"少一窍的肉头！"吴定缘骂道，呆愣了半天，似又想起来什么，"太子如今人在哪里？"

苏荆溪朝远处的大纛一指："他去了都司衙门，已经快一个时辰了，至今没有消息传出来。我本是在这茶铺里探望，可巧看到你被那几个衙役抓过来。"

府馆街这里大多是官府衙署，济南府司狱司与山东都司相距不过几十步远。苏荆溪坐在对街的茶铺里，两处的动静皆一目了然。从这个地理布局来看，只要吴定缘失意酗酒，两人相遇几乎是必然。

太子进去了一个时辰没动静，这意味着什么，不必再说。吴定缘的酒劲已全数退去了，可他的身躯仍不住颤抖着。

救？还是不救？他不知道，可又必须知道。

苏荆溪看着这个陷入巨大矛盾的男人，轻轻叹了口气："你这种困惑，我也曾经历过。锦湖的死讯传来苏州时，我也不知所措。我与她非亲非故，她家里人都无动于衷，我又算她什么人呢？复仇这种事，一定要想明白你到底是谁，一切便可迎刃而解。"

"那你是怎么……"

"若你是吴定缘，便杀回白莲教，让他们为吴不平殉葬；若你是铁福缘，便坐看朱家人自相残杀，顺便再捅上一刀为铁家阖族报仇；若今日不说君臣，不谈父子，不提往日恩怨，只以朋友相待的话……有一个生死好友身陷不测，你会如何？"

见吴定缘仍不作声，苏荆溪从怀里掏出一枚铜钱，托平递过去："你若还心存犹疑，一切交给天意吧？若见了永乐二字，便是铁朱二家仇怨不得解；若是无字一面，便要朋友相济，余者不论。"

吴定缘默默接过她掌中的铜钱，朝上一抛。铜钱翻转了几圈，"啪"地落到茶桌之上。四目齐看，只见"永乐通宝"四字楷书，线条分明。

苏荆溪二话不说，直接起身欲走。吴定缘却一把扯住她的袖子："咳，刚才太仓促了，我，我还没正式抛。"苏荆溪"嗯"了一声，坐回原位。吴定缘神色凝重，又一次抛起，这一次铜钱还没落地，他便伸出手掌，狠狠地把它拍在桌面上，久久不愿掀开。

苏荆溪盯着他的手背，见它欲掀又盖，唇边不由得露出一丝无奈。这些笨男人，都是一样的笨拙。她伸出双手，轻轻压在吴定缘的手上：

"你连抛了两次，真正的本心如何，难道还需要老天爷来定夺？"

从靳荣踏进监牢的那一刻，朱瞻基就觉得极不舒服。

靳荣以仪表堂堂著称于军中，长面美髯，时人称之为"独眼关公"。这位"关公"走到太子面前时，既没有奸计得逞的欣喜，也没有谋害君上的愧疚，甚至没有刻意避开视线，一脸的大义凛然，仿佛徐州破城之后见到曹孟德似的。

朱瞻基努力不让自己显得太过惊慌，挺直腰杆："靳四！我真是没想到，连你都参与了这场谋篡！"

靳荣抱拳一揖。他甚至连掩饰都懒得做，事实上，也不需要掩饰，他刚才抓朱瞻基时，双方的立场已是明明白白，不须装模作样。

"臣没料到殿下竟会现身于济南，仓促之间，只有请您从都司衙门移至南大营的大牢驻跸。"靳荣环顾四周，"这里在济南城的南边，历山之下，乃是济南卫的行营所在。殿下必无行踪泄露之虞。"

听到靳荣这句话，朱瞻基嘴角一抽，悔意像虫蚁一样撕咬着他的心脏。这时候他才知道，于谦的忠告是多么英明——"你永远不知道谁是背叛者，所以不要在任何人面前暴露身份。"

可他想不通，自己的计划到底是哪里出了问题。济南卫明明展开了对白莲教的追捕啊，这是作不得假的。可靳荣若与谋篡者是一伙，怎么会对同伙痛下杀手？

靳荣似乎读穿了太子的想法，不屑道："一群蝼蚁，妄想和虎贲共谋，就该有被踩死的觉悟。"从这句话里，朱瞻基隐隐读出了些信息。不过他还未及细想，靳荣又一拱手：

"济南府城内，美食甚多。不知太子想吃什么？今晚我请厨子来整治。"

朱瞻基的脸色一变，这分明是断头饭哪，看来今晚靳荣就迫不及待要送他上路。太子下意识看了眼监牢的气窗，内心无比绝望。

苏荆溪是在城中都司衙门的门口守着，自己却被转移到了南大营，就算她觉出不对劲，也不知自己下落。她现在唯一能做的，就是赶去临清找于谦和舅舅求援。从济南到临清至少需要三天时间，等援兵赶到济南，只怕他的头七都做完了……

哀求饶命，求他晚点下手？一个屈辱的想法闪过脑海。

没意义的，就算靳荣高抬贵手又如何？今天已经是二十七日，若今晚还不北上，六月初三之前绝对赶不到京城，一样是万劫不复。无论怎样，奸贼们的赢面都近乎十成，可恶！太子感觉自己的心火越燎越旺，几乎快要冲破理性的束缚。

靳荣对太子的心态变化不感兴趣,他正要离开,朱瞻基的骂声突然从背后传来:

"靳四你这个不忠不义的狗东西!"

听到这句话,原本正要离开的靳荣,骤然停住了脚步。他缓缓回过头来,独眼里的光芒变得锐利起来:"殿下,您说我是不忠不义之徒?"

"难道不是吗?"朱瞻基按捺不住火气,索性放开嗓门,"你忝为山东都指挥使,受了朝廷恩遇,勾结宵小先害天子,再谋储君,哪里来的忠!哪里来的义!你还自命关公?可笑至极。真正的关公,至少会脸红!"

靳荣快步回到栅栏前,颀长的手臂顺着缝隙伸进去,一把掐住了朱瞻基的脖颈,一字一顿:"我可从来没把洪熙那胖麃当成主君。我的功勋,是辅佐太宗皇帝打出来的;我的恩遇,是太宗皇帝亲手赐下的,与你们父子何干?"

朱瞻基没想到,靳荣居然对他们父子有这么大恨意,竟直呼天子为"胖麃"。他忍不住反唇相讥:

"你杀他儿子,杀他孙子,还有脸提他老人家庙讳?"

靳荣的独眼猝然爆出一丝光芒,手里的力道又大了几分:"太宗君恩深重,我靳四须臾不敢忘记。我如此做,正是为了报答他的恩情!"

朱瞻基被掐得脸色涨红,呼吸困难,两只手无助地舞动着。靳荣意识到自己有点失控,缓缓松开手,太子扑通一声趴到地上,不住咳嗽。靳荣俯视着太子,一部长髯在胸前不住晃动,仿佛憋忍了很久:

"洪熙那个胖麃,满脑都是肥肠。太宗靖难付出多大代价,才有今日局面,他倒好,一纸诏书把那些建文余孽尽数赦免,置我等卫官于何地?太宗皇帝一世筹划,好不容易把都城迁至北平,尸骨未寒,他就要把国都迁回南京,又是何等不孝!至于你,空长了一张太宗皇帝的面目,却没有他老人家半点气魄,终日沉溺玩乐——你们父子俩,根本不配坐在那张龙椅之上,不配接掌他老人家打下的大好基业!你们父子俩,根本不似人君!"

"不似人君"四个字,正戳中了朱瞻基的痛处。这句话他听得太多了,已成为心中的一根瘤刺。凭什么说我不似人君?我到底怎么做你们才会满意?太子过往积郁于心的愤懑与困惑,被这一刺,猛烈地爆发出来。

他化身为一头怒兽,朝着靳荣凶狠地扑了过去。靳荣没有闪避,只是长腿一弯一踢,直接踢中太子胸口,让他倒飞回去。只听"扑通"一声,朱瞻基背部结结实实撞在了监牢土墙上,眼冒金星。扑簌簌几缕墙土落下来,可见撞击力道之大。

靳荣略鄙夷道:"我早想这么给你一下了。永乐爷戎马一生,竟生出你这没用的废物。真不知道,朱卜花怎么会让你逃出金陵。"太子被踹得胸口剧痛,根本站立不起来，可嘴里却不肯示弱：

"少提皇爷爷！你们不过是为满足自己的野心，别当了婊子还立牌坊！"

靳荣走进牢房，徐徐蹲到朱瞻基跟前，把脸贴近，一字一顿道："我的野心？我靳荣参与两京之谋，早已把个人荣辱置之度外。我的忠义，不是愚跪昏君的小忠义，而是让天下回到太宗成法上的大忠义。纵然要背负弑君之恶名，我也在所不辞。"

靳荣用拳头敲击了一下胸膛，独目灼灼，正气凛然，一瞬间竟令太子生出错觉，敢情靳荣是真心觉得这件事乃是大忠义，自己才是反派。

太子嘶声道："你就不怕皇爷爷显灵，劈死你们这些乱臣贼子！"

靳荣的脸上多了一丝狂热的兴奋："太宗当然会显灵。若不是他在九泉之下的护佑，你又怎么会千里迢迢跑来济南，自投我的罗网？可见先皇的本心所向，从来不是你们，而是他真正的后继之人，真龙！"

朱瞻基张了张嘴唇，却没有发出声音。

靳荣欣赏着这位太子失魂落魄的模样，袖子一摆："不过我还是要多谢你才是。我每次上朝觐见你爹，看到那张油乎乎的胖脸，都想冲上去狠狠捶上一顿。没想到，今天多少能得偿所愿，也算殿下你的一份功德。快想想晚上吃什么吧，下去看见先皇总不能饿着肚子——这是臣唯一愿为你尽忠之事。"

这时一名亲兵跑进来，打断了这场羞辱。他附耳说了几句，靳荣"嗯"了一声，横瞥了太子一眼，微微露出憾色，但什么也没说，径直转身离开。

整个大牢已经被提前清理过，所以靳荣一走，偌大一间牢房里转瞬只剩朱瞻基一个人。他软软靠在墙角，一个声音在心中响起："你没有指望了。吴定缘下落不明，于谦远在临清，苏荆溪孤立无援，谁能来救你？你身系重狱，什么都做不得，不如乖乖等死……"

"住口！"朱瞻基不待它说完，便一声低吼，将其强行掐断。

若换作从前的他，大概会斗志尽失，坐以待毙。而从金陵到济南的一路波折，让太子从同伴们那里学到的最重要的一件事，就是不能放弃。无论是宫城潜逃、后湖纵火、瓜洲水牢还是淮安船坝，无不是在绝境里拼出一丝生机——济南府城，凭什么例外？现在不是还没死吗？

朱瞻基缓缓抬起左手，朝右肩狠狠地捶了一下。那里的箭伤已大半痊愈，只是箭镞还未完全脱出，被这么一捶，剧痛如电，瞬间激活了行将沉沦的神志。

现在得给自己找点事情做，脑子一闲着，心魔便会复苏。所幸刚才靳荣太过兴奋，在羞辱太子之余，透露出了不少信息。

其中最重要的，是靳荣无意中说出的一个词。

真龙？

这条"真龙"，显然是这一场两京巨谋藏在最深处的策划者，也是皇位之争的最终受益人。

可他到底是谁？

先前于谦有过分析，有资格跟朱瞻基竞争皇位的，只有两个亲生弟弟：老三越王与老五襄宪王。但从靳荣刚才的话里能听出，那个混蛋对永乐皇帝敬畏十足，却对洪熙皇帝不屑一顾，不可能对他的子嗣有什么好脸色。

难道说，他所效忠的这条真龙，不是洪熙皇帝这一支，而是从永乐皇帝那里便分出去的宗室……朱瞻基闭上眼睛，脑海中没来由浮现出另一个人名来。

朱卜花。

朱瞻基一直百思不得其解的是，朱卜花为何要叛乱？他一个蒙古人，能做到御马监提督太监，可以说已是人生巅峰。他参与两京之谋，究竟图什么？

朱卜花身死后湖之后，朱瞻基以为这事再也搞不清楚了。可刚才靳荣的表现，让他意识到，朱卜花也许和靳荣一样，不是为了荣华富贵，而是出于某种忠诚，某种足以让他们毫不犹豫投入一场叛乱的绝对忠诚。

这两个人的出身、性格以及仕途路线都大不相同，他们只有一个共同点：都参加过靖难之役。想到这里，朱瞻基精神一振。可巧皇爷爷在行军途中，曾给他讲了许多次靖难故事，他对其中细节倒背如流。只要花点时间搜寻记忆，或许会有发现。

太子很快便在这寂静无人的牢房里，沉浸到了回忆里。

在靖难之初，李景隆率军六十万进攻北平，燕王率二十万人在白沟河迎敌。在这一场大战中，朱卜花与靳荣两人同属精骑先突，在关键时刻击破了南军大都督瞿能，让整个局势发生逆转，燕军以少胜多。

在随后的东昌之战中。燕王被盛庸大军所围，又差点丧命，多亏张玉、靳荣等人拼死救援，才得以身免。在这一战中，朱卜花在负责断后的后阵翼军之中，一直奋战到燕王安全撤离。

在建文四年，燕王在浦子口之战中与南军相持，战况不利。是靳荣率领一支先登飞骑驰援，北军方才反败为胜。

在靖难这一系列战事中，他们两人都立下了赫赫战功，所以战后一个成了御马监的提督太监，一个成了山东都指挥使。他们对永乐皇帝的忠诚，是毋庸置疑的。

但两人同时出现在战场上的，只有白沟河与东昌两战。硬说有某种联系，委实有些牵强。

朱瞻基强忍着疼痛，又重新过了一遍，巨细靡遗。想着想着，他倏然眉头一挑，发现了这两个人真正的共同之处，应该隐藏在军队序列之中。

　　白沟河之战的精骑先突也罢、东昌之战的后阵翼军也罢、浦子口之战的先登飞骑也罢，这三支军队其实是一支，只是不同时期的军号不同而已。这支军队自然是向朱棣效忠，但同时也由一位总兵官直接统辖。

　　朱卜花和靳荣的忠诚，极有可能是奉献给这位直属上司的。

　　朱瞻基回忆起那位总兵官名字的一瞬间，心脏骤然一疼，仿佛被一条无形的棘鞭勒紧。那是一个让人讳莫如深的名字、一个朱明皇室挥之不去的诅咒。很多疑问，都因此得到了解答，而答案又催生出了新的恐惧。

　　如果两京之谋是那个人策划的话，恐怕京城局势比想象中险恶十倍，几近不可翻覆。

　　气窗外的光线还在缓慢移动，此时正值未时，太子的眼神却已迅速黯淡下去。好不容易才忽略掉的绝望，迅速从朱瞻基的脚面重新漫上来。这一次他没再试图抗拒，任由自己被恐惧淹没……

两京 十五日

第十九章

"这里就是白莲教的佛母总坛啊？"

苏荆溪仰起头来，微微发出惊叹。眼前这座其貌不扬的白衣庵，居然隐藏着搅乱两京五省的佛母，观感差异实在有点巨大。

不过现在佛母已经不在了，不知这座小庵日后的命运会是怎样。

苏荆溪侧过头，看到吴定缘站在庵门口，脸露迟疑，便打趣道："要我再借你一次铜钱问卜吗？"吴定缘摇摇头："不必了。这件事我没的选择，问什么神仙也是一样。"

"你这个想法，只怕连神仙都猜不到。"苏荆溪感叹了一句，"居然要请白莲教来救太子。虽说世事无常，可这变化也太大了。咱们离开金陵时，可绝想不到今日。"

"为了偿还救命之恩，我别无选择。"

吴定缘面无表情地强调了一句，仿佛怕别人误会似的。苏荆溪笑了笑，并不去说破，至少"别无选择"四字，是他真实的想法。

吴定缘和苏荆溪在济南府城人生地不熟，去都指挥使司救人势比登天。两人商量了一圈之后，吴定缘尴尬地发现，自己只有一个选择，那就是找白莲教援手。

白莲教在济南经营这么多年，根基深厚无比，调动的资源也极多。更重要的是，佛母身死大明湖这件事，让他们与两京之谋的幕后黑手彻底决裂。从那一刻开始，白莲教必须另谋生路，吴定缘相信昨叶何这种现实的人，会做出最理智的决定。

唯一可虑的，是她恐怕会趁机提出条件。一想到佛母临终前的遗嘱，吴定缘就一阵头疼。可为了把朱瞻基救出来，他也只能迎难而上。

他深深吸了一口气，让自己的情绪放松，正要一脚迈进庵中时，忽然"吱呀"一声，大门从内侧被拉开，探出一个比门神面相还凶恶的大脑袋。

苏荆溪虽有心理准备，可看到梁兴甫，还是"啊"了一声，朝后退去。吴定缘第一时间挡在她面前，侧脸小声道："不打紧，他暂时不会动我们。"

果然如他所说，梁兴甫并没有暴起伤人，也没念叨那些要"报恩"的胡话，像傀儡一样僵硬地把门打开，示意两人进去。

看来佛母临终的约束还真管用，只是不知用的什么法子，吴定缘暗自揣度。

他们走过厢房前头，看到厢门微微半开，佛母的尸体正停在里面，被一张麻布覆着，吴玉露虔诚地跪在旁边诵经不止。对白莲教来说，佛母之死绝不能公开，所以注定不会有祭拜之仪。吴定缘甚至怀疑，他们会不会随便找个土坑直接埋掉算了。

他正犹豫，要不要去跟妹妹说两句话，这时无梁殿内转出一个俏丽女子。她看到吴定缘和苏荆溪并肩而立，先是一怔，旋即欣然出迎。

"这不是苏大夫吗？怎么连你都来济南了？"昨叶何亲热地挽起苏荆溪的手臂，好似闺中密友一样。苏荆溪不动声色地抽出手臂，看了眼吴定缘："还不是怕他被人害了？人心诡诈，不得不防。"

昨叶何道："姐姐看得这般紧是对的，男人就好比墙头浮草，一口风便醉倒了，哪里分辨得出麝香狐臭。"

苏荆溪笑道："你这名字，才是墙头草。昨叶何，昨叶何……不就是生在屋顶瓦隙之间的瓦松吗？"

"咦？这是佛母给我起的，我还觉得挺好听呢，原来还有个典故？"

"我在医书里读到过，这昨叶何也唤作瓦松、唇莲、屋上无根草。入秋乃花，冬前即凋，乃是命薄之物。而且它只生于旧屋破垣之上，长于覆瓦直梁之间，天性寒碜，终究入不得花圃。"

"这么说，这草竟是一无是处喽？"

"也不尽然。"苏荆溪和煦一笑，"若取来煎熬内服，可以通经破血、下沙利便；若捣烂外敷，可治恶疮火伤。可见一束植株有用与否，全看它是否放对了位置。"

昨叶何虽听出了几分机锋，可论药理她怎么比得过苏荆溪，一时不知如何回嘴。吴定缘赶紧站到中间道："咳，说正事。"

昨叶何转过脸来，笑意盈盈："你从七圣庙匆匆离开，原来是去找苏姐姐了，咱俩的事她都知道了吗？"吴定缘眉头一皱，觉得这问题有坑，索性直接说道："我现在需要你们的帮助，去救一个人。"

"谁？"

"太子。"

这个回答倒让昨叶何吃惊不小，太子居然也来了济南府城？她媚目一转，视线从吴定缘身上扫到苏荆溪，又扫回来，心中已猜出来几分端倪。

"是靳荣吗？"

在得到吴定缘肯定的回答后，昨叶何蹙起眉头，一时陷入沉思。

也不怪她迟疑，现在局势太过复杂，曾经的盟友变成了死敌，曾经的猎物却上门来要求合作。这其中的错综关系，即使是她也有些拿不准。

思忖再三，昨叶何忽然展颜笑了起来："铁公子不必这么生分。只要你一句话，教内信众自然无不遵从。"

吴定缘明白，这是对方开出的条件。若他以铁铉之子的身份接任白莲掌教，信众的力量便尽可以使用——可这恰恰是他最不想做的事。

"那件事……容我先考虑考虑。"

昨叶何道："不是我借此要挟。我信众在大明湖畔胆气新丧，若没一个脊梁人物站出来挑头，怕是这顶帐子撑不起来。"

吴定缘还要劝说，苏荆溪却轻轻拦住他，上前道："靳荣这个人，与你们白莲教关系如何？"昨叶何愤愤道："靳荣这个人，一直是我教大敌。自从他担任了山东都指挥使，清剿一直极卖力气。佛母当初决心与那位贵人合作，多少也是想减缓靳荣带来的压力。"

"可一旦贵人跟你们决裂，他便会毫不犹豫地继续打压。所以你们白莲教的依仗又在哪里？"苏荆溪的声音很和缓，可却让昨叶何脸色微微有变化。

"你们白莲教若要活下去，此时就该有一个决断了。若还是首鼠两端，只怕两边都不讨好。"

苏荆溪说得委婉，可在场的人都听明白了。如果昨叶何作壁上观，那么无论太子与那位贵人谁获得最后胜利，白莲教都将面临灭顶之灾。对他们来说，没有选择或要挟的余裕，倒向太子是活下去的唯一指望。

昨叶何习惯性地在裙兜里掏摸一下，却发现里面已没吃的了，她眨巴眨巴眼睛，看向吴定缘："铁公子，这也是你的意愿？"

她"铁"字咬得非常清晰，吴定缘面色一窘："救人要紧，其他容后再说。"昨叶何毫不犹豫地屈身一拜："铁公子为了圣教存续能放下私怨，顾全大局。我等信众上下，谨遵掌教法旨！"

吴定缘闻言一僵，他本以为这女人已被逼到墙角，想不到她居然借势反将了自己一军。他躲也不是，受也不是，只好拧着眉头，强行岔开话题："说正事。太子进了山东都司的衙门，至今未归，你们能打听到他的下落吗？"

昨叶何道："掌教垂询，自当知无不言。"她拍了拍手，叫来门口一个闲人，耳语几句,闲人连忙领命出去。

"都司衙门里恰好有我教信众做库夫,片刻即能传出消息。"

昨叶何解释了一句,然后把两人请进了无梁殿内,同时把梁兴甫也唤了进来。这两边死敌,各自端坐在蒲团上,形成了一个奇妙的座次。如今佛母不在了,殿内显得颇为寥落。

昨叶何先恭敬地上了一束香,然后和梁兴甫一起闭目诵起超度经来。其他两人面面相觑,可又不好催问,只得保持着沉默。

过了约莫两炷香工夫,终于有消息传了回来。昨叶何睁开眼笑道:"那库夫说没见到太子模样的人,只看到靳荣带着亲随离开都司衙门,听卫兵闲聊,八成去了南大营。"

"南大营?"苏荆溪问。

"南大营是济南卫的驻地,在城南舜田门外的历山下。"昨叶何道,"既然靳荣去了,太子九成也被押送到了那里。你想啊,城内有布政使司衙门,有济南府衙,万一有消息走漏,都是大麻烦。把太子往济南卫的军营一关,那外人再想插手就难了。"

"所以我们得闯进军营劫人……"吴定缘磨磨牙齿。军阵不比其他地方,偷不得机取不来巧,想要救人困难极大。

昨叶何笑道:"这件事,还是得请教佛母才好。"她示意梁兴甫挪开佛龛,从下面拽出一摞文簿,抽出几张铺开:"佛母在济南经营了这么久,居安思危,提前埋下了一些伏手,就是为了应付最坏的局面——欲救太子,就着落在这些伏手上了。"

吴定缘和苏荆溪一起望去,第一张纸上是济南府城的舆图,上面用朱砂圈出了三十余处小圈。

昨叶何解说道:"这里是济南府城的三十多处主要泉眼与水井。只消同时在这些地方投毒,济南必然大乱。济南一乱,济南卫就得出兵来救,我们便能乘虚而入。"

吴定缘大惊:"这怎么行!会伤及太多无辜百姓。我们是救人,又不是屠城。"苏荆溪亦道:"这个办法见效太慢,不妥。"

昨叶何又抽出另外一张,这是济南及附近区域的大舆图:"小清河靠近泺口镇有十几处闸口,只要设法毁掉,便可以水淹济南。当年朱棣打济南城,就是这么干的。"

吴定缘摇摇头:"不成,不成。"

佛母准备的这些伏手,都是存了同归于尽的打算,一经发动便玉石俱焚,实在太过苛烈。太子固然要救,可动辄挟持一城性命,吴定缘可没法接受。

昨叶何似乎早有预料,又很快拿出第三张。这张还是济南府城舆图,上面有十来处浓浓的墨点,分布在城中各处,城东最多,城南与城西次之,城北最为稀疏。

"这是什么？"吴定缘隐隐觉得有威胁。

昨叶何的声音充满揶揄："你们在南京，应该都见过的。"

吴定缘眼角一抽，登时明白了这墨点的意义。那是让千料宝船粉身碎骨的巨力，那是可以瞬间横扫南京官场的火神之怒。没想到白莲教在济南府城里，也埋下了这么多火药。

那些家伙虽然拜的是弥勒佛，骨子里头却是祝融天性。

昨叶何热心地给每一个墨点做着介绍："这个点在趵突泉东侧的柳井巷内，那里驻有济南府的一营战兵；这个点在府馆街的最南端，附近有岱岳观和太平寺；这个点在西门粮市与骡马市之间；还有这个点，紧挨着城南的舜田门，那里有山东最大的一处火药工坊。"

一十八个私屯火药的墨点，紧邻城中要害，就好像十八支顶在济南咽喉处的长矛。一旦全数爆开，半个济南城都会陷入火海。难怪白莲教在南京玩得这么驾轻就熟，原来早有经验。

吴定缘摇头道："这比毁闸放水殃及的无辜百姓还要多。"昨叶何把舆图一拢："掌教，你这么仁义，干脆去贡院考个举人吧，何必在这里谋反？"

吴定缘知道昨叶何说得在理。济南这么一炸，势必大乱，他们再集结人手突袭南大营，救出太子的可能性超过九成。可是，这与白莲教在南京所为有什么区别？

两边一时僵住了。这时一直没作声的苏荆溪道："即便是虎硫药，药性也不稳定。你们在火点囤积火药，一存便是数年，难道不怕出意外吗？"

昨叶何回答："这一十八处地方，硝石与硫黄平日里不做混合，而是按比例分置在草袋里。需要动手时，会有信众现场调配好，再放入密闭的木桶中引爆，前后不用半个时辰。"

"那你们怎么控制时间，让它们同时爆开？"

昨叶何转过身去，从佛龛下又掏摸出一样东西。这是一团松木屑，用鱼胶黏成球形，昨叶何从香炉里拔下一根线香，插进松屑球里，亮给苏荆溪看。

两人恍然大悟，不由暗赞佛母的手段。这结构极为简易：先把松球放入火药桶中，再点燃外插的线香。待得线香燃尽，引燃富含松油的木屑，便可以点爆火药。如此一来，只要算准线香长度，便可以控制爆炸时间了。而且它能自行运作，人员可以提前离开，不虞被波及。

苏荆溪接过这个巧妙的点火装置，翻看了一下，递给吴定缘，然后问道："我对火药不太了解。除了虎硫药，军中可还有别的配伍？"

吴定缘对这方面很熟："有大炮用的虎贲紧药，一般配的是杉灰；有长短铳用的慢药,配的是轻煤灰,还有柳枝药、茄楷药、飞鸦药,等等,得有几十种吧?"

"有那种烟气盛大而烈性弱一点的配伍吗?"

吴定缘低头想了下:"有倒是有。我见过龙江船厂那边配过一种通号药,跟爆竹差不多,响声如雷,炸开的烟气持久不散,专为郑提督的船队在大洋上联络配的。"

苏荆溪眼睛一亮:"配方你知道吗?是否需要额外添加什么材料?"吴定缘道:"火药嘛,无非是一硝二硫三炭,不用什么旁的。不同的药性,调整这三样东西的比例便是。"

苏荆溪道:"咱们的目的是什么?不是杀伤民众,是扰乱靳荣和整个济南府衙的视线。只要现场稍微调一下火药配伍,让它从虎硫药变成通号药就行了。只要烟火旋起,声势煊赫,便足以夺人心神,却不必有雷霆之威。"

这倒是个两全其美的好办法,吴定缘和昨叶何同时松了一口气。昨叶何道:"那铁公子你把药方写出来,明日我传达给负责看火的信众,提前制备。"

"不行!"吴定缘急道,"今晚我们必须动手,不然来不及了。"

若明日太子还滞留济南,断然赶不回去京城,一切皆休,白莲教投靠太子也会变得毫无意义。

昨叶何略一沉吟,说那我得亲自去安排人手、调配火药。至于突袭南大营救人这部分,你们就跟梁兴甫商量吧。苏荆溪起身道:"我跟你去,配伍我也略懂,能帮上点忙。"

昨叶何自然知道她的用意,可也没拒绝:"有姐姐这位杏林圣手在,自然事半功倍。"说完她深深看了吴定缘一眼,与苏荆溪匆匆离去。

无梁殿里,如今只剩下病佛敌一人面对着吴定缘。少了别人在中间转圜,这两个人一时间无比尴尬。吴定缘一度怀疑,他会不会趁机出手,把自己干掉。

可梁兴甫此时却像一只上了年纪的老虎,虽然威严犹存,可那股滔天的杀意却敛至无形。吴定缘皱眉道:"丑话前头说。这次跟你们联手纯为救人,你与我吴家的恩怨,单开一本账,咱们另外算。"

梁兴甫没理睬他,信手拿起佛母的扫帚,在泥土地面上画出一个简图。

这是南大营的衙署结构,虽然只是寥寥几笔,但内里情形一目了然。大营分成南、北两个区域,分设两门。南辕门内是签押房、武成王庙、演武厅、厨工布甲诸库等地;北辕门内则是旗台、中军台、马厩以及一个大大的校场。

吴定缘低头去看灰尘里的简图,在心中推演片刻,复又抬起头来:"军营中驻扎着多少人马?"

"靳荣是山东都指使,下辖十卫四所,分布在山东各地。他在济南的兵力,是济南卫六个百户和自己的亲军。"梁兴甫徐徐道。

"你们在济南能调动的力量有多少？"

梁兴甫伸出指头："三十人。"

大明湖畔的突袭，令白莲教在济南的香坛陷入很大混乱。佛母不在，仓促之间，昨叶何与梁兴甫能调动三十个有战斗力的信众，已极不容易。好在火药爆炸至少能吸走济南卫三分之二的兵力，他们勉强能有一搏之力。

吴定缘捡起一根小枝，在尘土里勾画："嗯，既然如此。我们便把人手分作三队，最好改换成百姓装束，寻个借口先混进去，等外面爆炸声起……"

一只大手猛然袭来，打断了他的话。吴定缘以为梁兴甫突然又要犯病，急忙后退。谁知大手只是在他面前一晃，把那小枝夺了过去。

"不要搞那些花头。一旦济南城四面火药爆炸，济南卫必然会从北辕门出兵进城维持秩序。不要分队，直接从南辕门杀进去，杀尽守卫，找到牢房带出太子，离开大营便是。"

这计划真是简单粗暴……可吴定缘也明白，事起仓促，越简单的计划反而越容易实现。可他略一琢磨，又有一个疑问：

"若济南卫觉察有异，返回大营，我们怎么应付？"

"我会守在北辕门，他们一个也别想过去。"梁兴甫淡淡回答。

对这一句话，吴定缘竟发不出丝毫质疑之声。

转眼又是几个时辰过去，济南白昼的喧嚣，随着金乌西坠而慢慢平静下来。

泉城的晚霞灿然是出了名的，每到暮时，它便如一匹浸饱了五彩染料的绢布，从容舒卷开来，侵占了大半个天空。城中的七十二眼玉泉汩汩地流泻着，每一条滑流都映出一小片酡红色的霞光，有若七十二条斑斓的长束锦带，在城中交错奔流，把济南城装点成一座色彩盈动流转的大彩楼。

一到这时候，城中居民都会扛着大小木桶，前去家里附近的泉眼打水。他们相信，沁染了霞色的泉水是从天上借来的仙气，喝了可以让人延年益寿。不过这水一定要当场映着霞光喝下，如果拿回家去，就不灵了。

此时在城中的趵突泉附近，居民们在三个泉池前排起了长长的队伍，等着分一口霞泉银水。毕竟是当年出过孔圣人的地方，大家都彬彬有礼，排列有序，并没人吵闹。只是不免有些窃窃私语，说的都是中午大明湖的事。

突然，一声巨大的轰鸣凭空炸起，如同旱地里落下惊雷。泉池里的水波猛然一颤，皱起无数波纹。那些守在旁边的居民，骤然被震得呆在原地，一时反应不过来，呆愣愣如同石像。

直到"扑通"一声，一个柏木桶跌落到泉池中，大家才如梦初醒，纷纷转头朝传来爆炸的方向看去。眼前的景象，让他们更加震惶。只见广会桥附近的一处民房上空，升腾起一朵漆黑如墨的云花，这云花一边扶摇直上，一边向外层层翻卷，如罗伞开张，遮天蔽霞，一霎时天光便黯淡下来。

不知谁先发了一声喊，打水的百姓轰散四逃，连哭带喊。可他们并不知逃去哪里安全，壮丁扛着桶，老人扯着孩童，小贩推着独轮车，商贾捂着头巾折扇，无头苍蝇一般四处冲撞，反而让恐慌如涟漪一样散播开来。到了最后，就连看守泉池的官差们都扔下绳牌，跑得不知踪影，趵突泉前只留下一片狼藉。

几乎是在同时，济南各处都传来剧烈的震动。从府馆街到骡马市，从贡院到孝感泉前，一十八朵挟着火光的黑云团团升起，像十八尊魔神矗立在泉城上空。那种黑云蔽日的恐惧，简直如洪太尉放走的妖魔一般凶狞，令居民们惊恐万状，纷纷奔走惊呼，阖城陷入纷扰。

济南城内一共有四套衙班，主管城内事务的历下县衙、司掌周边四州二十六县的济南府衙，以及主理山东全境的布政使司与都指挥使司。此时城内突现大乱，历下县衙不敢决断，急报济南府，济南府又请示布政使司。

布政使司也被这突如其来的暴乱吓坏了，这种规模的袭击，敌人一定还有后续动作，非出动军队不足以防备，于是一张牌票送到了山东都指挥使司，请求济南卫即刻弹压。

不出半个时辰，南大营的北辕门隆隆打开，济南卫的兵卒列队出阵，迅速奔赴城中各处，以防备可能出现的袭击。

北衙大门前的一处小巷前，一个卖枣的贩子正慢慢收拾着摊子。他不时斜眼旁观，暗中计数，每过去一百，他就在木车上画一条线。等画够了六条线，他直起身子，推着车子迅速离开。

过不多时，在另外一个方向的南辕门，一群背着大小包袱逃难的人群逐渐接近了门口。卫兵们都在议论十八处爆炸的事，还没顾上爬杆挑灯。暮色中他们根本看不清这些百姓清一色都是年轻后生，更发现不了他们背上的包袱皮大多是长的。

在乱哄哄的喧闹声中，一个身材魁梧的大汉率先走到辕门口。趁卫兵没留意，他伸出左拳头狠狠地捣向其中一人小腹，右掌同时捏住另一人咽喉。只是转瞬之间，两个卫兵便丧失了战斗力。

其他几名士兵大惊，刚要抽刀向前，身后突然冒出一群百姓。他们摘下包袱皮，露出明晃晃的短刀与短矛，毫不留情地刺了出去。只有一名士兵侥幸避开了袭击，第一时间朝营内逃去，可他刚跑出去数步，便被柱后一把突然伸出的铁尺抽中，哀号一声,登时晕倒在地。

吴定缘收回铁尺,心中微微有些快意。这是靳荣的亲兵,靳荣是朱棣的手下,朱棣是铁铉家的仇人,他痛下狠手,多少也能算是报上一点点仇。

他转头回望,辕门口已经没有站着的士兵了,只有梁兴甫矗立在衙门正中间的台阶上,有如一尊敦实黑塔。

"动手吧!"吴定缘不想跟他多说。

梁兴甫双臂撑住门板,靠着腰腹之力狠狠向前推动。他脖颈处有青筋绽起,只听轴枢处发出吱呀声,竟把两扇沉重的大门生生给推开了。

吴定缘第一个闪身冲入,然后是梁兴甫,那三十个白莲信众也蜂拥而入。他们对南大营内部结构事先都做了一定了解,毫无迟疑,直奔牢房方向而去。

吴定缘和梁兴甫冲在最前,一旦看到前方走廊上有人阻碍,无论是亲兵还是文吏,都是直接打翻,继续向前,后头的信众们会做后续处理。中途有几个反应快的亲兵,想要退回厢房里,却被信众们敲开窗棂猛撒石灰,然后将水囊丢进去。逼着他们要么出来决战,要么在里面活活呛死。

袭击者如一把庖丁的尖刃,以无厚入有间,悄无声息地刺入牡牛的腹心。

吴定缘在心里不得不承认,梁兴甫这个变态在自家阵营的话,那实在是一柄极好用的重锤。短短的这一段路,已经有将近二十人倒在他脚下。任何抵抗,在他面前都持续不了两个呼吸,战斗效率实在可怕。

看来济南卫的兵马确实调空了,留下的人手十分薄弱。他们这对犀利的双箭头,很快便杀到了衣甲库前,按照简图,只要再顺边廊向右拐一个弯,便是牢房的入口了。

这时一阵浓郁的香气飘入吴定缘的鼻子,他眉头一皱,这附近没有伙房,哪里来的菜香?他迈步朝前走了一步,突然注意到,在边廊右侧的廊柱下正蹲着两个人影。

这两个人敞着短褂子,赤袒着半个上身,肩上披条油乎乎的汗巾,活脱脱两个伙夫扮相。他们正围着一个小提灶,嘴里不住吸溜。

小提灶其实是随军携带的竖铁筒,里头覆有一圈隔热陶片。此时筒顶架起一个敞口鼓腹坛子,下头烧着精炭,香味正是从坛口飘出来的。

这个位置正好卡在通往牢房的路上,绕不过去。吴定缘耽搁不得,便一晃铁尺,凶神恶煞一样冲了过去。他快冲到近前了,那两个伙夫才发现不妙,咂着嘴起身想逃,不留神"哐当"一声将提灶踢翻,坛子登时摔碎了一地。

吴定缘这才注意到,原来坛子里是油汪汪的把子肉,一块块都拿蒲草绳捆着,绳隙里浸满了酱色的肥油。他可没有品尝的心情,迈开长腿跃过这一摊油腻,朝着牢房冲去。后面的梁兴甫和白莲信众会料理那两个厨子的。

南大营的牢狱并不大，吴定缘跑了十几步，便跑到了尽头最大的那一间牢房。他停下脚步，在向栅栏内张望的同时紧皱起眉头，准备好迎接又一次头疼侵袭。

可是意料中的头疼居然没有出现，因为牢房里空无一人。

吴定缘愣了愣，有点不相信自己的眼睛。他又看了一遍，牢房里铺着稻草，墙壁上留着指痕，墙角的尿桶里散发着腥臊气味，唯独没有犯人。他的双眼扫过那一层稻草，发现边缘露出一圈污黑痕迹——这说明稻草刚刚移动过。

吴定缘脸色一沉，在这个节骨眼被转移，可不是好兆头。他突然想到什么，赶紧回头跑出牢房。只见那两个伙夫被梁兴甫按在地上，正要动手灭口。

"等一下！"吴定缘吼道，梁兴甫的手停住了。

"太子不在牢里，问问他们！"

在牢狱旁边开伙，只有一种可能，就是送人上路的断头饭。而把子肉油水这么丰足，只有太子这么贵重的身份才有资格享用。

梁兴甫也做出了同样的判断，他像掐两只鸡一样，把两个人轻松地捏起来："说，这顿饭是给谁吃的？"两个伙夫面无人色，竹筒倒豆子一般全数说了出来。

原来他们俩是专门伺候都指挥使的厨子，下午接到靳荣的命令，精心整治了一坛把子肉，要送给牢里的犯人吃。要知道，把子肉这东西需要慢火熬炖，一来二去就耽搁了一点时辰，那犯人才吃了一口，便被靳荣的亲随带走了，剩下满满一坛子肉，便宜了这俩厨子大快朵颐。

吴定缘问犯人被带去哪里了，俩厨子战战兢兢摇头，只说朝北边去了，许是进了校场。

一丝不安，爬上吴定缘的心头。

这个计划到底还是太仓促了，没有准备后手。现在太子失踪，势必要花大量时间搜查。这时间一拖延，后头的变数就更多了。

一时间，千头万绪涌入吴定缘的脑中，可他一咬牙将念头悉数斩断。现在间不容发，哪里还容他细细去琢磨。事到如今，只能凭感觉行事了。吴定缘瞥了一眼天色，低吼道：

"快！去北辕门！"

就在这批人动身离开南边的同时，苏荆溪再度登上了位于大明湖北畔的汇波楼。只是这一次陪着她的不是太子，而是昨叶何。

汇波楼高耸的城墙之上，可以俯瞰整个大明湖乃至济南城的情形。从这里能清晰地看到，城区上空绽放出了一十八朵黑云，如同在一张设色绢本的《清明上河图》上滴落了一十八点墨汁。从爆炸效果来看，虎硫药改通号药的配伍很成功，烈度不大，烟火却浓重得很，生生营造出一派"黑云压城城欲摧"的气势。

"接下来，咱们就等着看吴定缘和梁兴甫的手段吧。"

昨叶何趴在栏杆上，从顺袋里掏出一把新剥莲子，咯吱咯吱嚼了起来。苏荆溪好奇道："莲子味甘，能除烦止渴、养心安神，不过你连莲心都吃，不嫌苦吗？"

昨叶何笑着再次抛进嘴里一粒："莲子外似甘甜，内心实苦。佛母说我教之所以以白莲为名，寓意正在于此。"

"外似甘甜，内心实苦……"苏荆溪回味着这两句话，"可这跟白莲教有什么关系？"

昨叶何道："庙里那些香烛泥胎，能济得什么事？说到底，大家心里都是苦的，无非是求个心安哄骗自己高兴罢了。你说这白莲教，可不就是个莲子嘛。"

这坦白的发言令苏荆溪颇为惊讶："这都是佛母教你的？"

"是啊，她经常说，世间这一个个人，都是一粒粒莲心，都苦在心里。有生皆苦，就算是她也一样，哪有什么解脱，哪有什么彻悟。"昨叶何往嘴里一粒一粒地扔着莲子，手速越来越快。苏荆溪的手，忽然按住了她的手："其实……你可以直接哭出来。"抛莲子的动作，骤然停住了。

昨叶何笑道："我干吗要哭？"

"你自己都没觉察吗？刚才一提佛母，你嚼得便格外激烈。"苏荆溪的声音愈加柔和。

"什么呀，我只是嘴馋而已。"

"人心有疾，必现外症，久自成癖。有的人心绪壅滞，便会不停啃指甲；有的人神志紧绷，便会抖腿不止。你一刻不断要吃东西，只怕也是一种心疾早种。容我猜猜，你先前可曾挨过饿？"

一听苏荆溪这话，昨叶何"扑哧"一声大笑起来："姐姐好眼光。挨饿，我岂止是挨过饿啊，我是从饿殍堆里爬出来的，连人肉都吃过呢。"她说得轻描淡写，苏荆溪却心头一撞，感觉被那笑容中暗藏的锋利剐伤。

昨叶何捏着一粒莲子，端详片刻，抛入嘴里，白森森的贝齿几下将它切得粉碎。

"我是哪里人氏，爹娘是谁，早不记得了，只记得那一年家乡奇荒，死了好多人。爹妈大概是疼我的，把最后一点粮食给了我，然后都饿死了。我好饿啊，跟着一群人迷迷糊糊跑，锅底的灰、地里的土、槐树的叶子和皮，连蝗虫蚂蚁都吃。都吃光了，可还是饿，怎么办？那就吃人呗。开始他们只是吃死人，后来连活人都吃。我一个皮包骨的小姑娘，就被他们盯上了。临下锅，我觉得也好，以后不用挨饿了，没想到佛母正好路过，顺手把我给救了，从此养在坛里。"

面对这突如其来的坦白,苏荆溪有些尴尬。昨叶何瞥了她一眼,似笑非笑:

"打那以后,我只要得空了,就想吃东西。我老是害怕,万一下一刻挨饿了,可怎么办?我不想再体会到那种感觉,所以就拼命吃,尽量把自己塞得饱一点。这大概也是一种心疾吧?只要我吃得足够饱,就永远不会回到当年,永不必再体验那种记忆——姐姐这回你明白了吗?"

苏荆溪怔了一阵,方才叹道:"是我唐突了,抱歉……"

昨叶何摆摆手,她望向大明湖畔那块濯足石,目光莹莹:"人死如灯灭,佛母这一走,就算彻底没了,说什么极乐净土、转世轮回,其实都是骗人的。人一死,去哪儿也找不到了,就剩下一尊佛像、几个蒲团。所以我没什么可哭的,只想吃点莲子,好好尝尝佛母说的这世间诸苦。"

昨叶何忽然笑了:"苏姐姐你可真怪,不知不觉我怎么跟你说了这么多……哎,你这么爱打探别人的事啊?"

"我是医师,习惯使然。"

"姐姐这么会说话,难怪那一班男人被你耍得团团转,都没看出来……"

"没看出来什么?"苏荆溪微微眯起眼睛。

昨叶何毫不畏怯地直视过去:"太子北上,是为了夺权;于谦北上,是为了尽忠;铁公子北上,是为了救家人;我唯一看不清楚的,就是姐姐北上的缘由。无利不起早,姐姐如此尽心竭力,只怕是别有所图吧?"

"那是当然。"

苏荆溪大大方方承认了,倒让昨叶何不知该怎么追问。

苏荆溪仰起头,远望着夜空徐徐散开的烟火:"你说得很对。那一班笨男人大概觉得,女人跟着男人,是再自然不过的,甚至傲慢到没认真想过,我为何要跟随他们北上,从来没想过,我也可以有我自己的目的。"苏荆溪说到这里,略顿了顿,缓缓从唇间吐出一口气,对昨叶何露出一个微笑,"刚才听了你的往事,不太公平,我也说一个自己的吧。同为女子,也许你能听得懂。"

也不待昨叶何表示,苏荆溪便自顾自讲起她与锦湖的往事。这段故事,与她在淮安讲给吴定缘听的并无二致,只是细节更多:她与锦湖如何相识,两人如何钻研药方,如何外出采药,锦湖远嫁京城前后的情绪变化,以及她得知锦湖在永乐二十二年遇害后决心复仇的挣扎……

"所以你问我是否别有目的,有的。所有参与杀害锦湖的人,都要死。可他们个个身居高位,我费尽心机,才算侥幸杀死朱卜花。其他的人,我只有护送太子抵达京城,借他之手,才有复仇的可能。锦湖还在黑暗中等着我,我不能辜负她,愿意为此付出任何代价，包括我自己。"

"锦湖姑娘……真是好生令人羡慕啊。我若得一知己如此，死也无憾了。"昨叶何被这故事震撼得不轻，手中捏着莲子竟都忘了往嘴里扔。

"还是你能明白。"苏荆溪微微一笑，"锦湖这一世，只与我交好；我这一世，也只与她亲近。若非为她复仇，我早不愿在这世上独活。佛母说有生皆苦，我其实是极赞同的。"

她面上在笑，可昨叶何却没来由地打了个哆嗦，感到一股冷意。不是冰冷，不是阴冷，而是一种哀伤到极致的沉郁决绝。

"柳下笙歌庭院，花间姊妹秋千。记得春楼当日事，写向红窗夜月前。凭谁寄小莲……"

苏荆溪望向浩渺的大明湖面，手指轻轻在琉璃瓦上敲出破阵子的调子，口中喃喃。昨叶何不知这是晏几道的词，可一字一句听在耳中，却与此情此境极是贴切。她不由得也低声跟着苏荆溪念起来：

"……绛蜡等闲陪泪，吴蚕到了缠绵。绿鬓能供多少恨，未肯无情比断弦。今年老去年。"

最后一个字念完时，一阵夜风悄无声息地吹过楼顶。苏荆溪忽然深深吸入一口气，修长的手指似乎要去拂昨叶何的脸庞。昨叶何吓了一跳，浑身一阵僵直。不料苏荆溪只是搭住她的手，把那一枚莲子拈过去，放入嘴中，一嚼之下，果然是苦意盎然。

汇波楼上一时沉寂下来。过了好一阵，昨叶何才幽幽叹道："我说朱卜花为何死得那么蹊跷，原来不是太子或铁公子厉害，竟是姐姐的手笔。"

南京一战，昨叶何最百思不得其解的是：朱卜花明明已追及玄武湖，为何会离奇落水身亡。到今日昨叶何才知道，原来朱卜花从面生疽病开始，便堕入了苏荆溪的布局。

没想到，在宏大的两京之谋运转的同时，还有一个小小的、卑微的复仇计划在悄然进行。而这个小小的复仇计划，却令那个大图谋缺损一角，以致天翻地覆。

"一饮一啄，莫非前定。若朱卜花知道他之前害死的弱女子，竟成为他主子的败因，大概会懊恼到呕血吧？"昨叶何现在立场不同了，感叹的语气也有了变化。

"等一下……"苏荆溪的瞳孔陡然收缩，她一把抓住昨叶何的手腕，"你再说一遍。"

"一饮一啄，莫非前定。"

"后面一句。"

"若朱卜花知道他之前害死的弱女子，竟成为他主子的败因，大概会……"

苏荆溪敏锐地捕捉到了一丝端倪："朱卜花的主子？"

昨叶何笑道："哦，这事姐姐可能不知。朱卜花老是爱念叨，说什么主君恩重，须臾不敢忘。不过他说的主君，可不是洪熙皇帝。"

"那会是谁？"

"自然是永乐皇帝。"昨叶何道，"等到永乐皇帝一死，他还效忠的君，就只有一个。"

"是谁？"

苏荆溪的急切之情溢于言表，她模模糊糊发现己方有一个致命纰漏。她和吴定缘光顾着算计靳荣，却忘了问白莲教这一切的幕后操控者是谁。也许他们是下意识觉得，先救出太子，再问这些不迟。

可此时苏荆溪才发现，那位贵人的真实身份，将对这次计划造成极大的影响。

昨叶何道："其实也不难猜。你想想，这大明天下，还有哪个闹着要当皇帝？"

"汉王？汉王朱高煦？"

"不错。"

这区区三个字，在苏荆溪的脑海中激起千层巨浪，无数线头勾连成一张罗网。她快步趴到城墙边缘，极力把身子探出去，努力朝着山东都司方向望去。可那边距离实在太远，只能勉强看到灯火闪动。

"快，我们得想个办法！"苏荆溪夺路要冲下汇波楼。

昨叶何有些莫名其妙："怎么了？"

"如果这一切真是汉王朱高煦在幕后主使，那我们都算错了，算错了，吴定缘他们，只怕会有大麻烦……"

苏荆溪的话没头没脑，可又带着微微的颤音，似是要被惶恐压垮。仿佛为了回应她似的，府馆街方向，突然比刚才亮了许多，似有无数灯笼同时举起，如繁星麋集。

在如今的大明，汉王朱高煦是一个极其独特的存在。

他是朱棣的次子、洪熙皇帝朱高炽的同胞亲弟弟。和性格宽和的大哥相比，朱高煦脾气暴躁，生性凶悍，但他在军事方面格外有天分，这一点强过他兄长甚多。如果不出意外，朱高炽会继承朱棣的燕王之位，而朱高煦估计会以燕藩边将的身份终老一生。

靖难之役，天地翻覆，太多人的命运为之改变。燕王朱棣起兵南征，他把长子朱高炽留在北平镇守，却把朱高煦带在身边，独领一军。

朱高煦在战场上大放异彩，尽显名将本色。白沟河之战，他亲率精骑杀入敌阵，斩杀都督瞿能，令处于劣势的燕军顺势反攻；东昌之战，他带队断后，把朱棣救出了险境。浦子口一战，朱棣与南军相持不下，又是朱高煦及时赶到，奠定了胜局。

对于这个屡屡扭转局势的儿子，朱棣感到十分欣慰，多次予以夸赞。靖难之后，朱棣登基为帝，甚至考虑过改立储君。当时朝廷大部分官员极力反对，此事方才作罢，仍由朱高炽留居东宫。朱高煦则被封为汉王。

按照规矩，朱高煦封王之后，应该立刻就藩。可他的藩国远在云南，朱高煦对此十分不满，又自恃功高，便撒起无赖，无论如何不肯离开京城。朱棣对这个儿子怀有愧疚，居然破例准许追随左右。

汉王的勃勃野心，就在这一次次宠爱与容忍中升腾而起，几乎到了毫不掩饰的地步。到了永乐十三年，朱棣将其藩国改在青州，他仍不愿意去，还私自招募精兵三千作为私府护卫。这一次，汉王的举动真正触怒了朱棣，诛杀了他身边几个亲信，然后将其徙封到了山东乐安州。

永乐二十二年，朱棣死于北征半路，太子朱高炽即位。当时京城疯传汉王意欲谋反，窥伺大宝，可一直没有实据。洪熙皇帝生性仁慈，不愿申饬这个顽劣的弟弟，只好采取怀柔手段加大赏赐，还把他的长子封为世子，其他儿子为郡王，仍旧让他住在乐安州。

乐安州在济南的东北方向，大概两百里远近，地瘠人寡，又远离漕河。大家都觉得，就算是真龙，在这么一个浅水坑里也折腾不出大水花，这位藩王应该彻底死心了吧？时至今日，整个天下——包括皇帝——都几乎快忘记了这位偏居一隅的汉王，也忘记了他从不掩饰的盎然野心。

谁能想到，这位几乎被遗忘的蛰伏藩王，居然抓住时机，掀起了横跨两京的巨大风浪。一条潜龙挣扎着从水坑腾空而起，狠狠咬在大明统绪最脆弱的七寸之处。

先前太子一直以为自己的对手是两个羽翼未丰的年轻藩王，没想到，真正的幕后黑手是在靖难中立下赫赫战功的叔父。应对两者的难度，截然不同。

就在苏荆溪惊觉误算之时，吴定缘和梁兴甫已亲身体验到了这种"不同"。

他们刚刚冲进北边的大校场，骤然停住了脚步。眼前的宽阔校场上，密密麻麻站满了数百名军人。这些人个个头戴绛色笠盔，身披鸳鸯战袄，腿扎行縢，不像准备上阵打仗，更像是马上要长途行军的架势。

虽然人数众多，可这些大兵站得整整齐齐，一点声音也无，整个校场竟好似空无一人。吴定缘一踏进来，几百顶笠盔同时朝这边转动。

"不是说……济南卫都调走了吗？"吴定缘完全糊涂了，这么多人从哪里冒出来的？

梁兴甫伸直手臂，朝校场正南边的大纛一指。吴定缘定睛一看，只见那一面"王命山东都指挥使靳"大纛两侧，插满了长长的幡条旗：有"青州护卫张""兖州左护卫樊""登州卫赵""平山卫董""莱州卫胡""胶州千户所冯"等旗号，足有一二十面。其中以青州的旗帜最为煊赫。

吴定缘的脸色登时变了。这些旗号囊括了大半个山东境内的卫所，而校场上的这些人，看服色几乎全是诸卫所的百户、总旗、小旗等中、下级卫官。这里有几百人，意味着此时山东指挥使司的一半主力部队，就在附近。

至于被火药爆炸调走的济南卫，不过是其中微不足道的一部罢了。

这么一支大军悄无声息地接近济南，别说白莲教，就连济南府都被蒙在鼓里。吴定缘意识到，靳荣派济南卫去大明湖畔弹压，根本不是太子吸引过去的，他早有预谋，只是为了掩盖大军调动。

吴定缘的视线顺着大纛朝旁边飘去，只见高高的旗台上，正站着十几个人。正中那身材颀长的独眼将军自然是靳荣，他的脚下躺着几具尸体，看袍色级别还不低，空气中弥漫着淡淡的血腥味——这大概是不愿造反的指挥同知或佥事吧？至于身后那一排，应该是附逆的卫指挥使和千户。

而在大纛的正下方，吴定缘注意到了那个熟悉的身影，是太子没错！

太子没有被捆缚，可他整个人垂着头，一副引颈待戮的麻木神情。身后十来名亲兵把手按在佩刀柄上，虎视眈眈地盯着他，俨然是打算随时杀他祭旗。

一滴汗水从吴定缘的额头缓缓沁出，顺着鼻梁滑落。

形势真是没法再糟糕了。之前吴定缘还能凭借武勇以及地形之利，与追兵周旋。可眼前校场是一片开阔地，几百员叛将环伺。别说去旗台救太子，他们自己想全身而退都难比登天。

吴定缘正飞快地想着破解之法，忽听耳边传来一声低吼。他悚然一惊，急忙转头看去，只见梁兴甫大步冲了出去。

只是一念之瞬，那山峦般的身影便狠狠地砸入敌阵之中。

病佛敌最可怕的一点是，在发疯时仍拥有犀利的眼光与冷静的判断力。像这种蛮象中箭似的疯魔状态，看似鲁莽，却是这时最好的选择——趁敌势未整，先发制人。

只见他挥动粗壮的手臂，或砸或撞，或推或捶，一瞬间便把周围的十几名卫官打倒在地。军人们猝不及防，硬生生被他砸出一条路来。

在人群之中，这头巨象爆发出了极其狂暴的力量。那些武勇汉子上去一批，被打飞一批，再上一批，又被干倒一片，简直比野草还孱弱。明明人数悬殊，军将们却被他一个人打出了众不敌寡的窘境。在他面前，几乎没有一合之将，骨裂与惨呼声此起彼伏。

汹涌的浪头一次又一次拍击着巨礁，每一次都徒劳粉碎。而这座巨礁在承受海浪的同时，居然还缓缓朝着海中移动，几乎要碾出一条血肉通路来，朝前推动了十几丈距离。

整个大校场被他这么一搅，变成了一个被捅的马蜂窝。昏暗的灯笼无法照亮全局，近处的被打得苦不堪言，远处的却还不明就里，只能凭直觉往里边拥来。每一个人都身不由己，每一个人都试图搞清楚状况，一时间叫喊、怒骂、呻吟汇聚成了巨大的嗡嗡声。

吴定缘只怔了片刻，意识到这可能是最后的机会。他转身示意身后那三十个白莲信众快退，然后一掂铁尺，猫腰钻入人群。

这个时候，所有人的注意力都在梁兴甫身上，正是浑水摸鱼的好时机。他一个人足够了，犯不着让信众们送死。至于靠近旗台之后，怎么从靳荣和十几个亲兵手里救下太子，车到山前再说不迟。

在沉重的压力之下，吴定缘抛开所有的犹豫，发挥出了十二分的专注。他心无旁骛地朝着前方那座高高的旗台前进，时而低头侧走，钻过人潮一瞬间显露的间隙；时而轻握铁尺，把几个投来狐疑目光的卫官敲晕。他甚至还从地上捡起了一顶笠盔，往头上一扣，更不容易被人觉察。

于是，在那头狂象践踏着兵锋的同时，这条黄鼠狼悄无声息地渗入军阵深处。

三十步，二十步，十五步……

吴定缘距离旗台越来越近。他已可以看到整个台基的夯土层面，可以看到有粗大的木制支架交错其上。视线稍微再抬高一点，支架前方搭着一道宽斜梯，向上一直延伸至旗台的平顶。

截止到目前，还没有任何人发现他的存在。吴定缘握紧了铁尺，手心微微有些潮湿。他已经有了盘算，等一下左脚先踏上斜梯，然后用力蹬一下，争取在双脚两次交替之内跃上平台。

不能直接去救太子，那会被十几个守卫乱刀砍死，吴定缘的目标，是靳荣。

擒贼先擒王，吴定缘没读过杜工部的诗，可道理都是相通的。只有挟持住靳荣，才有可能把太子弄出来。

十步、五步、三步、一步……吴定缘的左足迈上了斜梯，腿肚子的肌肉急速收缩，身子微微朝右边倾斜。下一个瞬间，他左足用力一踏，整个人迅速上移了三尺，随即右足前伸，准确踏到了向上四阶的位置。与此同时，左腿毫不停滞地向上摆动，再一次上跃四阶，整个人一下子跃到了平台上方，景象一览无余。

此时靳荣正朝梁兴甫闹事的方向看去，眉头紧皱，独眼里全是迷惑。在他身后，几名小卫官正在拖动同知和金事的尸体，在地板上留下长长的几道血迹。在更远处，十几名亲兵紧张地按住刀柄，如临大敌。至于太子，则背靠着"王命山东都指挥使斩"的大纛，萎靡不振。

吴定缘的视线扫过太子面孔的一瞬间，他的记忆仿佛被吹开了一层尘土，原来模糊的画面变得清晰起来：一个身着龙袍的男子站在昏暗的牢房门口，负手望着牢里缩成一团的惊恐母子。在跃动的火光照映下，那张狰狞的面孔不断有着细微变化，一会儿是朱棣，一会儿是朱瞻基。

在这么一个最不合适的时机，吴定缘却豁然明悟：于谦说过，朱瞻基与朱棣御影极为相似。他一见到太子会头疼，惧怕的并非太子，而是那一夜的永乐皇帝！

与明悟同时出现的，还有那熟悉的疼痛感。吴定缘此时正跃在半空，突觉头疼欲裂，右脚一下踩空。所幸他反应迅捷，急忙伸出双手死死扒住旗台边缘，才算没跌下台去。

可这么一顿，也丧失了突然性，把自己暴露在靳荣面前。

靳荣这才注意到眼前的古怪：一个身穿灰麻短褂，头上却戴着笠盔的怪家伙，居然想要趁乱爬上旗台。他独眼一转，看了眼远处仍在旋涡中搏杀的梁兴甫，嘴角露出一丝嘲讽的笑意。

靳荣慢慢踱步到平台边缘，蹲下身子，饶有兴趣地盯着吴定缘。吴定缘双臂猛然运力，想一把勒住他脖颈，一起拖下台去。

可惜他不知道，眼前这位都指挥使当年可是屡获先登之功，那是靠实实的血肉厮杀换来的。

吴定缘一动，靳荣也动了。他双手一展，正好扣住对方双臂的关节处，十指一捏，疼得吴定缘忍不住叫了一声。靳荣不为所动，就这么硬生生捏着吴定缘的胳膊，把他整个人拎起到平台上。

任何一个人，被这么捏住关节往台上提，都会极为痛苦。靳荣将吴定缘摔在地上时，他已疼得青筋绽起，蜷缩在地上动弹不得。

靳荣飞起一脚，踢飞那一顶笠盔，想看看这胆大包天的袭击者到底是谁。他未及端详，大纛那边忽然传来一声惊呼："是你？"

靳荣侧头看向太子，语气里满是好奇："原来是殿下的熟人？"

朱瞻基站在大纛之下，整个人的呼吸都粗重起来。那个躺倒在地的家伙，不正是"篦篙子"吗？这是怎么回事？难道说苏大夫居然找到了他，然后他跑来救我吗？

原本已如死灰的心境，悄然又恢复了一点温度。

"末将本以为，以殿下的品性，应该不会有什么忠臣呢。"靳荣口气里充满嘲讽，他拎起吴定缘的一条腿,朝这边拖着过来,"看来我错了。秦桧还有仨朋友呢,何况殿下。"

靳荣抬起靴子,踏在了吴定缘的胸口,缓缓踩动。

"殿下你这些忠臣,和您一样蠢。这么几个人,居然敢当着整个山东都司的面闯进校场救人,真是有勇无谋。"

朱瞻基一怔,"这么几个人"?难道除了吴定缘,还有其他人?靳荣很享受这个让敌人绝望的时刻,他侧过身,让朱瞻基走到旗台旁边,朝台下的混乱看去。

朱瞻基看到的混乱,已接近尾声。一个硕大的身影,正逐渐被人潮淹没。这些卫官毕竟都是久经沙场的老兵,度过了初期的混乱之后,慢慢打得有章法了。有人攻腿,有人袭背,还有人取来叉刀围网,去限制那尊杀神的动作。一层层的渔网罩下来,数十把二股叉捅过去,梁兴甫战力再凶悍,也开始露出败象。

"那个……难道是病佛敌?"朱瞻基有点不敢相信。他把疑惑的眼神投向吴定缘,可惜后者躺倒在地,被靳荣踏中胸口,根本没办法回答。

靳荣见梁兴甫那边镇压得差不多了,一捋长髯:"时辰不早了,殿下你抓紧上路吧。这几位忠臣,索性一并祭了旗,路上也方便伺候着您。"

朱瞻基却根本没听见这句话,他盯着吴定缘,浑身都在剧烈哆嗦着。因为蔑篙子虽然被按得死死的,可右拳却勉强抬了起来,冲着自己用力一握。久违的震颤,"嗡"的一声在朱瞻基心中炸裂开来。太子耳边陡然响起了他们在那尊小香炉前立下的誓言:

"我朱瞻基以此炉为誓,无论劫难几重,本王绝不放弃,誓回京城,擒拿凶顽,神人共鉴!"

"我吴定缘以血代香,就此起誓。我会为我爹报仇。"

赤红色的激情一瞬间流遍四肢百骸,将绝望的心霾驱散一空。朱家那执拗的性情,在朱瞻基的血液里猛然沸腾起来。他缓缓直起身子,捏紧拳头,瞪向靳荣。

靳荣鄙夷地看着这位将死的太子,都到了这种绝境,摆出这种姿态来做什么?难道他还能翻出什么花样吗?

"人贵有自知之明,殿下注定不是真龙,还是早早认命的好。"

"我偏不认!"

一声怒吼,从朱瞻基的喉咙里滚出来。靳荣捋着胡髯,像是在看一只困兽在徒劳嘶鸣。可就在这时,他的独眼莫名地跳动了一下。在以往的战场上,每一次他的左眼跳,都意味着有极大的危险临近。

可这是自家都司的大校场啊,还能有什么危险?靳荣缓缓看向远方,那个硕壮的汉子已被密密匝匝的渔网覆盖,再看近旁,这个意图袭击的瘦高家伙被死死按在地上。

他又转向太子，一个身无寸铁的纨绔废物，更不值一提。

那么危险到底从何而来？

靳荣的独眼突然又是一跳，在短短一霎，他看到一个极其古怪的画面：太子把左手伸进自己的怀襟，似乎摸到了右边肩头之上。他脸颊猛一抽搐，仿佛承受着极大的疼痛，然后他的左手重新抽出来，攥紧拳头，朝自己砸来。

那里有什么古怪？为什么他要做这么一个多余的动作？靳荣一时有些恍神，以致没来得及抬手去防。其实不挡也无所谓，一看那拳头来势软绵绵的，就知道不会有太大威力，砸了又有什么用？

这一连串疑惑，像飞马一样在靳荣脑子里闪过，直到太子的拳头砸到了他的左眼——同时也是唯一的一只眼睛之上。

靳荣感受到的，不是被拳头击中的钝疼，而是一种被锐器刺中的尖痛。这不应该啊，不对，怎么会是这种痛？他蓦然想起，左眼在丧失光明之前所看到的最后景象：那只拳头蜷起的中指与食指之间，夹着一枚黝黑的长钉。

不，不是钉子，那是一枚箭镞，长三寸六分，用于小梢弓的箭镞。

两京 十五日

第二十章

在堕入完全的黑暗之前，惊恐伴随着剧痛，鞭打着靳荣的意志。之前明明搜得很干净了，这玩意太子是从哪里弄来的？

"这是朱卜花送我的！今天我把它还给你！"

朱瞻基吼叫着，又一次把拳头砸上去，令靳荣的左眼溅出更多血花。他用力太过，右肩有大块血迹在迅速扩散，可太子毫不关心，凶猛地转到靳荣背后，一脚踹在腿弯处，令这位"军中关公"双膝跪地，然后拔出他腰间的直柄刀，横在他的咽喉处。

这一连串动作干净利落、迅猛直接，仿佛胸中有一股恶气倾泻而出。

那些卫指挥使和千户没反应过来，怎么短短一瞬间就形势逆转，靳荣反落到太子手里了？他们大惊失色，一起要冲上来救人。朱瞻基却断喝一声："退开！"

带着漂亮钢纹的精白利刃，顶在了靳荣的咽喉上。这些人只得听从朱瞻基的要求，迟疑地朝后退了几步。

"吴定缘，你还活着吗？"朱瞻基嗓子嘶哑，刚才那一声怒吼把声带都几乎扯坏了。

"还活着，大萝卜。"

"放开他！"朱瞻基抓住靳荣的头发往后一扯，让咽喉更贴近刀刃。

靳荣亲兵们赶紧松开了手。吴定缘勉强从地上爬起来，强忍胳膊上的剧痛，朝这边晃晃悠悠看过来。他一见到太子右肩的血迹，不由得倒吸一口凉气。那家伙太狠了，竟然直接挖出了深埋肩肉的箭镞，这一下子苏荆溪前功尽弃，右肩的筋骨怕是彻底废了。

但若非如此，今天这局面也难以打破。

吴定缘知道当下不是矫情之时，他迅速跑到太子身旁，替他握住直刀控制靳荣。

太子刚一松手，身子一个趔趄，捂着右肩差点倒下去。

一个人要承受多大的痛楚，才能硬生生从自己的血肉里抠出箭头来。这种体验，连吴定缘都不敢想象。他努力把这些无谓的感叹都驱散掉，把直刀在靳荣咽喉上一贴：

"快让所有人都停手！"

靳荣血流满面，却只是闷哼了一声，既不求饶，也不呼救。吴定缘不能真的杀掉他，只好抬头冲那些卫指挥使与千户喝道："不想他完蛋的话，就快喊住你们的手下！"

几个卫指挥使、千户连忙答应下来。忽然靳荣有个老亲兵放声大哭，跪在地上，恳求先给主家止血。朱瞻基正要点头允许，吴定缘已先喊出来："你们不许靠近，只能扔些止血散和布巾过来。"

亲兵们急忙把一袋军中伤药和布卷抛过来，吴定缘把刀锋稍稍松了一点，让靳荣自己包扎。靳荣到底是老兵，虽然双眼俱失，但硬气地一声不吭，双手稳稳地处理起伤口来。

伤药他只用了一半，另外一半则被朱瞻基拿走，给自己的右肩包扎。刚才那一狠命拔，让箭镞反钩扯起了一片血肉，本来快痊愈的伤口彻底毁了。

趁着这个空当，卫指挥使和千户们飞快地跑到旗台下，呼喊麾下卫官住手。

此时的旗台下一片狼藉。梁兴甫被一层层渔网缠住，动弹不得，在他周围密密麻麻躺着几十个卫官。更多的卫官红着眼睛，一边叱骂一边用钢叉、直刀不断朝渔网里刺，将他刺得浑身像个血葫芦。梁兴甫当真悍勇无匹，他凭一己之力吸住了整个大校场几百人的注意力，下面居然一个人都没留意旗台上发生的事。

一直听到几个长官匆匆跑下来呼唤停手，这些卫官才惊觉旗台上的异变。这才多一会儿，总兵官居然成了阶下囚？他们面面相觑，满腹疑惑，一起朝旗台聚拢而来，很快便把台子围得里三层、外三层。

大校场内一时间陷入了一个奇妙的僵局。山东都司的卫官们不敢靠近高台，唯恐伤了指挥使；高台上的几个人也无法突围而出。两边的均势，全落在了吴定缘手中那一口钢刀之上。

几百双眼睛就这么盯着台上，个个目光凛冽，杀意盎然。吴定缘却像是全无感知一样，对着台下一指梁兴甫："放他过来！"

几个千户看了眼血流满面的靳荣，无奈地发出军令。很快有几个人扯着渔网，把梁兴甫一路扯到旗台下，周围无数仇恨的目光射过来。他一身血肉模糊，烧伤形成的血痂都被翻起来，几乎看不出是个人，可仍旧姿态稳稳地站在原地，铁塔般稳当。周围的人攥着兵刃，很有默契地与他保持着距离，否则那压迫感会令人无法呼吸。

旗台上有几杆高灯，比周围要明亮得多。梁兴甫刚刚走上高台，人群忽然发生了一阵骚动。

"是梁兴甫！"一个声音颤抖着喊道。紧接着另外一个声音也惊叫起来："真的是他！""原来他还活着？"第三个声音充满了恐慌。

叫出声音的人，至少都是总旗以上的卫所卫官。这些细小的涟漪接连不断地泛起，让校场沸腾得像要开了锅。刚才梁兴甫在黑暗中力战几百人的神威，居然还不如现在露脸所造成的震动大。

梁兴甫面无表情，毫无得色。吴定缘倒是吃惊不小，这个名字居然会产生这么大的影响。难道他跟山东都司有过节？是了，他是白莲教的护法，想必曾跟山东都司的军队交过手，给他们造成了不小的麻烦。

"还真是梁兴甫啊？"

一旁朱瞻基瞪圆了眼睛，他的惊骇不比别人小。梁兴甫像一尊杀神从南京跟到淮安，简直快成了噩梦，怎么一到济南反成了救兵了？吴定缘没空详细解释，只是沉声道："白莲教已归正。"

朱瞻基还没感叹，单目流血的靳荣先冷哼了一声，随即含混不清地嘀咕了一声："想不到，他也来了。"吴定缘眉头一皱："你也认识梁兴甫？"

靳荣道："就算我瞎了，耳朵也能认出来这个人。二十多年了，他竟还活着。"

吴定缘心中大起疑云，二十多年？这么说来，靳荣早在永乐之前就认识梁兴甫了，比佛母起事更早。不过眼下这局势不容他刨根问底。于是吴定缘一晃刀柄，逼住靳荣："少说废话！快让你的手下都退开。"

靳荣冷冷道："没用的。"

吴定缘手腕一抖，刀锋压下："你不说也无妨。只要你死了，你猜那些人会跟谁走？是一个死了的叛卫官军，还是如假包换的大明太子爷？"

叛乱这种事本来心理压力就大，现在首脑又被挟持，群龙无首。只消太子堂堂正正亮出真身，占了大义名分，台下那几百名卫官还能向谁效忠？

可出乎吴定缘意料的是，靳荣还没发话，朱瞻基却先摇起头来："没用的。"吴定缘莫名其妙，这句话说得没头没尾。太子随即又补了一句："他和朱卜花是老战友，皆是汉王麾下。整个山东都司的兵马，都是我叔叔的旧部。"

"你自己猜出来的？看来还不算太没用。"靳荣难得地夸赞了他一句。

"你们真是……好谋划。"太子感慨了一句。

当他猜到幕后贵人是汉王，一切线索都有了解释。朱卜花带勇士营南下，是为了确保在南京干掉太子；靳荣则暗中在济南集结山东都司的兵马，北上京城。成为汉王篡位最为锋利的一把利刃。

两京之谋的全貌，至此显露出了大半布局。北京、南京、济南三点并发，格局之闳阔，令人咋舌。

所以太子说没用。愿意来济南的卫官，一定都是靳荣的死忠心腹。一旦靳荣被杀，这些人与其跪求太子宽宥，更可能是一拥而上，把朱瞻基、吴定缘等人剁成肉泥，然后一哄而散。

吴定缘遗憾地"啧"了一声，只好放弃了劝说卫官们投降的幻想。

朱瞻基捂着右肩，鲜血顺着指缝缓缓流出来。吴定缘不敢再耽搁，对台下大声道："给我们备好三匹快马来，搬开北辕门的拒马，要快！"

台下的人一阵轰乱，吴定缘把靳荣的肩膀一推，厉声道："快！"那几个卫指挥使和千户没奈何，只好吩咐下去。过不多时，有人牵来三匹高头骏马，鞍辔齐备。

"牵到台边，让开一条路！"吴定缘说，缓慢地在靳荣的脖颈上划出一道血痕。

下面的卫官眼睛都要喷出火来，可是谁也不敢害了长官性命，只好后退几步，让出一条路来。吴定缘比了一个手势，朱瞻基先跳下台去，翻身上马。梁兴甫也站起身来，但他没有急着上马，而是接过吴定缘的钢刀："你先走。"

吴定缘顾不上感叹病佛敌这莫名的体贴，他纵身跳下台去，也翻上一匹马。梁兴甫挟持着靳荣走到台边，突然念诵起《要行舍身经》来。

吴定缘突然寒毛一竖，上次听到经文，自己差点被凌迟处死，这次病佛敌又要发什么疯？

只见梁兴甫缓缓垂下钢刀，手腕突然一转，在靳荣腿上削下一块肉来。靳荣猝不及防，发出一声惨呼。这一下子卫官们急了，纷纷朝前拥来，梁兴甫一晃刀刃，再次把他们逼退。只是这一进一退，让离开的空隙越发狭窄。

"梁兴甫！"

吴定缘起了急，这个节骨眼上，何必节外生枝。梁兴甫的眼神十分平静："有些旧事要处理。"说完手起刀落，又从靳荣手臂上削下一块血肉。

吴定缘知道这家伙疯起来，根本不管不顾。眼下情势紧急，也只好随他去。他转身一抖缰绳，对太子说："走！"两匹马朝着北辕门而去。

这边梁兴甫念着《要行舍身经》，挟持着靳荣到了台下，要把他架上第三匹马去。不料原本萎靡不振的靳荣在上马的一瞬间，双臂蓄势，爆发出一股强劲的力量。

这力量不足以挣脱梁兴甫的束缚，但多少让身体恢复了一点自由。梁兴甫反应迅捷，飞起一刀去削他的脑袋。如果靳荣不想死，就只能乖乖把头低下。

可靳荣的选择，连梁兴甫都没料到。他不闪不避，硬生生让脑壳撞在了刀刃上，顿时血流如注。与此同时，他冲着四周大吼起来："挟质者，与质同击！"

他的声量颇大，震得整个校场都嗡嗡直响。这是军中铁则，挟持人质的人，要和人质一起杀死，绝不妥协。台下卫官们本来束手束脚，一听他如此吼道，立刻群情激愤。

梁兴甫第一次变了脸色，要把他往回拽。靳荣夷然不惧，瞪着血肉模糊的左眼，继续大声道："不要管我，杀死太子，汉王不会亏待尔……"靳荣最后一个字没吐完，被梁兴甫一拳捶在嘴里，数颗牙齿拖着长长的血丝飞出去。

可惜为时已晚，四周卫官们的眼神变得炽热起来。之前他们投鼠忌器，不敢伤害主官，以致人心浮动。现在靳荣一句话，解开了最后一重束缚，叛军对太子动手再无丝毫忌惮。

在马上的吴定缘听到了这句话，顿觉不妙：

"快走！"

他猛地把铁尺掷出去，刺中朱瞻基的马屁股。骏马吃痛发出嘶鸣，前蹄高高扬起，作势要往前狂奔。可前方密密匝匝全是人群，它的起速太低，不足以撞开障碍，反而被斜斜举起的刀叉阻住。在更外围，许多顶笠盔攒动着，从四面八方拥过来，把这几匹马围了一个水泄不通。

蓬勃的杀意从旗台四周燃起，密不透风地笼罩下来。

梁兴甫冷哼一声，把靳荣高高拎起来。此时靳荣双目已盲，身上全是割伤，鲜血一滴滴落在校场地上，很快聚成一汪小池。卫官们的逼近速度放缓了一些。可在场的人心里都清楚，他们的犹豫在迅速消失，发起攻击只是一个时间问题。

吴定缘和朱瞻基两人对视一眼，都从对方眼底看出了绝望。周围有几百人，个个都是精锐卫官，这一次可真是毫无翻盘的可能了。

"没想到，我堂堂大明皇太子，居然是要跟一个篾篙子死在济南。"朱瞻基苦笑道。

"活该，你一个要当皇帝的人，非要跑来送死！"

"我怕我当了皇帝，就救不了你了。于谦有句话没说错，皇帝行事须心系天下，很多事情就不能做啦。"朱瞻基说到这里，突然想到一件事，"我对你这么够义气，你现在看着我，头还疼吗？"

"疼。"吴定缘回答。

朱瞻基冷哼了一声。

"不过一会儿就不疼了。"

朱瞻基抖了一下缰绳，心情平静下来："早知今日，当初在南京，便不勉强你护送了。"

"你还欠我五百零一两银子，还有一袋合浦珠子。"吴定缘面无表情。

"于谦会还的,香炉还在他那儿呢。"朱瞻基仰起脖子,看向漆黑如墨的天空,"只可惜咱俩在香炉前的誓言,谁也实现不了啦。我回不去京城,你也报不了你爹的仇。"

听到这句话,吴定缘张了张嘴,到底还是把话咽了回去。事已至此,很多恩怨也不必说出来,就让太子这么懵懂死去,也未尝不是件好事。

"咳,对了,最后问你一个问题。"

朱瞻基突然露出一丝羞赧:"你喜欢苏大夫吗?"

吴定缘脸色一僵,最后的时刻,太子居然还惦记这种事。"你还嫌我不够头疼?"

"正面回答我,这是太子的命令。"朱瞻基很是执着。吴定缘瞪了他一眼,把脸转向别处。朱瞻基不悦道:"你就不能让我死个明白?"

吴定缘毫不客气地顶了回去:"我喜不喜欢,关你屁事!"

"你知道,苏大夫兰心蕙质、温柔贤淑,有后妃之德,我本来是想娶进宫里的。"

"你娶便娶,关我屁事!"

朱瞻基先是一怔,然后放声大笑起来:"好回答,好回答!天下快意事,无外乎关你屁事、关我屁事两句。"他一边大笑,一边努力让自己挺直了身躯,朗声道:"他们都说我望之不似人君。至少我该死得像一位人君,不让皇爷爷在泉下看轻!"此时他的目中射出两道骄矜的光芒,脸上的畏惧、惊恐、颓唐一扫而空,像是连魂魄都燃烧起来。

第一排的卫官们本已举起长刀作势要劈,却被太子一瞬间爆发的气势所震慑,动作一时停滞。

吴定缘冷哼一声,趁机纵马冲出,侧挡在了太子与卫官之间。自己从另外一边翻身下马,捡起地上的铁尺,狠狠扎进马肚子。那马匹陡然吃痛,挣扎着朝前方疯狂跳踏,一下子撞倒了好几个人。

吴定缘趁机绕至朱瞻基的马头前方,试图杀出一条可供驰骋的路来。可惜对方都是精兵,迅速让开惊马,又再度聚拢过来。吴定缘这一通折腾,除了损失了一匹马之外,全无用处。

朱瞻基捂着肩膀伤口,摇头道:"定缘,不要浪费力气了。本王不可死于叛逆者之手,还是你来动手吧。"吴定缘却紧拧着眉头,在原地不动。

"你快动手啊!"太子催促。

"闭嘴!"

吴定缘大吼一声。太子一怔,心中涌起委屈,你不杀我就算了,还吼我?可他很快发现,不只是吴定缘,就连周围的卫官也停止了动作,所有人都微微歪头,似乎在倾听着什么。

太子很快也听见了，那是一阵杂乱密集的脚步声，是从北辕门方向传来的。在这个时辰，还会有什么人跑来山东都司的校场？

答案并没让他们等候太久。

先是数十个防风夜行白皮大灯笼进来，把辕门到校场这一带都照得如白昼一般，然后一批皂衣衙役簇拥着一位身穿大绯袍、头戴乌纱帽的官员，那胸前补子上还绣着一只云雁——正是济南知府。

这位济南知府扫了一眼大纛旁的诸卫旗号，再看看眼前这黑压压的卫官人群，脸色铁青。山东都指挥使的大军兵临府治城下，济南府却未收到任何信牌，这简直不像话。

"靳将军何在？是谁教他把这许多兵马调来济南城下！"

知府的嗓门不输于谦，可惜对面寂静无声，并无人出面解释。包括吴定缘和朱瞻基在内，谁也没想到济南府会在这个节骨眼介入。

知府连问三声，没人回答。他有些气恼地环顾一圈，看到血淋淋的梁兴甫正拎着同样血淋淋的靳荣，吓得倒退了数步："靳……你们把靳将军怎么了？"他又一扫，扫到了旗台上那几个指挥同知与佥事的尸体，又吓得倒退了三步："你们这是要勾结白莲教谋反？！"

一听"谋反"二字，公差们立刻站开一个半弧，把知府护在圈内，向后迅速退去。那几个卫指挥使和千户们互相使了个眼色，不约而同地下了命令："杀！"

知府显然误会了他们要勾结白莲教。可这事根本没法解释，总不能说我们没勾结白莲教，而是自主谋反吧？既然连太子都要杀，多杀一个知府也没什么区别。

如今聚在校场的卫官就有几百人，城外集结的兵马有数千。真发起狠来，想屠空济南用不着一夜。

有了上级的明确指示，卫官们立刻分作三股，两股左右绕去北辕门，一股直顶正面，要把济南知府包抄围杀。不料济南知府也不傻，公差高举铜锣一敲，北辕门登时又冲进来一大批手持弓弩的乡勇。

自从白莲教在山东作乱之后，永乐皇帝特意下旨，准许山东各地官府募兵团练。这样一旦有匪贼袭击，在卫所来之前，地方多少有点自保之力。济南府自然也训练了一批乡勇，没想到在这里派上用场了。

那些乡勇没见过大阵仗，不耐近战。但他们都是各地弓社选拔来的，用弓弩远射不成问题。一听见知府示警要剿白莲教徒，对面的箭雨立刻泼洒过来。可怜卫官们都是行军装束，没披重甲，立刻被射倒了一大片。

不过乡勇们毕竟人数少，加上夜里视线不佳，只在一开始形成了威胁。卫官们久经沙场，迅速散开队形，后排奋力投出矛、叉、土块，扰乱弓手阵形；前排弓腰蛇行，算着弓弩的间歇节奏突进，腿脚快的几下便冲到近前，拔刀便砍。只要弓箭队被这些老兵靠近，都是血光四溅，一触即溃。

整个校场俨然变成了混乱的战场，以近千人的规模厮杀起来，一时尘土飞扬，喊杀四起。朱瞻基和吴定缘本来抱定了必死的念头，没想到局势突然变得更浑了。

他们正在发怔的当口儿，忽然有一队人迅速冲过来，与围在太子周围的卫官们交上了手。这批人都是乡勇打扮，可手里却脏得很，不是撒石灰就是泼辣水，还有人抬着几根长竹管，里头塞着火药，一点火就喷出一长串火星。虽然威力比爆竹强不了多少，可声势唬人，一时间居然逼退了山东都司的兵势。

趁这个机会，两个人影率先闯到马前。

"苏大夫？"

"昨叶何？"

朱瞻基和吴定缘同时认出了这两个人，无不又惊又喜。她们两个女流之辈，如今也是一身短衫包头，混在队伍里。苏荆溪冲到马头前，仰头先看到太子肩上伤口，眉头一皱："快走！"

"这到底是怎么回事？"吴定缘问，昨叶何语速迅捷地解释了几句。

原来苏荆溪觉察到靳荣是汉王旧部之后，立刻推算出来，汉王肯定把山东卫所军当成了两京之谋的一枚重要棋子。

在简单地估算了一下济南到京城的距离和行军速度之后，苏荆溪发现最迟在五月二十七日，这支军队必须在济南完成集结，否则赶不及抵达京城。换句话说，吴定缘那一招调虎离山，调走的只是济南卫一只小老虎，他们贸然潜入，只怕会迎头撞上整个山东都司的大军。

白莲教是没有能力与这支大军对抗的，于是苏荆溪想出一个妙到毫巅的办法——报官。

她与昨叶何去了济南府衙，以百姓身份通报了一桩惊天消息："下午济南卫在大明湖畔发难，实则是为了谋反做准备。山东都司与白莲教勾结，暗中集结意欲谋反。刚才济南城内那十几处爆炸，正是他们起事的信号。"

这一套说辞可谓是前后照应，天衣无缝，每一个细节都对应得上。济南知府看到天空升起的那十几朵黑云，不信也得信了，这才急忙点齐了三班与乡勇，出城赶来南大营与靳荣对质。而昨叶何召集了一批白莲信众，伪作乡勇，混入大校场里来。

朱瞻基与吴定缘同时看了一眼苏荆溪，无不钦佩。这女人太会拨弄人心了，妙手一拂，正的、反的所有细节便自行拼接，无不贴合心意，如行云流水般自然。济南知府这么一搅局，叛军的大部分注意力立刻被吸引过去了，太子这边压力陡减。

"看来济南知府并未参与叛乱，我们要不要去跟他会合？"朱瞻基这次学乖了，谨慎地询问其他人的意见。吴定缘横过一眼："你觉得这些公差和乡勇能挡多久？"

"呃……"太子一噎。眼前的战局，卫所军已取得明显优势，他们逼近肉搏距离之内，济南府的营兵抵挡不住，被逼得一直向后退却。那几个乡勇弓箭队，更是被搅得乱七八糟。济南知府在几个衙役的拼死保护下，眼看要逃出校场去了。

"如今你就算去找济南府，他们也没自保之力。叛军一动手，必是不死不休，就算屠城都不奇怪。"吴定缘一扯马头，"你赶紧带上苏大夫，趁乱出城为上，时辰还来得及。"

"那你怎么办？"

吴定缘道："我留在这里。"说完看了一眼苏荆溪。苏荆溪知道他心思，他既不愿向太子坦白身世，也不想继承白莲掌教之职，宁愿面对敌人厮杀一场，哪怕死了也好。她轻轻叹了一声，正要开口相劝，朱瞻基突然大怒："本王来济南就是为救你，你早说要自杀，我当初直接走临清，省了这许多麻烦！"

这时一阵马蹄声传来，众人一看，居然是梁兴甫骑马赶到。他直接翻身下马，一手依旧扼着半死不活的靳荣，一手把缰绳交给吴定缘："你们用这匹，我来断后。"

"你……"吴定缘实在惊讶。这还是那个要剿尽吴家全员的病佛敌吗？

梁兴甫沉默地转过身去，把靳荣横着抱起来，直接双手抱腿横抢，赫然把那位指挥使当成了一根长矛。这种残暴的打法，吓得追兵们无不躲闪。

"快走！"梁兴甫背对着吴定缘喝道。

吴定缘知道不能再耽搁了，他迅速上马，把昨叶何也顺手拽上来，朱瞻基那边则带上苏荆溪。两骑四人，在信众的掩护之下，迅速冲去北辕门，恰好比济南知府退出辕门的时间早上那么一点。

济南知府此时乌纱帽也歪了，素金腰带也断了，整个人狼狈不堪地逃出辕门。身边的公差们也是惊恐万分，几乎维持不住阵势。济南知府此时根本顾不上看那两匹快马上是什么人，他要担心的是，济南官府还能不能撑到明天日出。

随着济南知府的仓皇溃逃，大校场上的争斗慢慢平息下来，只有梁兴甫所在的位置，还在持续着喧嚣。那家伙把靳指挥使当成武器来用，这让卫官们既愤怒又震撼。很多人从乡勇尸体旁捡起弓箭，隔空放箭，他们不再奢求靳荣还活着，只希望能抢回一具全尸。

至于梁兴甫，就这么面无表情地抢着，只是动作越发生涩。在身中第二十箭后，这尊佛敌终于坚持不住，大手奋力一甩，把靳荣的身躯砸进人群，自己轰然倒地。

几个卫指挥使急忙赶过去,他们惊讶地发现,那一具躺在人堆里的血肉模糊的躯体,右臂居然动了一下。

靳指挥使还活着?

不是错觉,因为他的右臂又动了一下,随后他伸出食指,斜斜指向北辕门。用嘶哑含混的声音喊道:"青州!全风!"

"全风"是军中术语,意思是抛下辎重,全速前进。几个卫指挥使都是多年部下,立刻醒悟:靳荣是让这次叛乱的核心力量——青州旗军即刻开拔,奔赴京城,按原计划去支援汉王;其他卫所旗军则去追杀太子,他若不死,叛乱则全无意义。

至于济南知府,跟这两件事比不过是癣疥之疾罢了,不必去管。

几个卫指挥使直起身来,凛然遵命。"扑通"一声,靳荣的手臂这才落到地上,彻底昏迷过去。

在有了明确命令的情况下,山东都司的效率极高。过不多时,一支足有两百人的飞骑急速离开校场,散开四周,蹄声如雷,几乎踏破了济南城外的慌乱夜色。

而此时太子一行刚刚冲到济南城东的齐川门外。

齐川门又叫老东门,城外地势平阔,放眼望去皆是丰饶麦田。如今已是五月底,正是夏麦将熟的时节,只见麦浪滚滚,密覆垄上,只有一条笔直官道横插其中,视野没有遮挡,一览无余。偏偏今夜月色皎洁,可以让人远望三四里之远。这对追击者来说,颇为有利,所以四人不敢做任何停留,沿着官道一路狂奔。

当两匹马奔过一处叫作马山坡的小丘时,昨叶何和苏荆溪几乎同时叫道:

"停住!"

二人急收缰绳,两匹马缓缓停了下来。苏荆溪按住朱瞻基的肩膀,语气严重:"殿下你必须立刻处置伤口,否则命都没了。"

朱瞻基握着缰绳,脸色奇差。马背上太过颠簸,他的肩头伤口又涌出大量鲜血,再跑下去,只怕追兵未到,他就得失血而死。

"你为何要喊停住?"吴定缘看向昨叶何。

"老东门外全是开阔地,最高的地势也就是这个马山坡。咱们这么跑下去,不出半个时辰就会被青州旗军的骑兵追上,不如去麦子地躲一躲。"

吴定缘眉头紧皱地环顾四周,现在可真是两难。若舍弃马匹钻进麦田,倒是可以躲过追击,但也断绝了赶路的可能。眼看一过子时就是五月二十八日,太子再有耽搁,决计赶不回京城。

追兵和时辰,双重压力让他们的选择变得极少。

"你对济南附近熟悉,有什么办法?"吴定缘问。

昨叶何咯吱咯吱嚼着莲子,不说话。吴定缘额头青筋一绽,知道她什么意思,可如今根本不容犹豫,只得低声喝道:"这是命令,快说!"

"谨遵掌教法旨!"昨叶何一拱手,然后向北方一指,"济南城的东、西皆是平原,田亩纵横,南有历山,都有大道。而北面因为有一条小清河,再加上大明湖常年向城外排水,水网密布,形成一大片沼泽,极少有人通行。当年朱棣打济南城,都是绕过城北,从东、西两边进攻的。"

吴定缘不知道她是无意提起,还是故意挑起一根刺。他强行压抑住心中的不悦:"你是说,我们现在应该绕行北边,穿过沼泽?"

"不错。我猜太子原来的打算,是赶到德州去搭乘漕船吧?"

"是的。"

"德州在济南西北,大约相距两百里。绕行城北沼泽,是我们唯一的选择,没的选。"

吴定缘"嗯"了一声,没再说什么。昨叶何忽然低声道:"掌教,你救出来的是朋友,但往京城跑的可是太子。接下来如何处置,你可得仔细想清楚。"

"到京城再说!"吴定缘恼怒地摆摆手。

昨叶何眼神往那边一飘:"太子外忧内患,掌教你得有个心理准备。"吴定缘顺着她的眼神看向旁边。只见苏荆溪蹲在路边垄头,正折下几杆麦子用火石在烧。他面孔一板:"你不必怀疑苏大夫,她的事情我知道,与太子无关。"

"她这人滴水不漏,与掌教倒是无话不说。"昨叶何暧昧地笑了笑。吴定缘的语气又加重了一点:"你不要去……"

"不要去什么?"

吴定缘想了半天,没想到什么合适的词儿,末了不耐烦地一捶马鞍:"总之别乱来!"

昨叶何抿着嘴道:"谨遵法旨。"然后又往嘴里丢进一枚莲子。

这时苏荆溪已站起身来,喊他们两个人过去帮忙。只见她双手捧起一捧新烧的麦秆灰,吩咐昨叶何撕下自己马面裙的一条内衬,让吴定缘撕开太子的衣服。待得伤口敞开,她便把灰一股脑儿抹上去——这虽非止血良方,但算是此时最好的急就选择。紧接着,她又用那条内衬做了简单的包扎,把太子肩头仔细裹住。

苏荆溪的手法迅捷利落,十根素白的长指仿佛只是一拂,一切便已妥当。也许是心理作用,包扎完之后,太子的脸色也好了不少。

吴定缘把绕行城北的建议说出来,其他两人没什么意见。于是四人再次上马,从马山坡转到北向，斜斜奔着西北方疾驰而去。

明月当空，把眼前官道上的一沟一坎照得很清楚，马匹的速度可以放得很快。而且这条路几乎相当于从城东绕行城北，有远处的城墙作为参照，几乎不会跑错。

月下的济南城墙颇具神秘之感，一条三丈五尺高的青砖长垣横亘于左，像一条卧在齐鲁大地上的眠龙。它每隔百步便有一座高高矗立的敌楼，正似龙背上的棘突一般。远远地与城墙平行跑动，感觉永远都不会跑到尽头似的。

若于谦在此，大概能即兴吟出一首七绝。吴定缘没那个好雅兴，他想的是，如果他们能直接看到城墙，说明追兵也能直接看到他们。月下的平原，对逃亡者来说是最麻烦的。

因此他在前引导，尽量让马匹沿着起伏小丘的反向行进，避免暴露身影。这两匹马一前一后，很快便跑到了济南城东北角的延长线上，开始转向西侧。

一转过去，吴定缘明显松弛下来。倘若追兵还在东边的话，那么城墙会形成绝妙的遮蔽，能争取到更多时间。

他们又跑出去大约十几里地，官道不知何时已悄然中断，取而代之的是一些痕迹模糊的小路，说不上是兽径还是人走出来的。地面的质感也变得不同，逐渐从干土地变成湿地，马蹄踏上去会有水渍浮现。

地面越走越软，视野里开始出现一片片的芦苇、野慈姑与淡紫色的千屈菜，远处还有一串串水泡子与纵横交错的溪流，空气里的水汽味道愈加浓重。这里应该就是昨叶何说的城北沼泽了。

这附近的地势微微向下凹陷，北有小清河，南有大明湖，两大水源都朝这里输送。难怪朱棣当年攻打济南，要绕开北方，这种地形对携带辎重的军队来说，简直是噩梦。

吴定缘勒住马匹，把昨叶何换到前头坐，自己的双臂从她两侧伸过去，再次握住缰绳。这样一来，可以让她指点路径，不致误入深处陷进去，只是行进速度大受影响。

昨叶何对这一片区域很是熟稔，她一边随手指示着方向，一边嘴里还不闲着。吃到爽快，她索性往后一靠，背贴着吴定缘的胸膛，颇为惬意。马背上不好躲闪，吴定缘只得由她靠着，时不时回头看上一眼。

后头的骑乘位置也换了。苏荆溪在前握住缰绳，太子则单手扶在她背上，以尽量减少震动。苏荆溪正在把济南城里的种种缘由说给太子听，她看到吴定缘回眸，微微点了下头，表示不会讲出铁家身世。

吴定缘转回头来，忽然想到一件事："不知梁兴甫现在……是否逃出来了？"

"也许跑了，也许死了，全看佛母怎么保佑呗。"昨叶何对这位护法，似乎并不怎么关心。

"他怎么会变成这样？"

吴定缘的语气有点尴尬。病佛敌和自己仇深似海，可自从佛母死了之后，他极其突兀地从劲敌转为强援，甚至主动牺牲断后。这个前后转变太过剧烈，他实在无法理解。

昨叶何轻松道："因为佛母临终遗命，让我俩来辅佐你啊。"

"不，应该不只是佛母遗命的缘故。"吴定缘说不清理由，但就是有这么一种感觉。他努力回忆着之前的细节："梁兴甫冲进大校场之后，我听到有人喊出他的名字，结果那些卫官的反应，就像被乞丐打折后腿的野狗子，吓得都快尿了——难道他们之前就打过交道？"

他话没说完，昨叶何突然抬起手："接下来向左，沿那排赤杨树往前走。"此时月亮不如先前那么明亮，逐渐有云彩遮挡。只能依靠昨叶何的判断。吴定缘按照指示拽动两侧缰绳，调整方向，昨叶何这才接回刚才的问题：

"山东都司剿白莲教剿了这么多年，那些卫官可没少在梁兴甫手下吃苦头，记得他的威名不足为怪。"

吴定缘皱眉道："可听靳荣的口气，他与梁兴甫二十多年前就相识了。"昨叶何忽然回过头，抿嘴笑道："掌教，说起来这事与你也有点干系。"

"怎么又……"

吴定缘心头一跳，今天揭露出来的真相有点多。不过他咬了咬牙，没有阻止她继续说下去。

"这是我听佛母说的啊，真的假的我可不知道，那会儿还没我呢。"昨叶何先解释了一句，"二十多年之前，梁兴甫本是个盘踞梁山一带的山贼。当时的参政铁铉亲自带兵去剿匪，不知用了什么法子，竟然把这悍匪收服，从此成了铁铉的贴身侍卫，随他去了济南。"

"居然是我生身父亲的贴身侍卫？"吴定缘心中一惊，这也太讽刺了吧？

昨叶何很享受这个反应。她微微眯起眼，继续道："燕王谋反之后，铁铉不是死守济南城吗？其间数次城池几乎失守，都是梁兴甫奋不顾身冲上去杀退燕军。于是这家伙暴得大名，连当时的南军总帅盛庸都对他赞赏有加。盛庸特地写信给铁铉，把这位猛将借到帐下。在后来的东昌之战，梁兴甫一人独闯燕阵，杀死荣国公张玉以下九员北将，威震山东。"

原来他俩当年在东昌战场上交过手。靳荣的部下卫官大多是靖难旧部，对梁兴甫的恐怖是有着切身体验的，怪不得他们闻名丧胆。

"后来呢？"

"后来南军还是败了呗。燕王打过扬子江，进了金陵城，连盛庸都投降了。可梁兴甫不肯随盛庸归顺朱棣，便跑回山东投奔旧主，结果恰好看到铁铉一家被抓去了南京。梁兴甫途中数次相救，奈何燕军戒备森严，无法得手，最后眼睁睁看着铁铉身受磔刑。"

说到这里，昨叶何伸出指头戳在太阳穴，嘴里猛地一嚼莲子，"嘎巴"一声，很是清脆。"他受的刺激太深，从那以后，这个人的脑袋就坏了。"

吴定缘闷头听着，感觉周围的气息越发潮湿起来，隐隐有些闷。他抬起头，刚刚还是星疏月朗的晴空，已变得有些阴霾。

"他脑壳怎么个坏法？"

"他这个脑子里的病吧……按佛母的说法，是他无法接受铁铉一家受刑的事实，所以必须找一个理由，让自己心里能好受点。嗯，就好像你老婆偷了人，这时有个算命的说绿帽子能挡血光之灾，你知道是谎言，但心里便平衡多了——能明白吗？"

"我不明白！接着说梁兴甫！"

"梁兴甫从南京回到山东，重新落草为寇。也不知怎的，他居然在滨州进了白莲教，恰好就在林三的坛里烧香。林三为了安抚他，说铁铉受的是尸陀密法，要通过极度痛苦逼出身毒，随血肉割舍，才会干干净净飞升法界，免受轮回之苦。"

吴定缘脸颊微微一抽，这正是梁兴甫要剐自己时说的那一套理。

"林三本是出于好意，只想让梁兴甫翻过这道坎儿，接受现实。谁知道那家伙的脑子真是坏了，觉得这飞升之法既然这么好，得帮所有亲近的人都超度了才是。那几年他在山东，可没少剐人，还都是铁铉散落在各处的旧部。"

昨叶何说得轻描淡写，吴定缘却听得不寒而栗。

"到了永乐十八年，佛母不是起事了嘛，把他招过去当左护法。为了让永乐皇帝顾不上山东，佛母告诉梁兴甫，铁家尚有遗孤，在南京城里等着超度。梁兴甫立刻赶了过去，在南京城大闹了一通。我后来听他自己说，遗孤没找到，却在冶城山上碰到一位旧人——昔日济南城的捕快钟二勇，现在改名叫吴不平了。吴不平念及旧情，冒大风险救下梁兴甫。没想到那家伙脑子又犯了病，非要超度吴不平一家。

"在他看来是报恩，可吴不平自然认为这是恩将仇报，只好把他撵出南京城了事。梁兴甫一直惦记着这件事，所以两京之谋一起，他便主动要求再下金陵。我绑架了吴玉露，借了他的虎皮，果然铁狮子一听女儿落在病佛敌手里，吓得立刻乖乖与我们合作……"

昨叶何突然痛哼了一声，感觉到两侧的手臂陡然勒紧，仿佛要将她拦腰勒断。昨叶何皱着眉头嗔道："掌教你轻点。当时我可不知道，铁狮子家里竟真藏着一位铁家遗孤呢。"

吴定缘稍微松开一点，沉声道："所以梁兴甫态度突变，是因为他知道我是铁铉之子？"

昨叶何撇撇嘴："我可没敢告诉他，怕他突然发疯，把你剐了送去跟铁铉团聚。"她停了停，又道："不过估计他自己猜出来了，那家伙除了这个偏执外，其他事上可精明得紧。"

吴定缘在马上缓缓吐出一口浊气。这个梁兴甫是个地地道道的疯子，可这疯子却在紧要关头牺牲了自己。到底这是因为佛母遗命，还是因为对铁铉那扭曲的忠诚，他们大概永远不可能知道答案了。

"其实这未尝不是一件好事。"昨叶何道，"佛母生前，是唯一能制住他的人。现在佛母不在了，这家伙便成了一匹不可控的脱缰烈马，不知何时就会拖着白莲教跳下悬崖。"

吴定缘眉头一皱："你和他同为护法，这么说未免太薄情了。"

"只要白莲教能存续下去，我与他的性命都不重要。"昨叶何淡淡道，她扭动身躯，回身看向吴定缘，"倒是掌教你，得早做决断才好。"

"呃？做什么决断？"

"你是铁铉之子，他是朱棣之孙。掌教你接下来到底该如何自处，可得提前想明白。"

"他是我朋友，就这么简单。"吴定缘生硬地回答。

昨叶何嗤笑起来："朋友？太子落难时，自然认这个朋友，他日做了皇帝呢？就算你不想怎么对他，也得想想他怎么对你。难道他会把他爷爷朱棣从长陵里拖出来，让你鞭尸来报恩吗？"

她的犀利质疑，让吴定缘无言以对，只得把缰绳在手边挽了又挽。

"等摆脱了追兵再说……"

"掌教你不能总这么逃避。"昨叶何的声音变得尖厉，"你仔细想想，从你在扇骨台救下太子开始，每一步都是被动卷入，心不甘，情不愿，可曾有一刻是你自己主动要做些什么？"

吴定缘沉默地驾驭着坐骑，看着前方沼泽的双眼却没有焦点。

"若你还是那个没出息的箆篙子，也还罢了，但你现在是铁福缘！眼看距离京城越来越近，掌教你必须早点想明白，自己到底是谁，真正想做什么。若还是一味逃避暧昧，在那个龙潭虎……"

话未说完，一只大手突然捂住了昨叶何的嘴。她本以为是吴定缘被说恼了，可耳边立刻传来严厉的声音:"不要出声!"昨叶何立刻不动了。

吴定缘一勒马匹,翻身下地。他先挥手示意后方的苏荆溪停住,然后盯着脚边那一处小水洼。只见水面正微微泛起涟漪,一圈接着一圈,很有节奏地向外扩散而去。他毫不犹豫地趴在地上,用耳朵仔细听了片刻,旋即起身。

"追兵不远了。都是骑兵,数量至少有两个哨。"

吴定缘面色凝重地说,同时忧心忡忡地看向来时的小路。在潮湿的泥地上面,是两长串清晰的马蹄印。即使月亮渐渐被浓云所遮挡,可在有心人眼里,这些蹄印还是如火炬一般醒目。

沼泽就是一把双刃剑,虽然迟滞了骑兵的推进速度,但同时也给他们留下了更清晰的指引。

吴定缘一拽缰头,声音有些嘶哑:"这样下去,我们恐怕没出沼泽就会被追上。必须把他们都干掉,才有出路。"

其他三个人面面相觑,都不太适应吴定缘这突然的积极。干掉追兵?谈何容易,少了梁兴甫,只剩一个伤员和两个女子,怎么去跟人家两个哨的精锐骑兵拼?

"老鼠急了也会咬猫,汪了水的蓑篙也能扎人。"

吴定缘仰起头来,此时的天空已是阴云密布,眼看一场瓢泼夏雨即将降临。

两京 十五日

第二十一章

高大为抬起右手，扶了扶雨笠的前檐，仿佛这样就能让阴鸷目光穿透哗哗的雨帘，捕捉到逃亡者的身影。

　　这场突如其来的大雨，实在来得太不是时候。

　　他们这一彪精骑漏夜出城，很快便发现了太子一行的动向。那些家伙实在可笑，居然想利用城北沼泽甩开追兵，也不想想，山东都司对济南城附近地势的了解会不如他们？

　　本来高大为这一队人蹑踪而至，已几乎咬住了太子的尾巴。没承想，五月天说变就变，明明前一刻还星疏月朗，突然一阵急雨浇了下来，城北沼泽顿成泽国。

　　眼前的雨水几乎连成一条线，泥泞的地面泛起无数泡泡，如果放马奔驰，很容易把蹄子陷进去。纵然高大为再着急，也只能下令全体换上雨笠和油披子，放缓徐行。

　　高大为安慰自己，大雨是公平的，同样也会对逃亡者造成麻烦。对方是两人一骑，在雨中沼泽行进只会更加艰苦。最好是他们贸然强行，然后陷在某一处泥坑里，等着我去收捡。高大为一边想着，一边轻轻磨动后槽牙。

　　他跟随了靳荣许多年，死活不愿意外放出去做个百户，宁可跟在身边做个亲随。什么政争，什么谋叛，高大为都不懂。他就认准一件事，今晚靳头儿遭的罪，那几个逃亡者都要轮流承受一遍。

　　高大为同队的这三十多名骑士，都是同样的心思。每个人都目睹了靳荣的惨状，每个人都迫不及待要替主家报仇。对方四个人，只怕到时候还不够分呢。

　　怀揣着滔天的杀意，这队精骑以迅猛的速度切入沼泽，撞破重重水帘，踏过溪沟，在泥泞的地面踏起一朵朵泥花，就像饥饿的狼群横穿森林。

这场雨中的突进约莫持续了一个时辰，他们似乎已抵达了沼泽的另外一端。高大为抹了一把脸上的水，感觉雨势减弱了一点，对旁人喝道："咱们到哪儿了？"

"应该到齐河县了。"一个熟悉济南地理的骑士回答。

齐河县在济南的西北方向，有一条西北官道斜穿而过，经禹城、平原和马颊河，在德州与漕河交汇。京城与济南之间的联络往来，都靠这条大道连接。高大为发出一阵冷笑，太子肯定是打算奔德州而去，这最好不过，就怕他漫无目的乱跑。

高大为撒出几个擅长辨别行踪的骑士，重点搜索通往西北官道的方向。虽然大雨冲掉了大部分痕迹，可这些眼如鹰隼般的老兵还是发现了几堆被雨水泡烂的新鲜马粪。

"官道并不是这个方向。"带路的那位骑士一脸迷惑，"他们走的路稍微偏西了点。"

"那是通往哪里？"

"那边什么都没有，只有一条赵牛河，很短，从长清的连杨堤一直流到禹县就断了。"

高大为摩挲着下巴，也有些迷惑。开始他以为太子打算弃马乘船，可是这条河根本流不到德州，何况大雨还在下，河滩跑起马来十分危险，这又是何必？

想了一圈，他也没想明白。不过这不重要，重要的是太子确实往那边去了，而且是两匹马，没有分头逃命的迹象。高大为把雨笠一拍，恶狠狠道："管他娘的，追上去再说！"骑士们齐声应诺。在高大为的带领下，他们死死向着马粪遗留下来的方向，飞速向前追去。

不知太子的坐骑是不是拉了肚子，每走百十来步，地上就会遗落一点点马粪，哩哩啦啦，始终不断，简直就是最醒目的坐标。

暗夜里的大雨，犀利得如同伏兵乱箭齐发。雨笠和油披早就不管什么用了，每一个人浑身都湿透了，连坐骑的马鬃上都浸饱了水汽，随着上下颠簸不断甩出。眼看都要追出齐河县县境了，突然最前方的哨探叫道："有点子！"

众人一齐向前看去，雨中似乎闪过两匹马的影子，在朝着西边拼命跑。所有人精神一振，追了这么久，总算抓到尾巴了，一时间无不奋勇向前。

他们追着追着，不知不觉进入了一条巨大的土沟里。这土沟阔约十五步，深约二丈，两侧都是陡峭的斜坡，中间是一条蜿蜒长槽，看起来像是个倒梯形。槽底荒芜很久，东一块、西一块的，不是野生灌木就是庄户人家偷偷开的菜田。骑兵们不得不排成一字长龙前行，像一把直刀缓缓插入鞘中。

高大为一边驾驭着马匹，一边问那个带路的骑士："这是什么地方，怎么这么古怪？"那骑士道："这里原来是条河，叫利民河，老发水。洪武年间有个姓赵的县令和一个姓牛的县丞，俩人重新开了条新河，把水全引去了，所以老百姓都叫它赵牛河。"

这条旧河道，便荒弃成了一道利民沟。"

高大为听完，松了一口气，把最后的警惕也放下了。既然是条干涸的河道，下点雨肯定不会造成什么麻烦。对方就四个人，更不可能设下埋伏。太子那一党大概是慌不择路，所以才会跑进这里来。这种地形，对追兵来说实在很舒服，只要往前跑就够了。

"全力追！"

高大为下达了最终的突击命令。这意味着他们不必再体恤马力，更不必担心伤了蹄腿什么的，只要能达到目的就行。骑兵们齐声发出一声喊，各自催动坐骑，一时间沟底的马蹄声如雨落，甚至盖过了真正的雨声。

这条利民沟并不算十分笔直，它的走向就像蛇身一样弯弯绕绕。所幸沟底还算平坦，骑兵们在沟底向前风驰电掣，很快便在一处急拐弯处，追及那几个逃亡者。

严格来说，马有两匹，但只有一个逃亡者，看穿着正是太子。他勒马停在拐角处，仿佛在等着他们到来。

高大为一见仇人，眼睛登时红了。他不暇多想，一踢马肚子，拔刀、催速、发令一系列动作同时完成。麾下骑兵也纷纷亮出武器，以高大为为中心，沿两翼向前延伸，赫然是三面包抄用的鹤翼阵。

这些骑兵素质相当可以，在雨夜深沟这种逼仄环境下，仍能如此迅捷地变阵突击。他们与太子的距离在飞快缩短，三十丈、二十丈、十五丈……眼看就可以伸手将其擒下。

太子终于动了。他一抖缰绳，转身要跑。高大为正要喝令擒拿，心中却没来由地涌现出两桩警兆。

一桩是太子的身形。太子身材不算长大，略显矮胖，可眼前那位"太子"却是高高瘦瘦。刚才离得远了，还看不太清楚，这会儿凑近了，却能轻易分辨两者差异。

即使是假的，其实也不妨。因为两匹马都在眼前，这意味着真太子弃马步行，根本逃不出去多远，就算逃出去，也赶不及上京，无论怎样都是输。

可高大为还未及细思，第二桩警兆又从身后传来。

这是一种古怪的声音，低沉如雷，奔腾如马，还伴随着此起彼伏的咆哮和碰撞。它由远及近，推进速度极快，几乎一霎时，便在耳朵里变得清晰起来。

高大为浑身的寒毛陡然高竖，直觉告诉他，这个声音比假太子要危险得多。坐骑冲得太狠，一时不及收束，他只好把头转回去。

然后高大为看到了一条龙。

这是一条通体皆是水花的巨龙，水头翻涌，浊浪排空，在暗夜里显得格外狰狞。它扭动着身躯，正沿着利民沟狭长的槽道飞速扑过来。所到之处，沟渠被灌满，蓬草被淹没，矮树与棚舍被冲垮，沟底的所有东西都被水势席卷一空。

仅仅只是一时恍神，队列最后的几名骑兵来不及出声，便连人带马被这股洪水吞没。高大为这才反应过来，声嘶力竭地大吼道："不要停，向前跑！"

他不愧是积年老将，一念便抓到了关键。这条利民沟的河床有两丈多深，情急之下，根本攀爬不上去，几下就被洪水冲走了。唯一的逃生之路，是沿着沟底向前疾驰，紧贴坡边，边跑边往上切，才能勉强赶在洪水冲过来之前攀上河岸。

骑兵们本来沉浸在抓到太子的喜悦中，却一下子陷入了极度的惊慌。反应比较慢的几个，一下子便被淹没了。其他人吓得纷纷刺马疾行，队伍登时散乱不堪。

在他们前面，那个假太子也开始加速跑起来。

于是，刚刚还是杀气腾腾的围捕，一下子变成了生死竞速。他们谁也顾不得谁，都埋头狂抽着坐骑，跃前狂奔。身后的水龙奔腾着、咆哮着，以无可逃避的姿态向前推进，一口口，一个个地把吊尾的倒霉鬼们吃掉。这让幸存者们陷入了更深的绝望。

高大为反应最快，坐骑最精悍，所以跑得比其他人都要突前一些，几乎可以望到假太子的脊背。他咬紧牙关，拼命抑制住自己挥刀劈上去的欲望，继续催动马匹。

突然之间，他看到假太子做了一个奇怪的动作。

假太子猛一提缰绳，双腿猛夹，让坐骑向前高高跃起了一下。高大为登时醒悟，急忙也做了同样的姿势，侥幸跃了过去。可他身后那些骑兵，却来不及反应。只听马匹们突然发出痛苦的悲鸣，前蹄似乎被什么东西绊到，朝前弯折跪地，把主人甩了出去。

而后面的骑兵仍保持着高速，狠狠撞在前方的马匹身上。一个撞一个，接连不断，人与马挤撞成一大团惊慌失措的肉堆。那些幸存的骑兵还没爬起，便被转瞬而至的洪水卷走。

原来在这个位置，早早横着一根树干。树干很长，几乎横穿整个沟底，像是咽喉里的一根鱼刺。而且四周满是蒿草，若非事先知道，谁也想不到这里还暗藏了机关。

区区一根木头，居然断送了足足两个哨的精锐骑兵。

毫无疑问，这根本不是什么意外，而是一个精心构建的陷阱。假太子把他们引入利民沟，又在前方设置了障碍，就是为了等洪水灌进来，把这些骑兵都干掉。

可高大为想不明白的是，那些家伙怎么会如此熟悉当地水文？怎么会在仓促间搞出这么大的动静？

望着前方不远处的假太子背影，一种绝望的怒意，从高大为胸中勃发。他此时什么都不顾了，哪怕拼了自己淹死，也要把这个可恶的家伙一起拖下去。

高大为松开马镫，整个人勉强弓起腰来，大腿蜷缩蓄势。然后他拔出腰间的一把短匕，狠狠刺了一下坐骑侧脖，鲜血直流。坐骑骤然吃痛，拼尽全力朝前又顶上去半个身子，一下子把两人的距离追近到五尺。与此同时，高大为奋力一蹬，整个人借势朝着那家伙的背上跳去。

如果直接把他撞到地上，两人正好同归于尽；即使不能，对方坐骑突然增加了一个人的重量，也决计跑不过身后的水龙。

可让高大为完全没想到的是，那个假太子居然在同一瞬间，身子朝上跳去。

他要干什么？

高大为不知道，但他已经飞跃起来，此时只能在半空伸开双臂，猛然抱住了对方的腿。借着闪电偶尔划过的暗光，他认出了对方的面孔——正是那个率先闯入校场、坏了靳头儿好事的家伙，恍惚听人喊过他的名字，好像叫吴定缘？

甭管叫什么，这下你死定了吧！

高大为大吼着抱紧他的腿，可旋即发觉那人居然没有下坠，难道他会飞不成？再定睛一看，才发现吴定缘的双臂，正紧紧抓住一根粗大的藤绳，藤绳的另外一端伸展到右侧的河坡顶端。

水龙气势汹汹地猛扑过来，直接将两人的坐骑卷走。吴定缘抱着藤绳，高大为又抱着吴定缘的腿，两人如同一根绳子上的蚂蚱，在剧烈的水流冲击下摇摇欲坠。高大为感觉到对方试图要踹开自己，于是把腿抱得更紧了些。

可这时怪事出现了，吴定缘的踢踹动作突然一顿，然后安静下来，似乎陷入了犹豫。高大为不明白这个生死关头有什么好犹豫的，但这是最后的好机会。他拼命扭动身躯，要把这个混蛋一起拖下龙宫里头去。

不出数息，对方不知为何，居然松开了藤绳，大概是彻底放弃了抵抗。高大为心中大喜："成了！死定了！"往下狠狠一拉，两人猛然往河里坠去。可就在这时，河岸边上出现了两个人影。一个举起飞石，狠狠地砸向高大为，另外一人则扔出了另外一根藤绳，套住了吴定缘的脖子。

那石块又尖又硬，直接砸塌了高大为的鼻梁，鲜血四溅。他疼得大叫一声，双手松开大腿。而那根新的藤绳，恰好缠住了吴定缘的脖子，把他向上面吊拽去。两人一上一下，登时分开，吴定缘伸手用力扒住岸边的一瞬间，高大为"扑通"一声坠入汹涌的水流，几下便不见了。

藤绳继续向上拖曳，只是短短数丈，便让吴定缘感觉如同身受绞刑一样。等到他被拖上坡顶，绳索徐徐松开，吴定缘不由得趴在地上，单手捂着咽喉拼命喘息，脸色难看得像是一只吊死鬼。

"苏姐姐你猜对了。"昨叶何放下手里的石头，拍手笑道。

苏荆溪无奈地叹了口气，蹲下身子，伸手去抚吴定缘的脊背。过了许久，他方才勉强恢复精神。苏荆溪双眼直视着他："不许说谎。刚才是不是有那么一瞬，你觉得还是死了算了？"

吴定缘像是一个偷点心被抓到的小伙计，心虚地点了点头。

"你是不是觉得，比起接下来要面对的麻烦，还不如死掉简单点？"

"是……"

吴定缘本以为苏荆溪会出言劝慰，不料她只是摇头："先前是太子，现在是你，还有于司直也是。你们这些男人，怎么一个个都这般脆弱、这般糊涂，做不到便扔开，比三岁娃娃还任性。"

"那你要我怎么做！"吴定缘一捶地面，泥浆溅起。

"这件事，别人做不得主。"苏荆溪的语气依旧冷静，像一位夫子在教训顽劣的学生，"你不知道怎么做，是因为你还没搞清楚自己到底是谁。这只能由你来决定，而不是其他任何人。我不能，佛母不能，太子、吴不平和铁铉也不能，对了，连老天爷也不能，别总想着扔铜钱解决。天道无常，汝命自定。"

她重新站起身来，居高临下盯着吴定缘，不闪不避。此时大雨仍不管不顾地从夜幕泼洒而落，苏荆溪湿漉漉的长发披散下来，一缕缕遮住她大半张面孔，唯有双眸依旧熠熠闪亮。

"好了好了，这里不是说话的地方。再不走，太子就要死了。"昨叶何在一旁催促道。

苏荆溪拽着吴定缘的胳膊，将他慢慢搀扶起来，一起走到土坡另外一侧。这里有一间半塌的茅草屋，太子正蜷缩在仅存的顶棚下面，脸色很差，但神志还算清醒。

"吴定缘你回来了？"他听见动静，抬起头。

"嗯。"吴定缘只回了一个字。

"追兵呢？"

"送去龙王爷那儿了。"

太子大喜，那可是足足两个哨的精骑啊。他扫了一眼，看到昨叶何也在一旁，便道："你……也是功不可没。"昨叶何半跪在地上，垂头道："白莲教之前铸成大错，如今若不尽心，怎能对得起殿下宽宥。"太子撇撇嘴，又道："仓促之间，你是怎么想到这个法子的？"

"佛母早有先见之明。"昨叶何解释。

原来当年官府疏浚赵牛河时，别开一道引水，旧河道遂荒弃成沟。不过齐河县考虑到日后也许有分洪之用，便在新河道与旧河道之间预留了一道闸口，安排了闸户看管。如果新河水势太盛，便打开闸门，分引到利民沟里。

佛母曾调查过济南附近可利用的各种隐患，这一处也被纳入伏手之一，把闸户发展成了白莲信众。昨叶何想到此节，所以才能如此迅捷地构建起陷阱来。

听完昨叶何的解说，太子愣怔了半天，嘴里才迸出一句："你们白莲教，真是处心积……"后一字他觉得不妥，总算咽了下去。

"蝼蚁图存而已。"昨叶何装作没听见，抬头看看天色，"殿下伤势如何？我们得上路了。"

这个陷阱固然干掉了追兵，可也让他们损失了仅有的两匹坐骑。他们此时身在禹县境内，接下来到德州还有一百多里路，光靠双腿，可决计赶不及。既然敌人是汉王，那么山东全境都变得极危险，必须尽快离开才行。

苏荆溪又给太子检查了一下，暂无大碍，但急需伤药，否则久必成患。几个人计议了一下，只能从利民沟回到西北大道，先北上到平原县。平原县里也有白莲香坛，找坛祝讨要一笔功德捐，坐骑与药物便不成问题了。

太子听说平原县里也有白莲信众的据点，忍不住又撇了撇嘴。

今日已是五月二十八日，屈指算来，到六月三日还有不到六天。众人都知道时辰宝贵，不能再有任何耽搁，待得雨势稍歇，便又匆匆上路。

他们先寻上西北大道。这条官道极为宽阔繁盛，过往客商络绎不绝，尘土飞扬。原来漕河未通之时，南北都是从这里通行，是以路面平阔，土地压实，两侧还挖有排水沟渠。昨晚那一场大雨，路面却没有什么泥泞，属于一等一的上好路段。

四个人步行了数里光景，好不容易遇到一家路边的骡店，却发现没钱了。

那袋红玉送的合浦珍珠，大部分在淮安被用来砸了梁兴甫，剩下的几枚也已在去济南的路上花光了。昨叶何的顺袋里吃食不少，宝钞却一张也无。最后还是苏荆溪替骡店主人的浑家诊了个脉，用诊金换来了一匹瘦弱骡子。

这骡子自然是让受伤的太子骑乘，他趴在骡背上头，心里盘算着汉王的事。自己的两个弟弟未参与这场阴谋，令朱瞻基多少松了口气，可换了对手是自家叔叔，心头的阴霾却更沉重了几分。

其他人不知道，他可太了解自己这位叔叔了，野心勃勃，凶暴狠戾，比洪熙皇帝性情可差远了。但朱瞻基也曾听太宗皇帝在北征之时提过，若论治军征战，汉王远胜洪熙皇帝。只要看朱卜花、靳荣以及山东诸卫的态度，就知道此人在军中声望之隆。

我争得过叔叔吗？若是我败了，他会怎么处置我母后和我几个兄弟？若是我胜了，又该如何处置他？朱瞻基的脑海里不断涌现着这些疑惑，一会儿便沉沉睡去。

吴定缘独自一人在前头牵着骡头，任凭它颈上的项铃响动，叮叮当当。苏荆溪与昨叶何并肩跟在骡子屁股后头，偶尔鞭打一下屁股。她们看着前面那两个男人，觉得他们看起来好似两个去赶集的庄户兄弟，懒弟弟累了贪睡，无奈的大哥一脸疲惫。

"太子锦衣玉食，哪里吃过这种苦头。让他体会下民间疾苦也好。"昨叶何尖刻地评论道。

苏荆溪道:"拜你们所赐,他这一路可是体会了不少呢,琴也弹了,水牢也泡了,连纤夫都当过了。"昨叶何轻轻拍了一下巴掌,恍然道:"原来……他在淮安是这么跑掉的。"

如今两边化敌为盟,自然也不必隐瞒。苏荆溪便把太子与孔十八的事也一并说了,昨叶何道:"孔十八这名字我也听过的,原是个有手段的老兵,只是不太服调遣,跟淮安的分坛不甚和睦——不过也无所谓了,太子若能知道,我们白莲教究竟是因何而起、缘何而聚,便是他的功德。"

说完昨叶何从顺袋里掏摸了一阵,好不容易摸到一枚袋底遗漏的莲子,丢进嘴里。"你们白莲教,接下来打算如何?"

昨叶何知道苏荆溪的意思。白莲教迫于形势倒向太子,但太子日后登基,两者之间该是个什么关系,也是一个棘手的麻烦。昨叶何朝前面的那个背影望去:"这可不是我这种命贱婢子该发愁的,交给那边的掌教去头疼吧。反正他要愁的事情多了,不差这一桩。"

苏荆溪摇了摇头:"其实凭你的手段,别说女子,就是男子也没几个比得上。佛母也是女子,能做得掌教,你又何必这么自轻自贱呢?"

昨叶何道:"姐姐谬赞了。你之前不也说了嘛,昨叶何这个名字,来自登不得大雅之堂的瓦松。佛母给我起这个名字,就是让我认清自己的位置。"

"你听过《瓦松赋》吗?"苏荆溪忽然问道。

"那是什么?"昨叶何虽然说受过诗书熏陶,可这么冷僻的文章一时还想不起来。

"那是唐代崔融的一篇赋,专写瓦松的。那一大篇文章我也背不下来,可里面有几句,我也挺喜欢的。"苏荆溪悠悠迈着步子,轻声吟诵起来:"进不必媚,居不求利,芳不为人,生不因地。其质也菲,无忝于天然;其阴也薄,才足以自庇……"

"进不必媚,居不求利,芳不为人,生不因地。"昨叶何低头跟着念道,神情若有所思。

"正是。崔融这篇东西,就是夸赞昨叶何这种草,虽立根卑贱之地,固有芳洁,不去学悬萝附柏,宁可独立于泥沙之间——等到了京城,我寻个书肆,抄份全的给你。"

昨叶何叹道:"苏姐姐你还真是喜欢主动教育别人,这于你又有什么好处?"

"人人皆有心疾,我是见猎心喜,总忍不住要诊治一番。"

昨叶何突然哧哧一笑:"姐姐这么卖力地劝我做掌教,其实是舍不得铁公子吧?"苏荆溪脚步一慢,偏过头来:"做不做掌教,那是他自己的事情。我一个旁人,怎好置喙。"

"可你明明就很关心他嘛。"

苏荆溪看向前方那背影,唇角微翘:"因为他,是我复仇布局中的重要一环啊。"

这一行人走了半日，终于抵达了平原县城的外头。他们寻了个茶摊子歇脚，昨叶何去当地香坛讨功德捐。太子一直到这会儿才腾出精神来，问吴定缘他在济南的经历，又是怎么策反梁兴甫的。

吴定缘事先跟昨叶何与苏荆溪商量过，在抵达京城之前，最好不让太子知道铁铉的事。所以他只说汉王嫌白莲教办事不力，在大明湖畔射杀佛母。佛母临终反正，让白莲教全力襄助太子登基，以弥补前过，梁兴甫也是听命于佛母遗命。至于吴定缘的身世，则半句不提。

朱瞻基听完，冷哼一声，没发表什么评论。对一个被白莲教炸飞整条宝船的太子来说，这个反应已算是很克制了。

"可是，白莲教为什么独独要抓你来济南？"朱瞻基不笨，很快便抓到了一个疑问。

吴定缘没办法，只好含糊地回答梁兴甫与吴家有旧怨，他脑子有病，非要把吴家全家一个个凌迟超度。总之所有不便解释的地方，一概推说成梁兴甫是个疯子的缘故。朱瞻基听完，倒吸一口凉气，心想这家伙的疯病真不轻，幸亏死在校场了。

"本王向来赏罚分明，白莲教能不能得宽宥，就看他们接下来的表现了。"太子最终给了一个结论。吴定缘暗自松了一口气，至少他不再纠缠自己来济南的事。

太子忽然又想起来了，这平原县是刘备当年做过县令的地方，想出去转悠一下。苏荆溪温柔而坚决地劝了一句，说殿下箭伤严重，不好好休养，这条膀子就废了。

太子对苏大夫一点办法也没有，她一张嘴，他感觉自己只有俯首听从的份儿。安抚完太子，苏荆溪出门去寻药。朱瞻基怔怔望着她的婀娜背影，却发现吴定缘的视线，也同样是落在远离的苏大夫身上。他似乎明白了什么，轻叹一声，不再说什么。

这县里的香坛实在有点穷，昨叶何找了半天也只讨来一把散碎银子，正好给苏荆溪换回一包伤药，她赶紧给太子敷药。太子何曾遇过这种窘境，嘟囔了几句这穷地方，等到苏荆溪弄好伤口，他们四人继续朝着德州方向赶路。

又走了一个多时辰，日头从头顶稍稍向西偏斜，到了一天之内最燥热的时候。此地既然叫平原县，自然是一马平川，休说山峦密林，就连一棵遮阴的小树也无，如瀑热力毫无保留地浇灌到行人头上，稍走几步便觉口干舌燥，头脑昏沉。

所幸昨叶何细心，问平原香坛多讨了两副装满井水的皮囊，四人实在口干了，便喝上一口。只是井水也被晒得滚烫，喝下去催发出更多汗来。那骡子耐不住热，比平时走得还慢，非得小鞭不停抽着才行。

他们走着走着，估摸着快到马颊河时，忽然看到前方平原上出现了一座浅黄色的城池，不，准确地说，是一片城池。四人再走近一些，看得更清楚了：每一座城池的结构都差不多，四面城墙围成一个空心正方形，形成一座小小的堡垒结构，城头有女墙马面，南北皆有门。不过这些外墙皆是用夯土堆成，没有包敷青砖，墙体露出一层层土黄色横纹，与周围麦田形成鲜明对比。

这样的小城池有很多个，彼此相距一里远近，连缀成线，隐隐显露出一座大营盘的模样。

"莫不是到德州了？"太子在骡子上问。

"不，没那么快。"吴定缘皱起眉头，他一个南京人，怎么也想不明白，德州和济南之间什么时候多了一座军城。他仔细观察了一阵："城头杂草很多，应该被废弃很久了。"

昨叶何笑道："这地方说起来，还跟太子殿下和吴……"苏荆溪猛捏了她胳膊一下，她才反应过来，及时改口："……人不知的太宗皇帝有渊源呢。"

"嗯？"太子没听出她强行转折的不自然。

"这地方叫作十二连城，其实是二十多座小城堡，在马颊河南岸连成一片。当年靖难之战，南军都督盛庸为了遮护漕运与济南城，会同济南参议铁铉在这里修起一道防线。李景隆的五十万大军去攻打白沟河前夕，也是从这一串营垒里出发。"

一说起这场战事，太子兴致就来了："白沟河之战！我记得，那可是堪比官渡、淝水的大捷呢！南军那些鼠辈，白沟河之后就再没有北上的勇气。皇爷爷从此南下所向披靡，敌军皆是望风而逃，一战鼎定，可见是天命所归。即便那盛庸和铁铉修起这十二连城，也不免败亡啊。"

朱瞻基说完之后，奇怪地发现周围一片沉默，其他三个人似乎露出了古怪的神情。苏荆溪忽然问了一句："殿下你对铁铉评价如何？"

朱瞻基听到这个名字，脸色微敛："南军诸将里，也只这一个有骨气。"苏荆溪看了默不作声的吴定缘一眼，轻轻道："可惜却是全家倾覆。"太子哼了一声："皇爷爷行事确实失之苛酷。所以我父皇登基之后，一直说宽严相济，把靖难株连的南臣家眷尽皆赦免，以表朝廷宽仁之情。我记得父皇下诏之前，还问过我意见呢。"

"殿下当时怎么说？"

"呃……当时我光顾着去斗蟋蟀，随口答了一句：他们既然做了错事，有这种下场也是活该。"

话音刚落，朱瞻基觉得周围的气氛更沉默了。他继续说道："后来我被经筵师傅好一顿训斥，说我应该回答：君王垂范天下，若奖掖叛逆，则人人欲为叛臣；褒旌忠臣，则人人愿做忠臣。"

他耸耸鼻子，觉得气氛不太对劲。苏荆溪双眸微闪，昨叶何唇边带着一丝讥诮，至于吴定缘则背过身去，似乎压根没往这边看。

朱瞻基忽然想起来，红玉便是靖难时被投入教坊司的。他拍拍脑袋，赶紧找补了一句："当然啦，我其实也是这么认为的，只是没想好怎么说罢了。"

他刚说完，耳边忽然传来一阵马蹄声。这声音是从众人身后传来的，开始很远，可转瞬便近了许多。鼓点般的声音在十二连城之间回荡，显得格外急促。

吴定缘眉头一皱，向身后一望，嘴角不由得抽搐起来。只见远处一条黑线正朝这边延伸，竟是二十余名骑士正风驰电掣般赶来。

难道叛军派了不止一支追兵？

这是极有可能的。太子身份太重要了，叛军应该是撒出去十几支队伍，像扔出一张大网覆盖住极广泛的区域，这样才能确保不会遗漏。

"得尽快跑进十二连城！"

吴定缘沉声喝道，这附近地势太过平坦，连躲藏的地方也无。前方的连城由十几座大夯土城堡以及延伸出去的隔墙、土沟、望墩等设施构成，纵横交错，布局复杂，去那儿才有一线机会摆脱追兵。

即将进入十二连城范围时，骑兵队终于追到了身后。四人都屏息宁气，装作两对赶集归去的夫妻，低头朝前徐徐走着。前头骑兵只是看了他们一眼，继续跑去，后面的骑士们也陆续擦肩而过。

吴定缘心中稍定，略一抬头，视线与队伍中的一个人正正对上。

这人鼻梁上包着一大块棉布，右胳膊用束带吊着，双眼凌厉如刀——吴定缘如坠冰窟，这不是在利民沟里被冲跑的骑兵首领吗？怎么他还没死？

吴定缘暗暗在心里叫苦。他们为了赶时间并没更换装束。别的追兵未必能认出，可瞒不过缠斗了半宿的高大为。吴定缘赶紧想要垂头，可是为时已晚。

高大为的目光，牢牢地焊在了眼前这人的脸上，禁不住一阵狂喜。

他被洪水冲跑之后，在激流中死死抓住了一根伸出沟边的树枝。虽然付出了一条胳膊骨折的代价，但奇迹般地活了下来。

高大为知道自己这一队已全军覆没，便朝着另外一个追击队的搜索路线找去。在与另外一队追兵会合之后，他判断太子会急于赶路，遂指示他们沿西北大道急速前行，果然在进十二连城之前截住了目标。

"太子在这里！"

高大为的声音极为亢奋，整队骑兵闻声立刻聚拢过来，很快便将四人围了个水泄不通。

眼看要到德州，却倒在了成功的门槛之前，哪怕再快一个时辰，不，半个时辰……朱瞻基轻轻叹息了一声，心中却没多少懊悔。从南大营到十二连城，他们已是尽力到了极致。如此还是被叛军追上，只能说是天意不让他登基吧。

高大为用完好的一只手抽出佩刀。他不准备把太子带回去，也不准备说什么废话，此地此时一刀杀死，才能彻底断绝后患。

他强忍着鼻梁骨传来的钻心疼痛，举起了刀，琢磨着该从哪个角度劈下去，才能给太子带来最大的痛苦。忽然高大为耳朵一动，听到一个极为熟悉的声音——这是长箭穿破层层风阻的破空之声。

这种声音对军人来说，意味着极大的威胁。高大为下意识转过脖颈，想要分辨方向，可在这短短一瞬，羽箭已抵至咽喉，毫不停顿地透喉而入。

这位靳荣麾下的悍将，不敢相信地垂头看了一眼，直挺挺从马上栽了下去。

马队登时炸开了。其他骑兵们没明白，怎么会突然冒出一支羽箭。可没等他们做出反应，更多的羽箭扑面而来，一时间又有十几人跌落马下，激起一阵尘土。

这时还活着的骑兵才看到，从十二连城方向驰出一彪人马。为首之人身披月白短袍，头扎缣巾，手持开元大弓，姿态说不出地矫健挺拔。他在颠簸的马背上极稳当，双腿轻夹，袍角翻卷，手中挽弓连珠般射来，左右轮换，每一箭必有一人落马，宛若李广再世。

而他身后的随从们，除一人之外，也纷纷持弓骑射。一时间箭如飞蝗，专朝高位招呼。叛军这支追击队虽说装备不差，可昨晚赶上大雨，弓弦都被卸下挂在鞍子边。此时猝然遇袭，他们连重新绰弓挂弦的余裕都没有，被打得狼狈不堪。

反观太子一行，因为没有骑马，位置较低，并无一支羽箭误中。这指挥官的精准操作，令人叹为观止。

那支队伍且射且奔，等来到近前，二十余骑的精锐被悉数歼灭，马背上光秃秃一片。为首那人看也不看那满地狼藉，径直冲到太子面前，翻身下马。朱瞻基先是怔怔呆望片刻，旋即发出一声嘶哑的哭声："舅舅！"

那人半跪在地，双手抱拳："臣护驾来迟，罪该万死！"

吴定缘这才反应过来，这人应该就是朱瞻基的小舅舅——张侯张泉。既然张泉在此，那么……他转动视线，果然在队伍的末尾看到了于谦。

于谦半挂在马背上，头巾歪戴，跑得狼狈不堪。他能跟上这支队伍的速度，没跌落马下，已算是奇迹了。看来确实是援军无误。吴定缘长长松了一口气，浑身肌肉这才松弛下来。只是他颇觉纳闷，张泉、于谦怎么会来得如此之巧。

昨叶何道："咱们昨晚动手之前，我飞鸽传书给了临清的分坛，让他们设法联络上于谦，让他来接应。"

"他怎么会相信你们白莲教？"

昨叶何看了眼一旁的苏荆溪，带着淡淡的讥诮和敬佩道："苏姐姐说于谦那人极为忠义，若听到主君下落，不暇细思便会赴难。所以我让分坛假意泄露出消息，说太子将至临清，所有白莲教徒要出城截击。于谦不信正话，却对反话深信不疑，自然会设法出城救援。"

吴定缘忍不住笑了起来，苏荆溪这一招实在高妙，正话反说，对人心把握得太准。苏荆溪淡淡道："我原本只是想多一手接应，却没想到真成了救命稻草。"说完她看向被太子搀扶起身的张泉："也没想到，于司直居然真找到张侯了。"

吴定缘随着她的眼光望过去。这位传闻已久的张侯当真是风度翩翩，细眉挺鼻，长脸窄颐，一看便是位温润君子。面相黝黑的朱瞻基跟他站对面，真看不出来两人是亲舅甥。

朱瞻基抱着张泉，放声大哭。他自离开南京以来，一边狼狈逃亡，一边惦念京中父母，心中苦楚蓄积已久，此时见到亲人，再也绷不住情绪了。张泉把他抱在怀里，面浮苦笑，只好抚着外甥脊背连声道："殿下活着就好，活着就好。"

这时于谦才歪歪斜斜地赶到现场。他一见太子，先是大喜，正要走过去，却被苏荆溪一把拽住："于司直，你有些眼色，让他们舅甥待会儿。"于谦"哦"了一声，正了正衣冠，赶紧走到这边来。

"小杏仁，别来无恙。"

于谦一听这称呼，脸色一僵，重逢的喜色几乎给冻住了。他咳咳几声，故作严肃道："吴定缘，你可拖累太子不浅！"

吴定缘打量了他一番，这个小行人双眼吊着眼袋，胡须纠连，面色比之前憔悴了不少。可见自从淮安分别之后，于谦可是一刻没闲着。又得避开狻猊公子的拦截，又要设法联络张侯，还惦记着前往济南的太子的安危，压力可一点不比他们小。

"拖累什么？太子自己要去救我，又不是我求他的。"

于谦眼睛一瞪，正要发作，却看到苏荆溪旁边多了一个女子："这位义士……不，义妇是？"

能跟随在太子身边，一定也是忠臣，于谦觉得这是很合理的推断。吴、苏二人没吭声，倒是昨叶何大大方方下拜："民女是白莲教右护法昨叶何，拜见于司直。"

于谦开始漫不经心地"嗯"了一声，要抬手回礼，手抬到一半，才发觉不对。什么？白莲教？右护法？他像被火钩子捅了一下似的，骤然跳开，要向太子示警。早有防备的吴定缘上前一步，按住他肩膀："小杏仁，先别蹦跶。"

于谦惊疑不定，呼吸急促："白莲教……你竟然勾结白莲教？"吴定缘嘴角微微一撇，不知该怎么解释才好。昨叶何不失时机地说道："白莲教之前铸成大错，如今迷途知返，愿将功赎罪，护得太子平安归京。"

于谦双眼依旧瞪着昨叶何,还是苏荆溪劝道:"个中曲折,稍后再说,总之现在太子已经安全,于司直不必惊慌——有我和吴定缘在此,难道你还不放心吗?"

"你们俩……也不好说!"于谦兀自强辩,可肩膀没有刚才颤动得那么厉害了。

那边太子已经哭过一通,红肿着双眼松开舅舅。张泉注意到他肩上的箭伤,有些心疼地叹道:"我看那些骑兵,都是山东都司的旗军,莫非靳荣也反了?"

"正是。"朱瞻基点头。他忽然想到什么,推开舅舅,走到于谦跟前。于谦面容一紧,也赶紧挺直了身躯。

"微臣未能随扈王驾,罪该万死。"

"本王不听于司直你忠言劝谏,几乎酿成大错。"

两人同时开口,然后俱是一怔,都露出尴尬神色。于谦一直觉得太子亲自去济南涉险,是自己未能尽责之故;而朱瞻基在济南错信靳荣,才发现于谦不许自己表露身份,实是金玉良言。

这一对君臣同时致歉,沉默地对视片刻,都不知该怎么接下去。这时张泉站出来道:"此地不宜久留,你们先随我回德州再议不迟。"

跟随张泉和于谦来的骑士们已清理完战场,没留下一个活口。吴定缘注意到,他们的装束与统一服色的旗兵不太一样,杂七杂八,有破旧的鸳鸯战袄,有窄袖红胖袄,有的是一袭麻布交领短衫,有的干脆用虎皮围住小腹,露出半个裸身——与其说是军队,毋宁说是一群草莽。

莫非张泉是说动了哪个山大王?吴定缘心想,他看了一眼苏荆溪,知道她也看出来了,遂点了点头。

这批追兵虽然全灭,但遗留下来不少马匹。太子总算可以扔下那匹骡子,其他人也各自分得一匹。别的装备全被那批好汉瓜分了。张泉点齐人马,喝令返回,这几十骑护送着太子一行,匆匆穿过十二连城,朝着德州飞驰而去。

剩下的几十里路,对这批精锐马队来说瞬息即至。天色擦黑前,他们便已抵达了德州外城。不过张泉并未进城,而是绕城半圈,来到城池西北角的外河湾。

跑着跑着,朱瞻基隐约听到有哗哗的水声。他借着最后一丝夕阳抬眼望去,只见前方是一条匹练般的宽阔长河,河面上船只穿梭交错,河岸两侧覆满了黑压压的建筑。

那是一栋栋独立的二层房屋,形制一般无二,都是穿斗结构、悬山天窗。若是单体,并不算起眼,可它们的数量极多,密密麻麻地紧挨在一起,如同印匠排版好的泥活字钉,彼此相挨,接檐连梁,看上去蔚为壮观。

朱瞻基意识到,这里应该就是漕河货栈,他又回来了。

其实他去南京时曾经路过这里,不过那时候太子大部分时间都在船舱里玩鸟斗虫,并不关心外面的景色。

张泉在一旁解释说，从临清到天津这一段漕河，被称为卫漕，而德州恰好就在卫漕的最中间，是个极重要的枢纽地段，货物转运量巨大，就连码头都要分成两处：一处上码头，一处北厂码头。他们此时去的，就是北厂码头。

这里原本是野草丰茂的野原，洪武年间整修运河，裁弯取直，在这里新开出一条河道，在河湾东岸修起一座卫城，里面修满了一片片转运粮仓，号"北厂"。江南、湖广、山东、河南等地的漕粮都汇聚于此，统一运去北直隶乃至京城。

令朱瞻基惊讶的是，张泉抵达北厂之后，并没有去漕运衙门，而是径直从粮仓旁的小码头下马，然后登上了一条五百料的双桅尖底船。

这种船在漕河上并不多见，多是跑海运的，永乐年间已禁止民间私建，不知张泉从哪里寻来的。这船船体极破旧，很多地方已糟烂不堪，看着好似一座年久失修的破庙一般。上船的除了张泉与太子之外，只有于谦、吴定缘、苏荆溪、昨叶何以及寥寥十几个护卫，至于其他骑手们，则向张泉一抱拳，消失在茫茫夜幕之中。

这行程真够急的，可太子再一想，时日无多，不这么急肯定赶不回京城。

众人刚刚在船舱里坐定，就感觉大船一晃，正在被缓缓推离码头。水手们在甲板上跑来跑去，解缆的解缆，操帆的操帆。吴定缘和太子都注意到，甲板上堆着许多堆东西，不过都用苫布盖着，看不出是什么。

按说行船应该少装货物，跑起来才快。而且就算装货，也该塞在船腹的货舱里，堆到甲板上多不方便。不过张泉没顾上解释，他正忙着发号施令，操控大船起航。

他们也不好去询问，乖乖钻到船舱里去等候。朱瞻基找了个地方躺下，苏荆溪帮他再检查了一遍伤口，不由得眉头紧蹙。本来这伤口快要痊愈，结果被太子狠狠拔出箭镞，弄烂了血肉，再加上昨天那一通折腾，隐隐显出一圈红肿，这是要发脓疮的征兆，情况不是很妙。她摸摸太子的额头，似乎开始发热。

"殿下现在感觉如何？"

朱瞻基含含糊糊道："还好，还撑得住。"

苏荆溪知道他不问清楚肯定不会睡，只好临时捣了一些药糊，先让朱瞻基服下。一直到大船平稳地驶入运河干道，朝着北方行去，张泉才满头大汗地回到船舱。

"京城到底发生了什么？"朱瞻基不顾虚弱，急不可待地问。

船舱里的光线很差，只点着黯淡的几盏烛灯，映得张泉面孔阴晴不定。他用一块湿手帕擦擦额头的汗，沉声道："殿下你躺下，听我慢慢说来。"

两京 十五日

第二十二章

在朱瞻基心目中，京城是最不可解的一个谜。

从南京宝船爆炸开始，太子一路逃亡，慢慢地看清了两京之谋的轮廓。朱卜花、郭芝冈、汪极、白莲教、靳荣、汉王……一个又一个环节浮现，每个人都有自己的功能——可是，最重要也是最关键的京城，却始终笼罩在一层迷雾里。

虽然当年靖难，同样也是叔叔造侄子的反，但燕王朱棣好歹是一方守臣，手握边军，坐拥北平大城，与南军颉颃相当。而如今汉王只是一个乐安州的藩王，他到底要施展出什么手段，才能让洪熙皇帝突陷不豫，让一干重臣不置一词，让京营、禁军按兵不动，让后宫之主张皇后只能发出一封语焉不详的密函？

所有的疑问，可以归结为一个问题：汉王在京城到底想干什么、能干什么？

在这一路上，太子和于谦曾经探讨过很多种可能，可都没有结论。即使是昨叶何加入之后，也给不出答案，白莲教只负责南京一个环节，京城的事则完全不清楚。那里就像是垂下了一面厚厚的帷幕，把真相隐藏其中。

唯一能够回答这个问题的，就只有从帷幕中提前离开的张泉。

"等一等！先把你的事说清楚！"

这时于谦却先站出来，用眼睛去瞪昨叶何。接下来要谈论的，是宫闱阴私，这个白莲教的护法还没交代明白，岂可旁听与闻。

昨叶何早有准备，她瞥了吴定缘一眼，当着众人从容说起济南之事。

她此时讲的故事，与讲给太子听的版本一般无二。于谦听到梁兴甫已死，不由得大大松了一口气。只是张泉冷笑道："你们那什么佛母，倒打得好算盘。一边败了事，便投向另外一边，当大明宗室是市集上卖菜的吗？"

昨叶何不慌不忙，整衽下拜："佛母自知罪孽深重，命我尽力弥补前过。若张侯无意，在此杀了民女，亦无怨怼。反正我教虚实，太子已是尽知，他日登基理政，相信会小有裨益。"

张泉鼻孔里哼了一声，在他听来，这就是威胁。可朱瞻基听在耳朵里，却别有一番意味。白莲教因何而聚、缘何而反，他是亲身体会过的。昨叶何这一番话，不完全是威胁，倒有几分劝谏的意味。

想到这里，朱瞻基摆了摆手："且不论此前白莲教如何助纣为虐，本王离开济南的时候，他们毕竟出力甚多。知过能改，善莫大焉，具体如何奖惩，待事了之后再议不迟。"

张泉道了声"是"，不再追究，只是那一双犀利目光，始终注视着昨叶何。昨叶何丝毫不以为忤，先冲太子盈盈一拜，说我去伙房找点吃的，然后离开了船舱。

她一离开，气氛变得稍微松快了些。张泉凝眉思忖，似乎在想如何开讲。于谦几次跃跃欲试，但都强忍下去，不好越俎代庖。

"陛下可能还活着。"这是张泉的第一句话。

太子等人都是一喜，可看张泉的神情，却完全不像庆幸的模样。

"待我从头说起。殿下你离京是在五月三日。据当值的小宦官说，接下来连续七日之内，陛下先后临幸了二十几位官人，内官监甚至不及造册拟号……"

张泉说得很隐晦，可朱瞻基不免有些尴尬。他父亲什么都好，唯独有寡人之疾，于床笫之间没有节制，舅舅当着众人的面提起这事，实在面皮无光。

张泉继续道："陛下体态肥胖，平时气虚得很，却突然如此精力旺盛，不能不令人生疑。据说是一位道人进献了一味叫作先天丹铅的丹药所致。到了五月十一日，内闱未除，陛下突然晕厥于床榻之上，太医院束手无策，医案里只含糊说是阴症内风。"

这时苏荆溪突然截口问道："陛下发病时，喉中可有滚痰之征？"张泉一怔，先看看太子，见他点头首肯，便回答道："喉中确实有痰声，绵绵不断。"

苏荆溪道："这先天丹铅我略有耳闻，可不是什么道家仙丹，而是江淮间流行的一味媚药。其中除了肉苁蓉、海马、淫羊藿等催情之物外，还用了斑蝥等烈物。行药之时，血涌如洪，若是青壮健汉服用还好，若是体态肥大者，极容易因为情志过极导致气血逆乱，夹痰上扰，引发中风。"

苏荆溪于药石一道极为精通，她这么一解说，众人心中如明镜一般，这毫无疑问是针对洪熙皇帝施的手段。张泉叹道："锦衣卫第一时间拿下做荐人的小宦官，再想去捉拿那个叫玄元子的道士，可他却早已死于自家道观之内。"

苏荆溪摇摇头，不再言语。

张泉继续说道:"先天丹铅的事,死无对证,可天子还得救。到了五月十二日,太医院向张皇后以及几位大学士宣布天子大渐,脉象持续衰弱下去,呼吸时断时续,已是回天乏术。大学士们商议尽快召回太子,以定人心。可就在这一天,汉王突然出现在了紫禁城内。"

朱瞻基心中一凛,原来叔叔竟早不在乐安州了。

"本来藩王无诏离藩,乃是大罪。可汉王打的旗号,是来拜祭他与皇帝的生母仁孝皇后,没人敢拦。他一进宫,便直入钦安殿,趴在皇帝床榻边大哭了一通,然后怒斥周围人等,说你们为何束手旁观,难道要谋害我亲兄长?"说到这里,张泉冷笑一声,"其实谁都知道,汉王口是心非,可他占着大义,大家也不好说什么,几位大学士决定静观其变,看他要什么花样。"

"可这时候,汉王拿出了一张药方,说这是续命奇方,可以救回兄长。这可真是大大出乎了所有人意料——要知道,救活皇帝,他还是得乖乖回去当藩王;救不活皇帝,那弑君之罪就得扣到他头上了。汉王何时这么兄友弟恭,有棠棣之德了?"

张泉说着说着,自己先摇了摇头,继续道:"当时张皇后和几位大学士,谁也不知该如何应对,踌躇不决。汉王一拍胸脯,说我皇兄危在旦夕,你们这些人居然还瞻前顾后,这样好了!我立下军令状,这药方若真治死皇兄,我为他殉葬,总行了吧?

"在汉王的强烈压力下,张皇后和几位大学士姑且死马当活马医,允他一试。没想到一试之下,这续命奇方居然真的奏效。"

朱瞻基听到这里,忍不住"啊"了一声,差点直起身来。这时苏荆溪皱起眉头道:"这续命奇方是怎么写的?"

张泉摇头:"这个却不知道了。但药效是有的,天子脉象、呼吸、心跳俱回,只是……"说到这里,他一阵苦笑:"只是陛下口不能言、身不能动,连眼皮都抬不起分毫,整个人有若一尊活泥塑。"

张泉没往下说,但在场的人都明白。一位皇帝陷入这种状况,是一件多么麻烦的事。

他不能理事,不能决策,没法表达任何意见,可他偏偏还活着。没人敢宣布驾崩,没人敢张罗继位之事,万一天子又醒过来呢?这可是犯极大忌讳的事。可以想象,钦安殿内会陷入一片尴尬的僵局。

"这个时候,汉王又说话了。他说这续命奇方分作内、外两方。外方用药石,只能治标,让天子维持呼吸;内方则是一种叫作显见北辰大醮的科仪,须请身负气运之人诚心祈禳,内外合用,才能让皇帝彻底恢复神志。"

"什么叫身负气运之人?"

"太师张辅、少师蹇义、少傅杨士奇、少保夏元吉、少保黄淮，以及太子少师吕震、太子少傅杨荣、太子少保吴中、金幼孜！"

这一长串名字听下来，朱瞻基不由得倒吸一口凉气。

洪熙皇帝即位之后，搞了一个"三公三孤三师"之制，恢复了九个荣衔，颁发给身边的心腹之臣。除了远镇云南的太傅沐晟、远镇宁夏的太保陈懋不在，洪熙一朝的三公、三孤、三师全在钦安殿上了。

汉王点名要这些重臣，等于将整个中枢一网打尽。

"我叔叔是想借口祈禳，隔绝朝廷诸臣与父皇的联系？"朱瞻基眉头一挑，他也读过史书，这样的事例实在见得太多了。

张泉轻叹："你说错了。汉王的要求正好相反，他让这份名单上的人留在钦安殿不得离开，说要用显见北辰大醮借用他们身上的气运，近身为天子加持。"

这不是要隔绝天子与朝臣，这是要把整个大明的核心决策层都与外界隔绝啊。朱瞻基惊叹于叔叔的野心："那班大臣难道会乖乖听命？"

张泉做了个无奈的手势："大家都知道这是无稽之谈，可汉王那外方真的把天子救活了，他的内方便没人敢不信，也没人敢拒绝参加斋醮——哪个若稍做质疑，万一天子突然驾崩，岂不就成了他的责任？"

太子沉默下来。他知道这些人不是铁板一块，比如吕震与杨士奇就是死对头，这个节骨眼上谁露出一点破绽，都会被对头抓住把柄。汉王开列的这份名单，显然是算准了他们会彼此牵制。

"于是这一班公孤诸臣齐聚钦安殿内，日夜祈禳。就连张皇后以下所有嫔妃，也都谨留后宫，不得轻易走动。整个紫禁城被完全封锁起来，由御马监的勇士营内控，外城的五军、三千、神机三大京营与顺天府也收到指令，封城闭门，非上谕不得开启。"

朱瞻基先是眼前一黑，若三大京营与禁军都被汉王收买，大局只怕没什么翻盘的指望了。但他转念一想，若汉王已掌握了这几支军队，何必还要把青州旗军北调？何必还要玩显见北辰大醮的花活儿？

再静下心琢磨，汉王应该只是假借为天子祈禳之名，来命令禁军与京营封城，算是某种意义上的"挟天子以令诸侯"，并未完全控制。形势虽然很糟，还不至于太糟。

"这要持续多久？"

"汉王给出了承诺，六日之内，天子病情即可见分晓。"

"为什么一定要六天？"朱瞻基不太明白。

张泉道："因为他在等你的消息。"

"等我？"

"五月十二日开始斋醮，六日之后，殿下你算算是什么时候？"

朱瞻基眼皮一跳，五月十八日，那正是他抵达南京之日，也是宝船爆炸之时。张泉阴沉地竖起一根手指：

"天子若在，汉王没机会上位；天子若驾崩，汉王还是没机会，因为你是大明太子，继承顺位无可争议。对汉王来说，唯一即位的可能，是殿下先陛下一步离世，而陛下又无法指定继承人，法理上他才能争上一争。"

"所以叔叔在等我死……"

"是的。他搞出那个显见北辰大醮，其实目的只有一个，那就是锁住有资格代发诏书的重臣，不让他们把你中途召回。等到五月十八日你一到南京，和宝船一起化为飞灰，斋醮便可以停了。届时你们父子双亡，汉王便可以用国无长君作为理由，名正言顺地要求兄位弟继了。"

这个可能性一说出来，朱瞻基和于谦同时点了一下头。他们虽不清楚京城变故，但对两京之谋的最核心缘由，已有类似的推测。只是其中有些事，实在无法宣诸口笔。

要知道，按照统绪，洪熙皇帝与朱瞻基若故去，该由越王或襄宪王之一登基，张太后垂帘听政。但永乐皇帝上位，就是以藩王攻天子，以叔父伐亲侄。如今汉王若做同样要求，只怕靖难复现。

朱瞻基不免愤愤道："连舅舅你都看得这般清楚，那些公孤重臣难道就任由汉王施为？"

"不然，不然。"张泉摇头，"那些人之所以同意参与大醮，也是考虑到能守在陛下身边，不让汉王有矫诏的机会。只是他们并不知道，汉王居然会同时在南京对太子下手。这事若不是我提前离开京城，也是想不透的。"

"对了，舅舅你是怎么提前离开的？"

"这还多亏了我姐姐啊……"张泉说到这里，双目一肃，一时间悲戚、钦佩与感动等种种微妙情绪，浮现在白皙的面孔之上。

"在钦安殿内，唯一觉察到汉王可能会对你下手的，就只有你的母亲张皇后。可她也要参与大醮，无法离开，只能趁着京城封禁之前，传出两通消息。一通是给我的私信，她知道我常住通州，不受封禁之限，是唯一能传出消息的人。刚才我说的官中之变，小部分是事后揣测，大部分是她说与我知的。只是当时我还不知道，她居然用皇后凤印与皇帝亲亲之宝，发出一通急递密诏给你。估计考虑到要走官驿，她没敢把话说得太明显，只好在用宝上做了暗示。"

"母后……"朱瞻基一想到张皇后苦苦守在半生半死的父皇身边，外面强敌环伺，还不忘惦念远在千里之外的儿子，眼眶顿时湿润了。

那封信太及时了，十二日送出，十八日便到了南京。倘若张皇后稍有犹豫，朱瞻基恐怕已死在南京皇城里了。

"我姐姐从小就是个有主见的聪慧女子，坚毅果决。当此危机之时，若不是她见机传出这两则消息，咱们舅甥乃至洪熙一脉都要倾覆。"

张泉掏出一方金丝手帕，让朱瞻基擦擦眼泪，继续道："我离开京城之后，起初不知该如何是好。汉王只怕早早在地方收买了无数党羽，我无从判断谁忠谁奸，便不敢轻易惊动官府。"

朱瞻基听到这里，面色一红，所幸手里拿着手帕一挡，张泉倒也没觉察到异状。

"当时我急于知道南京的情形，可时辰实在赶不及。我忽然想到，我跟泰州郭纯之有飞鸽交往，便飞去一封书信，隐晦地让他帮我探查一下南京情况。没想到，太子您居然亲自从郭家放飞回鸽，我大喜之下，便急忙沿漕河南下，估算在临清与你会合。"

说到这里，张泉笑着看向于谦："只是我在临清没等到太子你，反而遇见了这位于廷益。他可真是忠直之臣，在临清漕运码头之上，以东宫幕僚的身份公开征募船只水手，那可真是声若洪钟、慷慨激昂，惊动了整个临清，把敌人设下的暗桩全炸出来了。我恰好也刚抵达临清，倒是省了相认的麻烦。几经周折，我把他从敌人的手里救了出来，两下交换情报，这才知道殿下那边的情况。"

无论是朱瞻基还是吴定缘、苏荆溪，看向于谦的眼神都有几分心疼。他们没想到，于谦居然会用这么笨拙的办法。可再一想，凭他孤身一人，若想迅速联络上张泉，也只有此法可行。

张泉只说是"几经周折"，但敌人是打算在临清全力阻击太子，于谦这么大喇喇站出来，其凶险程度只怕不输济南。

于谦捋了捋胡须，半是赧然半是傲然地说道："我没苏大夫的医术，也没吴定缘那么强悍，索性堂堂正正，行正攻之法。所谓君子坦荡荡，小人长戚戚。我在临清公开露面，一来好让张侯得知，二来可以令敌人误会殿下也在临清，您在济南的行动压力或可减少几分。"

"于廷……于谦你真是……就不怕被碾为齑粉吗？"

不直呼其名字，实在不足以表达朱瞻基此时内心的情绪。

于谦从容道："臣在瓜洲之时，看到过别人在搅石灰粉。当时臣就在想，历代名臣都自比凤凰、麒麟，而臣只要做这清清白白的石灰便够了，哪怕粉身碎骨，亦不为憾。"

朱瞻基眼眶没来由地一热，他想挣扎着起身，去搀搀这个南京城里的小行人。于谦却抢先一步，从怀里取出那一尊小香炉，双手奉上。太子接过香炉，摩挲着上头的划痕，百感交集，忽又递给旁边的吴定缘："你瞧瞧，来，你瞧瞧。"

吴定缘面色僵硬地接过铜炉，看到自己的血手印犹在，轻轻叹了一声，轻到只有他旁边的苏荆溪听得见。

于谦接着张泉的叙述，继续讲道："我与张侯会合之后，本意想去济南救援。但张侯认为敌情不明，贸然前往容易坏事，遂按原计划赶往德州。狻猊公子在漕河上的势力可真不小，若非张侯交游广泛，有一批江湖上的朋友帮忙，只怕我等中途就得被拦下来。"

"狻猊公子？"太子听到这名字，有些诧异。

于谦挠挠头："这是汉王派来拦截我们的一员干将，只是听闻其名号，却不知来历，不过他造成的麻烦委实不小。"这时吴定缘忽然开口道："我听昨叶何说过，她们白莲教在淮安时被夺去了指挥权，就是狻猊公子出面。"

张泉一双锐目扫到吴定缘身上，很是好奇。他交游广泛，但真没见过这种丧气满满、意志消沉的人，可偏偏是这种人，成了太子北归的最大倚仗。他到底何德何能，让太子绕路去了济南？

可惜这时也看不出什么端倪，张泉沉思片刻，抬手道："且听吴捕头的意思，把她暂时叫进来问话。"

昨叶何很快被唤回，听到这个疑问，她不由得笑了。于谦板着脸说你笑什么。昨叶何伸出两个巴掌，又弯下小拇指："其实不必问我，你们也猜得出来。龙生九子，各有所好，那狻猊是第几子？"

在座的人面面相觑，于谦掰着指头数了数："老大囚牛、老二睚眦、老三嘲风、老四蒲牢、老五狻猊，对，第五子是狻猊！"昨叶何望着他，笑意盈盈，就是不说话。

还是吴定缘先反应过来："我在金陵时听过一条流言，说最近一年总是地震，只因当今天子德不配位，惹得真龙发怒。现在想想，这应该是汉王散布的吧，他是真把自己当真龙了。"

汉王自诩真龙，那他的儿子们显然就是龙子。朱瞻基迅速在脑子里过了一遍宗室谱牒，很快便锁定了一个名字：汉王的第五个儿子，临淄王朱瞻域。

对这位堂弟，朱瞻基没多少印象，只记得特别胖。没想到，这位不显山不露水的死胖子，却给自己起了这么霸气的一个外号。

"他能折腾起这么大动静吗？"朱瞻基还是有点不敢相信。朱瞻域比他小五岁，哪里来的手段在漕河上呼风唤雨？

张泉别有深意地说道："湖、江、浙等南三漕我不清楚，但白、卫、闸、河四段北漕的官员，被朱瞻域收买了大半。"他有意停顿片刻，又补充道："但以我之见，不是朱瞻域手段有多高妙，而是这些人早就对天子不满，终于被他们等到了机会。"

朱瞻基明白张泉的意思。朝廷迁都南京之后，必然废漕，北漕河几万官吏的安置将是个大问题，牵涉极多利益。朱瞻域或背后的汉王，只要允诺登基后维持都城不变，便足以撬动人心。

漕河，还是漕河，这条河到底搅动起了多少风浪啊……朱瞻基心想。仿佛为了应和他似的，整条大船忽地一晃，大概是遭遇了一阵强风，众人都纷纷找地方扶住，半天方才恢复平稳。

"这些人，天天就想着自己眼前那点芝麻粒！全不替朝廷考虑！"朱瞻基愤愤地拍了下舱壁。张泉却摇了摇头："迁都与否、漕河存废，这件事其实大有可商榷之处……不过这件事今日不议，廷益你继续。"

于谦继续道："我们到了德州之后，听说当地白莲教在召集人手，要出城拦截殿下您。张侯当机立断，带着那一批江湖上的朋友，前来迎候殿下。殿下福缘深厚，幸无大碍，可见天命之所归。"

最后那半句马屁，拍得委实有些生硬。不过朱瞻基并没计较这个："所以我们现在是去京城？"

张泉道："德州的漕运衙门，只怕也已被狻猊公子控制。所以我没安排殿下你进城，而是弄到一条特别的快船，直入京城。"说完他拍了拍船帮，露出一个令人宽心的笑容。

众人再度环顾船舱，逼仄窄小，不知张泉所说的特别是什么意思。于谦抢着道："这船不属于山东漕运把总，而是遮洋总的船，本是用来走海路的，所以帆形、船底、帮形与寻常漕船不同。"

"海船怎么会跑来漕河里？"

这次是张泉接过话题："本朝自永乐十三年罢了海路之后，这些海船就用不上了，都分配给各地把总，用来运送各种特别容易伤船的货物，权作废物利用，用毁了就扔，也不可惜，唤作海落船。漕河之上，没人拿正眼去看它们。"

张泉给太子简单算了一下。此时大概是五月二十八日的酉正时分，从德州径直北上，经沧州、天津、通州至京城，五天之内要跑六百里地，时间紧迫得很。不用这种海落船日夜兼程，只怕还真未必赶得及。

张泉似乎对漕河极为熟稔，无论地名、水程、船次闸类，都张口就来，不知道的还以为是一位任职多年的漕官。听完他的解说，朱瞻基也便放下心来。不过他细细一算，忽又起了忧虑：

"今天已是五月二十八日，整整十天过去。不知父皇与母后如何……"

"你父皇昏迷期间,全靠往嘴里滴入粥水续命,不知能撑几时。我们只有尽快赶到京城,才能见分晓。"张泉坚定地拍了拍他肩膀,"殿下你记住,你还活着,这就是我们最大的优势,也是两京之谋最大的破绽。"

有了舅舅的鼓励,朱瞻基才精神复振,可又忍不住打了一个哈欠。他们自从离开济南以后,还没睡过一个安稳觉。张泉便对苏荆溪道:"苏大夫是吧?太子肩上有伤,麻烦你早点带他去休息吧。"苏荆溪微微垂首:"民女自当尽心竭力。"

于谦和她两人挽着太子,去了后舱。至于吴定缘,早早靠着舱壁睡着了。这让本想跟他谈谈的张泉只好放弃,吩咐人把他抬出去,然后在案几上摊开一张漕路图,继续钻研路线。

不提吴定缘那边睡得多香,这边于谦和苏荆溪把太子扶入最宽敞的一间船舱,里面桌案、床榻无不齐备,连熏香都提前备下了。于谦从怀里掏出那香炉,随手搁在桌子上,苏荆溪则替太子除去外衫鞋袜,靠在床头,再去细细给伤口敷药。

说来也怪,从前太子对这种近距离接触甘之如饴,坦然受之。可自从他在济南校场上袒露了心声之后——尽管只是对吴定缘,而不是苏荆溪——现在再看到苏大夫,却无比紧张。

两人此时面孔相距很近,太子能感觉到她热乎乎的呼吸,听到她声音的每一处起伏,看到宽额之上凝出一滴晶莹的汗水,闻到那一双素手散发出的若有若无的幽香,甚至当苏荆溪转头之时,还会有几丝发缕轻轻划过,令他的皮肤表面有丝丝痒痒的快感。朱瞻基读过佛经,这一刻他觉得佛祖概括得实在太精确了:色、声、香、味、触、法,每一种诱惑都那么动摄人心。

太子觉得自己的心脏咚咚跳得厉害,又怕苏大夫觉察到异状,只能拼命抑制。苏荆溪奇怪地看了他一眼:"殿下,你的肌肉绷得太紧了,这样我没法处置。"朱瞻基不敢直视她的双眸,只好把脸转到一边。

"都怪吴定缘那个蠢材。"他恼火地想。当初在校场上他主动袒露了心意,如果吴定缘也喜欢苏大夫,他便会彻底放弃,不作别想;如果吴定缘说没兴趣,他便要设法把苏大夫娶入宫中,纵然不是皇后,也必是贵妃。

谁知吴定缘那个蠢材回答得十分暧昧,是与不是,没个准话。这让朱瞻基再面对苏荆溪时,简直不知该以什么方式相处。

就在他胡思乱想的时候,苏荆溪已结束了今日的包扎,略叮嘱了几句,站起身来。那股香味,一下子便消散掉了。朱瞻基心中叹息,看来又错失了一个好时机。

可当他回过神来时,却发现苏荆溪没像往常一样径直离开,而是站在床头绞着双手,难得露出些许惶恐。朱瞻基心中陡然又生出一股莫名的希冀,难道说……他连忙抬手道:"苏大夫,你是有话要对本王说?"

"是……"苏荆溪的声音有些畏怯,全不似之前的直爽大方。

于谦见状,赶紧说我去外头看看船行状况,苏荆溪却对他道:"于司直请留步,此事你在场比较好。"于谦吓了一跳:"后宫之事,外臣何敢与闻。"

"于谦!"朱瞻基恼羞地大喝了一声,把床头的药壶直接丢出去,砸到距离于谦脑袋只一寸的舱梁上,又滚落在了地板上。于谦俯身把药壶捡起来,莫名其妙地看向苏荆溪。

"苏大夫你说。"太子尽力平心静气,可语气里却有种遮掩不住的失落。她既然叫于谦留下,显然要说的事情与男女无关。

苏荆溪略带紧张地整了下头鬓,跪在了地上:"适才张侯说起天子病情,让民女想到一件往事。可要说清楚这件往事,便涉及欺君之罪。"

"嗯?"朱瞻基觉得这话有些古怪。

"原来民女还心存侥幸,可听完张侯讲述,发现不说不成。帝位之争兹事体大。若因一人之私而坏殿下大事,那便太不分轻重。所以……所以……"苏荆溪似乎说得很艰难,"所以民女愿在这里坦诚一切,甘愿承受任何责罚。"

说完她深深一拜。朱瞻基看了于谦一眼,于谦会意,赶紧从舱门探出去看看,然后把门关好。

"民女这一次跟随殿下上京,其实是别有目的。"

于谦注意到,朱瞻基的脸颊抖动了一下。这一路上,几乎每个人都别有目的,他对这个词已是闻之则厌。苏荆溪道:"殿下可还记得,我毒杀朱卜花的事?"

"记得啊,你不是说是为了给一位手帕之交报仇吗?"太子一惊,"难道……是骗我的不成?"

"不,那是真的,只是并非全貌。我当初起意毒杀朱卜花,是为了给手帕之交报仇不假,可她的仇人,却并非只有朱卜花一个。"接下来,她缓缓说起了锦湖的故事。这一次,她讲得比前两次都详细,就像瓦子里说书一样,娓娓道来,抑扬顿挫,仿佛已在心中讲过许多遍一样。说到后来,声音微微颤抖,似是内心情绪难以抑制。

无论是朱瞻基还是于谦,都不记得曾见过苏荆溪如此情绪流露。

"永乐二十二年,锦湖身死京城。我听到这消息,已是年底。我痛哭了数场,发下誓言,一定要为她报仇。所以我陪同殿下上京,非是尽忠,其实是存了复仇的私心,巴望能获得殿下信赖,好教那些害死锦湖的大人物为她殉葬。"

朱瞻基拍拍榻边,情绪很是激动:"为友复仇,何罪之有!来来,他们都是谁?本王给你做主,一并杀了。"苏荆溪摇摇头:"当此危急存亡之秋,借用殿下的权势已是逾矩，民女岂能节外生枝，干扰了大事。"

于谦比朱瞻基更冷静一些，皱着眉头问道："此事虽然不妥，但也不是什么紧要关节，说是欺君之罪有些过了——这与张侯今天讲的事情，有什么关系？"

苏荆溪苦笑道："我年幼时，因为体质虚燥，经行腹痛不止，每一次发作都似死过一番。当年初入师门，并无一个熟人，只有锦湖主动跑过来悉心照顾我这么一个黄毛丫头。当时她已学了一年有余，遂试了个方子给我煎服，我一服之下，居然病症全消。从此我俩便成了无话不说的手帕交。她对于药石配伍见解极深，极有天分，见我屡受病痛，遂发下一个宏愿，要调配出几个妇科杂病金方，教天下姐妹少受些痛楚。"

于谦不明白她怎么又说起妇人病来，正要开口，却被一脸严肃的朱瞻基拦住。

"我对这个愿望是极钦佩的，倘若成了，可真是功德无量的活菩萨。于是我与她一起潜心研究，不是钻研医典，就是外出寻药，配成了方子便在自己身上试，试完了还会记录下来。锦湖把这些药方汇集起来，起了个名字叫《闺中备要》。后来锦湖远嫁京城，把底稿留在我这里，相约逐年增补。"苏荆溪讲到这里，双眸看向朱瞻基，声音转为严肃：

"这本《闺中备要》乃是我与她的试作，其中不少药方并不完备。其中有一个未成之方，叫作四逆回阳汤，本意是回阳救逆、助病人安魂定魄。我们为了让它更适用于女子，便做了改良。这时恰好碰到一个急性中风的老太太，接诊时已是口斜眼歪，气息忽强忽弱。锦湖做主，试了这个未成之方，结果老太太气息与脉象倒是稳定了，可全身无一处能动，唤也唤不醒，犹如木僵之症，过了四日才彻底故去。病人家属倒没说什么，我与锦湖却吓得不行——显然这方子只能回阳，不能救神，那中风老太太被吊回了性命，代价却是五感俱失，无知无觉，犹如一具活尸。回过头想，只怕那老太太最后是被活活饿死渴死的……"

听到这里，朱瞻基和于谦的脸色全变了。这四逆回阳汤，听起来与续命奇方几乎一样。

"这方子与其说是治病良方，倒不如说是害人的剧毒。锦湖和我商量了一回，只在《闺中备要》里略做描述，却不敢写下配伍。适才我听张侯讲述，才惊觉洪熙皇帝的医案症状，与那老太太一样。这才要赶紧向殿下坦白。"

朱瞻基急道："你是说，锦湖到了京城之后，把药方泄露给汉王了？"苏荆溪摇头道："锦湖心性慈悲，绝不会把这种害人的方子流传出去。"

"那汉王是怎么得到这方子的？"

两京之谋最核心的关键，在于洪熙皇帝不能死，也不能生。这在寻常状况下，是绝难实现的，但续命奇方撬动了一线可能。说它左右了大明的命运，丝毫不为过。如果它就是四逆回阳汤，那么来源就极其可疑了。

苏荆溪有些惶惑："民女刚刚方才觉察，未及细思。"朱瞻基眼角却要裂开："这还用怎么思？锦湖没对外人说，不代表她不会说给夫家！她到底嫁到谁家去了？"

苏荆溪犹豫再三，吐露出四个字："富阳侯府。"朱瞻基一听这四个字，直接从榻上直起身子来。

说起来，这富阳侯也算是勋贵中的奇葩。第一家主叫作李让，本是一个指挥同知之子，只因容貌俊俏，被朱棣的次女永平郡主看中。一位藩王的郡主居然要下嫁指挥同知之子，这事哄传整个北平，着实给勾栏瓦子里提供了不少谈资。

朱棣虽然脾气大，可也拗不过女儿，勉为其难地同意了。没想到靖难一起，这位吃软饭的驸马爷却表现得颇为亮眼，先在端扎门内拿下了建文帝在北平的心腹，然后又跟着朱棣打了白沟河之战。更重要的是，建文帝以他父亲的性命要挟，让李让投降，被他拒绝，结果导致李家一族被杀。

靖难之后，朱棣念及李让的遭遇，封了他一个奉天靖难推诚宣力武臣，爵至富阳侯，并赐了子孙世袭诰券一卷。可惜李让在永乐二年就去世了，只有一个儿子李茂芳袭爵，跟母亲永平公主在京城相依为命——论起来，朱瞻基还得管现任的富阳侯叫表哥。

富阳侯府人丁稀少，在勋贵诸家中没什么存在感。不过太子敏锐地注意到，当年李让也参与过白沟河之战，那么他会不会和靳荣、朱卜花一样，从那时起就跟汉王有勾结？要知道，永平公主跟二哥朱高煦的感情，可要比跟大哥朱高炽好得多。

那么，会不会是锦湖嫁给李茂芳的儿子之后，无意中把四逆回阳汤泄露给了李家，然后永平公主又转给了汉王，因此引发了汉王的野心勃发？

朱瞻基忽然想起一件事。永乐二十二年的八月份，李家不知怎么触怒了洪熙皇帝，家里的诰券被收回烧毁，几乎被撵出京城。是不是因为这件事，所以永平公主才倒向汉王？

他觉得真相简直呼之欲出。

朱瞻基正要拍桌子说要彻查，苏荆溪劝道："四逆回阳汤的来历干系重大，待陛下登基后再查不迟。但若此时旁生枝节，以致蹉跎大事，民女就真是万死莫赎了。"

于谦对此大表赞同："苏大夫所言甚当，目下还是以返回京城为第一，我看此事暂时不宜声张。"

朱瞻基"嗯"了一声，把怒意勉强压下。他已不是刚到南京的那个愣头青了，如今上京之路危机四伏，勉强去追查药汤来源，既无可能，也无必要，勉强纠结只会自乱阵脚——赶得及登基，什么都不是问题；赶不及登基，也便顾不得这个问题了。

"既然如此，今日之事，你我三人知道就行，不要外传。"

"那张侯那边？"于谦问。

朱瞻基犹豫了一下："舅舅正忙着规划水程，别给他添乱了。"

两人皆凛然称是。朱瞻基抬眼看到苏荆溪依旧跪在地上，面露恓惶，心中不由得一软，起身去挽她的双臂："药汤本是无情之物，害人的是汉王，不是药汤。苏大夫你能坦诚相告，足见用心，起来吧，本王赦你无罪。"

太子的双手一碰到苏荆溪的臂弯，顿觉温热绵软，心中压抑已久的一缕情愫几乎喷薄而出，简直想立刻把她搂在怀里，好好抚慰一番。可这时苏荆溪已顺势起身，后退一步，低声说耽误殿下您休息了。

朱瞻基很是失望，可于谦在旁边瞪着，他又不便多说什么，只好抬抬手，说你也早点回去休息吧，锦湖这事，本王不会忘记。苏荆溪先谢了恩，又查看了一下太子的伤口，才离开舱室。没过数息，她忽然又回转过来。朱瞻基还未及欢喜，她已开口道："殿下，有件事我忘记说了。"

"嗯？"朱瞻基隐隐觉得有些不妙。

"那一位喝了四逆回阳汤的老太太，除呼吸、心跳之外，肺腑脏器无不渐次衰竭。我与锦湖推测过，即便每日灌以粥水，也维持不了太久生机，十日计为大限。"于谦大惊，扯住苏荆溪责怪她现在说这个干吗。她回答道："我已犯欺君之罪，岂能再有所隐瞒？"

朱瞻基颤声道："可还有真正还阳的可能？"苏荆溪不敢隐瞒，垂头道："除非药王复生。"

对面半天没有动静，苏荆溪略略抬起额头，却见朱瞻基平静地挥一挥手："本王乏了，你们也早点歇息去吧。"于谦担心地看了他一眼，可最终还是微微躬身，然后和苏荆溪一起踏出了舱室。

舱门一关，屋子里陷入一片黑寂。朱瞻基怔怔端坐在原地，望着窗外一缕月色不发一词。洪熙皇帝从五月十二日开始服汤，现在已是五月二十八日。按照苏荆溪的提示，现在的天子恐怕不是不豫，估计在大醮之后便已然驾崩。

奇怪的是，听到这个噩耗，朱瞻基的内心并没有多大波动。这一路过来，随着汉王的阴谋逐渐清晰，他对天子驾崩这事其实早有了心理准备。只是他觉得特别疲惫，疲惫到不想去推演京城此时的状况。

他僵硬地重新躺回在硬榻之上，突然觉得月色实在刺眼，便把窗挡放下来，然后将被子扯过头顶。可奇怪的是，明明睡意沉重，眼皮都耷拉下来，神志却难以安眠。无数思绪像紧箍一样勒住头顶，忽放忽缩。

太子闭了半天眼睛，又"唰"地睁开，无助地探出头朝周围望去。此时船舱里极为安静，只能听见外头哗哗的水声与水手巡夜的脚步声，更衬出室内的压抑与寂寥。太子瞪了一会儿逼仄的顶棚，好像置身于一具无知无觉的棺椁之中。这莫非就是死亡的感觉？四周的生气在迅速远离，温度也在下降，五月底的天气，他却感觉回到了飘雪的塞北，连魂魄都要冻结住了——父皇现在应该就是这样的感受吧？

　　太子翻了个身，重新拽起被子蒙住脑袋。不一会儿，被窝里传来隐隐的啜泣声。那尊于谦留下的小香炉孤独地立在桌子上，不带半分烟火之温。

两京 十五日

第二十三章

次日一早，也就是五月二十九日，这一条海落船顺利驶出了德州境内，一路北上。从德州到沧州不过百余里路，到了下午未正时分，他们已船过交河县，算是正式离开山东地界，进入北直隶河间府。

从他们离开德州开始，船上一直保持着外松内紧的态势，随时防备着敌人的袭击。可奇怪的是，猱猊公子在临清的追杀如暴风骤雨，在德州一段却像是彻底放弃了似的。一路上风平浪静，一直快到泊头镇，也不见任何征兆。

不过张泉并未因此放松警惕，反而下令加快速度。不得不说，张泉真是允文允武的全才，对漕路与操舟之术都了解颇深。何时扬帆借风，何时放缓垂锚，哪一处浅滩抢过，哪一弯礁石可以绕行，全数了如指掌。于谦一直连连赞叹，说他简直是漕运总兵官陈瑄再世——说辞虽好，只是太不吉利。

有他坐镇指挥，吴定缘、昨叶何等人难得轻松下来，没事便在甲板上溜达几圈。只有苏荆溪把自己关在位于左舷下端的船舱里，除非是给朱瞻基敷药，否则绝不现身。吴定缘去敲过几次门，她都回答说犯了欺君之罪，自罚禁闭，弄得吴定缘很是莫名郁闷，可去问太子又会惹来头疼，真是左右为难。

昨叶何看在眼里，只觉好笑。她对吴定缘说你要赚女子开门，可不是这般做法。吴定缘一听便大发脾气，说谁要赚苏大夫开门！然后自己去伙房讨得一坛酒来，关起门来吃得烂醉。

到了二十九日的未末申初，海落船徐徐开进泊头镇。这里船桅林立，往来如梭，一派极兴旺的景象。放眼望去，那大帆数量竟比两岸的屋脊还多。

据张泉介绍，这泊头镇虽然不大，却东环衡水，西绕滹沱，北负瀛海，南抱广川，乃是漕河上又一处枢纽。而它之所以如此兴旺，除了地理之便外，还有一个重要原因。

泊头向北约莫三十里，有一处地界唤作阁上，地势高隆，如同一座楼阁横亘在漕河线路之上。朝廷开凿运河之时，不得已在这里修起一道阁上闸，搬运南北船只。那些船工客商、押运旗军都在泊头等候过闸，吃吃喝喝之间，遂成全了这座镇子。

张泉没有让海落船在镇里停下，而是直接北上，开去阁上闸前。他对朱瞻基解释说，这条海落船看起来品相破败，可有一桩好处——过闸优先。这种改走河道的海船，不知何时会沉，各地闸关生怕它万一真在闸前坐了底，后头全要堵死，索性赶紧放过去。

张泉当初选择海落船北上，正是考虑到它在途经阁上闸时的排队优势。

从泊头镇到阁上这一段漕河，是少有的笔直河段。朱瞻基站在海落船头，仰头远眺。今日恰好阳光灿然，天地之间弥漫着一股渺渺清气，极见开放。只见眼前四野平阔，一条白练似的长河直直伸向北方的地平线，如天外剑仙劈出一道剑痕，波光粼粼，极为壮观。

再想到此河本非天成，而是人工凿成，饶是太子心事重重，胸中也不由得荡起一股自豪之感："我大明，竟能完成这等洪业。"

"北方地势平阔。这里还不算最平，等一过阁上闸，接下来的路途才是真正的一马平川，再无地势钳制，可以风行水劈直至天津卫了。"张泉不知何时站到了他身后。

"舅舅你一个京城的富贵闲人，怎么对漕河如此熟悉？"朱瞻基忍不住问。

张泉笑了一声，眼神里透出感慨："京城里的人，只知道我是个擅长琴棋书画、清谈弓马的外戚，可他们不知道，我真正的兴趣却是在实体达用之学上。"

"实体达用？"

"现在的人，一味沉耽于典籍，捧着断烂朝报整天寻章摘句，两耳不闻窗外之事。一个工部的博学鸿儒，不谙营造法式之勾股；一方上县父母官，不知道农稼青熟之时令；一位漕河大员，不知浪潮波涛之起伏，岂不荒唐？"说到这里，张泉伸出一个指头，"所谓实体达用之学，就是实在、实用之学，是那些可以经国济民、格物游艺的学问，这才是洞悉世理的手段。"

张泉双眼熠熠生辉，朱瞻基还没见舅舅露出过这样的表情。不过他有些不服气："我记得有一次樊迟去请教孔子如何种地和种菜，孔子说吾不如老农、吾不如老圃。圣人训斥樊迟是小人，说只要上面的人懂礼、知义、守信，下面的百姓自然就会诚心来投，不必去学稼圃。"

张泉不屑道："孔子还说过'吾少也贱，故多能鄙事'呢。那些经学大师的毛病就在这儿，强作解人，以为只要精通礼法文章，天下万物便会自动归位。实学的好处，就在于一个实，去理解万物的运转之妙。"他顿了顿，忽又自嘲道，"不过现在朝廷用士，只在四书五经里寻，我是个外戚，不便参加科举，倒不必受经艺限制，可以做点自己想做的实事。"

朱瞻基意外地看着张泉，先前他还真不知道，自家舅舅还有这么一个古怪的爱好。

"不过我得承认，我自己倒不是觉得实学有用才去学，只是单纯觉得它美。"

张泉见太子仍有不解，便朝远处一指："就拿这条漕河来说，绵延三千五百九十里，皆靠人力而成。殿下你一路走来，应该也能看到吧？瓜洲左右行舟、淮安五坝过闸、南旺鱼嘴分水，设计得多么精妙，计算得多精准，是多棒的巧思啊。这其中巧夺天工之处，可不是文人几篇无关痛痒的风景诗词能描摹出来的。我先后走了十几次，每一次都流连忘返，这一条长河里面藏着的营造、术数、格物、天文、地理、驭水之术，都是达用的实学啊，太美了。那些空坐书斋的读书人，无论如何是体会不到的。"

张泉一说起漕河来，真的是滔滔不绝，一连串的数字、术语倾泻而出。朱瞻基若不是自己走过一趟，真有些应接不暇。这个舅舅，是真心沉醉在漕河里，他甚至怀疑，舅舅天南地北交游那么广泛，只是为了有机会出去观摩这条漕河。

太子皱着眉头，截口道："鹿台也美，阿房也美，可都是穷奢极欲的败亡之道啊。舅舅，不瞒你说，我这一次沿漕河走了一路，着实见到了不少事情。江淮的渔户为服船役殚精竭虑，淮安的纤夫为维持过坝精疲力竭，我还听说为了维持漕水丰足，各地要分水借水，以致伤了农时，更不要说每年花费巨亿的南粮北运。这大运河美则美矣，却着实劳民伤财，父皇的想法是对的，早日迁回金陵，百姓便没这么大负累了，各安其土，也不会让宵小借机生事。"

听完他的话，张泉的眉头皱了皱："汉王借漕河生事，却不代表漕河无利。迁都一事，我一个外戚不好置喙，但殿下可以再三思。"

"原来舅舅你也是反对迁都那一派的啊？"朱瞻基颇为意外。

"不，我只是可惜。漕河之利，可不止每年输送京师那些漕粮而已啊……"张泉伸出手臂，情绪略显激动，"殿下你看看周围这些船只，除去漕船之外，还能看到什么？"

朱瞻基转头环顾四周，海落船附近大大小小有几十条船，逶迤成两条长队，南北对开。除却官家的漕船大帮之外，还有不少来自各地的商船民船。

"您瞧，那条船挂的是辽东都司的旗子，船上八成是东珠，在天津卫上的船，运到杭州可转运至福建，变成当地诰命夫人脖子上的珠饰；您再看那条船身特别长的，那一根根圆径粗大的木头，一定是播州的楠木，它们从赤水河进入长江，再从漕路北上，京城三大殿的修复全靠它们；还有那条，光看吃水就知道，不是兴国就是进贤的优质铁矿，许是要供给山东登莱的船厂；还有那条，对，船头比较平的那条，甲板上铺了一地暗棕色的东西，那是广东徐闻县的马蹄良姜，船家一边走一边晒，晒到北直隶收起来，大同的边军就能直接用上了……"

张泉随手指出，侃侃而谈："南海的珍奇、湖广的矿产、江南的丝绸、西北的药材、塞北的皮毛，这十三省两直隶天南海北的各种物产，因为有了这一条运河而流走运转，通达四方，天下皆可享其大利。"

"真看不出舅舅您对经商还挺了解的……"

"我刚才说的大利，可不只是商贾之利。漕河带动起的、流动起来的不只是物资，也不只是钱，而是人心，是四方对朝廷的向往之心哪。你还记得《击壤歌》吗？"

"（吾）日出而作，日入而息，凿井而饮，耕田而食，帝力于我何有哉？"

"不错，这是帝尧时一位老农唱的歌。你想想，一个普通百姓的日常吃喝用度，皆出于自家之手，不必出村头方圆五里，那么帝力和他有什么关系？皇帝是谁？大明又是什么？"

朱瞻基顿时哑口无言，经筵老师教过这段，可都是赞赏态度，他还从来没从这个角度考虑过。

"若这老农平日可吃到松江白粮，节庆有剑南醇酒，病了可服辽东人参，闺女出嫁了能扯件江南的湖绉马面裙，儿子骑着甘陕青马，手执遵化镔铁大刀，他心目中的世界，可还只是村中一隅？可会知道天下之广，大明之盛？可会在上元、中秋遥祝天子万寿？"张泉的情绪有些激昂起来。

"百货流通，这是一朝之命脉所在。譬之如人，若是一个人血液壅滞，无处能通，岂能长久？只有血液经行四肢百骸，循环轮转，才是长命百岁。太宗皇帝顶着无穷压力迁都北平，又力主疏浚这条漕河，这是大胸襟、大格局，岂是一群只会计算钱粮的无知之徒所能领会——殿下您他日为帝，这些事不能不细想。"

朱瞻基没想到随口一句闲聊，竟然惹出舅舅这么一大段长篇大论。他正要开口，张泉忽然抬手道："先不说了，阁上闸到了。"

朱瞻基顺着他的视线望去，眼前的大河前方，突兀地出现了一道横关。关口墙壁全用条石与青砖垒成，形成一高一低两个巨大的船槽，船槽两头铺有滚坝，双翼各有一十六眼拱形的闸口。在关口前的水中还插着各色旗杆，各色漕船都规规矩矩排成一长串的队列。

张泉兴致勃勃地说道："这阁上闸，也是难得一见的实学盛景啊。殿下你仔细看，这边的低位船槽，高四丈七尺，上缘正好与上槽下缘平齐，水位却只有二丈深。一会儿咱们过闸的时候，先把船开进下槽，左右一十六个闸口开始放水。一直蓄到四丈三尺，水涨船高，船便可以通过滚坝开入高位船槽，就可以顺流直下，越过阁上了。"

海落船的通行权果然很高。它在一面水旗的引导下，得意扬扬地超过旁边排列的船队，朝着低槽开了进去。朱瞻基饶有兴趣地站在船舷旁边，看着周围的情形。此时在两岸的每一个闸口上方，都站着几个赤裸上身、膀大腰圆的壮汉，一声号炮在远处响起，表示这条船已完全进入了低位船槽。

张泉取出一张牌票，填了单交给一个水手，又使了个眼色。水手拿着牌票与一口袋叮当乱响的白丝银锭，从船头远远抛到堤上。一个瘦小的小吏溜达过来，俯身捡起来看了眼，回身冲闸口比了几个手势，大概代表了不同的数字。

又一声号炮响起。那些壮汉开始摇动辘把，抬升闸门，十六股白花花的水流如同十六条白龙，一头扎入槽中。水位开始稳步上升。

"这是……"

张泉道："每条船的重量不同，吃水不一，所以过闸之前，得把船载货物种类与重量填个牌票，闸关才好控制水位。你看到那些人了吗？那叫闸棍，专门管理船槽水位的，如果你不给他们买水钱，他们暗中让水位低了一分，你的船过滚坝时就可能因为水深不够，蹭毁船底。"

朱瞻基大怒，这不是明目张胆要贿赂吗？张泉道："谁要贿赂了？"

"不是他们吗？"

张泉悠悠道："咱们是自行把钱扔到堤上，人家捡到的，算什么贿赂？"朱瞻基还没听过这么掩耳盗铃的事，气得面色红涨，憋了半天才恨恨道："舅舅你还说漕河好，平白多了这许多吸血肉的蠹虫。"

"岂可'有以噎死者，欲禁天下之食'啊。"张泉淡淡抛出《吕氏春秋》里的一句，不再继续这个话题。迁都废漕这些话题，在朝中争论了很久，没必要在这个微妙的时间段拿出来说。

他们有一搭无一搭说着话，这条海落船随着上涨的水位，在低槽里稳稳地上浮着。看在乘船人的眼里，就好像前方的高槽坝体在缓慢下降似的。

朱瞻基注意到，在满是青苔的坝体中部，竖直排列着一串凸出的石鼋头，鼋头雕工粗糙，旁边用白漆涂着"二丈三尺""二丈四尺"之类的字样。这些鼋头标记的是船槽的深度，从槽底开始，每隔一尺放一个，一直排到槽顶。

此时在海落船的船头，远远伸出一根脆直竹竿，竿头是个扇状薄木板，正好对准了那一串鼋头。随着船身上浮，那竹竿便自下至上，让竿头拍过一个个鼋头——这叫作"问鼋"。这样一来，竹竿拍到哪个鼋头，再减去船身高度，即是船底的深度。

通过这个办法，船主能直观地判断船只是否能顺利过坝，并及时通知闸口调整放水量。

朱瞻基左右无事，便饶有兴趣地数着。这条海落船的竹竿，已稳稳问过了三丈六尺的篙头。根据张泉之前签的船载重牌票，只要能问到四丈三尺，吃水便足以顺利过坝。这个设计巧妙直观，真是尽得天工之妙。

张泉在一旁道："这阁上闸的设计，乃是出自我一位好友之手，他可真是个营建天才。"

"哦？朝中还有这等人才，是在工部任职吗？"

张泉笑了笑："他啊，是在内宫监里供职。"这可大出朱瞻基的意料："居然是个宦官，叫什么名字？"张泉道："他叫作阮安。不过殿下你肯定不知道他，他这种人，只喜好实体达用之学，在宫中是混不出头的。"

朱瞻基叹道："没想到还隐藏着这等人才，有机会一定得见识一下。"

两人有一搭无一搭地聊着，水闸依旧在哗哗放着水，海落船从各个部位发出咯吱咯吱的声音，让人忍不住要担心会不会散架。所幸这种事并没发生，水面托着这条有些破旧的大船，平稳地往上抬升。从这里回望南边，地面建筑越变越小，视野却越发开阔，真有种"一览众山小"的感觉。

朱瞻基突然有些理解舅舅了，这条河上的一切，确实是有着别样的魅力。可是，他很快就发现有些不对劲：当竹竿问到四丈整的篙头时，水位上涨的趋势停了下来，远处哗哗的放水声也随之变小。

"怎么回事？"

朱瞻基觉得奇怪。这条船离安全的吃水距离，明明还差三尺，不该在这里停下呀？张泉也发现了这个异状，却没流露任何惊慌，一双鹰隼般的锐眼扫向放水闸区。

只见那一十六个闸口的闸板，无一例外都落了回去，摇辘也收折起来，再无一条白龙入水。那些光着膀子的闸棍们，都懒散地倚靠着槽边，神态像是在看热闹。

"怎么？钱没给够？"

朱瞻基以为他们打算半路讹钱。张泉沉声道："也该出来了。"说罢伸出长臂，朝着左边闸口的一处望台指去。

那里不知何时多了一个锦袍胖子。看他气喘吁吁，应该是刚刚登上来不久，正朝这边挥手。朱瞻基的怒意，腾地在胸中炸裂开来。

那胖子不是别人，正是他的堂弟、汉王的第五个儿子、狻猊公子朱瞻域。

朱瞻域远远看到自己这位皇兄站在甲板上，脸上的肉欢喜得一颤一颤的。他拊掌笑道："皇兄，你可让我找得好苦哇。"

朱瞻域真心觉得自己很委屈。他从白莲教手里拿回指挥权之后，精心在临清安排了一个盛大的欢迎仪式，可是折腾了半天，差点捉到一个于谦，太子却离奇地销声匿迹。他又赶到德州，布下一个更精密的网络，可还是一无所获。直到眼线从济南发来飞鸽传书，朱瞻域才知道，原来太子竟绕路去了济南，并摆脱了几支追兵，之后才直奔德州而去。

虽然他不知太子为何要去济南，可无论如何，总算回到正路上了。可惜的是，朱瞻域赶回德州之时，那条船已出发北上了。可怜他一个大胖子，不得不快马加鞭，日夜兼程，把一大半手下甩在后面，这才勉强赶在阁上闸遇到太子。

这份辛苦，无论如何得跟皇兄说说才是。

狻猊公子擦了擦汗，抬起右手，四指着地，中指伸直，活像一只乌龟。然后他左手锦扇一拍，哈哈笑着说了四个字。朱瞻基与朱瞻域隔得很远，听不见声音，可一看那手势，如何不明白这是在说"瓮中捉鳖"。

那些闸棍显然是收了狻猊公子的银钱，停了水龙。剩下的三尺高度，足以让滚坝变成一座不可逾越的高峰。如今海落船在船槽里进退不能，只消困上半个时辰，朱瞻域的手下便会全数赶到，届时就是真正的瓮中捉鳖了。

太子虽然愤怒不已，可也不得不佩服自己这个堂弟的应变能力。他只身一人赶到阁上，转瞬间便想出这种拦截手段，一人生生困住了一整条船。

"怎么办？"朱瞻基有些焦虑地对张泉道，"要不趁他的手下还没赶到，我向阁上闸司的官员亮明身份，逼他们重新放水？"

"不必殿下亲自犯险。"张泉低声道，"您先回房间去，这里有我应付。"

"不行！回去我怎么安心！你要怎么做？我看着！"

张泉知道太子犟起来，很难听劝，便叮嘱道："等一下我自有安排，但殿下你可得扶紧了。"太子有些莫名其妙，不过见张泉一副智珠在握的样子，也便没多问。于谦从远处跑过来，把太子拽到一根长橹前。

张泉一边朝船头走去，一边厉声喝道："全船注意，听我号令！"船上的水手似乎早有准备，一半人跑到甲板上来，围住那一堆堆篷布盖住的货物，另外一半人则开始操帆摇橹。

这条船从德州离开的时候，甲板上就堆着好多东西，可一直没掀开来看。太子隐隐觉得，这应该是张泉预先安排的手段，可怎么也猜不出是什么。

"你们两个，也抓好，一会儿可谁也管不得！"张泉严厉地对吴定缘与昨叶何喝道。他们两人也乖乖站到太子身旁，一起握住长橹。

远处的朱瞻域坐在望台上，饶有兴趣地看着甲板上的忙碌。他不明白，都落到这个境地了，还有什么可忙碌的，难道他们要强行过坝吗？可这不是一寸两寸的差距，而是三尺的落差！强行过坝等于头撞南墙，逃不掉的。

他看看日头，默算了下时辰，那些手下应该也快赶到了。这阁上闸，想来就是皇兄命殒之地。接下来，赶紧先向父王报喜。只要他一登基，世子之位……不对，太子之位未必没有机会。

可朱瞻域刚刚开始畅想，却见张泉高高站在船头，看向这边，唇边露出一丝讥讽。

他早预料到了我的手段？朱瞻域眼皮一跳。

这时海落船甲板上的那一块块篷布，已经被水手拽开，露出里面货物的真容——那是大青砖，是临清窑烧制的大块青砖。它们足有数千块之多，码成了整整齐齐的十几大堆。

永乐皇帝修建京城的时候，需要大量青砖，其中大部分产量皆来自临清砖窑。一直到现在，青砖仍是临清运往京城的大宗。每条船都会带上那么几方，再寻常不过。

可这又有什么用？难不成要在船上垒一道城墙不成？朱瞻基和朱瞻域的心中，生出了同一个疑问。

而几乎就在同一时间，他们也得到了解答。

张泉舌绽春雷，吐出一个字："倒！"水手们立刻开始动作起来。

原来在这些砖堆的底下，多垫了一层篷布。水手们俯身一起去拽底篷的边缘，拖着整个砖堆开始移动。当篷布靠近船舷边缘时，水手们用力一抖，整个砖堆便齐齐倾翻到了船外，发出噼里啪啦的落水声。

"不好！"

朱瞻域从望台上跳起来，他知道张泉要干吗了！他揪住旁边一个管闸的小吏吼道："快！快开泄水闸！"小吏慢条斯理道："这可不便宜。"朱瞻域急忙道："你要多少，我过一会儿都给你！"小吏翻翻眼皮："适才公子是先结的账，这个规矩可不能坏。"

朱瞻域暗暗叫苦，他只身赶得太急，身上没带太多财货。刚才为了贿赂闸棍，他把手腕上的玛瑙珠串、头上的金抹额和腰间的玉佩全交出去了，现在身上除了那把锦扇还算值点钱，其他没了。

其实只要稍等半个时辰不到，大队人马就到了，要多少有多少。可这个小吏断然不肯赊欠，非要交了钱再办事。朱瞻域刚才还在庆幸这些小吏的贪黩，这会儿却无比痛恨起来。

就在他与小吏拉扯的同时，海落船的水手们已快要完成卸货了。一块块篷布被拖曳，一堆堆沉重的青砖落入水中，溅起了大小不一的水花。随着大船重量的迅速减轻，那根长长的竹竿又开始向上移动，拍打起一只只石鼋的脑袋：

四丈一尺，四丈二尺，四丈三尺……

朱瞻基捏紧了拳头，忍不住叫起好了。难怪这些砖堆不搁进货舱，而是放在甲板上，原来是为了方便推下水。张泉显然早预料到过闸会有波折，所以埋伏了这一手。

万一有人故意要卡水位，海落船可以通过卸掉砖块，迅速抬高吃水，一跃而过滚坝。

而这也正是张泉马上要做的。

桅杆和船腹两侧的水手们早已蓄势待发，一待问鼋的竹竿越过四丈三尺，立刻扯帆摇橹。朱瞻域瞪大眼睛，眼睁睁看着那条海落船浑身一颤，然后缓缓朝着高位船槽开进去。

他现在什么也做不了，只能向满天神佛祈祷，期待张泉算错了深度，让船底在滚坝上撞个粉碎。

可惜事与愿违，这条卸去了几千块青砖的大船，吃水浅了许多，尖尖的船底轻盈地蹭过滚坝的弧形顶部，毫无阻滞地进入高位船槽，前方即是通往京城的一片坦途，再没什么力量能够阻止。

那个船闸小吏也看得瞠目结舌。他本来想漫天要价，没想到那船主居然玩了这么一手。别说自己少收了一大笔贿赂，光是事后清理船闸底下的碎砖，就是好大一场劳役。小吏正要破口大骂，突然身子一歪，猛地被朱瞻域推倒在地。

他还没明白怎么回事，朱瞻域已经迈过他的身体，撒腿朝着高位船槽旁边的通道跑去。

这条通道是方便工匠检修上下船槽用的，狭窄而陡峭。他一个胖子居然无比灵活，像一只蜥蜴攀上墙缝似的，几下就攀到了上方。

这上头除了槽渠、闸关、龙尾之类的辅助设施之外，还有一个正对船槽的土台子。台子上架着一尊长约六尺的单箍碗口铁炮，黑黝黝的炮口高高仰对天空——这是闸上专用的信炮。阁上闸的首尾相距太远，所以一般开闸放水，都是通过这尊信炮来协调。

一个头发花白的老炮手正靠着炮床吃饭团，不防朱瞻域冲到近前，毫不犹豫飞脚一踢，直接把他踢昏过去。朱瞻域喘着粗气，先看一眼海落船，它还在缓慢地从坝上往下挪。这个阶段不能滑落太快，否则光是垂落的冲击力就足以崩散船体了。

朱瞻域露出一个恶毒的笑容，把炮床前方的木端子一脚踹开，本来高仰的炮口立刻下落，变成平射姿态。然后他拨开昏迷的老炮手，从其身下拎起三包火药，一股脑儿塞进炮膛内，想了想，又加了两包，然后抄起撅棍，用力捅进去撅实。紧接着，朱瞻域又拿起一柄小火叉，打开引信口刺破最底下的一个药包，再稳稳插入一根火捻子，关上火门。

这一系列装填行云流水，就算京中神机营，都难得如此麻利。朱瞻域一个藩王之子，居然对操练火器如此熟练，可见平日里汉王对儿子们的教育，早有规划。

其实这尊火器本不是信炮，而是正经八百的野战大炮。永乐皇帝五次北伐之后，裁撤了一批军器，这门火炮遂被移到阁上闸口，作为信炮来用。朱瞻域想把它变回原来的火炮，还需要最后一样也是最重要的东西，就是弹丸。

信炮只需要发出响声，无须破敌，所以炮台上只备有一包包硫火药，却无弹丸。

朱瞻域扫视左右，看到旁边闸关附近竖着一杆通信的水旗，它的旗杆正插在一方挖出孔洞的杵形小石礅上。他冲过去拔掉水旗，双臂环抱石礅，运足力气把它一步步挪到火炮前头。幸亏这石礅个头很小，边缘又被打磨得比较圆滑，可以直接塞进炮口。

当朱瞻域满头大汗地做完最后的准备工作时，远处的海落船即将滑下滚坝的最后一段斜坡，尖底在水中切出两片水花，巨大的船身稳稳从炮台前方的水域掠过。

这个距离，根本不用担心瞄准的问题。炮台旁有现成的火盆，朱瞻域用一束稻草点燃捻线，这才一屁股滚到旁边的漕渠里，累得大口大口喘息。

捻线是麻纸搓成的，还事先蘸了火药，所以烧起来非常快。当火头顺着最后一截捻子钻入炮膛，先是一瞬间的沉寂，随后传来一声震耳欲聋的轰鸣。

这一声轰鸣，造成了两种效果，一是炮膛承受不住过量火药的压力，轰然炸裂；二是那个长条石礅乘着这股膨胀之力激射而出，以极快的速度跨越了整个水域。尽管炸膛令石礅完全偏离了射击线，但巨大的船身弥补了精度的不足。

只是短短的一错眼，石礅便像撕破一层窗户纸一样凿穿了海落船的左舷，以无比蛮横的气势冲碎一层层船腹隔板，把里面搅了个乱七八糟。这条海落船原本用于大洋航行，船底是尖底形制，本不适用于内河。大炮开火之时，它恰好正要落下滚坝斜坡，被这么一冲撞，尖底不稳，船身登时剧烈摇摆起来。

船上的所有人都没预料到这次袭击，纷纷东倒西歪，不少人直接跌倒在甲板上。就连船头的张泉，都不得不狼狈地扶住舷杆，才算勉强站稳。

吴定缘、朱瞻基和于谦几人一直握着长橹，在摇摆中保持住了平衡。可就在他们暗自庆幸之时，一声女子的尖叫却从左舷传来。

"苏大夫？"

吴定缘和朱瞻基同时分辨出声音，印象里苏荆溪还从来没这么失态地叫过。两人顾不得对视，同时松开长橹，朝着左舷扑去。

他们抵达左舷一看，顿时大惊失色。原来那个石礅击中的位置，恰好是苏荆溪所住的船舱。她一直自责欺君，闭门不出，却没想到祸从天降。不幸中的万幸是，石礅没有正面砸中她，而是穿舱而过；而万幸中的不幸是，船身的剧烈摇摆，居然把她从炮弹砸出的窟窿里晃了出去。

他们两个奔过去的时候，恰好看到苏荆溪落水的一瞬间。身后的于谦还没来得及喊一声"哎"，两个人已毫不犹豫地跃下船去，跳进水里。

在船头刚刚恢复平衡的张泉看到这一幕，急忙喝令停船。旁边水手说现在还没彻底下坡，贸然停船会有风险。张泉却一脚踢过去，大吼一声："下锚！"水手们没奈何，只得搬起沉重的锚头，往水里抛去。

本来这条海落船正在下移，先被炮弹横空击中，然后又被锚头猛拽骤停，好像一匹疯马被一下子勒住缰绳，整个力道全都反噬到了船身之上，各个部位都发出了令人牙酸的声音，甚至有些小地方发出了破裂声。

但无论如何，海落船算是勉强停住了。

这时候水里的情形并不乐观。苏荆溪骤受冲击，已昏厥过去，整个人朝着水下沉去。吴定缘和朱瞻基深吸一口气，同时朝下潜去。他们两个此时表现出了惊人的默契，在浑浊的水里一起搜索目标，很快便一前一后，抱住了苏荆溪的脖颈与左腿。

可他们的憋气已到极限，两人不约而同地高举双臂，试图先把苏荆溪托出水面。

站在船头的张泉看到水面上许多泡泡浮现，那张温润如玉的面孔几乎要撕裂开来。这个变化，比意外遭到炮击更让他始料未及。他无论如何也没想到，太子居然会不顾安危，跳下水去救一个女医师。

十来个水手纷纷跳进水里，不一会儿工夫，便把浑身湿漉漉的三个人重新救上船来。

吴定缘状态还好，只是有些萎靡。朱瞻基的状况却不容乐观。他肩上的箭伤几经反复，现在浑水里一折腾，再度撕裂，半殷半黑的血水顺着绷带沁了出来。

张泉看到他至少没死，心中微微一松，这才把注意力放到炮台旁边的朱瞻域身上。朱瞻域已经从漕渠里爬了出来，一身灰尘地站在一片狼藉的炮台之上，冲张泉笑嘻嘻地比了一个恭送的手势。

朱瞻域固然没能阻止张泉过闸，但最后这一炮却击伤了船体。再加上刚才张泉强行落锚救人，让海落船的状况进一步恶化，它接下来在漕河里航行的速度，势必会大幅减缓。

朱瞻域的主力部队很快就能抵达阁上，届时沿岸追击一条伤船，实在是易如反掌。

张泉冷冷地"哼"了一声，他知道刚才的举动是饮鸩止渴，接下来的局势会更加恶劣，但他别无选择。

两个人就这么对望着，视线慢慢交错开来。伤残的大船，终于顺利滑入坡底，溅起了一片巨大的水花。前方再无船闸，只有笔直向北、毫无遮掩的一条宽阔河道。恰好一阵好风吹过，海落船抖擞起大帆，奋力提速。

阁上闸的上下船槽与炮台很快便被甩在后头，化成一道壮观的背景，炮台上朱瞻域那胖胖的身影，则成为背景中一滴顽固的墨渍。虽然微小，却难以擦除。

两京 十五日

第二十四章

苏荆溪是在五月三十日的午夜时分，忽然醒来的。

她的太阳穴很疼，这是溺水者的典型后遗症。苏荆溪挣扎着起身，右手碰到一碗尚有余温的药汤。她嗅了嗅味道，想必是自诩"不为良相便为良医"的于谦熬的，调配很外行，但算是尽力了。

苏荆溪努力回忆着之前发生的事情，她只记得一枚石弹突然破入舱室，自己大叫一声，晕厥过去，此后的记忆便茫然缺失了。不过在极度痛苦的朦胧中，似乎有两个熟悉的身影在拼命靠近自己，就像在黄连汤里加入了麦冬与枸杞一样，在苦中渗入了两缕丝丝的甜意。

她抬头看向窗外，今晚月色不错，照得外面一片静谧银光。岸边那一片片麦田正在快速后移，看来这条船终究摆脱了追击，顺利过闸。

苏荆溪忽然很想看看月光，她站起身来，走出舱室，想要找一个高处。

这条曾经驰骋大洋的海落船，保留着不少海船的痕迹，船舷外侧敷了一整条杉木质地的护舷厚板。苏荆溪还很虚弱，便用手扶着这条护舷板，慢慢朝船尾走去，她记得那里有一处绝佳的观景位置。

整条船很是安静，大部分乘客与水手都沉沉睡去，偶尔有几个值夜的也都集中在船头。苏荆溪快接近船尾之时，下意识抬头望去，她愕然发现早有一个人影站在高处，面对着漕河默然不语。

这条船的船尾具有海船的典型特征，船板从尾部两侧伸出，如燕尾一般，中间则是抱梁与舵杆，构成了一个高翘的窄小平台。从下方望过去，那瘦高的影子往那儿一戳，恰好将天上那一轮皎洁明月一分为二，说不出地寂寥。

"吴定缘？"

苏荆溪喊了一声，影子动了动，却没有回答。她脚下一转，沿着一条窄小的木阶朝上走了几步，却在一个三层舵墩前停住了。这里没有阶梯，只垂下来一根粗大的抱桅索。苏荆溪深吸了一口气，双臂拽住绳子往上用力，可她高估了自己的力气，刚到一半便发现拽不住了，手一松，整个人往下掉去。

一只手突然从上面伸下来，一把抓住苏荆溪的左手，把她拽上了小平台。苏荆溪忽然记起来了，她在溺水时感受到的，就是这样一股力量。

"谢谢。"苏荆溪嫣然一笑。吴定缘僵硬地点了下头，转过去继续看漕河水面的涟漪。苏荆溪大大方方走到他身旁，与他并肩站在栏杆边，明显感觉到旁边人的呼吸节奏为之一变。

"今天我落水之后，是你跳下来救我的吧？"

"不止我，还有太子。"吴定缘连忙申明。

"糟糕，他有箭伤，怎么能下水呢？这下子于司直和张侯可要怪罪我了。"苏荆溪苦恼地揉了揉太阳穴，"现在太子怎么样？"

"呃，他还好，那你，嗯……你呢？"

"在达成目标之前，我绝不会死的。"

吴定缘知道她指的是什么。他沉默片刻，似是下了什么决心似的，开口道："你知道吗？我在跳下去的那一刻，突然觉得很舒心。"

"是盼着我出事吗？"苏荆溪嗔怪地看了他一眼。

"不，不是。"吴定缘半是狼狈、半是恼火地分辩道，"我见你落水的那一刻，脑子里一下子完全空白，什么身世、复仇、白莲教、铁家，那些纠结的事统统都忘了，就连看向太子都忘了头疼。因为那一刻，我只想把你救出来，就这一件事，没别的，心无旁茅。"

"是心无旁骛。"

"哦，心无旁骛……我第一次发现，当有了一个无论如何也要达到的目标，所有的烦心事便都消失了。没有犹豫，不再思前想后，发起狠，咬碎牙一门心思去做，旁的都不重要——我之前从未有过这种体验。"

苏荆溪看着这个笨拙的男人，发现他变了。从前的吴定缘即使如此想，也只会冷着脸故意说些惹人厌的话，他性格执拗畏怯，绝不会把心事坦坦荡荡表露出来。可船上那一跳，仿佛将他心中的某道枷锁给打开了。

"那你的目标，到底是什么？"苏荆溪饶有兴趣地问。

"我不想你死掉。"

这么直白的回答，反倒让苏荆溪面色微红。她目光游移，无意中看到吴定缘的手里，似乎紧攥着一束墨纸，那纸两面都是字。苏荆溪越看越眼熟，忽然蛾眉一挑，这不是在大纱帽巷宅子时吴定缘写的供状吗？

苏荆溪记得很清楚。当时他抓到自己，要录供状又懒得找纸，就直接把她的字帖翻了一面直接用。所以那供状一面是一丝不苟的柳体晏词，另一面却是笔迹拙劣的公门笔录。

"你大半夜站在船头捏着它，是不是张侯找我有什么事？"苏荆溪眼睛一眯。

吴定缘赶紧解释："这供状是于谦一直带在身上的。刚才张泉找到我，拿着它问了我几个问题。问完他把供状给了我，我就直接出来了。"

"关于我的问题吗？"

"倒没什么特别的，只是我之前抓你的具体过程。"吴定缘说到这里，摸摸鼻子，觉得有点不好意思，又补充了一句，"你放心好了，锦湖的事我可一句没说。"

"没关系，那件事我已跟太子那边坦白了。"苏荆溪淡淡道。吴定缘一怔，没想到她就这么坦白了，旋即松了一口气："那敢情好。张泉问的问题啊，我可实在答不上来。比如他问我供状背面那首破……破玩意是谁写的，我哪儿知道啊。"

苏荆溪不由得笑出声来："那叫《破阵子》，是曲牌名，是宋代的一个词人晏几道的手笔。我很喜欢这首词，没事就抄一抄——倒让张侯多心了。"

"这词讲什么的？"

苏荆溪展开那团纸，曼声吟道："柳下笙歌庭院，花间姊妹秋千。记得春楼当日事，写向红窗夜月前。凭谁寄小莲？绛蜡等闲陪泪，吴蚕到了缠绵。绿鬓能供多少恨，未肯无情比断弦。今年老去年。"念到后来，她的声音似乎失去了往常的淡定。

"什么意思……"吴定缘一头雾水。

"这首词啊，写的是对一个姑娘的思念。"苏荆溪双眸似乎多了一层雾气，仿佛被映入的月色所侵沁，"庭院里，柳树下，有人在吹笙歌唱；花丛间，有姊妹们在荡着秋千。我想着当年春楼的事，就在这夜月之下，红窗之前，写下一封书信，可谁能为我把它寄到小莲手中呢？红烛陪着我落泪，吴蚕吐着缠绵的丝线，就像你我当年。一头乌黑亮丽的秀发，能经得住多少次离别之苦，人岂能像琴弦寸断那般无情。就这样在思念中，一年一年地老去，老去。"

说着说着，两行泛着月光的清泪，悄然滑下苏荆溪的双颊，落入水中。她的声音，随着泪水的流动颤动起来。

"绛蜡等闲陪泪，吴蚕到了缠绵。绿鬓能供多少恨，未肯无情比断弦。今年老去年，今年老去年，今年老去年，今年老去年……"她反复呢喃着最后五个字，哀伤像蚕丝一样源源不断地从茧中抽出来，整个人颤抖的幅度越来越大。

吴定缘没料到这么一首词，居然对苏荆溪造成了这么剧烈的影响。他怕她陷入魔怔，劈手把供状夺了下来。苏荆溪"啊"了一声，伸手要去抢，却不防一头撞向吴定缘的怀里。

有什么东西，在吴定缘胸口突然炸裂。一双臂弯，猛然抱住了苏荆溪，抱得无比坚实。

这突如其来的拥抱与坦诚，让苏荆溪的双眸恢复了些许清明。她嘴唇微微张开，可什么也没说，只是轻抬下巴，仿佛为了确认似的，轻轻垫在了吴定缘的肩头。

吴定缘感觉自己回到了苏荆溪落水的那一刻。那一瞬间的生死之危，令他不得不坦诚地面对自己的感情，不能退缩，不能纠结，若有半分犹豫，苏荆溪可能就会死掉。吴定缘只能将其他一切都抛诸脑后，明白直接地冲上前去。

坦诚逼迫出了决绝，决绝又为心意射出了一支指向明确、一往无前的响箭。

箭已射出，再不能回头。

这一次他不再被动受之，而是主动伸开了臂弯。

他拥抱住她的一瞬，心中最先涌现出来的不是幸福，而是安定。仿佛有一把铁锚直直抛入水底，将那条在乱流中不知所措的小舟牢牢定住。在这颗定盘之锚星的牵系之下，不只压抑已久的情愫得以宣泄，就连蓄积于胸的彷徨与迷乱都被这股热情驱开。他生平第一次清晰地感觉到自己是谁，该要去做什么。

"这时候，你不该说些好听的吗？"苏荆溪轻声道。

"荆溪，你就是我的锚，我的定盘星。"

吴定缘抱紧她，喃喃着。苏荆溪先是微微一怔，旋即露出一丝了然的微笑。她没有作声，只是同样抱紧了他。两道黑影在月下合为一道，只是那寂寥萧索的味道却丝毫未少。

两人默默相拥良久，彼此都没说什么。倏然一阵夜风吹过横帆，令大船摇晃了几下，吴定缘不由得把苏荆溪抱得更紧一些，让她轻轻哼了一声。

"对，对不起。"吴定缘忙不迭地松开几分。苏荆溪抬起手来去摸他的脸："何必道歉。你终于肯鼓起勇气，我欢喜还来不及。"她此刻眼波流传，面带绯红，吴定缘看在眼中，觉得说不出地妩媚动人。苏荆溪突然哧哧笑了起来："我说得可准了？做人坦诚以对，心无负累，现在是不是感觉好点了？"

这熟悉的对话，令吴定缘忍不住也露出笑意。他犹豫地抬起右手，摩挲着她那一头乌黑的秀发，从头顶到发根，再从发根到头顶，忍不住叹息了一声。

"你是在担心太子吧？"苏荆溪闭着眼睛，伏在他怀里不动。

"南大营校场之上,他向我祖露过心声,他也是真心实意。"吴定缘看了一眼漕船的某一个小窗,可惜窗户已被木板挡住。苏荆溪似笑非笑:"你既怕耽误了我做皇妃,干吗还来戏弄我?"

"我这近三十年,过得乱七八糟,本以为这世上没什么可在乎的,随便怎样都好。只有这一次,我想跟太子爷争上一争。"吴定缘的声量略微提高,竟是前所未有地坚决。

苏荆溪闭起眼睛,脑袋在他怀里拱了拱:"所以,你是不是今晚就要离开了?"

吴定缘的动作一瞬间僵住了,不由得露出一丝苦笑:"真是什么都瞒不过你啊。"

他正要解释,苏荆溪却用手指封住他的嘴:"你不必解释。若不是你要突然离开,只怕还鼓不起勇气。有时候人就是如此,心存挂碍,偏要等到某个事机触动,方才觉悟,往往已迟了。我们还好,事情触动得不算迟——何况……"她抿嘴淡淡一笑,"其实不用你说,我也猜得出来,是不是张侯让你先行赶去京城?"

吴定缘看着怀里的女子,无论见证过多少次,他总是会惊讶于她的眼光与睿智。

"太子箭伤复发,海船又受了损。势必得有人先一步赶至京城,把太子健在的消息送入宫里。这条海落船之上,也只有你最合适了。"苏荆溪顿了顿,"或许还有昨叶何?"

"是。白莲教在京中也有分坛,我会带她走,要她帮忙。"吴定缘赶紧解释。

"那是个聪明姑娘,有她陪着也好。"苏荆溪道。

这时从大船的另外一侧传来一声响动。苏荆溪与吴定缘同时松开了对方,后退半步。他们看到在不远处的观风位上,缓步走上来一个颀长的身影。这人剑眉长髯,一身文士白衫,头扎诸葛巾,望之俨然,即之也温,正是张泉。

张泉看到他们二人,并无任何意外神色。他先深深一揖,口称"恭喜",然后再一揖,看向苏荆溪,口称"抱歉"。

这一声抱歉,寓意匪浅,既是为撞破两人私会的唐突,也是为要催促吴定缘出发,更是为私自查看她的底细。苏荆溪一撩额发,大大方方挽住吴定缘胳膊,双眸闪动。

"姑娘喜得良眷,两情相悦,原是应该道喜的。只是如今海船损伤在前,狻猊追袭于后,太子以伤残之躯,难荷驰骋之劳。照这个速度,只怕很难及时赶到京城。不得已,才请吴将军冒险行这一步棋,提前去京城斡旋。此事太子并不知情,若姑娘有怨,泉一力担之。"

他口称吴将军,显然提前暗示了酬庸。这时吴定缘开口道:"我反正一见他就头疼,太多纠葛,索性躲远点还清净。"

张泉郑重道:"待吴将军得胜归来,我定会奏明天子,赐婚封诰,演成一段佳话。"

这下子别说苏荆溪，就连吴定缘都轻嘿了一声。

看来太子奋不顾身去救一个女医师这事，让张泉很是担忧，这才起意去查苏荆溪的来历。朱瞻基万一要纳这个民间女医为妃，可是好大一桩麻烦。所以张泉话里话外，都透着一副积极促成吴、苏二人好事的热诚，好彻底断了太子念想。

不过吴定缘如今也不计较这些小心思，只把苏荆溪的手攥得更紧些。张泉知道瞒不住她，一拱手，言辞恳切："非是对姑娘有什么不满，实是见过太多女子入宫之后的痛苦，尤以才女为甚。苏姑娘你冰雪聪明，不必去踏那个火坑。"

苏荆溪朝吴定缘旁边靠了一靠："我现在欢喜得很，张侯不必挂念。"

"甚好，甚好。"张泉很是高兴，他抬眼看到月色明亮，朗声道："今夜明月如瀑，正合沐琴洗弦。吴将军这趟去京城艰险，泉愿为将军临行弹奏一曲，聊为饯别。"

说完他一撩袍边，就地坐在观风位上，膝前横过一张古朴长琴。张泉是朱瞻基的琴艺老师，京城都以能听张侯一曲为荣。吴定缘没什么特别的感觉，苏荆溪却知道这面子委实大了。

先是一曲《凤求凰》飞扬于船头，琴声神意扬扬，调趣高妙，与王穹的银白素月相得益彰。张泉刻意选了无媒调，曲子里隐隐带出一丝绮靡的悦情。《凤求凰》这曲子出于西汉司马相如，他寓居成都之时，看中寡居的卓文君，以琴声相挑。文君精通音律，被司马相如的热情所感化，遂与之私奔。张泉选了这首曲谱，也真是煞费苦心。

弹过数阕之后，张泉指法一划一拨，音律幡然一变。本来清丽婉转的旋律，毫无痕迹地转为古朴苍凉，琴声中还夹杂着泠泠的萧索与悲壮，如同横渡寒江。

"是《易水》，他这是催促你上路呢。"苏荆溪对吴定缘讲。

"荆轲刺秦那个易水？"吴定缘书读得不多，可刺客故事着实在瓦子里听了不少。

"不错。荆轲将行，被太子丹催促着上路，高渐离在易水河畔弹琴相送。真是的，他也不挑个好彩头。"苏荆溪低声抱怨了一句，然后亲密地为吴定缘拉了拉衣襟，就像送夫君出征的新妇。

吴定缘挺直了身子，任她摆弄。苏荆溪整理完衣襟，忽然微微踮起脚尖，在他的脸颊上浅浅地吻了一下。吴定缘晃了晃身子，浑身的血液霎时奔腾起来。可就在他做出回应之前，苏荆溪顺势凑得更近了些，嘴唇几乎贴到他的耳垂。

几乎轻不可闻的话语，从她的双唇滑出，钻入他的耳朵。吴定缘一瞬间便冷静下来，脸上的红潮渐次退去，不动声色地听着。远处琴声激越，张泉依旧在全神贯注地弹奏着，并没注意到这边的动静。

苏荆溪叮嘱完毕，后退一步："还记得你在淮安船厂里说的话吗？一线生机，要留给那些还在乎什么的人。"

吴定缘点点头。

"你现在也有了真正在乎的人，所以再不可以轻易言死了。"苏荆溪柔声道。

《易水》恰在这时曲终弦定，海落船周围恢复了安静，唯有头顶的月光依旧清冷。张泉收起架势，向这边郑重一拜。

出发的时刻到了。

五月三十日清晨，浓浓的雾霭在沧州城外悄然聚集，先是吞噬了城垣的轮廓，进而弥漫至周围的树林之中，无论是高大的白桦、岳桦、榆树，还是荆条、胡枝子、锦鸡儿之类的低矮灌木，统统都被雾气遮掩得只露得一枝半条。远远看去，好似无数在暗处伸出的手臂。

两匹骏马急促地沿着一条官道向前疾行，雾气一波波涌上来，却无力阻挡它们的速度。

吴定缘紧握缰绳，冲在前头，昨叶何骑着另外一匹马紧随其后。她的骑术出乎意料地精良，至少比从小长在秦淮河的吴定缘强，但不知出于什么考虑，她刻意控制了速度，与吴定缘保持着半个身位的距离。

他们昨晚过了子时便下了船。飞速穿过沧州城外，脱离运河漕段，一路朝西北疾驰。

这支小小的队伍，必须在两天之内北上霸州、固安、大兴诸驿，抵达京城，前后里程三百二十里。好在这次得了张泉强援，两个人骑的是江湖朋友借的草原青骏，揣着一口袋金饼银锭，还带了一张张泉亲自伪造的济南府加急文书——持拿这份文书，视同八百里加急，沿途驿站必须提供最好的换乘马匹。

"哎，掌教，我觉得你最近的心情，好像比原来好点了。"昨叶何漫不经心地说。前头的雾气太重了，不得不放缓速度，她趁机从顺袋里掏出一块枣糕搁嘴里。

"不要叫我掌教。"吴定缘冷着脸。

昨叶何却嘿嘿一笑："从我第一次见到掌教，你就是一脸愁闷，褶子里都透着丧气。可从昨晚开始，你居然是在笑，对，就是现在这样，你别故意板着脸了，那样更明显。"

吴定缘只得把脸背过去："你到底想说什么？"

"掌教你居然接下张泉的委托去京城，肯定是有原因的。"

"我只是不想在船上待着了。一看到太子的脸，我就头疼。哪如自己赶路这么爽利。"

昨叶何抚了抚马耳朵，语气感动："看来掌教你已经想通了。为了我圣教存续大业，甘愿与朱明宗室捐弃前嫌。"

"胡说什么！你们白莲教和他们朱明宗室，跟我的仇怨都还没了结。"

"那就怪了。"昨叶何眼珠一转，"若是不愿与仇人为伍，就该把我甩了，直接返回南京过小日子；若有心为铁氏一族报仇，就该坐山观虎斗，看着汉王跟太子打得头破血流。可掌教你却千辛万苦往北京赶，不是为了给圣教博个功勋，还能是为什么？"

"总之不是这个。"

"难不成，是为了苏姐姐？"

吴定缘骑在马上，动作明显僵了一下。昨叶何眨眨眼睛，忽然拊掌笑道："看来这枣糕我得省着点吃，以后凑齐了生地黄、桂圆、莲子，好给掌教道喜。"吴定缘还没说什么，她突然收起戏谑，杏眼里透出两道犀利光芒：

"可是，掌教你真的明白，到了京城该做什么吗？"

吴定缘沉声道："张泉说了，我只要设法把太子还活着的消息送进城去，就行了。"

如今太子的胜机，说大不大，说小不小。狻猊公子与山东叛军追袭于外野，汉王在京城挟持整个朝廷，敌我实力可谓天壤之别。但是，汉王的一切谋划，是建立在洪熙皇帝与太子俱亡的前提下。任何一个没死，他便没机会角逐帝位。

所以对朱瞻基来说，最简单的制胜之道，就是让京城里的关键人物知道，太子还没死，太子在赶回来的路上。只要这一句话传给一个正确的人，汉王的计划便会崩盘，届时太子早来一天晚来一天，都无所谓。

张泉这么着急地把吴定缘派出去，目的就在于此。

"张侯他说得容易。可掌教你去过京城吗？知道该找什么关键人物吗？"

"关键人物，自然是去找当朝宰相。"

昨叶何一听这个，笑得从马上跌下来："您这是从哪里听来的戏文，大明何曾有过什么宰相了？"

"胡说什么，李善长不是宰相吗？胡惟庸不也是吗？"吴定缘不服气。

"那叫丞相，而且只有他们几个当过，很快就没了。"

"后来就没宰相了？那宰相的活谁干？"吴定缘关于朝廷高层的各种常识，都是从金陵酒楼瓦子里听来的，多是荒诞不经的民间想象。

昨叶何没回答，反而又问了一个问题："我问你，是二品礼部尚书大，还是五品武英殿大学士大？"

"当然是品级高的大……吧？"吴定缘被昨叶何盯得有些心虚。

"那我再问你,皇上有事,是跟六部尚书商量,还是跟大学士商量?"

"呃……"

昨叶何摇摇头:"掌教你若连这些都不知,还是别去京城了,找错了关键人物,反惹来杀身之祸。趁早回金陵养老吧。"吴定缘不太高兴地一抖缰绳,把速度提高了点:"那你说说看,这都是怎么回事?"

"启禀掌教,本朝自从胡惟庸之后,便再没丞相了,都是皇上乾纲独断。不过皇上一个人也忙不过来,所以身边请了好些大学士做内阁顾问,参与国事决策。定了方向之后,再交给六部来执行。"

吴定缘若有所悟:"所以现在朝廷里当家的,不是什么宰相丞相,而是这些内阁大学士?"

"正是。"

"这么说来,我们到京城之后,径直去找这些大学士,不就行了?"

昨叶何笑道:"您还笑太子不小心,自己不也犯了同样的错误。您如何知道,这些大学士里有没有与汉王暗中勾结的?"

吴定缘冷哼一声:"这些文官济不得什么事,去找军中的总兵官总没错。"

"京城之内,还有拱卫皇城的二十二卫亲军,有三大营,有五城兵马司。哦,对了,宫里头还藏着御马监的勇士营。但还是那个问题,你怎么知道他们没参与汉王之谋?"

"文不行,武不行,你说我们到底该找谁?"

昨叶何狡黠地看了他一眼:"此事简单得紧。谁都有可能跟汉王勾结,因为他们都有机会从中获利。掌教可以反推一下,若有人从谋反中无论如何都无法得到好处,自然就是最可靠的。"

吴定缘眉头一绞,从齿缝里迸出三个字:"张皇后……"

当朝天子是她夫君,当朝太子是她的儿子,两位年幼藩王也是她儿子。汉王若要篡位,需要把她的至亲杀完,张皇后与汉王的立场是你死我活,没有半点调和的余地。

"半点不错。我们到了京城之后,谁都不能惊动,只有见到张皇后,才是唯一的破局之道。"

吴定缘盯着她看了良久,突然感慨道:"你一个年轻女娃娃,这许多狠辣手段哪里学来的,佛母倒真会调教。"

昨叶何不以为然地摆了摆手:"她老人家收养的孩子前后得有几百个,能力不行的,早就中途死掉了。"她环顾周遭的茫茫雾气,神情前所未有地凝重起来:"所以,掌教你可不要低估京城局势,那里不同于金陵,不同于扬州、淮安、济南,和天下任何一座城市都不一样，那里是真正的龙潭虎穴，种种势力盘根错节，一步踏错便可能万劫不复。"

"嗯，这个我心里有数。"吴定缘说到这里，不自觉地摸了摸下巴。

"你瞧！你瞧！掌教你又露出那种笑容了，是苏姐姐已经叮嘱过你什么了吧？"她见吴定缘没否认也没承认，不由得叹道："我现在明白掌教你为何答应做这种事了。苏姐姐想要报仇，只能靠太子登基。要让太子登基，只能让你先一步赶到京城——哎，掌教你对苏姐姐可真是好啊。"

这一次，吴定缘没有回避，目视前方："不只是她的事，还有太子的事，吴家和铁家的事，你们白莲教的事……我都想清楚了，这一次我会在京城统统做一个了断。"

他语气坚定，目光专注，再无半点游移与彷徨。

昨叶何好奇地打量着他，从前那个犹豫纠结的"篦篙子"，似乎在一夜之间脱胎换骨。从金陵到京城的漫长旅途中，他第一次主动展露出了锋芒，第一次表示了自己有想要做完的事情。

这时日头升到了半空，雾气开始消散。"走紧些！"吴定缘一抖缰绳，率先纵马提速，朝着京城方向疾驰而去。昨叶何抿着嘴笑起来，扬鞭一抽，紧跟了上去。

过不多时，雾气里响起一阵脆生生、豁亮亮的俚歌调子："骂咱，笑咱，拟不定真和假。韩香刚待探手拿，小胆儿还惊怕。柳外风前，花间月下，断肠人敢道么。有情，无情，告一句知心话。"

"参见五公子！"

几十个声音齐声吼道，似乎连周遭的枣树枝条都颤了颤。

朱瞻域站在土台之上，眯起眼睛，努力想象他们是在喊"参见世子"或"参见太子"。这种愉悦的快感，胜过任何口味的珍馐与任何姿势的房事。就连阁上闸那场失利的挫败感，都因此淡薄了许多。

他享受了片刻这种虚幻的满足，这才朝下方望去。眼前这几十个青州旗军的卫官，个个一身尘土、满面疲态，一看就是刚刚经历过长途跋涉。可这些人却是杀气腾腾，似乎都憋着一口气要为主公报仇。

山东兵马之中，以青州兵最为强悍，而这批人都是靳荣的死忠手下。

此时他们正位于沧州与天津卫之间的青县地界。这里唤作陈缺屯，距离漕河大概有二三十里地，附近除了一座红禅寺别无人烟，大部分都是白桦林。青州旗军的主力，正隐伏在林中休整，有如一支蓄势待发的锋锐长箭，箭尖遥遥直指京城。

"四十八个时辰，四十八个时辰！"

朱瞻域举起右手，先比了个四，又比了个八，重复了两次，每一个吐字都特别凝重。台下的卫官们屏息凝气，一起向他望来。

"从济南到青县一共是四百零九里路，你们只用了四十八个时辰，没有一个人掉队，没有惊动任何一处官府。这是何等的精锐，即使是徐武宁和常忠武麾下，也不过是如此了。"

卫官们听到狻猊公子拿他们去比徐达和常遇春，发出一阵满意的嗯嗯声。朱瞻域又道："更难得的是，你们舍弃高官厚禄与安稳生活，毅然追随靳将军，为了国事毁家纾难。忠勇如是，实乃我大明之幸啊。我代父王感谢各位高义！"

说完他双手一握，深深下拜，那些卫官连忙也下拜还礼。

朱瞻域抬起头来，话锋一转："诸位一路奔波辛苦，不过此时还未到放松之时。太子尚在，帝位仍悬，千秋功业还欠一搏，还望多多尽心。"他见诸多卫官面露惭愧，不由得笑起来："你们不必心存愧疚。太子去济南，是刘伯温都算不到的意外，谁能提前设备？倒是区区在下，在阁上闸搞得十分狼狈，竟然让他们给走脱了。你们想想，亵衣都剥了却没能入港，不上不下的，多他妈难受。"

这个荤段子让卫官们都笑了起来，现场气氛变得轻松了些。五公子都自承了放走太子的责任，他们也就没那么大压力了。

朱瞻域看着台下这些人，知道自己已顺利掌握住军心了，心中大为得意。他自从阁上闸受挫之后，深知张泉是个极难对付的对手。他思忖再三，没按原定计划去追击，而是自作主张先跑来与青州旗军的军队会合。

"当年靖难，我父王冲锋陷阵，数次救永乐皇帝于危难。而洪熙那个胖子在干吗？躲在北平城里瑟瑟发抖！后来他厚着脸皮登上龙位，反过来开始打击咱们这些靖难功臣。我父王受尽委屈不说，他那些忠心耿耿的部下也跟着被打压。靳将军当年立下多少功勋，连眼睛都瞎了一只，现在却只是区区一个山东都指挥使。而昔日被你们在战场上打败的那些家伙，现在倒一个个被赦免、被放还，没事人一样活着——这种兔死狗烹的事，你们能忍吗？"

"不能！不能！"卫官们大吼起来。

"所以……"朱瞻域觉得时机到了，"请诸位姑且听我调遣。一是为靳将军报仇，二为我父王申冤，三为了大家伙儿的大好前程。但是，这一切都不是最重要的，最重要的是，叫那一对父子领教一下，靖难时最强军队的威名！"

这一句话，瞬间引燃了整个场面，台下卫官纷纷嗷嗷地叫了起来：

"五公子太客气了,一句话,咱性命就交给你了!"

"靳将军伤重不在,不听公子的还听谁的?"

"咱们青州卫上下,听凭调遣!"

朱瞻域感受着这一股被自己掀起的热浪,高潮的感觉一波波涌上来。他突然很感谢太子,如果不是那家伙的无能,自己便会以藩王第五子的身份,在兄弟们的嘲笑中度过余生。而现在,他可以操控大明最精锐的一支军队,改变整个天下的走向,甚至有机会成为其中最重要的一枚棋子。

永乐皇帝是第四子,汉王是第二子,如果他们都有登基的一天,那么我第五子凭什么不能一搏?

朱瞻域鼻孔翕张,呼吸变得粗重起来。他近乎狂热地向下方一挥手:"诸将听令!大军分作三股,一股沿漕河衔尾追击太子,他们的船已被我击伤,跑不快的;另外一股直接北上,切入京城与天津之间,于通惠河的廊坊一带布防截击。若见到太子,无须请示,直接当场格杀便是。"

"这样会不会惊动地方官府?"有人担心地说。这么大张旗鼓的军事调动,一定会引起官府警惕。

朱瞻域笑道:"放心好了,青州、沧州、天津等处的守将与都督,都是咱们自己人。你们亮出我的信物,他们必会全力配合。如有不配合的……倘若父王得胜,即便你把官府屠戮一空,那也是勤王之举。胜利者是不会受到苛责的。"对方登时心领神会,抱拳而退。

"那还有第三股呢?"又一人问。

"第三股由我亲自带队,直奔京城。"朱瞻域说到这里,从怀里摸出一样物事,"我给你们吃个定心丸吧。我手里这一样东西,有倾覆乾坤之妙,只要它赶在太子之前送到京城,就是大罗金仙也绝难翻盘。"

日光照耀之下,朱瞻域的掌心中升起一团熠熠光亮,让所有人的精神为之一振。

在一阵阵呼喊声中,卫官们纷纷向着自己所属的旗队跑去。经过一阵短暂的纷乱后,青州旗军的队伍分成了两大一小一共三股分队,分别朝着东北、正北以及西北方向疾驰而出。

其中西北方向的带队之人,正是朱瞻域本人。他身子虽然椰榔,此时跨在马上却颇为矫健,浑身上下的肉块都在亢奋地抖动着,活像一只抖动鬣毛的威猛狻猊。

龙生九子,第五子为狻猊,其形如狮,百兽率从。九子之中,唯有它最具帝王之相。

一块麂子皮轻柔地拂过小铜炉的表面,从炉沿到支腿,一处都不放过。所到之处,灰尘被擦拭一净，唯有两道淡淡的血手印仍在。麂子皮又重重蹭了几下，可血迹依旧顽固地滞留于炉面。

朱瞻基把香炉轻轻搁下，后背往舱壁上重重一靠，刚才不过是几下擦拭，居然就开始喘了。自从他昨天跳水之后，身体开始出现持续不断的高烧，整个人都是昏昏沉沉的。

太子放下麂子皮，挣扎着要把香炉搁回小圆桌上，却不防船舱忽然剧烈地晃动了一下——这条船自从离开阁上闸之后，稳定性便堪忧——让香炉斜斜滑落下去。朱瞻基眼睛追到了，可身体却反应不及。

恰好这时于谦推门进来，手疾眼快，一把接住即将落地的铜炉，把它重新搁回桌上。

大船迅速恢复了平稳，于谦用埋怨的口气道："殿下，您伤重未愈，就不要乱动了。"朱瞻基重新半靠在榻上："舆图带来了吗？"于谦叹了口气，从怀里拿出一张北直隶的舆图。这舆图应该是张泉手绘的，虽然简略，但各处要点清清楚楚，甚至连水马驿程都做了标记。

朱瞻基扫了一眼："吴定缘到哪儿了？"于谦俯过身去，在沧州位置向北一挑。太子伸出指头，丈量了一下长度："他抵达京城的时辰，应该是在六月初一晚上或六月初二早上吧？"

于谦道："殿下不必担心。吴定缘那家伙虽然惫懒，可却是个机灵人。南京城那么难的局面，他不也生生劈出了一条生路吗？"

"金陵是他土生土长之地，京城可不是——我舅舅是否把事情都交代清楚了？"

"有张侯安排，尽可放心。"于谦耐心抚慰道，"吴定缘的任务并不复杂，只要把殿下您还活着的消息传给任何一位重臣就够了，一句话，不必厮杀。"

"如果真这么简单就好了。"朱瞻基咕哝了一句，"那家伙若有什么闪失，岂不是浪费我赶到济南的一番辛苦。"

一提济南，于谦便有些气愤。他正色道："殿下，接下来的三天，是最关键也是最危险的三天，汉王一定无所不用其极。您可千万不能再像去济南那么任性了，必须安心养病！"朱瞻基没好气地瞪了他一眼："为君者不能肆意妄为，又何必去争那皇位？"

于谦顿时紧张起来，这妥妥是亡国之君的言论啊。他面色一绷，摆开架势正要劝谏，却见朱瞻基呵呵笑了起来。

"殿……殿下，君无戏言！《出师表》里说了，不宜引喻失义，以塞忠谏之路，这种玩笑可不能乱开啊。"于谦大为恼怒。

"我知道，我知道。"朱瞻基不耐烦地拍了拍床榻，冷不防又一阵眩晕。于谦又是心疼又是气愤："您知道个屁……貔貅啊！自己明明有箭伤，还往冷水里跳，简直，简直就是神样糊捣！"

他一不留神，又露出钱塘土话来。这时木门吱呀一声被推开，苏荆溪走了进来，手里还捧着一筒伤药与一碗药汤。一看她来了，于谦如遇救星，一把扯住她袖子："快，你来跟殿下说说，他这一跳，麻烦有多大。"

扯到一半，于谦突然意识到，太子跳水，救的正是眼前这位医师，让她来评这个理，似乎有点不合适。苏荆溪笑道："殿下吉人自有天相，于司直你这么激动，将来如何担当宰执之任哪？"

这句话明贬实褒，即使是于谦也稍微得意了一下，一高兴，便把训斥太子的事给忘了。

苏荆溪先让太子把药汤喝下去，然后解下药膏搁在圆桌上，看了眼那小香炉。待得太子喝完药汤，她走到榻前去探脉象与体温。一番问切之后，苏荆溪熟练地解开太子上袍右袖，给箭伤换药。于谦则站在床边，滔滔不绝地絮叨着注意事项。

朱瞻基老老实实地躺平，任凭摆弄。这些动作，她在旅途中不知做了多少次。可这一次，朱瞻基却觉得有些不一样。具体是哪里，他也说不出，她的手法一如既往地轻柔，态度一如既往地和蔼，声音也一如既往地温和，就连那股幽幽香气都是一样的，可就是有些不对劲儿。

朱瞻基心想，这一定是自己发热的缘故。他闭上眼睛，细心分辨，很快便发现了不同之处：呼吸。

以往苏荆溪的呼吸十分平稳，专注于眼前的病症，浑然忘我。可今日的她，吐息中却带有微微的起伏，很轻，可就像绢纸上的墨点一样明显。像苏荆溪这样极有控制力的人，怎么会带有这样的变化？

忽然一个念头跳进他的脑海里："难道说，苏大夫是因为太接近我而紧张了？"

朱瞻基从没打算借跳水这事卖好，可也确实希望对方能感受到自己的心意。此时他发觉苏荆溪的异状，不由得联想到了一种可能性。近乡而情怯，近情而心怯，所以医师不可给亲近之人诊治。以此理推之，莫非……莫非她是见到他才有了心态起伏？

朱瞻基感觉体温腾地又蹿升起来，内心的澎湃几乎要爆炸。他忍不住略动头颅，恰好与正在敷药的苏荆溪四目相对。

太子还未在这么近的距离直视过苏荆溪。那一对漆黑圆润的眸子，像是两口无波古井，波澜不惊的水面之下，却似乎蕴藏着无尽的深意。朱瞻基觉自己会一头栽进井里，再也出不来。

两个人保持了数息的对视，方才移开视线。太子的心情，却在一瞬间跌回到冰点。

不对！苏荆溪在刚才与他对视之时，眼神里没有一丝躲闪，也没有半点羞怯，就这么坦荡地回望着。

这是看待病人的眼神。

朱瞻基忽然闷声道："那家伙不告而别，也不知如今怎么样了。"

"那个人哪，只要自己能想通，天下能拦住他的人可不多。"苏荆溪笑着回答。

太子的脸色变了，他清楚地感应到，苏荆溪的吐息中又出现了一次起伏。不需要更多证据，这便已足够。是了，那时跳下水的，可不止他一个。

这件事朱瞻基早有预感，可此时得到确认，整个人仍仿佛在一瞬间回到了瓜洲水牢。浓郁的惆怅蔓延而上，渐次没顶，可他却连挣扎都无力挣扎，窒息得快要晕过去。

"出去！"朱瞻基突然大吼了一声，把苏荆溪和于谦都吓了一跳。

"你们快出去！出去！"他觉得自己胸腔内灌满了水，疯狂地挥动着手臂。苏荆溪想要去把他的脉象，太子却把手给甩开了，凶巴巴的语气近乎恳求："我要一个人静静，你们都走，都走！"

苏荆溪敏锐地觉察到了什么，冲于谦轻点了一下头，开始收拾器具。于谦不安道："那……殿下您好生歇息，有了新消息臣再来禀报。"

"出去！"朱瞻基的声音干瘪而苦涩。

两人很快离开了舱室，还把门带上了。太子无意中瞥到那一尊铜炉，忍不住戾气横生，飞起一脚踢倒桌子。那尊小铜炉这一次终于结结实实摔在地上，骨碌碌滚到了一处夹角里。

大船突然又剧烈地晃动起来，导致这小舱室不停左倾右斜，大概是遇到什么事情，需要提速了吧？可此时朱瞻基却没了心情去关心这个，他一个人呆呆地靠在床榻上，看着那小铜炉在角落不甘心地滚动着，似乎想要脱出这一方藩篱。太子心中一阵想要起身去捡起来，一阵又恨恨地想干脆撞碎它算了，游移不定。

热度逐渐蔓延到了脑子里，也许是药劲上来了。朱瞻基觉得意识开始模糊，眼前的小香炉变得虚幻迷离，铜纹里折射出无数曾经历过的画面，在他的脑中往复碰撞。他终于挨不住，一头栽倒在床榻之上，完全没听到此时张泉响彻全船的一声大吼：

"全员注意！抢风转向！"

于是，在洪熙元年五月的最后一天，许许多多不同的人，带着不同的心情，朝着同一座城市飞奔而去。

两京 十五日

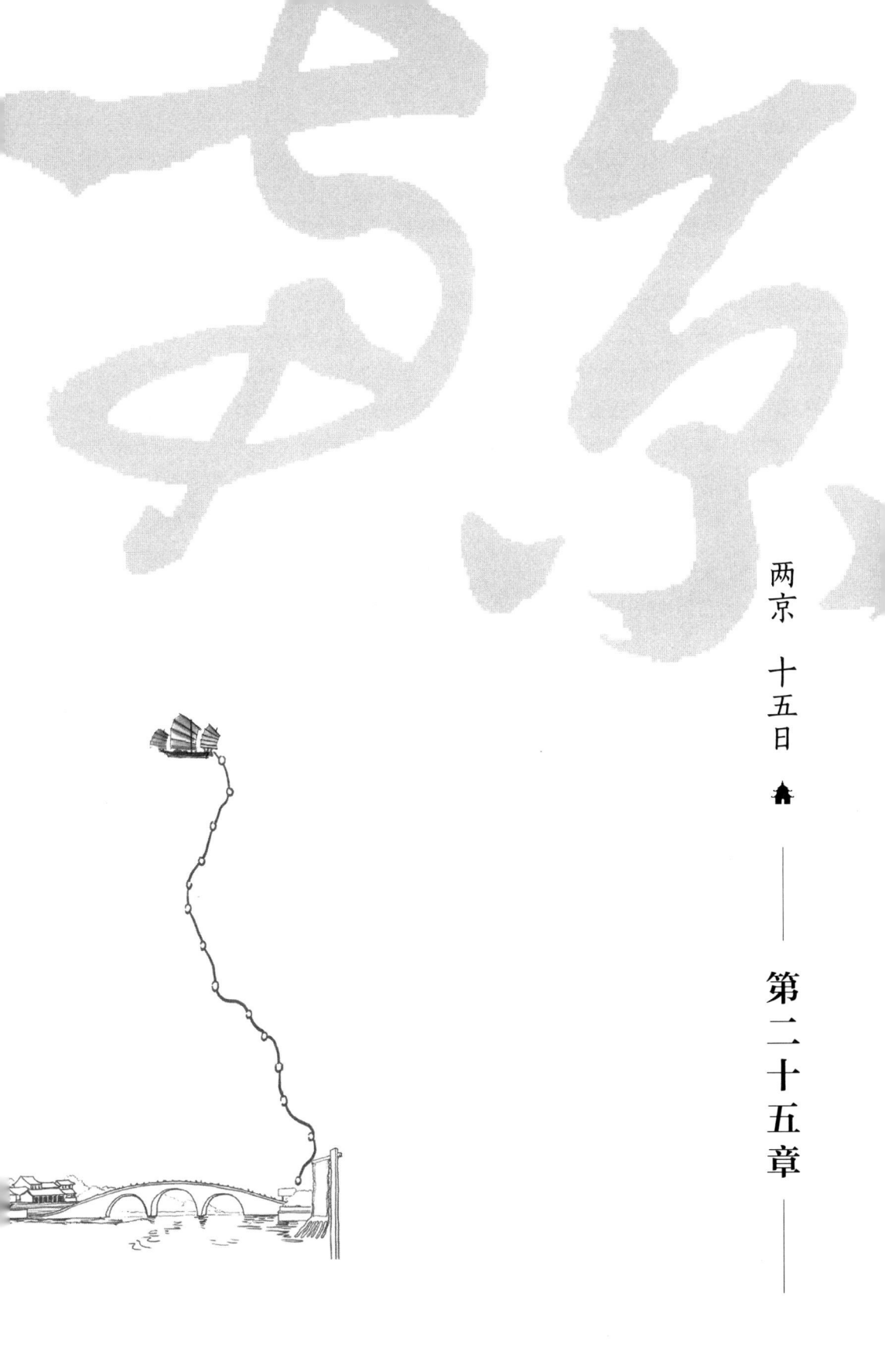

第二十五章

雨，大雨。

天穹仿佛被撞开了一个大口子，天河倾泻而下，以无可阻挡的气势淹没了整个天地。

吴定缘用右手按住雨笠，左手艰难地控制着马匹缓缓前行。习惯了江南连绵不绝的细雨，他面对北方这种突如其来的宏壮豪雨，一时有些手足无措。

幸运的是，他们选择的这一条路，是当年永乐修北京城时开拓的走料道。当时从南方运来许多大木、大石，漕河无法承载，就专修了一条通向京城的硬土宽路。路面被夯得极为硬实，十几年下来仍旧光秃秃的，连杂草都不生一根。即使是在今天这种程度的大雨中，它也保持着适当的硬度，不致沦为泥泞。

那些急着赶路的人，无论速度如何，至少还能在雨中前行。

"你说的接头人，就住这附近吗？"

吴定缘扯开嗓子喊，雨滴打得他眼睛都快睁不开了。昨叶何同样喊回来："不远。咱们已经进入大兴地界，只要沿着走料道一直向北就对了。"

"这场遭瘟的雨……"吴定缘恼怒地低声嘟囔了一句。

现在是六月初一的未时，他们沿途换马不换人，只用了一天半时间便从沧州赶至大兴，可谓神速至极。大兴隶属于顺天府，是京城最南边的一个依郭京县。若非突遭大雨，本来他们这会儿已经抵达京城。

吴定缘有些焦虑地用手抹下一把雨水，眯起眼睛，试图看透这重重的雨帘，把那座牵扯了无数人命运的大城收入眼底。可惜前方水汽茫茫，除了那一条蜿蜒向远方延伸的大路，什么都看不清。

"掌教莫急，北方的雨来得快，去得也快。咱们只管赶路便是，不远了。"

吴定缘"嗯"了一声，按下心中烦躁，一抖缰绳，催动着胯下不情愿的畜生继续前行。

果然如昨叶何所言，不到半个时辰，雨势敛然收起。只是天空中的铅云依旧密布，不知何时还会再次发作。他们沿着走料道走了约莫二十几里，终于在道旁看到了一个小村落，旁边立着一座歪歪斜斜的石碑，上头写着"半边店"三字。

这村子和寻常村落不太一样，几乎没有棚顶或瓦顶的硬山顶，全是平顶长阔的土黄色厢房，一排排鳞次栉比，摆放得十分密集规整——与其说是聚落，更像是一处大库房。这些厢房冲大路的一边都支起摊棚、挂着幌子，无论酒肆、茶铺、车马、郎中应有尽有，只是简陋得很。

昨叶何告诉吴定缘，这里本是走料道上的一处转运场。后来京城大建结束，驻场的役夫、库夫和他们的家属便长住下来，占了库房为家，形成一个傍道而设的村落。库房当道的一半，拿来开店接待往来客商，另外一半则用来住人。久而久之，便有了半边店的名号。

本来大雨倾盆，店家早早收了摊闭了户。雨一住，只听门板乒乓作响，各家以极快的速度支起阁窗，把幌子又重新挂起来。没一会儿工夫，路边又变得和晴天一样热闹，简直比雨后的蘑菇铺得还快。

昨叶何看来是经常前往此地，驾轻就熟。她听也不听那些店家的吆喝，径直走到一处周记车马店。一进店里，吴定缘便注意到，墙上的神龛里搁着一尊端坐白莲台上的弥勒佛。

这是他们出发前张泉定下的方略。京城虚实不清，贸然闯入风险太大，最好借助白莲教的暗桩，神不知、鬼不觉地潜入，再视局势而动。这也是为何昨叶何会随同吴定缘前往。

店里伙计迎上来，昨叶何说找你们周老板，很快一个头罩网巾、身穿藏青直裰的中年男子走了出来。他一见昨叶何，先是一呆，待她从怀里亮出一朵铜莲花之后，他的态度变得极为恭敬，立刻招呼伙计把两人的湿袍子换下，然后领到后屋一处僻静的小屋里。

待屏退了左右，关上了房门，他这才咕咚一声跪倒："半边店微末坛祝周德文，拜见上尊护法。"

昨叶何诵了几句经文，为他摩顶祝祈了一番，方才开口道："奉了佛母法旨，要我带这位公子进京一趟，有劳周坛祝做一番功德。"

周德文听到这要求，脸色有些为难："是近日要去？"

"越快越好,最好即刻启程。"昨叶何道。

周德文道:"若是平时,多少人小老也能带进去。不过最近京城的动静实在古怪,我们这些开车马行的,都不往城里发了。"

昨叶何与吴定缘对视一眼:"有什么古怪?"周德文抓了抓网巾:"小老也说不上来,反正九个城门一天到晚都关着,轻易不开。听城里出来的人讲,宵禁就不提了,连白天上街都不让随意走动,到处都是五城兵马司跟留守卫的兵卒。"

"持续多久了?"

"得有三四天光景了吧。"

吴定缘眉头一皱。他出发之前跟张泉谈过京中局势,张泉认为五月十八日太子在南京遇袭之后,若洪熙皇帝仍是半死不活的状态,那么京城僵局尚能维持一阵。若他支撑不住去世,汉王势必要开始逼宫,届时局势便难以预测了。

如今京城气氛突然如此紧张,显然是宫中剧变影响到了整个禁军与城防,这只有一种可能——洪熙皇帝恐怕已死。

这一趟差事的难度,陡然又提高了一个层级。

昨叶何沉声道:"无论如何,今晚得把公子送进城去,这是佛母大计,还请周坛祝想想办法。"周德文一听是佛母的意思,搓着手想了一圈,最后一咬牙:"容我再去问问几位老把式。"

他拉开房门,叫来一个伙计吩咐了几句,然后又回到房间里来,亲自给两位贵客沏茶。吴定缘微一点头,这人真是老江湖。白莲教毕竟身涉不法,他若是自己离开,难免会被怀疑是去官府出首,派别人去打听,自己留下陪客,这才显得诚意十足。

吴定缘想到这里,不免又打量了周德文一番。这人阔面方颔,面相老成,眉目却颇细腻,与北人常见的粗犷不太一样。从穿着来看,这人算得上殷富,不知为何也投身了白莲教。

他想到这里,陡然起了警觉,发现自己的思维不知不觉开始像白莲掌教了。吴定缘强行打断了思考,把注意力集中到京城上来。

周德文的态度倒很热诚,知无不言,向两位贵客讲了不少京城里的情形。据他所说,从五月十日之后,北京的气氛就开始古怪起来,开始只是官府,然后是各处商铺街市、酒肆青楼也不对劲起来,再后来就连正阳桥附近的乞丐、闲汉都议论起来,街面上隐隐开始不稳。

最古怪的是,按说五城兵马司早该出来弹压,可他们却衙门紧闭,毫无动静。三大营在城中的驻地同样安静得很,平时喧哗的军汉们一个都看不见了。这么一来,城中治安越发乱了,盗窃、抢夺、斗殴之事层出不穷,以至居民们白天也只敢待在家里。

这间接证实了张泉的猜测,大内禁军和城卫军在这场诡异的宫廷变故中,保持着沉默的中立。在真正的胜利者出现之前,他们不会轻易表露态度。

三人正聊着,伙计推门进来了,对周德文嘀咕了几句。周德文听到一半,下意识看看外头的天色,又转回来,似乎难以置信。

"两位,这事吧……"他努力想着措辞。

"不行?"昨叶何的脸色沉了下来。周德文连忙道:"不,不是不成,而是……怎么说呢,刚才有个老把式才从宛平县回来,他说京城让水给淹啦。"

"啊?"这个回答大大地出乎了昨叶何与吴定缘的意料。

"这两天不是一直下雨吗。那个老把式说站在卢沟桥上,能看见京城西南角被雨水泡塌了一角,露出好大一个裂隙。外郭城墙尚且如此,里面还不知淹成什么模样呢。"

吴定缘狐疑道:"不是说北方干旱少雨吗?何至于把京城都淹了?"

周德文道:"这公子就不知了。北方虽然少雨,可从六月到八月却常有大雨。京城里头的沟渠涵洞又不似南京那么多,倘若来一阵瓢泼急雨,很容易便积水成涝。"

"就算如此,连城墙都泡塌也太夸张了。"吴定缘在南京见的雨多了,也没见夸张到这地步的。

"这也不是头一回啦。我记得永乐十四年那会儿,六月间连下了一整天的暴雨,一口气泡坏了京城十几里城墙,天棚、门楼、铺台损毁了十几所,就连御街都水深数尺,皇上差点出不了门。灾后重建,我去各地办料就办了一年多。"

一说起来那次涝灾,周德文仍是心有余悸。他抬头看了眼窗外的天空,忧心忡忡道:"今天这天气啊,跟十四年六月那会儿一模一样。刚才那阵雨怕只是个开场,劝两位一句不如迟些进去,避上……"

"不用避了,这一场及时雨岂不正好!"吴定缘打断周德文的话,霍然站起身来,双目放光。既然局势不在掌控之中,那就索性搅得更浑一点。

周德文一怔,还要再劝,昨叶何已笑道:"咱们刚说要进城,就来了一场雨把城墙浇塌了,这不正是佛母显灵吗?周坛祝你只要把我们送进城去,旁的事不必管,便是大功一件。"

见两位贵客心意已决,周德文也不好坚持,只得吩咐伙计们备好一辆双辕轻车,挂上两匹大马,想了想,又从库里提了几捆杉木板条与一应铲锹工具,装在车上。吴定缘赞道:"真个心思细密。"——如今赶上城墙坍塌,周德文第一时间送备料过去,再合理不过,没人会起疑心。

吴定缘与昨叶何换上车马店伙计的葛短衫,周德文在前头赶车,三人趁着短暂的暴雨间歇踏上走料道,朝着京城宣武门方向赶去。

这一带几乎看不到高大的树木，起伏的丘陵上、道路旁覆着一簇簇斑驳的灌木。在丰足的雨水浇灌之下，白色的山梅花、黄绿色的鼠李层层叠叠簇拥一处，本该是陌上胜景。只可惜天空仍是阴沉沉的一片，给这些颜色涂上了一抹沉甸甸的铅灰，反添几许压抑。

越靠近京城，道路越发泥泞，随处可见水坑水滩。好在周德文驾车是一把好手，配置又是双马拉轻车，这一辆车宛如游鱼一般东绕西钻，速度并不比骑马慢多少。

吴定缘坐在车上，忽然开口问道："周老板听口音好像不是本地人。"周德文一扬鞭子，回头笑道："公子所言不差，小老原是徽州府绩溪县人。"

"哦？"吴定缘没想到他的乡贯居然是南直隶，"怎么跑到这么远的地方来了？"

周德文苦笑一声："公子可曾听过徙户实京？"吴定缘觉得这词儿听着有些熟，歪着头想了一下："莫非是洪武爷把淮西富户迁去金陵的事？"

当年朱元璋定都金陵之后，从江淮各地强行迁走了一万多富户，充实京城。吴定缘在南京的邻居，就是被迫从淮西搬到京城的，没少抱怨过这事。

周德文道："嗐，差不多，有什么老子，就有什么儿子。这不永乐爷把京城搬到北平了嘛，又搞了一遍。我是永乐七年举家从徽州迁过来的，那会儿漕河还没修通呢。好在我家里有点底子，充做了厢长，帮着官府办料，就这么扎根在半边店，开了个南北车马行，偶尔还能回绩溪去看看。"

说到这里，他一扬鞭子，长长叹息一声，似有无限感慨。吴定缘原来还奇怪，看周德文家境颇为殷实，怎么也入了白莲教。听他这么一讲，大概能理解了。好端端在家里待着，突然一纸调令，全家来到千里之外的苦寒之地，异客远途，不拜佛母还能求谁保佑？

"不是说马上要把京城迁回南京了嘛，说不定你也能趁机回去了。"昨叶何宽慰道。

周德文却吓得连连摆手："还是别了。小老在这边好歹积攒了些产业，儿女也都已经各自成婚。再那么一迁一折腾，只怕又要从头来过。"他又叹道："家里田地早都分给别房族人，现在再举家搬回去，亲人都成仇人了。"

吴定缘暗嘿了一声。这道理跟南京那班官员差不多：自己占得的好处，突然来了别人要分走，换了谁也要滋生不满。

"这么说，你觉得不该迁都喽？"

周德文下巴上的赘肉抖了几抖："我们升斗小民，不懂那些军国大事，只求个安安稳稳。迁都啊、废漕啊什么的，又得是一番大折腾。上头打个喷嚏，下面就得震上个三天哪。"

这种没态度，也是一种态度。从汪极到周德文，从南京那群官员到孔十八，这一路上不愿迁都的人可真是不少，看来那位太子爷就算侥幸登基，要面对的麻烦也少不了。吴定缘暗想，多少有点幸灾乐祸。他给自己找了这许多事端，头疼一下也是应该的。

这辆马车行得迅捷，差不多酉正时分便碾过了卢沟桥的桥面，不一会儿便抵达了京城外城。这会儿天已经彻底黑透了，浓云遮得一丝星月都看不见，空气里的湿气却越发浓郁，又一场暴雨可能随时会泼浇下来。

周德文告诉两位贵客，北京城乃是效仿南京与中都凤阳格局所建，分为紫禁城、皇城与外城，外城近似于一个方形，四周分有九门。他们马上抵达的，即是南城西侧边角的宣武门，在前元也叫作顺承门。

吴定缘颇为意外："前元？原来前元在这里还有座城？"周德文笑道："如今的整座京城，差不多就是盖在元大都旧址上，格局都差不多，只是往南挪了一里而已。"

吴定缘在马车上抬起头来，努力从黑暗中去分辨眼前这一座大城的轮廓。从五月十八日起，他的人生里就只剩下一个词，那就是"京城"。一切努力、一切抗争、一切辛劳与拼搏，都是因这一个词而生。

作为金陵人，吴定缘始终存有一种好奇：它究竟是一座什么样的城市，才能够从金陵手里夺走大明最荣耀的头衔。

可惜此时光线实在太差了，他只能勉强看到眼前是一座晦暗不明的高大城楼，这应该就是周德文说的宣武门。以这座六丈高的望敌楼为中心，向左右翼伸出去两道高约三丈的宽厚城垣，宛若山峦起伏。单就规模而言，确实在金陵之上。

不过在城楼的左边大概四百步开外，城垣的阴影陡然塌下去一块，像是被狗啃豁了一个缺口，零星几盏灯笼闪动，隐隐还有哭声传来，看来那里便是今天出坍塌事故的城墙段。

周德文探长脖子朝那边看了半天，不住地摇头叹息。他告诉两位贵客，这里之所以会被雨水泡塌，是因为在修建宣武门这段城垣时，在元大都的夯土城墙外面包了一层城砖。砖土不贴，所以一旦有大量雨水渗入，就会造成麻烦。

"这城下头有好几间屋子，我提醒过他们不要建在这里，可惜都图省事，没人听。这下子，怕是屋里的人一个都活不了……"周德文的语气里，满满全是痛惜。

说话间，马车到了城门口。周德文下了车，跟守门的士兵谈了几句，情绪似乎忽然变得激动。吴定缘警惕地摸向腰间铁尺，心里盘算万一暴露了，该如何突破入城。

谁知士兵们并没有拿下周德文，而是懒洋洋地搬开拒马，让开一条进城的路。周德文沉着脸回来，驾着马车穿过黑漆漆的城门洞子，进入城中。马车走到第一处十字街口，忽然停下来了。

"两位，小老只能送到这里了。"周德文带着歉意拱手。昨叶何眉头一皱："怎么回事？你还有别的事？"周德文一指远处那段城墙的坍塌点，嘴唇微微发颤："我刚才问了卫兵，真让我说着了。那下面五间庐舍、一个更铺，十几口子人全砸下面了。可那些城门卫的人，明明就隔着几百步，却不肯去救援，说是上峰严令不得擅离职守，真是作孽呀。"

周德文说到这里，眼泪都快要下来了："我见过太多坍塌事故，若马上去刨开，说不定还能救出好多人。守军见死不救，现在只有几个闻讯赶来的家属街坊，黑灯瞎火地冒着雨在刨土救人。可眼看暴雨又要来了，那点老弱病残哪来得及救人，只怕自己都要折在里头。我既然看见了，便不能视而不见，不然辱没了佛母平日教诲。"

昨叶何正要说话，吴定缘却把她拦住了："我明白，周坛祝尽管救人去便是，接下来我们自己能应对。"周德文感激不尽，抱拳称谢，主动把轻车上的两匹辕马解下来，连同雨笠、油披和灯笼交给两位贵客："敢问接下来你们去哪儿？"

昨叶何道："万松老人塔。"她没提具体找谁，多少还是带着点提防之心。

周德文对京城极熟，想也不想便道："你们沿着这条宣武门里街往北走，会先看见一座写着'瞻云'的单牌楼，穿过御街——就是长安街——再顺着西大市街往北走二里地，能看到一座四牌楼，东边叫'行义'，西边叫'履仁'，醒目得很。万松老人塔，即在牌楼南边。"

他交代完路线，匆匆拜别，赶着去坍塌处救人了。昨叶何看了吴定缘一眼："掌教你可真是个老好人。"吴定缘道："接下来的行动，知道的人越少越好。他就算不走，我也要找理由把他遣走。"昨叶何轻声一笑："掌教你找借口也是一把好手。"

两人翻身上马，抖动缰绳向北而去。

京城的街面布局，与金陵不尽相同。一条贯穿南北的大路平直而宽阔，两侧的建筑摆列严整，间距都是一般宽窄，形成一条条深邃的东西向小巷道。巷、路纵横交错，犹如围棋格子一样，一看就是统一规划出来的。虽然不及金陵自然，但规整中自有一种威严的气势。

不过就繁华而言，这里实在跟金陵没法比。路旁巷间的植被十分稀疏，只偶尔可见几株低矮的松树槐树，与成贤街上那一片片艳绿润红没的可比。向街的铺面也远不及三山街、斗门桥的集市那般密集，门面都是一副模样，整齐中透着单调，少了些人味。

毕竟这里永乐十八年才刚刚建成，百废方兴。一座城要养出郁郁人气来，没个几十年工夫是不行的。

他们按照周德文的指示一路北行，跨过长安街，很快便来到西四牌楼下方。再稍一转头，便看到了那一座万松老人塔。此塔坐落在一片低矮的房屋之间，乃是元相耶律楚材为老师万松禅师所修，通体用青灰大砖砌成，密檐八角，计有七层之高，造型颇为朴实庄重。

若以高大而论，它自然远不及鸡鸣寺或大慈恩寺的佛塔。不过今夜黑云麇集，隐然有压城之势，反将这一座砖塔衬托得十分挺拔，在黑暗中有若一根擎天大柱，直刺黑云之中。

"有些奇怪……"吴定缘环顾四周，觉得附近缭绕着一种难以言喻的气氛。

此时已过戌初，按说城中居民早就该安睡了。可他却能感觉到，附近的房屋虽然都黑着灯，可不少人应该还醒着，不时会传出一些响动。偶尔还会有黑影一闪而过，然后迅速消失在街尾巷角。

昨叶何掏出火折，点亮灯笼，一团微光照亮了周围的环境。只见泥泞的路面之上，撒落着很多杂物，什么木帛纺锤、褡裢破罐，甚至还看到一条打着补丁的大绿亵裤，蛇一般缠绕在半插在泥里的一根晾杆上。吴定缘让灯笼靠得近些，很快注意到在路旁的土墙下端，有一条明显的水渍线，与地面相距足有两尺多高。

今天那场大雨，竟让这一带足足积出两尺多深的水来。虽然现在水势退去，但黑云仍在，如果再来一场大雨，只怕这里会再次变成泽国，怪不得城中的居民们都不敢安睡。

吴定缘和昨叶何同时松了一口气，只要不是官家的埋伏就好。他们把马匹随手拴在万松塔前的小树上，然后闪身钻进了旁边的砖塔胡同里。

之前昨叶何特意给吴定缘讲过，北方所谓"胡同"，是从鞑子语里来的，即是江南的里弄巷子。这条胡同细窄如韭，两侧逼仄，中间只容两人并行。他们走了约莫五十步，在右侧看到一座不大的四合小院。

这小院的门楣朴实无华，只有门板上那一对黄澄澄的虎头铜环颇为招眼。昨叶何上前拽着门环拍了两下，不料它似乎带动着什么机关。只听门内先是传出"嘎啦嘎啦"的声音，随后一阵"当啷啷"的铜铃响动，在漆黑的胡同里回荡许久。

昨叶何吓了一跳，下意识地缩回手来。吴定缘紧握铁尺，朝左右望去，生怕引来闲人窥视。这时一个声音从门板后传来："谁呀？"

这声音虽是男声，却有些尖细，而且尾音甩得生硬，似是外夷口舌。昨叶何道："谯郡张侯，代问阮安公公好。"院内沉默了片刻，"咣当"一声大门开了半扇，露出一张脸来。

这人看年纪也就三十出头，相貌却有些古怪：尖颔厚唇，面黄无须，双眼如同两道细缝，不仔细观察甚至分辨不出睁闭。吴定缘从怀里拿出一张信笺，这是张泉的亲笔手书，小心地用旧纸包着，还裹了一层防湿的油布。

阮安拆开信看了一遍，这才把大门推得更开一点。原来这人身材十分矮小，不仔细看还以为是个童子。吴定缘迈过门槛，正要往里走，忽发现这位阮公公原本推在门上的手一松，那两扇门便自动"砰"地弹回了原位，不由得"咦"了一声。

"不过是在门后拧了牛筋，借其扭力罢了。"阮安淡淡地解释了一句，背着手把他们两个引进院中。

院子里的情景，完全出乎了吴定缘和昨叶何的意料。寻常官宦的院子里，无外乎摆些花池鱼缸、怪石盆栽之类的东西，至不济也要有些屏风藤椅灯笼。而眼前这个小院子里别的什么都没有，满满当当，摆满了各种小样。

但凡营建，工匠须先搭出一个小尺寸的模型，待验证无误，再放大尺寸施工，谓之小样子。可吴定缘还从未见过这么多小样齐聚一堂。

它们俱是梨木质地，有殿宇，有楼阁，有牌楼，有祭坛，造型无不精巧细致，梁、柱、桁、枋、椽一应俱全，甚至连望板、楣檐都纤毫毕现。小的只有巴掌大小，最大的也不过刚能盖满半张方桌，感觉半个京城都缩微在此，令人眼花缭乱。

昨叶何赞道："果然如张侯所言，阮公公这一双手，真是巧夺天工。"阮安没什么表情，只是袖手一指："今天京城内涝严重。这些东西最怕浸泡，都被我搬到院子里来了，没什么落脚的地方，两位恕罪则个。"他的语气几乎没什么起伏，仿佛只是照本宣科。

吴定缘故意道："公公不必客气，这么大的雨势，神仙也难救啊。"阮安一听这话，细眼睁开一线："什么神仙难救。当初若听我的规划，在九门立起九闸，自西北至东南贯通护城河，何至于涝成这样！"

吴定缘和昨叶何对视一眼，心中俱是暗笑。果然如张泉所说，面对这位公公，别的不必说，只要把话题引到营建上来，他便会主动开口。

这位阮安阮公公不是中原人氏，而是来自交趾。永乐初年，英国公张辅平定安南，带回几个小童入宫侍奉，其中就有他一个。阮安颇有巧思，尤其在营造法式上极具天赋，只凭目测心算，无不合尺规，是宫中有名的匠才。永乐皇帝对阮安颇为欣赏，甚至委派他以营造库掌司的身份，参与兴建北京新城与漕路，可谓破格信重——那阁上闸，便是他的杰作。

按照张泉的话说，阮安此人有一个痴绝，一心钻研营造法式，旁的都不关心，宫里笑称他为"木呆子"。汉王就算买通京中所有官员，也断不会想起这个人来。吴定缘他们到了京城，在阮安这里落脚最为稳妥。

几个人绕过这一堆物什，走进后院屋子。只见装设极为朴素，床头窗边全是大大小小的榫卯构件。张泉说得没错：这位公公的心思全在木石上，连自己的生活都不怎么上心。

"张泉让你们来找我，要定做什么？"阮安问得很直接。

吴定缘道："阮公公可知近日宫中之事？"

"你是说三大殿被迫停工的事？"

永乐十九年四月，内廷的奉天、谨身、华盖三大殿遭雷击起火，几乎焚成了一片废墟，损失浩大，至今仍未修完。阮安身为内宫监的宦官，对朝局剧变一无所知，居然首先想起来的是三大殿修复工程，实在痴到了一定境界。

吴定缘微微敛起惊讶："你想不到别的吗？"

"先皇给我颁下的职责，是尽快修复三大殿，别的诏书里没说。"

昨叶何道："当今天子不豫，这么大的事，您难道不知道？"

阮安微微皱了下眉头："好像听人说过。"他似乎努力地理解了一下，一拍巴掌，"哦，怪不得紫禁城各处便门都封闭了，工料工匠也不得进，原来是因为这个。"

"呃……"吴定缘和昨叶何对视一眼，一时都有些无语。古往今来的宦官有忠有奸，可像阮安这么迟钝的人，真是绝无仅有。

他们本来还想从他这里打探到宫中详情，看来是没指望了。昨叶何退而求其次："如今事态紧急，阮公公能否设法安排我们入宫一趟？"

只要能与张皇后联系上，他们就算完成了进京的使命。

阮安连连摇头："我不是说了吗？紫禁城的几处便门都关了。我都没法进去视察三大殿工地，怎么带你们进去？"

吴定缘叹了口气，看来这位还是没意识到严重性啊。他决定把话挑得再明白一点，便从太子宝船被炸开始说去，将两京之谋言简意赅地说了个通透。阮安听完，双目陷入呆滞，呆立在原地喃喃道："怎么可能，怎么可能，你亲眼看见了？"

"不错，这是我的亲身经历。"

阮安神情激动地抓住吴定缘的袖子："那你说说看，船里到底装了多少斤虎硫药，又放在什么位置，才能把整条宝船炸成两截？"

"……"

吴定缘彻底服了。这位匠痴听完两京之谋，最关心的居然不是太子死活，而是炸船的技术细节。这时阮安一转身，从床底下拿出一个木制宝船的精致小样，比画着问吴定缘更具体的爆破过程。

他厌恶地把阮安推开，像看傻子一样瞪着这宦官，心里直埋怨张泉。张泉说过此人有点直鲁，可没想到会直鲁到这地步，就是一根旗杆都比他要会变通些。

这时一旁的昨叶何眼珠一转，故作神秘地对阮安道："你可知道三大殿停工的真正原因？"

"嗯？"阮安一听这话题，连忙放下宝船。

"因为汉王篡位之后，就要把京城从这里迁回南京去了。天子到了南京，北边自然就不需要那么多宫殿了，何必要去修呢？"

阮安一听这说法，眼睛登时变圆了几分："那，那回到南京呢？是不是还要建？"

"南京的宫城都是现成的，何必再建？"

"那这座城市怎么办？"

"那就废了呗，三大殿也不用建了，城墙也不必修补了，南北漕河也可以停了，那些闸口什么的，直接废弃填埋就是。"昨叶何说得面不改色，她是在赌，赌这个阮安两耳不闻窗外事，连迁都是谁的决定都不知道。

果然，阮安一听这个登时就急了："这怎么可以！花了多少时间才建起来，怎么说废就废了呢！"昨叶何牵住了他的话头，趁热打铁道："如果汉王篡位，自然是要迁都废漕。但如果是太子登基，他是个明事理的人，这一切便都不会发生了。"

"三大殿可以继续盖了？"

"如果太子能顺利登基的话。"

"漕河也不会废了？"

"如果汉王输了的话。"

"京城的九门可以修起九闸了？"

"只要你把我们带进紫禁城去，让我们见到张皇后。"

阮安突然狐疑道："那，我怎么知道你们说的都是真的？"昨叶何气息一滞，这家伙该精明的时候糊涂，现在该糊涂的时候，却突然精明起来。

她还没想好怎么回答，突然外头闪过一抹电光，整个院子霎时一片雪白，旋即闷闷的雷声传来。停了几个时辰的大雨，又再次噼里啪啦地泼浇下来。这一次大雨的来势更为凶猛，只是短短一瞬，雨帘便厚起来。

阮安赶紧起身，拿起一块大油布要给院子里的小样们盖上。吴定缘面无表情地伸出一只脚，狠狠踏在了油布一角上。阮安拽了几拽，发现拖不动，回头气道："你这是做什么？"

"不让你出门。"

"你快抬脚！那些小样经不得水，一泡就会坏掉的！"

吴定缘按住阮安的脑袋，让他挪动不了半分。

"你！"阮安双眼冒火，想要推开吴定缘冲出去。可是他个头实在太矮，根本动弹不得。眼看外头雨势逐渐密集起来，他急得团团转，活像一只与自己孩子隔开的母猫，到后来索性瘫坐在地，几乎要哭出来。

吴定缘蹲到他的旁边，和颜悦色："你很想冲出屋子，去救它们，对吧？"

阮安痛苦地点点头。

"其实我们和你一样，也有想要救的人，也想要豁出性命不管不顾地冲出去。所以你能理解吧？如果你不带我们进紫禁城，我们便救不得他们，而你也便救不得它们。你瞧，咱们是架在一根椽子上的两块望板，一塌俱塌。"

阮安万般无奈："可紫禁城我进不去啊！禁军把门籍都收了。"

"循正规途径，也许进不去。可我建议你多动动脑筋，毕竟整个北京城都是你建的。"吴定缘拍拍他的肩膀，顺手把屋门推开几分，恰好可以看到外头沐浴在雨幕之下的精巧模型们。

"我们为了救人，什么都做得出来，我相信你也一定可以。"他的语气从来没这么温和过。

京城三大殿的名声在大明流传极广，即便是颇居南京的吴定缘，都多次听人提起过。究其原因，则是肇始于一场离奇的祝融之祸。

朱棣迁都至北京之后，效仿南京皇城，也在紫禁城内修起了奉天、谨身、华盖三座大殿，用作朝仪祭礼。三殿俱是重檐层叠，横九纵五，其中最大的奉天殿面阔三十丈，进深十五丈，可谓恢宏至极，威重天下。

这三座大殿自永乐十五年开始修建，至永乐十八年方才落成。不料到了永乐十九年四月庚子日，突然天降巨雷，正正劈中了奉天殿的殿顶鸱吻，可笑那鸱吻本是用来辟火的神兽，却首当其冲遭了雷火之厄。这一场火从奉天殿开始烧起，绵延至谨身、华盖二殿，焰势之大，无人能近，更别说扑救了。大火燃烧了足足一天，最后三殿俱被焚毁，成了一片白地。

三大殿本是皇权正统的象征，突然遭此天灾，惹起了民间不少议论。开始有谣言传播，认为永乐皇帝以叔篡侄，以致惹怒天公。朱棣对此大为震怒，却也无可奈何，只得催促工部尽快重建，以杜天下悠悠之口。

可惜三大殿的规模太大，一直到永乐皇帝去世也未能完工。继位的洪熙皇帝一心想迁都回南京，连所有衙门名字前头都加了"行在"二字，自然更不会往这个大坑里继续扔钞银，只是碍于一个"孝"字，断断续续还开着工。

三大殿主体修复工程浩大，截止到目前，唯一接近完成的只有奉天殿的两侧辟火廊庑——奉天殿的两侧原本各有一条向东、西延伸的斜廊，在那一场大火中，这两条廊庑化为两条赤龙，把火势传到其他二殿。因此在重建初期，工部决定先修好这两条廊庑，但不是原样恢复，而是加做辟火。

具体的措施是，廊中每隔二十丈，便用封火砖建起一道墙垣，避免火烧连营；另外在廊下内侧还要挖出隔水沟，以防止火势蔓延。这条隔水沟为了保持有活水流转，需要贯通内金水河，与紫禁城西北角的北海太液池连成一体。

为此，营建工匠们必须挖开河岸，疏浚沟渠，沉埋陶管，再行回填。这是一项不小的工程，一直到现在也未完全竣工。

"所以……如果你们要进入紫禁城的话，只有一个办法：从太液池下水，向东南方向潜游至紫禁城西北角楼。在东侧的城墙之下是一个水闸口，平时都有铁栅横锁，不过为了修建辟火廊的隔水沟，这里临时挖出了一条施工通道，还没来得及回填，只用混了干草的泥砖封住洞口，松软得很。只要找到这条通道，就能进入紫禁城了，但是……"

"你直接说最后一段就行了。"吴定缘打断他的话，"前面啰唆那么一长段废话做什么？"

"不讲清三大殿起火的前因，怎么能明白那条通道的源流？"阮安一脸认真地回答。

"又不是国子监的老夫子！源流个屁，能钻进去就行了。"吴定缘用拳头砸了一下雨笠边缘，把视线投向眼前那一片宽阔漆黑的水面。

此时他们正站在一座七孔的拱券石桥上。这桥位于西安门内，唤作金海桥，横跨在太液池的中段。桥北水域称"北海"，南边则称"中海"。在中海的东侧，即是紫禁城高大威严的西侧墙垣。

不过现在站在桥上的这几个人什么也瞧不到，因为雨势越发强烈，瓢泼缸倾一般洒在京城头顶，周遭一重重水帘垂落下来，连呼吸都很困难。不过也幸亏这场大雨，把城头卫兵、街上巡捕都砸回屋里去了，否则他们没过西安门就得被抓起来。

算算时辰，这会儿已是六月二日的丑时，距离六月三日只剩下不到一日，而吴定缘距离紫禁城还有三百步远。

"好了，快说，这条通道在哪里？"

阮安轻轻打了一个喷嚏，往桥下一指："从金海桥这里下水，向东南游过去百步左右，会看到一块太湖石。石旁的岸基之下，就是那座水闸。水闸右侧下方六尺，就是那条临时施工通道，用的泥砖封口。不过你要在水下仔细摸才行，什么时候摸到平直的砖棱痕迹了，那就是了。"

他人虽然对世情懵懂，但说起营造上的事情来，却十分细致严谨。吴定缘用手搭住一根覆莲柱头："紫禁城那么大，我们可不知张皇后住哪里，你跟我们一起去。"

阮安吃了一惊。他从砖塔胡同把他们带到金海桥，已是犯了大忌讳；若自己还跟着潜入紫禁城，岂不成了要凌迟的罪过？

"但是……"

昨叶何看出他的迟疑，按住他的肩膀道："我们这一次去，是为太子争先。他若胜了，你也有一份功劳，日后营造之事都要全数托付。我们若进不去，改朝换代，只怕你连营造库掌司都没的做了。"

阮安立刻紧张起来，还要再开口解释两句。吴定缘已催促道："趁着好天色，痛快地做过一场。"

说完这一句，他从金海桥边缘斜斜溜下岸坡，"扑通"一声，毫不犹豫地跳进水里。阮安大急，说哎……哎呀！原来昨叶何从背后推了一把，让他也跳下水去。

尽管已到六月，可中海的湖水仍带着丝丝凉意。阮安在水里惊慌地扑腾了一阵，发现没有用处，只好不太情愿地朝着东南方向游去，两人在后头紧紧跟上。

阮安曾参与过京城大建，对紫禁城附近建筑的距离、高低极为熟稔，不一会儿工夫便找到了那一块半倚岸滩的太湖石。这块石头深得瘦、漏、透、皱的太湖石精髓，如云横秋山，变化百端，巧妙地把水闸掩在石下，不仔细几乎难以发现。

果然如阮安所言，水闸的入口被拇指粗的一排铁条牢牢挡住，没法挪开。吴定缘深吸一口气，沉入水中，去摸水闸下方，可触手皆是一片冰冷石壁，这应该是在水闸管道下的石砌垫台。阮安所言的泥砖，却没有找到。

阮安道："就在水闸下方，你莫要算错了深度，现在水位可是涨了。"他一指桥下的撑柱，水位正以肉眼可见的速度暴涨，眼看快要超过一丈。吴定缘怒道："谁会算那些东西，闭着眼睛去摸不就得了。"阮安正色道："失之毫厘谬以千里，你若不算清楚，怎么找得到入口？"

吴定缘有心想把阮安按进水里，可他一个小矮子，恐怕没够到底就淹死了，没奈何，只能放松开来。阮安闭目默算片刻："以你的身高，往下沉的时候，默数七个数，应该就差不多了。"

"神神鬼鬼……"吴定缘嘟哝道，但还是按照阮安的指示，再次沉下水去。他默数七下，然后伸出手去摸，忽然发觉手感和刚才不同了，微微发软，还有些黏腻。吴定缘精神一振，伸开五指狠狠一抓，然后迅速上浮。浮出水面之后，他伸出手来一捻，指缝间残留着一些黑黑的泥渣。

"应该就是这里了。"阮安判断。

吴定缘第三次沉下水去，这一次他换了双脚，拼命去踹那一面墙。踹到气不够了，便上来换一口，再继续踹。如是者五，终于在第六次下沉之后，他一脚踢出去，忽觉前方一松，似乎坍塌出了一条圆形通道，脚下传来一阵微弱的吸力，咕噜咕噜一连串泡泡冒了上去。

阮安一见泡泡，喜道："成了！成了！"忽然想起来自己是被胁迫来的，情绪又迅速消沉下去。昨叶何见他好笑，摸摸脑袋："乖，咱们下去吧。"

阮安急得直比画："这条甬道从城墙下贯入内金水河，一共长三百步。现如今堵口被砸开了，里面全是水，想过去得闭气游过一百五十丈，我可憋不了那么久，一定会溺死在半路。"

昨叶何一听，脸色一僵："你怎么不早说？"

"我每次要说，都被你们打断啊！"

吴定缘知道，阮安绝非危言耸听。如此狭窄黑暗的甬道，旱地钻行一百多丈都很难，更别说此时里面灌满了水。而且甬道的对面到底怎么封堵的，能不能及时打破，都属未知。稍有不慎，就可能活活淹死在里头。

他在水里划动着，注意到昨叶何的表情很不自然。她再如何聪明，毕竟未经锻炼，钻一百多丈的水下甬道与送死无异。可是掌教在侧，她又怎么肯临阵脱逃？吴定缘沉吟片刻，开口道："我先进去探探。"

昨叶何一怔："掌教你自己进去？这怎么行？"吴定缘道："这甬道太窄了，人去多了也没用处。你再逼一逼阮安，说不定还有别的路。如今只剩一天时间不到，不可耽搁。"

昨叶何如何听不出用意："掌教你若让我进去，属下绝不推托。"吴定缘盯着她道："我说过了，我会在京城把所有的事都做一个了断，但不是现在。"

"可是……"

"我另外有一件事要交给你做。"吴定缘道。

"嗯？"昨叶何有些迷惑，还有什么事比眼前的更重要？

"你们白莲教最擅长的事。"

吴定缘在她耳畔轻声说了几句，然后转过身来，深深地吸上一口气，沉入水底。

那一瞬间，雨声在耳边消失了，取而代之的是闷闷的流动声。吴定缘伸出双臂摸到甬道两侧，轻轻一按，让身子横过来，钻入漆黑的甬道之内。

甬道比想象中要宽一些，壁上凹凸不平，正好可以一路扶着前行。他尽量控制着呼吸节奏，避免耗气太猛，向前方茫茫的黑暗中挪动着，不知不觉，仿佛又回到了南京正阳门的门洞里。

在那个漆黑的狭长门洞里，吴定缘第一次感受到了谶语一般的征兆：来路晦暗，去路不清，在四周倾压而至的逼迫中，偏偏生死悬于一线。两京相隔千里，可他此时在紫禁城下的甬道中，竟能感受到几乎完全相同的命运涌动。

不，两者还是有一点不同。

这一次，吴定缘的心中多了一根锚，在黑暗中牢牢牵系着他，不致在乱流中迷失了方向。即便身处逼仄甬道中，他也清楚地知道，该去何方，该做什么。

吴定缘稳稳地朝前方挪动着，手脚并用，心无旁骛，没有一丝犹豫与彷徨。就在肺里的气息几乎要耗光的时候，前方终于出现了一堵墙壁。他伸手一摸，手感与入口处的泥砖墙差不多。

这里应该就是甬道尽头了。

吴定缘用拳头狠狠捶了一下，墙壁岿然不动。他定了定心神，又用手肘去敲，仍不见任何效果。大概是因为这堵泥砖墙是修在紫禁城内，所以工匠们格外用心。

一个必死之局。

吴定缘没有丝毫慌乱。有了心锚把底，无论如何也要在死局里破出一条路来。他稳住心神，伸手朝两边摸去，很快摸到了一缕从砖缝里冒出来的水草。

吴定缘小时候喜欢去秦淮河里游泳，因为河底经常有一些画舫客人掉落的小玩意。这些东西深埋河泥之内，时间长了不太好抠。小孩子有办法，会去拔旁边的水草。水草连根一起，往往把附近的河底泥土也带起来。多了这条裂缝，便好去捞东西了。

为这事，吴定缘没少被自己爹痛揍。铁狮子一边抽一边骂，说一是不把自己性命当命，二是把别人财物当自己的钱，你是个正经人家出来的，不可做这等事，平白辱没了家风。现在回想起来，吴不平说要维护的家风，可能不是吴家的。

一想到这里，在浸浸寒意的河水里，吴定缘却体察出了一缕温暖。他不做多想，猛力一拽，把那束水草连根拔起，在泥砖缝隙里带出一条深沟。紧接着，他抠住砖缝沟边，用尽最后的力气往外掰去。

一下，两下，三下，吴定缘感觉手里突然一松，那一块泥砖被硬生生掰下来了。

果然如阮安所言，工匠只是用泥砖混着干草敷衍一砌，只能防水，却防不住这么强烈的拉拽。一块砖脱落，立刻引得整面墙体坍塌。吴定缘精神一振，猛力抽取肺部最后一丝气息，不顾眼前发黑，朝着斜上方奋力游去。

就在吴定缘觉得自己大限将至时，身子借着浮力猛然冲破水面，再度回到了人世间。

外面的雨势依旧恢宏，可吴定缘却从未感觉如此舒服。他扑腾着爬到岸边，大口大口地吸着带有雨水的气息，不顾嗓子被呛到。直到四肢重新恢复了力气，吴定缘才缓缓起身，环顾四周。

其实四周没什么好环顾的，仍是漆黑一片，雨幕重重。内金水河的水位也比平时要高出许多，几乎都快漫延到岸边的通道了。借着偶尔闪过的电光，吴定缘能勉强看到不远处矗立着一座建筑，轮廓高大，檐角峥嵘，如阴影中的夸父一般。

阮安之前做过解说，紫禁城内廷分作四部分：正中是乾清、交泰、坤宁三宫，是天子与皇后寝处；左、右分别是东西六宫，住着嫔妃；在更外围，则还有外东、外西，其中外东是皇子所居的撷芳殿，外西则有皇太后居住的咸熙殿以及礼佛用的隆禧殿。

这条内金水河位于外西路与城垣之间。吴定缘很快辨认出来，距离自己最近的应该是咸熙殿。不过这座殿是空置的，因为永乐的仁孝文皇后去世很早。

如果想要抵达坤宁宫，他必须从咸熙殿向东北方向，穿过养心殿与西六宫。这条路线除了皇帝之外，还没有任何一个未被阉割的男子走过。

好在此时大雨如瀑，雷声隆隆，金碧辉煌的大明内廷褪成了黑白两色。别说禁军，就连宦官们与宫婢们都龟缩在屋里，偌大的内廷外头根本没人。即使偶有人探出头来，也根本看不清在雨夜里一闪而过的模糊人影。

不过紫禁城实在是太大了，建筑鳞次栉比，诸多宫墙与门廊错综复杂。即使有阮安提供的精准地图，吴定缘也足足花了一个时辰，才终于接近了位于坤宁宫东侧的暖阁，奇迹般地没有惊动任何人。

暖阁是宫里人冬天才用的，现在大门紧锁无法打开。好在暖阁下方是一条火道，灶口就在殿下，本是烧炭取暖之用。吴定缘矮身钻进去，也不管蹭了多少炭灰，先直直趴好。

侧面的坤宁宫一片黑暗，不见烛火，也没有声音，八成皇后和侍女们已经安歇了。吴定缘毕竟是来报信的，不是搞刺杀，径直闯入皇后寝宫不太合适。但是他不确定皇后身边是否有汉王的人，所以稳妥起见还是观察一下比较好，正好他也喘口气——刚才那一番折腾委实太耗精力了。

这一趴，就是一个多时辰。快到天明之际，吴定缘终于听到动静了。

一个小宫女端着个虎子，朝着暖阁方向走来。按规矩，用过的夜虎子有臊臭味，早上必须搁到殿外的净角，再由负责洒扫的婢女挪走。可是今天雨实在太大，这宫女懒得撑伞出去，索性把虎子放在暖阁下方，转身欲走。

就在这时，一个黑影从背后猛然勒住她的脖子，小宫女吓得浑身僵直，怀里的虎子几乎抱不住。吴定缘把她拖到暖阁旁的角落，压低嗓音问道："张皇后可是在里面睡觉？"

小宫女拼命摇头。

"不在？那是在交泰宫还是乾清宫？"

小宫女还是摇头。

吴定缘眉头一皱，这便奇怪了。这大半夜的，还下着大雨，张皇后能去哪里？他把胳膊放松了一点："你如果喊出声，我就割断你的喉咙。"小宫女浑身筛糠一样哆嗦起来，但乖乖地闭上了嘴。吴定缘道："她如今身在何处？"

"呃……呃……"小宫女的表情很是古怪。吴定缘逼问她一句，小宫女这才小声回答："午门……"

这个答案，让吴定缘结结实实地吃了一惊。午门，那是位于紫禁城的正南方正门，平时皇帝颁诏、赐宴、颁历、献俘、摆布卤簿的大礼之门，离内廷中间足足隔着三大殿呢。

即使洪熙皇帝身死，张皇后也该在乾清宫守灵才对，她一大早跑去午门做什么？

"只有她自己？"

"还有英国公，还有好几位大学士……啊，对了，还有汉王、襄宪王和越王。"小宫女回答。

英国公是勋贵张辅，还有那几位大学士，都是张泉口中所谓"身负气运之人"。再加上汉王、张皇后以及太子的两位同胞弟弟，这场戏的主角全齐了。

好家伙，这是唱哪一出大戏啊。吴定缘又是感慨，又是好奇。不过这小宫女所知有限，也实在问不出什么了。

"看来还得往南去啊。"

吴定缘叹了口气。这都要怪阮安那家伙，他哪怕多留意一分宫中变故，自己也就不用千辛万苦游进内廷了，直接绕到南边去午门就得了。

从内廷到午门，最直接的路途就是直线南下。因为紫禁城的主要建筑都坐落在中轴子午线上，从北方神武门到坤宁宫再到交泰、乾清以及三大殿，再至太和门、午门、端门、承天门，一而贯之。

但吴定缘没办法这么走。

如果张皇后、汉王以及那一干重臣都聚在午门的话，可以想象沿途的戒备有多森严。即使是这种暴雨，也很难从北边混进去。

他闭上眼睛，努力回忆着阮安的介绍，希望能从中找到一条更合适的道路。过不多时，吴定缘睁开眼睛，抓住小宫女的胳膊，恶狠狠地问道："小姑娘，你知道太庙该怎么走吗？"

太庙是天子祭祖之所，在享殿里供奉着历代天子牌位，左右配飨宗室、功臣，乃是紫禁城第一庄重之地。它的位置，恰好就在午门的东南角。

这里因为是祭祀重地，平时严禁闲杂人等入内，这个时辰更不会有人在，守卫必然松懈。吴定缘打定主意，先设法进入太庙，再绕回午门，一定可以避开重重守卫，接近张皇后。至于是不是会亵渎朱明列祖列宗，他连后宫都闯过了，也不差践踏太庙一个罪名。

小宫女把路径如实说了，吴定缘暗暗记下，然后一掌敲晕她，拖进火道里捆好。他望了望外头的大雨，叹了口气，一咬牙，再度闯进水幕中去。

接下来的路途，对吴定缘来说是一次全新的探险。他就像是一头迷路的孤狼，在紫禁城的深深迷宫之内艰难前行着。时而穿行廊下，时而掠过殿角，时而绕过井亭，浑如一缕飘忽不定的怨魂。

虽说现在已是清晨，可雨幕如瀑，成了吴定缘最好的保护者，即便是煊赫威严的重重宫阙，也无法阻缓他的移动。

也许是皇天不负有心人，也许是瞎猫碰上死耗子。到了寅卯交接，他居然真的抵达了太庙。太庙内的守卫寥寥无几，在雨中如同聋盲之人。吴定缘轻而易举便翻过墙去，一抬头，眼前一座高大的建筑挡住了去路。

享殿到了。

享殿乃是太庙的中枢，内里供奉的是天子历代祖先。所以整个大殿极为闳阔，面宽二十丈，高十丈，端坐于三层汉白玉须弥座上，乃是紫禁城乃至整个京城最高的建筑，气魄雄浑。

吴定缘在享殿里里外外转了一圈，居然在附近寻到了一节修缮用的木梯子。他攀上金丝楠木的大梁，脚踩琉璃薄瓦，沿着一边垂脊很快爬到了享殿的最高处。此时穹顶上空仍是阴云滚滚，雨落不息，但天色毕竟由夜转昼，已有一抹微弱的光亮透下尘世。

他喘息片刻，缓缓直起身来，手扶住西北角的鸱尾，居高临下地朝不远处的午门望去。

然后，吴定缘看到了一幅前所未见的奇景。

两京 十五日

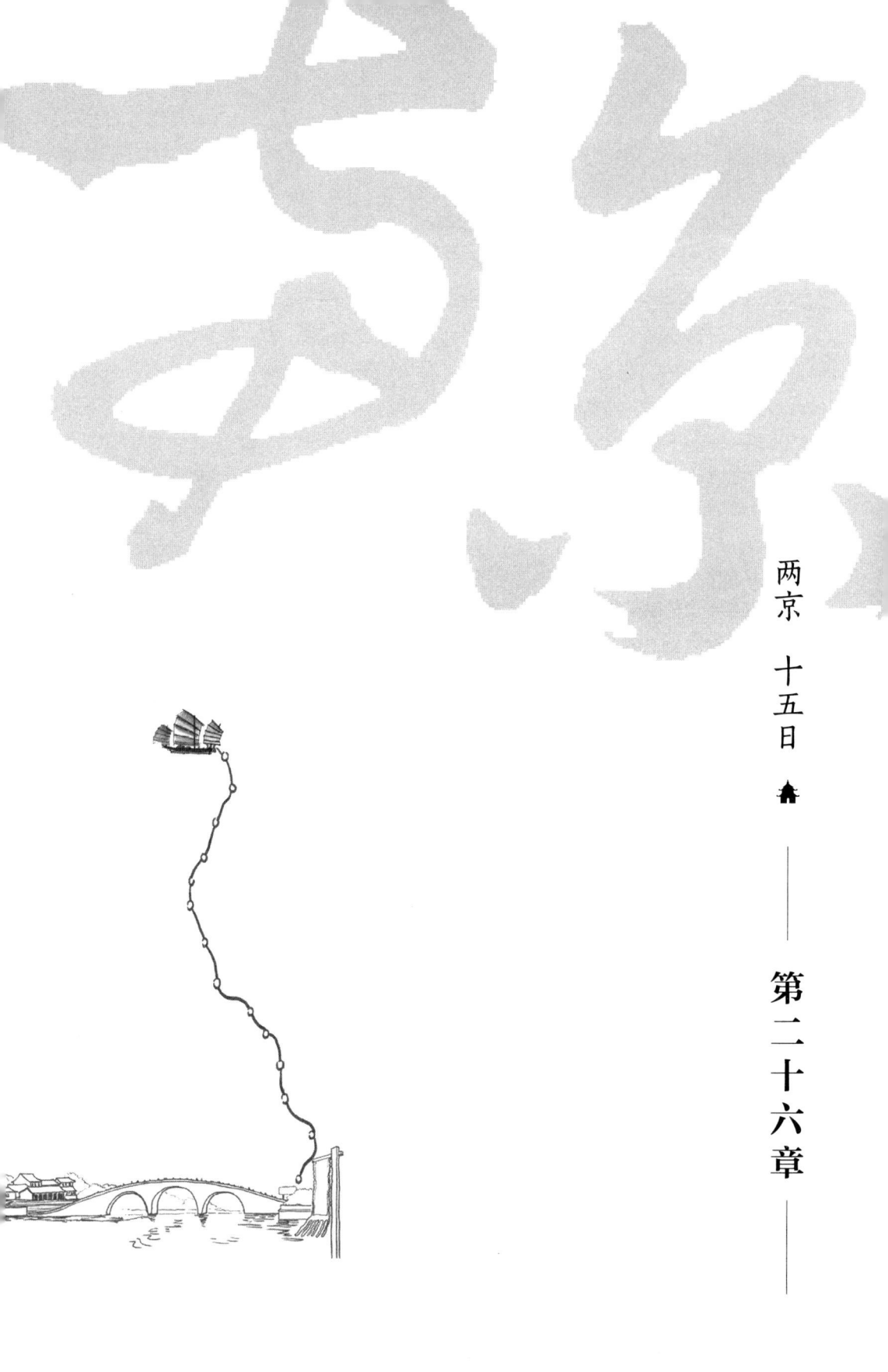

第二十六章

首先映入吴定缘眼帘的，是庄重恢宏的午门城楼。

这是一个俯瞰呈凹形的布局。北面是一座面阔九间、高拔七丈的朱色门楼，立于厚实的墩台之上，东、西两翼各伸出一座城台，上有通脊明廊，末端还立有两栋崇楼。这三面相连，如五峰耸峙，又如一个巨人微屈双臂，环抱住面前的一个宽阔巨大的广场。

吴定缘在金陵听人讲过，说京城的午门广场是用金砖铺地，特别耀眼。他现在虽然已能亲眼看到午门，却无法确认这一点，因为眼前的广场上浊浪滚滚，漫成了一片泽国。

这不是简单的内涝或积水，是真真切切地变成了一片湖泊。从太庙往下俯瞰，什么河岸垂柳，什么左右御道，什么阙门廊庑，统统看不见了。左右两侧的内金水河道与广场的痕迹完全被抹除，只剩下一大片白茫茫的浑浊水面，让午门有若一座湖中孤岛一般。

很显然，连日的淫雨让内金水河丧失了排水功能，甚至还倒灌回来，导致水位疯狂上涌，直接覆盖了午门广场以及周边区域。幸亏午门城楼巍然屹立，挡住了洪流四泄，否则门后的整个紫禁城都要沦为龙宫。

但也正因为有门楼阻挡，让洪水泄无可泄，只得蓄积于门前广场，形成这一幅陆上平湖的奇观。午门前本来立着一座石制日晷，如今底座承柱几乎要被水线盖没了，可见水深已至少四尺有余。而且如今大雨滂沱如注，丝毫不见缓势，未来只怕会更糟糕。

堂堂朝廷中枢重地，居然被淹得如此狼狈，实在令人叹为观止。

可这番景象，并不是最令吴定缘惊讶的。最让他瞠目结舌的是，广场上居然还有人！

准确地说，在广场的一片大水之中，有三座孤岛，孤岛上站着两堆人，和一具棺材。

在午门广场的东侧，是一个用竹竿与木板临时搭建起来的宽台，只堪堪高过洪水一线而已。从宽台的杂乱结构来看，似乎是随着水势上涨不断加高的。

宽台之上，竖着十几柄硕大的绣团红罗伞。这本是卤簿用的仪仗，现在却真成了遮雨的器具。在最前面的罗伞下方，站着一位身披翟衣、头戴龙凤冠的年长女子，气质雍容，不用看相貌也知道是张皇后。她身体站得笔直，双眼直视前方，像一只死守住自己巢穴的疲惫母豹。

在她身旁，还紧紧依偎着两个少年，俱是身披斩衰。两个人已困得东倒西歪，若不是母亲用手搀着，只怕已倒在地上睡了——想必是越王与襄宪王。

在两位藩王的身后，还有一排排身着素青丧袍的文臣勋贵们，或老或壮，都是长髯飘飘。吴定缘一个都不认得，但估计身份都不低。躲在罗伞下的他们彼此不断交换着眼神，偶尔还小声嘀咕两句。其中有一人与其他人站得略开。

在午门广场西侧，也是一座临时搭建的宽台，上头比这边的人数要少很多，只有站在最前面的一人特别显眼。这人身材魁梧，黑面硬须，外头虽然披着一件素黑长袍，内里衣襟却隐隐露出藩王特有的赤袍颜色。吴定缘心中一动，这人莫非就是两京之谋的幕后之人，汉王朱高煦？

想到这里，他不由得多看了一眼。只见朱高煦脸上虽也尽显疲色，可仿佛被一种力量强力支撑着，环目圆睁，双拳攥紧，死死盯住对面，如同饿虎。仿佛只要对方露出一点破绽，他便会猛然跃起将其撕碎。

在他身后，只站着一个人，想必应该是世子朱瞻坦，汉王的次子。

这两处宽台一东一西，彼此隔水对峙。无论是张皇后还是朱高煦，都没有做进一步动作，两边全都紧绷着，似在彼此忌惮，又似在彼此提防，似乎有什么东西在维持着微妙的平衡。

吴定缘观望片刻，才发现在两处宽台之间，也就是午门广场的正中央，还有第三处台子。这台子相较前两处要讲究得多，方梁圆柱，吊垂白帛，高立铭旌，铭旌上写着"大行皇帝梓宫"六字。而在台子正中，居然是一辆没有套上辕马的马车。

这马车向前倾斜，两根粗长的车辕撑在地上，上面绘着两条金龙。车厢极为宽大，上面搁着一具漆黑油亮的棺椁，车尾还拖下一根粗大的绳子。

尽管吴定缘看不懂礼法上的门道儿，但一见这棺材便可以确认，里面装的一定是洪熙皇帝。

东皇后、群臣、西藩王、北皇帝。没想到，京城里的主要角色，居然在午门广场前如此诡异地聚齐了。

他们到底发了什么疯？为什么午门前淹成这样子了，谁都不挪窝？就让洪熙皇帝的棺材在台子上晃荡？看不懂，看不懂。如果是于谦在场，一定可以说出个所以然，哪怕是昨叶何或阮安在，说不定也能辨认出几分。光靠他，可琢磨不透其中的缘由。

本来他打的主意是，设法跟张皇后说上一句话。可眼下张皇后是整个午门前的焦点之一，根本没法偷偷接近。再者说，现在午门前一片汪洋，三个宽台各成孤岛，让他怎么靠过去？难不成在众目睽睽之下游过去吗？

吴定缘轻轻挪动了一下身躯，把视野放得稍微远了点。他注意到，在这三处台子的外围，还有大批禁军把守着各处要道，气氛肃杀，把这个区域围得铁桶一般。若不是洪水肆虐，把这些士卒也分割开来，他可没那么容易能混进来。

趴在太庙顶上的吴定缘叹了口气，从这个高度俯瞰过去，午门前就像是一个险恶旋涡，内中暗流涌动，彼此冲撞出一种脆弱的平衡。他有一种强烈的直觉，如果有人没搞清状况就贸然踏进去，便会被骤然失衡的狂暴力量彻底撕碎……

这一局里的棋子，俱是参天大树，一只蝼蚁又能做得了什么？

吴定缘在太庙顶上趴了许久，还是没理出头绪，下方的形势依旧没任何变化。他甚至开始佩服起午门前那些贵人，平日里养尊处优的他们，居然能在大雨中坚持那么久，实在是不容易。皇权的吸引力，把他们个个都变成了超人。

快过午时——这个只是吴定缘的猜测，因为靠天色完全无法判断——局面突然有了微微的变化。

两个小宦官，正乘着一条不知从哪儿找来的舢板，在午门前奋力划行着。他们划到东边宽台边缘，冒着雨从船上抬下几个大食盒，把热气腾腾的馒头与饼食送到诸位大员手里。看来这一场对峙已然持续良久。

吴定缘目光一闪，转身悄悄从太庙顶上爬下去。他避开守卫的视线，潜身来到太庙与午门之间的阙左门后。太庙是众殿之尊，所以这里的门槛比别处都高，恰好把洪水挡在外头，不致流入庙内。刚才送食的那条小舢板，就停泊在阙左门前。

两个小宦官下了舢板，蹲在台阶上喘气，有一个吊梢眼的老宦官跑过来骂道："懒骨头！还不快再运点支板过去垫高，水都涨成什么样了！台上随便淹了哪一位，都得打杀你们！"

两个小宦官叹息着，又跌跌撞撞朝外头跑去。老宦官骂了几句，摩挲一把脸上的雨珠子，正要俯身去抖搂靴子里的水，忽然一条胳膊从门后伸出来，勒住他的咽喉，把他硬生生拽到了阙左门旁边的大柏树林后头。

这里的大柏树繁茂粗大，只要稍微往里站一站，外人根本无从觉察。

"接下来，你要老老实实回答我的问题，否则……"胳膊突然勒紧几分，勒得老宦官双眼猛凸。

老宦官拼命点头，胳膊稍微松开了点。他颇识时务，也不趁机挣扎，反而低眉顺眼地问尊驾想知道什么。

"先说说看，你是谁？"

老宦官自称叫作海寿，早在永乐初年便已服侍宫中，如今已是御马监的少监。

"哦，这么说你和朱卜花是同僚。"

海寿闻言苦笑道："尊驾不知我御马监。我虽是少监，可负责的只是近侍杂务，跟朱老公这种实权差遣的提督太监可不一样。同僚可不敢称。"

吴定缘道："这么说这几天宫里的事情，你都很清楚？"海寿没有回答，反而长长叹息了一声："老奴在宫中这么多年，可实在没见过这种局面。"

"说来听听。"

"可是……尊驾到底是谁？为何要打听这些？"

"少啰唆，快说！"

海寿惊惶地点了下头："好，可这从何说起啊？"

"就从天子昏迷开始吧，给我好好说说。"

于是，在哗哗的暴雨声中，海寿开始结结巴巴地讲述起来。

"前头的事儿，老奴就不详说了，就从五月十二日说起吧。那一天，天子服用了汉王送的续命奇方之后，呼吸也有了，脉搏也回来了，宫里头都高兴得跟什么似的。可是陛下却迟迟未醒，我们只能拿人参、龟鳖、鹿血一起熬出的鸡汤往嘴里滴，指望真能吊住性命。张皇后也罢，汉王也罢，那一班什么气运加身的重臣也罢，都没闲着，日夜祈禳。可惜呀，到了五月二十四日，陛下还是溘然去世，到临死连句话儿都没留下。"

说到这里，海寿哽咽起来，也不知是真情流露还是演技："这时汉王站出来说，既然天子驾崩，得赶紧把太子召回来哇，于是几位大学士一起拟了封诏书，急召在南京的太子回来。"

吴定缘心里冷笑。那会儿距离宝船爆炸都六天了，汉王还在这里乔张做致。

海寿继续道："大行皇帝去世之后，宫中有一整套规矩。首先要沐浴修容、括发更衣，并将尸身停放在钦安殿内，谓之小殓。接下来，要把天子遗体移入梓宫，设置几筵、神帛、铭旌、牌位等物，接受嗣皇帝以及嫔妃、百官致奠，谓之大殓……"

"别废话，说重点！"

"呃呃，好……小殓的时候，一切都挺好的。可到了大殓阶段，却出大麻烦了。"海寿说到这里，整理了一下措辞，小心翼翼道，"大殓最重要的一个环节，是嗣皇帝率众人致奠。可嗣皇帝是谁呢？是太子，可他远在南京，不及赶回。这时汉王站出来说，既然太子不在，我这做叔叔的应该服其劳，我来吧——这事，可就费思量了。"

"上个香、磕个头而已，有什么费劲的？"

"您这么觉得，张皇后也是，她点头同意了。汉王正趋身要拜，可谁知杨少傅却突然站出来，说这样绝对不行！"海寿觉出来了，胁迫自己的这位对朝廷并不熟悉，所以很贴心地加以解说，"这位杨少傅啊，是洪熙皇帝的潜邸旧臣，叫杨士奇，如今是少傅兼行在礼部侍郎兼华盖殿大学士，所以对礼仪极为敏感。他告诉张皇后，大殓致奠之礼，寓意上绍帝统，不可轻予非人。"

"听不懂，说明白点。"

"也就是说，大殓的时候，谁带头给大行皇帝致奠，谁就会被承认有了继承皇位的名分。"

海寿觉得勒住自己脖子的胳膊微微一颤，赶紧继续往下讲："您也一定知道，汉王对那把龙椅是有点想法的。经杨士奇这么一提醒，张皇后惊出了一身冷汗，没想到汉王打算从丧仪这个角度来争位，差点被他得逞，立刻予以回绝。

"可就算不是汉王，总得有一个人带头致奠才成啊。张皇后思来想去，既然太子未归，索性从自己另外两个亲生儿子，越王和襄宪王之中选一个。没想到汉王还没跳出来，那些朝廷重臣却分裂了。您想啊，致奠只能是一个人，可藩王却有两位。杨士奇说越王年长，应该选他，可没想到另外有一位叫吕震的大臣说襄宪王聪颖早慧，应该选他。

"这个吕震啊，是永乐皇帝的老臣，资历上压过杨士奇一头，如今是太子太保兼行在礼部尚书。所以礼法的事，他的意见特别重要，比别人都有发言权。他这时候跳出来唱反调，乃是因为一桩积年恩怨。"海寿跟瓦子里说书似的，居然带起腔调来，"当年，嘻，也就一年不到吧。洪熙爷刚一登基，丧袍穿了二十七天。吕公上书，说按古礼，请更换吉服。杨士奇却认为孝心未尽，应该多穿几日。最后洪熙皇帝听从了杨士奇的意见，大大落了吕震的脸面。而这两个人也因此结了深怨。没想到一年不到，两人居然又因为天子丧仪的事情吵起来了。"

"说正题。"吴定缘不耐烦地催促道。

"他们两位打起来不要紧，可苦了其他人。这时候选藩王，差不多相当于选天子了，谁敢轻易选边？结果几位眼观鼻，鼻观心，都不肯发表意见。本来呢，张皇后加上那几位重臣，完全可以压制汉王。可吕震一挑起这问题，这边人心登时不齐，汉王便压不住了。"

海寿重重一叹："几方争起来不要紧，可天子遗体不能一直摆在那里呀。大家商量出一个折中的法子，由张皇后带头致奠，汉王、越王、襄宪王并排施礼，这才算把大殓流程走完。"

"真有意思，这点芝麻小事也值得吵成这样？"

"可不敢这么说。我大明礼仪，从无小事。任何一个细节，都关乎那张龙椅的归属，大有可争之处。这一闹，让所有人都明白过来了。于是从大殓那一天开始，没有人敢离开紫禁城，每个人都害怕只要自己一走，局势便会大变。结果怎么样呢？一大堆人就耗在钦安殿，吃喝拉撒都在左近，彼此监视掣肘。只可怜张皇后一介女流，为了不让奸人得逞，也只能咬着牙硬扛着，可太让人心疼了。"

海寿擦了擦眼泪，不待吴定缘催促，又道："古书有云：'天子七日而殡。'大行皇帝五月二十四日去世，这一干人等硬是在宫里头守到了六月初一，着实令人钦佩……可到了出殡的时候，又冒出麻烦来了。"

吴定缘的胳膊松弛了半分，他终于接近真相了。

"按照礼法规矩。在出殡当日，嗣皇帝要西向而立，亲自请梓宫升龙輴。哦，对了，这个龙輴啊，就是盛放天子尸身的灵车，前面在车辕上画两条龙，后头有一根粗大的哀绳。乃是老奴在御马监的得意之作……喀喀，别勒，我继续……最关键的地方，嗣皇帝需要手挽哀绳，一边哀号一边导引，从钦安殿一直把龙輴引出午门，行至端门前。然后百官劝慰，砍断绳索，以示止哀。嗣皇帝这才停止引车，去太庙行辞祖之礼。"

看得出来，海寿对这一套流程极为熟稔。他解说得很明白，如果说大殓之时，张皇后带头致奠还能含糊一下，那么到了出殡阶段，她就不合适了，谁导引龙輴灵车，则直接向天下宣示了未来皇位的归属。

"这一回，汉王可算是坐不住啦，他说要为兄长挽棺出午门。张皇后说已经过了七日了，太子差不多也该回来了，等他回来再出殡不迟。在这个节骨眼上，吕震忽然又站出来了。他一脸悲恸地说刚刚家里从南京收到飞鸽传书，说太子的宝船一抵达东水关，即发生了爆炸，可能是白莲妖人所为。"

讲到这段，海寿的声音开始发颤，显然也受了不小的惊吓。

"这个消息一传出来，殿内登时哗然，张皇后几乎要昏倒过去。杨士奇站出来指责吕震胡说八道，吕震也不辩解，只说是家人传信。殿上诸公谁在南京没个眼线，都纷纷派人回府里，果然这几天都有类似的消息回报，只是消息都很暧昧，有说太子被当场炸死,有说太子被接进宫去,彼此抵牾,但宝船爆炸是确凿无疑的。

"你说咱们大明何曾出过这种倾天大案。原本张皇后只盼着太子返回,这一下再也坚持不下去了。

"只有杨少傅站出来,坚持说太子生死还未可知,现在议嗣未免太早。可这时候洪熙皇帝的尸身已经开始发臭了,到了非移不可的地步。张皇后想故技重施,在两个儿子之间选一个代挽,可结果还是一样,吕震非要坚持选襄宪王,搅得始终没有定论。最后实在没办法了,只好吩咐我们御马监的中官,把盛放梓官的龙辂移到了午门前。

"从钦安殿到午门这一段,算是宫内,我们内官推送龙辂,勉强还能解释。可从午门到端门这一段,别看就几十步,但旁边就是太庙,非得嗣皇帝来挽绳导引不可。汉王跟张皇后,这下算是彻底撕破了脸。张皇后指斥他居心叵测,窥伺大宝,汉王则骂她……呃呃,老奴不敢复述,反正就是没照顾好先皇的意思。汉王还说,太宗皇帝好不容易打下来的江山,交给幼儿寡母,怎能放心?他不是要皇位,只是要替兄长监国,等幼儿长大再还政。嘿,这话他自己恐怕都不信。

"这帮大臣自然不干,纷纷反对。汉王又转过头去骂那些大臣,说如今朝无正臣,内有奸恶,只有靠亲王训兵待命。哎呀,他这话一说,可真是把所有人给将住了。"

"这话有什么问题?"

"这是太宗皇帝当年起兵靖难时,写在檄文里的原话,天下皆知。这些大臣若指责他以叔叔代替侄子,等于连太宗皇帝也骂了。所以汉王这一句话,犹如护身符,一时间无人能反驳,也无人敢反驳。"

海寿说到这里,不由得抬头看了看天:

"朝中迟迟议论不出结果,老天爷可忍不住了。这几日本来就阴雨连绵,昨天突然下得格外大。按说几位贵人该暂去避雨,可龙辂装的是天子灵柩,出了午门,绝没有回头的道理。龙辂不走,贵人们谁敢走?这可是定夺皇位的节骨眼呀,结果……结果就都留在了原地。

"开始还好,内廷准备了十几顶大罗伞,勉强够用。可谁知道雨势不断变大,到后来洪水从金水河倒灌上来。可那些贵人谁都不走,都在原地死死扛着,不肯后退半步。您说我们这些内臣怎么办?只能拼命搬东西给他们垫脚,一来二去,生生在午门前垫出了三处宽台。免得闹出皇后亲王淹死在紫禁城前的笑话……您说这都什么事儿啊。"

海寿简直不用胁迫,竹筒倒豆子一般抱怨出来,可见也是憋闷太久了。

"那御马监的勇士营呢?二十二卫亲军呢?三大营与五城兵马司又在做什么?"

历来政争,无不是以武力为后盾。午门前居然演变成那么一番局面,周围禁军京营在其中到底扮演什么角色,很值得琢磨。

海寿嘴角抖了抖，似乎有些苦涩："他们也难哪。汉王从头到尾公开争的只是礼仪，没说要篡位，只说要监国。您也知道，汉王在军中是有威望的，只要不是公开造反，各位将领也不好介入。"讲到这里，他声音不由得压低，"再往深里说，皇后那边俩孩子都年幼，真要选个新皇上，为啥不选个熟悉的成人……呢？"说到最后，声音几不可闻。

难怪连城墙都坍塌了，驻军仍旧按兵不动。看来禁军将领们是各怀心思，两不偏帮，唯一做的事情就是死死锁住紫禁城和京城九门。在宫里有了决定之前，一兵一卒都不敢擅动，以免造成误会。

可禁军这种不表态，也是一种表态。看来汉王没少下功夫。

吴定缘再次看向午门，这回他看得透彻多了。原来这一个难以言喻的诡局，竟是天灾、地势与诸多微妙人心彼此角抵而形成的均势。整个大明最聪明的、最凶狠的、最高贵的一群人聚在一块，盘结成一大团错综复杂的绳结，密网纠葛，渊深如海。

老天爷就像是一个高明的丑角，随手拨弄几下，便向瓦子里的观众们抛出一个荒诞至极却真实无比的难题。

"哎，要是太子在就好喽……"海寿哽咽起来，不停地用衣袖擦脸，也不知是雨水还是泪水。

只要他在，汉王的一切举动，都将丧失正当性；只要他在，所有人都不会首鼠两端；只要他在，一切僵局都不再是僵局。

"原来如此，啧，真是麻烦。"

海寿听到身后的人感叹了这么一句。他不明白，这个来路不明的家伙在抱怨什么。忽然间他感觉脖颈一痛，"咕咚"一下趴到了在地上，登时昏了过去……

张皇后轻轻吐出一口浑浊的气息，晃动肩膀，试图缓解一下来自头顶凤冠的压力。

这顶凤冠层叠三重，前饰九条衔珠金龙，下分九羽点翠金凤，宝钿璎珞，兰叶博鬓，天下没有比这更华贵雍容的顶冠了。皇后只有在极重大的祭礼场合，才会戴上它出现在皇帝身边。

张皇后从来不知道，这九龙九凤冠竟是如此沉重。她已经戴了整整一天一夜，如今感觉就像顶着一座泰山，肩颈酸疼到无以复加，令整个身躯摇摇欲坠。

可她不敢摘下来哪怕一瞬。

按照规矩，她应该身着丧服，而不是翟衣、凤冠这种礼冠之服。但唯有最正式、规格最高的煊赫冠服，才能高调彰显出皇后的身份，压制住对面的滔天凶焰。就像是孔雀只有在被强敌激怒时，才会亮出最漂亮的羽毛。

过去的十多天里，简直如同噩梦一般。张皇后的心情从愤怒到惊慌，再一点一点滑入绝望的深渊。她已经精疲力尽，真想扑在丈夫或儿子怀里痛哭一场。可是他们一个躺在梓宫里一动不动，另外一个在遥远的南京粉身碎骨。

隔着重重雨幕，汉王与汉王世子的身影有些狰狞。他们向天子和太子下了毒手，他们买通了禁军与阁臣，他们已经筹划好了一切。只要一直这么对峙着，天平便会慢慢倾斜过去。

不知不觉，她的身躯朝前弯去。张皇后骤然警觉，脊背一挺，双手从两个儿子手里拔出来，去扶凤冠的两侧。现在她全凭这顶凤冠在提醒自己的身份与责任，若是它不小心坠地，张皇后不确定自己还能不能支撑住。

扶好顶冠，张皇后垂下双臂，正要重新牵住两位藩王的手，却在这时听到一个声音。

吱呀，吱呀，吱呀。

这声音在雨幕中不甚响亮，可真切得很。张皇后的视线从汉王身上稍微挪开一点，注意到一个宦官正划着小船穿过浊水，朝着这边过来。这条运送吃食、资材的小船她已经见了很多次，只是这个宦官的身形有点陌生。不过这场对峙持续的时间太久了，宦官们轮替换班也不奇怪。

张皇后把视线收了回来，把全副心神继续放在对面。可吱呀吱呀的声音，却越来越近，她又瞥了一眼，柳眉轻轻皱起。

这条船怎么回事？往常它都是绕到宽台后头停泊，怎么这一次却大喇喇地越过子午中轴线，来到三座宽台与龙辇之间的水域，几乎处于最醒目的位置。

别说张皇后，就连群臣和汉王都注意到这个不和谐的小墨点，纷纷交头接耳起来。

这是谁划的船？如此不知分寸！张皇后十分不悦，正要开口呵斥，却见那个瘦高宦官晃晃悠悠从船头站起来，仰起脖子，用能穿透雨声的雄浑嗓门大喊了一声：

"南直隶应天府捕吏吴定缘，向皇后娘娘捎来太子的口信，他还活着，很快回京！"

他的嗓音没有于谦那么洪亮，用词也很粗鄙，可没人顾得上计较这些小毛病。此时即便一声炸雷在午门前响起，所有人也不会听见，因为满耳都是吴定缘后半截的话：

太子还活着，很快回京。

太子还活着，很快回京。

太子还活着，很快回京。

张皇后身子一晃，几乎一头栽倒在地；而汉王浑身一僵，四肢血脉像是瞬间凝结；至于那一班习惯先谋后动的重臣，被这句话蕴含的意义直接砸蒙在原地。整个午门广场，被这一句话摄走了所有的声音与魂魄。若不是水面上仍旧泛着无数涟漪，简直要让人错以为这是一幅不会动的工笔重彩画卷。

四面八方的目光，如万箭攒射到这条小船之上。吴定缘抱胸站在船头，神情平静，如同站在秦淮河畔观望城头落日一般。

他不懂朝政，也不明白宫廷角力的奥妙，更不可能解开这团乱麻——但何必去解？索性一刀劈断，最简单不过。午门前的局势甭管有多复杂，吴定缘只认准一点：太子一出，一切都将迎刃而解。

诸位大臣之中，最先反应过来的是杨士奇和吕震。这一对冤家对视一眼，居然很有默契地同时站出来，大声喝道："来者何人？"

"南直隶应天府捕吏吴定缘，我不是说过了吗？"吴定缘有点无奈地回答。

这个头衔令诸多大臣面面相觑。应天府？捕吏？一个未入流的卑微小吏，怎么会和太子扯上关系？这时张皇后从罗伞下冲入雨中，踉跄着扑到宽台边缘，嘶哑着嗓子追问："太子，太子他怎么样了？"

吴定缘双拳一抱，大声道："启禀皇后娘娘，太子在南京没被炸死。如今他沿着漕河北上，明日即到京城，特派我先来报信。"

"我的儿啊……"张皇后骤闻喜讯，不由得大叫一声，瘫软在宽台边上。越王和襄宪王左右拥着母亲，听说大哥无事，也按捺不住欢喜。午门前的对峙局势，开始变得混乱起来。

"等一下！"

吴定缘的背后，忽然响起一声如雷巨吼。他回过头去，终于与两京之谋的始作俑者直面相对。此时汉王已从震惊中恢复过来，他有一副极显眼的浊黄大牙，此时左右磨动着，像是要一口把吴定缘吞下去嚼碎。

但喊出声的不是他，而是世子朱瞻坦。他与父亲的相貌一般无二，只是脸孔略瘦，显得很是阴鸷："等一下！我们凭什么相信你？"

吴定缘看向他："太子死没死，难道你们还不清楚吗？你们从金陵到京城，可是派了不少人阻拦呢。"

"血口喷人！"朱瞻坦冷笑道，"你一条不知从哪里跳出来的蕞尔狗驴，凭几句没实据的空口，就想糊弄皇后殿下与朝堂诸公吗？"

吴定缘眉头一皱，"蕞尔"他不懂，"狗驴"却听得分明。这时杨士奇开口道："你既然说是太子派来，一定带了凭证，可否取出来与我们一观。"吕震横了他一眼，恶狠狠地补了一句："若是没有，便是欺君之罪，理该凌迟！"

这时张皇后也从激动中缓了过来，她看向吴定缘没作声，显然是默认了其他几人的说辞。这人横空出世，不明来历，不拿出证据来确实难以服众。

吴定缘笑了笑，他要的就是这个效果。

众目睽睽之下，他缓缓把手伸进怀里，取出一个油布包，里面包着一个竹鱼筒。鱼筒里一共有两封信：其中一封，乃是临行之前太子手书，内中详叙了从南京到北京的曲折经历，还有张泉的附署背书；另外一封，则是张皇后发去南京的密函。

朝中大臣对朱瞻基以及张泉的书法，都不陌生；而张皇后当然更认得出自己发的密函，有这两封信相互印证，足以证明吴定缘的说辞。而只要朝中接受了太子还活着，汉王将会彻底失败。

吴定缘右手高举着鱼筒，左手摇动小桨。船头推开两道涟漪，朝着张皇后的宽台划来。每一个人的视线，都不由自主地被牵引到鱼筒上面，随之移动。这里面藏的东西，将决定大明的未来。

小船刚刚划过半程，吴定缘心中陡然生出急切的警兆。

还没等他做出反应，远处响起一声巨响，随即吴定缘的右掌被炸得血花四溅。

他的右掌在南京时曾被苏荆溪刺伤，后来虽然恢复得不错，但毕竟新伤初愈。此时一枚弹丸炸入掌心，将筋络肌腱搅了个粉碎。五指无可抑制地松弛下来，那一个鱼筒朝着洪水里直直跌去。

吴定缘想要去接，可根本来不及抓住，只能眼睁睁看着它落入水中，几下便失去了踪影。

周围所有人同时"啊"了一声，万万没想到发生了这样的变故。吴定缘毫不犹豫，立刻扔掉船桨，不顾右手已残，整个人猛然跃入水中。

洪水虽深，毕竟只是临时涨起，水中没那么多杂物。他很快便在下面摸到了一枚圆筒物事，大喜过望，可一捞出水面，却是心中一凉。只见鱼筒的盖子没了，里面灌满了浑浊的沙水。他单手无法抽取里面的东西，只得朝着宽台上奋力一扔。

鱼筒划出一条弧线，径直落在了张皇后脚边。她急忙俯身捡起来，颤抖着双手朝鱼筒里看去，心下一片冰凉。那两封至关重要的信笺都是生宣写就，吸水性强，只这么一会儿工夫，便被泡成了两团糊在筒壁上的半黑纸糜，别说阅读，连从筒里取下来都难。

张皇后想要把它弄出来，可又怕彻底搞坏。尖细的指头在筒口彷徨良久，始终无法下手。她瘦削的脸颊迅速褪色，上天怎么如此残忍，先给了一点希望，再残忍地在她眼前掐灭。一股磅礴怒气，从她的胸中升起：是谁敢如此大胆！

在不远处，另外一条小船在洪水中飞速接近宽台。船头是一个锦袍胖子，双手抬着一把余烟袅袅的手铳，刚才那一铳即是他发出来的。这胖子感受到了皇后的怒意，施施然转过头来，放下火铳，跪倒在船头："微臣临淄王朱瞻域，护驾来迟，罪该万死！"

一听这名字，大部分人还没反应过来是谁，汉王已是喜上眉梢，大牙磨动，暗暗叫了一声好。而他身旁的世子朱瞻坦，见到鱼筒被毁先是大喜，随后发现动手的竟然是自己的五弟，那欢喜神色还没来得及收回，便与随后涌出的嫉恨撞出一片尴尬。

"你护的什么驾！禁军呢？你们都在干什么？快把这个在午门之前袭击太子信使的狂徒抓起来！凌迟处死！"张皇后愤怒至极，几乎口不择言。

朱瞻域不慌不忙，叩首大声道："臣先前在漕河之上追查戕害太子的凶手，此人至为可疑。臣尾随一路到了京城，可惜晚了一步。眼见他假借太子之名，欲接近皇后殿下行刺，臣示警不及，只得举铳阻之。只要您与两位亲王无恙，臣甘受责罚。"

他说得大义凛然，冠冕堂皇，一时间周围的重臣们都有些动摇。吴定缘毕竟来历不明，在鱼筒书信证实之前，谁也没法下定论他是太子一方的。朱瞻域匆忙赶来，一见疑犯靠近贵人，情急之下先发矢阻止，道理上是能解释通的。

张皇后怒道："你若生疑，为何不先射人，却去射鱼筒！"朱瞻域摇头苦笑："臣射艺不精，有愧列祖列宗。"

从朱瞻域射击的位置到吴定缘，差不多有个百步之遥，火铳射偏一点实属正常。至于怎么会恰好偏到右手鱼筒，这只能归结为巧合了。

这时汉王也开口喝道："你这个孽子，我不是教你在家读书！怎么又跑去漕河了？"有了父王垫话，朱瞻域立刻接道："启禀父王，儿臣在乐安州听闻南京惨事，极为不安。恰好靳荣遣人送来书信，说有可疑之人在漕河活动。儿臣便自作主张，要为兄长报仇！"他演技很好，此时抬起头来，双眼居然跳动起复仇的火焰。

"太子在南京遇害，他一个山东都指挥使，相隔千里，怎么轮得着他发现线索？"杨士奇站出来质疑道。

"皇后殿下、父王，还有朝堂上的衮衮诸公，你们难道还没想到吗？"朱瞻域抬起头来，扫视一圈。吕震不失时机地高声道："难道……是白莲教佛母？！"

白莲教发祥于山东，结结实实地造了几年反。后来虽然被朝廷压制了下去，可佛母开枝散叶，全国皆有信徒。这些重臣精于政务，对这个极为敏感，一听说是白莲教所为，顿时觉得合情合理。

朱瞻域一指吴定缘："宝船行至南京时，正是因为船上混入白莲教徒，伺机引爆火药，以致储君山崩。而这个人，极可能是白莲信徒中的护法一流，身负任务闯入午门。"

他说的这些细节，与诸多大臣收到的消息几无区别，一时间连张皇后都有些动摇了。杨士奇眉头一拧，他一看吕震那张遮掩不住的得意嘴脸，便知事情一定有蹊跷。

可鱼筒既毁，他着实难以回护，只好开口道："吴定缘，你可有什么要辩白的？"

吴定缘站在小船上，捂住汨汨流血的右手，任凭大雨泼浇："太子明日即可到京，你们多等一天不就得了？"

张皇后在宽台上盯着这个有些惫懒的家伙，他的眼神里没有惊慌，也没有游移，平静得好像午门前的这些变故他一点都不在乎。不知为何，她一看便知道这个人没有撒谎，这么多年了，无论宫里朝内，她还没见过如此单纯的眼神。

"多等一天？"她在提出疑问，语气却像是寻求肯定似的。

"是的，多等一天而已，你们可以把我关起来，等着看到底谁在撒谎。"

张皇后转向其他人，杨士奇率先表示赞同。都耗了这么久，也不差这一天。其他大臣也纷纷点头，吕震却跟他唱起了反调："这人一拿不出身份证明，二说不清白莲信徒。他说多等一日，诸位便多等一日，万一背后还有更大的阴谋，我等可就是帮凶了。"

"你怎么知道他是？"

"你怎么知道他不是？"吕震提高了嗓门，"白莲教徒，个个悍不畏死。我来问你，倘若他们在京城欲做一件大事，只欠一日便可布完局面，送一个死士过来拖延出殡。出了事你能负责？"

两边眼看又要吵起来，这时朱瞻域又开口道："以臣之见，这一天必是白莲教拖延之策。"

汉王佯骂道："冲撞御前的罪过还没算清楚，谁让你开口！"吕震不失时机接过去："你为何这么说？可是有什么证据？"

朱瞻域把船划到三个宽台的中心点，四方拜了一圈，盯着吴定缘大声道："因为太子确凿已然身亡，所以他说太子明日返京，必是别有所图，不可中了奸贼的圈套！"

杨士奇冷笑道："他说太子归京没证据，你说太子身亡，可有确实证据？"

"宝船爆炸，东宫全员身死，诸位贵人府上不也都收到消息了吗？"

"那些消息彼此矛盾，有说太子被炸死的，又有说太子回皇城的，一片混乱。你凭什么说太子确凿身亡？我要的是直接证据，不是道听途说！"

杨士奇豁出去了，在这个节骨眼上，无论如何也得咬定太子没死，否则局面将不可翻覆。可他看向朱瞻域时，却从对方的眼神里看出一丝得意，仿佛早就在等着自己这句质疑。

他暗叫不好，还未想该如何反应，朱瞻域从怀里拿出了一块物事。

这物事乃是一块青莲云形玉佩，小孩巴掌大小，上镌"惟精惟一"。不过在大雨淋漓之中，大家隔得太远，看不清楚细节。朱瞻域高举着这一块玉佩，划着小船接近张皇后所在的宽台。当经过吴定缘身边时，朱瞻域得意地瞥了他一眼，然后把玉佩恭敬地交给张皇后。

张皇后一拿到玉佩，下巴便哆嗦起来。不是因为不熟悉，是太熟悉了。

这一块"惟精惟一"玉佩，乃是朱棣北征时赐给皇太孙朱瞻基的，寓劝勉向学之意。朱瞻基将其贴身挂着，从不离开。无论宫中朝外，都很清楚这玉佩来历。张皇后一上手，便能判断出绝非赝品。远处诸位大臣虽然见不到细节，但看到张皇后的反应，无不面色大变。

这块玉佩，此时却落在朱瞻域手里，这意味着什么，不言而喻。

难道……太子是真的死了？在场众人闪过同一个念头。

杨士奇一振袍角，急声道："光是一枚玉佩，如何能证明太子安危？或是失落了也说不定！"他拿眼光去看张皇后，却见她瘦弱的身躯晃了几晃，直挺挺地向后仰倒过去。那一顶华贵雍容的九龙九凤冠，从她的头顶滑落，重重地砸在了地上，珠钿登时四处散落。

凤冠这一摔，牵着杨士奇的心意也猛猛一坠。

张皇后是洪熙皇帝这一系的中流砥柱，若她就此倒下，这边将再无能与汉王抗衡之人。杨士奇舔了舔干涩的唇角，还要昂头继续抗辩："这玉佩到底是什么来路！"

可这话的声音，连他自己都感觉中气不足。吕震得意地瞥了杨士奇一眼，去问朱瞻域："杨少傅的疑问也有道理，你从哪里得来这物事的？"

"这是五月二十二日在淮安一个白莲教徒身上搜检而来，臣知道是太子之物，这才急忙送来京城。"

汉王喝道："畜生，怎么走得这么慢！为何不早送来！"朱瞻域跪倒在地，放声大哭："儿臣因为调查真凶，一路被白莲教徒追杀，几乎九死一生。全靠靳都指挥使拨来一支兵马，把儿臣一路护送到京城，不想还是没赶上为先皇送终。"

在场之人，心头无不大震。不是被汉王家五公子的孝心感动，是因为这番话里透露出来的惊人信息：靳荣的山东兵，竟然到了京城了？

朝中原来保持大体平静，是因为诸卫禁军严守中立，汉王与张皇后都停留在礼法争执上。但靳荣麾下的山东卫所兵，可是铁杆的汉王旧部，他们神不知鬼不觉地潜入京城，这意味可大了。

想当年靖难之役的一开场，建文密旨给北平布政使张昺、都指挥使谢贵，让他们前往燕王府邸，逮捕朱棣。当时谢、张二人明明掌握着北平明军主力，没想到朱棣早早集结了八百私兵，一待二人进府便一举扑杀。可见有一支自己能掌握的武装力量，是多么重要。

汉王会不会故技重演，用这支力量把忠于前朝的大臣们也杀死在午门之前？谁也不好说。

太子玉佩的出现，张皇后的晕倒，如今再加上山东兵进京的消息，让午门前的均势彻底被打破。仿佛被人事所感应似的，一阵剧烈的狂风突然吹过紫禁城，掀飞了所有的罗伞，甚至让飘摇的雨势顺着风向扭转，如同一条矫矫水龙浮现于皇城之上。

所有人都狼狈地抬起手去遮挡，所有人都强烈地感应到，这天，要变了……

朱瞻域跪在雨里，双手却不自觉地前撑支起，心中豪气横生。这一番局面，乃是凭他一己之力翻转过来的，说是一举定鼎也不为过。而反观他那位兄长，只会紧跟着父王，无所作为，怎么有脸做世子？做太子？

朱瞻域微微抬起头来，与朱瞻坦四目相对，后者怨毒深刻，前者却露出一丝无上的快意，甚至还有一丝怜悯。

汉王对于自己两个儿子的心态毫无知觉，他整个人正处于一种极度的亢奋状态中。经年的隐忍，横跨两京的漫长筹谋，这一切终于接近尾声。中间虽诸多波折，但毕竟他才是笑到最后的人。汉王磨动牙齿，松了松乌角腰带，露出素袍下的一抹赤色来。

这是最后一次穿它了，接下来，就可以换上明黄颜色了。

这时吕震的声音，从风雨声中传了出来："天色有变，大行皇帝得尽快出殡才成！"

他虽然没指明让谁推车，但答案是明摆着的。汉王傲然望向那边，两位小藩王趴在晕倒的母亲身边，正嘤嘤地哭着。没了张皇后站出来，这两个孩子什么也做不了。至于那一群大臣，他们更没资格再来质疑。

引龙辇，挽哀绳，舍我取谁？普天之下，还有谁有资格跟我一争？

朱瞻域恰到好处地把小船开过来，载上汉王。朱瞻坦也想跟过去，汉王却淡淡道："你在这里等着。"朱瞻坦一怔，朱瞻域已经把船划开了。

小船晃晃悠悠，朝着停放龙辇的那一座宽台游去。汉王在船头挺直了身躯，睥睨四方，每近龙辇一分，身上的威压感便汹涌一分。

为了不让洪水淹没棺椁，海寿他们带人在龙辇下面堆了好多砖石木架，堆得犹如一座小山。小船停靠在了宽台边缘，朱瞻域知道父亲需要独享这一段美妙的时光，便留在了船上没动。

汉王从船上走下来，下意识仰头望去一眼。山顶上那一具暗黄色的帝王棺椁近在咫尺，"大行皇帝梓宫"的铭旌在高高招展，甚至可以看清侧面那金丝楠木特有的细致纹理，何其华贵！但无论多么华贵，它终究是给死人用的囚笼。盖子与棺身之间那一条薄薄的缝隙，是谁也无法逾越的天堑。

"兄长，我给你亲自送去陵寝，那把椅子，就给我吧！"

汉王喃喃自语了一句,抬步朝着山顶缓缓走去。现在他要做的,就是牵起棺椁后的哀绳,导引龙辒出得端门,再去太庙辞祖,帝位归属便无可动摇。

他走到龙辒前,低头去寻找那根哀绳。这是一根浸了蓖麻油的五股藤绞绳,中间还编入一股白线。绳子末端拴在马车的尾部,像一条蜕皮的蛇松散地盘在车底下,绳头延伸到另外一端。

若在平时,应该有内官把绳头递过来。不过如今情况特殊。汉王便猫下腰,亲自去捡那边的绳头。可他伸手即将碰到哀绳的时候,忽然发现一只皂纹翘头靴子正踩住绳子。

龙辒旁边还有人?汉王心中一惊,再要抬眼看去,那靴子已飞起一脚,恶狠狠地踹在了他胸口上。

这一脚力度奇大,汉王顿觉呼吸一窒,身子朝后仰倒下去。这座小山搭得仓促,坡度很陡,他这一仰倒,直接滚落到了宽台边缘,嘴巴狠狠撞在一处凸角。留在船上的朱瞻域吓了一跳,他急忙跳下船去搀父王。汉王狼狈地爬起身来,摸了摸满是鲜血的嘴边,手里竟多了两枚断裂的门牙。

曾经有相师说,他这一对骈齿是圣贤之相,比如孔子就是这样的。而现在,这对他引以为豪的骈齿,居然被生生磕断了,到底是谁?胆敢对大明天子做这种大逆不道之事?

父子俩恼怒地朝上头看去,只见一个瘦高的影子站在龙辒车顶,叉开两腿,居高临下地俯瞰着他们。他的右手垂下来,手掌处还滴着鲜血,一滴滴都洒在棺椁之上。

"吴定缘?!"朱瞻域吼道。

刚才大家的注意力都在张皇后那里,没料到这个小贼居然偷偷跑到龙辒这里了,打了汉王一个措手不及。

"这人到底什么来头?太子阴养的死士?"汉王疑道。朱瞻域摇头道:"确实只是应天府的一个小捕快,不过太子没死,与他大有干系。"他一边说着,一边露出迷惑不解的神情。

吴定缘这个家伙,到底想做什么?大局已定,连张皇后都没办法,他一个小捕快还指望有机会翻盘?

难道他在拖延时间,等太子赶到?朱瞻域更加奇怪,且不说他已派出两股青州旗军精锐,在京津之间拦截围堵。就算太子运气逆天逃过追杀,他也绝等不到。周围那么多禁军,几个呼吸之间便可以把他剁成一堆肉泥。

如此垂死挣扎,意义何在?

从吴定缘的表情上,朱瞻域看不出答案。他也不多想,直接从船上抄起那把手铳,

475

填药装丸，动作十分麻利。刚才对准的是右手，这一次该瞄准的是心脏了。早点弄死这只苍蝇，不要再耽误父王夺位了。这个距离，绝不会射偏。

吴定缘也看到了朱瞻域的举动，他淡定地伸出仅存的左手，在半空轻轻紧握，然后做出了一个简单的动作。

他抬起长腿，对着龙辂的车厢用力一踹。

龙辂乃是移灵专用，所以四边车厢不需要似寻常大车那样加固，仅仅只是用榫卯卡住几条雕花挡板。被吴定缘这么一踹，雕花挡板应声而碎。

这座宽台的坡度很陡，龙辂车在顶端摆成一个倾斜的角度，只是车轮被轫石挡住。此时挡板没了，搁在车上头的楠木棺材登时失去约束，从车厢徐徐滑出。

这是大行皇帝出殡用的龙棺，不是陵寝里用的那种真正的棺椁，但也得有两三百斤。这么沉重的一尊重物，靠着自身重量朝下方隆隆地滑去，好似一条从干船坞下水的大舟。

朱瞻域本来已瞄准了吴定缘，一见此物泰山压顶般朝他们父子撞来，吓得面无人色，赶紧收起火铳，抱着汉王朝旁边的小船上倒去。

只是一瞬间的交错，盛殓着洪熙皇帝遗体的龙棺与汉王擦肩而过，呼啸着砸入水面。一时间，午门前诸多贵人心中俱是激起了巨大的水花。

两京 十五日

第二十七章

这是谁也不曾预料到的发展。

没有人想到，吴定缘居然像泼皮一样，侮辱大行皇帝的梓宫；更没人明白，事到如今，他这么做到底还有什么意义。即使是单纯想泄愤，也犯不上跟洪熙较劲啊！

汉王和朱瞻域惊魂未定地抬起头来，看到那具金丝楠木棺材在水面几番上下，最终居然稳稳地浮起来了——毕竟此时午门前的洪水深度有增无减，给中空棺材提供了足够的浮力。

朱瞻域知道吴定缘想做什么。几百斤的大木棺，如果真的正面撞中两人，就算不死也得筋骨寸断。

想到这里，他居然有些佩服这小捕吏，那家伙在穷途末路之际，居然还能想出这么一个翻盘的杀招，着实厉害。

可惜呀，我见机比你更快，抱着父王避开了这最后的反击。气数使然，得天独眷，这大势可不是你一个小蝼蚁能撼动的。

朱瞻域带着怜悯朝山顶望去，可却没看到吴定缘的身影。他怔了怔，急忙移动视线，却见到那个瘦高的影子飞速冲下宽台，高高跃起，然后……然后竟跳到了龙棺之上！

只见他双足一踏上去，宽阔的龙棺在水里左右摆动几分，并无倾覆之状。吴定缘站稳之后，左手往上一拽，将那根写着"大行皇帝梓宫"的铭旌从棺旁拔起来，手腕一转，倒插入水中，斜撑一推，龙棺居然就这么晃晃悠悠地朝着端门方向浮去。

他，他居然把天子的棺椁当成了一条船！

午门前的人都被这一幅荒诞画面惊到说不出话来。一干重臣不消说，就连城头门口的禁军们与宦官们都瞠目结舌，不知所措。得是多么胆大妄为的狂徒，才能想出拿天子棺椁充作洪水之舟，何况洪熙的遗体还在里面啊！这等僭越，只怕将那混蛋凌迟个十次八次都不够。

全场唯一没动的只有杨士奇和朱瞻域。

杨士奇正在凝神细思，吴定缘既然是太子的人，做这种侮辱洪熙的举动意义何在？难道说还别有深意？但这棺材漂得如此之慢，只要几个弓手攒射过去，便可以轻易解决上面的人。以杨士奇所掌握的信息，实在想不出吴定缘还有什么反击的手段。

至于朱瞻域，他已经放弃去揣摩对方的动机。何必呢？他是屡屡出人意料，可又如何呢？只是困兽犹斗，做点无谓的挣扎罢了。人会去揣测蝼蚁的思维吗？不会，只会一脚踩死。

这时身旁的汉王，发出一声恼怒的低吼。他忽然发现一件尴尬的事情。坡顶的龙辇已然是空的了，龙棺被吴定缘踩在脚下，这让他没办法完成最重要的礼仪环节——导引梓宫。

不完成这个环节，则名不正，名不正则言不顺：上一任皇帝的遗体在你眼皮底下跑了，你怎么好意思继位？汉王胸口一阵烦闷，他距帝位只有一步之遥，这只蝼蚁为何还不肯放弃？还要给本王添堵？有什么意义吗？

他扬眉戟指，对朱瞻域喝道："老五！快把这个狗杂种干掉！"

朱瞻域"嗯"了一声，重新抄起火铳。父王登基的事，已经耽搁太久了，尽快让事情回到正轨吧。他抬起铳口，对准了远方那个越漂越远的瘦高身影。

就在他扣动扳机的前一个瞬间，那身影又动了。朱瞻域虽然打定主意不去揣测，可还是忍不住多看了一眼。这一看不要紧，他整个人又一次呆住了。

只见吴定缘换了已废的右手扶住铭旌杆子，用左手"刺啦"一声扯掉了外袍，露出两块木牌来。

这两块木牌分别绑在他的前心与后心，牢牢护住胸膛与脊背。这是两块栗木牌位，周饰金龙，下衬云霭，俱长一尺二寸、宽四寸，上面用青字分别写着："太祖开天行道肇纪立极大圣至神仁文义武俊德成功高皇帝之神主""太宗启天弘道高明肇运圣武神功纯仁至孝文皇帝之神主"。

午门前响起了一片惊讶的喊叫声。这是供奉在太庙里的洪武与永乐神主牌啊！

大明至今已历四帝。其中建文帝未列统绪，洪熙帝新死未祀，如今供奉在太庙里的只有洪武和永乐两块牌位。这个混蛋……他是什么时候去太庙偷走这两样东西的？！朱瞻域实在无法抑制自己的震惊，手腕不由自主地抖了起来。

"怎么回事！快射啊！"汉王催促道。

朱瞻域眯起眼睛，再度瞄准。可他突然感受到侧面传来一股恶意的注视，他微微偏头，看到自己的二哥正盯着自己，似乎在等待着什么。

一段往事，蓦地浮上心头。

曹魏之时，曹髦不满司马氏专权，驱车率领宫人反抗，却被太子舍人成济用长戈上前刺死。司马昭随后宣布成济弑君，要诛其三族。成济兄弟不服，光着身子爬到宫殿顶上痛骂，被乱箭射死。

眼前这两块神主牌位，乃是太祖与太宗的安神奉享之地，视同御身。如果自己一铳射中，就算有万般理由，也免不了弑君之罪。到了那个时候，只怕二哥就是司马昭，自己则是成济。

朱瞻域思忖片刻，放下火铳，对汉王道："父亲，对面是神主牌啊……怎么射？"

汉王先是一怔，旋即有些气恼。老五这小子，真是小聪明！他若什么都不问，直接开铳，射也便射了，事后给个赦免便罢。现在他大声问太祖和太宗的神主牌能不能射，难道我还能回答说能射？

"你看清楚了？"汉王不甘心，又问了一句。

朱瞻域道："看得很清楚，一定是那奸贼从太庙里偷出来的。"汉王压抑住胸中的怒火，一甩袖子，沉声道："还不快追上去！看看他到底想干吗！"

除了这一对父子之外，其他人也都看到了这两块牌位。直到这时，他们才明白吴定缘的真正意图：他竟想借着这股洪流之势，把天子龙棺运出宫去。这两块神主牌位带在身上，就是两块最好的护身符，没人敢上前干扰。

这听起来实在匪夷所思，可又真切地在眼前发生着。龙辂是停灵之所，龙棺是出殡之具，无论是谁与谁斗，都是围绕着礼法来争，断然不会冒出半点亵渎念头。只有当一个人对皇室毫无敬畏之心，才能用如此天马行空的手段来打破僵局。

只见那个小捕吏一边在奋力划动，一边还在嘴里念诵着什么。任何一个把视线投在那瘦高身影上的人，都忍不住生出疑问：难道他念的是什么白莲教的搬运神咒？

"真是麻烦死了……"

吴定缘深吸一口气，不断地抱怨道。他的右手已经彻底废了，剧痛一直延伸到肩部，他只能换成左手握住铭旌杆子，一下一下地朝前划去。

这尊龙棺毕竟不是木舟，在水里不太容易驾驭。好在洪水是从内金水河漫出，汇聚到午门之后，再向着端门以及更南方的承天门流去，他不用费太多力气，只要稍微控制一下棺材的走向，便能顺着水流方向前行。

耳边响起风声、雨声，还有各种叫喊声与脚步声。吴定缘转动脖颈，看到在午门城楼之上、左右步廊之间、社稷坛的围墙上缘，都聚满了禁军锐士，一把把强弓劲弩对准了他。这些人在汉王与张皇后的对峙中不敢造次，对付一个小人物却毫无压力。

只消一声命令，吴定缘就会被射成刺猬。可他前心与后背的两块神主牌位，以及脚下的棺材，却营造出一种无形的肃杀气场。大明迄今为止除了建文的三位帝王，居然在这个小人物身边聚齐了，令得百兵辟易，强敌束手，谁也不敢靠近分毫。

这一路上因为洪水的缘故，城门都未及关闭。这一条棺舟迎着风雨，顺洪而走，先越过端门，再至承天门。在重兵环伺之下，吴定缘却像一位野渡的悠闲艄公，举竿不疾不徐地划动着。只见两侧朱红色墙垣不断后退，他衣袂飘飘，胜似闲庭信步。

一过承天门，视野一下子开阔起来，眼前一条横着的是长安宽街，对面一条平整如砥的纵道，从承天门一直延伸到南方的大明门，两侧皆是通脊连檐的千步回廊。这里是皇城外围，百官衙署所在，不过这会儿淹得比午门还厉害，大水已漫过城门一半，放眼一看，御街南北尽是波涛滚滚。

视野一开，吴定缘挺起胸膛，心中陡然生出一阵快意。

从古至今，有几人能划着天子的灵柩纵穿皇城？这可是花多少钞银都换不来的享受。只怕瓦子里最好的说书先生，这么写也会被骂瞎编吧？

他摸了摸胸前的栗木牌位，这么近看，也不过是块漆了金粉的木板罢了，居然把满朝文武震慑得不敢靠近，荆溪她可真是神机妙算。

这是临行之前，苏荆溪特意交代的。她虽不知京城虚实，但以吴定缘的行事风格，一定会闹得满城风雨，便建议说如有机会，设法弄到太庙里的神主牌位，扛起它来，便可以横行无忌了。

其实只要对手有哪怕一个勇于牺牲的，这计策也无法奏效。但正如汪极所说，整个两京之谋的各方势力是靠利益捏合在一块的。这样的一个组织，人人皆为自己，天然就要互相算计与提防。苏荆溪设下的这一计策，正点中了他们的弱点。

"这可不是我的发明，而是你父亲的故智。"苏荆溪交代完之后，这样说。

吴定缘开始时不明就里，后来半路上问了昨叶何才知道。当年朱棣攻打济南城，携来了数门大炮，铁铉便在城头画了朱元璋的大像，还在每一处垛口高举神主牌位。结果朱棣不敢再轰击，这才给了铁铉可乘之机，解了济南之围。

二十五年之后，铁铉的儿子又一次高高扛起了朱家神位，还是为了守护朱家皇帝，还是要去对抗欲要篡位的朱家宗室。时光的洪流，打了一个轮转居然又回到了原地，不能不让人感慨命运之奇。

只是这一次的结果，一定不会重演当年！

吴定缘咬住嘴唇，左手用力一摆，整条龙棺朝着东方转了个弯，浮上了一片汪洋的御街。

也许是刚才的一阵狂风吹散了铅云的缘故，肆虐了数日的雨势缓缓开始收住了。只是洪水蓄积太盛，想要水退还得有个半天。

汉王以及诸位重臣根本等不得，他们纷纷踏上从南海、中海以及内苑湖中调来的游舟，拼命朝着承天门追赶过去。至于禁军、随从以及内廷的宦官们，要么跳进水里奋力往外游，要么留在原地一筹莫展，甚至有人试着攀上墙头，要利用通脊朝前跑去。

杨士奇没有离开，他先喊住几个没头苍蝇一样的小宦官，让他们去到张皇后所在的宽台。一位略通医道的宦官帮皇后号了一下脉，表示暂无大碍。杨士奇松了一口气，让他们把她与两位藩王接回后宫，好好休息。

安排完这些，杨士奇去问周围的人，外面什么情况。一名禁军守卫告诉他，那个挟持了天子棺椁和神主牌位的奸贼，已经冲到了御街之上，朝着东边漂去了。

"东边？"

杨士奇隐隐捕捉到了什么。吴定缘的这一连串举动，可谓天马行空、不拘一格，竟被他硬生生砸破了僵局，固然令人赞叹，可目的呢？以这人表现出的缜密与决断，绝不会只是单纯泄愤。

现在他居然驾着龙棺借水东去，御街东边有什么地方他非去不可？杨士奇在京城为官多年，对城中地理十分熟稔。他心中暗过了一遍京城舆图，猛然醒悟。

在京城东南角有一处东便门，外有大通桥。桥下有一个巨大的转运码头，承接大通河，绵延到通县高丽营与白河连通，直去天津卫。这一段河道称为白漕、北运河，是漕河的终点。

其实这条河原本的终点，是在北方的积水潭，与昌平的白浮泉水联通。只因永乐陵寝选在了昌平天寿山，不能再借水怕惊扰龙脉，所以如今积水潭的漕运已废，城内御河变成了像内秦淮一样的风景游玩之地，漕运码头遂东移至大通桥处。

吴定缘曾经提过，太子正在赶回京城的路上。以常理度之，走漕路是最快的办法。若他所言不虚，太子应该是在东便门外大通桥下船。

难道说……吴定缘竟想驾着龙棺去东便门迎太子吗？这想法简直荒唐！可杨士奇思来想去，竟无第二种可能。

无论汉王、张皇后还是一朝重臣，都陷入了惯性思维：谁去导引龙辂龙棺，谁就是嗣皇帝。只有吴定缘来了一招釜底抽薪，太子不来就龙棺，那就让龙棺去就太子。

大胆、精妙，而且亵渎。这是杨士奇对这个计划的评价。

无论如何，只要能阻止汉王的计划，就是一个好计划。杨士奇正想办法如何突破大水阻挠，也赶去东便门，却不防突然有人偷偷拽了一下他的衣袍……

杨士奇能想通的事，朱瞻域也能想通。

他此时拼命摇动船橹，胖胖的脸颊上汗水肆流。小舟迅速游出端门，前方是高大的承天门城楼。这条路汉王走过无数次，但乘船还是头一回。

"你是说，他是想去东便门迎接太子？"汉王沉声问道。

"正是。太子从南京一路赶来，都是沿漕河北行。东便门是千里漕河的终点，乃是必经之处。吴定缘一定是朝那边去了。"

汉王抬起手来，用一方金丝手帕擦去嘴边的血迹。牙齿断折的痛楚，从嘴里一阵阵传来，搅动得他的心神愈加烦躁。这么长时间的精心筹谋，只差一步即可达成，千算万算，却偏偏横生出这种枝节！

他并不怕吴定缘逃走，但如果外围还有一个急速赶来的太子，意义就完全不一样了。

"你不是说，派了人去追杀吗？"尽管船上没有别人，可汉王还是压低了声音。因为他们正顺着水流穿过承天门黑漆漆的门洞。暗无天日之地，最宜私语密谋。

朱瞻域道："太子乘坐海落船过了阁上闸之后，我一直派了精骑沿路追踪，亲眼见它过了天津卫。现在青州旗军一分为三，以廊坊为轴前后堵截，层层设防。太子身边只有一个张泉，绝无突破可能，请父王宽心。"

"当初唐赛儿也说在南京干掉太子，绝无幸免可能！你去淮安接手，也说太子绝无北上可能！"汉王的愤怒在嗓子里滚动，"可瞧瞧你们搞出的这个局面！"

朱瞻域道："行百里者半九十。已经做到这个地步，父王您不可被一个小人物乱了心神。"

汉王沉默片刻，把手帕揣回袖子里，一屁股坐到船头。毕竟也是快五十的人了，之前旷日持久的对峙，同样令他身心俱疲。小舟恰好行至门洞中间，让汉王的面孔笼罩在一片浓重的阴影之中。

"瞻域，你刚才怎么不等瞻坦上船就划开了？"

"儿臣怕吴定缘跑掉，一时心急……"

"这门洞里只有你我父子二人，连篡位谋弑之事都能谈，还有什么不能说的？"汉王叹了一口气，"我知道你跟瞻坦互别苗头，不肯相让，这也是人之常情。可如今大事未定，一家人还是不要互相算计了。"

他一改午门前的霸气，多了几分老父亲的絮叨与无奈。朱瞻域摇橹的动作没有变化："世子之位，只有一个；太子之位，也只有一个。"

"你这是在责怪我偏心吗？"

"不，长幼有序，二哥做世子我并没什么怨言，乖乖做个临淄王也不错。怪只怪父王您给了我这个乾坤变易的机会，让我看到了一线天机。人心一动，便回不去了。"说

483

到这里,朱瞻域忽然笑起来,"皇爷爷原来何尝不是打算终老于燕藩,建文帝削藩,让他有了机会,只好争上一争;父王您若不是得了那药方,不也就死心塌地做个藩王了吗?一个人若是见到机会,又怎会不动心呢?"

听了这一番议论,汉王一时哑然。朱瞻域道:"父王您对我恩重如山,儿臣自当倾力辅佐,绝无二话。但这兄弟相争之事,相信您比我熟,是怎么也避免不了的。儿臣不求父王偏袒,只要择其贤者而用之便是。"

汉王沉默良久,忽然道:"你还记得你七岁那年,我带着你去神机营里玩吗?"

"记得,那营垒里有许多大炮小铳,我可喜欢了。从那时候起,儿臣对这火器就着了迷。"

"咳,你可不知道。那次去完,我可是挨了父皇好一通训斥。一班大臣说我交接京营,私窥火器,是居心叵测,纷纷弹劾。可我真的没那种心思,单纯只是想让你高兴一下罢了。一个做爹的带孩子去玩,有什么不对呢?不只是你,还有瞻圻、瞻坦、瞻垄……我希望你们都开开心心的,可每次带出去玩,总有人盯着咱们父子,找各种理由弹劾,变着法往谋篡上靠。"

汉王顿了顿:"这些事,原本我是不在乎的,债多了不愁。可这一次,有大臣坚持要连你一起责罚,说小小年纪便摆弄不祥之器,非是宗室之福。我跑到宫里头大吵大闹,拼了自己被罚闭府三月不出,总算把你的责罚给免了。"

朱瞻域划着船,眼神闪动,不知在想些什么。

"那一次之后,我忽然害怕了。父皇在的时候还好,若父皇不在了呢?我大哥是个妇人心肠,耳根子太软,群臣一起哄,让我怎么办?我若出了事,你们这些孩子怎么办?你们那会儿年纪小,可不知道你爹我在京城过的什么日子。天天被言官们抨击桀骜暴戾,京城茶馆里日日讲我野心勃勃的段子,连篡位的理由,他们都帮我想好了——谁让我是老二呢,谁让我靖难的时候拿下的功劳多呢?说来说去,连我自己都信了,嘿嘿。"

"父王……"

汉王重新站起身来,拍了拍朱瞻域的肩膀,难得露出温柔:"后来我想明白了,带着儿子尽情出游这种事,别人可以,独我不成。我既然在这个位置,就该承受这种命运。人哪,就得认清自己到底是谁,才知道该做什么事。你说得对,既然见了一线天机,就该争上一争。为父如此,你也是!"

说话间,小舟驶出了承天门,外头天光乍亮,让两个人都眯起眼睛来。

虽然此时天雨收敛,可御街上的大水却依旧未退。有阳光从逐渐散开的铅云间隙透下来,映得水面微泛白光。一直到这时,北京城才算是显现出雄壮峥嵘的一面。

远远地，汉王父子看到一具棺材和一个人，正朝着东边漂去，速度居然还不慢。眼看就要离开皇城范围，进入东长安街。

从承天门沿长安街向东半里之外，是一条厚实的宫墙。在东皇城根开有一道东安门，内外即是皇城与外城的分界。因为大水的缘故，东安门也是中门大开，以方便迅速排掉御街积水。吴定缘前后贴着神主牌，守军根本不敢靠近，门又关不上，只能任由他穿行过去。

"这些京营的人，个个都想明哲保身，居然就这么把他放过去了！"汉王恨恨道。

当然，他明白，能争取到这些人保持中立已是最好的结果。汉王回头看看，诸多袍色不一的官员、内官、禁军们在水面上各显神通，乱哄哄地跟着过来——天子灵柩在眼前被人劫走，他们哪敢不跟上来？但也别指望那些家伙去冲锋陷阵。

"其实父王您还有一支力量可用。"朱瞻域道。

朱瞻域赶到京城时，带进城里一支青州旗军。这支队伍是靳荣的铁杆心腹，一心要置吴定缘于死地，即使同归于尽也在所不惜。让他们去动手，是不会顾忌神主牌的。

"他们在什么位置？"

"我们是从崇文门进来的，没料到会有这么大雨，不利大部队行进。所以让他们去了东江米巷附近的台基厂待命。"

台基厂在皇城东南偏南的位置，是修建紫禁城时堆放柴草的地方，为了防潮，地势修得很高。汉王想了想，说："正好，让他们迅速北上，无论如何也得给拦下来！"

按说外军进城是犯大忌讳的，但现在出了这档子事，他们只要打起"追回梓宫"的旗号，足以师出有名。

朱瞻域当即下船，跳上另外一艘朝台基厂飞速赶去。朱瞻坦则气喘吁吁地跟上来，拿起摇橹，做了个全力划动的姿态。汉王看了世子一眼，一言不发，只是做了个尽快的手势。

朱瞻坦一心想挽回之前的失分，所以划得十分卖力。汉王的小船飞速切开洪水，箭一般追过去。汉王身后那一支古怪的混合队伍也不敢怠慢，紧随其后，不少人心里面想的是，我这不是追随汉王，我这是为了抢回大行皇帝的灵柩。

他们借着滔滔水势，很快便冲出东安门。一过宫墙，御街两侧不再是高大巍峨的殿阁楼台，而是一块块被胡同分割开来的四合院民房。它们同样也被泡在水里，倾斜的灰色瓦顶上站满了人。

汉王无心去管这些贱民，一心盯着船头。以这个速度的话，不出数刻，便能追上那具笨重的棺材。到时候就算众人不敢动手，只要一拥而上把吴定缘团团围住，也能解决问题。

朱瞻坦身体有点虚，才划了几十下便有些气喘吁吁，船速缓缓慢了下来。汉王大为不悦，这孩子，这点卖力气的事情都做不好！他正要开口训斥，朱瞻坦却猛然伸直了手臂，惊讶地朝远方指去。

汉王顺着儿子的方向看去，不由得眉头一皱。

几百步之外的御街——大概位于贡院南边——被一条长长的高墙拦腰截断。这高墙并不是笔直的一条线，而是斜斜从西至东拉成一条不规则的曲线，把北边的贡院、南边的羊毛胡同都囊括进去，将皇城与大部分东城区域分割开来。

如果再观察仔细一点的话，会发现它更像是一道上窄下粗的堤坝，构成主体的不是青砖方石，而是一大堆垃圾——土垒、石块、破旗、门板、推车、箱筐、家具，什么都有，甚至夹杂着花花绿绿的被褥，好似乞丐一般。

但这么一道匆忙搭建起来的堤坝，布置却颇有章法，充分利用了各种材料的堆叠特性与地势，稳稳地把御街西边汹涌的洪水挡住，不让它继续向东边漫延。

在这条长长的堤坝之上，无数人头攒动。男女老少都有，衣衫褴褛。他们都浑身湿漉漉地扛着长短工具，紧盯着身前不停冲击崖岸的洪水，就好像边关之上的忠诚守军一样。这景象既古怪又蔚为壮观。

"这是什么？"即使是见多识广的汉王，也愣住了。

"昨天白天我从这里走过，肯定还没有。"朱瞻坦不太确定地说，难道这玩意是一夜之间建起来的？

但此时更重要的是，吴定缘驾着那棺材，已经抵达了堤坝边缘。龙棺的形制是平底微翘，边缘平滑，这时候水位又高，借着水势它一下子冲上坝顶。站在棺材上的那个瘦长身影似乎张望了一下，然后一挥手，周围立刻有好几个人跑过来帮着搬运推动。几下工夫，洪熙皇帝的龙棺便被推下另外一侧，暂时从视野里消失了。

"混蛋！"

汉王勃然大怒。这些贱民吃了熊心豹子胆，竟然公然协助反贼搬运龙棺。他催促朱瞻坦加快速度，可惜小船的船头太直，没法一口气越过堤坝，船头一触坝面，就不得不停了下来。

朱瞻坦不待父王吩咐，破口大骂道："狗东西，竟然截阻御道，还不快给我扒开！"堤坝上那些百姓听到这喊声，都露出畏惧之色，可你看看我，我看看你，谁也不动，不约而同把视线投向人群中一个中年人。

这中年人赤裸着上身，一脸疲色，神色却沉稳得很。他几步走上堤坝，对水中一抱拳："启禀贵人，这堤不能扒，一扒开，整个皇城蓄积的洪水，便会席卷整个东城，届时这半城百姓可就全完了。"

"你算哪根葱！在这里聒噪！"

"在下周德文，大兴半边店的厢长。"周德文坦然道。

朱瞻坦怒极反笑："好一个大兴厢长，你跑来东城筑墙，是什么居心！"

没想到周德文非但没有畏缩，反而环顾四周，振声回道："好教贵人知。淫雨连绵数日，连城垣都泡塌了百丈有余，百姓房屋、庐舍、廊铺被淹没倾倒的更是不计其数。多少人流离失所，家中席卷一空，多少人被困屋顶，无处可逃。可朝廷却并无一兵一卒救灾抢险，并无一官一吏出面赈济安抚。我等小民只好自救图存，还望贵人谅解。"

他这一席话说完，引得周围一连片的叹息声，堤坝上数千人都不由自主地点头。朱瞻坦呆了呆，原来这道堤坝竟是阉城居民连夜修建起来的。怪不得修坝的材料极为庞杂，想必都是各家捐献的物事。这些人为了保住自家产业，自然无不尽心。

"父王，他们也是为了活命……"朱瞻坦有点犹豫地转过头来，汉王却恨铁不成钢地骂道："你这个猪……不对，狗脑子！也不仔细想想，昨晚那么大的雨，这个周德文居然能动员起城内数千百姓，这是一个厢长能做到的吗？你问问三大营能不能做到？！工部能不能做到？！"

朱瞻坦如梦初醒，再看向周德文，眼神里已全是警惕。他猛然从船头跳上堤坝，从一个老妇手里夺过耙子，左右一瞪眼："快给我扒开！否则全以谋反罪论处！"

周德文强硬地冲到他面前："你这一扒，可知道得伤到多少人命？"朱瞻坦犹豫片刻，回头一看到汉王的眼神，心中一横，咬牙用耙子往下一刨。

"住手！"

这不是周德文喊的，而是旁边几百人齐声大吼，其声如雷，震得天空铅云都一抖。

朱瞻坦手里一哆嗦，耙子登时扑通掉进水里。他再一抬头，看到无数充满杀意的眼神朝自己射过来，吓得转身要逃回船上。刚才那老妇一把扯住他右腿，旁边又冲出三四个汉子，抓手的、抱腰的，竟把堂堂汉王世子压在了堤坝上缘的缺口处，好似一口袋填充物。

汉王怒极，正要上前解救，可迈出步的一瞬间却突然打了一个寒战。他久经战阵，北边打过鞑子，江淮干过南军。刚才那一瞬间，他分明感受到了一股似曾相识的凌厉杀气。尽管对面是一群羸弱百姓，只有一道脆弱不堪的烂墙，但那种拼死一搏的决绝锋芒，绝不逊于他在战场上遭遇的任何强敌。

"他们真的打算跟朝廷决一死战？"

汉王生出一个荒唐的念头，可却无法说服自己这绝不会发生。说实话，自从他目睹吴定缘驾着龙棺逃出皇城之后，天下没什么事是可以笃定的了。

这时身后的十几条小船也陆续赶到。最先抵达的是吕震。他一见前方堤坝拦路，直接尖着嗓子下令说："撞开，都给我撞开！"

船上的勇士营士兵划动小橹，小船凶猛地朝前冲去。这个举动激怒了所有守堤之人，整条狭长的堤坝表面像是突然活了一样，无数人纷纷俯身捡拾，朝这边奋力投掷瓦片、碎石和其他乱七八糟的东西。

在喧天的呐喊声中，碎片如蝗群一般，遮天蔽日扑过来，船头的吕震和那几个士兵连躲都没法躲，实在扛不住，只好纷纷跳下水去。偏偏吕震不会水，只能扑腾，最后被人搀着，狼狈地爬上汉王的船上来。堂堂太子太保兼行在礼部尚书，大明数一数二的重臣，竟被一群京城贱民砸了个鼻青脸肿。

汉王顾不上宽慰他，决定先抓大放小："先不跟他们计较，追上去再说！"

说完他一提乌角腰带，从船头跃到堤坝顶上。

只要不提拆堤，百姓们便不会反应那么激烈，一见汉王靠近，都纷纷敬畏地退后。汉王拔腿正要走，却看到周德文身后转出两个人，这两个人恰好他都认识。

"阮安？你也参加谋叛了？"

阮安呆呆地摇了一下头："什么谋叛？我只是给了他们一点营造上的建议罢了，您看，防水效果很好。"汉王知道这就是个呆子，把视线转向另外一个女子：

"昨叶何！"

昨叶何先把手里的一块硬馍吞下，然后笑眯眯一行礼："汉王别来无恙。"汉王一见是她，心念电转，霎时全明白了。

什么百姓自救，全是白莲教在背后搞的鬼！他们掀起民变是行家里手，这一次怕是把京城暗桩全搞出来帮太子了！

"这可冤枉民女了。"昨叶何知道汉王在想什么，她扫视一眼，"在这堤上的白莲教徒，不出百人，大部分都是家住东城的老百姓。他们只是为了活命罢了，朝廷不管，总得有人来管。"

汉王对这个并不关心，堤坝后头已经看不到吴定缘的身影。白莲教的作风他很熟悉，若是现在突然发难，将是个大麻烦。他回头看看，小船正陆陆续续赶过来，在堤坝前停成一团。这些禁军虽然精锐，但一时半会儿形成不了优势。

"先把我儿子放回来！"

几个汉子松开手，把朱瞻坦推到汉王前面。汉王趁势后退了一步，以便可以随时跳回船上："你我两家本来合作得很好，你这么做，佛母知道吗？"昨叶何耸了耸肩："佛母已经死了，如今掌教正驾着棺材奔东边去呢，合适不合适，你自去问他。"

汉王忍不住嘴角一阵抽搐。这几天他专注于宫中，本以为外头的事情不需操心，怎么变化却如此巨大。看到昨叶何一身粗布大衫，和簇拥在周围的贫民几乎看不出分别,他忍不住冷笑道:"你和佛母有泼天的富贵不要,到头来还是跟这一群下民混在一处。城狐社鼠,卑贱根性难移!"

昨叶何捡起一片破瓦,指着上头的一团青茵道:"汉王你可知道这上头是什么?"

"现在让开!还能免个死罪。若还冥顽不灵,别怪日后把你们连根拔起!"

昨叶何恍如没听见,自顾自道:"这是生长在瓦隙里的小玩意,叫瓦松,也叫昨叶何。您听过崔融那篇赋没有?进不必媚,居不求利,芳不为人,生不因地。其质也菲,无忝于天然;其阴也薄,才足以自庇……"

说到这里,昨叶何羞涩地抓了抓头:"我也只会背这一段啦,现学现卖。"

她把那片瓦往堤坝上一塞,盈盈一笑:"汉王殿下知道吗?虽然两京之谋是我与你们谈定,可我一点也不喜欢。若不是佛母勉强,我一刻都不想跟你们共处一室。那个狻猊公子,整天算计着让我做他侍妾,其他几个人,也都各怀鬼胎。说什么庭有芝兰,实在是臭气熏天!"

汉王的眉头忍不住抖了一抖。

"我这几年来,最开心的竟是昨晚,我自己都不知道。跟那些穷汉一起搬板条,跟那些蠢妇一起捆绳子,跟着周德文在大雨里走街串巷,挨家挨户都叫起来。亲自喊着号子,流着汗,把这大坝一点点筑起来……直到现在,我才明白佛母给我起这个名字的用意。比起精致苗圃里的牡丹与海棠,还是瓦隙檐下更适合昨叶何生长。只有在这些穷苦破烂中间待着,我才打心眼里觉得高兴。感谢掌教,让我真正找到了自己该在的位置啊。"

"你到底想说什么!"

昨叶何一指洪水中逼近的那十几条小船:"水可载舟,亦可覆舟。我先前只知道是个比喻,今天终于有机会让汉王见识一下了。"

她拔起旁边一面酒幌改成的旗帜,用力挥动起来。大堤太长,两侧坝上的百姓们听不清这边的动静,他们只听旗号行事。一见信号发出,所有人都同时发出一声低吼,手执碎砾,像即将冲锋的战士一样挺直了身体,死死盯住前方,像极了一株株挺立在废墟上的瓦松。

汉王的脸色变得铁青,此情此景,让他回想起了靖难之役。在那场战争中,最难对付的不是南军主力,而是济南城的本地守军。那些家伙明明只是群被迫拿起武器的百姓,可背靠家园时展现出的顽强与执着,让最精锐的燕军部队都顿足不前。

在眼前这些满是污渍与汗水的脏脸上,汉王看到了和济南守军同样的凶狠眼神。

他终于开始觉得不妙了。

一辆骡子车慢吞吞地在御街上行进着，大车上的华丽棺材不时碰撞着车框，发出咣咣声，仿佛死者对这个速度颇为不满。

"这个昨叶何，真是麻烦啊……"

吴定缘牵着老骡子，低声嘟囔着。既像是自言自语，又像是给后面的洪熙皇帝解释。

刚才他一看到临时堤坝时，也先吓了一跳，还以为是北方特色。一直到了近前看到周德文站在堤坝上，吴定缘才知道是白莲教搞的事情。

原来昨叶何半夜离开金海桥之后，决定在京城闹点动静出来，动静越大，吴定缘在紫禁城的压力就越小。她找到周德文，周德文说官府这时候自顾不暇，最好的办法就是团结老百姓自救。这时阮安提出一个建议，他观察了京城水势流向，最好在贡院修起一条堤坝，拦住皇城蓄积的洪水，至少还能救下半座城市。

这件事本来极难执行，但有昨叶何作为护法的威望，有周德文在京城的人脉，再加上阮安的营造手段，奇迹般地在次日午时前完成了这么一条城中堤坝。

那条堤坝固然挡住了追兵，但也挡住了汹涌的水力。越过堤坝之后，地面上积水很浅，吴定缘没法继续浮棺而行，不得不把洪熙皇帝倒换上一辆骡车。

从堤坝的位置到东便门，其实只有两里左右。只是拉车的老骡拉几步就得停下来喘喘，且走且停，远处那座位于京城东南角的四角城楼，感觉好似永远无法接近似的。

吴定缘着急也没用，只好把两位皇帝神主牌重新绑了绑，扶住骡车边缘，帮着一起朝前推去。两条长腿在浑浊的积水里交替移动，他心下忽然有些茫然。

刚才在午门前他一心要把龙棺挪走，心无杂念，但接下来该怎么办，吴定缘还没顾上想。太子什么时候能到大通桥，不知道；万一太子没来，该怎么办，也不知道。不过他转念一想，何必去琢磨呢？太子若是没来，万事皆休，大不了把神主牌一烧，权当殉葬，也算是给铁家一个交代。

想到这里，棺材在后头猛然晃动了一下，"咚"的一声撞到边框上，好似在抗议不满。吴定缘回头看看，咧开嘴笑了："洪熙皇帝你别着急，冤有头，债有主，我只烧朱棣的牌位。洪武皇帝和我没关系，肯定不烧；至于你呢，我听红姨说过，你也下旨赦免过困在教坊司的靖难罪眷，多少也算有心，看在太子的面子上就不动你了。"

他一边推着骡车，一边居然对着棺材讲起话来。

"说实话，你现在就算下旨恩准我报仇，我都不知该怎么报。找朱棣？他已经死了，最多烧烧牌位发泄一些；父债子偿？你也死了；爷债孙偿？可朱棣杀我爹的时候，太子还没多大呢。唉，我跟你们老朱家太有缘分了。生父被朱棣杀死，养父可以说是被汉王杀死，结果我又救了你儿子。你说这到底该怎么算，只怕最精明的账房先生都弄不清楚。"

吴定缘发现死人真是最好的倾诉对象，不插嘴、不答话，始终保持着安静。他原本不爱讲话，都憋着，此时在洪熙皇帝面前，却像个话痨一样根本停不下来。

"若换了之前，我也不知该怎么办，我自己的日子都过得稀里糊涂。不过拜你们父子俩遭的劫难所赐，这一路上我总算活明白了，最起码知道了自己到底是谁，也知道自己该做什么事。反正咱们哪，恩怨分明，一码归一码，该报的恩，一样不少，该报的仇，我也一个都不宽恕。

"嗯？你问太子如果知道了我的身世，会怎么想？那家伙直憨憨的，一竿子捅进嘴里，能从屁眼出来，知道了还不得气死？算了，我不知道他当皇帝是个什么样，但当朋友还算凑合。不过他欠我那五百零一两银子加一袋珍珠，可得还上……"

这段单方面的对话，突然被一阵"咚咚"的鼓声打断。吴定缘抬头一看，发现眼前东便门的守军似乎接到通知，急急忙忙把城门给关闭了。这边的街面上积水很少，城门可以正常开闭。

吴定缘狠嗤了一下牙花子，这下好了，彻底出不去城了。不过他倒没太过沮丧，今天他能带着皇帝棺材从午门漂到这一带，已是各种万中无一的机缘巧合，不可能一直那么巧下去。吴定缘拽住骡子头，琢磨着去别的什么地方，起码要安守到太子到来。

坏消息一个接着一个传来。

一阵低沉而密集的马蹄声，从东南偏南的方向传来。街面上的积水，微微颤动起来，掀起一圈圈令人不安的波纹。无论这是哪一路兵马，都一定不是友军。

这一辆车拉着棺材，在御街上实在太过招眼。一旦被围住，再想走就难了。吴定缘环顾左右，看到街北有一条石板路，比寻常胡同要宽，更不迟疑，立刻把车头一拽，一头扎进去。

这条石板路是南北走向，两侧皆栽种着银杏与刺槐，还用麻石精心地修起了一圈石坛。路的尽头是一座悬山顶紫微大殿，前有石碑，上书"司天台"三字。

在紫微殿的后方，拔地而起一座青色的方形城墩，高约七丈有余，墩顶则是一个用汉白玉砌成的方正平台，四角延展，上面摆着浑仪、浑象等物。一条浅白色蟠云石阶盘台而上，颇有一股超脱凡尘、步上天庭的仙气。

吴定缘在金陵生活时，曾偷偷跑去钦天山顶的北极阁玩，听那里的火工道人讲，这里是观星之所在。通过观察天上星辰运转，可知人间福祸。当时他好奇地看了半天，眼睛都花了也没看出所以然，从此再也没去过。

没想到在北京，他居然踏进了同样的地方。

吴定缘不知道这是前朝至元十六年郭守敬所修的司天台，也不懂星象运转，他眼下别无选择，只能把命运交给这座能够洞悉命运的建筑。

司天台最值钱的仪器都搁在高台顶上，不用担心被淹没。所以大雨一来，钦天监的人都跑出去避雨了，没人在这里把守。吴定缘拽着骡车一口气跑到了紫微殿前，这才停住脚稍做观察。

正殿与观星台之间靠一条拱月形廊道相连，两侧皆是灰白高墙。但廊道不是一条直线，而是拐了数道羊肠急弯。这叫作肃心道，倘若有人欲要观星，一踏上此路，外界纷扰便被彻底遮蔽。穿过长廊，如同洗了一遍心思，才好心无杂念地与星辰沟通。

这对吴定缘来说，是个容易防守的好地形，但前提是，他得有本事把棺材弄进肃心道……廊道的拐弯太急，骡车的长度肯定是钻进不去的。棺材尺寸倒是够，但他一个人又不可能扛起来。

"总不能开棺把尸身背着跑吧？"吴定缘略有迟疑。倒不是忌讳或嫌弃，而是洪熙皇帝停尸这么久，又逢阴雨连绵，只怕骨肉早已烂朽。随便一折腾，肯定会散落一地。

在他迟疑的当口儿，追兵们也冲进了这条石板路，朝着紫微殿气势汹汹地杀过来。吴定缘转头看了一眼，心头一震。那些人的劲装短衫与高大为一般无二，竟是阴魂不散的青州旗军。他们居然也跑来京城了？难道是朱瞻域带来的？

若是他们动手，那吴定缘连负隅顽抗的机会都没了。他目前最大的倚仗，是朱元璋和朱棣两块神主牌，而青州旗军那些疯子，只认靳荣一人，愿意为他抛却生死。只要能给主家报仇，射毁两块皇帝牌位什么的，根本无所谓。

司天台只有一条正道，别无出口。吴定缘发现自己走投无路之后，反倒平静下来。他把骡子车赶到肃心道的门口，徐徐坐在棺材上，然后拆下两块牌位，把朱元璋的搁回到棺材旁边，把朱棣的捏在手里。

"荆溪啊，抱歉了，你的仇，看来只能靠你自己去报了。"

这些骑兵穿过牌坊，掠过石碑，冲到紫微殿前。数量不多，只有十来人，估计是分散到城里的一支搜索分队，但对付吴定缘足够了。他们纷纷下得马来，抽出腰刀，朝着肃心道拱月门前围拢过来。

这场闹剧太久了，也该到了收场的时候。

一缕缕阳光钻破云层，挥动的刀刃上耀出点点白光。吴定缘觉得有点晃眼，索性把双眼闭上，放弃抵抗。忽然有刀声破风而至，他抬起手臂一挡，只听"咔吧"一声，永乐皇帝的栗木牌位被拦腰劈成两截，落在地上。

"父亲，娘亲，你们能稍微高兴点了吧？"

吴定缘低声喃喃说道，静等着下一刀的终结到来。

可他等了片刻，刀刃却没有再次挥落，头顶的阳光反而消失了。吴定缘有点纳闷地睁开眼睛，发现自己被笼罩在一个巨大的阴影里。

这阴影是一个庞大的人形，如罗刹恶鬼，又如怒目金刚，此时正伸出一只粗大的胳膊，紧紧扼住持刀士兵的咽喉。而其他士兵呆呆站在原地，如同中了咒术一般。

"梁兴甫？！"

两京 十五日

第二十八章

吴定缘从来没想过，他还能再次见到梁兴甫。

他是铁铉最忠诚的部下，他是要杀尽旧友全家的疯子；他是太子逃亡前半程最难应付的敌人，也是济南一战中最为可靠的战友。他的脑子不清醒，但又最清楚自己在做什么。

在南大营校场的那一场死斗，断后的梁兴甫被潮水般涌来的士兵所淹没。吴定缘在感慨之余，其实是暗自松了一口气。他根本不知该如何面对一个活着的梁兴甫。

没想到，在自己濒临绝境的时候，梁兴甫居然再一次出现了。

从背后看去，那道宽阔的后背满是伤痕，有的是烧伤，更多的是砍伤，居然还有火器痕迹。这些伤痕纵横交错，皮翻痂烂，看起来糟糊糊的一片，简直没一块好皮。可以想象，梁兴甫身体的其他部位，也差不多是同样状况。

换了寻常人，只怕早卧床不起了。吴定缘简直无法想象，这家伙到底是如何拖着这么重的伤，从济南一路找到京城来的？

这时梁兴甫已经掐死了挥刀的士兵，狠狠把尸身甩出去。那身体软绵绵地在半空转了几圈，砸向了后头的两个同伴。与此同时，梁兴甫如同一只大鹫高高跃起，再以泰山压顶之势砸下去。这些青州旗军多半都听过病佛敌的威名，见面先怯了三分，一见同伴惨死，胆气也随之弱了下去。待得梁兴甫进入攻击范围时，他们呆愣愣的如鹰隼爪下的雏鸡，别说反抗，连跑都忘了跑了。

紫微殿前响起了一连串密集的惨呼声，中间还夹杂着骨头碎裂与某种液体喷出的声音。没一会儿工夫，这十几个精锐旗兵，已是全数丧生。

吴定缘对他的杀戮效率，从来没有过怀疑，可这一次却感觉不太一样。

原来的梁兴甫是一块极为冷静的巨岩，稳稳地按照自己的节奏进攻，一拳一脚极有效率。但现在的梁兴甫像是岩浆，横溢肆流，侵掠如火，仿佛要爆发出自己的一切力量。

也许他自知接近灯尽油枯，所以变得急切了吧？吴定缘想到这里，心中突然一酸。

梁兴甫在一片血泊中缓缓转过身来，他的脖子下方又沾了一片新鲜血浆，看上去像从十八层地狱刚爬上来的恶鬼。他拖着步子，微微摇晃着走到吴定缘跟前，死死盯着他。

吴定缘被他盯得有点发毛，这眼神和在淮安要剐自己时的眼神是一样的。

"这里血腥味太重，官军的主力很快就会赶来，到时候便来不及了。"梁兴甫道。

"来不及什么？"

"施行尸陀密法，割舍血肉，得大解脱。只有经此仪式，才能度你去极乐世界与你父亲相见。"

吴定缘叹息一声，这家伙心心念念的，果然只有这件事。看来他的目的始终没变过，就是要活剐吴定缘。军营断后也罢，远赴京城也罢，拼死保护也罢，都是为了确保他不死于别人之手。

算了……吴定缘实在懒得躲了。太子没有动静，今天九成九要死，还是不费劲挣扎了。他双手一摊，往棺材旁重重一靠，等着梁兴甫动手。

梁兴甫端详着他，凶神恶煞的面孔居然露出些许慈祥："先前要度你，只是为了报答吴不平的恩情；如今要度你，是为了主公。你可知道，主公一向最疼爱你。当年在济南府，他每次回府之后，都会抱着你亲热好久，我从来没见过他在其他人面前露出那样的表情。"

这还是梁兴甫第一次在他面前谈及铁铉，吴定缘努力装作不在意的样子，把头偏过去。

"你那时嘴馋，最爱吃沂蒙的山楂糕，每天不吃就哭。主公没办法，只好求人去临沂买。其实他一个山东参政，一张嘴，多少人巴巴地来送，他偏要用自己的俸禄买。我看不下去了，自己偷偷跑了一趟临沂，扛回来几十斤，一发做成糕点。他把我抽了一顿，说我多管闲事，本来要退掉，结果你一哭，主公没办法了，只好收下。"

梁兴甫说着，从怀里掏出一个纸包。那纸包被压得不成样子，打开一看，里面是碎成末末的山楂糕，也不知从哪里买来的。

"吃点吧，你小时候可是最爱吃这些的。"梁兴甫有些讨好地把山楂糕递过去，"若他知道你上去陪他，一定欢喜得不得了——你想不想见主公？"

吴定缘伸手"啪"地把那纸包打落在地："我想与不想，你一样要动手，又有什么区别！谁会想这个！"

"我会想。"巨人的情绪突然低沉下来，"我做梦都想见到主公。"

吴定缘冷笑："那你为什么不去死！"

梁兴甫闻言一震，沉默半晌，忽然抬头道："你还有什么心愿未了？"吴定缘知道这是个疯子，说什么都没用。他索性一指紫微殿后方的司天台："你若有本事，就把这龙棺扛到司天台顶。"

梁兴甫也不问缘由，径直走到骡车旁边。他双手一抱，抬上右肩，一个人硬把整具龙棺给扛起来了，当真称得上神力惊人。梁兴甫就这么扛着棺材，一步步走进肃心道。

吴定缘这时候跑掉也没意义，便也紧跟着他走了进去。两人一棺，绕过肃心道里曲曲弯弯的廊道，眼前忽然豁然开朗，一座巨大的石礅高台出现在眼前。

这时候天色已近黄昏。笼罩在京城上空的霾云终于尽数散去。西去的日头仿佛为了补偿缺席，迟迟不落，浓郁到化不开的暮色斜照在司天台上，泛起一片黏滞的琉璃虚光。高大的台墩半边青白，半边酡红，轮廓虚化，有一种难以言喻的神圣之感。

吴定缘紧跟着梁兴甫，沿着盘龙阶一步步迈上去。前方那巨大的背影几乎消融在这光色之中，隐然也多了一抹神秘，仿佛踏上祭坛似的。

苏荆溪曾对他分析过。从某种意义上来说，他与梁兴甫所遭遇的心病，是几乎一样的。吴定缘为了忘掉那一夜母亲惨死的画面，把自己六岁前的记忆全数封闭；梁兴甫为了忘掉铁铉被凌迟所带来的冲击，选择相信这是飞去极乐世界的尸陀密法。

这个病殆无可解，除非自己能走出来，找到与现实世界的牵连。吴定缘忘掉了一切，但好歹残留下来对朱棣面孔的恐惧，这是他与真相建立起的联系；而梁兴甫虽记得所有的事，却因执念而故意曲解。

"所以梁兴甫才会无比执着地施行尸陀密法。一旦这个执念消失，自己就会面对残酷的真相。"苏荆溪是这么判断的。

吴定缘没想到，铁铉之死对梁兴甫的刺激居然如此之大，这么多年过去，仍不敢接受真相。更荒谬的是，铁铉这位旧部，即将凭着无与伦比的忠诚，把铁铉之子杀死。

梁兴甫很快来到司天台顶，把洪熙皇帝的棺材搁在各色仪器之间。他蹲下身来，胸口不断起伏，似乎这一路的负累极重。酡红色的夕阳抹在他身上，与鲜血混为一体，难以分辨。

吴定缘走在高台边缘，双手抱臂。从这个高度，东城一带的情形一览无余。有大批青州旗军蜂拥而至，朝着司天台拥过来，为首带队的正是朱瞻域。而远处的东便门毫无变化，更远处的大通桥与通惠河码头也平静无比。

他撇撇嘴，眺望起远方的夕阳，不出意外的话，这将是他最后一次看夕阳。六月二日将要过去，看来太子到底还是没能及时赶到。

"眼看快到六月三日，我给你拖延到这会儿，可不算食言哪。"

吴定缘自言自语，然后转向梁兴甫："留给你的时辰不多了，你尽快。"梁兴甫按住他的肩膀，让他转身，呼吸粗重地说道："你先跟我诵一遍尸陀密法的咒语。"

"啥？都要死了，还让我背书？"

"一会儿开始割血肉时，要一直念，才能让法力渗进去，度去极乐世界。"

吴定缘懒得分辩，他说什么就是什么吧。好在这尸陀密法并不算长，前后只有三段，还都是大白话，保不齐是林三当年随口杜撰出来哄骗梁兴甫的。

他重复了几次，也就记熟了。梁兴甫道："记住，你要一直念，直到全身的血肉都剐干净。"吴定缘刚要出言讥讽，却发现身后没人了，一回头，梁兴甫居然离开了顶台，直直冲到台下去。

此时朱瞻域正好从肃心道钻出来，正巧看见梁兴甫如大雕一般扑身跃下，吓得连忙缩回廊下。只听一声巨响，两条巨腿同时落地，地面一颤，把周围的旗军震得东倒西歪。

"病佛敌？"

朱瞻域咬着牙喊了一声，白莲教果然彻底叛变了，难怪紫微殿前一片狼藉，看来都是病佛敌的手笔。不过他转念一想，也好，既然洪熙皇帝的棺材被运上了高台，那绝无可能再去别处了，这件事终于有了个结局，只是多付点人命做代价罢了。

"他再厉害，也只有一个人！"

朱瞻域一挥手，青州旗军们便嗷嗷地扑上去，想要倚仗人数优势，把对手彻底压倒，梁兴甫则稳稳守在高台的盘龙阶前，如泰山之不移。司天台下的空间十分狭窄，双方都没有回旋余地，只能硬碰硬。两边接触的第一个瞬间，便爆发出极其惨烈的战斗。

吴定缘站在高台上，俯瞰着下方的战斗景象，颇有些迷惑。梁兴甫不趁着最后的机会剐了自己，怎么教完咒语就跑下去了？事到如今，死守阶梯又有什么意义。

很快他发现，梁兴甫的战斗方式变得更加疯狂。面对着一圈层出不穷的利器，长枪、钩镰、直刀、铁蒺藜……他完全不做闪避，任凭这些兵刃割开血肉，自己则趁机用硕拳捶杀持武器的人。这种近乎同归于尽的打法，让旗军们伤亡惨重，不是颅骨碎裂，就是脊椎崩断，每一刻都有人滚落阶下。被连日暴雨冲洗干净的台阶，几乎被脑浆与鲜血涂满。

而梁兴甫为此也付出了极大的代价。整个人血肉模糊，每一寸皮肤都皮开肉绽，有些深切的伤口甚至能看到白森森的骨头。从伤口汩汩流出的鲜血已经不多了，因为已然差不多流干。

"快念！"他嘶哑着声音，仰天吼道。

朱瞻域和旗军不明就里，只有高台顶上的吴定缘听懂了。在这一刻，他才真正明白梁兴甫的用意。

病佛敌此时要施行的尸陀密法，不再是对吴定缘，而是对自己。他用这种疯狂不要命的打法，让身上的血肉被一条一缕地割下，与活剐无异。在这时念诵起尸陀密法的咒语，才能趁机去除魂魄中的世毒，让他得到大解脱，度去极乐世界与主公相见——至少梁兴甫是这么想的。

这么多年来，梁兴甫一心去"度化"别人。直到吴定缘骂了他一句"你为什么不去死"，他才恍然发现，最想见到铁铉主公的人，其实是自己。

"只要承受了和主公一样的痛苦，就一定能够去到主公去的地方，无论是极乐世界还是十八层地狱。"

梁兴甫并没有说出这句话，可吴定缘发现自己分明能听到这巨汉内心的呐喊。不知不觉，他泪流满面，也不知是为了病佛敌，还是为了父亲铁铉。

一连串咒语从吴定缘的口中流泻而出，反复念诵，飞下高台，飞入地狱般的血池阶梯。这些凭空杜撰的虚假咒辞，此时却仿佛真的具备了神佛之效。梁兴甫又被赋予了新的力量，振开双臂，再一次把三名旗军与他们的木盾轰下台阶，然后一脚踩碎了一个试图抱住自己腿的士兵的面骨，凶焰炽热，令人窒息。

躲在廊口目睹战况的朱瞻域，脸色阴晴不定。他是打算付出点代价，可没想到会是这么大。狭窄的地形让人数优势无法发挥，只能逐次添加，又赶上这么一位凶神镇守。在他死掉之前，任何人都别想冲上去。

朱瞻域正琢磨是否还有其他办法，身后一阵匆匆的脚步声传来。汉王终于赶到了，世子朱瞻坦紧追其后，只是面色惨白，似乎受了很大打击。

他们被那条堤坝阻挡了许久，到底也没敢硬闯，折腾了半天才绕路过来，可以说是大折面子。

"解决了没？"汉王劈头就问。

朱瞻域道："龙棺和吴定缘就在台上，只要解决掉守台阶的梁兴甫，大事可定。"汉王本想质问区区一个守卫怎么拖那么久，但一听病佛敌的名字，便把质问的话吞了回去。

"不能用弓弩吗？"朱瞻坦小心翼翼地说了一句。朱瞻域冷笑道："肃心道二哥你也走过了，廊道来回曲折，找不出距离，要不你亲自射一箭试试？"

朱瞻坦噎了一下，不敢回答。汉王抬起头来，恰好与高台边上的吴定缘四目相对，忍不住感慨了一声："这南京的小捕快，到底是何方神圣。咱们千算万算，怎么就没算到他？"

虽然两人是敌人，可这一份独闯午门、在众目睽睽之下劫走皇帝棺椁的胆识，令汉王突然起了惜才之心。朱瞻域道："佛母麾下一共两个护法。文有昨叶何，武有梁兴甫，现在都豁出性命去帮他。可见此人绝非池中之物啊。"

一听这话，汉王便放弃了招揽。朱瞻域安抚道："父王莫急，梁兴甫纵然凶悍，也已是强弩之末，两刻之内必见分晓。"

"不会再有什么变数了吧？"汉王又追问了一句。他现在被吴定缘闹得有心理阴影了。午门前本来大局已定，却被硬生生拖了大半天，煮熟的鹌鹑差点飞了。

"您看，龙棺就在高台之上，哪儿也去不了，敌人也只剩吴定缘一个。"

"那太子呢？"

朱瞻域舒展出笑意："回禀父王。儿臣在抵达之前，已联系了青州、沧州、天津当地守军，天津卫到京城之间的漕河，他们像篦子似的梳了三遍，没有踪迹。我又怕太子中途离开运河，绕路进城，所以连东边的东便门、朝阳门、东直门，南边的崇文门、北边的安定门都安排了人手，目前也毫无动静。"

"那他会在哪儿？"

"不知道，但这已经不重要。"朱瞻域回答道，"只要太子这会儿还没进京城，那无论如何也赶不及了。最后一个变数可以排除。"

"就是说……"其实汉王明白是怎么回事，但需要一个人大声地告诉他。

"两刻之内，父王您将从司天台迎下龙棺，送出正阳门。明天六月三日正逢天德值日，诸事皆宜，正合登基践祚。"

像是给朱瞻域的话做一个注脚，司天台下突然传来一声巨吼。这吼声凶悍无伦，可在场的人都听得出来，应该是困兽犹斗的最后爆发了。

两个浑身是血的士兵歪歪地撤下来，另外两个生力军迅速补上。他们矫健地跃上台阶，用长矛远远地去刺梁兴甫。两根矛尖同时刺穿他的小腹与侧腰，把他牢牢钉在高台边缘。可梁兴甫疯狂地挣扎着，硬是把长矛刺入的伤口扯大、扯松，然后整个人顶着矛杆往前挪走。

在两个士兵意识到该后撤的前一瞬，梁兴甫双臂一环，已把他们狠狠勒住。这已没有任何技巧可言，纯粹是以最原始的血肉相搏。随着周身骨骼发出咯咯的响动，两个人脸色迅速转青。其他同袍冲上来，疯了似的刀砍斧剁，砍掉了耳朵，剁掉了手指，削去了脖颈后的筋肉……可梁兴甫却如钢浇铁铸一般，一直保持着环抱的姿势。

一直到朱瞻域觉出不对劲，让他们住手时，士兵们才发现，这尊凶神已经死去多时了。他的身躯被长矛钉在石磴上，肌肤宛如被肢解凌迟一般，化为一团随意堆放的黑红烂肉。血管、脏器、骨头，东一块、西一条地裸露着。至于那两个倒霉士兵，早被勒断了脊椎骨，气绝身亡，失禁的屎尿顺着台阶流淌下来。

一阵悠长的诵经声从台顶传下来，笼罩在这一个壮绝惊骇的场景之上，每一个字都飘落在那堆烂肉的空隙里。吴定缘从来没如此虔诚地诵过咒文，他在这一刻，突然理解了佛母的那句话："他们活得太痛苦，总得给自己留个念想，哪怕是假的也好。"

梁兴甫的面孔已是稀烂一片，无从得知他在最后一刻是解脱还是醒悟。

"接下来，该我了吧。"

吴定缘背靠棺材，双手抱臂望向天空。璀璨的星辰正一点一点地在夜幕上浮现，仿佛有一股宏大的力量涌动其间，诉说着某种玄妙。他不懂什么星象，只觉得这么凝神观望，心情格外平静。

"梁兴甫去了他想象中的地方，我死后又会去哪里呢？群星之间吗？"吴定缘忽然觉得有点遗憾，如果是苏荆溪在场的话，一定可以回答这个问题。她什么都知道。

他听见盔甲铿锵，脚步杂乱，可懒得回头去看。几根火把高高举起，先是满脸警惕的几个士兵踏上台顶，然后是汉王与朱瞻域、朱瞻坦。

朱瞻域一眼便看到朱元璋的牌位搁在棺材上，朱棣的牌位不在，可也没绑在对方身上。他手疾眼快，过去先把牌位收走，士兵们扑上去，一把将吴定缘按倒在石板上。朱瞻坦在台上来回转悠，脸上的兴奋遮掩不住。

汉王没去理会这些，他现在的全部注意力都在龙棺之上。

它安静地搁在司天台正中，因为水渍的关系，上下颜色略显不同。汉王伸出手去，抚着微微翘起的棺边转了一圈，想要推开棺盖看看，可犹豫片刻，还是放弃了。眼见无限接近成功，他却突然涌上一阵意味不明的惆怅，一字一字吟道：

"棠棣之华，鄂不韡韡，凡今之人，莫如兄弟……这是当年兄长你教我读的，说是形容兄弟齐心。《诗经》太难念了，我只能背下来这四句，可又有什么用呢？你要怪，就怪我们的父亲吧。"

说完之后，他深深吸了一口气，把这点忧郁吹散，双眼重新放出光芒。汉王绕到了棺材后头，那根哀绳仍在。他弯腰拿起绳头，踌躇满志地朝台下看去。

吕震已经赶到了，他是行在礼部尚书，只要有他见证汉王牵起哀绳，引导出殡，整套流程就有了合法性。

只是不知为什么，吕震却一直没登台，似乎在等什么。大概他觉得一个人有点虚，要再凑几个重臣吧？汉王心想，忍不住冷哼一声。这些个勋贵与大学士，除了吕震之外，一个倒向自己的都没有，现在天地更易，倒要看看他们会不会审时度势。

又过了一小会儿，台下又跑来一人。这人刚一站定，便抬头喊道："汉王请速速下台，勿要僭越自误！"

杨士奇？汉王眉头一挑。之前这家伙跟张皇后一唱一和，给自己添了不少麻烦，怎么到现在还如此嘴硬？真想去做方孝孺不成？但奇怪的是，吕震也不赶紧反驳他，反而一声不吭。

杨士奇之后，其他重臣也陆陆续续赶到现场。在紫微殿外，还聚了很多盔明甲亮的军汉。汉王勉强辨认出有禁军诸亲卫与三大营的服色——这是知道新皇即将诞生，都巴巴地紧赶来效忠吗？

汉王和朱瞻域对视了一眼，都觉出一丝古怪。

这时一个如雷般的洪亮嗓音，像烟火一样抛在夜空，骤然炸裂："乱臣贼子！还不下台自缚，更待何时！"

这声音中气十足，如洪钟大吕，在场的所有人都觉得耳朵一阵嗡嗡。汉王不记得听过这个声音，朱瞻域也一样。父子俩同时朝台下看去，却见一个鼻梁硬直、眉角飞扬的年轻人正挺起胸膛，仰望大叫。

"你是何谁，竟然在这里喧哗！"朱瞻域忍不住叱责了一句。

"詹事府右春坊右司直郎于谦！"

这个名字并未带来多大触动，但"詹事府"这三个字却在汉王父子心中激起了轩然大波。东宫的幕僚们，不是都在金陵被炸成齑粉了吗？从哪里又冒出一个右司直郎？

汉王猛然想到一个可能性，瞳孔陡缩。朱瞻域的身体也为之一僵，差点跌下台去："不可能，不可能啊……"

没让他们等候太久，很快有三个人从肃心道里走了出来。最先出来的是一位白衣秀士，高冠长髯，眉眼与张皇后有几分相似；然后一名民装女子搀扶着一个年轻人缓步走出。

那年轻人方脸宽颐，脸膛黝黑，与陈列在太庙的永乐皇帝御影极为相似。只是他此时脚步虚浮，面色极差，右肩似乎还有包扎——唯有那一双眸子透射出凛凛锐光，如倚天巨阙，直直刺向司天台。

这一对叔侄四目正对，相顾无言，彼此都不知道该说什么才好。寂静之中，似有千言万语在激烈碰撞，又似乎什么都不必再说。一时间，就连司天台附近的夜风都为之凝滞。

最先打破沉默的，是朱瞻域。他失态地抓住台边，冲下面大喊："不可能的！我明明在通惠河上设了拦截的，明明在几个城门都安插了人手的，你怎么能进来？！"

张泉抬起头来，朗声笑道："狻猊公子你不熟北直隶水文，不知漕河到了武清地界，有一条无定水。此水常年淤塞，不堪作漕路之用，但在五月暴雨之季，跑跑轻船是没问题的。沿此河向西，可直溯茨尾河而到良乡。"

"良乡？"

良乡位于京城西南方向的房山，朱瞻域迅速在脑海中勾画出一幅舆图。

很显然，这是一招极其绝妙的声东击西之计。太子逃离南京之后，走的一直都是漕路，所有人都下意识认为他一定会沿卫漕、白漕、通惠河一线，从东南方向入京。谁想到张泉竟虚晃一枪，绕到西南方向的良乡进京，彻底跳出了他布置的层层包围。怪不得青州旗军在运河边上走了几趟都找不到人。

"我的人一直跟着海落船！它可没变过航线！"

"船不变，不代表人不变。没听过祖茂换帻救孙坚的故事吗？"张泉面色轻松，戏谑了一句。

杨士奇看了一眼吕震，也站出来道："幸亏张侯神机妙算。尔等追去东边的时候，我已接到报信，从西便门离开，去良乡接太子驾了。"

朱瞻域胸口一阵发闷，本以为占得先机，没想到却被张泉算得死死的。亏他还觉得万无一失，却没想到从一开始便陷入误导。尤其是吴定缘抢棺拼死朝东便门跑，更强化了这个误导，让他压根没想过去堵京城西边的城门。

他恨恨看向被压倒在地的吴定缘，突然发觉，这家伙也是一脸惊讶。难道他们事先根本没商量过？难道吴定缘也一直以为太子会从东南边进城？

原来你也不过是枚可悲的弃子！

朱瞻域略带怜悯地看了他一眼，再望向台下，却看到太子的神情颇为古怪。刚才朱瞻基还满怀仇恨地与父王瞪视，张泉说完那番话之后，他却把眼神挪开了，显得十分心虚。

有古怪……朱瞻域心想。

这时站在一干重臣前面的于谦，又开始大喊起来："汉王你不快束手就擒，难道还有胆气对抗皇威天军吗？难道还打算负隅顽抗吗？背负父命、戕杀兄侄、威逼寡嫂、谋夺家产，就算是寻常人家的逆子，犯了这几条也足以杀头了，何况你还是个亲王！窥视神器，罪不容赦，有悖人伦，恶不见宽！先皇天性仁慈，没有加以深责，没想到你怙恶不悛！恶性难移！天地君亲师，你对得起哪一个字？"

他的嗓门优势与才学，在这一刻发挥得酣畅淋漓。义正词严，滔滔不绝，如无数柄长枪大戈，朝着司天台上席卷而去。在于谦的斥责声中，禁军诸卫和京营的军队都纷纷集结过来，把高台团团围住。

他们先前与汉王取得的默契，是不参与宫中的争斗，毕竟汉王与两位藩王争夺皇位，胜负皆未可知。但当太子出现之后，一切都变得不一样了。朱瞻基的继承人身份无可争议，无论出于公义还是私心，这些人都必须毫不犹豫地站在这一边。

太子一现身，无论是武力还是法统，汉王都再无任何翻盘的可能。吕震早早退到了人群后面，汉王如今手里唯一的力量，就只剩下几十个守在台阶上的青州旗军。

汉王输了，他亲手组织出了无比宏大的两京之谋，一度无限接近龙椅，但终究还是输了，输得极为彻底。

就在所有人都以为这位藩王一定会发疯时，汉王却抬起手，像玩闹似的丢下一块石头来，于谦连忙朝旁边躲闪，不得不中断了讨伐檄文的喷发。

"瞻基吾侄啊，今天是几日？"汉王居高临下问道，语气异乎寻常地平静。

"六月初二。"朱瞻基回答，这段时间他对日历更替极为敏感，记得格外清楚。

"六月初二啊……还真是巧。"汉王居然笑了，"整整二十三年前，也就是洪武三十五年的六月初二，你可知道那一天发生了什么吗？"

洪武三十五年其实是建文四年，只不过永乐皇帝登基之后，抹去了这段尴尬的时间，把洪武年号延长了四年。这段典故在场君臣人人皆知，只是不知汉王为何突然提起这个来，难道是气疯了？

朱瞻基目不转睛地盯着他，向于谦做了个不要插嘴的手势。

"在那一年的六月初一，先皇率军进至浦子口。当时我军形势一片大好，只要渡过江去，金陵便可收入囊中。可盛庸与徐辉祖还在顽抗，他们在浦子口设下伏击，竟困住了先皇的中军。那一场仗打了足足一天一夜，先皇始终不能脱困，几乎要答应议和北归。若真如此，所有的努力都将功亏一篑。到了六月初二，本王和靳荣带着一千番骑赶到，死死顶住了南军的攻势。"

汉王讲起这些事来，变得神采奕奕。

"先皇得知我赶到之后，大为喜悦。他说我已经精疲力尽了，但我儿子还可以继续打下去。我正要率众厮杀，先皇拿起节钺，敲了敲我的背，又说了一句话：'勉之，世子多疾！'"

讲到这里，汉王的调门突然升高，像是发泄似的，声嘶力竭地大喊："勉之，世子多疾！勉之，世子多疾！"

这件皇室秘辛，之前没人知道。诸多大臣、军将面面相觑，都觉得有些不可思议，就连朱瞻基的面色都为之变了变。

"你要加油啊，你大哥身体不太好。"

众人都是朝堂混出头的，都听得出来，永乐皇帝这句话的意思，可真是太深了。

"当时我非常振奋，打起仗来如同添加了无穷的力量，一口气击破了南军的防守，打开了局面。靖难之役最终功成，都是我的功劳！那是父皇给我的奖励，是我应得的。"汉王的情绪亢奋起来，"这是一句多么危险，又多么有诱惑力的劝勉啊。若没有这句话，我也就安心去做一位藩王，舒舒服服地度过此生。可父皇偏偏要这么说，他解开了我心中的锁链，放出了猛虎！"

汉王回过头去，用手指弹了弹那具棺材：

"从那以后，每一次见到兄长，我脑海里都在盘旋着这一番话，无法驱除，无法忘掉。从世子多疾，等到了太子多疾，从太子多疾，等到了天子多疾。我知道，有瞻基你在，就算天子病崩，我也没什么希望，可父皇的那一句话，却不肯轻易消失。这二十三年来，它每晚都会在我的脑海里盘旋。勉之，世子多疾！勉之，世子多疾！勉之，世子多疾！勉之，世子多疾！简直如魔怔一般，让我夜不成寐。

"你们这些大臣，都弹劾过我，说我暴戾恣睢，说我横行霸道。可你们有谁去深究过，到底是谁把我折磨成这样的？"汉王近乎咆哮地捶着棺材盖，"这一切，都要怪你的皇爷爷！他既无改嗣之心，为何又给了我一个希望！给了我希望，为何又要将其断绝！他放出了我心中的猛虎，任由它咆哮，却不喂食，如果我不做点什么，迟早会被这句话折磨疯掉。我能怎么办？猛虎无人喂食，就只能自行下山，择人而噬！"

明知大局已定，朱瞻基还是忍不住后退了一步。刚才那一瞬间，汉王的眼神绿油油的，真的就像一头噬人的饿虎。

"二十三年前的六月初二，本王的人生彻底发生了改变。今天也是六月初二，这个折磨，也该到头了。"

于谦忍不住叫道："你以为这么说就能得到宽宥吗？"汉王淡淡看了他一眼："我只是在教导我的侄子，本王到底是个什么人，为什么要做这些事。"

朱瞻基望着自己这位叔父，百感交集。从确认了汉王是幕后主使开始，他便怀着滔天的恨意，无数次在脑海里想象该如何杀死这个奸贼。如今大仇即将得报，可他却没有想象中的快意，反而被一种极复杂的情绪所笼罩。

汉王说完这些，像卸下了一副重担。他侧过身子，瞥了眼瑟瑟发抖的朱瞻坦，走到朱瞻域面前，亲切地抚了抚他的背部："瞻域，你的心情，为父知道得一清二楚，因为我这二十几年来，就是这么过来的。我原来一直压制着你，就是怕一句话说错，让你跟我一样受煎熬。看来我错了，早该放你争上一争，也许今日局面未必如此。"

朱瞻域肩膀一震，似乎承受不了这突如其来的慈爱。

"虽然已经迟了，但本王还是得说。你，才是我心目中最合适的世子人选。请你原谅为父出于私心，没能早点告诉你。"

一声低沉的呜咽，从浑身颤抖的朱瞻域口中传出。他抱住汉王的大腿，号啕大哭起来。汉王慈祥地摸了摸他的脑袋，说："好了好了，别哭了，咱们父子同死，也算是一桩团圆。"

"不！我们还有机会！"

朱瞻域突然抬起头来，一抹泪水，一下子把汉王的随身短匕从腰间抽出来。趁汉王一怔的空当，他冲到吴定缘旁边，揪着头发将他拖至高台边缘，匕首在咽喉上一横："太子，你若不放我父子离开，今日他就要死在你面前！"

朱瞻域的这个举动，让台下"轰"地议论开来。汉王皱着眉头道："你这又是何苦……一个捕快而已，又能威胁得了谁？"朱瞻域紧抓匕首，咬住嘴唇："不搏上一搏，怎么知道！"

台下的众人先是一惊，旋即都放下心来。用谁胁迫不好，选了这么一个小人物，跟一位犯了谋篡大罪的藩王相比，孰轻孰重，显而易见。看来汉王一党真是穷途末路了。

可大臣和军将们慢慢发现，气氛不太对。太子一直没有吭声，就连那个慷慨激昂的于谦，也突然哑火了，原地憋着，一句话都说不出来。

吕震见机最快，凑上前来劝道："太子殿下，还请尽快下令进剿！臣愿亲冒矢石，为主分忧！"太子冷冷看了他一眼，从喉咙里扔出一句："滚开！"吕震像是猛然撞到一根石柱，脸色急遽变化，先是涨红，又变铁青，与惨白交替闪现。

斥退了吕震，朱瞻基斜过头，看了眼身旁的苏荆溪，淡淡道："苏大夫，你把头簪拔下来了？"苏荆溪"嗯"了一声，仍旧挽着他的手臂。

"万一我不管他死活，狠下心来进攻。你是不是打算用这簪子顶到我脖子上，胁迫朝廷退兵？"

"嗯。"

朱瞻基有点生气，他索性一抬下巴，亮出脖颈："那你抓紧时间，本王随时会后悔。"

苏荆溪握着头簪还没有动，于谦却跑到太子面前。他二话不说，一撩袍子跪倒在地："殿下，臣请罪。"

"你又怎么了？"

"臣见小我而忘大局，顾私谊而忘公义。本该赴社稷之危，舍己讨贼，却妄生错念……"

"别说废话！"

于谦涨红了脸，极其艰难地开口道："臣恳请殿下，保下吴定缘一命。若于国事有所妨碍，臣愿一力承担罪责！"说完他从怀里掏出那个小香炉，轻轻搁在地上。

朱瞻基看看于谦，又看看苏荆溪，气恼得笑起来："你们两个王八蛋，把我当什么了？我是堂堂大明太子，马上就是皇帝了。这时候放篡位的逆贼离开，天下人会怎么想？"

于谦满脸羞惭，知道事不可为。苏荆溪正要有所动作，朱瞻基俯身捡起那残破的香炉，轻轻叹了一声："你们当我是太子，我自然不可能为了一个区区捕快而废了国家大事；可那家伙从来没真把我当是太子，我听得出来，哪次叫殿下他都不是心甘情愿的。"

"殿下……"

"他只把我当朋友，那我也只能以朋友的身份来回应了。"

朱瞻基甩开苏荆溪，跟跟跄跄地朝前走去。他这一路上，肩上箭伤反复发作，再加上最后一段进城的路程赶得极为匆忙，到现在已是强撑而已，感觉随时会倒地。可是此时他身上散发着一股拒绝的威严，令其他人都不敢靠近。

朱瞻基径直走到高台底下，抬起头来：

"叔父，瞻域，你们把吴定缘放了。本王答应今日放你们出城。咱们朱家自己的账，回头再算。"

他说得平淡，可因为周围太过安静，反显得格外洪亮，在司天台周围久久回荡着。

这一句话掀起了轩然大波。包括杨士奇和张泉在内，无不大急。折腾了这么久，眼看可以彻底铲除奸贼，怎么能放虎归山呢？可太子丝毫不为所动，挺直了身躯，等待着回应。

就连汉王自己都不敢相信，太子居然为了这么个小人物，愿意放自己离开？他把疑惑的眼神投向朱瞻域，后者把短匕稍稍放松了一些："儿臣说过了，这家伙绝非一般人。"

朱瞻域试图看穿对方，但吴定缘一直面无表情，就连听到太子为了他而放弃追杀汉王，都殊无喜色。但朱瞻域恍惚看到他的嘴唇嚅动了一下，似乎滑出三个字："大萝卜……"

"大萝卜？"

朱瞻域不是南京人，不知这话是什么意思，但听起来不是好词。以他的经验，似乎只有自家几个兄弟年幼时一起玩耍，才会如此嘲笑对方。

这时汉王已经喊道："你敢对着洪武爷的神主牌位和你父亲的棺材起誓吗？"

朱瞻基毫不迟疑，把那小香炉搁在身前，一手抚膺，一手高抬："我朱瞻基对天、对祖宗和先皇发誓，今日放汉王一众离开，敕归乐安州就藩，如有违背，天打雷殛。"

这不是赦免，只是宽限他归藩待罪而已。汉王也不指望这种罪过得到赦免，只要能顺利回去就好。

待朱瞻基发完誓之后，汉王总算放下心来。他环顾四周，对残存下来的青州旗军说道："你们辛苦一场，都快快散去吧。投降也成，脱甲也好，莫耽误了自家性命。"这班士兵扔下武器，齐齐跪倒："我等性命，早已交给靳将军。甘愿跟随殿下回山东，虽死不退。"

汉王有些感动："好，好，我会设法把靳将军也送去乐安州。咱们当年在战场上一起出生入死，现在死在一块，也不枉同袍一场。"

他讲起这话来，全无避讳。杨士奇和张泉远远听去，互换了一个无奈的眼神。本来全胜的局面，居然因为这么一个小人物，又有了起伏。这下子除了汉王，最死硬的一批战士也跑去乐安州了。他日就算去进剿，又要多费一番手脚。

可太子已经起誓，君无戏言。两人只好发出命令，让禁军与京营都散开，让出一条离京的路来。无论如何，这一场围绕着皇位的离奇纷争，总算能够告一段落了。

青州旗军陆陆续续沿着台阶走了下去，汉王把洪武皇帝的牌位摆在兄长棺材的上头，跪倒在地郑重一拜，然后也准备朝台下走去。

朱瞻域见禁军没有动手的意思，微微松了一口气，放下短匕，对吴定缘道："我能不能最后问你一个问题。"

吴定缘睁开眼睛，不置可否。

"你到底是什么人？"

吴定缘淡淡道："我是铁铉的儿子。"

听到这个回答，朱瞻域一双小眼倏然瞪大。此前的种种疑问，飞速在他的脑海里接续、相连，几乎拼凑出一幅完整的图像。

"竟然是你……"

话未说完，旁边一个黑影猛然冲了过来，双手在朱瞻域背后狠狠一推。朱瞻域全无防备，直直从高台边缘朝外跌去。他情急之下，试图要去拽吴定缘，却连带后者也失去平衡，两个人双双从高台摔下去。

台下的朱瞻基、苏荆溪和于谦同时"啊"了一声，一起上前。这司天台高七丈有余，肉身从上面摔下去，就是梁兴甫也必死无疑。

可是下落之势何其迅捷，他们刚刚挪动脚步，就听到"噗""噗"两声沉闷的撞击声传来。朱瞻基离得最近，他一瞬间觉得喉咙发干，心跳加速，两条腿登时抖得走不动了。幸亏于谦从身后扶了他一把，否则真可能一屁股瘫坐在地上。

苏荆溪看也不看太子，飞快地冲到那两个人坠落之处。她见到狻猊公子趴在地上，头颅摔裂两半，两只眼睛朝着相反方向斜去，鲜血淋漓下极为可怖。吴定缘因为坠落稍迟，一半身子压在了朱瞻域的身上，双目紧闭，生死不知。

苏荆溪轻轻拿起他右腕去探脉搏，可手抖得太厉害了，无论如何都掐不准。她毫不犹豫，用头簪在自己大腿上一刺，血光四溅。剧痛暂时冲散了惶恐，令她可以全身心地投入施救。

在高台之上，一阵狂乱的吼叫声传下来，竟是世子朱瞻坦的声音。

"我才是世子！听见没有！我才是！"

随后传来一声响亮的耳光声和汉王的怒吼："孽畜！"朱瞻坦像着了魔似的，手舞足蹈，就算是父亲的耳光，也无法抑制他的狂躁：

"你不是想把我的头衔给他吗？你现在给啊！给啊！看看死人怎么跟我抢！哈哈哈。"

汉王气得直哆嗦，想要抬手去打，可朱瞻坦大笑着站在洪熙皇帝的棺材上："你把我这个弑杀兄弟的逆子活活打死好了！"

一听这话，汉王狰狞的神情僵住了，他颓然放下手掌。

"也罢，也罢。"

他也不去看朱瞻坦，转身摇摇晃晃地走下司天台。那背影一瞬间竟被抽光了所有的精气神，俨然如晚秋枯叶一般。

"棠棣之华，鄂不韡韡，凡今之人，莫如兄弟。"

疲惫的吟诵声在夜空中响起，说不上是感慨还是讽刺。汉王一步步走下台阶，声音缭绕在司天台周围。

"死丧之威，兄弟孔怀。原隰裒矣，兄弟求矣。

"脊令在原，兄弟急难。每有良朋，况也永叹。"

台旁的几棵大槐树上，不知何时落满了乌鸦，呀呀地叫着。洪熙皇帝当年教他的《棠棣》全篇，原来汉王一直都背得出来。至于他此时是吟给谁听，却没人知道了。

"兄弟阋于墙，外御其务。每有良朋，烝也无戎。兄弟阋于墙……兄弟阋于墙……"

随着汉王的离去，吟诵声也逐渐消失。那七丈有余的青森高墩，依旧漠然地矗立于黑夜中，直望星空。

无论是台基下那具破裂的尸身、钉在台墩上的硕大躯体还是台顶那具棺材里开始腐烂的遗体，无论是失魂落魄的老人、昏迷的年轻人还是手舞足蹈的疯子，都不能让它有分毫改变。

它的使命，是观测星辰运转、预测人间福祸，所以绝不为两者所动摇。

两京 十五日

第二十九章

吴定缘做了一个梦。

说不上是美梦，也说不上是噩梦。

他梦见自己回到了五月十八日的午时，回到了秦淮河边、扇骨台前。他再度目睹了太子龙船的爆炸，只不过这次河面上一个幸存的人影也看不到。

南京城陷入了混乱，但这一切都跟一个小捕快无关。他回家之后，铁狮子还没回来，但请人捎话，说正忙着办案。还好妹妹在，给他温好一壶酒，吴定缘心安理得地躺倒在床上。

外面的混乱很快便平息了。吴不平回家之后，说是白莲教作乱，已尽数伏法，可惜东宫全军覆没。又过了一段时间，京城传来消息，天子驾崩，因为其他几个儿子年纪尚小，临终遗诏让弟弟汉王监国。没几天，汉王变成了天子。

这一切变化，都跟吴定缘无关。他一如既往地颓废、懒散、平静。只是每次穿过正阳门、路过后湖、东水关或大纱帽巷时，他便有一种奇怪的情绪涌现，仿佛有什么重要的事情遗忘了。每到这时，耳畔便会响起声音，有时是洪亮的男声，有时是温柔的女声，它们很陌生，但又都很熟悉，这些声音总会问同一个问题：

"这就是你想要的人生吗？"

吴定缘懒得回答，这些声音很快就消失了。可有一次，吴不平回到家里，吴定缘看到父亲背后跟着一个巨大的黑影。这黑影看不清轮廓，却威压感十足。

一个粗粝的男子声从黑影深处传出来，不是人话，似是什么咒语。一听这咒语，吴定缘的头便开始剧痛，周围的世界也随之摇曳晃动，很快便虚化重组成一间漆黑的牢房。阴森的火光跃动，一个面色狰狞之人缓缓走进了牢房……

"啊！"

吴定缘猛然惊醒过来，喘息不已。

待得神志稍定，他环顾四周，才发现自己躺在一张拔步床上。这床横铺三层锦褥，外头小银钩上挂着紫纱帐幔，遮住了外面的耀眼光线。他一撩纱帐走出去，发现自己原来是在一间轩敞静室内。

屋子布置得素雅简单，又不失大气。窗边一张花楠小几，上头的胆瓶里插着一枝牡丹，花瓣上还沾着露水，显然是今早刚换的。案头一支檀香正燃起袅袅青烟，香气飘到旁边一座祁阳石描蝴蝶的围屏前，便蜷聚在一处，久久不散。

吴定缘揉了揉脑袋，努力回想之前发生了什么事。他最后的记忆，是从司天台上掉下来，然后就什么都不记得了。现在身体别处还好，只是右手依旧缠着大块棉布，他试着想控制手指，却如石沉大海。这里被狻猊公子用火铳击穿，只怕是彻底废掉了。

一个人掀帘走了进来，吴定缘一见，倒是个熟人，正是在太庙前被他剥光衣衫的海寿。海寿见他醒了，大为惊喜，说陛下让我在这里守候，您可算是醒啦。

吴定缘问这是哪里，海寿回答说是在杨士奇杨少傅府上。

海寿叫来几个侍女，伺候吴定缘洗漱更衣。他何曾享受过这等待遇，只好一身僵硬地任由她们摆布。好不容易折腾完了，又来了一位黑袍医师诊治，一番检查下来并无大碍，这才离去。吴定缘还没喘口气，外头廊下咚咚咚一串脚步声，一个青袍男子推门兴冲冲地进来。

"小杏仁？"

于谦的脸色变了变，但见吴定缘脸色仍有些差，终究还是忍住了："你现在感觉如何？"吴定缘摸了摸后脖颈："好歹还活着……昨晚到底怎么回事？"

"昨晚？你都昏迷四天了！如今已是六月初六，正赶上天贶节吃糕屑。"于谦拍拍他肩膀，同情地说。

吴定缘没想到自己居然昏迷了那么久。他看看窗外的明媚日色，发现之前的梦境正在迅速褪色，另一种可能的未来转瞬便忘却了。

"怎么只有你在？荆溪呢？"

"苏大夫这几天没歇着，日夜在榻前看护，这会儿出府采办药材去了。你急什么？"迟钝如于谦，也咂摸出一点不同的味道。

海寿在旁边听到这里，赶紧躬身行礼，然后招呼其他人一起走出门去。剩下于谦一个人，不待吴定缘发问，便喋喋不休地讲起后来的事来。

六月二日那一场大内纷争，不能公之于众，所以还得给天下人演一出戏。太子不辞辛苦，在六月三日又出城了一次，在良乡等着百官携洪熙皇帝的"遗诏"来迎接。

那一段纷争被刻意抹掉，最终在翰林院史馆的正式记录中，是如此记载的："五月庚辰，上不豫，玺书召太子还。五月辛巳，大渐，遗诏传位皇太子。是日，崩于钦安殿。六月辛丑，太子还至良乡，受遗诏，入宫发丧，导龙辀出正阳门。"

　　"听着挺傻的，但流程上必须走这么一回。"于谦解释道。

　　"大萝卜就这么……当上皇上了？"吴定缘咂咂嘴，觉得有点不可思议。

　　于谦面色一板："快闭嘴！不可无礼！好吧，他还没正式即位，不过也快了，行在礼部给出的日子是六月庚戌，也就是十二日。"说到这里，他忍不住感慨万分。回想五月十八日那一天的窘迫与惊险，真是恍如隔世。没想到一个必死之局，居然就这么一点点被掰回来了。

　　"对了，南京那边的好消息也传来了。襄城伯和郑太监都相继苏醒，狠狠地处理了一批人，局面大定。"

　　"那汉王呢？"

　　一说这个，于谦更兴奋了："你大概还不知道。推朱瞻域和你下台的人，是汉王世子朱瞻坦。啧啧，汉王这个两京之谋啊，以兄弟阋墙始，以兄弟阋墙终，也真是讽刺。"

　　吴定缘虽不懂"兄弟阋墙"之意，但见于谦难得毒舌一回，想必不是什么好词。

　　于谦接着讲道："君无戏言，陛下既然做出了承诺，便如约放汉王、朱瞻坦与那批青州旗军离开了京城。但是，有数支京营紧紧跟随那支队伍，形同押送。汉王他们除了乐安州，哪儿也去不了，而且要日夜兼程，中途途经任何州县，都片刻不得停留。也该他们体验体验咱们的苦楚了。"

　　"大萝……皇上就这么放过他了？"吴定缘觉得有些不可思议。

　　"还不是因为你！"于谦忽然搓了搓手，声音里多了一丝惭愧，"太子绕路进城这事吧，虽是张侯的计策，但陛下也负疚于心。这几天他一直跟我念叨，说该怎么跟你解释。"

　　吴定缘"嗯"了一声，没说什么。苏荆溪早提醒过他，张泉必有隐瞒，只是没想到他居然玩得这么绝。

　　抛开道义不谈，张泉这一招"声东击西"，用得实在漂亮。先用吴定缘做诱饵，把京城全部注意力调去东边，然后趁机跳出狻猊公子的拦截圈，西入京城。倘若按照原计划走通惠河，只怕没过通州，便被如狼似虎的青州旗军给围杀了。

　　只用吴定缘一条性命，便能换得太子翻盘，换了谁来筹划，都会这么选择。

　　于谦见吴定缘没吭声，以为他心结未解，便劝道："我可以做证，陛下一直到了无定水上，才知道张侯的计划。他当时可生气了，甚至还骂了自己的舅舅，当即就要下船,最后还是苏姑娘出面,才勉强抚慰住他。后来你也看见了,他为了一个小捕快,居然连篡位藩王都放过了,这真是千古未遇的奇闻。"

"行了行了,你别解释了,我没事。"吴定缘摇摇头,"这么不划算的买卖,难道他就不想想,接下来怎么办?让汉王一直待在乐安州,和没事人一样?"

于谦正色道:"事后朝廷彻查,发现汉王的谋划,可不止我们所见的部分,山东、山西、天津、北直隶皆有军兵响应,真被他形成了合势,又是一场靖难之役。所以几位重臣的意见是,把汉王暂时先放归乐安州,也不失为一招安定人心的措施。待陛下顺利登基,彻底掌握了局面,再一个一个收拾不迟——所以连吕震,陛下都没多加申饬,仍留原职。"

"那个吕震?连他都留着,是等着过年吗?"

吴定缘有点不相信。那家伙在午门前屡屡作梗,先是故意挑起两位藩王的纷争,然后又抛出太子遇害的消息,每次都恰到好处地让汉王推进图谋。这样的人,朱瞻基都不处理?

于谦苦笑:"吕震太狡猾了。从头到尾,他从来没明确支持过汉王,他说的每句话单拿出来听,都是出自公心,要不就是受人蒙蔽。陛下也捉不出他什么明显罪证,就先放着了。别说他了,就连汉王,明面上也没说过要做皇帝,只说是来监国。两京之谋又不能公开,陛下都没法公开发诏书说他有篡位之心,只能暗地里先压制住,再找个别的理由……"

这些朝政官场上的弯弯绕绕,吴定缘听得有些不耐烦:"总之大萝卜现在赢了,对吧?你升官了没?"

于谦一抖青色袍角,面上微有骄色:"承蒙陛下不弃,我如今忝为都察院山西道御史。"吴定缘在南京城见过那些御史,个个是头上生角、鸡子里也要挑骨头的矫情人,一听于谦居然去做御史,眉头一皱:"大萝卜忒小气了,怎么不给你个宰相干干?"

"胡说!胡说!"于谦既惊且怒,朝窗外看了一眼,"我才多大资望,哪有一步登天的?那不成了幸进小人了吗?循序渐进,这才是朝廷爱护。"

吴定缘眯起眼睛,也看向窗外:"那他欠我那些钱,什么时候还?"于谦一怔,旋即想起来了,当初太子要吴定缘护送北上,答应给他五百零一两纹银,再加上一袋珍珠。

"至于给你的封赏,朝廷里的议论声可不小。你立下大功不假,可擅闯太庙、亵渎神主、踩踏梓官,也犯了不少忌讳,尤其是那块永乐皇帝的牌位,被你弄成两段……"

吴定缘听起来一点都不在乎:"我又没问这个,我是问欠账啥时候还!还了我好早点回南京。"

于谦一时不知道他是在开玩笑，还是真心实意。正在此时，门外忽然传来海寿的声音："吴公子、于御史，陛下传过口谕来，请两位进宫。"

这么快？两个人都是一怔。吴定缘这才苏醒没多一会儿，皇上就知道了？他俩随即会意，肯定是皇上跟海寿叮嘱过的，人醒了以后，第一时间就得向官内通报。

"正好，你去问陛下直接讨账吧。"于谦促狭地说了一句。吴定缘本想等苏荆溪回来再说，可现在皇上召唤，不得不立即动身。

此时府外已经停好了两抬软轿，海寿还颇为细心地铺了一层毡毯，坐上去丝毫不硌。两人上了轿子，在两匹马的导引下朝着皇城而去。

杨士奇的府邸，恰好就在司天台不远处的东总铺胡同。所以六月二日当夜，吴定缘摔伤昏迷之后，就近被送入这里救治。软轿出了杨府不远便是贡院，转向南边数百步后，便来到贡院南街与长安御道交叉的位置。

当日这里被无数百姓垒起长堤，抵住了洪水与汉王。如今四天过去，吴定缘向四周张望，发现大街恢复了往日的宽阔，堤垒痕迹已半点无存。取而代之的是摩肩接踵的车马行人，杂乱无章，但洋溢着旺盛的活力。

吴定缘饶有兴趣地观察着这些平头百姓，惊叹于这座城市的恢复能力。自从大水退去之后，各处城垣需要重建，官宦府邸需要修补，百姓家私需要添置，公廨庙观需要整治。京城对物资的巨大需求，把周边商贩们与民夫们全都吸引了过来。朝廷乐见民间可以自行解决，便大开四面城门，不收榷税与入城税。是以这几日的京城格外热闹，似已从那场汹涌的洪水中恢复元气。

吴定缘抵达京城时，一直是凄风暴雨。所以他对北京的最初印象是一座潮湿、阴暗的混乱大城。今天夏日炎炎，阳光大炽，他才见识到这座年轻大都的真实面貌：御街严整笔直，廊铺井然有序，街道纵横交错，构成了一个极富秩序感的空间。湛蓝的天空上，不时会飞过一只大鹰，叫声清亮。

相比起精致繁冗的南都，这座诞生没几年的新城显得十分粗糙，很多细节缺乏雕饰。但它整体上透着一股跃跃向上的气质，开阔昂扬，全无金陵的暮气沉沉。吴定缘现在稍微能理解，为何朱棣决意要迁都到北京。都城决定了王朝的性格，他不想让大明过早陷入颓废与安养，还想要保持住开国时的锐气。

"哎，永乐十九年，我就是从这个路口进的贡院，参加辛丑科会试！"于谦兴致勃勃地指着路旁的建筑，"那时候大城刚建起来，路面都还没平整完，考官说我们是新都第一批进士。"

吴定缘没理睬他的怀旧，径直问道："这边的堤坝，后来给拆了？"

"拆了，一来影响交通，二来朝廷脸面有点过不去……"于谦的语气有些微妙，

"朝里有些人，还打算把那个叫周德文的大兴厢长治罪。但我说服陛下给驳回了，毕竟汉王被这道堤坝拦了很久嘛，也算有功。"

听于谦的愤愤口气，朝廷似乎并不知道昨叶何的存在，只当是周德文组织的民众。看来她在事情结束之后，便早早隐匿了身形。

"要我说，这本来就不是什么罪过。有灾则远近相济，有盗则结堡互守，朝廷救不得，百姓难道还不能自救吗？周德文没错，换了我在现场，也会干一样的事。"

"小杏仁你对这件事很在意啊。"吴定缘见他越说情绪越是激动，有些好奇。

于谦轻轻叹了一声："你还记得在淮安的事情吗？"

"孔十八？"

"当日我从方笃那里借兵救太子，没想到把孔十八给抓了。离开淮安之后，我才知道孔十八闹事的前因后果，实在追悔莫及。明明是官府做差了事情，他不过是求自保而已，却要承受责罚，这公平吗？这几天，我一直在想，淮安孔十八，京城周德文，他们到底做错了什么，换我易地而处，该怎么做才好。"

"结果呢？"

"我想不出来。"于谦摇摇头，"陛下跟我说，他跟着孔十八造了一次反，就什么都明白了，你也应该试试。于是我找到周德文，跟着他在修补宣武门墙垣的工地待了两天。这两天时间，我跟民夫同吃同住，跟他们聊了很多，听了很多。"

吴定缘讶然地看了于谦一眼，他脖子以上的皮肤确实比之前黑了点，原来是干这个去了。

"我现在明白那条堤坝的意义了。这一座城市，不只是墙垣，不只是天子，不只是百官，更是生活在其中的黎民。即使城垣坍塌，天子不在，即使百官无所作为，只要百姓人心未失，它便能够自我拯救。孟子那一句话：民为贵，社稷次之，君为轻，原来是这个道理。"

于谦抬起手来，遥遥指向西边那一片巍峨高大的建筑群。

"北京城是在十八年建成的，我是十九年进士，可以说是看着这座城诞生的。有朝一日它若遭劫难，我希望能像周德文那样，哪怕皇上和百官都不在了，也能挺身而出，拼了性命护得它周全！"

吴定缘没想到，一条堤坝居然引出了这么一大段议论，看来对于谦的触动当真不小。他本想习惯性地挖苦两句，可一见到对方双眼熠熠闪亮，到底还是把话咽了回去。这家伙的表情太认真了，认真到让人不忍去伤害。

"你也是一个大萝卜。"吴定缘摇头道。

两抬软轿晃晃悠悠过了东安门，绕进承天门。午门前已经被收拾得一干二净，再不见任何洪水痕迹。他们从侧面的掖门进到紫禁城内，穿过空旷的三大殿工地，来到了乾清宫南端的一处庑房内。

太子尚未正式登基，不宜在正殿理政，暂时先在这里的书房处理诸项事务。

海寿通报了一声，然后把于谦和吴定缘带进屋来。

朱瞻基正半靠在锦垫软榻上，他气色略虚，但精神还好，身着一袭衰服，只有右肩鼓鼓囊囊，应该是箭伤被重新包扎过。一个宦官举着一张图纸，在他面前指指点点。

那宦官身材矮小，眉目与中原人迥异，正是阮安。朱瞻基看见他俩来了，面上一喜，对阮安说你先走吧。

阮安收起尺规，躬身告退。他离开时，主动朝吴定缘打了个招呼，一本正经地说："京城之变的文书，我已向陛下都交割清楚了，你可以再查验一次。"他指了指榻边，那一尊小香炉压着几张纸，那是张泉托吴定缘转交的亲笔手书，阮安为人仔细，居然连包信笺的纸皮都保留下来，悉数上交。

阮安离开之后，于谦拽着吴定缘正要叩拜，朱瞻基一脸尴尬地挥了挥手，说："算了算了……"吴定缘膝盖刚刚一弯，一听这话，倏然又站起来了，只是目光仍旧不肯直视。

于谦知道他的毛病，抬眼见朱瞻基没什么反应，才算放心。

当值的小宦官搬来两个圆墩，让两人安稳坐下。朱瞻基朝阮安离开的方向一晃下巴："我说吴定缘，你是不是曾替朕做主，许他为京城修建九门九闸啊？"

吴定缘垂下瘦削的面孔，看着地板上的石纹："那会儿情况紧急，哪怕他要当太子，我也得答应。"

"你瞎许愿，人家可当真了。好家伙，这阮安打着交割文书的旗号跑过来，原来是为了要工程呢。说是我答应的，要把三大殿工程停了，先修起九闸再说——朕没想到内官之中，还有这么耿直的人。"朱瞻基说到这里，笑着摇了摇头，"但他说的也有道理，若再来一次六月初那种洪雨之灾，朝廷颜面都要丢尽了，还是早点解决的好。"

他自从做了皇帝，说话语气都变了，比从前稳重，隐隐还带着一种上位者的威严。于谦连忙道："此事关乎民生，陛下圣明。"

朱瞻基斜倚着软榻，从手边奏牍里抽出一张金边纸，递给两人："正好，翰林院还拟了几个年号，我还没顾上选呢，你们俩帮我看看？"

于谦有点激动，这可是一桩殊荣。他接过纸来，看到上头列了"太兴""永延""宣德""崇义""至宁""正统"等十几个名字。于谦还没研究明白，吴定缘已经往纸上一点："我觉得这个好。"

这还真是破天荒头一遭。其他两人连忙一看，他选的是"宣德"。朱瞻基问他为什么。吴定缘道："这个笔画多点，自然是吉利的。"

"……"

朱瞻基示意宫女与海寿都离开书房，然后往锦榻上一瘫："咱们现在能正常点讲话了。这几天你篾篙子倒睡得舒坦，我可是累得要死。没想到当皇上这么麻烦！"

于谦吓了一跳："陛下您可不能这么说，传出去怎么得了！"

"我这不是把外人都撵走了吗？就咱们仨，还不能容我叫叫苦啊？"朱瞻基揉了揉自己的两个黑眼袋，没好气地抱怨，"苏大夫呢？她怎么没一起来？"

于谦忙道："她外出采药去了，说京城药铺人心狡诈，必须亲自验过才放心。"朱瞻基很是遗憾："苏大夫真是医者仁心。你们瞧，她知道我为国事操劳，昨天还配了补神的汤药给我。太医院那群废物还不乐意，劝我别用民间野医，被我结结实实骂了一顿。"

榻边的小香炉旁，搁着几个黄纸扎起的小药包，细绳打得颇为精致。黄纸外皮满是印字，大概是从哪本旧书上拆下来的，但每个药包上头都有一行清晰的新墨大字，字体隽秀，是苏荆溪细心写下的配伍与煎法。

"要没有苏大夫这方子撑着，我只怕早累趴下了。唉，她还有自己的大仇未报，我这几天事情太多，都还没抽出时间来关注，实在不好意思见她。"

朱瞻基把手边的奏牍一张张拿出来数："年号还算是小事。你们瞧瞧，京城洪灾得善后，汉王的党羽得查，南京的局面得安抚，山东驻军得笼络，先皇的谥号和庙号、我母后的徽号得议，先皇的梓官现在运到天寿山了，可还没地方搁呢。还有废漕河、迁都两件大事要议，简直没完没了。"

"陛下莫急，治大国如烹小鲜，不可操切，循序渐进便是。"

朱瞻基捧着奏牍，很是感慨："说来也怪。父皇也罢，东官师傅也罢，原来也讲过这些东西，可我总觉得隔层纱。这十五天沿着漕河走了一圈，再回过头看这些奏牍，忽然便觉得清澈通透，看出很多不一样的东西。红姨、白龙挂、汪极、郑显悌、孔十八、靳荣、狻猊公子、昨叶何、梁兴甫，就好像被运河一根线全牵扯了起来，朕怎么批阅，他们什么反应，历历在目，全局都跟着鲜活了。纸上得来终觉浅，绝知此事要躬行啊。"

于谦老大怀慰："陛下能有此感悟，实乃国家之幸、黎民之福！"

朱瞻基道："现在回过头想，朕当太子时，确实有点糊涂，这些事是真不明白。怪不得人家老说望之不似人君。"于谦吓得赶紧要解释，天子笑着摆摆手："朕现在才明白，没本事的人，才会在乎这种刻薄话；你若是真弄明白，就不在乎了。"

不知不觉，朱瞻基又把"我"换成"朕"了。

"对了，说起昨叶何与梁兴甫，这白莲教的事，也得处置一下。你们俩有什么意见没？"

在他看来，白莲教固然有中途反正之功，但前期勾结汉王，在南京作乱，尤其是还炸毁了自己的龙船与无数官员，这等罪责是无论如何都赦不了的。何况朱瞻基在济南和京城也看出来了，白莲教潜藏在民众中的力量，委实可怕。

只是有了孔十八那一段香火情在，尤其是了解了白莲教众的动机，朱瞻基一时有些犹豫。

"臣以为，白莲之兴衰，不决之于佛母，实决之于陛下。天子圣明，百姓衣食无忧，谁去做白莲信众？"于谦慨然回答。

朱瞻基一脸"我就知道你会这么说"的表情，又看向吴定缘，后者却一言不发。朱瞻基换了个倚靠的姿势："从南京到京城这十五天，你是立了保驾大功的。朕一直在想该怎么赏，可总也想不出。这次叫你过来，就是想听听你自己的想法。"

于谦先是暗暗欣喜，复又担忧。皇上既然让吴定缘尽管开口，这赏赐不会小；忧的是，就怕那家伙把持不住，狮子大开口，万一超出皇上预计，大家会很尴尬。

"五百零一两承运库纹银，外加一袋合浦珍珠。"吴定缘一点没犹豫。

朱瞻基哈哈大笑起来，脑海里闪过一幕幕场景，南京、瓜洲、淮安、济南，无不令人感怀莫名……可他很快发现，吴定缘似乎不像开玩笑，不由得诧异道："你真打算只要这些？"

"不是我要，这是小杏仁欠我的账，应还的。"

朱瞻基趋身向前，颇为不满："吴定缘，你是不是脑壳摔傻掉了？你要是不懂，可以问问于谦。你的功劳，一个世袭罔替的侯爵是最起码的，至于官职嘛……你愿意回南京去，做个协同守备也成；去扬州或者淮安，管几个巡漕河的水军营头也成；或者干脆留在京城，在锦衣卫做个指挥同知，过一年我把你直接擢成实职指挥使，咱俩还能时常见面。"

他看着那只残废的右手，官职越说越大。面对这些汹涌而来的超品殊荣，吴定缘仍旧保持着沉默。朱瞻基说到后来，觉得自己简直是在求他似的，面色一沉，猛拍桌子："哼，那你到底想要什么，说说看！"

于谦在圆墩上有点坐立不安。这篾篙子不会失心疯，开口想当个国公吧？而且看皇上这架势，真说不定会答应。

吴定缘缓缓抬起头，双眼向朱瞻基直视过去。不出所料，目光一接触，他的面部肌肉便一阵抽搐，强烈的疼痛鞭笞着五官。但奇怪的是，他这一次没有逃避，而是咬紧牙关盯着对方，即使疼得青筋暴起，也不挪开。

朱瞻基被盯得很不自在，先移开了视线："好了好了，你别自己找罪受了，朕又没逼你！以后准你觐见不用看着朕，总行了吧？"

吴定缘的声音还算冷静："要不我先说说自己的事体，陛下你再决定赏赐什么吧。"

"好，你说。"

"我在南京城里，本是一个懒散度日的篾篙子，既不知自己是谁，亦不知道该做什么事。若非在扇骨台遇到陛下你，只怕迟早会醉死在秦淮河里。这一路上你虽然给我添了不少麻烦，但也给了我一条出路，让我找回了过去的真相，看见了真正的自己。"

朱瞻基和于谦面面相觑。吴定缘的情况他们早知道啊，不就是发现自己并非亲生，以致性情大变吗？朱瞻基道："如果你说的是这个，放心好了。朕给铁狮子也追赐官爵，你妹妹吴玉露也会安排个好人家嫁了。你要想找你生身父母，我也可以安排专人去查。"

吴定缘摇头："不，我要说的不是这个。其实你们应该早有疑惑，为什么梁兴甫会死在司天台下？为什么昨叶何要煽动民众建起堤坝？白莲教为何在淮安不杀我，反而将我带去济南？还有，为何我一个南京的小人物，一看到陛下你的脸，便会头疼得难以控制？"

朱瞻基的脸色微微有了变化。这些蹊跷之处，其实他都有想过。只是那时候忙于逃亡，不及细思，只当是白莲教急于讨好朝廷的举措。

"这些事我本来不该说的。但现在不说，你早晚也会知道，到那时候意义就不同了。荆溪对我说，坦诚以对，心无负累，所以我决定还是直截了当说出来。"

"等一下。"朱瞻基隐隐觉得有点不妙，"朕可以当这场谈话没发生过，过往的事也既往不咎。你还是别说了。"

"可我必须说。不只是为了给你一个交代，也是给我自己一个交代。我已经逃避了半辈子，不想再逃下去了。这次到京城来，我已经想好了，要么痛快地死掉，要么把所有的事都做一个了结。"

屋子里陷入了一阵沉默。于谦站起身来，小声说："既有密奏，臣不便与闻，先行告退……"朱瞻基和吴定缘同时道："你别走！"

有第三个人在，至少能稍微化解掉一点尴尬，留出些余地。于谦只好坐回到圆墩上，忐忑不安地左看看、右看看。吴定缘见朱瞻基默许了，便缓缓开口。他的口才不算好，但这些事在心里不知萦绕了多少次，所以讲起来格外流畅。

他从靖难之役的济南大战讲起，讲了铁铉，再讲了铁夫人与幼子在金陵教坊司监狱的那一夜，讲钟二勇如何变成吴不平，讲梁兴甫如何性情大变，讲红玉的坎坷遭遇，然后又说起唐赛儿与佛母的诞生、昨叶何的心思。一场绵延近三十年的恩怨，就这么通通透透地显露出每一根枝杈。

这一讲，就是一个多时辰。其间朱瞻基和于谦一次都没打断过。屋子里像是抹了一层白秫胶，两个人一动不动，有若泥塑。没想到一个头疼病，背后居然牵扯出这么多事情来。

"就是说……你一看我就头疼，是皇爷爷杀了你生身父亲的缘故？"朱瞻基拿起手边的茶盏啜了一口，可喉咙依旧干涩。

"是的。"吴定缘平静地点点头。

"哪有这么巧的事！"朱瞻基重重把茶盏一磕，"我从宝船上掉下去，恰好被跟朱家有仇的你捡到？"

"这不算巧合，该是宿命，也算孽缘吧。"吴定缘苦笑道。

没有朱棣对铁家的迫害，他便不会被吴不平收养；如果他没发觉自己并非亲生，便不会就此颓废堕落；如果他没颓废堕落，便不会被吴不平安排到最偏僻荒凉的扇骨台去值勤。

从另外一边来说，若非铁铉悍守济南，迫使朱棣绕路南下，他在浦子口便不会遭遇危险，也就不致让汉王滋生野心，并在接下来的二十多年里越烧越旺，最终铸成两京之谋，去炸飞在南京的太子宝船。

冥冥之中，仿佛有一只看不见的大手，在几十年前轻轻地推动了一下，层层碰撞，竟推出了今日尴尬而荒唐的局面。真可谓业必有因，业必招果，一饮一啄，皆是天定。

两人对视良久，一时都说不出话来。

"你想要什么？报仇？为铁铉平反？"朱瞻基艰难开口。

于谦登时紧张了。为铁铉平反是不可能的，一平反，别说永乐皇帝面子难看，连靖难的正统性都要动摇。

那只剩下报仇一个选项。这时候吴定缘若是出手，外头护卫可来不及进来。

吴定缘两只手搁在双膝上，没有回答，只是直视着皇帝。

朱瞻基跳下卧榻，取来挂在墙上的一柄雁翎刀，怒气冲冲地扔到吴定缘面前："你别当我是太子！想报仇，来动手吧！我一条命还给你！"

"陛下！"于谦大惊，急忙冲到两人之间，"吴定缘，你可想清楚！杀铁铉公的是太宗皇帝，洪熙皇帝还一直在给靖难罪臣赦罪。陛下那时才多大？"

他此时为了救下朱瞻基，对太宗也顾不得言辞谨慎了。朱瞻基沉着脸把于谦推开："让他来！我朱家的错事，自然由我来承担！"

吴定缘面无表情地俯身用左手捡起刀，可他右手已残，没法拔出鞘。朱瞻基握住刀鞘，一把给拽出来。只见屋里一片白光晃过，朱瞻基仰起脖子，死死盯住对方。于谦急了，愤愤上前一揪吴定缘衣襟："你不会真想杀了皇帝，去做那什么白莲掌教吧？"

吴定缘摇头道："若我做了白莲掌教，还有何颜面去见我养父？同样道理，若我接受了朱家的赏赐，又有何颜面去见我生父？"

"可你与陛下这一路上的情分……"

于谦还要相劝，可话到一半却骤然断掉了。他注意到吴定缘的额头青筋如蚯蚓浮起，一拱一跳，从刚才开始，他就一直在直视着天子，一直在忍受着如刀劈斧凿般的剧痛。于谦忽然彻悟，为何吴定缘之前在京城如此拼命，不是因为忠诚，甚至不完全是因为友情，而是真心希望就这么死掉，斩断这一切纠缠。

吴定缘抬起左边手臂，用食指用力敲了敲太阳穴："陛下，我很想放下这一切，从此尽享荣华富贵。可我就算骗得了自己，却骗不了这里。我如今一见到你，仍旧头疼得要死，怎么能骗自己说一切都已放下？"

他仍旧没有挪开目光。那源自久远的痛楚，用力刮削着面部经络，令每一寸肌肉都扭曲颤动着，看起来极恐怖也极悲伤。

朱瞻基沮丧地闭上眼睛。之前他还有过幻想，觉得两人这一路生死情谊，好歹可以化解掉昔日父辈的仇怨。可此时他不得不承认，这死结根深蒂固，殆无可解。

吴定缘固然不肯放下心结，朱瞻基扪心自问，难道自己就能吗？要化解恩怨其实也简单，给铁铉平反便是，可他如今是九五之尊，能不顾大局任性而为吗？他会为了得到吴定缘的谅解，而甘冒帝位不正的影响吗？

头上那顶冕冠，沉甸甸的，压得人透不过气。真如于谦所言，做了皇帝，要考虑的事情太多，真的没办法随心所欲。

这千辛万苦得来的真龙宝座，正是横亘于两人之间的巨大藩篱，谁都没法再退一步。

朱瞻基忽然道："我有个问题。若当初你在扇骨台就已知道一切真相，还会把我捞上岸吗？"

吴定缘答道："会。"他顿了顿，又反问道："若你当初去济南之前知道一切真相，还会去救我吗？"

"会！"朱瞻基答得毫不犹豫，"我当你是朋友，自然会去救。"

"可惜，你现在是皇帝了。"

一听这话，朱瞻基心口一团火腾地炸开，他随手抓起旁边的小铜炉，狠狠朝着那个篾篓子砸过去。

铜炉在半空画过一条很短的弧线，"咚"的一声砸中了吴定缘的额头，他整个人向后仰去，血花四溅。而铜炉旋即重重跌落在地板上，登时四分五裂，可见力度有多大。

直到于谦惊呼一声，赶忙去搀吴定缘，朱瞻基这才从盛怒中退出来，意识到自己冲动之下几乎杀了对方。他面色青一阵、白一阵，站在原地不知该如何是好。

外面守候的海寿听到动静，赶紧进屋来看。他一见到吴定缘一脸是血，手里还握着刀，连声尖叫："有刺客！护驾！护驾！"

大乱初平的紫禁城里，侍卫都打起了十二万分的小心。一听示警，不知从哪里蹿出二十多人。朱瞻基正要喝令让他们退下，谁知吴定缘抹了一把脸上的血，把于谦推开，然后提着刀走向皇帝。

毫无悬念，他立刻被一群人死死按住，动弹不得。

"个副藤头丝……个副藤头丝！"于谦懊恼地原地乱转，"本来不大的事，这一闹，真成了刺杀王驾了！他难道不知道对皇上动手的严重性吗？！"

"正因为我是天子，所以他才不肯服啊！"皇帝沮丧道。

他太了解吴定缘了。对那头犟驴子来说，任何和解，他都会觉得是自己因畏惧皇权而退缩。

海寿跪在天子面前，自请责罚。朱瞻基一挥袍袖，沉声道："去把他关入天牢，让太医院好生诊治。没我的手谕，谁也不许接触，谁也不许带走！"然后又补充了一句，"他要有什么话说，不得滞押，立刻报来朕知。"

海寿有些不理解，可还是满头大汗地遵旨执行。吴定缘被侍卫推搡着正要带走，忽然挣动起来。他回身朝向天子，披散的头发混着鲜血遮住双眼，让他的表情晦暗不明。

朱瞻基眼睛一亮，哪怕对方张口只求一声，他也好顺势赦免。谁知吴定缘只是定定地望了他一眼，便转回身去。

侍卫们推着吴定缘很快离开了乾清宫，朱瞻基站在南庑房的台阶之上，望着空荡荡的夹道，伫立良久。于谦担心皇上受了什么刺激，却不敢劝说。

就在吴定缘的身影消失在夹道尽头时，一阵突如其来的大风平地而起，在过道内形成风龙过境之势。南庑房的大门敞开着，被呼啸的强风一头灌了进去，一时间围屏瑟瑟、锦毯飘摇，墙上的字画、案上的笔墨、榻边的药包、奏牍、清供等轻小物件被吹得满屋乱飞，一片狼藉。

其中有一张纸，飘飘忽忽飞落到小香炉的残骸上面。

于谦快步上前，俯身去捡，一不留神给撕坏了一角。这是那张翰林院拟写的年号奏牍，纸上别处都完好无损，恰恰"宣德"二字被残铜的尖角给撕裂开来，格外触目惊心。于谦心疼地伸手抚了抚边角，又想去把那小香炉捡起来，可惜已经碎得无法拼回去了，不过残片纸上仍能看到血痕。

"我吴定缘以血代香，就此起誓。我会为我爹报仇！"于谦脑海里蓦地想起吴定缘手握香炉起誓的话，现在看来，这几乎就像是一句谶语。

于谦手握着这枚残片，回过头来。他本想劝皇帝两句，可一抬眼，却发现不太对劲。

朱瞻基的脚边，落下一个药包。药包已经被吹散开来，黑黄色的药粉撒了一地。天子就这么垂着头，直勾勾地盯着地面，不知发现了什么。

还没等于谦开口相询，朱瞻基突然一跺脚，反身进屋，满屋子乱翻乱找。于谦跟海寿问他在找什么，他也不说，继续没头苍蝇一样转悠。过不多时，朱瞻基眼睛一亮，从一大堆散乱奏牍中，拾起了一张破纸。

皇帝的目光与破纸接触的一瞬间，先是乍亮，然后黯淡下来，紧接着一团滚烫的火焰由小渐大，在瞳孔中燃烧起来。

"速召张泉入宫。"

他对海寿下达了一道口谕。

张泉穿过紫禁城里最宽阔的广场，皮靴频繁踏在青石板上，发出急促的回声。不远处即是三大殿工地的木作大架子。可惜工地里一个人都没有，新皇登基，是否会重启这项巨大工程，目前尚属未知。

这几天张泉一直待在自家府里，没有和任何人来往。他这一次立下不世奇功，天子虽不能对外戚授予官职，但赐爵封地绝不会少。"张侯"之号，有望名副其实。张泉极知分寸，越是这种时候，越不能居功自傲，索性闭起门来读书，把来巴结的人全堵在外面。

对于天子如此急切的召见，张泉颇有些莫名其妙，想不出什么事会急成这样。他收到口谕之后，二话没说，跟着海寿便往皇城来。

天子要见他的地点，是在咸熙殿。这是位于紫禁城西北角的一座大殿，本是仁孝文皇后的居所。现在张皇后马上会变成皇太后，她颇识大体，主动先搬到这里来。

"看来这事还跟我姐姐有关系。"张泉心想。他回京城之后，自杜府门，还没顾上去探望姐姐。这次若能见到，也是好的。

他很快抵达咸熙殿，皇帝和皇太后都在殿内等候多时。张皇后经过几日调理，气色比之前好多了，一见张泉，不由得抱住弟弟大哭起来。她强忍丧夫离子之痛，独自一人死扛汉王。若不是有这个争气的弟弟护着外甥一路回来，只怕早已支撑不住。

朱瞻基在旁边没有吭声，任由这对姐弟叙叙亲情。其实他本想单独召见张泉，结果张皇后临时叫他过去谈话，索性便在咸熙殿一并见了。

张泉好不容易劝说姐姐收住眼泪，回身向天子郑重叩拜，问召臣觐见有何指示。

朱瞻基吩咐旁人端来一个圆墩，请张泉坐下："这次叫舅舅来，是有一件大事需要参详。"张泉一喜："莫非是迁都废漕之事？臣正要上书详叙，请陛下三思……"

"呃，不是那件事。"

朱瞻基从袖子里掏出一张破破的黄纸来："这次吴定缘先行进京，带来舅舅写给阮安的一封亲笔书信。全靠这封信，他才算打破局面，得以让我母子脱险。"

张泉"嗯"了一声，可眼神却透出几许疑惑。朱瞻基笑着抖了抖黄纸道："这不是那封书信啦，而是包住笺纸的信皮。舅舅你也忒不爱惜了，居然扯了一页自家诗稿来做信皮。"

张泉接过去一看，发现还真是。他曾经刊印过一本《长安林泉集》，里面收录了他和一些朋友唱和的诗作，这是其中一页，上面印的是一首七绝。

张泉有些发愣，他不记得自己撕过这么一页诗稿做信皮。这时朱瞻基念出声来："《酬十一月立冬扫疥席上步张侯韵》：扁鹊无奈木僵何，四逆回阳洗沉疴，不在杏林亦妙手，仁心一贯济世德。"落款是富阳侯李茂芳。

这诗写得歪七扭八，格律、立意一无可观，浅陋如蒙童牙语。张泉解释道："这都是永乐二十二年的事了。当时富阳侯的儿媳妇生了怪症，我赠了他一个四逆回阳汤，可惜终究未能济事。十一月冬至，他在府上办了场扫疥宴来庆祝。我写了一首诗，他非要唱和，诗里说的就是这件事。写得并不高明，不过人情难却嘛，后来我印诗稿时顺便收进来了——不过我不记得有拿它做信皮。"

"舅舅你还懂岐黄之术，会自己攒方子啊。"

"陛下见笑。这方子并非出自我手，而是淮左大儒郭纯之告诉我的。我们时常通信，无论儒经、易术、天文、杏林都会聊一点。"

张泉说得轻松，却没注意到朱瞻基呆呆坐在椅子上，陷入了沉思。

自从苏荆溪向他提及了四逆回阳汤的来历后，朱瞻基一直在苦苦思索，到底这药方是如何流落到汉王手里的。开始他以为是王锦湖给了自己丈夫、富阳侯府的世子，再通过永平公主给汉王，但苏荆溪早早否认了这个猜想。

当时形势紧迫，他也顾不上细细琢磨。眼下这张诗稿残页，却揭示出了另外一条传播路径。

四逆回阳汤乃是苏荆溪与王锦湖共同创制，绝无重名可能。张泉既然说"四逆回阳汤"得自郭纯之，那几乎可以肯定，是郭家从苏荆溪那里不知用什么手段取得的，毕竟她与郭纯之的儿子郭芝岗之间曾有婚约。

换句话说,这撩拨起汉王野心的药方,从苏至郭,从郭至张,竟是自己的亲舅舅把它给了富阳侯!

想到这里,朱瞻基的神态变得极不自然。舅舅大概自己也没意识到,他口中的"四逆回阳汤",就是坑害洪熙皇帝的续命奇方,所以才会坦然说出来。

张泉当然不是汉王一党,但残酷的事实是:一个努力拯救这一切的人,却亲手催发出了这个阴谋。朱瞻基顿时有些犯难,接下来怎么办?因为一个无心之失,难道要毁掉一位功臣和至亲?还是干脆装作糊涂,不予追究算了?

"陛下,陛下?"

朱瞻基听到张泉的呼喊,这才回过神来。他努力控制自己的面部肌肉,艰难地问道:

"富阳侯家那个病死的儿媳妇,叫什么名字?"

"王锦湖,不知怎的罹患木僵之症,年纪轻轻便去世了,实在可惜。"

一听这话,朱瞻基的心绪更加恶劣。这木僵之症,与"四逆回阳汤"的效用惊人地相似,可见这女子之死,绝非张泉说的这么简单,这其中只怕大有蹊跷。怪不得苏大夫一门心思要为她这个闺密报仇。

皇帝发现自己突然身陷两难。

他曾答应苏荆溪,要为她的复仇做主。但一旦开始查王锦湖之死,张泉提供"四逆回阳汤"的事实便会曝光,届时皇帝与张皇后将极为尴尬;如若放弃不查,王锦湖之死的真相将永无大白的一天,富阳侯不会受到任何惩罚,那他对苏荆溪的承诺岂不是等于放屁?

朱瞻基内心天人交战,两种考量如两块灼热的铁板,来回旋炙,把他烤得坐立难安。

张皇后觉察到自己儿子的异常,关切地问他是不是最近处理国事太累了。朱瞻基微微点头,张皇后心疼道:"你还未登基,莫学先皇那么操劳。"

这一句话,猛然提醒了朱瞻基。他回过头,对张泉勉强露出一个笑容:"舅舅,这次叫你来,是希望你去天寿山那里走一趟。你不是会堪舆术吗?去给先皇的玄宫看一看吉壤。"

张泉微怔,天子刚才一番询问都围绕着富阳侯的家事,怎么又突然跳到先皇山陵上来了?

一般来说,帝王登基之后就开始修建自己的陵寝。可洪熙皇帝在位时间实在太短,他的山陵甚至还没开始动工。结果棺椁无墓可以安奉,至今还放在临时搭建的玄宫里。

这对朝廷来说，是一桩尴尬事。

可陵址早早有阴阳方家选定，就在永乐皇帝的长陵西北两里处，哪里用得着他一个野路子外戚去选？

"先皇遭逢大变，说不定是风水出了问题。别人我不放心，还是舅舅你去看一眼比较好。"

朱瞻基的理由有点牵强，不过态度却特别坚决。张皇后还想再问问，他强硬地打断道："母后，父皇安灵之所在，除了舅舅我谁都信不过。"既然皇帝都已经明确表态了，张泉别无他法，只得答应下来，表示即刻启程。

朱瞻基看着张泉离开的背影，微微松了一口气。

从这里到天寿山有一百二十里地，张泉一来一回，怎么也得是六月十日之后。在这期间，朱瞻基可以先悄悄把富阳侯的事情调查清楚。张泉不在，正好可以避免尴尬和串通。

能查出什么来，朱瞻基不知道。查出来怎么办，他也不知道，但好歹先拖延下去再说吧。

他忽又想到了吴定缘，烦意又一次翻涌上来，这也是一个无法解决、只能拖延的难题，只能将其关在天牢里。怎么当了皇帝之后，烦心事越来越多，浑不似很多人想象的那般畅快？他甚至有点怀念漕河上的日子了，那时虽然危险，但大家全无隔阂，都在朝一个方向努力。

这时张皇后在一旁轻声道："陛下，你今天怎么了？怎么有些魂不守舍？"朱瞻基强笑道："许是初当了皇帝，有些不适应吧。"

张皇后疑惑地看了他一眼，伸出手去，爱怜地整了整天子束冠："你压力也别那么大。你父皇即位的时候，比你还慌乱呢，天天晚上睡不着觉，一直跟我絮叨。其实他当皇帝，就靠着一句话而已。今天既然你我母子难得谈心，我把这句话也交给你。"

朱瞻基"嗯"了一声，老老实实听着。

"百姓戴君，以能安之耳。老百姓拥戴哪个君王，是因为能让他们活下去。陛下你记住这句就行了。"

若在从前，这类劝诫朱瞻基早听厌了，可今日闻言，他却蓦地一振，眼前忽然浮现出孔十八那一张苍老苦楚的面孔，和一朵铜莲花。漕河上的种种见闻，一时全浮现在眼前。

"多谢母后教诲……"

张皇后笑道："说起来，你们爷俩可都是不省心的命，哪次即位都得闹出一堆事情来。"

朱瞻基拍拍母亲的手，无奈一笑。当年永乐皇帝在北征途中去世，英国公张辅为防汉王趁机发难，秘不发丧，先派了海寿回京，通知当时还是太子的朱高炽。朱高炽与朱瞻基立刻偷偷出城迎丧，把棺椁扶回北京，才对外公布。

现在回过头看，洪熙皇帝登基的过程，简直就是把两京之谋预演了一遍。

"那一夜你跟你爹出城去迎棺椁，我留在家里，可是万分紧张。万一永乐皇帝的死讯提前泄露，你们爷俩又不在京城，汉王搞不好就要趁京中空虚，铤而走险。当时我拿好了一把匕首，万一事情不谐，干脆自尽。我握着匕首足足等了一夜，一直到听说你们扶棺进城，才松了一口气——我本以为从此不必操劳了，万万没想到，一年不到，我儿子登基时我会更折腾。"

朱瞻基心疼地握住了母亲的手。这次两京之谋，若非有她独力支撑，硬扛汉王，外头太子跑得再快也没用。若论功绩，以她该为最尊。

"母亲你要什么赏赐？"

张皇后笑着拍拍他的手背："傻孩子，我已是太后了，还贪什么东西？只要你注意休养，别像你爹吃得那么胖，我就知足了……"

"对了，母后这次叫我来咸熙殿，是要说什么事？"朱瞻基问道。

张皇后见朱瞻基还是心神不宁，叹了口气，说也不是要紧事，你且忙着，过几日再说不迟。朱瞻基点点头，他最近心里的事憋压太多，确实不胜负荷。

天子拜别母亲，离开咸熙宫。此时正值牌响，月洒殿角，夜笼宫城，他站在空旷深邃的紫禁城中，突然感到一种前所未有的寂寥。

在明亮的月色下，西直门隆隆地开启了一条小缝。一骑黑影离开京城，朝着西北天寿山方向飞速驰去。城门随即关闭。城门兵打了个哈欠，准备回窝铺里继续睡觉。

他们谁也没发现，城头正伫立着一道黑影，朝着西北大路望去。

两京十五日

第三十章

洪熙元年六月八日。

吴定缘很久没有享受过如此懒散的生活了。

之前他是昏迷不醒，这两天却是以完全清醒的状态待在天牢里。

"天牢"其实是一个俗称，正式名称叫作诏狱，归锦衣卫北镇抚司掌管，里面关押的都是钦命罪犯，个个身份显赫。所以这天牢的诸项设施比寻常牢狱要舒适得多，狱卒态度也不错——谁知道哪位钦犯不知何时就起复了，都不好得罪。

尤其是天子这次直接下了口谕，要求对这个人犯好生看顾。下面的人自然心领神会，好酒好肉，流水一样送进去。吴定缘放开肚皮尽情享受，没事还跟狱卒扔扔骰子，聊聊天，倒是前所未有地轻松。至于皇帝会如何处置自己，他根本不去关心。

他这会儿刚吃罢福兴楼的酱肘，喝了二两烧刀子，微微有些倦意，正想靠着墙角眯一会儿。忽然狱卒过来敲敲栅栏，说有访客来探监。吴定缘一抬头，看到于谦一脸肃穆地走进来，手里还捧着一个杏黄小卷轴。他正要叫一声"小杏仁"，于谦却瞪了他一眼，抢先开口道：

"奉上谕，提钦犯吴定缘，转行在刑部大狱，着三司议处！"

北镇抚司的诏狱是天子亲管，关也罢，放也罢，皇上一句话。但刑部大狱却是正经的法狱，犯人进出都需要一套流程，判定罪名需要刑部、大理寺与都察院合议。

吴定缘从诏狱转到刑部大狱，说明皇上不打算管他了，一切依大明律判决。

这些弯弯绕绕吴定缘都很清楚，毕竟是捕快出身。他也不着恼，冲于谦微微一笑，起身准备戴枷。于谦对狱卒一摆手："人犯右手已残，用不着，就这样吧。"

他带着吴定缘走出诏狱，沿着皇城夹道一路南下，朝千步廊外的刑部大狱走去。

于谦一改寻常的聒噪，全程一言不发，也不回头看。只有他那顶乌纱帽的长翅不时乱颤，暴露出心绪的不平静。

说来也怪，往常这条路上戒备森严，城头有固定的哨所，道上有巡兵，可今天他们却都消失不见了。整条夹道极为安静，只有他们两个缓缓走着。

走过一个拐角，于谦忽然站定，头也不回地说："你头还疼吗？"

"不看见他就不疼。"

"红玉和你妹妹不用担心，陛下已经派人去妥善安排。"

吴定缘一点头："多谢。我没什么别的牵挂了。"

"你……你怎么就这么犟！"于谦仍旧没回头，可明显是憋不住了，狠狠跺了跺脚，"你哪怕事先跟我商量一下也好，现在闹成这样，谁也没法救你了！"

"有些事，不会因为他是皇上，就可以妥协退让。我得多谢这头疼的毛病，时刻提醒着我。"吴定缘仰起头来，看向高大的紫禁城墙垣，"我无力改变这一切，但总有不谅解的自由。"

"当日是我硬把你拽进这摊乱局，今日又是我把你送到刑部大狱。你想当韩信，我还不想做萧何呢！吴定缘啊吴定缘，你这个蠢材！你我今日缘尽于此！"

两人正说着，忽然旁边传来门板响动。吴定缘侧头一看，却见高大的朱墙下方，一辆窄距推车从便门外咯吱咯吱地开进夹道。

这道便门是宫中杂役专用的通道，诸项日常杂货从这里运入，垃圾粪土亦从这里运出。这辆推车上头搁着四个深宽的大木桶，有淡淡的恶臭散发出来，正是运送宫中粪尿的紫姑车。两个头戴斗笠的粪工一人在后扶住车把，一人在前头牵引。

紫姑车隆隆地开到吴定缘身边，前头牵引的粪工一抬笠，露出一张清秀面孔："掌教，我们来接你啦。"吴定缘一看，居然是昨叶何，后头推车那位，则是周德文。

这两人怎么潜入紫禁城来了？吴定缘吃惊不小，连忙转头去看于谦，却见他依旧背着身子，假装对身后的事情茫然无知。

昨叶何也不多讲，迅速掀开一个粪桶，请吴定缘坐进去。这粪桶圆径颇长，已经清洗干净，他蜷坐进去，刚好能盖上木盖。吴定缘这才明白，于谦说的"今日缘尽于此"到底是什么意思。

这个小杏仁，看着耿直正派，手段却污秽得很。他在南京就让太子躺进过紫姑车，如今故技重施，非让我也要臭上一遭。吴定缘心里泛起一阵感动，对于谦这样的性子来说，敢让白莲教混入紫禁城救钦犯，可实在太不容易了。

"喂，我这一走，你岂不是……"

昨叶何低声道："掌教你莫问了，于御史是不可能转身，更不可能回答的。"吴定缘当即会意。于谦不回答，这就是一桩白莲教劫人案，若他应上一句，性质便成了内外勾结。这事大家心知肚明，但面子上还是要过得去。

他看了一眼于谦站在夹道中央的背影，蜷身坐进粪桶。当木盖子盖住光亮的一瞬，吴定缘忽然觉得不太对劲，以小杏仁的性子，当众求情是可能的，但他绝对做不出劫夺钦犯的勾当。何况紫禁城何等森严，昨叶何等人哪来的神通，能来去自如？夹道两侧的巡军都去了哪里？

吴定缘的心中突然生出一股奇妙的感应，似乎有一双眼睛在远处注视着这一切，可惜他现在没办法确认。这时于谦背对着他，突然做了一个长揖的姿势。这辆紫姑车缓缓驶出便门，沿着外甬道向外走去。

它离开紫禁城的整个过程中，确实有一道高高在上的视线，从远处的敌楼顶端投注下来，始终没有离开过那个小黑点。直到紫姑车离开，彻底脱离紫禁城，这道视线才收回那座高大的敌楼的顶端。

"你总嫌自己被圈在方寸之地，我又何尝不是？也罢，你我相熟一场，好歹有一个能逍遥的吧。"皇帝喃喃自语，蓦然想起了那只差点放生的"赛子龙"。

"富阳侯和永平公主到了。"门外的小宦官通报。

"让他们去南庑房等我。"朱瞻基面无表情地说道，然后转身走下敌楼。

这一任富阳侯李茂芳是个畏缩的中年人，缩在母亲永平公主身后不讲话。永平公主见到侄儿，脸上虽满满都是笑意，可眉宇间却留着一丝警惕。

之前在京城的事变，她虽不知详情，却知道自己的两位哥哥起了龃龉。皇家无小事，她作为朱家女子，自然有最起码的政治嗅觉。李家去年八月才被洪熙皇帝严惩过，这时候可是不能出错。

朱瞻基见到两人，先是寒暄问候，彼此都心照不宣地略过洪熙皇帝与汉王。待铺垫得差不多了，朱瞻基便问道："朕的登基大典就在眼前，亲臣都会有所封赏。富阳侯你之前被先皇夺了诰券，朕这次叫你来，是看看有没有机会弥补一下。"

永平公主母子俱是一愣，他们可没想到朱瞻基这么好心。

"不过朕不能一登基便尽改旧命，有违孝道，只好变通一下。诰券不发还给你，但可以给你儿子。"

永平公主尴尬地回答："回陛下，茂芳他膝下只有一子叫李质，去世三年了。"

"哦？"朱瞻基有些惊讶，"难道没留下什么儿女吗？"

"没有，就连寡居在府的儿媳妇，也在去年没了。"

朱瞻基放缓了声调："哦，那件事我倒听说过。是不是我舅舅张侯，还给你们送过药方？"

"正是，不过她罹患的是木僵之症，那药方到底也没救回来。"

"药方叫什么名字？"

永平公主母子对视一眼，都有些疑惑。还是李茂芳记性好："四逆回阳汤。"朱瞻基"嗯"了一声，继续问道："这药方可还在吗？"李茂芳道："应该还留在书房，我回头着人献给陛下。"

"不用，我让人去取。"

朱瞻基唤来一个小宦官，取了李茂芳的手书去富阳侯府，还特意叮嘱，要亲眼见到药方取出。

"这个药方，你们可还给过别人？"

永平公主撇撇嘴："张侯虽是好意，可那药方委实没什么用处，怎么好再给别人。"

"王锦湖的这个木僵之症，是如何罹患的？"

永平公主有点纳闷，皇上怎么总往王锦湖身上绕，难道后宫嫔妃也得了同样病症？她含糊地回答道："头不慎撞在屏风上，冲击过甚。"

朱瞻基忽然发现，李茂芳的嘴角明显抽搐了一下，额头开始有汗水沁出。永平公主则不动声色地朝旁边挪了挪身子，试图遮住儿子。

"果然有问题！"朱瞻基心中疑窦大起，他毫不客气地拨开永平公主，"快说！王锦湖到底是怎么死的！"

李茂芳被皇帝猛然这么一喝，双肩筛糠一样哆嗦起来。朱瞻基起身进逼，吓得他"咕咚"一声从圆墩上出溜下来，直接跪在地上。永平公主见儿子如此不成器，气得直捶他的脊背，可为时已晚。

李茂芳支支吾吾地做了回答，朱瞻基听得目瞪口呆。没想到逼问出的，居然是一出爬灰大戏。原来是这位老公公对寡居的儿媳起了觊觎之心，在府里欲要用强。王锦湖性子义烈，抵死不从，两人拉扯一阵，不小心让她一头撞在了石屏风上，整个人昏迷不醒。

永平公主明知儿子做下禽兽之事，但也只好拼命遮护，对外谎称王锦湖得了木僵之症。延请的医师都是按这个病症诊治，自然毫无效果，没几日人便死了。

朱瞻基听得怒意勃发，难以遏制。难怪苏荆溪不远千里要从苏州跑来报仇，好端端一个女子竟被亲人残害如是，委实令人愤慨。

永平公主面色惨白，顾不得矜持，连忙跪在了李茂芳旁边，恳请皇帝看在先皇的分上略做宽宥。朱瞻基一听反而更加恼怒，若不是李茂芳搞出这一出爬灰大戏，便不会从张泉那里得来"四逆回阳汤"的药方，也就不会流落到汉王手里，引发后头的一连串事件。

他飞去一脚，狠狠踹在李茂芳心窝，让后者惨叫着躺倒在地。永平公主发出一声尖叫，飞扑过去扶住儿子，大哭起来："陛下明鉴，其实是王锦湖那个小娼妇来勾引茂芳啊！她寡居三年，早就春心萌动，不是茂芳的错啊！"

这个妇人为了逆子，竟开始胡乱指摘死者。朱瞻基正要再上去踹一脚，可小腿弹到一半，却僵住了。

等一下，寡居三年？

王锦湖死于永乐二十二年，那么王锦湖的丈夫李质应该死于永乐十九年。可朱瞻基分明记得，苏荆溪说过，王锦湖嫁来京城是永乐二十年，时间对不上。

"李质与王锦湖是何年成亲？"

"永乐十九年。"永平公主低着声音，大气不敢喘一声，"我孙儿体弱，阴阳先生说得用大婚冲喜。我四处打听，最后在宣府寻到一户愿意攀附富阳侯家的人家，把女儿嫁了过来。可惜我孙儿命薄，没几个月便没了。若非如此，何至于后来闹出这种丧尽门楣的丑事……"她说到伤心处，不由得大哭起来。

可朱瞻基的心思，全放在另外一件事上："宣府？她的籍贯不是苏州长洲吗？"

永平公主有些茫然地看向天子："她一个土生的宣府人，怎么会移籍到苏州？"李茂芳赶紧抬头讨好："我家里还有聘书呢，给陛下看。"

朱瞻基这下可有点糊涂了。按说这两个人连爬灰的事都承认了，不至于在这方面骗人。他立刻又吩咐一个小宦官来，再去富阳侯府上查探。

过不多时，第一个小宦官先回来了。他没让仆役经手，径直入府从檀柜中取出药方，直接携回。朱瞻基取来一看，确实是舅舅手书，也确实叫四逆回阳汤，但药方内容与太医馆所藏的续命奇方全然不同。

这便奇怪了。若张泉给富阳侯的四逆回阳汤不是续命奇方，那么永平公主自然也不可能把药方给汉王。朱瞻基整一条线的推测便站不住脚了。

第二个小宦官来得略微迟了些。他在富阳侯府取出聘书，还审问了几个苍头与丫鬟，连邻居、媒婆以及参加过婚宴的几个亲戚也问过了，王锦湖是宣府人氏无疑。

这更奇怪了。王锦湖的出身以及嫁入富阳侯府的时间，与苏荆溪的描述对不上。永平公主与李茂芳还表示，他们从未听王锦湖提过苏荆溪这个名字。

一头雾水的朱瞻基，只得先让他们两人回去闭府自省。他本想把苏荆溪召进宫来，详加询问，可再一想，吴定缘既已脱困，她此时应该陪着他一起离开京城了吧？恐怕再也见不到了。

朱瞻基没来由地泛起一股酸醋，可很快又变成酸楚和深深的愧意。他伸出左手，轻轻抚摸肩上的旧痕，仿佛还能回味起那双素手的温暖。

大局安定之后，太医院的御医们曾做过会诊，都惊叹说这样的伤口，陛下竟能在路上颠簸十五日而健旺如斯，实乃天眷。其实朱瞻基明白，这哪里是什么天眷，若非苏荆溪的悉心照料，自己早死于箭伤发作。

而这一位贤淑忠良的女子，在抵达京城之后深收内敛，毫不居功，甚至一句不提朕答应替她复仇。朕知道，她这是不愿耽搁了朕的正事，不愿给朕添麻烦啊。可越是这样，朕越是愧疚，这点承诺都完不成，岂为人君？

这件事，还得继续查。苏大夫不说，朕可不能装糊涂蒙混过去。

朱瞻基下定了决心，心情好转了些。恰好这时翰林院又来请示年号，他翻开册子，忽有所感，遂提起朱笔在"宣德"二字上勾了一下。

"传谕行在礼部，就用这个年号，看着吉利。"

这时张太后走进殿来，满脸诧异："我刚才看见你姑姑哭着离开，你跟永平公主说什么了？"

"她那个儿子做下的好事！"皇帝简单地讲了讲富阳侯府的爬灰杀人之事，让张太后大吃一惊。

感叹了几句门风不靖，张太后道："若此时有暇，宫院有件事情还需与陛下参详。"朱瞻基此时哪有心情管这些："后宫的事情，母后您定夺就行了。"

"不，这件事非陛下你参与不可。"张太后很坚决。朱瞻基只得先把苏荆溪的事放下，向母后询问。

张太后一招手，身后几个宫女捧来一摞锦边文书，放在案头。朱瞻基扫了一眼封面，原来是宫人册籍。张太后调整了一下呼吸方道："先皇崩逝，后宫有贤妃追随左右。望陛下恩准她们同陪玄宫，一如生制。"

屋内温度霎时冷冽下来。

这是大明开国以来的传统。洪武皇帝驾崩之后，有三十八名嫔妃以身殉葬，从入孝陵；永乐皇帝临终遗诏，要求"丧礼一如高皇帝遗制"，因此又有一十六名嫔妃以及相当数量的宫女，殉葬于长陵。尤其是永乐皇帝一句"高皇帝遗制"，遂让殉葬之制铸成祖宗成法。到了洪熙皇帝驾崩，这殉葬之制自然也不能例外。

朱瞻基张了张嘴，却发现嗓子干涩得发不出声。这不是阵前杀敌，也不是诛杀奸佞，而是把一群全无过错的嫔妃送入墓穴。

"这是什么时候的事？"

张太后面无表情道："五月二十四日，先皇驾崩当夜。一共有贵妃郭氏、淑妃王氏、丽妃王氏、顺妃谭氏和充妃黄氏五人委身蹈义，随龙驭以上宾。"

有一股阴寒之气，不可遏制地从朱瞻基内心涌现出来。这五妃他都曾见过的，或慈惠，或精明，或怯懦，或刚强，每个人性情都不同，可现在她们居然都死了。

从前他就知道殉葬之礼，但并无直观感受。直到这些熟人以身殉葬，朱瞻基才体会到深渗骨髓的森森寒意。所谓"委身蹈义"，只是个委婉的说法，他心里明白，谁会无缘无故舍弃生命，甘心去到那阴森森的墓穴里呢。

"汉王那时相逼太紧，坚持说先皇身边岂能无人，后宫当做表率，还搬出了祖宗成法。我知道他是借题发挥，可形势危若累卵，不能给汉王半点口实。我也只好遴选出五位妃嫔，当晚自愿殉主。"

张太后说得冷肃，可朱瞻基胃中却一阵痉挛。五条性命，一夜之间香消玉殒，只为了避免给人制造借口。汉王固然可恨，张太后的手段也真是霹雳雷霆。

见皇帝似乎面露不忍，张太后道："汉王本意是依太祖规制，要殉葬三十八位妃嫔，想把后宫屠戮一空。我与他争执半天，才把殉人降到五个，没法再少了。好在那五位妃子迟早都要随先皇而去，也不差这几日。"

朱瞻基惊讶地看着她："所以母后您并不是心疼那五位妃子殉死，只是觉得时辰不对。"

"天子离世，嫔妃殉葬，这本来就是咱们大明的祖制啊。"

大明以孝治天下，"祖宗成法"这四个字如铜浇铁铸压下来，即便是皇帝都难以反驳。朱瞻基只得痛苦地闭上眼睛，不敢去与母亲那漠然的眼神对视。

张太后以为皇帝在责怪她，眼圈登时就红了："我那时候一边看着先皇棺椁，一边护着你两个弟弟，还得时刻盯着丧礼仪程，提防汉王施展手段，委实是心力交瘁，无暇后顾。"

朱瞻基赶紧抚着母后肩膀，宽慰道："这是汉王奸佞，却不是母后你的错。这笔账，咱们到乐安州去慢慢算。"张太后擦了擦眼角，这才抬起头来："五妃的棺椁，至今仍停厝于宫墙之侧。陛下若不在宫人册籍上补上勾朱，她们是进不得陵寝的。"

按照规矩，殉妃的人选是由嗣皇帝来勾选，但朱瞻基的情况比较特殊。现在得补勾一下，才算仪程完满。

朱瞻基伸手取来宫人名籍，一页一页翻起来。这上面列了洪熙后宫所有嫔妃的名字、籍贯、出身、八字以及入宫与受封时间，列得相当详细。他用心读着，看到有殉葬妃子的名字，便在上面用朱笔勾一下。每一次勾圈，就像在眼前多了一条触目惊心的血痕。

看罢了这一册，朱瞻基觉得呼吸堵滞不畅，把册籍丢开，对张太后道："等到父皇陵寝初成，这五位嫔妃都要好好地予以厚葬，亲族该封赏的封赏，不过……就这五位了吧？不要再增加了。"

张太后默然点头。

朱瞻基侧眼看去，看到旁边还有几本宫人册籍，应该是洪武、永乐两朝的。他随手拿起翻看，每翻几页，就可以看到一个名字上有御笔朱圈，甚至有几页上的名字涂满了。朱圈密密麻麻，如一只只从墓穴里伸出的血手。

"太祖离世太久，姑且不论。太宗皇帝去年方才驾崩，殉葬者众，其中或许也有未得抚恤之人。这一次一并弥补了吧。"

朱瞻基翻动着册籍，一个个陌生或熟悉的名字闪过。突然之间，他的眉头皱了起来，急忙往回翻了几页，仔细看去。眼神像是被焊在了册籍上，久久挪不开。张太后发觉儿子神情有异，连唤了数声都没反应，以为魇怔了，吓得赶紧去摇他的身体。

却见朱瞻基五官呆滞，如木塑一般，任由她摇动，只是定定发呆。张太后敏锐地觉察到，儿子心中似乎有什么东西"咔吧咔吧"地开裂了，只是靠一口气维持着才不致崩塌。

这时海寿来到房门口，小声说有事通报。张太后代皇帝说了一声可，海寿双手捧着一管鱼书小筒进来，说这是苏州发来的快函，本是寄递给张侯，但张侯出发前叮嘱说他若不在，径送大内。

朱瞻基听到"苏州"二字，眼神闪过一道光芒。他伸出手来，从小筒里倒出纸卷，展开读了几遍，又抬起头，扫了一眼榻边的几包药。他突然起身，朝南庑房外疾步走去。

"陛下你去哪里？"张太后一惊。

"天寿山！"朱瞻基头也不回，脚下越走越快。

"去那里做什么？"

"去问个明白！"皇帝扔出一句没头没脑的话，身影已迈出大门，几乎把海寿撞了个跟斗。

就在朱瞻基离开南庑房的同时，吴定缘刚刚从紫姑车上爬下来。

木桶被洗濯得很干净，可毕竟曾经用过，那股淡淡的味道是消不掉的。吴定缘不知是皇帝有意报复，还是昨叶何办事不力，只得狠狠地用手在身上擦了又擦。一抬头，见到万松老人塔巍巍矗立在前方。

原来这辆紫姑车停的地方，是砖塔胡同的阮安家门口。

进得门来，阮安一如既往地淡漠以对，继续埋头研究九门九闸的营建计划。昨叶何吩咐周德文把另外一个净桶也打开，里面装着五百零一两成色十足的银锭，之间的空隙里还塞了不少珍珠。在这一堆银锭当中，还插着一把雁翎刀。

他能读出朱瞻基的意思：从此恩断义绝，两不相欠。

昨叶何站到身旁："是不是有点后悔了？"吴定缘仰起头来："什么样的人，做什么样的事。我是铁铉之子，难道还能在朱家皇帝身边厚着脸皮做官？"

"砍了皇帝一刀，还能全身而退。啧啧，大明朝也只有掌教你能做到。"

"别叫我掌教。"吴定缘皱皱眉头，去看昨叶何，"你们白莲教把赌注押在太子身上，结果被我这么一刀劈下去，非但未得封赏，反而连累着一并逃亡，真是亏大了。"

昨叶何"咯吱咯吱"嚼着枣子："掌教你也说了，什么样的人，做什么样的事。我们这起自泥淖中的野狐禅，勉强得了庙堂承认，早晚也得出事。何必去讨没趣呢？"

"那你们岂不是白忙一场？"

昨叶何笑道："不白忙，不白忙。掌教你一直昏睡，还不知道。如今北直隶远近都传遍啦，说有一条孽龙要水淹京城，佛母显圣，运起无上法力，一夜之间搬来一道莲花堤坝，在御街上生生挡住孽龙洪水，救下无数生灵，然后一夜之间又把堤坝搬走了。如今各地烧香进坛的民众，那真是山积海聚，无不称颂佛母。"

吴定缘没想到那晚上的民众自救，居然传成了这番模样，一时无语。

昨叶何眯起眼睛，语气微微有了变化："其实汉王也罢，太子也罢，谁做皇帝对圣教来说都没区别。甚至两京之谋成败与否，也无关痛痒。圣教所图的不是朝廷名分，不是金银赏赐，要的只是一个制造故事的契机罢了。您想啊，老百姓听不懂经文，也不爱听道理，就爱听佛母显圣这样半真半假的传奇故事。如果太子在南京被炸死了，汉王登基，那民间会有另外一个故事出现：佛母金陵显圣，雷劈夺舍太子的妖魔。效果是一样的。"

天下乱局，原来全是白莲教的故事素材，原来这才是佛母最核心的目的所在。吴定缘回想起白衣庵里那一番对谈，不得不佩服那位老太太的眼力。

"不费银钱，不动刀兵，白莲教的安身立命之本，就依托于这些故事。只要民间还在流传，咱们圣教就永远不灭。"昨叶何道。

"哼，你们推我做掌教，也是看中了铁铉之子这个故事，好助你们招徕信众吧？"

昨叶何笑嘻嘻道："那您还来当这个掌教吗？"

"我若不当，你们怎么办？"

"那也无所谓。把你护送回南京，我便回济南去，编个佛母升天的故事，接掌教务，该干吗还干吗。"

吴定缘一听，反倒微微有些惭愧。昨叶何满不在乎地扬了一下手：

"苏姐姐告诉我说，昨叶何这种植物进不必媚，居不求利，芳不为人，生不因地，还说这是佛母给我起这名字的寓意。原本我还不太明白，可御街堤坝一筑起来，我算真正想透了佛母的用心——她从未当我是托庇大树之下的弱草，而是深植卑下之地、可以迎风自立的瓦松。你不在，我也能带着他们活下去。"

昨叶何流露出的眼神，充满找到自己真正方向的喜悦与坚定。吴定缘暗暗感叹，那一条简陋的堤坝，居然同时成就了一正一反、一朝一野两个人，也真的算是佛母显圣了。

"对了，荆溪呢？"吴定缘环顾左右。

他昏迷了好几天，一醒来就被于谦拽去紫禁城，然后直接下了诏狱，一直没见到苏荆溪。事实上，自从两人那一夜定情之后，他就再没与她近距离接触过。如今心病既去，大事已成，他迫不及待想见到她，好好跟她说说话。

昨叶何嘴角含笑："其实苏姐姐在你入狱之后，就来找我了。她算得可准了，让我们少安毋躁，不过数日，一定会有人主动上门来解决。"

"那她人呢？"

"她在京城里尚有一件小事，办完再与我们会合。"

"这是她的原话？"

"是啊，怎么？"

吴定缘像一只敏锐的猎犬，在语气中嗅出一丝古怪。苏荆溪在京城的事情，无非是要替王锦湖报仇，这无论如何都不是一件小事。她说得轻描淡写，似乎在故意遮掩着什么。

难道说，是因为我？吴定缘心头一跳。他与天子已决裂，苏荆溪必然得不到朝廷助力，而王锦湖的夫家权势估计不小，以她的性子，恐怕会去孤身复仇。

"她只是说了这句话就走了？"

吴定缘瞪视着昨叶何，目光灼热而犀利，像两根刚从火炉中抽出的赤色通条。昨叶何回答说是的，可吴定缘立刻捕捉到她脸上的一丝不自然。

"她到底还说什么了！快告诉我！"他恶狠狠地抓住昨叶何的双臂，发现其中必有蹊跷。昨叶何没料到自己随口一句话，居然被掌教逼迫得这么狠狠，她越是躲闪，吴定缘越是疑心大起。

"有些内情，你不知道。荆溪这一次单独留下来，只怕会有生死之忧！"吴定缘急切道。昨叶何一听这句，这才不太情愿地低声道："她，她还留了一封信给你，让我过了黄河再交给你。"

"信呢？"

昨叶何暗骂自己不谨慎，勉强从怀里取出一个信封，刚掏出一半，便被吴定缘抢了去，"刺啦"一声扯开信口，从里面拿出几张桃红色的薛涛笺。

笺上写了满满的蝇头小楷，一看便知是苏荆溪亲笔。而且考虑到吴定缘的水平，里面用的全是浅白俗话。吴定缘在院子里寻了个石堡小样坐定，捏着信笺读了起来。

这一读，便是小半个时辰过去，吴定缘生平还是第一次持续阅读这么久。昨叶何见他全神贯注的模样，本来还想调笑两句，可很快却发现不太对。

吴定缘的手腕在微微抖动着，下颌不时收紧肌肉，让凹陷的脸颊更加瘦削。一层细密的血丝，悄无声息地从眼眶里渗浮。他一直在读着，读到几乎要和石堡融为一体。昨叶何不敢打扰，只好耐心地在旁边等着。

吴定缘扫完了最后一行，默默把信笺折叠好，揣入怀中，然后仰起了头：

"阮安，天寿山长陵那边你熟吗？"

沉迷于作图的阮安头也不抬："长陵营建，我确实曾参与过。"

"这院子里有模型或图纸吗？"

"天子陵寝建成之后，模型与图纸都要销毁。"

吴定缘走到他跟前，一把推开画到一半的图纸，搁了张新的在面前："我不要墓里的，只要陵寝附近的地形分布，你现在给我画一张简图，要准确！要快！"

阮安不明白他要干吗，不过还是提起了炭笔，很快便绘出一张长陵简图。吴定缘揣起图纸，从净桶里取出几锭银子，又拔出雁翎刀，朝门口走去。昨叶何惊道："掌教你去哪里？"

"天寿山。"

"您去那儿做什么？"

"去问个明白！"

永乐五年，仁孝徐皇后去世，朝中本来预备在金陵的紫金山兴建帝墓。但一位叫作廖均卿的术士对永乐皇帝说："王气北移至燕，宜在北平修建陵寝，以定百年之基。"他亲赴燕地，最终选中了一块叫作黄土山的吉壤。

这座黄土山坐落于京城西北，乃是太行之余脉、燕藩之北屏。其山势雄壮庄严，起伏连绵，如有千万天马自九天奔腾而下；左右龙虎相护，前朝后靠俱全，又有玉带横流其间，是个上佳的风水格局。用廖均卿的说法就是："四山拱位，穴法天然，夺天下之正气，为万世之鸿基。"

从永乐七年开始，长陵正式动工，至永乐十一年方建成地宫。永乐二十二年，天子晏驾，正式入葬长陵，龙眠永安。黄土山遂改名为天寿山，成为大明至为尊贵的皇家重地。洪熙皇帝的预定陵寝亦在天寿山下，长陵西北，不过如今尚只有几道划界的沟渠。

此时已近酉末戌初，六月初八的白昼即将过去。夕阳如一位不甘离世的老者，用孱弱的余光缠住晚霞，极力拖延着被地平线吞没的一刻。垂垂残照洒在天寿山上，映得那三座笔架山峰一面殷红若血，一面却凝幽似墨。明暗之间，为山势勾勒出一圈阴森的暮色。

随着斜光徐徐退去，墨色的疆域悄然扩张。无论是山间花木，还是陵前松柏，无论是黄泉寺的钟鼓楼，还是长陵卫的驻屯营地，都失去了本来的颜色，被这片幽冥同化为一体。仿佛长陵正缓慢开启着墓门，把天地万物都拖入漆黑的地宫。

不过在残阳最后一抹光亮消失之后，反而能看到一条火龙在黑暗中飞速前行，自南向北，龙头直指长陵所在。

这条火龙其实是由无数火把构成。一字长蛇的队伍里，可以看到御马监的勇士营、锦衣卫的缇骑、三千营的弓马番子、顺天府的快手、昌平县的乡勇等等，服色装备俱各不同。唯一的共同点是，他们的脸上都带着茫然的神色，但谁都不敢有片刻松懈。

因为在龙头的位置，是当今圣上。他骑着最为剽悍的辽东骏马，一刻不停地朝前方奔驰。没人知道他要去哪里，也没人知道是为什么。

从朱瞻基冲出紫禁城开始，所经之处，诸部无不莫名惊诧。天子出行，怎么既无信牌提前通知，也无卤簿随行，就这么单骑闯出来了？出于责任感，他们只得纷纷扬鞭跟上。就这么一卫呼一卫、一营催一营，沿途不断有各处军兵加入。接近长陵之时，这支队伍已经滚雪球似的，变成一支近千人的庞杂大军。

从京城到天寿山这一路，朱瞻基只换乘了一次。饶是辽东神骏，也支撑不住这么疯狂的奔跑。快接近长陵入口时，朱瞻基胯下坐骑发出一声悲鸣，旋即栽倒在地，竟然活活累死。朱瞻基从地上一骨碌爬起来，都没顾上看它一眼，一提袍角，跌跌撞撞冲向红券门。

后面的人陆续赶到陵门前的月台，却纷纷拉住缰绳，不敢向前。这可是永乐陵寝，无诏擅闯者斩，何况他们身上还带着凶刃，更犯忌讳。皇帝停住脚步，回头喊了一声："不许跟来！"然后孤身一人穿过券门，眼看便消失在了神道尽头。

朱瞻基并不关心身后那些人的茫然，他只有一个目标。

今晚夜色浓重，所幸有一轮蛾眉新月独悬于半空。缥缈的月光洒下来，每一束都直照幽冥，将整座陵寝罩上一层银灰色的薄纱。无论是左右神厨、神库、碑亭还是神道两侧的高大石雕，皆透映出强烈的疏离感，仿佛在九泉浸泡太久，与人间存在无法逾越的隔阂。

长途奔驰让朱瞻基疲惫至极，却一点也没削弱他眼中的火焰。他沿着神道"嗒嗒嗒"地飞速奔行，头上的翼善冠歪到一边，身上的斩衰服凌乱不堪，犀皮腰带散了，金丝履掉了，却不肯有一刻停息。空旷的长陵墓园中，回荡着天子急促的脚步声。

朱瞻基从前陪着父皇来致祭过数次，对陵寝结构了然于胸。他直入二进院子，绕过供奉神主牌位的祭殿，然后从一座棂星门牌楼下穿过去，眼前是一尊巨大的石几筵。

这是一方汉白玉质地的长条供案，须弥底座，双枋上下。在案头正中，供奉三足鼎形石香炉一件、仰莲瓣石烛台两具与双耳石瓶两只，用作尊奉神主。

不过眼前的石几筵上面，除了五件供器之外，居然插满了素白色的二尺长蜡烛。数量约有三十根，烛火莹莹，如鬼火攒集，散发着清冷的幽香。每一根蜡烛下面，都压着一截白绫。稍有阴风吹过堂前，那一片片绫尾便飘动起来，似一根根惨白色的瘦弱手臂在挣扎。

朱瞻基看到，在石几筵正前方，站立着两个人。不，准确地说是一站一跪。

张泉身着惯常穿的道士青袍，跪在石几筵前，头颅低垂，生死不知。而那个额庭宽阔、双眸含星的长发女子，正站在他旁边，手攥祝版，上头蒙着一层写满朱字的青笺。

朱瞻基想要大喝一声，可声音到了唇边，却被一团郁结之气阻住了。苏荆溪缓缓转过头来，她的笑容依旧温婉，只是烛光摇曳之下，五官阴影忽长忽短，仿佛体内还隐藏着另外一个她，而且快要隐藏不住了。

"陛下，你追到这里来的时间，比我想象的要早。"苏荆溪赞叹道。

朱瞻基把视线转向张泉，喊了一声"舅舅"，可对方却没回答。不知是被下了蒙汗药，还是已然气绝身亡。他气急败坏地冲苏荆溪吼道："我舅舅怎么了？"

"陛下莫急，我只是用药把张侯蒙住。祭仪未成，他还不能死。"苏荆溪一掐张泉脖颈后的风池穴，后者无意识地一仰头颅，喉咙里发出几声嘀嘀声。

朱瞻基简直不敢相信，眼前这恶毒的女子，竟和一路上悉心照料自己的是同一人。他又是气愤，又是委屈，过了好半天，才从牙缝里艰难地挤出四个字："你竟骗我！"

苏荆溪一撩额前长发，望向皇帝。月光下的她脸色不见半点红润，眼神却格外犀利。如果朱瞻基还记得那一夜神策闸前的情景，就会发现此时的她与那时毫无二致。

"是的。"苏荆溪大大方方地承认了。

朱瞻基听到她亲口说出，身子像被毒蛇咬了一下，遽然一震。一阵锥心的疼痛从肩头弥漫出来，丝丝鲜血竟冲破了快要愈合的硬痂，顺着膀子流下来。不知是一路奔波造成了伤口迸裂，还是心情激荡以致气血过冗。

可朱瞻基的心里，比肩伤还要疼。吴定缘也是，你也是，朕赤诚相待，你们却全藏着机心！一个要杀我，一个要骗我……委屈与愤怒交替冲击着他的精神，令他几乎站立不住。

苏荆溪道："陛下制怒，你箭伤未愈，恐对龙体不利。"

"不要你来假惺惺！"朱瞻基怒喝一声，他按住肩头，咬牙切齿，"当初在南京城，你直接把朕毒杀不就得了，何必这时还来惺惺作态！"

苏荆溪微讶："陛下与我无冤无仇，我那时候伤你做什么？"她抬起手来，一拍张泉头顶方巾："我只要那些该死之人去死。"她咬着最后一个字，眼角猛然收紧，宽阔的额头上浮起几道青筋。

朱瞻基自忖她只有一个人，上前欲先把舅舅救出来再说。可他向前一迈步，却忽觉浑身酥软，心中一惊："中毒了？"整个人咕咚一屁股坐到了地上。头脑还算清醒，可四肢却酸软无力。

那三十多根蜡烛散发出的幽香，大概被掺了什么奇怪的药物。朱瞻基暗暗后悔，苏荆溪何等心思，怎么会不提前准备呢？

"陛下你是何时发现不对的呢？"

朱瞻基索性冷笑道："我已问过富阳侯，王锦湖不是苏州人，而是宣府乡贯，她也根本不认识你！你跟她的那一套故事，根本就是杜撰的！"

苏荆溪轻轻叹了口气："那是个苦命的姑娘，但我们确实素昧平生。"

朱瞻基道："这一件事不成立，你的其他说辞自然也不攻自破。郭纯之与张泉确实有书信来往，张泉确实给了富阳侯四逆回阳汤的方子，富阳侯确实因为爬灰害死了自己儿媳妇。可这三件事之间，根本没有一点关系！就连那四逆回阳汤，跟汉王所献的续命奇方都全然不同！根本就是你拼凑到一块的无耻谰言！"

"这故事，可不完全是我编的。"苏荆溪似笑非笑。

朱瞻基怔了怔，才意识到她是什么意思。苏荆溪确实没说过，她只是偷偷把张泉写给阮安的那封书信，加了一个诗稿信皮，然后在送来的药包外面，同样包了一张，仅此而已。剩下的线索串联，皆是出自朱瞻基自己的脑补。

"苏大夫你真是好手段！"朱瞻基恨恨道，"不着一词，不留一迹，让朕自以为窥见秘辛，其实全是你在幕后暗中操弄。"

现在回过头想。这一路上苏荆溪看似寡言少语，安守本分，可每次交谈，她要么隐晦提醒，要么巧妙暗示，不动声色地引导着其他几个人。朱瞻基之所以会相信这个漏洞百出的故事，乃是因为苏荆溪从一开始便在潜移默化地误导他。

一股寒气自朱瞻基胸中升起。她对人心把握得太精微了，如羚羊挂角，了无痕迹。除了吴定缘稍起过疑心，其他两人竟全无觉察。苏荆溪就好似一只蜘蛛，极有耐心地编织着网线，慢慢将人引入彀中。

　　"我从去年便一直盯着张泉在京城的举动。当我得知他送了个药方给富阳侯之后，略做挖掘，便挖出了富阳侯府这段丑闻。本来我也没想好该怎么用，没想到陛下你给了我一个机会，我便设法让它与汉王的续命奇方挂上了钩。"

　　"那汉王的续命奇方到底从哪里来的？"

　　"民女不知。"

　　"总之两个方子之间，根本毫无关联对吧？"

　　"当一个人心中先存定见，他往往只会相信与定见相符之事。"苏荆溪道，"我只消在陛下心中先植下定见，在几个关键之处略做扭转，陛下自然会将剩下的故事自行补白。这件事，并不是很难。"

　　朱瞻基有些恼羞成怒，可又不得不承认，苏荆溪说得半点不错。

　　其实从一开始，这故事就是有漏洞的。可偏偏太子是在从南京逃亡至京城的路上，自顾不暇，遑论验证。这一点因素，显然也被苏荆溪算到了。

　　"不对，你嫁给郭纯之的儿子郭芝闵，是这故事的关键一环。可在南京出事之前，我根本不认识你，更不会把你牵连进来！"朱瞻基忽然意识到另外一种可能，"难道……你早知道要出事？你也参与了两京之谋？"

　　"我若参与了那个阴谋，又怎么会辅佐陛下你回京？"苏荆溪的语气有些无奈，"当然，若说我一无所知，也不尽然。我一直在搜集京城的各种消息，隐约觉察到有这么一个大阴谋。我接近郭芝闵，是想要一探究竟，可惜动作太缓，才摸到一个边，阴谋便已发动。我不及退走，反被吴定缘捉去。"

　　朱瞻基微微松了一口气，可他一听到这名字，复又沉声道："那吴定缘呢？他也是你手里的一枚棋子？"他的语气颇为怪异，一方面是愤慨，另一方面却隐隐混有莫名的忌妒。

　　苏荆溪听到这个名字，不由得冷冷道："陛下你还好意思问。若不是我提示定缘去拿洪武、永乐的神主牌位，他早被张泉坑死了。"

　　"不要转移话题，你与他私订终身，是不是也有什么用意？"

　　苏荆溪端详着朱瞻基的面孔，忽然笑了："陛下你果然和别的皇帝不太一样。都什么时候了，你居然还在关心一个无关之人的情爱之事。"

　　"什么无关之人！你可是朕让给……"朱瞻基突然强行掐断自己的话，"……对，你说得对，那是个无关之人，与我们都无关。"他沉默了好一会儿，才重新组织起语言来:"你如此煞费苦心地陷害我舅舅,到底是为什么!"

"自然是为了报仇。"苏荆溪说到这里,双眸一闪,"陛下夤夜至此,难道不是因为已经查知原因了吗?"

朱瞻基一瞬间显露出的表情不是愤懑,而是惶然躲闪,仿佛做了什么亏心之事。他张了张嘴,却发现根本发不出声音。苏荆溪道:"我是不是不必回答了?"

石几筵前,一片死寂。这时一个沙哑的声音,从如墨的黑暗中传出来:

"说出来吧,我也想听听。"

朱瞻基和苏荆溪俱是一惊,同时转头看去,却见一个瘦高汉子从一棵大柏树后转出来,表情无怒无喜。他的右臂软软垂下,一身尘土,一看就是长途奔波未停。

两人一见是他,同时流露出极复杂的眼神:有意外,有欣喜,有担忧,也有愤怒。

"你不是离开京城了吗?"他们异口同声。

吴定缘露出淡淡的笑意,不知是自嘲还是嘲笑他们:"老天爷若真有心思,半个月前就该让我在扇骨台转身走掉,便不会牵扯到今天了。天下虽大,偏偏只有你们两个,让我无法置身事外啊。"

吴定缘缓缓走到石几筵前,先是矮下身子,伸出左手从蜡烛下托起一条白绫,上头用娟秀的墨字写着一个陌生的名字。另外一条白绫之上则是另外一个名字。他看了一阵,忽然有所触动,仰起头向斜上方望去。

摇曳的烛光,映出石几筵后一片穹庐样的巨大阴影,几乎与天寿主峰融为一体。

这是一座圆形封土小山,外束城堞,内置宇墙,谓之宝城——永乐皇帝与徐皇后安眠的玄宫,即在封土山下。宝城的正面,拔地而起一栋方形歇山顶的明楼,重檐斗拱,四面券门,楼顶铺满黄筒长瓦,一条华带木榜额写着两个斗大金字:"长陵"。

通往永乐坟冢的入口,即在此处。

火光环伺之下,吴定缘仿佛又回到那间逼仄的教坊司牢房。铁家真正的仇人,近在咫尺。他今生最大的噩梦,就埋葬在眼前。可他惊讶地发现,自己内心居然无比平静。

苏荆溪嘴唇嚅动了两下,半天方道:"定缘,你本与这件事无关,早早返回南京才是正理,来这里做什么?"吴定缘用手指戳了戳太阳穴:"因为荆溪你希望我来啊。"

"胡说!我何曾……"苏荆溪说到一半,却见到吴定缘亮出那几页薛涛笺来,一瞬间竟有些失态。

"若你不想我来,又何必在信里坦白了所有实情?"

苏荆溪恼怒道:"你我此生不会再次相见,我只想着最后给你个交代罢了。你该渡过黄河后才拆开看的。"

"以荆溪你的眼力，怎么会料不到我会提前拆看呢？"吴定缘顿了顿，把目光投向另外一边，"不过我确实没想到，还能见到另外一个人。"

朱瞻基冷哼一声："你可知道，她从头到尾，把咱们都玩弄于股掌之间！"

看着那张脸，吴定缘的脑袋猛然又是一阵疼痛，他先皱了皱眉，方才开口："我知道，她向我们隐瞒了很多事情。可我不怪她，我知道这种感受。何况我不也向陛下隐瞒了自己的出身吗？我们都是怙恶不……"他看向苏荆溪，她低声提醒道："悛。"

"对，我们都是怙恶不悛之徒，心里都有股化不开的气。"

朱瞻基气得手腕直哆嗦，骂了声"篾篙子"："朕明明已把你放走！你这次去而复返，到底是帮她报仇，还是来救我？"

吴定缘手握雁翎刀，吐出一口气来："我只希望能把事情弄清楚。陛下你不妨继续说吧。"

"继续说什么？！"

"当然是你所查明的，关于荆溪的真相。我也想听听。"

他的意外闯入，让朱瞻基与苏荆溪谁也无法按原计划行事。三个人形成了一个微妙的对峙关系，而吴定缘在无形中变成了左右整个局势的人。

苏荆溪沉思片刻，抬手一指："既然定缘愿听，我们不妨换个地方说话。好让此间主人也听得真切。"

朱瞻基登时脸色煞白。

她手指的方向，正是坟冢前那一座高大的明楼。那里可以说是皇陵的核心所在，若无敕书，连护陵卫监都不得接近。如今这女人胆大妄为，竟然想要爬上明楼，简直跟踩到永乐皇帝脸上无异了。

而那个可恨的吴定缘，非但不阻拦，还做了个一起走的手势。朱瞻基有心不去，却实在没什么力气反抗，很快被吴定缘搀扶起来，跟跟跄跄朝前走去。

苏荆溪提起一个素白灯笼，沿着磴道缓缓走上明楼，朱瞻基和吴定缘并肩走在后头。在过去的十多天里，他们无数次彼此扶持着，攀上城墙、堤坝、漕闸、楼宇与大船，每个人都意识到，这将是三人最后一次同行。

没人再发出声音，大家很有默契地朝楼上走去。

长陵的明楼高约六丈，周围十丈，下砖上木，几乎与封土圆山平齐。不知是不是错觉，他们一踏上明楼，便感觉有丝丝阴冷如牛毛细针，透体而入，比在石几筵那里更甚——毕竟这里是活人所能接近墓穴的极限，距离幽冥世界只有一层之隔。

他们走到明楼顶端，周围有一圈小小的悬廊，四角各有一盏长明油灯，外面是涂彩栏杆。站在这里远眺，可以俯瞰整座坟冢。但见封山上栽遍松柏，影影绰绰，透着一股墓林特有的森然。那种沉郁的威压感，让天顶的月光都黯淡了几分。

吴定缘把朱瞻基放在悬廊旁边，又下去把张泉背上来。这一对舅甥背靠背坐在明楼内沿，恰好能看到永乐坟冢。

"就在这里吧，我想她们听得见了。"苏荆溪手扶护栏。

不知为何，无论是朱瞻基还是吴定缘，听到这句话都是一阵发冷。这跟胆量无关，单纯是感受到了苏荆溪语气里的森森寒意。

"你说吧。"吴定缘把视线投向他。

朱瞻基深吐一口气："朕今日翻阅宫人册籍，发现为永乐帝殉葬的一共有十六位嫔妃。其中有一位王姓，名唤景姝，乡贯乃是苏州长洲，永乐二十年入宫，封选侍。永乐二十二年，从葬于长陵，谥号端妃。"

吴定缘感觉到身旁的苏荆溪动了一下。

"我舅舅之前便对苏荆溪的身份有所疑惑，特意派人去苏州府调查，结果发现一件事：王景姝从葬之后，她的家族被朝廷封为朝天女户，家中长子恤封为千户，带俸世袭。可王家并没有机会享受这一切，在当年大年三十，一族人突然死得干干净净。事后仵作报告，年夜饭里有一道带骨鲍螺，中含钩吻剧毒。"

吴定缘知道这是苏州府的一道甜品，在酥皮里灌入奶蜜蔗糖等物，味道奇甜，因为样子很似鲍鱼，故而得名。这东西老少咸宜，席间从来都是一扫而空，少有剩下。

"据仵作说，这下毒之人手法极妙。甫一入口时并无异状，因此没人发觉不对，一直到宴席将终，才纷纷发作。须臾之间便七孔流血而死，无一幸免。"

苏荆溪淡淡道："此事极易。只消把钩吻叶加猪皮熬成膏子，外裹一层甜奶皮子便好。他们吞下带骨鲍螺时，有奶皮包裹，毒药不会立时发作。待奶皮在胃中融开之后，里面的致命之物才会渗入体内。"

她的回答，无异于已经承认。

朱瞻基道："这是震惊整个苏州府的大案，可惜查来查去，并无半点线索，至今卷宗还放在刑房架阁上当作悬案。不过对我来说，已经足够了。"

"所以呢？"

"王景姝的籍贯、年龄、入宫时间，甚至她在出嫁之前学医的经历，和你讲的王锦湖的故事除了名字，完全对得上！而下毒的手法，除了你还有谁会如此精湛。"朱瞻基越说声音越大，"我记得你说过，这次上京，是要向王锦湖的夫家报仇。我当时真没想到，她的夫家就是皇室，你那一番话，根本就是冲着我朱家来的！"

苏荆溪突然发出一阵尖厉高亢的大笑，笑声划破长夜，惊起了一群夜宿封林的乌鸦。

"陛下你猜得不错。岂止你们朱家,所有与景姝之死有牵连的人,都要给她陪葬。听到了吗?听到了吗?"苏荆溪敛住笑容,面上的神情完全变了,变成了狰狞、怨毒以及赤红双眸中深不见底的悲恸。她的声音回荡在封土山顶,仿佛不是在说给朱瞻基听。

朱瞻基还要开口,苏荆溪却抬起手掌,冷冷道:"接下来,还是让我亲自讲吧。"她身上冒出的森森恨意,逼得天子乖乖闭上了嘴。

"景姝进宫的时候才十九岁。十九岁啊,正是一个女子最美好的年华,却因她家里人贪图富贵,被锁入深宫。她在宫中一点也不开心,每日如生活在囚笼里一般,只靠着我与她偶尔的鸿雁传书,才能稍做缓解。我跟她通信中断之后,去找王家人打听,才知道她居然被送去殉葬皇帝了。我听到这个消息,几乎要疯掉了。你们凭什么!凭什么把一条无辜的性命送入死丘!凭什么一个礼仪之邦的君主,却要用如此野蛮的方式来入葬!人命在你们眼里算什么?她还有那么多想做的事,你们凭什么夺去景姝的一切!"

苏荆溪喃喃地自顾自讲着,时而平静,时而疯狂,没有人敢打断她。

"我接到消息的当夜,十个指甲在墙上抠出道道血印,但这样的痛苦,根本无法和她相比。我日思夜想,几乎哭坏了眼睛,生了一场大病。我在床榻上迷迷糊糊地想,也许我该寻个尼姑庵出家,一世清修,为她祈求冥福。等我病好了之后,便去了宁波东林庵探访。可没想到的是,在宁波港里,让我见到一人。

"这人是个朝鲜使者,恰好从京城来,正准备从宁波坐船归国。他神色郁郁,乃至生了心病。我替他诊治时,却发现他的心病,竟也是来自那一场殉葬。朱棣那一次一共殉了十六名嫔妃以及十六名宫女。其中有一个姓韩的宫女,是朝鲜进贡来的,也在陪葬之列。

"你们知道那是怎样一番情景?三十多名嫔妃宫女,先在承恩殿外用餐,然后被带到殿内。殿中早早摆好了三十多张小木床,三十多条白绫从房梁上高高垂下。所有的人都放声大哭,可那些宦官没一个手软的,一个个硬扶着她们上去。这个时候,陛下你那仁德的爹来了,来跟这些女子辞诀。那位韩宫女突然上前跪倒,希望得到赦免,归国赡养母亲。可你爹却不为所动,说了一通冠冕堂皇的屁话就离开了。韩宫女被搀上木床,头悬白绫,转头对身后的乳母喊了一声:'娘!我走了!'然后木床被猛然抽开……一刻之内,承恩殿内三十多条人命没了。"

苏荆溪讲到这里,眼睛一直盯着朱瞻基。他面色惨白,不敢与之视线相触。此时的天子,宁可面对汉王的威胁,也不愿继续留在这里。可苏荆溪的控诉还在继续。

"韩宫女殉死的情形,从乳母那里传到使者耳中,但他不敢在大明声张,只好强行闷在心里,以致郁结成病。我稍做引导,他便全说出来了。我问他,那天同殿而死的有个姓王的年轻姑娘,可曾留下只言片语,使者摇头,只说那三十多人没有不哭的。

"那一天,我都不知是怎么回的客栈,怎么回的苏州,整个人神情恍惚。我返回苏州之后,不知不觉又走到景姝家门口,却见府前张灯结彩。原来是王家得封朝天女户,要把牌匾高高挂起来,院里还要竖起一座贤妃碑。鞭炮齐鸣,唢呐声扬,宾客络绎不绝前来道喜。这难道是女儿惨死该有的表现吗?这种用女儿性命换来的称号,难道值得大肆宣扬吗?

"一边是鲜花着锦的热闹,一边是幽墓凄冷的尸骸。从那一刻起,我便意识到,修习佛法救不了她,也救不了我。这些啃噬景姝尸体的豺狗,必须用死亡才能洗刷他们的罪孽。哪怕身堕九幽,我也要为景姝报这个仇。在这个世上,她唯一能指望的,就只有我一个而已。

"从那一天起,我开始拼命搜集关于景姝在宫中的一切消息,事无巨细,全数都要。我要知道每一个参与她殉葬的人,我要他们都付出代价。毒杀王家只是第一步,那个逼迫景姝上木床的小宦官、那个为殉葬嫔妃拟谥号的翰林学士,还有为殉葬拟定仪注的礼部官员……他们不是被我毒杀,就是被坑陷。可是,还有最重要的几个罪魁,我留到了最后。"

苏荆溪说到这里,冷冷地扫视了朱瞻基一下。他从未被她这么注视过,不由得心中一凛。苏荆溪竖起了一根指头:

"第一个是朱卜花。当日缢杀那三十余位嫔妃宫女的,是这位御马监提督太监的部下。他本人守在承恩殿外,亲自监督执行。"

第二根指头竖起来:"第二个,就是张泉。当初王家之所以能把女儿送进宫,正是因为景姝的父亲与张泉是好友,由张泉向张太子妃全力举荐,才得以将景姝送入大内。要说祸根,张泉是害死景姝最直接的凶手。"

朱瞻基正要开口,苏荆溪已竖起了第三根指头:"你母亲张皇后,亦是罪魁之一!若不是她,景姝怎会被卖入宫中?她身为后宫之主,若有心阻挠,景姝怎会活活被缢杀殉葬?"

第四根指头旋即伸直。

"你爹也一样!朝野都说他生性仁德,都夸赞他是个好皇帝。可他在承恩殿前,本可一句便能赦免那些孤弱女子,结果却坐视嫔妃惨死,只为了成全他的孝顺名声!"

最后一根素白长指,高高直起,宛若一根铭旌。

"汉王亦罪无可恕。当日筹备永乐皇帝葬礼之时,嫔妃殉葬这件事在朝中是有争议的。偏偏朱高煦跳出来大吵大嚷,以礼法为由进行逼宫,说不遵先皇遗诏就是不孝,结果从天子到群臣无人敢反驳,只得遵从——所以我一路护送陛下你归京,也是为了报仇！"

苏荆溪历数完这一堆罪人后，把五根指头并拢成拳，调门又高了数度：

"还有此间的主人，永乐皇帝。你临终遗命要求一切依祖制。什么是祖制？当然就是嫔妃殉葬！一切起源，皆肇始于你，你是真正的罪魁祸首。我不管你有什么丰功伟绩，也不管你是多么英明神武。我只知道你夺走了景姝的性命，夺走了我的整个世界！而你，就要为此付出代价！"

高握拳头的苏荆溪，朝着宝城大喊起来，希望这声音能穿透封土，传入地宫。朱瞻基缩了缩脖子，仿佛怕被这熊熊燃烧的火焰灼伤。

这六个罪魁之中，永乐、洪熙与朱卜花已死，张泉被抓来明楼之上，汉王逃回乐安州，只有张太后安然无恙。难道说……苏荆溪也对她下手了？朱瞻基有些惊慌地喊道："我母后，她并无恶意，只是尽了本分而已！这是祖宗成法，谁也改不了啊。"

"祖宗成法？"苏荆溪惨笑一声，"前朝何曾有殉妃之制？明明从洪武皇帝才开始，算哪门子祖宗成法？再者说，就算真是祖宗成法，你皇爷爷遵从了吗？他的皇位是怎么来的？怎么到了殉葬这里，却又惺惺作态，说祖宗成法不可改呢？"

朱瞻基被驳得哑口无言。

"陛下你不必辩驳。在你们心里，人命是有贵贱的。景姝不过是一个不起眼的弱女子，搁在秤上，轻飘飘的一头，岂能为了她，就诛杀这么多重臣良将、皇亲国戚？不值！你和你母后是不是这样想的？"

"你……你把我娘怎么样了？！"朱瞻基捏紧拳头。

苏荆溪道："你放心好了。她一直安居深宫，我一个民间女子，能有什么办法？"朱瞻基稍稍放了一下心，不料苏荆溪又道："但对一个母亲来说，还有什么比失去自己孩子更痛苦的事呢？"

一股极为冰冷的寒意"唰"地缠住朱瞻基，使他全身僵直麻痹，动弹不得。苏荆溪此时注视过来的目光，像极了蛇在注视老鼠。

"原来……这才是你的目的。朕还纳闷，以你的手段去陷害张泉，为何留出那么多破绽等着朕来识破，原来是为了把我诱骗到长陵来！"

朱瞻基心中一阵后悔。他出发时还想着，也许能靠九五之尊的身份化解仇怨，所以没让跟随的人马入长陵，以示诚意，没想到这全在苏荆溪的计算之内。

苏荆溪早看出他的心思，长长叹息了一声："陛下，我给过你机会了。"

"少来！你一路瞒得我好苦，何曾给过机会？"

苏荆溪摇摇头："六月初六，我送了药包进去，让陛下你发现张侯参与了迫害王锦湖之事。然后你做了什么呢？你明明答应过我，回京城后要严厉惩治迫害王锦湖的人，可当你发现是自家舅舅时,却立刻把他遣走,躲到天寿山来避风头。"

朱瞻基急忙分辩:"我只是想先调查清楚富阳侯,把事情弄清楚……"

"那一天,我一直在紫禁城前看着。若你直接抓了张泉,说明你还是看重对我的承诺,我也许就此罢手离开;可你没有,我看到张泉向北方驰去之后,便一切都明白了。"

"我从未说过不为你伸张正义!"

"那好啊,那么请你现在下一道诏书,历数那六人之罪,痛陈洪武恶例,毁去长陵,砸烂神牌,你能做到吗?"

朱瞻基哑然。

"好,换一个。你敢现在宣布祖宗成法是错的,就此废去殉葬之制吗?"苏荆溪咄咄逼人,旋即又朝吴定缘瞥去一眼,"别说废去殉葬了,你敢给铁铉公正名吗?"

看着面色涨红的朱瞻基,苏荆溪摇摇头:"陛下你不必辩驳了。一个逃亡的太子,也许可以坦诚相交,可一个皇帝却只会顾全大局。"

"我……"

"你是个好人,也会是个好皇帝。可惜我想要的东西,你只要戴着那顶冕冠,就注定给不了。"

"朕很想帮你们,可是……"

"不要跟我说,你去跟埋在这里的那些枯骨解释吧!"

苏荆溪的话音刚落,一阵强烈的山风从天寿山顶吹袭而下。它穿过陵墙,吹过神道,从祭宫两侧盘旋而至。石几筵上的烛火勉强抵抗了数息,尽数被吹灭,蜡烛下压着的几十条白绫,呼啦一下子飞得漫天皆有。从明楼方向看去,这些白绫有如几十条孤苦的鬼魂,在长陵之中来回飘荡,似在寻找着她们的骸骨,哭诉着她们的不甘。

看到这一番景象,苏荆溪痴痴地走到栏杆边缘,努力把身体伸出去:"景姝!景姝!是你吗景姝?"可那些白绫飞得太快太乱了,令人眼花缭乱。苏荆溪开始还试图寻找,可很快,她的双眸中透出一丝明悟的光芒。

"王景姝、韩玉儿、李婉、崔淑娴……"苏荆溪大声念起所有殉于长陵的女子名字。也许是错觉,她每念出一个名字,就有一条白绫在天空一顿,仿佛在回首相应。

"这里的每一条白绫,都代表了一个曾经存在过的女子。世间也许很快就忘了她们的名字,史书上也不会留下她们的名字,但我都记得。在她们悲惨而短暂的生命里,曾呼喊过,曾抗争过。这些声音,朱棣你听到了吗?朱高炽你听到了吗?朱瞻基你听到了吗?"

她先把一块写满了青词的祝版奋力丢下城楼,然后伸展双手,向两侧高举,恍若巫祝吟唱。凛冽的长风吹起她的衣袂，那瘦弱哀伤的身影，正孤独地祭奠着眼前漫天那几乎被人遗忘的魂灵们。

随着这一声声叫魂，朱瞻基的箭伤不停地渗出血来，这是因为过度紧张而导致的肌肉痉挛。他终于明白，她早在毒杀王景姝全家时，就已彻底疯了。冷静、理性、温婉、贤淑，这些全都是表象，全都是为了遮掩一个疯到极致的大计划：她为了一个最卑微的女子，要向天下最有权势的人们复仇。

"疯子，疯子……"宣德颤抖着嘴唇，他无论如何也想不通，"你和王景姝既非至亲骨肉，亦无大恩大义，交往也不过几年光景，至于为一个朋友做到这地步吗？"

苏荆溪淡淡看了他一眼，眼神里居然流露出些许怜悯："陛下，你不懂，你永远不会懂。你说的这些可笑的东西，能用来评价我与景姝吗？情谊深浅，不是光阴所能衡量的；人心所向，又岂是世间常理所能揣测？"

宣德不甘心地看向吴定缘，后者摇摇头，表示也不甚懂。

宣德无奈地闭上了嘴，他知道，她不可能被劝服了，无论什么都不可能动摇她的执念。苏荆溪是一匹奔向悬崖的惊马，从启动的那一刻，便已注定了结局。一直到这时候，朱瞻基才发觉，梁兴甫根本不算最疯狂的那一个。

其实这时朱瞻基身上的麻痹已消除了不少，如果奋力冲上去，也许能直接把苏荆溪推下栏杆。可他发觉自己动不了，不是因为中了什么毒，而是他无法反驳对方的任何一句话。

"理直气壮"这四个字，当真描摹精准。

朱瞻基喘着粗气，去看吴定缘："喂，这些事，她在信里都跟你说了？"吴定缘唇边露出一丝苦笑："是的，我读完那封信，才知道她一直背负着这么多痛苦。"

"朕实在没想到……竟是被一群不肯原谅朕的仇人护送到京城的。"

"她比我要难，要苦……朱棣与我铁家的恩怨，我已经不记得了，只剩下头疼而已。而她时时刻刻都清醒地记得，时时刻刻都在煎熬。我无法想象，她是怎么度过每一天的。"

朱瞻基沉默了。他知道浸泡在仇恨里是多么痛苦。她一泡就是那么久，让毒素渗透到骨髓中、魂魄里，还要维持外表的淡定，与仇人虚与委蛇。只有一个彻底疯掉的人，才能做到这一点。

"这也许是我倾慕她的缘故。"吴定缘感慨道，"她从一开始就清楚自己要做什么，并且从未动摇。"

朱瞻基有些绝望地低吼了一声："蠢材！你们这些蠢材！朕明明剖心以对，把你们当朋友！为什么你们个个都要跟朕作对！"

听到这话，吴定缘不由得悠然长叹了一声。

他虽然与朱家的心结未解，但那一次离开紫禁城，算是与皇帝有了一个了断。没想到造化弄人，命运再一次把他推回了矛盾之中。

苏荆溪要杀朱瞻基，朱瞻基要阻止苏荆溪，这是无法调和的矛盾。他的意外加入，虽然添加了变数，却无法化解这最根本的矛盾，反而把自己推到一个两难境地：要么帮苏杀朱，要么帮朱阻苏，没有第三条路可走。

按说他的大仇人也是朱棣，于情于理，都该帮助苏荆溪；可他一看到朱瞻基那一副被疲惫与震惊折磨的面孔，心中便浮起一个铜炉的身影。这三个人的纠葛实在太深，这团乱麻比汉王之乱还复杂，他连一刀劈断的勇气都没有。

在金陵捻在一块的三根丝线，在贯穿整条大运河后，都注定终将在这天寿山下脱散。

此时叫魂已进入尾声，白绫纷纷飘落在封山林间，挂在各处树杈上，封山好似改换了一身孝装。苏荆溪缓缓收回手臂，满面泪痕。

望着那个孤零零的身影，吴定缘深吸一口山中的寒气，心中一阵洞明。他抖了抖废掉的右手，缓缓走到两人中间。他仰起头来，夜幕上无数星宿庄严升起，耀眼璀璨，与月亮交相辉映。

"荆溪，你还记得咱们离开瓜洲那一夜吗？也是这么一个夜空。"吴定缘道，"那晚咱俩在水边的对话，我至今都还记得。你第一次坦白，说是要为了某个人报仇。当时我真的没想到，会是这么大的事。"

"你那时也说过，要一直盯着我。"苏荆溪道。

"我听夫子庙前的算命先生说过。这些星宿，都是玉皇大帝照着一本天书往天上钉的，那天书上写着每一个人的命。星宿钉稳了位置，人间的命数也就定了。那晚如果我看仔细点，说不定能看到今晚的景象，便能早些知道你的心意。"

苏荆溪后退一步，显得有些心烦意乱："你还不明白吗？我心中满满都是为景姝复仇，再也容不下别的东西。我只是在利用你，帮我毁掉朱棣的神主牌位而已。你快走！快走！"

吴定缘举起那封信笺："那你说说看，我在信笺末角发现有数滴水痕，到底是什么？"

苏荆溪一呆，下意识别过脸去。吴定缘道："你帮我钉上了这一辈子的命数，牵定了这一生的缘分，甩不脱了。我父亲捡到我以后，把我的名字从铁福缘改叫吴定缘。你瞧，冥冥之中，竟然应在了此处。"

他一边说着，一边走到朱瞻基面前，双手把他搀扶起来。朱瞻基冷哼一声："所以你是决定帮她喽？好，好，我就当没从宝船上下来过！"

"唉，陛下，你一开始真是个大麻烦。暴躁、轻佻、盛气凌人，什么都不懂，还是个不听人劝的大萝卜。可你总算有一个优点——"吴定缘拍了拍他的后背尘土，"你一点也不像个皇帝。漕河这一路跑下来，你越发不像个皇帝了，倒像是……一个朋友。"

他说出"朋友"这两个字时，嘴角露出笑意。

其他两个人都糊涂了，吴定缘这到底想要干什么？

"漕河上的十五日，对我来说意义重大。你们也好，那条漕河也好，让我真正明白自己是个什么人，也知道该做什么样的事。这一次到京城来之前，我就下定了决心，不能再逃回去喝闷酒了，要把这一切做一个了结。"

这时从黑暗中传来一阵喧哗声，有无数火把急急拥过祭殿，朝着明楼开来。一个大嗓门响彻夜空，隔着很远就能听得清楚：

"天子应该就在明楼，快去护驾！"

看来于谦也已经赶到这里，自作主张，带着这一群人闯入陵园。

"小杏仁的嗓门，还是那么大啊。"吴定缘无奈地感慨了一句。他从苏荆溪手里接过灯笼，转过身来。幽幽烛光，照得那张面孔晦暗不明。

"我是不懂荆溪说的那些事，也不懂大萝卜你们皇家的勾当。如果有可能，我只希望你们两个都好。可是，陛下，你是天下最大的官儿，麾下雄兵百万。而荆溪，她只有一个人，她只有我。瓜洲那一夜，她说我们其实是同路之人，走的都是一条无可和解与妥协的绝路，所以我得陪她走完最后这一程。"

苏荆溪闻言，肩膀不由自主地颤动起来，双眸中的疯狂却淡去了几分。

皇帝点点头。说来也怪，他居然一点不觉得懊恼，像是等待了这个答案很久。他挪动身躯，背靠栏杆，让四肢放松开来，语气前所未有地平静：

"苏大夫，作为皇帝，你要的东西朕没法给你；但作为朋友，我现在向你，代所有的人，为所有的事郑重道歉。"

苏荆溪咬了咬嘴唇，摇头道："我不接受。"

朱瞻基耸耸肩："我知道，我知道。你们两公婆都是一样的脾气。因为我是皇帝，所以你们总有不谅解的自由，对吧？"

"嗯。"这次苏荆溪和吴定缘同时回道。

朱瞻基大笑起来，表情露出一丝轻松："我本来想说，就当你们没帮过我，就当我死在秦淮河底。后来想想，不对，就算我现在死了，但好歹阻住了汉王，没让龙椅旁落，你们没白帮这一场——吴定缘，你动手吧！"

吴定缘看到于谦带着无数军兵，已经冲到了石几筵前。"小杏仁"的眼睛最尖，第一时间发现了明楼顶端的火光，正对着一群将官激动地嚷着什么。他又看了看苏荆溪，把残废的右手伸了过去。两人四目相对，一霎时心意相通。苏荆溪"啊"了一声，先是迟疑，但终究还是轻轻握了一下他的右手，旋即松开。

"大萝卜，你也不必难过，咱们这次可是要一起下去的。"

吴定缘右腿猛然抬起，奋力一踢，"哐当"一声弄翻了旁边的一盏长明油灯。这油灯是一个高约一丈的虬龙形铜柱，柱中灌满香油，柱顶长明灯能烧上三天三夜。被吴定缘这一踹，油灯倒在地上，大量香油汩汩地淌出来，很快便流满了整个地板。

与此同时，吴定缘的左手松开，一盏灯笼跌破在油中，呼啦一下，青色的火苗沿着油面迅速蔓延开来，很快形成一片火幕。这栋明楼下方是青砖砌成，上面的栋梁斗拱、檐架栏柱都是用上等木料建成，根本扛不住高温灼热，几个呼吸之间便开始冒出红光来。

苏荆溪不谙武功，她所凭恃的，就是明楼四角灌满了香油的长明灯。吴定缘一登楼便觉察到了她的布置，知道她存了同归于尽的决绝。他也明白，她迟迟没有发动，正因为顾忌他在，一旦火起，明楼上的人绝无幸存可能。于是吴定缘索性越俎代庖，直接代她点燃。

他早就想这么做了。还有什么比焚毁永乐皇帝长眠之所更快意的复仇呢？

滚滚浓烟从每一个空隙冒出来，很快在明楼上遮起了无数条厚实帷幕。可就在视线被遮蔽之前，突然一个身影笨拙地越过火势，朝着这边扑了过来。

"张泉？"

吴定缘立刻分辨出对方身份。本来苏荆溪用药制住他，是打算在明楼前血祭。可吴定缘一搅局，却让张泉的麻药劲过去了，在最最不适合的时候苏醒过来。

烟雾缭绕中，张泉不复之前的儒雅，双手狰狞地朝苏荆溪抓来。吴定缘"唰"地拔出雁翎刀，挡在她面前，作势刺向张泉。这时原本束手待毙的朱瞻基，突然大吼一声："休要伤我舅舅！"从地上爬起来，迎着吴定缘的刀锋冲了过去。

吴定缘原本全神贯注盯着张泉，没料到朱瞻基突然闯入视野，两人在极近的距离四目相对。吴定缘从来没在这么近的距离注视过他的脸，一根锐利的长矛刺破脑海，霎时掀起泼天剧痛。与此同时，又有一根长明灯柱倒了下去，让明楼悬廊附近的火海一下子跃起两人多高。

火光跃动，虚影散乱，烟气缭绕，在这似曾相识的场景中，吴定缘的记忆被骤然唤醒。他仿佛又回到了那一夜的教坊司监牢。同样的烈火熊熊，同样弥漫着烟气，还有同样的一张面孔正注视着自己。那既是朱瞻基的，也是朱棣的，时而亲切，时而狰狞。它们在疼痛中合二为一，像铡刀切过腰间，似乎要榨出他最后一滴恐惧。

"啊啊……"

只是短短一瞬间，吴定缘的精神便濒临崩溃，感觉无数把尖刀，将大脑凌迟得支离破碎。在极度的混乱中，他丧失了思考与判断，下意识地将手中的长刀猛然刺出。刀尖先是冲破朱瞻基的精致龙袍，然后是褥衣，朝着心脏的位置义无反顾地扎进去。

"铛！"

一声清脆的声音响起，如钟似磬，往他疯狂的意识中注入一缕清明。吴定缘睁大了眼睛，看到刀尖刺入的位置，多了一块金属残片。这残片色泽喑哑，纹路清晰，上头还有一抹血手印的形状。原来朱瞻基一直把那小铜炉的残片藏在怀里，正好挡住了刀锋的去势。

这香炉残片映在双眸之中，使得那一缕清明在吴定缘脑中骤然扩散。如沸汤之扬积雪，如春日之耀残冰，朱棣的身影迅速消退，与背景火光融为一体。吴定缘再一定睛，眼前只剩下朱瞻基因痛苦而扭曲的面孔。

雁翎刀还在向前推进，仿佛要把残片顶进肉里。吴定缘这时才反应过来，手腕一偏，刀尖登时偏转，噗的一声，刺入朱瞻基耳边半寸旁的地板上。朱瞻基睁圆了眼睛，吓得连眼皮都僵住了。

吴定缘握着刀柄，喘着粗气，瞪向惊魂未定的皇帝。他惊讶地发现，这一次近距离的对视，自己的头疼症状居然消失了。以往如影随形的剧痛，仿佛随着那个人的身影一并缓缓退潮。

朱瞻基也注意到了这一点变化，眼神复杂地回瞪过去。两人对视片刻，却谁都没有吭声。

"陛下！"

这时张泉已跌跌撞撞扑了过来，他伸出手去夺雁翎刀。吴定缘正呆呆地望着朱瞻基，浑然不觉威胁临近。这时苏荆溪从斜里冲出，手里一根铜簪刺向张泉的腰眼，登时齐根没入。张泉负痛大叫了一声，一脚把苏荆溪踢到了附近的栏杆旁，自己也失去平衡跌倒在地。

这一下变化太过惊人，令吴、朱二人俱是反应不及。待得两人各自倒地，朱瞻基双臂才猛然推开吴定缘，艰难爬起身来朝舅舅跑去。

而吴定缘也暂时顾不得他们，先冲到那段半坍塌的护栏旁，把昏迷的苏荆溪抱在怀里。她的长发散乱地披下来，嘴角流出一丝鲜血，许是受了内伤。吴定缘不谙医术，不知该怎么施救，只得怀抱着她，连声呼喊名字。

好在喊了十五六声之后，苏荆溪缓缓睁开了双眼。吴定缘看她嘴唇嚅动，知道她在问皇帝下落，便抬头看去，望见朱瞻基正咬紧牙关，搀着张泉朝悬廊另外一侧边缘走去。皇帝似乎感应到吴定缘的目光，略停下脚步，回首望了一眼，可惜在烟雾中看不清表情。他随即转身，继续挪动起来。

吴定缘正要动，却被怀里的苏荆溪拽住衣襟，轻轻摇了摇头。

"不必去追了。明楼火起，他们跑不掉的。"她伸出手去，虚弱地摸了摸吴定缘的脸庞，"更何况，现在你去追，还能下得了手吗？"

吴定缘沉默以对，原来她也看出来了。

"你可还记得在淮安船坞里，我给你开的药方？"

"记得，你的话我都记得。你说我这个病，只有再一次去面对那种恐惧，把它击败，才能够根除。可最后我还是扎偏了……"吴定缘有点惭愧地说。

苏荆溪道："不必愧疚。扎偏的那一刀，才是你最真实的心湖映象。唯有如此，才能知道你真正的恐惧是什么。你现在看见他头还疼吗？"

"不疼了。"吴定缘摸了摸自己的脑袋，语气轻松，"刚才即将刺死他的那一时刻，我才明白，我真正恐惧的不是朱瞻基，而是朱棣。原来解开心结的药方，不是杀大萝卜，而是好好观赏这一场长陵大火啊。"

"那很好，很好。"她低声道。

吴定缘搀扶着苏荆溪缓缓起身，与她肩并肩靠在栏杆旁，仰起头来，望向明楼四周越发旺盛的火势。苏荆溪发现，火光照耀之下，他居然在笑，自从两人相识以来，还从未见他笑得那样轻松。

轰隆一声，两人眼前的抱头梁和踏脚木最先失去支撑，直直坍塌下来，砸得其他三根灯柱也纷纷倒地。更多的香油流淌出来，激起火头更大的愤怒，它咆哮着，把整个明楼烧出一圈明亮的金边。

在悬廊的另外一侧，朱瞻基费尽力气，把舅舅拖到了栏杆边缘。他趁着喘息的空当朝身后一瞥，烟火阻断了视线，那两个火光中的人影几乎已看不清了，似乎不打算前来阻止——当然，其实并不需要阻止，明楼上层已陷重重火海，距离地面又高，无论如何都是死路一条。

"陛下，你……何必管我！你自己快走！"张泉断断续续地喘道，他的腰间被那铜簪齐根没入，受伤极重，几乎没有逃生的可能。

朱瞻基咬牙道："我已经走不脱了，可一天之内，母后失去一位亲人就够了！"他四下张望，还在寻找逃生之机。从南京到北京，他一路上几次身陷绝境，最后都拼命跨了过去，绝不会轻言放弃。

就在这时，楼下的于谦率众冲到明楼之前。他一见到这熊熊火势和楼上的人影，知道冲上去是绝无可能了，顾不得规矩，一下跳上石几筵大吼："脱甲！脱袄！脱披风！把你们所有的衣物都堆到城下去！快！"

周围的军兵都是久经训练，很快便堆出一座布山出来。于谦又直起脖子，大声对明楼喊道："陛下！跳下来！跳下来！"

明楼虽高，却避不过于谦声音洪亮。朱瞻基在楼顶听得一清二楚，大喜过望。这时汹涌的火浪已扑到两人身边，像恶狼一般试探着猎物虚实。他奋起最后的力气，要把张泉推下去，却不料张泉用力反手一制，把朱瞻基按在了楼边。

"舅舅，你这是……"

张泉没有回答，反而低吼一声，把他推出了明楼。朱瞻基只觉得眼前景色飞速上升，耳边生风，随即被一大团绵软接住，重重一震。

从尾椎骨和右腿传来一阵剧痛，朱瞻基知道一场重伤是免不了了，但自己至少没死。于谦第一个冲上布山，要来搀扶皇帝，朱瞻基却龇牙咧嘴地仰起脖子：

"舅舅，你快跳啊！"

张泉双手攀住栏杆，试了几次，却失败了。苏荆溪刺得实在太狠，他力气流失极快，已是强弩之末。朱瞻基大急，可身体一点也不听使唤。于谦想命令士兵冲上磴道，可无一例外都被高温逼退回来。

张泉晃了晃身体，努力探出头来，对楼下喊道："陛下，臣有取死之道，莫要让人来救了。"

"可是！可是！"

"陛下，你冷静一下。臣死不足惜，只求陛下能答允一件事。"

"你说！朕什么都答应。"朱瞻基吼得嗓子都嘶哑了。

"帝都南北，关乎漕河兴废；千里漕河，关乎大明千秋基业。望陛下慎之，慎之！莫要只用钱粮衡度，而要以社稷之利为量，慎之，慎之……"

随着一声声"慎之"，张泉的身影最终消失在了嚣张的火光之中。朱瞻基呆呆坐在原地，没想到舅舅在生命的最后一刻，居然最惦记的是这件事，一时间连哭泣都忘了。

"陛下，快后撤……"于谦叫了四个军汉，把皇帝硬往外抬。可他自己却没有紧随身边，而是怔怔地望着眼前的惊人景象。

那一栋明楼已化为一把巨大的火炬，照亮了长陵方圆数里。燎天的赤焰形状，像极了一位愤怒的女子伸出指爪，将黯淡帷幕一寸寸撕裂开来。极为夺目，也极为凄厉。于谦额头满是汗水，脸色却是煞白，也不知是因为帝陵遭了劫难，还是担心明楼上那几个倔强的藤头丝。

在他视线所触及不到的浓烟里，苏荆溪忽然朝吴定缘的身旁凑紧了些。

"你心结已了，其实也可以跳下去的。"

"我想陪你到最后。"

苏荆溪摇摇头:"唉,我此生只为了给景姝报仇才来的,心里容不下别的了。"

"我心里有你,这就够了。"吴定缘毫不在意,"你在淮安还跟我说过一句成语,叫云什么之思来着?"

"云树之思。"

"哦,对。你说的那两句诗,我没记住,但这个词儿还挺好的:云在天上,树在地下。云飘过去,树挂不住,那就让它飘过去好了,不一定每件事都要有结果。树能这么一直看着云,也不错。"

烟雾缭绕中,苏荆溪几乎已看不到吴定缘的脸,但她知道他一定在看着自己,带着笑容。

忽然一声巨大的"咔啦"传来,明楼最中心的大梁坍塌下来,重重落在砖墩之上。整座明楼终于连形状也维持不住了,牵扯着一连串檐枋柱拱尽皆散架,四散溅落。不少燃着火头的残木飞进宝城,落在封土山上,引燃了挂在树杈上的白绫。

偏偏在此时,天寿山中又有强风吹过陵园。火借风势,赤绫扬扬,一霎时满山皆是缀着炽光的绫带在飘动、飞舞,它们殷勤地引燃每一棵附近的大树,一树传十木,十树传百株,直到自己彻底化为飞灰。冥冥中有人挥舞着饱蘸火墨的朱笔,在永乐皇帝的坟头挥洒作画:先是勾勒出几条明线,然后重烟晕染,继而泼墨成片。到了最后,整座封土山都被盛大的火光笼罩。若非有厚实的封土阻挡,只怕永乐皇帝的地宫都难以幸免。

肃穆的帝陵,再也无法维持往日的威严,不得不用滚滚浓烟遮掩住窘迫,像帝王用宽袖遮住惊慌的面孔。如此形势,不待所有的树木烧尽,这场大火是绝不会停的。

于谦长叹一声,正准备转身离开,可他忽然莫名一震,一脸狐疑地举目望去。在已然坍塌的明楼残骸、火烈扬扬的封土山与浓密的灼烟之间,分明传来一阵隐隐的歌声:

"柳下笙歌庭院,花间姊妹秋千。记得春楼当日事,写向红窗夜月前。凭谁寄小莲?绛蜡等闲陪泪,吴蚕到了缠绵。绿鬓能供多少恨,未肯无情比断弦。今年老去年。"

尾声

宣德元年八月壬午。

烈阳凌空。数万精锐明军将这一座乐安州小城围得密不透风。四门之外，旌旗蔽日，密密麻麻的骑队与步弓来回呼号。附近所有的小山之上，都有黑洞洞的炮口直指城内。

在乐安州的南城门外，一面天子大纛极为醒目地矗立在高丘之上，吸引着城池内外的全部视线。朱瞻基端坐在杏黄伞盖之下，手执马鞭，面色阴沉地盯着紧闭的城门。

距离天子登基已过去一年，朝局稳定，是时候做一次彻底清算了。

忽然一阵隆隆声传来，两扇城门缓缓从内侧推开，一群面色惨淡的人跟跟跄跄地走出来。为首的正是汉王朱高煦，他的头发已经全白了，光着脚、散着发，如同一具行尸走肉。在他身后是世子朱瞻坦以及汉王府的子嗣、亲眷。在队伍里还有一具担架，上面躺着靳荣的尸身。从尸体伤痕来看，死前一定经过了一番激烈的挣扎。

这支队伍快接近大纛时，从天子身旁冲出一位年轻的青袍御史。他只身拦住了汉王的去路，宽袖一展，大声斥责起来。

这御史的声音极洪，如隆隆雷震，远近军民都听得清清楚楚。他辞锋犀利，句句刺中要害，如十几门大将军炮齐声轰鸣。直到汉王跪伏在地，瑟瑟战栗请罪，御史才停住叱骂，回身向高处的皇帝一拜，高声禀报："汉王，请降！"

一时间鼓声雷动，铜号长鸣，四周数万人一起山呼"万岁"。

天子望着这一切，心中却没有大患终除的欣悦。肩上的箭伤早已痊愈，只是随着时间推移，偶尔还会疼一下，而且位置越发深入。也许真如苏荆溪所说，这伤终究还是深入膝理，只怕春秋不寿。

"陛下，您该起身受降了。"御辇旁的海寿低声提醒道。

天子叹了口气，徐徐站起身来。这时一封奏书，从绣着云边的长袖里悄然滑落出来。他俯身捡起，拍拍尘土，却没有打开来细读。这封奏书，已经在袖子里揣了一年，他已可以背出每一个字。

这是长陵卫与神宫监在洪熙元年六月联合上交的奏报，里面简述了那一场离奇大火的善后：明楼上部全数焚毁；宝城墙垣多有坼颓；封土山上烧成白地，片木无存。所幸地宫与祭殿等处无恙。在事后的清扫中，在明楼残骸中发现了张泉的遗蜕，但没找到那两个凶徒的尸骸。

上奏者称，也许是火势过大，尸骸被直接烧化了亦未可知；抑或为人所救，因为附近有白莲教活动的踪迹。这一切，还需进一步调查。在奏报的下方，有天子的一行亲笔朱批："就此收结，不必再找。"

宣德皇帝把它默默折好，随手压在手边一个小香炉下面。这香炉乃是风磨铜铸成，造型由天子亲自督造，对形制做了极详尽的要求。据说工部已从暹罗订购了一批红铜料，准备两年后开始大规模铸造。没人知道，天子为何对这香炉如此上心。

"到头来，只有这些香炉陪着我。"

在喧腾的胜利欢呼声中，天子走下步辇，朝前方走去。几十名大汉将军分列两排，手执金瓜戈戟，夹出一条宽阔的通道。汉王一干人等，伏在通道的尽头瑟瑟发抖，静待天裁。

朱瞻基走到汉王身前，把头颅微微仰起。他的视线根本没停留在叔叔身上，而是越过乐安州的城墙，越过丘陵与山脉，投落到远方地平线的尽头。

那里有一条贯穿南北、昼夜奔涌的千里长河，河上船只如梭，繁盛至极，仿佛天生就该如此。

写在故事旁边

给小说加注释是一件特别傻的事儿,但我又总是忍不住。

一方面,我希望读者能在故事中体会到乐趣;另一方面,也有必要提醒他们,故事毕竟和正史不同。出于责任感,我必须把两者都呈现出来,由读者自行判断。

就从宣德皇帝的登基开始说起吧。

朱瞻基的登基过程,在历代帝王中不算最复杂,但绝对是最匆忙的一次。

明太宗在永乐二十二年去世之后,太子朱高炽即位,改次年为洪熙元年。他甫一登基,就惦记着把都城迁回南京,并着手开始筹备。(朱棣的年号为"永乐",庙号是"太宗"。一直到了嘉靖年间,才改为"成祖"。所以在嘉靖年之前,明人只知有明太宗,不知有明成祖。)

就在朱高炽忙着筹备迁都事宜时,老天爷却特别不给面子。从洪熙元年的二月到五月,南京一口气地震了三十次,密集到令人生疑。古人讲究天人感应,如此频繁的地震,是一个特别不吉利的征兆。洪熙皇帝无奈之下,只好先派太子朱瞻基前往安抚。

朱瞻基离京之后,先至凤阳拜谒皇陵,然后再抵南京拜谒孝陵。没想到他离开后不久,五月十一日,洪熙皇帝在紫禁城中突然重病。

这里用"突然"二字,并不夸张。根据《仁宗实录》记载,五月十日他还在接见来自云南的土官,没有任何异状。没想到转天就"不豫"了。洪熙预感到自己不行了,遂召见尚书蹇义、大学士杨士奇、黄淮、杨荣等人,由杨士奇草拟敕书,派中官海寿即刻启程,赶去南京通知太子。

海寿是朝鲜裔，永乐年间就在内廷供职，这不是他第一次做这样的事了。永乐二十二年，朱棣北征途中在榆木川去世，也是他和大学士杨荣一起，急急忙忙赶回北京通知太子朱高炽。所以这活儿他很熟。

海寿刚刚离开京城，洪熙皇帝的病情急转直下。五月十二日，他已从"不豫"转为了"大渐"，当晚崩于钦安殿内。

到底洪熙皇帝的急病是什么，历来众说纷纭。最不靠谱的一个说法，来自朝鲜。《李朝实录》记载说：有个叫赵忠佐的朝鲜通事来京城，到处打听八卦，有人告诉他说是"天震之"，就是被雷劈死了。赵忠佐回去之后，绘声绘色地讲给朝鲜君臣听，这事遂写进了实录。

陆釴所撰《病逸漫记》中，对洪熙之病做了更详细的记录："仁宗皇帝驾崩甚速，疑为雷震，又疑宫人欲毒张后，误中上。予尝遇雷太监，质之，云皆不然，盖阴症也。"

可见朝鲜人纷传的"雷劈而死"在当时并不是唯一的说法，居然还有流言说是有人想毒杀张皇后，却误把洪熙皇帝毒死了。但这些说法都被雷太监否认了，说真正的病因是阴症。

"阴症"是一个特别宽泛的说法，其中最大的可能是洪熙皇帝纵欲所致。他体态肥胖，本来就有心脏方面的疾病，如果不忌床笫之事，很容易造成问题。仁宗朝的一位臣子李时勉，就曾谏言洪熙"暗中不宜近妃嫔"，结果被恼羞成怒的天子投入了监狱，差点打杀。

而李时勉有个同事叫孙汝敬，他的传记里也提及说"先皇帝嗣统未及期月，奄弃群臣。揆厥所由，皆憸壬小夫，献金石之方以致疾也。"——"憸壬"的意思是"奸佞"，所以这句话的意思是，洪熙皇帝即位不到一年就去世，都是那些奸佞小人进献金石药方所致。

从这些零碎的线索中，我们大概可以猜测——洪熙皇帝平时沉溺床笫之欢，势必要通过外界进献的药物来进行补助。这些壮阳药物对他的身体造成了极大的负担，终于在五月十一日突然造成了严重后果。朝廷为了掩盖这个死因，只好笼统地称之为阴症。外界则因为病发太快，又传出了雷劈的谣言。

当然，这一切只是猜测而已。究竟暴毙与纵欲之间有什么相关性，纵欲和服食金石有什么联系，甚至洪熙皇帝的生活作风到底算不算纵欲，都无从得知。要知道，明代的文人最喜欢夸张，君主哪怕多在后宫待一天，到他们嘴里都可能算是荒淫无度，进而推导出国将不国，痛心疾首。

所以这个猜测，只是聊备一说罢了。

洪熙皇帝去世的时候，朱瞻基已经抵达南京。根据《明史》记载，他接下来的日程是:"五月庚辰,仁宗不豫,玺书召还。六月辛丑,还至良乡,受遗诏,入宫发丧。庚戌,即皇帝位。"

洪熙皇帝病重是在五月十一日,同日海寿紧急出京去召还太子。而朱瞻基是在六月初三抵达良乡,并在六月十二日登基。从五月十一到六月初三,前后二十二天,两京之间的距离是两千两百三十五里,合一千一百多公里。考虑到还要扣掉海寿赶路的单程,时间十分紧张。

有一种说法认为,真正害死洪熙皇帝的正是太子朱瞻基。因为从日程上来看,朱瞻基如果等海寿抵达南京后再返回,根本来不及。他能在六月三日抵达良乡,一定是提前返回。他为什么会提前返回呢?自然是因为太子早知道皇帝要死。

这个说法,源自对明代的邮传系统不太了解。

明代的邮传体系从移动方式上来分,可以粗略分成水递、马递与步递。前两者顾名思义,是靠船只与马、驴等进行消息传递。步递则是靠人的脚力递送。

和直觉不同,明代的公文传递靠人力为多,而且速度不比马匹慢。在驿道之上,会设置有许多个急递铺(到明中期逐渐与驿站合并),两铺之间相距均为十里。铺内驻扎有少壮铺兵,腰系铃铛,一接到公文便立刻飞跑而出,直到下一铺。

根据规定,两铺之间的这十里距离,铺兵必须在四十五分钟之内跑完。两华里折算一公里,也就是说,步递的移动速度是每小时六七公里。如果大家对这个速度没概念的话,我这个胖子日常健身,每次会跑上五公里,三十二分钟之内完成。

那些年富力强的小伙子完成这个路程,非常轻松。

当铺兵跑到下一铺之后,会有另外一个铺兵等候在那儿,交接文书之后,继续以同样的速度冲出去。就这样轮换接力,铺段相接,每一段都是以最好的状态前进,无须考虑休息。这种传递方式昼夜不停,二十四小时之内,理论距离可以跑出约一百五十公里,三百里地。

这个速度,已和寻常马递的速度持平。北京到南京的距离是两千两百三十五里,一封文书从北京发出,无论走脚递还是寻常马递,理论速度八天就能送到南京。

但马递也可以采取接力轮换的方式,昼夜不停,速度会更快——所谓"八百里加急"。当然,这个"八百里加急"只是理论值,考虑到夜间视野受限、沿途地形阻碍等要素,实际上日行五百里,也就是两百多公里。不计成本的话,两京之间单程只要六天时间。(因为还要考虑黄、淮、长三条大河的涉渡。)

这种加急传递成本极高,参与传递的马匹一定会跑废掉。只有最紧要的军情大事,才能用这种方式传递。而"召还太子",恰恰就属于大事中最要紧的一桩。

考虑到海寿一个人不可能连续八天昼夜奔驰,也许朝廷采用的是双发,正式玺书由海寿携带前往，同时也会发出一封信函，通过马递先发通知太子。毕竟朝廷最急切的目标不是送达玺书，而是让太子尽快得知消息，及时返回。

换句话讲，在五月十八日之前，朱瞻基完全可能接到来自京城的消息。接下来，他有十五天时间从南京返回北京。这个时间虽然很赶，但不至于完全做不到。朱瞻基的行程暴露弑父阴谋这个说法，是站不住脚的。

根据《宣宗实录》的说法，当朱瞻基在南京接到海寿的消息时，南京已经到处在传言洪熙皇帝去世。这是一件很奇怪的事。海寿出发时，带着的是"上不豫"的消息，并不知道次日洪熙驾崩。那么南京这个传言，到底何时兴起？又是从何而来？

实录记载得相当含糊。一种可能的解释是：朱瞻基接到消息后并未封锁，消息很快传入城中各处，以讹传讹，从"不豫"变成了"驾崩"，谣言歪打正着，反成了预言。

无论如何，朱瞻基这时在南京已经不能待下去了，他必须立刻返回京城。这时太子身边的幕僚劝他说，这是一个敏感时期，必须小心，最好待护卫部队齐备了再返回。还有人建议，不要走驿路官道，最好从偏僻的小路迅速北上。

从这些提议来看，这些幕僚应该预见到了某种危险，而且就在归途中。但朱瞻基拒绝了这两个提议。无论是整齐兵马还是走小路，都太耽误时间。他这样说："君父在上，天下归心，岂有他心？且予始至遽还，非众所测。况君父召，岂可稍违！"

朱瞻基到底是跟随朱棣打过仗的人，颇有决断。他认为自己刚到南京，即刻返回，这种反应速度远远超出别人预料，根本反应不及。朱瞻基知道，在这个节骨眼上，尽快归京是最重要的，多高的风险都得冒。

至于这个风险是什么，朱瞻基没明说。《实录》里只说他"遂由驲道驰还北京"。驲道即驿道，但究竟是走水驿、陆驿还是水陆交替，实无可考。但在《明史》的《朱高煦传》里，却记录下一个充满戏剧性的细节："未几，仁宗崩，宣宗自南京奔丧。高煦谋伏兵邀于路，仓卒不果。"

汉王居然在半路设下伏兵，打算把自己这个侄子干掉。只因为朱瞻基的行动速度太快，这边仓促间未能合拢包围，才让太子逃出生天。由此可见，东宫幕僚在南京的劝谏，是有原因的，而朱瞻基果断行动，是何等英明。

只可惜史料不全，到底汉王是在哪里"伏兵邀于路"，又是如何"仓促不果"，只能让我们自己去想象了。这也是这本小说的灵感源头所在。最早是常江老师觉得这一段大有文章可做，讲给我听，我用一个我考证出来的西汉故事跟她做了交换，才开始了朱瞻基的大冒险。

朱瞻基躲过了汉王的伏击之后，在六月初三抵达良乡。在这之前，洪熙皇帝的尸体一直停在紫禁城中，秘不发丧，等候着他的到来。很快一干大臣赶至卢沟桥，捧遗诏迎候太子。太子在香案前几次哭至晕厥。

接下来，就是一步步的常规操作，再没出什么意外。朱瞻基顺利登基，定年号为"宣德"。

不过《实录》里特意提过一句："大行皇帝上宾，外间稍稍有闻时，上未至北京，喧传高照，欲举犯阙，人心汹汹。及上还始定，而京师戒严已久。"

可见在朱瞻基返回之前，京城地面并不太平。无论是"喧传高照"还是"欲举犯阙"，这都是相当严重的行为，尤其是在京师戒严的前提之下，谁有权力和资源搞出这么大动静？《实录》未提，但明眼人都知道。

因为，这件事已经不是第一次发生了。

朱高煦早在永乐年间，就一直蠢蠢欲动，简直要把"谋反"挂在脸上。他不是坑陷大臣——比如解缙即死于他的谗言——就是嘲弄哥哥朱高炽，还私养军队，杀害地方军将。最后连他父亲朱棣都受不了了，将他废为庶人。多亏了朱高炽求情，他才恢复了藩王身份，但被徙封至乐安州，不得出城。

朱高煦的野心并未因此停息，他派自己的儿子朱瞻圻在北京，随时监控京城动静，经常一天送出六七份情报。尤其是朱棣北征之后，他更是派遣了许多党羽潜入京城，看是否有可乘之机。所以当朱棣死于北征时，杨荣如临大敌，秘不发丧，直到太子朱高炽迎到棺椁，方才放心，这正是为了防止朱高煦父子搞出什么小动作来。

后来朱高煦杀了朱瞻圻的母亲，父子失和。朱瞻圻向洪熙皇帝举报朱高煦的种种恶行，而朱高煦也不示弱，亲自跑到北京来，举报朱瞻圻在京城私窥朝廷的恶行——这一对父子，真是够奇葩。洪熙皇帝哭笑不得，说"汝处父子兄弟间，谗构至此，稚子不足诛"，把朱瞻圻远远打发去了凤阳守皇陵，改了老二朱瞻坦为世子。

一年不到，同样的局面又出现了。这一次是天子死在京城，太子远在外地。这一次天赐良机，朱高煦岂会放过，他除了设伏谋害太子之外，自然也得在京城搞出点事情来。

不，不只是京城，朱高煦这一次的篡位动作，比想象中要大得多。整个计划的轮廓，要再等一年才会完全浮出水面。

宣德皇帝即位之后，对这位派兵伏杀自己的叔叔挺好，非但没下旨申饬，反而增加了封赏。他之所以这么做，显然也是意识到了汉王的布局太大，一时不宜动手。先等自己位置坐稳，再清算不迟。

洪熙元年，就在这种诡异的和睦气氛中过去了。到了次年，也就是宣德元年的八月，汉王终于按捺不住内心的惶恐，决定动手了。

他派遣了一个叫枚青的亲信，潜入京城，联络勋臣做内应，结果被英国公张辅给抓起来了。与此同时，汉王不知怎么说服了山东都指挥靳荣，在山东境内拉起一支强悍的队伍，给诸多将领分派官职，大加许诺。更夸张的是，天津、青州、沧州、山西诸都督指挥，也相约举城响应汉王。

倘若这个计划真能搞起来的话，等于是将京城团团包围，说不定真能成事。

可惜这一连串举动，全在宣德皇帝预料之内。在过去的一年里，他就像郑庄公对付弟弟共叔段一样，安静而耐心地等对方主动跳起来，等着汉王"多行不义必自毙"，然后再师出有名，一击而定。

当汉王在乐安州正式打起反旗之后，宣德皇帝终于动了。他御驾亲征，带领京营大军把乐安州团团围住，四周神机铳箭，声震如雷。在这种恐怖的震慑之下，汉王终于意识到自己没有一点胜机，主动出城请降。

宣德皇帝指定身边一个叫于谦的年轻御史，历数汉王的罪行。史书记载于谦："正词崭崭，声色震厉。高煦伏地战栗，称万死。"完美地完成了任务，令宣德皇帝龙颜大悦。这让他接下来的仕途一帆风顺。

不过宣德皇帝并没有杀掉汉王，而是将他们父子带回京城，关在西安门内。但其他参与者就没这么幸运了，被砍头的有六百四十余人，戍边者一千五百余人，编边氓者七百二十人。可想而知，朱高煦叛变的规模有多大。

虽然从现有资料里，我们无从判断朝中重臣有谁参与了这场叛乱。但从京城动静来看，汉王绝不是孤军作战，一定是内外呼应，才有胜算。其中最值得怀疑的，正是太子太保兼礼部尚书吕震。

吕震虽然官运亨通，但性格佞谀倾险，操行无耻。他在这场汉王之叛中并未受到什么牵连，但在汉王覆没的稍前时期，突然离奇暴毙。史书上说他去祭祀太庙，在西番僧人那儿喝酒，喝得酩酊大醉，回家之后突然死了，算得上是一件奇事。

汉王这个人，当真是骨子里桀骜不驯。他即使被禁锢在西安门内，依旧没夹起尾巴老实做人。《国朝献征录》里记载了他的结局：有一次，宣德去探望汉王，没想到汉王一伸脚，把他绊了个大马趴。宣德这次可真是气坏了，找来一个三百斤的铜缸，直接把他扣在地上。汉王还不服，试图把大缸举起来。宣德命人在旁边烧起炭火，把汉王硬生生烫死在里面。而汉王的十个儿子，包括朱瞻圻、朱瞻坦、朱瞻域在内，一并处死。

都惨到这份上了，居然还主动作死，只能说汉王真是性情中人，宁可不要性命，也要好好出一口恶气。

在解决汉王的同时，宣德皇帝还在忙碌于另外一件事：为先皇修建陵寝。

这事本来不算奇怪，哪个皇帝登基之后都会干同样的事。可麻烦就麻烦在，朱瞻基必须同时修两座陵寝。

永乐七年，朱棣选定了京城北边的黄土山，改名天寿山，开始修建自己的长陵。长陵规模宏大，工程浩大，一直到永乐十一年，方才修完地下部分，但地上部分始终没有彻底竣工。洪熙皇帝即位之后，长陵工程仍在继续。可谁也没想到，朱高炽在位不到一年便突然去世，别说他父亲的陵寝没修好，连自己的都没开始动工呢。

两座陵寝，都要朱瞻基来主持修建，这个负担可是不小。好在洪熙皇帝临终遗诏："朕既临御日浅，恩泽未浃于民，不忍复有重劳，山陵制度务从俭约。"于是朱瞻基在长陵西北不远处选定了下葬位置，亲定规制，是为献陵。献陵的规模与设计，完全遵照了洪熙的遗愿，不张奢华，力求简朴，很多建筑能省则省。

献陵的正式动工，是从洪熙元年七月开始，也就是宣德皇帝登基后一个月。为此南京守备襄城伯李隆亲率军士万人，南京附近卫所旗军以及匠户等十一万人前往助建，另外又从河南、山东、山西、直隶等地区征调了五万名民夫。

如此规模的人力动员，加上陵园设计不算繁复，建造速度自然很快。同年八月，玄宫便告落成，洪熙皇帝正式入住。但其他配套建筑比如明楼，则暂时停止了施工，因为无论如何得先把长陵完成，不然儿子的陵寝比父亲的先修完，于礼不合。

长陵最终全部完工，是在宣德二年。不过我们现在去参观所见到的大石牌坊、棱恩门等，都是嘉靖年间才增补起来的。至于献陵的正式完工，则要拖到正统八年三月，宣德皇帝已经去世很久了。

顺便一提，宣德死后入葬的景陵，比献陵还小。他临终前表示身为儿子，不敢比父亲的陵寝规制大，更不要像长陵那么劳民伤财。所以后人做过总结，明十三陵中，献陵是最简朴的一座，而景陵是最小的一座。

说到这几座明代帝王陵墓，还有一个无法绕开的残忍话题，那就是殉葬。

殉葬作为一种古老、野蛮的葬礼制度，盛行于商周，式微于春秋战国，并在秦汉之后基本绝迹。此后中原王朝不复见成习俗化、礼制化的陪殉之仪。

但到了大明开国之后，这种古老的殉葬习俗突然便死灰复燃。据毛奇龄的《彤史拾遗记》记载，朱元璋去世时，一共有四十六个妃子陪殉于孝陵，宫人也有十几名。《万历野获编》则说："凡妃嫔四十人。俱身殉从葬。仅二人葬陵之东西，盖洪武中先殁者。"

无论是哪一种记载，都说明朱元璋去世时，陪葬宫妃的数量相当惊人。这些不幸的殉葬女子有一个专有名词，叫作"朝天女"，她们的亲属则被称为"朝天女户"，颇得朝廷优恤。

比如在建文朝中，一批殉葬妃子的亲属被特批进入锦衣卫，成为百户或千户。靖难之后，这些人本该作为建文一党被清洗，但朱棣特意下旨挽留，对这些朝天女户安排不同，调去了孝陵卫。一个叫程嗣章的诗人这样写道："掖廷供奉已多年，恩泽常忧雨露偏。龙驭上宾初进爵，可怜女户尽朝天。"

建文帝在南京陷落后神秘失踪，无从下葬，并无殉葬的机会。而到了朱棣去世之时，遗诏一体遵照祖制，这其中自然也包括了宫妃殉葬。《太常续考》称陪殉长陵的妃子一共有十六名，但具体有哪些人已无可考。只有《李朝实录》的世宗卷二十六里，记录下了韩氏、崔氏两名朝鲜妃子的名字，以及殉葬的详细过程。这里姑录全文，至今读之仍是毛骨悚然：

> 及帝之崩，宫人殉葬者三十余人。当死之日，皆饷之于庭，饷辍，俱引升堂，哭声震殿阁。堂上置木小床，使立其上，挂绳围于其上，以头纳其中，遂去其床，皆雉经而死。韩氏临死，顾谓金黑曰："娘，吾去！娘，吾去！"语未竟，旁有宦者去床，乃与崔氏俱死。诸死者之初升堂也，仁宗亲入辞诀。

洪熙皇帝虽然宅心仁厚，庙号仁宗，可在宫妃殉葬这件事上也未表露出任何不忍。关于他的陪葬宫妃人数与名字，《大明会典》《太常续考》《宛署杂记》《宣宗实录》《万历野获编》等材料记述不一。但统而言之，一共有五名妃子陪殉献陵，其中甚至包括一名贵妃郭氏。郭氏为洪熙生了三个儿子，按道理如果宫妃有所出，则不该算入殉葬之列。究竟她是自愿而往还是别有隐情，不得而知。

另据《长沙府志》，这五个妃子之中有一位谭妃，是湘潭人，父亲曾任浙江道御史。她在永乐二十二年被选为太子妃，没过一年便赶上洪熙驾崩，"自缢"而死，被宣德封为"昭荣恭禧顺妃"。想想看，一个年轻女孩子入宫才几个月，便要被拖去黑漆漆的陵墓中殉葬，这是件多么可怕的事。这位谭妃的生平，是小说中王景姝这个角色的最早源头。

而到了宣德皇帝去世之时，殉葬制度仍在延续。《太常续考》称一共有八位妃子殉葬，其他材料记载的数字不等，其中《英宗实录》的数字最多，一共有十名妃子，而且姓氏、封号、谥号俱全，当为最可信。

接下来的正统、景泰二帝，情况有点特殊。先是正统陷于虏手，景泰称帝，正统归京之后，发起夺门之变，将景泰废为郕王，改元天顺。景泰帝既被废为王，死后没资格入天寿山帝陵，遂葬于西山，是为景泰陵。但宫妃殉葬之制，并未因此豁免。《双槐岁抄》记载说："天顺元年二月……癸丑，郕王薨，葬祭礼如亲王，谥曰戾。唐氏等妃嫔俱赐红帛，自尽以殉葬。"

更夸张的是，明初除了帝王热衷于殉葬之外，诸王去世也讲究要王府妃嫔殉葬。仅在正统年间，就有丰王去世，丰妃刘氏自缢；周宪王去世，有七名妃子陪葬；越王去世，有妃子吴氏死殉；河阴王去世，夫人巩氏殉夫。甚至唐王世子去世，世子妃也要被迫自杀。

这种风气越演越烈，连民间都深受影响，寡妻殉夫竟成为美谈，民众纷纷效仿。不知多少无辜女子因此而死。

正统帝朱祁镇虽然在历史上名声不佳，但在宫妃殉葬这件事上，倒比之前的诸位先帝要强。到了天顺八年他临终前，颁布遗诏说："殉葬非古礼，仁者所不忍，众妃不要殉葬。"他怕别人误会只是客气两句，还特意叮嘱说"此言俱要遵行，毋违"，说明是真心实意要废除。

于是从正统帝开始，明代帝王再无殉葬之事，这个野蛮传统就此消亡。不过上头虽然踩了刹车，下面的惯性却不那么容易停住。成化、正德两代帝王期间，王府、勋贵殉葬之事仍不绝于耳，直到隆庆一朝，仍有零星记载。可见恶政影响之深远，又岂是一两代人。

起初我起意写这部小说时，只是单纯想写个冒险故事。但随着阅读资料深入下去，尤其是读到殉葬史料时，我意识到，自己没法对此视而不见。洪武、永乐、洪熙、宣德诸帝或雄才大略，或仁慈淳厚，从大历史角度来说都有着极高贡献，但在殉妃这件事上，他们的责任无可推卸。所以我想，也应该为这些莫名殉葬的女子留下点什么。吴定缘当然是主角，但真正推动书中波澜的灵魂人物，是苏荆溪。

聊到这些角色，也有几句话要念叨一下。

吴定缘是完全原创的，史上并无此人。不过《明史纪事本末·卷十八》记载了铁铉一家的结局："妻杨氏并二女发教坊司，杨氏病死，二女终不受辱，久之，铉同官以闻，文皇曰：'渠竟不屈耶？'乃赦出，皆适士人。"

铁铉的夫人杨氏病死于教坊司，两个女儿虽然生活凄惨，但并未遭受侮辱。在铁铉同僚的暗中帮助之下，朱棣最终赦免了她们两个，释放出去嫁给士人。

铁铉的父亲铁仲名以及母亲薛氏，被发配去了海南，在那里终老一生。而铁铉的两个儿子，长子铁福安被发配到了河池，后遇洪熙赦免，返回偃师魏家寨。次子铁福书则避难逃亡关外。两边各自发展繁衍，相继有沈阳铁氏、偃师铁氏、南阳铁氏等多条支脉，皆以偃师铁氏祠堂为祖祠。

铁铉本人被捕之后，遭遇磔刑而死。坊间有油炸不屈、面北站立而死等传说，多荒诞不经，但铁铉死状颇惨，确系史实无疑。因为他是对抗朱棣而死，所以在官方一直无从正名。但民间早早就开始祭祀铁公，偷偷修起了很多铁公祠。比如在济南有一座七忠祠，据说就是为纪念铁铉和其他六位济南保卫战死难者而修的祭祠；邓州还有一座在南刁河畔的荒丘，相传是铁铉之衣冠冢。

到了万历年间，皇帝下了诏旨《苗裔恤录》，彻底为"靖安罪臣"们平反正名，铁铉亦在其列。至此距离铁铉死难，已过去了一百七十年。

苏荆溪历史上无其人，大率综合了赵娥、王舜、申屠希光、唐传奇里的谢小娥、《儿女英雄传》里的何玉凤、吕四娘，以及刺杀孙传芳为父报仇的施剑翘等人，亦参考了一代女医谈允贤的生平。

气质上最像的，应该是蒲松龄的一部短篇小说《侠女》里的无名女主角。这位侠女一直打算要对仇人复仇，只因老母还活着，暂时不能动手，但时常去仇人门口溜达，生怕因此淡忘。邻居顾生对她们母女很是照顾，女子便跟他同房，但不肯结婚。后来她怀孕产下一子，扔给顾生抚养，独自出门去砍下了仇人的头颅，从此不知踪影——该谈恋爱谈恋爱，该生孩子生孩子，生完了让老公去带，绝不会为这些事耽误自己的事业，这样的侠女是很具现代意义的。

苏荆溪提供给朱瞻基的那个拔箭头的解骨之法，来自《刘涓子鬼遗方》。这本书是晋代刘涓子所著，后来在南齐又被人重编过，是中国最早的一本外科专著。原有十卷，但到宋代只剩五卷了。书中记录最多的，是关于痈疽的辨证与治疗，苏荆溪毒杀朱卜花，或是从中得来的灵感。书中亦记载了金疮外伤等伤的处置办法，且多是在战场上急救之用。苏荆溪使用的解骨法，即从中得来。不过我本人没试过，方子有效与否，权当小说家言吧……

梁兴甫本是永乐年间的一位民间搏击高手。《都公谭纂》记载了他的经历，颇具传奇色彩。他身材矮小，但膂力超绝。有一次梁兴甫去南京，在城门与守军发生冲突，一个人打得一群大兵没有还手之力。指挥听到这个战绩，把梁兴甫请到堂下，当着一百多名军中精锐打了一套拳，慑服了所有人。梁兴甫往外走的时候，竟没人敢拦。后来他跑到北京，看到两个人对战打得热闹，站在旁边失笑。一人大怒，倚仗身材高大，抓起他说你想要摔到东边还是西边，梁兴甫说随便你。话音刚落，那人扑倒在地，梁兴甫还稳稳站着。另外一人大惊，一把将他推到墙边。谁知梁兴甫轻轻一跃，就从他肩头跳到背后，一巴掌将其打倒。这两个人心悦诚服，都拜了他为老师。

梁兴甫是个武痴，四处云游，想跟高手对决。在他老年之时，打听到广西有个和尚，外号"勒菩萨"，拳法无敌，两人相约在吴地某个寺庙较量。勒菩萨和梁兴甫跳到一个高约数丈的施食台上，周围无数围观者。两个人打得难解难分，最后梁兴甫技高一筹，用脚踏伤了和尚的胸腔，但和尚重伤前的反击，也打中了梁兴甫。两日之后，梁兴甫因内伤太重而死，三日之后，和尚也死了。

周德文亦有其人，只是不见诸正史，只在徽州文书里留下了一点点行迹。

朱棣建起北京城后，从南方强行迁移一批富户过来。永乐元年八月，绩溪县的一户周姓人家被认定为富户，户主周世杰被迫北上。永乐七年，朝廷再一次抽调江南两千户人徙北。这时周世杰已去世，周家的麻烦却未免除，最后只得让周世杰的第三个儿子周德文应役。

这一次迁徙，是"连当房家小，赴部听拨应用施行"，等于周德文全家老小都搬过来了，基本上断绝了回乡的可能。这些富户被安排在宛平、大兴两县，充任厢长，负责催办钱粮、勾摄公事，同时还要支援新京城的建设。

周德文的具体工作，是协助朝廷采买、押运各种材料。根据《梁安城西周氏宗谱》的记载："（周德文）东走浙，西走蜀，南走湘、闽，舟车无暇日，积贮无余留，一惟京师空虚、百职四民不得其所是忧，劳费不计。凡五六过门，妻孥不遑顾。"

这份工作极为辛苦。周德文因为太过劳碌，最终感染寒疾，病死于宛平县德胜关。

这些小人物不会出现在正史之中。好在周德文是徽州府出身，而徽州人喜欢做记录，这才把他的行迹留存下来。

哦，对了，周德文之所以如此劳累，很有可能与阮安有莫大的关系。

阮安，字阿留，是交趾人。永乐年间，张辅平定安南之后，发现这个孩子长得秀气，头脑也不错，便把他带回京城，留做宦官。

没想到阮安这个人，是个工科奇才，很快就把兴趣转移到营建上来。他的天赋高到什么程度呢？连图纸都不用看，只要实地用肉眼勘测一下，尺寸方位就都算出来了。工部官员只要按照他给的数据，直接执行，绝不会出错。

在修建北京城以及疏浚漕河的一些大工程中，阮安都有所参与。史料记载"自永乐中已遣太监阮安营北京城池、宫殿、诸司府廨，工部特奉行而已"，给阮安的权限大得惊人。

不过阮安那会儿年纪还小，未受重用。到了正统年间，他终于有了大展拳脚的机会。

当时的北京城，还不是后世我们所熟悉的那个格局。在小说故事发生的时间节点，北京只有紫禁城、皇城与外城，正阳门以南的广大区域（今所谓南城）还没包括进来。要一直到嘉靖年间，才将这个区域全部囊括进城区范围。而且外城城墙多为夯土结构，九门之上也缺少城楼、瓮城和箭楼。

正统皇帝雄心勃勃，打算对北京城进行一次大规模扩建，包括把城墙用砖头包砌、开挖太液池南海、建起九门城楼，还有更重要的，要在九门设置九道水闸，疏浚通济河以解决京城水灾问题。

本来这项工程该是工部侍郎蔡信主持，蔡信苦着脸说必须征调十八万民夫，以及相当的材料费，否则这事办不了。正统皇帝又找来阮安，阮安说一万人够了，材料费一分不用花。

他直接征调了一万多京营士兵，没有惊扰民间，而且使用的材料，还是永乐、洪熙、宣德三朝在库房里寄存的材料，无须额外从外地征调运输。在阮安天才般的统筹之下，这一系列大工程多快好省地完成了。

此后他被连续委以重任，包括三大殿的重建、诸部公廨的重建、漕河疏浚、河流治理等等，简直就是大明朝的一块砖，哪里需要哪里搬。甚至到了晚年，他还被派去治理张秋河，并死在了工地现场。

时人对阮安的评价极高："清介善谋，尤长于工作之事。北京城池、九门、两宫、三殿、五府、六部及塞杨村驿诸河，凡语诸役，一受成算而已。后为治张秋河道卒。"更难得的是，阮安只对工程本身有兴趣，对钱财毫无兴趣。皇帝给他的赏赐，他都还回去了。在阮安死后，行李里连十两银子都没有，作为多个工程的经手人，如此廉洁，实属罕见。

《孤树裒谈》里还记录了关于他的一则小八卦：宣德临死之际，有个叫阮安留的宦官随侍在身边，他说皇帝崩时"肤肌燥裂犹燔鱼，以烈剂"。这个"阮安留"即是"阮阿留"，正是阮安的小名。说明在宣德一朝，他与皇帝是颇为亲近的。

说到阮安修建九门九闸，还有一件事必须跟大家讲讲。

小说里描写了京城大雨成灾，紫禁城外洪水滚滚，主角驾棺漂浮而出。这个桥段虽是杜撰，但也绝非凭空得来。

水灾一直是明代北京城最为头疼的麻烦。虽然京城身处燕北干燥之地，可一旦下起暴雨来，势头丝毫不弱于南方。每年从五月底到八月底，京城都会面临暴雨成灾的窘境，动辄水淹盈尺，把半个城区都泡在水里。明代相关的文献中，隔三岔五就能看到"都城摧塌者，几百余丈；室庐垣墙寝圮，动以万计""雨水霖霪，动经半月，倾颓墙屋"之类的描写。

李时勉特别介绍过京城的气候规律："今岁正月不雨，至于四月。四月凡三得雨，虽未厌足，然人皆喜。五月朔日始大雨，朝野相庆。自是淋淫不绝，晴无连三日者。有时雨骤，至沟渠泛溢，街巷水没焉，墙屋颓毁相望。"

比如在永乐四年八月，北京遭遇水灾："坏北京城五千三百二十丈，天棚、门楼、铺台十一所。"居然把城墙泡塌了五千多丈，这个破坏效果实在惊人。再比如正统四年五月："大雨骤降，自昏达旦。城中沟渠，未及疏浚。城外隍池，新甃狭窄，视旧减半，又作新桥闸，次第壅遏，水无所泄。"这次灾害，足足冲毁了官舍与民居三千三百九十区，溺死男女二十一人。

成化六年与十三年，爆发了两次京城水灾，受灾人数都在两千户以上，这可是京城里的居民。弘治二年七月，出现了一场"数十年来水患，未有甚于此日者也"的大灾，受灾人数更是骇人。

这些水灾，大到什么程度呢？

嘉靖二十五年曾经有过一次水灾，洪水淹没了承天门（今天安门）外的诸部衙署。其中刑部的监狱地处低洼，率先被淹没。当时牢房里有一千多个犯人，眼看就要被淹死。管监狱的主事徐学诗当机立断，打开监狱，号召犯人们自救，赶紧转移到附近比较高的地方，比如城隍庙。实在来不及转移的，就自己拆屋子搭高栅，爬到上头去。这些犯人又冷又饿，徐学诗选拔了几个游泳健将，游出去买饼买姜，再设法送回来。三天以后水退了，刑部领导一看，一个没死，都大为赞叹——堂堂京师刑部大狱，竟能演出荒岛求生的戏码。

万历三十二年七月，也爆发了一场水灾，被淹没的是锦衣卫大牢。可惜这次没有徐学诗这样的人了，囚犯尽皆溺亡。事后沈一贯去视察现场，震惊无比："今年雨多，即墙外大路设有沟渠，亦皆溿没，况此监中如同壑底，何能待其暗消？人多地窄，气蒸臭秽，不论有罪、无罪，死生难保，情实可怜！"

这一次洪灾极为可怕，工部统计下来，光是奏报坍塌者就有三百丈，又经过十日连雨，内城坍塌七百七十七丈余，外城亦有三百三十丈余，几乎可以说是倾城了。老百姓们不得不爬到高处，扛着锅煮饭，不少人甚至因此饿死在自家屋顶。

万历三十九年夏天，首辅叶向高本来早上起来，准备上班去，结果看看外面，给皇上写了一封《水灾揭》："连日大雨不歇，满城皆水。昨早臣五鼓而起，方拟趋朝候领诰命，而自臣所居，至长安门一带，皆成长河，水深五六尺，舆马、徒步皆不得施。无可奈何，只于私宅叩首，仍另行报名，躬谢天恩。"——今天雨实在太大了，从我住的地方到办公室的路全淹了，五六尺深的水，骑马走路都没辙。我实在赶不过去打卡上班，跟领导你说一声。

堂堂一国总理，办公室都没法去了，竟然会窘迫到这地步。可见京城的雨灾有多么夸张。除了紫禁城内不曾遭灾，其他地方概莫能外。

著名剧作家汤显祖写过一首《乙巳都城大水》，单表京城洪水之盛："阁道行船悲未央，河鱼东下海洋洋。都抛大内金钱赈，不用人间红帖粮。"——"阁道行船"，是说长安街上都能开船了，可见洪水之深，规模之巨。

关于城里行船的描写，于若瀛的《愁雨篇》更为传神：

天雨夏日逢甲子，占者皆言舟入市。
今年闰月甲子雨，萧萧浃月愁人耳。
岂期连日雨翻盆，恍惚若有蛟龙奔。
中宵如注不暂歇，窗风扑灯灯为昏。
地轴摧陷天逾黑，长安一夜成水国。

室庐半塌哭声吞,沉灶鸣蛙安得食。
鬼神一怒不肯休,七月六日雨益急。
震反撼屋屋瓦响,携灯照阶阶水长。
平明启户不能出,都城内外皆施桨。

事实上,《宣宗实录》里有过明确记载。在洪熙元年七月,也就是本书故事发生后的一个月,京城恰好遭遇了一场暴雨洪灾,会同馆堂屋与墙垣因此损毁,连齐化、正阳、顺承等门城垣也出现坍塌。一直到了九月份,工部还在抱怨说:"北京城垣东西北三间面有倾颓,城楼、更铺亦多摧敝。请本部具材,行后府发军修治。"因为损毁得太过严重,宣德皇帝又把精力放在了陵寝修建上,只得宣布来年春暖后再来管这一摊事。

所以主角吴定缘在洪熙元年六月初赶上一场京城大雨,让他在紫禁城前、长安街头驾棺行舟,不算夸张。

最后再简单说说迁都和漕运。

洪熙皇帝一直想迁都回南京,而且在遗诏里明确表示:"南北供亿之劳,军民俱困,四方向仰咸南京,斯亦吾之素心,君国子民宜从众志。"宣德继承皇位之后,也有过这样的打算,但最终并未付诸实现。他统治期间,唯一的表示就是让北京六部继续维持"行在"的称呼,表明留在北京是暂时的,我迟早是要回南京的。

但为什么他没积极推动这件事呢?理由很简单,还是地震。

洪熙元年上半年南京震了三十次,这仅仅只是个开始。宣德在洪熙元年六月登基,随后南京城又地震了九次。接下来从宣德元年到宣德八年,又一口气震了三十五次。这么算下来的话,洪熙加宣德,爷俩在位期间南京一共地震了七十四次,南京简直像是开了震动挡一样。

如果这还不足以震慑读者的话,咱们可以纵向比较一下。有明一代,除去洪、宣之外,赶上南京地震最多的是弘治,十三次,其次是成化,五次,再次是永乐,四次,其他皇帝不过零星两三次。他们绑到一块,都不及洪熙、宣德父子俩。看来老天爷是真心不乐意啊。

在这种情况之下,就算宣德想迁都,也真心迁不动。朝里还有一堆别的事,只好先缓缓。这一缓,缓到后面的正统、景泰、成化几位皇帝在位,他们都是从小在北京长大的,对南京毫无感情,迁都这事自然也就彻底作罢。

迁都不成,漕运自然也得维持。于是京杭大运河得以保留运转,忠诚地为大明王朝服务到了最后一刻。

(全书完)